大声沉默

Silence above the Noise

付如初

著

北京大学出版社
PEKING UNIVERSITY PRESS

图书在版编目（CIP）数据

大声沉默 / 付如初著. —北京：北京大学出版社，2020.8
ISBN 978-7-301-31461-6

Ⅰ. ①大…　Ⅱ. ①付…　Ⅲ. ①文艺评论 – 世界 – 文集
Ⅳ. ① I106–53

中国版本图书馆 CIP 数据核字（2020）第 134887 号

书　　名	大声沉默 DASHENG CHENMO
著作责任者	付如初 著
责任编辑	王立刚
标准书号	ISBN 978-7-301-31461-6
出版发行	北京大学出版社
地　　址	北京市海淀区成府路 205 号　100871
网　　址	http://www.pup.cn　　新浪微博：@ 北京大学出版社
电子信箱	sofabook@163.com
电　　话	邮购部 010-62752015　发行部 010-62750672 编辑部 010-62755217
印 刷 者	北京中科印刷有限公司
经 销 者	新华书店
	880 毫米 × 1230 毫米　32 开本　14.75 印张　450 千字 2020 年 8 月第 1 版　2020 年 8 月第 1 次印刷
定　　价	58.00 元

目录

第一辑　松鼠在榛子丛里

第二辑 玫瑰酒的芬芳

第三辑 月亮推着后背

第一辑

松鼠在榛子丛里

天意从来高难问
——路遥之平凡与传奇

以死拼得一部《平凡的世界》

1993年4月，在路遥追悼会上代表陕西省作家协会致悼词的著名作家陈忠实，刚刚在杂志上发表了《白鹿原》，还没有出版单行本。陕西另一个举足轻重的作家贾平凹即将出版他的《废都》；著名作家高建群已经出版了《最后一个匈奴》。文学史上著名的“陕军东征”概念虽还没有正式出炉，但已然形成了事实。此时的情形是：一方面路遥的去世给陕西文坛带来了巨大的震动，另一方面这些作家又都纷纷厚积薄发，创作出了自己毕生最重要的作品。于是，陈忠实在写给友人的信中说：“早逝的不幸逝去，活着的还在想着文学。文学这个魔鬼啊！”

对热爱它从事它的人而言，文学历来都有一种魔力，而对于路遥这种把文学当事业，并以“初恋般的热情和宗教般的意志”来写作的人来说，文学的魔力更是超乎想象。更何况，在他驰骋文坛的20世纪80年代，文学正处在从意识形态束缚中解放出来之后和被商品化冲击之前的“黄金时代”，启蒙和教育的功能和使命尚未退却，读者的概念也更多的是“精神知音”而非“文化消费者”。换句话说，那时候的文学虽称不上是“经国之大业，不朽之盛事”，但正如日中天，能用自己的魔力回馈作家。他们相互对待的态度都是郑重而严肃的。

实际上，在拼尽全力创作《平凡的世界》之前，路遥早已因《人生》的广受好评、因它被吴天明改编成电影而天下闻名了。《人生》的书和电影产生的反响用“举国皆谈”和“万人空巷”来形容，绝不为过。新近出版的《路遥传》里说，以路遥当时的声名和当时的文化体制，如果他没有更高的追求，完全可以凭着《人生》一辈子安身立命。在文艺界，一本书作家、一首歌歌唱家、一幅画画家等并不鲜见，但“路遥是位心性要强且格外理性的作家”，他立志要做巴尔扎克式的“时代的书记官”，用一个“全景式描写中国当代城乡生活”的鸿篇巨制跨越《人生》。

无独有偶，后来出版的《白鹿原》，题记用的也是巴尔扎克的话：“小说是一个民族的秘史”，可见，写出一部足以记录时代的文学作品是当时陕西很多实力派作家的追求。不同的是，同样问鼎茅盾文学奖、市场和口碑双丰收的陈忠实只是立下了“不成功就回家养鸡”的誓言，而写作《平凡的世界》的路遥却为此献上了性命。

他在《早晨从中午开始》中详细记录了自己为创作《平凡的世界》所做的三年准备工作。如今看来，那无异于文学的圣徒所做的修行。除了海量的阅读，就是“在生活中的奔波”，为了准确和真实，他不放弃报纸上的每一个细节，也不忽视一棵小草和一朵小花的时令，甚至，为了准备这部书，他都放弃了“文化大革命”后拨乱反正的标志性大会——中国作家协会第四次全国代表大会。之后的三年创作，更是真正的“呕心沥血”：百万字的篇幅，在爬格子的年代，即便只是一个字一个字地写下来，就是多么浩繁的工程！更何况还要“披阅十载，增删五次”呢！据他的弟弟回忆，到路遥写完这部小说的时候，他的思想甚至一度不能回到现实生活中，连过马路都需要人搀扶。

路遥说：“长卷作品的写作，是对人的精神意志和信念素养的最严酷的考验。这迫使人必须把能力发挥到极点，你要么超越这个极点，要么你猝然倒下。”“只要没有倒下，就该继续出发。”时至今日，当我们体会《平凡的世界》长盛不衰的励志传奇时，路遥用《早晨从中午开始》

这本“《平凡的世界》诞生记”所记录下的强人意志和苦行僧式的创作历程本身，以及他对文学圣徒式的崇拜和文学带给他的精神上的支撑，已然和孙少平、孙少安们融为一体了。

好在，路遥没有倒在“出师未捷”的路上，他感受到了中央人民广播电台三亿听众收听《平凡的世界》的盛况；戴上了第三届茅盾文学奖获奖作家、陕西省第一个茅盾文学奖作家的桂冠；他看到了14集电视连续剧《平凡的世界》的播出；他享受了巨大的声名。饶是如此，他以42岁的年华逝去的时候，有作家还是发出了“以死拼得一部《平凡的世界》，不值得”的慨叹。因为，创作的艰辛只是这部书命途多舛的开头，出版挫折和不被文学界认可，才是问题的症结所在——从主流文学界的反应来看，甚至可以说，将近三十年过去了，《平凡的世界》仍然艰难地走在争取“成功”的路上……

名著诞生的必经之路

出版挫折，似乎是名著诞生的必经之路。古今中外的文学史上，曾被退稿的名著不胜枚举。《追忆逝水年华》《尤利西斯》《洛丽塔》这种先锋实验性质的文学自不必说，就连《包法利夫人》《动物庄园》这样世俗烟火和人性人情元素充裕的作品，也因刷新时代的文学规范或者远离时代主流而被退稿。当然，在此过程中，受众心理学也发挥了某种决定性的作用：对于名著，人们总是倾向于它拥有更多的“故事”和“花边”，而从不被认可到人尽皆知这种最富戏剧性的转变，显然最符合“名著传奇”的发展桥段。

中国当代的这几部“名著”:《尘埃落定》曾经辗转多家不得出版；《白鹿原》出版尽管未遇挫折，但编辑为此压力重重，后来为了参评茅盾文学奖而让作者反复修改；《平凡的世界》的经历则更奇特一些。如果说，前两部作品，文学界和读者达成了一定的共识，共同认定其为“中国当代纯文学的绝唱”的话，那《平凡的世界》至今还处在尴尬的状态：与巨大的市场销量和自发的读者口碑形成反差的，是主流文学界对它的“冷淡”。厚夫在《路遥传》里写：两本最著名的《中国当代文学史》中，一本只字未提路遥的作品，一本只分析了《人生》，《平凡的世界》一笔带过。

其实，文学界对《平凡的世界》的态度，路遥生前就早就有体会。据当事人回忆，《平凡的世界》第一部写出来之后，时任陕西省作协副主席的著名作家路遥，曾找人交给对他有伯乐之功的大型纯文学杂志《当代》，并提出三个发表条件：第一，全文一期发表；第二，头条；第三，大号字体。然而，他被退稿了。终于辗转在广东的《花城》杂志发表并历经波折出版之后，曾经召开过一个专家研讨会，但“评价并不高”，据说连会后的聚餐都免了。开完会回到陕西，路遥在自己的文学导师柳青的墓前放声大哭……

但是，即便如此，他还是以超常的意志和自信创作出了第二部和第三部。当然，这两部的发表和出版也是一波三折。甚至，它荣获茅盾文学奖之后，还是有两种声音一直存在：一是它获茅盾文学奖是“运作”的结果；二是第三届茅盾文学奖评奖是在 1990 年，在历届茅盾文学奖中评价最低。可想而知，在这个过程中，心性高傲、敏感多思的路遥承受了多少内心的义愤和苦难，而“以死拼得《平凡的世界》”这句话的分量或许至此才显露了它真正的含义。

多年之后，当年给路遥退稿的编辑仍然坚持着自己当时的判断：啰唆、浅白、所有的故事发展都在预期之内。而且，他进一步回忆当时的文学背景：那时候的文学正被先锋的风筝诱惑着，作家们“被创新的狗咬得连撒尿的机会都没有”，路遥的现实主义显得笨拙而不合时宜，他背负的“时代书记官”的使命也被视作一厢情愿、毫无意义——“文变染乎世情，兴废系于时序”，文学评价亦是如此。

《路遥传》里记载，路遥对自己与文学主流的差距不是没有感受，尤其是《平凡的世界》第一部遭遇文学界“差评”之后，他也曾下决心要研究卡夫卡。当然，除了文学本身，路遥对文学界的人与事，也有过这样一种个性化的认识：“说实话，文学圈子向来不是个好去处。这里无风也起浪。你没成就没本事，别人瞧不起；你有能力有成绩，有人又瞧着不顺眼。你懒惰，别人鄙视；你勤奋，又遭非议。走路快，说你趾高气扬；走路慢，说你老气横秋。你会不时听到有人鼓励出成果，可一旦真有了成果，你就别再想安宁。这里出作家，也出政客和二流子。”

自古英雄皆寂寞，更何况是在“文无第一”的文坛呢！

《平凡的世界》的传奇

与文学界的“冷漠”相对照的，是读者的热诚。

“凡有井水处，即能歌柳词”，《平凡的世界》出版近三十年来，巨大的销量已是难以计数。在多次的读者调查中，它都是最被喜欢、最被珍爱、最被感动、最被震撼、对自己影响最深、最励志的书。2008 年，第七届茅盾文学奖公布前夕，由中国社科院，北京大学以及一些网站所做的一项读者调查研究发现：在历届茅盾文学奖获奖作品中，读者最喜欢的是路遥的《平凡的世界》。

互联网上，网友自发建立了“路遥吧”“平凡的世界吧”等等。其中百度贴吧的一项调查，更是饶有趣味。有网友发起了“有多少 80 后喜欢《平凡的世界》”“看这本书的 90 后有多少人?”的调查，结果是一万多人参与，而且，90 后的比例也不低。至于每个人读《平凡的世界》的回忆文章和心理感受，更是数不胜数。无数的读者为这部书奉献了最真诚的敬意：潘石屹说自己七看《平凡的世界》，在创业之路上每遇挫折，都会看一遍。倪萍说：“看路遥的书，你觉得他不骗你。”而《平凡的世界》电视剧的导演，更是抛开收视率的质疑，说“名著不需要浮躁和猎奇。”

一部写 1975 年到 1985 年中国社会和人情的书，一部充斥了太多乡土生活和政治气息的百万字的大部头，一部风格“土气”“笨拙”的书，何以能够走进一代代读者、甚至走进对这些生活完全陌生的80后90后读者的心里?

书中的年轻人，经历着极度的苦难但保持着极度的自尊；面对刻骨的城乡差别却也拥有刻骨的爱情。或许，身处中国城市化大潮中的年轻人，都能从中发现一点生活困境和道德完善之间的撕扯，都能如孙少平一般，经历一个成长的过程，“慢慢懂得，人活着，就得随时准备经受磨难”；或许，这些年轻人也在渴望那种“七仙女爱上穷小子”一样的纯洁浪漫的爱情，渴望成为道德完美的人格英雄；或许，这些年轻人都被书中浪漫的诗意和挺拔的精神所感动；甚至那些枯燥的乡村政治，都可以让出身乡土的年轻人感同身受；或许，读者把它当成了可以读懂的、有故事有人物的当代中国史……总之，一千个读者有一千个读《平凡的世界》的理由。在城镇化大潮的波涛汹涌中，在几百万甚至上千万的年轻人走出乡土走进城市的巨大历史潮流中，《平凡的世界》恰恰充当了一个精神舢板。

黑格尔说，历史有时候是以恶的形式向前发展的，然而在历史和时代之恶中，路遥说，还挺拔着强悍的人格，昂扬着奋斗的精神，充满着浪漫的诗意，保持着道德的完善。现实固然残酷，但理想依然壮美。路遥几乎是用一种火一般炙热的力量，用文学为所有苦难和奋斗中的人创造了一种“乌托邦”，而且，路遥真诚地相信这个“乌托邦”。在苦难中，他没有任何委顿和颓靡，相反，他输送着一股强烈的能量，一股龙跳虎踞般的强人人格。套用陀思妥耶夫斯基的话说：路遥的灵魂配得上他的野心，也配得上他承受的苦难。

路遥的人格密码

贾平凹在《怀念路遥》里面说：“他是一个强人。强人的身上有他比一般人的优秀处，也有被一般人不可理解处。他大气，也霸道，他痛快豪爽，也使劲用狠，他让你尊敬也让你畏惧，他关心别人，却隐瞒自己的病情，他刚强自负不能容忍居于人后，但儿女情长，感情脆弱，内心寂寞。”

路遥兄弟姐妹多，幼年过继给伯父，上学后成绩优异，但因家境贫穷，只能当从家里带粮食的“半灶”住宿生。《平凡的世界》中孙少平打饭的细节，源自路遥刻骨铭心的经历。三年困难期间，路遥正要上初中，而家中已经无力供养，最后在父老乡亲的帮助下他得以进中学读书。他在小说《在困难的日子里》详细记录了当时的饥饿体验，甚至这种体验和当时强烈的自卑感和屈辱感，以及用优异的成绩，用关心政治、关心国家大事、关心文学动态的阅读来平衡心理的经历等等，都让病危中的路遥记忆犹新。

1966 年，路遥考上了中专，但“文革”爆发，全国所有大专院校的招生停止，毕业生原地闹革命。路遥的革命激情被点燃，并很快成为核心人物，被选为进京接受毛主席接见的红卫兵代表，后来又因为“大智大勇、敢作敢为”被推举为学生领袖，一步步直至最后变成延川县革委会副主任。接着，1968 年来了，百万知识青年到乡村去。路遥作为老三届，也要回乡劳动。命运仿佛与一心想跳出农门的路遥开玩笑。他与城镇这种若即若离的关系以及由此产生的强烈的心理波动，被融会在高加林这个经典形象里，成为《人生》这个小说所反映的重要社会维度之一。

之后，路遥还想过要当兵走出黄土地，但因为涉嫌武斗中的一桩命案而不了了之。然后，他就力图通过和北京知青的爱情改变命运，第一次失败之后，第二次终于修成正果。之后，命运总算出现了转机，路遥上了大学，走上了创作之路，并由此站上了人生的巅峰。

然而，内心的苦难与孤独从未离开过他。生活中，路遥嗜烟如命，表情冷峻，极少言语，在别人看来，他仿佛是一个谜。有朋友回忆，路遥在文坛上没有几个关系好的人，他看得起的中国作家也没有几个；也有文章说，如果路遥活着，不知道陕西文坛会是一个什么样的格局，《白鹿原》还能不能有今天的命运。据说，他的骨灰被兄弟抱离作协的时候，偌大的作协院子没有一个人来送行。

《路遥传》里写，在文学作品中一团火热和赤诚的路遥，在生活中却有冷漠的一面，他对养父养母的态度令人唏嘘。而也因为他的冷漠，在他临终前三个月，在病床上签下了妻子递过来的离婚协议书——20世纪80年代，知青陆续返城之后，文学史上曾出现过很多“知青小说”，路遥和两个北京知青的爱情与婚姻，某种程度上比很多小说都复杂微妙，都意味深长。

了解路遥的生平经历，会深深体会一个人与生俱来的自我实现欲望强大到什么程度，体会时代和个人命运血肉相连的关系，也会深深体会一个想要走出黄土地的年轻人在理想、欲望与现实、困境之间那种撕心裂肺的挣扎。由此，便能够体谅他身上的野心勃勃和急功近利、体谅他的自信高傲和敏感自卑。如今看来，路遥是他那一代人中的典型，他本身就足以成为一个丰满的文学形象。或许可以说，路遥在中国当代历史中的特殊地位，《平凡的世界》在中国当代文学中的特殊地位，跟人与文的这种联系和映照密不可分。

读《路遥传》，一个突出的印象是路遥的哭：他经常泪流满面，对朋友哭，对兄弟哭，想女儿哭；回忆的时候哭，读作品的时候哭。连他最后住院期间的医生都说：“我从来没见过这样忧郁的男人。他经常毫不掩饰地哭，有时候倚在床上抽烟，抽着抽着眼泪就滚落下来了。”不知道为什么，读到这里，总是会让人想到《人生》中的高加林进城失败，面对刘巧珍已经出嫁，自己重返乡土的处境的时候，那一番痛哭；也能够想到孙少平伤愈出院，看到煤矿和煤堆的时候，眼中涌出的泪水。在改变命运的路上，除了自己的泪水，什么能够表达路遥们的酸甜苦辣和百感交集呢……

面对困境，中国文化中其实有各种各样的解决方案。其中，“以闲为自在，将寿补蹉跎”的心态颇为一些人欣赏，然而路遥与生俱来的性格，密不透风的苦难让他毫无喘息之机，这决定了他不可能如此。用《平凡的世界》里的话说：“是啊，这是命运！”

路遥传奇与文学的没落

客观地说，文学界所说的《平凡的世界》的问题，都存在。但它里面仍有很多关于爱情和苦难的细节触动人心，也有很多人生感悟足以作为人生语录让人铭记。然而，当我们今天试图探究它真正的魅力所在的时候，甚至，当我们试图探究路遥之所以成为路遥的原因何在的时候，书或者“文学”所发挥的作用并不像表面看上去的那么一目了然。

或许，细心的读者会注意到，当孙少平和郝红梅忍着屈辱去拿“黑非洲”的时候，他们心里装的是《卓娅和舒拉》，是《钢铁是怎样炼成的》，是《红岩》，是所有跟阅读和精神有关的东西。在生活的贫困之外，他们的精神无比富足——那些置身苦难中的年轻的心，并不像外人体会得那么贫瘠荒凉，相反，却是一片草木葱茏，他们眼中的未来光明灿烂。在没有神的所在，“书”是他们的宗教，而正因为书的滋养，他们养成了高傲的精神，可爱的气质，并以此来抵抗人生的苦难和屈辱，当然，也以此吸引城镇女孩儿的目光——哪怕这种爱情被称为“穷小子的白日梦”。

2013年方方的小说《涂自强的个人悲伤》发表之后，很多人把它跟路遥的《人生》和《平凡的世界》作对比阅读，探讨时代如何对待年轻人的城市梦。但很少有人注意到，两种典型人物精神气质上的差别。同样是来自乡村的年轻人，同样怀揣着改变命运的梦想，已经成了大学生的涂自强在生存的困境之外，没有找到任何精神的支撑。他不断地努力，但却不断地沉沦，甚至在沉沦的路上，连爱情的抚慰都没有，直至最后寂寞毁灭。他没有未来，在努力奋斗的时候也没有笃定未来灿烂的胜算有多大，所以一个年轻人徒劳自强的悲伤从一开始就弥漫了整个文本。经历几十年的改革开放，现实一再以其复杂性和残酷性击穿理想的肥皂泡，文学再也难为底层个体建立乌托邦。那么，文学该怎么源于生活高于生活，该如何处理现实主义与浪漫主义的关系，该怎么既洞察历史又抚慰人心，是路遥和方方两代作家提出的命题。

而读《路遥传》，更可以看出文学对路遥的支撑作用。他如饥似渴地爱着书，爱着文学。最终，也是文学真正成就了他的城市梦，成就了他的个人价值实现——当然，文学也让路遥变成了精神上的贵族，有底气、有自信去追求北京知青，哪怕这种底气和自信被人质疑为“爱情和婚姻上的投机取巧”。

如今看来，那时候的文学，确实拥有让穷小子变成精神贵族的社会基础、拥有改变命运的魔力。后来，随着全面的改革开放，随着市场经济的日益发展和成熟，文学逐渐边缘化，不断没落。或许，路遥在文学之路上的奋斗，在为很多普通青年励志的同时，也该为文学励志，为阅读励志。至少，该唤起一种真诚对待文学、郑重对待文学的态度和品质：让文学变得纯粹一些，再纯粹一些……因为它或许是很多青年最后的精神栖息地。

白鹿原上最好的作家走了

书与人的命运感

陈忠实先生因舌癌不治于2016年4月29日，农历三月二十三去世。在《白鹿原》中，他不止一次描写过农历四月前后白鹿原上的景象："那是麦子扬花油菜干荚时节""大地呈现出类似孕妇临产前的神圣和安谧"。巧合的是，他在小说开篇不久，曾把一次重要的死亡放在了春夏之交，即白嘉轩的父亲白秉德的死。

此时的白嘉轩已经死了四个女人，他父亲白秉德正在帮他张罗第五个。正在筹办的紧要关头，父亲突然暴死，害的是"瞎瞎病"（即绝症），原上最著名的医生冷先生也无力起死回生。因为父亲的死，白嘉轩不仅"头一回经见人的死亡过程"，而且开始执掌白家的未来。

如果说六个女人的死只是这个小说为阅读效果而先声夺人的话，那白嘉轩父亲的死才是这部小说真正的开头。一如陈忠实的离去，会开启《白鹿原》这部小说一个新的开始一样。这种新的开始，当然不是对《白鹿原》的评价会出现戏剧化逆转，而是说一部作品要脱离作家的影响力而独自面对进一步经典化的征程——对《白鹿原》的历史价值和美学价值的阐释，还可以很长很长。

《白鹿原》是五十多岁的陈忠实用五年时间创作的唯一一部长篇小说，它几乎第一时间就得到了人民文学出版社的出版通知。而且，从1993年出版，1997年获第四届茅盾文学奖，以及迄今为止几百万册的销量看来，《白鹿原》已经经受了专家读者和普通读者、意识形态和艺术手法等诸种考验。甚至可以说，它已经某种程度上完成了经典化的过程，因而戏剧性的经历将注定与这部作品的价值认定无缘——如果说有戏剧性经历的话，那可能就是它先被列入茅盾文学奖的获奖名单，然后再在有关部门的授意下修改，从而使它获得了历史性的转机。

众所周知，陕西文坛的另一部著名作品《平凡的世界》，直到今天还走在“不确定”的路上，因而作家的英年早逝、作品的出版波折以及专家评价和普通读者评价的两极分化等等诸种因素就注定了它戏剧性和话题性的命运。

有的时候，书与人一样，命运感挥之难去。

《白鹿原》好在哪儿？

《白鹿原》在坊间流传，恐怕很大程度上是因为“性描写”的尺度和频率。而它在文学界，则因为它在现实主义道路上企图记录历史，尤其是近现代革命史的蓬勃“野心”。从某种角度而言，近现代革命史是创作的敏感地带，说是雷区也不为过，如何通过人物命运认识革命的合法性、合理性，一直是关键性的问题。

《白鹿原》有一个题记，引用的是法国大作家巴尔扎克的话：“小说被认为是一个民族的秘史”，可见陈忠实写这部作品时，是以“时代的书记官”自我要求的。小说出版以后，评论界也给了它“民族史诗”和“巨幅农村画卷”的评价，并且，因为它在50万字的篇幅内，在白鹿原上的“仁义村”，浓缩了古代传说、儒家传统、宗法社会和中国近现代史，尤其是社会政治演变史和党派政治发展史，也使得白鹿原获得了文化地理学上的地标价值，跟威廉·福克纳的约克纳帕塔法、马尔克斯的马孔多镇和莫言的高密东北乡一样，也不断有评论由此来阐释《白鹿原》的历史认识价值和文化标本价值。

此外，也有研究者从文学传统的角度进行阐释，说它既有十七年期间著名的作品《红旗谱》里设置的“国”“共”“祠堂”和“富”“贫”“士”

的传统模式要素，同时又有第一次写长征期间湘江之战兵败的“新历史小说”《灵旗》式的气韵。（详见许子东的相关论文）这个角度，实际上强调的还是它的历史认识功能。

文学对历史和现实的认识功能，其实一直是中国文学的特色，甚至是中国文学挥之难去的使命，所谓“文以载道”和“文变染乎世情，兴废系于时序”，都是讲文学的这种功能和使命。而所谓“新历史小说”，更多的是历史观念的革新。主要是20世纪80年代中后期，伴随着文学反思而进行的一种历史重述。具体来说，就是历史本身，从真实的对应物变成了一种叙事，叙事就会因立场和角度而变化，甚至不排除真实之外的虚构。这种革命性的观念变革随之带来了很多改变，比如：集体主义退场，个人主义抬头；阶级观念退场，人性观念抬头；民族历史让位于家族历史；历史的必然让位于历史的偶然；精神和意志的决定性作用让位于欲望的驱动作用等等。

由此，当时出现了一大批优秀的作品，除了陈忠实的《白鹿原》，还有莫言的《丰乳肥臀》，刘震云的《故乡天下黄花》，余华的《活着》，阿来的《尘埃落定》等等。

今天看来，《白鹿原》真正的与众不同之处，并不在于它写了党派政治的“翻鏊子”，以及个人在加入党派政治时的“抛铜元”这种挑战性的历史观念——这几部作品中几乎都有类似的细节或者类似的认识；对革命“合法性”和“合理性”的试探性反思也是几乎所有这些作品的立意所在；而唯有《白鹿原》，写足了对革命“合情性”的认识，进而，它为儒家文化，并为这种文化所建构的乡土中国唱了一首深情的挽歌。

革命在打破旧世界的同时也打碎了人们赖以生存的传统价值依托和精神原乡，而且，随着历史的发展，越来越证明这种摧毁之后的重建之艰难——甚至，几十年过去了，重建渐行渐远。因而，这首挽歌，既是历史认识上的，又是情感依托上的。尤其是后者，更体现了一部文学作品之不可替代。小说区别于历史的最重要的特点之一，就在于情感保存功能。它的历史理性有可能会过时，但它所记录和保存的人的情感，则会跨越时代和种族。“文学即人学”说的也是这个道理。而很多记录大时代的作品，挽歌品质几乎是决定其优劣高下的分水岭。因为它的历史观最接近普世的历史观，而不是党派的和阶级的。

应当说，《白鹿原》当年之“石破天惊”，如今之不可替代，之畅销不衰，都跟它的挽歌品质密不可分。它越是详细描写乡村中的伦理秩序和礼法道德，越是反衬革命对这种秩序的冲击，对人性的“异化”。因而，这种挽歌就不仅带着反思“革命”的触角，还带着如何认识时代发展和传统伦理秩序之间的关系的困惑——这种困惑其实自“五四”以来就在中国盘桓不去。同时，还包含着对革命成功后的建设困局的思考——《白鹿原》的时间跨度很大，很多人物的命运都被写到了“文革”期间。

如今，几十年过去了，传统意义上的乡土中国的崩毁日甚一日，甚至，青山绿水和乡愁，都变成了国家层面思虑的问题，更足见这部文学作品的价值——它的认识功能和阐释价值有时候会超出作者的历史认识和创作初衷，获得永恒的生命力。所谓经典作品价值的阐释不尽，也是这个道理。

“性描写”和作品的命运

当然，纵观古今中外的文学发展史，凡是历史观上有进步的文艺作品都不可能一帆风顺，换句话说，“《白鹿原》是改出来的名著”这一点为很多人所知。

据经历过那段历史的人回忆，《白鹿原》当时的主要争议有三点：一、白嘉轩和长工鹿三的关系，模糊了地主和长工的阶级界限；二、书中有关革命历史和政治斗争的描写，有历史倾向性的问题；三、性描写的分寸把握欠妥，有些地方的性描写显然与表现思想主题无关。

第一条，如今的我们看来，像是笑话，但用阶级立场衡量文学作品的价值，曾经是文坛通行的标准，而且延续很多年，“为什么人代言”的立场问题在特定的文学史阶段曾是悬在作家头上的利剑；当然，在《白鹿原》出版的1993年，这一点已经不足以构成诟病作品的普遍共识了；而第二条和第三条，稍有含糊，就会决定作品、甚至作家的命运走向。

君不见，同年出版的陕西另一位著名作家贾平凹的《废都》，就因为第三条而被禁。有读者回忆，因为《废都》被禁，大家转而去读同样有性描写争议的《白鹿原》，一时间形成了“此消彼长”的格局。16年后《废都》解禁的时候，贾平凹说，《废都》带给他个人的灾难是最多的，“一夜之间我成了流氓作家、反动作家、颓废作家，帽子戴得特别大。”1995年，著名作家莫言发表的《丰乳肥臀》，也是因为第二条和第三条而命途多舛。当时，尽管有徐怀中等一批作家和批评家的支持，但莫言还是承受了巨大的压力，甚至因此从军队转业到了地方。

陈忠实当时也承受了一定的压力，然而作家的运气和作品的际遇有时候是千差万别的。他在散文《释疑者》中说：“关于《白鹿原》存在‘历史倾向性问题’，几年来我自信属于某种误读或误解，然而也没有超脱到不受困扰；我相信这种误读或误解终究会得到匡正解释的，只是没有料到会在一九九七年内发生，况且是由一位年事已高的老人陈涌完成的。”据《白鹿原》首版编辑何启治回忆，著名的马列主义文学理论家陈涌当时在茅盾文学奖评奖的会议上，认为《白鹿原》不存在“历史倾向”问题，性描写也大体在文学允许的范围内。以他的影响力为作品定性，才平息了争议的声音。此后，作者和出版方也作了适当的修改。据陈忠实介绍，主要是“删去田小娥每次把黑娃拉上炕的动作以及鹿子霖第二次和田发生性关系的部分，关于国共两党‘翻鏊子’也删掉了一些，总共两三千字。”这一点在2013年出版的《白鹿原》手稿版中也有比较清楚的体现。

《白鹿原》出版那一年的故事

文学史研究界有一个观点，那就是 1993 年是当代文学发展进程中的关键节点。这一年发生了很多对后来的文学发展有重大影响的事件，很多也是后来看来很有意味的事件。

这一年，陈忠实的《白鹿原》、贾平凹的《废都》出版，并形成了著名的“陕军东征”文学现象，同时，因为几部作品都涉及性描写，也引发了文学作品写性到底对个性解放具有多大的功能、分寸把握的分界点在哪里等问题的讨论；这一年，余华的《活着》出版，并引发了有关先锋文学转型的讨论；这一年，王朔走红，并引发了有关“人文精神”的大讨论；而这一年，顾城杀妻，有关“诗人之死”的话题也继海子 1989 年自杀后重回人们的视野。

联系所有这些文学现象，会发现一些有关文学的潮流性的东西。那个时候，全面改革开放刚刚开始，伴随而来的是理想主义的失落和商业化写作的勃兴，价值观最激烈的冲突也往往通过各种形式表现出来。在这样的情况下，“性描写”几乎是文学商业性倾向的首当其冲的选择。同时，读者对先锋小说从感觉新奇到抱怨看不懂；轰轰烈烈的“寻根文学”，寻到的都是民族劣根和国民性劣根等等困境；新历史小说因改编影视而屡屡获得巨大的商业成功，以及整个社会对现实主义题材的重新需求等等，也都是《白鹿原》应运而生的历史契机。同时，还有一个不应忽视的“人”的因素，就是陕西评论家群体，尤其是在京评论家群体的集体崛起。他们作为“乡党”的合力推介和助推，为陕西作家走向全国，走向领奖台也起到了至关重要的作用。

当然，所有事情的历史契机其实都是事后总结的，置身其中的时候，谁也没有自信能够准确把握。而靠一部小说改变命运和境遇，作家也没有那样的自信。据陈忠实回忆，他当时不知道自己花费了五年的光景搞出来的、厚厚的一沓子稿子是否能够得到出版社的认可，他甚至跟自己的乡下老婆说：成了，我带你们去西安过城里人的生活；不成，我跟你去养鸡。

据当年去拿稿子的，我的同事洪清波回忆，在他和同去的领导高贤君在陕西的几天里，陈忠实对稿子讳莫如深，直到他们上火车之前，他才把稿子拿出来，交给他们。或许是为了免遭路遥那种被编辑当面退稿的尴尬，或许是有别的考虑。多年之后，陈忠实告诉何启治："那时突然涌到嘴边一句话：我连生命都交给你们了。最后关头还是压到喉咙底下没有说出，却憋得几乎涌出泪来。"

柳青传统和陕西三剑客

陈忠实是农民出身的作家，一开始是业余写作，被作协发现后，纳入专业体制。比陈忠实小七岁的路遥在陕西文坛崭露头角，并以《人生》蜚声全国，尤其是《平凡的世界》在1991年获得中国长篇小说最高奖项——茅盾文学奖之后，陈忠实说，自己受到了巨大的刺激。因为，当时已经写了近一百万字、在陕西被称为"小柳青"的他，一时间成了个"问路的"。那时，不断有人到作协来问："路遥在哪儿？"于是，陈忠实下决心写《白鹿原》。

然而，谁都知道，只有决心并不能成就写作。写记录时代的长篇小说，除了决心，还要有才华、有毅力，更重要的是，要有生活积累，有深入生活和提炼生活的能力，有文学发现的能力。

那时候的陕西文坛，自柳青用14年的"田野实践"写出《创业史》之后，就形成了一个深入生活的、乡土文学的传统，也有一个圣徒般的对待文学的传统。路遥"文学苦行僧"式的成功，显然更加深了这个传统。当然，后来的陈忠实、贾平凹在文坛上的赫赫影响力，既得益于这个传统，又充实了这个传统。因为他们，三秦大地的丰厚文脉在当代文学中得以传承。甚至有评论者说：陕北是路遥的，陕南是贾平凹的，而关中，是陈忠实的。

更有意思的是，仔细思考这四位作家的作品，会发现他们用各自的作品恰恰建构了一部完整的20世纪中国历史。《白鹿原》主要写辛亥革命后到新中国成立前的历史，《创业史》主要写新中国成立后到“文革”前的历史，《平凡的世界》主要写“文革”结束后到改革开放前的历史，《废都》则写改革开放后的历史和现实。不知道这样的写作分工是巧合还是有意为之，是相互之间自觉的优势互补还是无意的选择。总之，陕西作家能够在当代文坛占据如此重要的地位，能够为当代文学提供如此丰富的文学话题和如此不可忽视的大作品，跟陈忠实、路遥、贾平凹三位作家的创作实绩是分不开的。

尤其是《白鹿原》，专业读者和普通读者对它基本达成了共识，它成了陕西文学最具影响力的标志，成了不折不扣的当代经典。

《白鹿原》手稿版的故事

我和陈忠实老师打交道，开始于《白鹿原》手稿的出版。

现在这个年代，在出版社做编辑，除了抓书的内容，也要想书的出版形式。自从看到我们出版社出过的《骆驼祥子》的手稿，还讲了关于寻找这个手稿的故事之后，我就在想，当代作家的哪一部作品，还有完整的手稿，还值得出手稿，还有故事可讲，出了之后还能够得到读者认可。这几个标准筛选下来，就是《白鹿原》了。

然而，虽然《白鹿原》的小说版权在我们社，但毕竟不是我直接联系，而且，作为出版社的年轻人，贸然与大作家联系，说自己尝试性的想法，还是心有怯怯。于是我找到了《教师报》的雷电，陈忠实老师多年的文友和助手。

得到雷老师支持之后，事情就顺利了。还记得我第一次给陈老师打电话的时候，他用永远不变的陕西腔给我讲了这个手稿的故事。他说，当年这个书获了茅盾文学奖之后，就有一个企业家找到他，要用一百万元买这个手稿，他真是很动心、很犹豫。20 世纪 90 年代，一百万元是天文数字，但后来想想，还是婉拒了，一方面是怕不值那么多钱，卖给人家坑了人家；另一方面想，还可以给子孙后代留个念想。陈忠实去世后，很多文友回忆他更重情义不重钱的君子风范，回忆他讲义气重然诺的长者风范，我想，这也算是一个小的旁证。

对出手稿，陈老师当时说了两点担心：一、手稿上有修改痕迹，原样出版合适吗？二、读者会买吗？会不会让出版社赔钱？我说，出版手稿就是为了保留修改痕迹，供研究者进行版本研究和收藏者原样收藏；而限量编号出版，不会有太大的市场压力；同时，这套手稿的出版，会创造当代作家第一次出手稿的出版记录，进一步推进《白鹿原》的经典化。于是，《白鹿原》手稿版，在 2013 年面世。它和《白鹿原》平装书的 20 周年纪念版，以及影片《白鹿原》一起见证了《白鹿原》出版 20 周年的庆典。当代文学史上，没有几部书值得为出版 20 周年做一个庆典。

之后，我又编辑出版了陈忠实的短篇作品合集《释疑者》，跟他的联系也多了一些。他不会发短信，每次我给他发信息，哪怕只是一句节日的问候，他也会很郑重地打电话回来，致以同样的问候——我联系过很多大作家，如陈忠实者，不多。

陈老师患病之后，我给他打过两次问候的电话，每次他都说：“好着哩，好着哩。”得到他去世的消息，我一下子想起在做完《白鹿原》出版 20 周年的庆典回宾馆的路上，大家都很高兴，也很放松。我逗他，如果由他参演电影，他希望演哪个角色。他笑笑说：“我希望演鹿三。”

在《白鹿原》中，鹿三终于等到了儿子黑娃的浪子回头，白嘉轩和朱先生给田小娥造塔而不是立牌坊的举动，也彻底解了他杀人之后的心结，之后，他安然去世。陈忠实说：“白鹿原上最好的一个长工去世了。”

而同样的句式，也被陈忠实用在了白鹿原的精神领袖、农耕文明精神根基的代表人物朱先生身上。他说：“白鹿原最好的一个先生谢世了……世上再也出不了这样好的先生了。”

如今，轮到我们说，白鹿原上最好的作家走了，世界再无陈忠实……

陆沉者杨绛

“死而不亡者寿”

杨绛先生以105岁高龄去世，作为她的读者，在哀悼惋惜的同时，我首先想到的却是一本科普图书的开头。这本书曾获世界最著名的科普图书大奖安万特奖，书名叫《万物简史》。它的开篇即说：“欢迎，欢迎。恭喜，恭喜。我很高兴，你居然成功了。我知道，来到这个世界很不容易。事实上，我认为比你知道的还要难一些。”

这个“欢迎”和“恭喜”是对每一个来到世界上的生命说的，因为天地万物、微观宏观、父母祖宗等多种因素，共同赋予了“你”一连串“极不寻常的好运气”，才使得“你成为了你”，倘若其中的任何一个因素出了问题——这样的概率是非常高的——独一无二的“你”都有可能会变成海象、藻类或者尘埃一样的物质。

杨先生自然也是这种“好运气”的受益者，然而，她105岁的生命长度，更堪当历史和社会意义上的“好运气”的受益者。只需要想一想她这一生中，中国近现代历史的跌宕起伏，想一想在“乱离人不如太平犬”的大环境中个体生命的飘零和脆弱，就能体会她活下来本身所包含的能量和力量（更何况她还留下了很多历史的实证呢，比如《我的姑母杨荫榆》中那个被鲁迅“骂”得体无完肤的北师大女校长等）。无论她留学海外、历经抗日战争和解放战争，还是经历新中国成立后一系列知识分子改造运动，甚至亲人的病与死等等，每一次考验和每一个打击，都有可能破坏“使她成为她”的“好运气”——君不见，百余年中国近现代史上，有多少读书人带着未竟的家国情怀，因各种原因而命断中途、学断中途。

从这个角度说，她和钱锺书先生都是“幸运者”。所以，当众多读者为“我一个人思念我们仨”之暮年忧伤哀痛，甚至很多媒体和评论不惜为此过于煽情的时候，理智还是应该适时出现：钱先生以88岁高龄去世，他们的女儿以近60岁的年龄因病痛去世，已算是非常中的正常。而且，他们尤其“幸运”，因为杨先生91岁高龄笔力犹健，用《我们仨》那般洗尽铅华的文字镇定淡然地“打扫”亲人离去之后的“现场”，让他们仨的故事走出家庭，走出学界和史界，走进普通人的心里。

本雅明说：“随着每一次死亡，社会自己也死去了一小部分”，而文化和文脉的传承，甚至某一种传奇的谱写和延续，无不首先因为生命得以保全。当然，只有生命本身是没有意义的，我们还要有“双倍的运气”，即“有独一无二的欣赏生命存在的能力”（《万物简史》）。因为具有这种精神活动的能力，并且能把精神活动贯穿始终，才能达到《道德经》中所说的境界：“不失其所者久，死而不亡者寿”。

杨绛的精神之所

书和文学显然是杨先生的精神之所。她曾说，三天不读书就会很难过，一周不读书就感觉白活了。而创作上，她从清华求学时期就开始尝试，抗战期间以剧本《称心如意》成名。这个剧本是黄佐临导演的，也是她第一次使用“杨绛”这个笔名。后来，她又写了《弄假成真》。在抗战的硝烟中，在充满了铁与火、血与泪的抗战文学中，杨绛一开始就显得与众不同。她也写愁苦，但在愁苦中又总是充满欢笑；她也反映“大时代”，但切入点又从来都是关于爱情和人际的“小愁绪”；她有小女人的细腻心思，也有知识女性的理性和冷峻。可以说，这样的创作立场几乎贯穿了她全部的创作。

从1949年到1976年，近三十年间，杨绛几乎没有进行创作，只做翻译。当年被邓小平当作国礼送给西班牙国王、至今被读者广为称颂的西班牙文学经典《堂吉诃德》，还有西班牙小说《小癞子》，以及译笔受到傅雷赞赏的法国文学作品《吉尔・布拉斯》等都出自此时。

“文革”结束后，六十多岁的杨绛开始重新拿起笔，并且佳作迭出。代表杨绛创作高峰和知识分子写作较高成就的《干校六记》《丙午丁未年纪事》《洗澡》都是在这个阶段写成的。

当时的文坛，以血泪控诉风格为主的“伤痕文学”和“反思文学”盛行，文学在如泣如诉，甚至疾言厉色中，试图帮十年浩劫中的冤假错案寻找责任人，帮百姓寻找抚慰者。如今看来，那时候的文学，充当的是情绪的喷火口，政治的解压阀，因而大多都是感性丰沛、理性不足的。即便是巴金的《随想录》，在勇敢说真话的同时，也没有完全摆脱“左翼文学”重情感喷发、轻理性反思的创作风格。

“左翼文学”，尤其是《在延安文艺座谈会上的讲话》之后的“解放区文学”，对中国文学影响深远。对于散文这种距离个人心志情感比较近的文体而言，更是如此，从遣词造句到行文风格，再到卒章显志，其影响几乎是覆盖性的，很少有作家能够游离于此，尤其是将文学创作延续到新中国成立后的作家。杨绛，显然是游离者之一，也正因为这一点，她的散文能够在某种程度上接续中国古典散文的传统，也能够代表大陆散文和台湾散文相媲美。

《干校六记》等一系列作品，显示的还是独特的精神气质。如今看来，她下笔隐忍克制，辞约旨丰，大致算是在“战斗风格”“穷愁风格”和“闲适风格”之外开创了第四种风格，即“隐忍者的风格”。她总是在大时代的轰轰烈烈、吵吵嚷嚷中，追求一种独居冥想的、隐退的思想生活，借此既能够体会患难赋予人的智慧，同时，也未尝不是对限制这种生活的外在势力的一种反叛。

然而，她的文章中没有任何战斗性的修辞，甚至连抱怨的或者委屈的修辞都没有，她只是站在个人的角度，用自己和钱锺书的相聚分离，用细节，含蓄而深刻地体悟时代。比如，在《干校六记》的一节《下放记别》中，她写到，只剩几天就是钱锺书六十岁的生日，但下放的消息已至，等不及了。两个人于是到小吃店吃饭，“我舀些清汤泡了半碗饭，饭还是咽不下。”只这一句，道尽了“人”的愁苦酸辛，也道尽了时代之畸形和残酷。比如，在《误传记妄》中，她写到，钱锺书曾得到可以作为“老弱病残”先期回京的消息，但最后名单上又没有，于是她背诵韩愈《八月十五夜赠张功曹》的诗句：“赦书一日行千里……州家申名使家抑”。时代的翻云覆雨渗透在每一处微小的转折点上。甚至，在写到女婿得一在“文革”中自杀身亡，她都极为克制，只写了一个这个年轻人认真而厚道的小事。

联想到他们的年龄，他们在学术界的地位和影响，再联想到他们夫妇二人在新中国成立前决定留在故国的选择，不免更令人感慨遥深。杨绛在散文《怀念陈衡哲》里面写，他们夫妇曾在“莎菲女士”陈衡哲家中与胡适见过，并在有条件了解国际动态的前提下，思量过知识分子在未来的命运。我想，他们也一定权衡过个人在未来的种种可能。但从古至今，知识分子对现实和历史的估量总是不能恰如其分，不然也不会有韩愈“报国心皎洁，念时涕汍澜”的悲苦了。

关于“文革”期间经历的叙述《丙午丁未年纪事》，因为遭遇更为极端，她的文笔也更浓烈一些。比如写到自己被批斗，她模仿《堂吉诃德》里桑丘·潘沙的口吻说：“我虽然‘游街’出丑，我仍然是个有体面的人！”比如她写到自己被剃阴阳头，打扫厕所，“每天胸前挂着罪犯的牌子，甚至在群众愤怒而严厉的呵骂声中”，但仍感觉“问心无愧”，“我自巍然不动”。她不动声色地嘲笑了所有的凌辱，堪当“君子”二字。

细读杨绛这些散文，会忍不住为她描写苦难和受辱时候的节制而动容，从而钦佩她作为一个读书人、一个女性，柔弱而强韧的生命力背后那种由旁观、自嘲、理性和乐观构成的智慧与人格。当然，更敬佩她埋藏在逆来顺受之下的骄傲和自尊，埋藏在淡泊笔触下的讽刺和机锋。

她从未妥协，她的对抗都在心里。她在《我们仨》中说，经历过“触及灵魂的改造”之后，她见识了众生百相，但自己却几乎什么都没变，唯一的变化是“从此不怕鬼了”。

鲁迅曾说：“人生苦痛的事太多了，尤其在中国。记性好的，大概都被厚重的苦痛压死了；只有记性坏的，适者生存，还能欣然活着。”然而，杨绛记性不坏，她只是用知识形成的人格，用文化养成的骨气，用修养铸就的格局，甚至用家庭搭建的象牙塔，找到了“欣然活着”的支撑。她推重杜甫的诗，或许杜甫在饱经离乱之时为人的“担荷”精神，为文的沉郁顿挫，以及“思不出其位”的家国之忧都是个中原因。而杨绛堪比杜诗“修史”之功能的长篇小说《洗澡》则集中体现了以上种种。

《洗澡》：新中国成立后历史的一种写法

这是杨绛唯一一部长篇小说，其中的一些人物和情节，也能在中短篇小说《小阳春》《“大笑话”》中找到影子。小说以新中国成立前的“北平国学专修社”、后来的“文学研究社”为中心，写集中在这里的三代知识分子的群像：一代是“旧社会过来的知识分子”，包括丁宝桂、余楠、施妮娜等；一代是留洋回来的知识分子，包括许彦成、杜丽琳夫妇和朱千里、傅今；一代是新时代成长起来的知识分子，包括罗厚、陈善保、姜敏。全书的主人公姚宓，则似乎难以归类。她家道中落，婚姻也泡汤了，但她以书为伴，安静沉稳，独立而富有主见。和有妇之夫许彦成知音流水般的恋爱，也显示了她的不同流俗。

按杨绛在1987年初版时候写的前言里面说的：小说写的是新中国成立后知识分子第一次经受的思想改造运动，当时叫“三反”，又叫“脱裤子，割尾巴”，但知识分子耳朵比较娇嫩，听不惯“脱裤子”，于是改称“洗澡”，相当于西方人说的“洗脑筋”。怎么洗呢？大概是“人人过关”，过不过关，由群众说了算。小说借丁宝桂之口说：“你要是打点儿偏手，群众会说你不老实，狡猾，很不够。你要是一口气说尽了，群众再挤你，你添不出货了”，也是问题，个中分寸很难把握。留法归来的朱千里则觉得，“革命群众比自己的老婆更难对付。他私赚了稿费，十次里八次总能瞒过。革命群众却像千只眼，什么都看得见。”

杨绛就这样，在自己身处的群体中静观默察，亦庄亦谐地对这个群体画形画骨画魂。对待不同性格的人物，杨绛赋予的情感色彩也各不相同。对于投机者余楠、无知以为知的施妮娜，还有“精致的利己主义者”（钱理群语）姜敏，她极尽嘲讽，读来令人发笑；而对于略显俗气的“标准美人”杜丽琳、带有些许法国浪漫自由色彩的朱千里，她显得更温和一些；对姚宓和许彦成，她则倾注了全部的同情和喜爱。而且，在她的笔下，“洗澡”运动不止是运动本身，更掺杂了很多日常相处中的矛盾和纠葛，因而使得运动变得微妙而复杂。而经历过这场运动的知识分子，“有的是变不透，有的是要变变不过来，有的则是偷偷儿地不变”（《我们仨》）。

那时候，英美派的境遇显然不如俄语派，且不说所获得的研究资源不均衡，就连过关时候群众的标准和尺度也略有差异。但杨绛总是将对时代的看法隐藏在看似漫不经心的结构布局中，隐藏在颇有幽默色彩的表达中，以达到“羚羊挂角，无迹可求”的效果。从这一点说，文字上具有“初发芙蓉之美”（语出钟嵘《诗品》）的《洗澡》与具有“错彩镂金之美”的《围城》反倒有了些许相似之处。二者都是在看似散漫的风格中，在看似游离于时代的人物和事件中，暗藏毁誉褒贬，暗藏机锋棱角。所以，这两本小说才会如此耐读。当然，对两本小说的评价至今也不能说没有争议，或许某些评论者早已不习惯体会汉语的含蓄蕴藉，早已不习惯体会中国文化中的温柔敦厚，外圆内方，因此才会对作品发出种种所谓的“道德指责”吧。

杨先生显然很重视《洗澡》在自己创作生涯中的地位，所以，她学习《堂吉诃德》的作者塞万提斯，在看到别人续写自己的第一部之后，赶紧自己把故事的开放性结尾“敲钉转角”地写完，断了别人续写的念头。2014年，她以103岁高龄出版了中篇小说《洗澡之后》，给许彦成和姚宓一个圆满的结局。且不说小说本身的优劣——多年后续写，小说显然无法延续之前的气韵，人物形象也越发单薄——单是杨先生驰而不息的创作精神，就足以让读者充满阅读期待。或许以如此高龄创作小说在世界历史上也是孤例。一如钱锺书从干校回来之后，在没有住处的现实条件下、在“高天滚滚寒流急”（毛泽东《七律·冬云》）的政治环境中开始写作百万言的《管锥编》一样。

考量杨先生六十岁以后在创作上的厚积薄发，她在散文、小说、翻译和戏剧诸方面的“百花齐放”，离不开她擅长借诗书之泽来修养身心的能力，离不开她年事日长而学习不辍的精神，当然更离不开她在大时代中的颠沛流离以及为人妻、为人母的日常冗杂的背景参照——她在散文中写，钱锺书终生都分不清左右脚，离家远了就找不到回家的路，家中诸如修灯、修水龙头等日常事务，无不需要她出马方能“药到病除”，连女儿都要称钱锺书为“弟弟”。而在《我们仨》里，杨先生写的那个漫长的“梦”，有一个细节让人体会颇深，她几次提到钱锺书的手绢，恍惚中她不记得自己洗过，但手绢却是干净的。

越是参照这些，越能体会她之了不起。或许，唯有参照这些，才能理解为何钱锺书会有“誉妻癖”，才能体会所谓“最贤的妻、最才的女”背后的生活含量——世界上没有哪一种传奇，不是以具体的生活做底子的。就像人人在称颂和敬佩两位先生的学问和修为的同时，却不能忘记他们的勤奋一样：“我们不论在多么艰苦的境地，从不停顿的是读书和工作，因为这也是我们的乐趣。”（《我们仨》）

尤为值得深思的是，他们所处的时代，已经是不断呼吁娜拉走出家庭，去做大时代中的“新女性”的时代。现代文学中，传统女性与现代女性的角色转换，以及由此带来的婚恋问题，故事之多不胜枚举，而且杨先生已经是实实在在走出家庭、受了高等教育、受了欧风美雨熏陶的新女性，但她却恪守中国传统伦理中对柔顺温恭、怜贫恤老的“妇道”的要求。她在《钱锺书生命中的杨绛》一文中说：“杨绛最大的功劳是保住了钱锺书的淘气和那一团痴气”（她曾说，写《围城》的钱锺书是一个痴气旺盛的钱锺书），“我一生是钱锺书生命中的杨绛，这是一项非常艰巨的工作，常使我感到人生实苦。”而公公对她这个“洋盘媳妇”由怀疑称赞她“安贫乐道”；婆婆表示晚年愿意和她一起生活，都让她觉得是“莫大的荣誉”，值得“吹个大牛”。

从社会的角度来说，从鼓励新女性出现到“妇女能顶半边天”，再到后来的女权主义，中国女性角色的变化不断在修正爱情和家庭的内涵，“我爱丈夫，胜过自己”（杨绛《走在人生边上——自问自答》）的女性也越来越少，但实际上人们对琴瑟和谐的家庭的追求是永恒的。我想，这或许也是为什么杨先生一生追求独善其身，从未想过要做启蒙者和呐喊者，在文字中也总是描述多于箴言，甚至在写完警喻性的文字之后总不忘自我怀疑一番，可却有很多人纷纷整理她的“语录”，奉她为智者的原因之一——她几乎是一个完美中国女性的化身。

陆沉者杨绛

普通读者心目中的智者，大多数都是“成功人士”，并且能够说出他们心中有嘴里说不出的道理，精准而贴心——微博、微信兴起之后，杨先生不断“被鸡汤化”即是此中之一。而读书人心中的智者，则往往和“富贵不能淫、贫贱不能移、威武不能屈”的独立思考能力和独立精神品格有关。这样的智者有风骨又不失通达，有气节又能够转圜，面对大是大非，甚至死亡都能做到宁静自守。孔子所谓的“智者乐水，仁者乐山”，大概也有智者能够随事物之万化而变化，如水一般柔和平静中隐含波澜，清浅时透彻洞察，深邃处幽不可测的特征。

杨先生晚年翻译的柏拉图的《斐多》篇，是她全部九卷本全集中我最喜欢的篇目。这本著名的书，写的是“因信念而选择死亡”的苏格拉底在赴死当日，与门徒就正义和不朽、灵魂与肉体等等进行的讨论，而杨绛之所以选择翻译它，是为了全身心投入一件事，以“逃避”女儿和丈夫先后去世的悲痛——“因为这种悲痛是无法对抗的，只能逃避”。

全书闪烁着哲学的智慧之光，当然更闪烁着耀眼的生命之光，而杨先生的译笔，更是流畅而通达。对于一个在孤独中面对死亡的老人而言，这样的翻译一定是浸透了毕生的情感和感受的，苏格拉底毕生的生死之限、时命之围与哀乐之情也一定都传达到了译者的心里，所以读起来才会让人唇齿留香。

比如：“其实呀，一切美德只可以用一件东西来交易。这是一切交易的标准货币。这就是智慧。”比如：“我们活一辈子，应该尽力修养道德、寻求智慧，因为将来的收获是美的，希望是大的。”比如：“真正爱好知识的人，（为了灵魂能够摈弃肉体的束缚，和神圣的、纯洁的、绝对的本质交往），都自我约束，而且勇敢。他们不是为了世俗的缘故。”

她之后写《走到人生边上——自问自答》也是受了这本书的启发，然而她用中国传统文化把相关的思考本土化了。她说：“人虽然渺小，人生虽然短促，但是人能学，人能修身，人能自我完善。人的可贵在人自身。”

然而，稍有阅历的人就会知道，社会又何尝给人自身的完善提供过最适宜的环境呢？于是，人的选择能力就成了第一要务。杨先生去世之后，一些有关文人相轻的史料和相关的历史公案重被提及，同时，有关知识分子在历史大势中的选择，以及与此相关的所谓“名节”问题，也被提及，一时间大有逼人成义士、叹人未成仁的架势。

我在想，到底什么是区分优秀的知识分子的标准呢？随着时代的变迁，标准可能会比较多元：有时候，是宁为玉碎的抗争；有时候，却是保全和沉默。无论哪一个时代，当一个读书人或者一个知识分子面对威胁艺术或者学问的邪恶时，所持有的态度和方式，以及无论在什么条件下，他们看待自己的方式，他们所维护的价值，恐怕都非常重要，也是使得优秀知识分子区别于其他的分界线——谁说“独善其身”就不能达到“兼济天下”的目的呢？文化的传承又岂是一时一地能够评判得了的呢？“逝者为大”当然不是完美化，但倘若历史研究者能够给出令人信服的考证和答案，而不是历史的义愤和道义的指责，想必会更有说服力。杨先生去年在出版全集的时候，曾亲自撰写年表，细读很有意思，也能映照出老人身处社会，那一番身不由己和那一番臧否好恶。

杨先生有一篇散文叫《隐身衣》，是散文集《将饮茶》的代后记，比较集中地反映了钱杨夫妇的追求。他们希望获得一件由“卑微”的料子做成的隐身衣，消失于众人之中，既可以“摆脱羁束，到处阅历”，也可以“安闲舒适，得其所哉”，更可以“保其天真，成其自然，潜心一志完成自己能做的事。”然而，杨先生也知道，穿上这人间的隐身衣，还会有诸多不便，“肉体包裹的心灵，也是经不起炎凉，受不得磕碰的，要炼成刀枪不入，水火不伤的功夫，谈何容易！”于是，她喜欢苏东坡的一句“万人如海一身藏”，也企慕庄子所谓的“陆沉”，意思是说陆地无水而沉，即所谓“人中隐者”（郭象注），指的是一种不迫于外力的主动选择，是一种不群不党的独立状态。

如今，杨先生骨灰不留，财产捐献，唯用书和文，以及在清华设立的“好读书”奖学金传世，显然堪当这样的“陆沉者”。只是不知道，这样的读书人会不会是后无来者……

世间已无张贤亮

“他来了，又走了”

据说，这是张贤亮临终时自己给自己拟的碑文。

“来了，又走了”是所有生命的轨迹，差别在于走过的这一遭。张贤亮的生命过程之特异，之雄奇，显然配得上这句“大道至简”。同时，也未尝不是他洞察了生之空无和死之永恒。

张贤亮 1936 年出生于南京的钟鸣鼎食之家，祖父张铭是有历史可考的名人，曾留学美国，获华盛顿大学法律硕士学位；在日本加入同盟会，当过国民政府外交部参事、驻美公使馆参赞、军事委员会参议等等，新中国成立后还担任过上海文史馆的馆员。张贤亮的父亲和母亲也都曾留学美国，父亲还当过张学良的英文秘书。战乱年代，张家和所有的家庭一样颠沛流离。1949 年，张贤亮的父亲北上北京，之后被捕入狱，1954 年死于狱中。

1949 年，张贤亮的户籍登记，成分是“资本家”。1954 年，他被北京三十九中开除。1955 年他带着母亲和妹妹作为西部大开发的首批北京移民来到宁夏贺兰县。1956 年他被选拔为语文教员，1957 年开始诗歌创作，先后发表了四首诗，其中包括彻底改变他生命轨迹的《大风歌》。今天看来，这只是年轻人在新时代到来的时候欢欣鼓舞的歌唱。但随即，《人民日报》就发表了署名文章《斥〈大风歌〉》，之后，22 岁的张贤亮被打成“右派”，参加劳改。“文革”期间，又被打成“反革命分子”，继续劳改，1978 年才重归创作之路。

从 1979 年到 1989 年，张贤亮发表了大量文学作品，几乎每一篇都曾在文坛引起巨大的震动。如今历数起来，不禁让人惊异于一个作家厚积薄发之下的创作生命力，也一再确认生活苦难之于写作的巨大价值：《灵与肉》（被谢晋改编为电影《牧马人》，是新时期的经典电影）、《土牢情话》《肖尔布拉克》《绿化树》《浪漫的黑炮》（被黄建新改编为《黑炮事件》）、《初吻》《男人的一半是女人》《习惯死亡》等等。他就这样带着“右派文学”的特殊气质给中国文学注入苦涩的浪漫，很难想象，新时期文学如果缺少了张贤亮，该是一种什么样的情态。

张贤亮把一个年轻右派在生命力最旺盛的年华所经历的饥饿、性饥渴和苦难体验统统写进了小说，而且，因为这种体验的刻骨铭心、因为饱含抒情性的叙事风格，尤其是因为敢于直面性饥渴、敢于突破写作禁区的勇气，他的小说获得了广泛的共鸣，当然也引起了巨大的争议。据说，很短时间内关于《男人的一半是女人》的争论文字曾多达200 万字，而小说本身不过 18 万字。

20 世纪 90 年代之后，张贤亮认为自己再怎么写，“都是对《男人的一半是女人》和《习惯死亡》的重复”，而且社会上“有了比文学更高级的东西——商业”，于是他下海经商，创办宁夏镇北堡西部影城。电影《红高粱》《大话西游》《东邪西毒》《新龙门客栈》等都曾在这里取景。后来，他逐渐淡出公众视野，一心做一个成功的商人。2009 年，他发表过长篇小说《一亿六》，但反响平平。在去世之前，他最后一次出现在新闻视点中居然是因为一次有关“包养”的微博风波。

从政治囚徒到文化名流，再到商界骄子，伴随着新中国每一次巨大社会转型的张贤亮、经历过极端苦难淬炼的张贤亮，就这样用强悍的生命力、用天赋才华、用生存智慧书写着自己的传奇，而同时强化这种传奇的，还有他对情爱、对名利、对时代的真实态度和把握，以及他每每在访谈中的语出惊人。他的经历，除了频频出现在自己笔下，甚至还能在很多作家的作品中寻找到些许踪影，比如王安忆的《叔叔的故事》，比如铁凝的《大浴女》，比如严歌苓的《陆犯焉识》等等。

当然，从早年书写“伤痕之美”，到西部影城“贩卖荒凉”“展示苦难”，张贤亮一直都没有逃脱过争议，“誉满天下，谤亦随之”，这世间的许多“枭雄”都难逃宿命。在采访中，张贤亮曾说：“我身上集中了强盗、流氓、劳改犯、书生、英雄、作家等各种人的特性，我就是一个复杂的中国人的代表。即使我再被打倒，我也知道曾经辉煌过，历史上、中国文学史上永远不会抹掉我这一笔。”所以，他才会用“他来了，又走了”与尘世告别，带着“仰天大笑出门去”的狂放。

小说家张贤亮

这“永远不会抹掉”的一笔，很大程度上是因为他的“自传体伤痕小说三部曲”：《灵与肉》《绿化树》和《男人的一半是女人》。在上个世纪八十年代，伤痕文学普遍停留在意识形态领域，用善恶对立、黑白分明的二元对立模式，书写“文革”受害者的眼泪的时候，张贤亮却独树一帜，写“伤痕之美”，写苦难中的浪漫、写受害者的自我探寻和自我救赎。同时他毫不回避受难者的性饥渴、也敢于塑造“又美好又放荡”的女性形象：《绿化树》里的马缨花，《男人的一半是女人》里的黄香久，堪称中国当代文学女性个性解放形象的先驱。

在很长一段时间里，中国文学中对爱情的书写都是抽象的，都是阶级之爱和革命情感，不涉及肉体，更遑论欲望。尽管在张贤亮发表《绿化树》之前，女作家张洁发表的《爱，是不能忘记的》已经引发了巨大的争议，但那更像一个社会学的争议，争论的焦点还是精神性的，即一个“痛苦的理想主义者”追问无爱的婚姻是不是道德的。

是张贤亮的小说，一下子越过了爱的精神性边界，直接进入了欲望，而且是欲望饥渴。从这个角度说，这些小说堪称平地惊雷。用当时评论界的话说，“这在当时无疑具有激活沉寂社会的功能。”据记载，因为《男人的一半是女人》太过惊世骇俗，有抓人眼球的媚俗嫌疑，遭到很多女作家的抗议。连冰心都曾经致信发表这个小说的《收获》杂志的主编巴金先生，让他“管一管”，而巴金认定了这部作品的严肃性和文学价值。著名文学史家夏志清读了这部作品之后，更是如此评价道：“张贤亮是80年代中国大陆最杰出的作家，其才华不仅远非同时代中评价甚高的阿城等人能比，甚至可以与张爱玲、沈从文等量齐观，其水准应在老舍、茅盾这样的小说家之上。”（《朔方》，2014.11）

价值往往是时代的产物，某种意义上，没有参照就没有价值评价。文学价值也是如此。曾几何时，关注身体之美，关注人的正常欲望都带有思想解放的意义，因为这些曾经都是革命的对象。从这个角度说，张贤亮是新时期情爱叙事、身体叙事的拓荒者之一。后来，王安忆写了“三恋”（《小城之恋》《荒山之恋》《锦绣谷之恋》）、铁凝写了“三垛”（《麦秸垛》《棉花垛》《青草垛》），贾平凹写了《废都》等等，都是人性探索往欲望纵深发展的成果。当然，欲望叙事如果不能和特定的历史情态、特定的精神人格相联系，就会变得极端个人化、变得颓废，直至失去其存在的价值。后来，许多年轻女作家的探索不知不觉演变成了欲望展览，写作也迅速陷入绝境，就是证明。

更为重要的一点是，张贤亮这些作品不仅值得载入文学史，还值得被阅读。君不见，很多文学史上的名篇，尤其是标志某种思潮，或某种创作动态的名篇，时移势易之后，往往只有了标本意义，没有了可堪阅读的文学生命力。比如《班主任》《伤痕》等一大批知名作品。而按照卡尔维诺的观点，“所谓经典就是那些不断被重读的作品”来推论，张贤亮的这些作品至少可以被称为“亚经典”：他们具有被重读的意义与价值。

当然，作为小说家的张贤亮，还有一种价值值得被再确认，那就是他不是只能依托自己的经历和体验来创作，他能够离开自己去写别人。他具备虚构能力。个人的经历毕竟是有限的，而虚构能力，往往体现一个小说家的真正功力，也是能够维系小说家创作生命力的真正源泉——

文坛上很多自我重复的作家，或者处女作即是代表作的作家，缺乏的恰恰就是虚构能力。

张贤亮的中篇小说《河的子孙》，用近乎精雕细刻的笔力塑造了一个村支部书记的形象，在新中国成立后动荡多变的历史中，号称“半个鬼”的村支书用农民的狡黠和智慧，保护了下放村里的干部，让全村父老躲过了三年困难时期。在农村题材作品的谱系中，其人物形象的经典程度堪与李準、柳青、赵树理等作家笔下的人物相媲美。此外，还有写上海知青爱情的《肖尔布拉克》，在时代特征之外，它触及了人性中忠诚与背叛、情感与道义的两难等永恒主题，具有复杂的人生况味，尽管它与艾特玛托夫的《我的包红巾的小白杨》有太多的相似之处。当然，很多当代文学作品受惠于俄罗斯文学，比如古华的《爬满青藤的小木屋》、徐怀中的《西线轶事》等等，很多作家也从不讳言自己的“俄罗斯情结”。

总之，无论是题材开拓还是美学风格，作为小说家的张贤亮，其才华与成就，其实是没有争议的。让事情变得复杂的是由小说而生发出来的立场，以及一个劫后余生的“受难知识分子”，该秉持什么样的精神立场，甚至该如何面对生活。

“受难者”张贤亮

在国外，张贤亮一度被认为是中国的米兰·昆德拉——都写政治、性和流亡生涯，都充满了哲学思辨。但不同的是，米兰·昆德拉离开了他的祖国，尽管因此颇受捷克人诟病，但他终生保持着对种族身份、知识分子身份和深受斯大林主义影响的社会主义阵营的怀疑。而张贤亮不仅在祖国扎根，而且，无论是90年代执掌一方作协，还是后来成为成功的商人，张贤亮都享受了受难之后的“苦尽甘来”。仿佛，他与苦难达成了妥协和同盟，他在小说中一再重复的受难者感激涕零的结局，也都在现实中一一实现了。

在《灵与肉》里，主人公许灵均因为家庭出身而备受苦难，但在“文革”后他却拒绝了资本家父亲的移民邀请，选择留在祖国。在《绿化树》里，章永璘在经历过苦难之后，将给了他无限温暖的马缨花变成了普通劳动者的缩影，并书写自己被改造为“新的人”之后，进入人民大会堂时泪流满面的情景。在《男人的一半是女人》中，终于重获性能力的章永璘选择了与黄香久离婚，找回了男人的自尊，也报复了她曾经的背叛。

几乎在所有的小说中，张贤亮都塑造了一个不断思辨和反省的思考强人的形象。这个强人，不管是在灯下阅读《资本论》，还是在土牢中对着月亮抒怀，都是作者的精神自画像，也是他在无可反抗的现实中，在强大的求生意志中，所能谋求的自我保存和自我调节。而且，受革命文学中的人物，尤其是英雄人物成长逻辑的影响，张贤亮也往往赋予这个人物性格的转化，并给他加上一个走向更加广阔天地的“光明的尾巴”。

正是这样的“尾巴”，引发了巨大的争议。同为“受难者”的高尔泰，在《绿化树》备受关注之后，发表了著名的评论文章《〈绿化树〉印象》。文章指出了张贤亮创作的苏联文学背景，肯定了《绿化树》的细节和诗意的忧郁风格，但同时，直指其在真实性上存在的问题。高文认为，现实主义文学有主观的真实，即“说真话”，也有客观的真实，即“写真事”。没有主观的真实做依托，称不上现实主义，由此他得出结论，说《绿化树》是一株没有生命的塑料树，是“给思想以血肉”的主题先行，是概念化的写作，是装饰在武器之上的撒娇的花朵。

多年之后，文化批评家朱大可也延续这样的批评思路，认为张贤亮在灵与肉的冲突中，在看似独特的个人记忆书写背后，实际上是和国家的苦难修辞相媾和，是20世纪塑造的“受虐型知识分子”的典型。（《作家张贤亮的苦难修辞学》）尽管有中国传统文化中“天将降大任于斯人也，必先苦其心志”的悲情支撑，也不乏“卧薪尝胆”的隐忍精神颂扬，但当一个“受难者”没有变成“殉道者”，而变成了世俗英雄，甚至风流才子的时候，有关知识分子气节的话题还是会或隐或现地出现在人们的意识中。

托尔斯泰说：“可怕的不是苦难和死亡，而是那允许人们去造成苦难和死亡的原因。”张贤亮那一代知识分子，有一个重要的精神依托，就是有着同样境遇的俄罗斯的知识分子——不仅从中汲取文学上的营养，在受难之后的立场和态度上，他们也力图寻求借鉴和力量，但毕竟文化传承、宗教背景、民族性格和具体的历史现实都不同，因而他们的寻求往往会流于表面。

王安忆在《叔叔的故事》中，借着讲一个“快乐的故事”的外壳，精准地描绘了张贤亮这一代“叔叔辈”知识分子的精神画像——他受苦，受苦之后“在灵魂上将自己放逐了”，他“保存了肉身，以待日后东山再起，魂兮归来”。于是，他靠着讲故事，靠着爱情寻找快乐，然而，过去和历史，早已变成了活生生的孩子，蓬勃地生长，时时处处提醒他往事并不如烟。所以，他起初是靠在墙角，后来终于拿起了刀——责任和使命还是无可逃避，深刻和沉重还是无处卸下。

小说借用俄罗斯童话中，喝鲜血而活三十年的鹰和吃死尸而活三百年的乌鸦的故事，写人在不同境遇中的选择，鹰的骄傲固然诱人，可乌鸦的苟且更接近人的求生本能。小说中说，“我是和叔叔在同一历史时期内成长起来的另一代写小说的人”，然而，“他们背负着思想的苦役”，而“我们主观地认为，他们的受苦有一部分是因为他们选择了错误的思想方式，活得不够洒脱。那时候，我们还没有意识到，人所受到的制约是多么不可违抗，若说是人选择了思想方式，不如说是思想方式选择了人。”

总之，无论挑剔、批评还是理解和体谅，张贤亮都堪称一代知识分子的典型代表。他不仅是值得阅读和研究的小说家，更是一个文化学的标本。他与中国六十几年社会变迁的关系，他在文学中所体现的世界观、人生观、价值观，他对人生、人性、苦难和死亡的看法，都带着丰富的含蕴，都值得深入的挖掘和阐释。甚至作为一个劫后余生又昂然活着的人，他也是一个标本。与“胡风分子”、诗人阿垅说的“我们无罪，然后我们凋谢”相比，张贤亮的“昂然风流”本身，都值得大加颂扬。而张贤亮自己对自己的完成，实现于1989年《习惯死亡》的发表。

“你所写的全部文字比起奇特的命运都显得苍白。”

张贤亮一直说，自己最满意的作品是《习惯死亡》，但文学界积极的回应却寥寥。或许，看过《习惯死亡》的人会充分了解，这的确是张贤亮写得最好的作品，之前所有为他赢得巨大声名的作品都不过是这部作品的铺垫。甚至可以说，如果一个读者想用一本书了解张贤亮的文学天赋，了解何以一个受难的张贤亮会变成作家张贤亮，之后又会变成商人张贤亮，那应该读他的《习惯死亡》。这不仅是张贤亮个人创作的巅峰，也是当代文学史上不可多得的优秀长篇小说之一。

在《习惯死亡》里，张贤亮说：“你所写的全部文字比起奇特的命运都显得苍白。”

小说的原型还是张贤亮自己，是小说里的“他”，是一个经历过很多苦难，“我”时时想杀死的“他”。其实“他”也演习过死亡，经常想到“死”，“死亡成了他的习惯”。然后，小说借着“他”在国外的一段经历，贯串起他的前世今生。小说几乎是用天才的语言、磅礴的激情，用一个人性洞察者的智慧，自由自在地书写了一个“向死而生”者对女性和生命的赞歌，一个充满了反省精神的涅槃重生者的精神之歌。比如书中说：“后来你曾想过食物并不能使人长大，饥饿却会催人成熟；如果饥饿还不能使人怀疑政治，那么这个人便是天生的奴隶。但接下来你却看见亿万人狂热地投入‘文化大革命’，因而你对人的成熟几乎丧失了信心。”比如，他说：“他留恋青春，青春哪怕在铁丝网里也依然闪光”；而且“我不害怕死，但害怕恐惧，最害怕的是恐惧着，又不知道为什么。”

如果说，此前的张贤亮还是一个形式上的反思者，存在着某种犬儒主义的倾向，存在着“不能玉碎、全力瓦全”的“现实主义者”的精神，相关的批评也的确切中了某些要害的话，到了《习惯死亡》，张贤亮彻底实现了人文合一，实现了一个写作者和反思者的合二为一。他直面性和政治，直面青春和死亡，直面世间强加给他的一切，然后用真实的自我、用彻底的反思精神、人道主义精神甚至是通过自我之悟获得的宗教力量，超之越之。

他说“是的，知识分子要取得革命的谅解只有凭死亡来证明。”甚至，他对自己的“现实主义”都做了痛切的反省：“只有你知道你的‘现实主义’糟蹋了多少美好的东西；你从来掂量不出没有重量的感情的重量。”

黑格尔在《逻辑学》《精神哲学》等著作中讲“自在”“自为”和“自在自为”三个层级，讲“主观意识”到“客观精神”再到“绝对精神”的三个演变；弗洛依德讲“本我”“自我”和“超我”等等，都在讲人的主体性的演变，可以说，张贤亮用自己的创作历程，用《习惯死亡》实践了这种演变。至此，超越了自己的张贤亮才成了一个不折不扣的强者，一个不能“被抹掉”的人。

或许，张贤亮的《习惯死亡》和杨显惠的《夹边沟记事》，以及高尔泰的《寻找家园》，可以并称为“受难者三部曲”；张贤亮的《习惯死亡》也可以和巴金的《随想录》、韦君宜的《思痛录》等作品并列，成为中国当代知识分子的“反思系列”，尽管他的反思披着“花花世界”的外衣。从张贤亮的身上，或许也该反思一下中国文化中的受难情结，一种苦难之下必出圣徒的情结——为什么受难之后，“人”就一定要弃绝红尘呢？

时光无情，即便是最精彩的生命，也需要经历被遗忘、被覆盖，然后被记起、被打捞的淘洗。张贤亮早就勘破生命与时间的媾和和反目，他说“经历会永远存在，哪怕肉身已被焚为灰烬”；他说“我将两手伸向耶稣，但抓不住一丝一缕时间的痕迹”；他说“你不能对世界估计过低，也不能对世界有所期望”。

世间已无张贤亮，不知道我们该庆幸，还是该悲伤。

黎汝清的“命运启示录”

书比人有名

2015 年 2 月 25 日，黎汝清在南京逝世，享年 88 岁。然而，作为他的责任编辑，我得知他去世的消息却是在八个月之后。当我打电话给他爱人邓德云的时候，老人家仍旧掩饰不住老伴离世的哀伤，在电话里泣不成声：“我和黎汝清夫妻六十多年，从没想过他这么匆忙离开。”当我问及为什么黎老师去世的消息所见不多，以至于连我都是这么晚才知道的时候，她安慰我说：黎汝清生前有嘱托，一切从简。除了《文艺报》发了一则短消息，南京的几家媒体发了消息，黎汝清所在的南京军区吊唁了之外，其他的媒体和机构都没有通知。而且，因为黎汝清的教育引导，孩子们都没有从事和文学相关的行业，所以，我不知道是正常的。

我遍搜网络，看到的确只有报道黎汝清去世的短消息，和一篇很短的友人悼念的文章。

曾经举国皆知的著名作家，一代军事文学巨匠，中国党史、军史纪实小说第一人，中国当代文学史上独树一帜的悲剧史诗作家，就这样离开了我们。

黎汝清是山东人，只读过四年小学、半年私塾和三个月中学，17 岁入伍，18 岁入党。参加过昌潍战役、济南战役、淮海战役、渡江战役，到过老山前线。在战争年代曾立过两次二等功、三次三等功，获得过三级解放勋章。创作上，有儿童文学、中篇小说、电影剧本，最重要的是 17 部长篇小说。其中既包括“文革”期间妇孺皆知的《海岛女民兵》《万山红遍》，并由此被认为是《在延安文艺座谈会上的讲话》思想指导下的作家；也包括迄今无人能及的“战争悲剧三部曲”《皖南事变》《湘江之战》《碧血黄沙》。他用 17 部长篇涵盖了中国革命史里所有的阶段，甚至包括整个社会主义阵营。如果说，波谲云诡的中国革命史本身足可以让所有的艺术门类黯然失色的话，那么黎汝清的作品至少为文学保留了一份发言权，甚至保留了一份尊严，不让历史彻底变成“任人打扮的小姑娘”。

人固有一死，而且，历史和现实中也不乏轻如鸿毛者备极哀荣，重如泰山者黯然远去的例子。从哲学的角度看，一个人的死本身和怎么被哀悼本身并不值得过分注意，然而，这样一个作家死之后，怎么被时间和历史记忆，却值得关注。

中国最著名的两部当代文学史，洪子诚的文学史和陈思和的文学史，对黎汝清的记录文字屈指可数，尤其是对于真正奠定他文学地位的“战争悲剧三部曲”，几乎没有阐述。文学研究界对黎汝清的研究也非常有限，迄今只有一部 1983 年出版的评论集。之后全部论文的数量和质量跟黎汝清的鸿篇巨制比起来，远不匹配，跟他的巨大成就比起来，当然也远不匹配。作家生前的情形已是如此，身后则可想而知。

好在，“面对稿纸，背对文坛”一直是黎汝清的志向，“一旦存疑，我必探究”一直是黎汝清的创作追求。否则，他不会在几乎所有人都认定他是党的路线的忠实阐释者的时候，忽然以石破天惊的反思精神触及历史的本质，触及我党历史上的悲剧；否则，以他的资历和成就，不知道要在军队和文坛如何呼风唤雨，知名度与今天相比也一定是另一番天地。他追求的是书比人活得更长久。

“两个”黎汝清？

“文变染乎世情，兴废系于时序”，因而文学界最常发出的感叹就是：人有人的命运，书有书的命运，因缘际会之中，总有生正逢时和生不逢时的差别；也常有“先走一步是烈士，晚走一步是英雄”的感叹。尤其是新中国成立后到“文革”结束这段特殊的历史时期，书和人的命运之变幻跌宕的例子更是不胜枚举。这一点，只需要看一下新中国成立后到“文革”结束期间的文艺界就可见一斑：1951 年批判电影《武训传》，1954 年对胡适的批判、对俞平伯《红楼梦》研究的批判、1955 年的胡风案、“丁陈反革命集团”、1962 年批判小说《刘志丹》“利用小说反党是一大发明”、1966 年对遇罗克《出身论》的批判等等。古今中外的历史反复证明，一个新政权在诞生之初，总是最在意自己在舆论领域，尤其是各种观念争相角逐的文学和艺术领域的控制力。

与此相对的，自然也有红极一时的作家和作品，比如赵树理，比如浩然，比如刘绍棠，比如郭澄清，也比如黎汝清。

1966 年，黎汝清发表根据洞头女子民兵连的英雄事迹创作的长篇小说《海岛女民兵》，引起了巨大的轰动。全国当时流传着一句话：“南京到北京，《海岛女民兵》。”之后小说被改编成各种剧种，尤其是 1975 年被改编为电影《海霞》之后，更是家喻户晓。如今这部电影已经成为经历过那个年代的人的共同记忆。尽管拍摄的过程一波三折，但最终该片得到了国家领导人的支持，最终与《创业》和《黑三角》一起，成为“文革”电影的三部代表作。

1977 年，“文革”刚刚结束，黎汝清又发表了描写我党我军建立根据地、坚定地走井冈山道路的长篇小说《万山红遍》（上下），还是写英雄人物，也不可避免地带着一些那个年代“高大全”“三突出”的痕迹。出版之后也还是盛况空前，全国二十几家电台进行了长达半年的联播。说黎汝清是那时候的当红作家，一点不为过。

但就是这个“文革”期间的当红作家，突然转型，在 1987 年出版了震惊文坛、也震惊了党史和军史界的《皖南事变》。之后，他顶着巨大的争议和压力，相继出版了关注我党我军历史上重大挫折的《湘江之战》和《碧血黄沙》，好评如潮。仿佛一夜之间，黎汝清从一个中规中矩的、甚至有点遵命听命的作家变成了一个敢于触碰雷区的、敢于“揭短揭丑”的作家。

如今看来，事情当然没有那么神秘。在文学和生活、文学和历史、文学和政治的关系处理上，黎汝清只不过遵循了更为禁得住时间检验的规律。他始终没有像其他作家那样，让自己的创作远离生活实际，彻底变成图解政治的传声筒；也没有像其他作家那样，历史观和现实观的局限直接转化成了创作上的困境，以至于脱离了特殊的时代背景之后就变得一筹莫展。而且，因为他个人的气质和选择，因为他独立的思考精神和探究能力，他始终有意识地远离意识形态中心，远离权力，专注于文学和创作本身。当然，革命资历和军人身份也给了他远离这一切的便利。

黎汝清曾对记者如此回忆“文革”期间的状态。他说自己完全是“观潮派”，没有“毒草”可批也没有“权位”可夺，没有参加任何组织，也没有参加任何学习班，而是到越南北方采访，到中央苏区深入生活，重走了一段长征路。《万山红遍》即是那时候积累素材的产物，以后的创作会往我党历史上的悲剧转型也是萌芽于那个时期。

而且，无论是“文革”期间还是之后，他阐释自己的创作观的时候，始终不曾回避“现实主义和浪漫主义”相结合的原则。他说：创作固然应该写“生活就是这样”，但也应该写“生活应该怎样”，这是“我的理想主义”。某种意义上，恰恰是这种“理想主义”，没有让黎汝清成为某一特定年代的作家，当然也没有让他成为只能作为“现象”传世而不能以作品传世的作家。也因为这种“理想主义”，黎汝清能够始终被阅读。

《皖南事变》的价值和黎汝清的命运转折

时至今日，阅读这部出版之后即获金钥匙奖的《皖南事变》仍旧能够带给人文学的惊奇和历史的惊奇。所谓“文学的惊奇”，首先是作家选择这个题材的勇气。

当时的文学界，正在为现代派小说引进之后，重新发现小说的讲法而惊奇。尽管有些历史题材的先锋小说也被命名为“新历史”，但从作家的创作初衷而言，与其说是对重新发现历史、更新历史观的内容的兴奋，还不如说文学形式革新的快感来得更直接。在“我就是那个叫马原的汉人”“我爷爷”“我奶奶”（《红高粱》）的形式感召下，整个文坛认为坚持现实主义都是一种落伍的表现（这一点，从《平凡的世界》在文学界的命途多舛，路遥被主流文学界忽视的现象中也可以窥见一斑），更何况选择这种纪实小说的形式呢？

而且在当时拨乱反正的大背景下，党史和军史研究“宜粗不宜细”“注意研究分寸不要抹黑”等等已经变成了某种程度上的共识。一部小说选择中国革命史上这样一个充满悲剧意味的敏感事件作为讲述的核心，必然要“细化”，甚至必然要触碰某种“禁区”。以黎汝清在部队的工作经历和创作经历，他不可能不知道文学风险之巨大。现实熄灭文学之火的手段是多种多样的，然而，作家在现实的缝隙中寻找到文学生机的能力也是非凡的。

读者获得“文学惊奇”的第二个层次就是书本身了。《皖南事变》能够紧紧抓住读者对这个国共两党由合作抗日变得兵戎相见的事件“耳熟不能详”的心理，用人物，尤其是新四军领导人的心理活动，引人进入历史现场，跟项英一起在中央的命令和个人的志向之间权衡；跟叶挺一起感受项英有形无形的冷落和轻慢，感受自己作为新四军军长有名无实的痛苦和纠结。在这本书中，党的将领第一次和普通的士兵、群众一样，褪去了天然的光环和英雄色彩，只作为文学描写的对象被作家平视，揣摩，理解，甚至审视。这本书第一次令人信服地塑造或者说呈现了项英和叶挺这两个我党将领的个性特征，令人过目不忘。

书中写，在我党的历史上，项英曾经担任过中共苏区中央局代理书记，革命军事委员会主席，一度地位比毛泽东同志高；他作为为数不多的工人阶级出身的领导人，曾受到斯大林的亲自接见，斯大林还以手枪和钢笔相赠；他曾经亲自处理过“富田事件”；他有过三年游击战争的领导经验，又用三年艰难缔造了新四军，因而他不愿意去江北，而是希望到国民党后方打游击。《皖南事变》在深入研究这些党史资料的基础上，写项英的历史优越感，写他的家长式领导作风，写他和叶挺之间的矛盾，写他对北移的抵触，写他的拖延，写他最后的死于非命。

对于叶挺的描写也是如此。作者紧紧抓住他在《皖南被囚抒愤》中写的：“三年军长，四次辞呈，一朝革职，无期徒刑”，同时也紧紧抓住他“两次出走”的历史史料，写他在新四军中的处境，写他跟项英之间的矛盾，写他在国共两党之间的特殊处境和特殊地位。

所谓“历史的惊奇”，就是作者通过这一本书，将一个史学界始终争论不休的问题，讲得有血有肉，条分缕析。所谓“小说以文学的真实保留了历史的肉身”，即是如此。人物和事件、局部和全局、党派利益和家国矛盾、党性和人性、历史真实和文学真实等等，都有机地统一在一起，使得这场牵涉到九千人生命和热血的“同室操戈，千古奇冤”的大悲剧，第一次以完整清晰的面貌示人。这种完整，不仅包括蒋介石背信弃义的外部原因，还包括党内矛盾纠葛和权力斗争的内部原因。仅仅这一点“文学的发现”，就足以使《皖南事变》在当代文坛占有不容置疑的一席之地。

然而，对于读者是“美学的和历史的”惊奇和惊喜，对于作家则是史识、史笔，尤其是史胆的考验。这种“史胆”不只是如前所述，敢于闯入云里雾里的党史军史，敢于试探雷区和禁区，敢于把党的领导人当作普通人来写这些方面，同时还包括敢于承担书写可能造成的全部后果——历史的、文学的，尤其是人事的。事实上也是，《皖南事变》出版之后，一方面是文学读者的好评如潮，一方面则是史学界的质疑和争论，最厉害的则是很多直接和间接的当事人的“告状”。

于是，就出现了一个文学史上非常独特的现象，那就是，一个作家不断自我突破，作品写得越来越好，思想高度和历史深度达到了空前的阶段，甚至整个创作气质都发生了“破茧为蝶”般的改变，而读者也为之“惊艳”和欢呼的时候，其文学地位却越来越边缘，越来越被冷落和遗忘。到底是历史反思的戛然止步所致还是人事的力量太强大？抑或是勇于打破创作禁区的作家都不配有好命运？

一位俄罗斯当代作家曾经说：“俄罗斯人不是历史变迁的牺牲品，而是不断变化的阐释的牺牲品。”而普列汉诺夫在回顾沙皇专制统治下血雨腥风的俄罗斯文坛的时候，曾发出这样的感慨：“一切历史，自然包括文学史，都可称为一片大坟场——其间，死者多于生者。”

好在，在思想解放的大时代环境中，在反思文学逐渐深入的文学氛围中，《皖南事变》经受住了考验，黎汝清也经受住了考验。而且，那个时候的他，完全意识不到自己命运的吊诡之处，除了对文学负责，他没有考虑个人的荣辱。于是，他不仅没有止步于《皖南事变》，而且沿着书写我党我军历史上的悲壮篇章的路子，一走到底，相继又出版了《湘江之战》和《碧血黄沙》。

《湘江之战》和《碧血黄沙》

这两部书，依然可以用“文学的和历史的惊奇”来概括。有了《皖南事变》的成功尝试，黎汝清驾驭起后两部来更加从容圆熟。同时，他对待历史的态度，尤其是文学把握历史的分寸，并没有因为《皖南事变》的争议而变得拘谨；相反，乘着当时思想解放的东风，乘着相关历史资料解密的东风（当时有关西路军的史料大量解密，以徐向前元帅出版的回忆录为代表，大量当事人回忆自己的悲壮历程。而且黎汝清在新中国成立后曾经走访过许多四方面军的首长），他更为理性，更为注重用史料本身说话，更注重人性深度的开掘，更注重史料之间和人物之间的相互印证和相互联系，也更注重深层次矛盾的探讨：比如被称为长征路上的“红色惊叹号”的湘江之战中的“抬轿子”问题；比如西路军的失败和抗战全局的要求之间的矛盾问题；比如西路军战术上的“以弱掩强”等等。正因为如此，关于长征路上的巨大挫折，关于西路军的悲壮历程，这两部书能够提供给读者的并不比历史史料、比当事人的回忆更少，而是更多。

《湘江之战》中，红军在几次反围剿斗争中的英勇表现，长征路上不断变化的局势以及对路线选择的要求，党的领导集体中各自的革命履历和性格表现，乃至蒋介石和军阀之间的矛盾斗争等等，无不以湘江一战为辐射点被投射进来。军事上这一场血流成河的悲壮抗争，折射着全党、全军乃至全国在特殊的历史条件下所面临的危难局势。《碧血黄沙》则将西路军的出征放在全国抗战的大局中，将他们路线变化的悲剧与全国的局势未定联系起来，同时也将西北五马放在更宏阔的历史背景中来看待，从他们与蒋介石政府的关系来寻找此时的内在逻辑。两部书的信息量远远超过了一场战役和一次远征本身，同时，两本书的悲剧气氛和悲壮精神，包括作家借由悲剧所进行的幽远的历史反思，都远远超过了“失败”本身和党内斗争本身，甚至远远超过了那段历史本身。

《湘江之战》的结尾写到 1978 年 10 月，地下党员、长征期间曾任红五军团三十四师一〇一团二营营长的万世松，经历过“文革”的九死一生之后，送别老战友、《红色闽赣》报编辑何文干，重返起义旧地宁都。《碧血黄沙》则结束于 1984 年对西路军战士的寻访……

《皖南事变》的结尾，战地记者白沙留给陈毅军长一封信，信中说：“历史是多面的，每个人只能用一双眼睛看世界，千秋功罪评说不一。阴谋拉开悲剧的序幕，性格才是悲剧的主角；在万古常新的悲剧人物身上，总能找到那个阿喀琉斯之踵。”无独有偶，在黎汝清的书中，总能找到类似的议论。比如他在《湘江之战》中说：“生活中，人事关系大概是最复杂的，智莫难于知人。博古、李德、项英，在人事安排上花的时间和精力也最多。”在《碧血黄沙》中，他则说：“你是英雄，还要有命运之手把你放在英雄的底座上。”

在把握敏感历史题材的时候，黎汝清有两个法宝：一是以人物身份、人物性格和人性弱点为线索，合理想象和推理历史现象背后的逻辑；二是善于驾驭放射式结构，以点带面，以人物带史料，注重在史料的相互联系和辩证统一中寻找事件发展的必然性和偶然性。他反复用马克思主义的历史观为自己的创作立法，不断申明要“把历史的还给历史”。当然，这是他用文学的方式阐述自己的辩证唯物史观的方式：他一方面反思英雄创造历史的必然和偶然，以及历史挣脱人的意志、反人为的本性；另一方面也承认一些微不足道的人物在某些特殊机遇下也会扮演重要的历史角色，甚至充当历史轨道的扳道工，比如项英死于他忠诚的勤务兵之手等等。当然，他也用了足够的笔墨关注普通士兵在历史洪流中，尤其是历史悲剧的洪流中的地位和作用。我想，黎汝清之所以选择“三大悲剧”作为创作素材，未尝不是出于为“无名的牺牲者立传”的考虑，这是一个创作者无法回避的人道主义情怀。自然，其中多少也包含着规避被误读写作动机的苦衷——在有关党史的文学作品中，对艰苦卓绝的回顾总是要伴随着对党的英明正确的讴歌，如果脱离开两者的结合另寻路径，写作动机会成为首当其冲的问题。

历史小说，在史传文学发达的中国历来受人关注，也争议颇多，因为围绕“真实”，围绕“真实的历史和讲述的历史”，围绕“以史为鉴”，其实有很多认识论上的疑难。当然，涉及党史和军史小说，疑难更多，单单是党性和人性，就会让文学面临有可能无法逾越的高峰。当然，如果一个作家生活积累和史料积累足够，如果一个作家拥有面对历史和剖析历史的能力，也愿意用自己的良知、智慧和责任感选择这样的题材，那这些疑难就会变成挖也挖不尽的文学富矿。至于书写敏感题材所需要的宽松的文学环境和合适的历史时机，或许永远不是靠想象和等待的，而是需要用创作实践来探索边界和尺度，最终需要有艺术说服力的作品来印证和检验。

黎汝清会成为“被遗忘的大师”吗？

黎汝清一生创作了近一千万字。据他的家人和朋友回忆，他有“听一个故事就可以写一部小说”的才情，也有倚马可待的文思。在南京军区创作室工作的几十年间，他能做到上班就铺开稿纸写作，下班就放下，他将写作视为对党和人民负责的工作。纵观他的全部创作履历，他从未囿于历史观的局限而放弃独立的思考，也从未囿于一个受党教育多年的老兵的忠诚而放弃对党的历史的理性认识。即便是他在写《万山红遍》的 1977 年，也还写了长篇小说《叶秋红》。在当代文学史上，这是首次写红军内部斗争的残酷性，写领导权的争夺和路线斗争给革命带来的损失。同时期，他还写了短篇小说《自白》，写党内优秀的党员被战友诬陷致死。革命是一个充满了艰难险阻的过程，这种艰难险阻，不只来自敌人的强大，有时候也来自内部的消耗。这是黎汝清革命历史观的一部分。应当说，在中国文学沉浸在“伤痕文学”的哀伤中的时候，黎汝清已经用自己的笔开始了反思之旅。他是文学反思的先行者。

从他之后，军旅文学才开始越走越远，出现了一批优秀的军事题材作品，比如李存葆的《高山下的花环》、徐怀中的《西线轶事》、乔良的《灵旗》以及周梅森、朱苏进、莫言、刘震云、王树增、金一南、周大新，以及后来的徐贵祥、麦家的写作。考察文学史上 1987 年前后出现的所谓的“新历史主义文学”潮流，有很大一部分是军旅文学，或者说跟战争文学有关。而这一切，其实跟黎汝清的探索和开拓有密不可分的关系。

他的“战争悲剧三部曲”至今都是党史小说不可逾越的高峰。多年之后，部队作家王树增和金一南的党史和军史的“非虚构”写作进入了读者的视野，并且获得了巨大的成功。如果按照黎汝清写《湘江之战》的时候说的，“95% 的内容都是有史实可考的，可以当历史来读”的话，那时隔多年的“非虚构”文学只不过是“纪实小说”的另一个说法而已，而黎汝清是不折不扣的探索者和领路人。应当说，是黎汝清在上个世纪 80 年代将历史与文学的巧妙结合，将真实和虚构的无缝对接，为当下的历史写作打开了一扇窗口、创造了一种可能。只是，让人黯然的是，他作为先行者，已经被边缘化，甚至被遗忘了。

当然，即便是现在，党史和军史作家被专业评论“冷淡”的现象也存在。比如，与巨大的市场反响和媒体热度相比，对王树增和金一南的专业评价也并不多见。但愿这只是专业分工的盲区造成的问题；但愿后人在党史和军史面前的“精神矮化”问题能够得到相应的重视。

在文学史上，被称为大师的人大致有三种：一种是创造了新的讲故事的方式；另一种是打开了认识世界和认识人性的新窗口；还有一种是闯入了题材禁区，超越自身环境的局限而呈现了超越历史的、普世的价值观。用这样的标准衡量，黎汝清称得上大师，只是，按目前的情况看，他可能会成为“被遗忘的大师”。

恩格斯说，读巴尔扎克的《人间喜剧》，在经济细节方面的所得比从职业历史学家、经济学家那里得到的更多，因为，他用故事的方式保存了一种生活的真相。同样，对那段历史的了解，从黎汝清的小说中的所得也可能会比从党史专家那里的所得更多。黎汝清用小说保存着一种历史的面貌，保存着英雄被神化之前的人格面貌，幸亏有这种保存，在很长的一段时间内，包括现在，人们都能借以全面了解那段历史的，得以从人的，而不是神的角度理解英雄成长的路径。甚至可以这样假设，如果黎汝清的反思之路能够被足够重视和评价，能够有更多的追随者，那之后有关历史的创作恐怕不至于会堕入“手撕鬼子”的地步。

有时候我想，以黎汝清的创作资历和创作成果，以黎汝清的文学勇气和历史勇气，以黎汝清作为知识分子的“说真话”的勇敢和担当，以黎汝清上过战场的家国情怀，如果不是他身在部队，是不是也可以通过某种奖项跻身于世界大作家的行列呢？

当然，历史不容假设，作家的命运更不容假设。

普希金在《纪念碑》中曾这样呼喊：“不，我不会死亡——我的灵魂在圣洁的诗歌中，将比我的灰烬活得更久长。”以此纪念一代大师远去。

王鼎钧：给历史一份证词

幸存者的文学

在19世纪以来的世界文学版图中，流亡者文学或曰幸存者文学的身影最为惹眼。历史上著名的几个流亡群体，比如俄罗斯的流亡者、纳粹迫害下的流亡者、冷战爆发后的体制批判者等等，无不创造了辉煌的文学成就。这个群体中那些光彩熠熠的名字，中国读者也几乎都不陌生：索尔仁尼琴、布罗茨基、昆德拉、哈维尔、奈保尔、米沃什、黑塞、茨威格等等。他们作为“不可避免的反对派”，在文学中表达着一种“深刻的不安”（勃兰兑斯语），他们的批判和乡愁，不只是身体上、政治上受到流放之后的反抗，更是信仰上、文化上、种族上被流放之后，由灵魂深处发出的一种哀鸣，因而才会具有打动全世界的力量。

相对而言，同样承受了类似苦难的中国文学，却表现得不够好，借由文学，我们很难看到亲历者的心志，也很难窥见那个时代的真实面貌，甚至，历史由此慢慢变成了一个黑洞，无从认知，更无从思考。这当然主要跟历史和现实允诺的文学空间过于狭窄有关系，也跟很多亲历者因为各种原因选择做了“沉默的大多数”有关系——也不排除很多作家未能找到历史和文学的恰切的结合点，从而影响了文学的生存空间。好在，还有齐邦媛的《巨流河》、王鼎钧的“回忆录四部曲”、桑品载的《1950：台湾有群娃娃兵》等好作品，在两岸三地传播，使得“人”终于从大时代中站出来，说说悲欢离合和血泪歌哭，也使得中国文学不再显得那么愧对大时代馈赠的丰厚苦难。这样的作品，仿佛文学殿堂中的香草，也仿佛历史黑洞中的火炬，带给人的惊喜和震撼难以言喻。

齐邦媛和王鼎钧都是抗战期间的流亡学生，当然也算是大时代的流亡者和幸存者。他们根据个人经历写成的作品，是幸存者留给历史的一份证词。按照王鼎钧的说法，流亡学生有三个梯次：一是“九一八”事变后，东北青年入关；二是“七七”事变，抗战全面爆发后，沿海各省青年的内迁；三是解放战争爆发后，北地青年南逃。因为家庭出身的差别，齐邦媛由父兄带领，1938 年后先由东北到重庆，后到武汉，一直在大后方读中学和大学，1947 年即去台湾，此后一直定居台湾。

王鼎钧就显得更为命途多舛一些。他 1925 年生于山东临沂一个普通的耕读之家，少年时经历抗战，打过游击，之后做了流亡学生，辗转安徽、河南、陕西。1945 年，王鼎钧弃学从军，随国民党宪兵团接收东北，后转入后勤机关，辗转天津、河北、上海。解放天津的过程中他当过解放军的俘虏，后来被“优待”，辗转撤退至台湾。在台湾期间，杂志、报纸副刊、广播、电影、电视和作家培训等等，所有跟文化宣传有关的职业他几乎都做过。1978 年后到美国定居，上世纪 90 年代开始写作“回忆录四部曲”，分别为《昨天的云》《怒目少年》《关山夺路》和《文学江湖》（生活·读书·新知三联书店）。

王鼎钧说：“在乱世，人活着就是一种成就。”写这四本回忆录，他用的是“等了一辈子的自由”。站在异国的土地上遥看大陆和台湾，他才能从更超然的角度思考和体会“那一代中国人身上的因果纠结和生死流转”，也更能体会“外省人”和“失败者”那种刻骨的伤痛。作为一个基督徒，这种思考和体会，无不沾染着对强大的神的意志的探求。在反复无常的神的意志面前，因与果并非总是那么确凿，人心中所谓的正义，也往往时移世易。所谓“历史无序，回头望而生疑”（高尔泰语）相信会是所有幸存者都会遭遇的空茫。

从作品体量和时间跨度上，乃至从人生阅历的角度而言，王鼎钧的“回忆录四部曲”与齐邦媛的《巨流河》和龙应台的《大江大海》相比，都更为厚重浩瀚、庞杂包罗，其广度和深度都非一两篇文章能够谈得清楚，单纯从文学的角度，而不从历史，甚至宗教的角度探讨也稍嫌单薄。从写作风格上看，如果说齐邦媛是用女性和学者的温婉慎思，至情至性地写了一代“失败者”的悲歌慷慨，龙应台是用长于拷问探究、理念抒情和批判的笔触，写了一代“失败者”的无辜飘零，那么王鼎钧对时代和生命的思考，更着意于情理兼备和文史合一，宗教信仰的支撑更结实，“美学的和历史的”立意追求也更为自觉，对美的雕琢和锤炼更细致精巧，因而他的笔更有拓展眼界的弹性，很多观点和议论都让人有醍醐灌顶之慨。

据说，在台湾，几乎无人不识王鼎钧，他被誉为“一代中国人的眼睛”，和余光中并称台湾散文的“双子星座”。早在“回忆录四部曲”出版之前，他就已经靠着《碎琉璃》《左心房漩涡》等一系列美文文名远播。在大陆，他的名字虽还稍嫌陌生，甚至与他在华语散文中巨大的成就远不匹配，但所及之处，无不称颂。

历史是“有生命的过去”

对大陆读者而言，四本书中，最陌生，因而也最能带给人新鲜感的可能是最后一本《文学江湖》。国民党败退台湾之后，如何面对过去，如何总结失败的教训，如何面对自身的未来，如何调和“外省人”和“本省人”的矛盾，甚至台湾何以变成了后来的样子等等，都在文化宣传系统中有关键性的反映，而王鼎钧是不折不扣的亲历者。他在台的三十年间，正是台湾完成重要转折的三十年。这期间，他不停地撰写各类时评，又先后担任“中国广播公司”和“中国电视公司”编审组组长、《中国时报》副刊主编等职。具体工作中，和长期参与执掌国民党文宣和党务工作的张道藩有密切接触，甚至被指定为撰写张道藩“口述自传”的人选（关于张道藩生前身后的是是非非，还有与蒋碧微的情感纠葛等等，书中都有记录）。如此种种，都注定了他对当时国民党的整个文宣系统，乃至整个台湾社会的思想动态深有体会和了解。

当时台湾的文宣系统，王鼎钧称之为“江湖”，实际上这表达已经是文人雅士的温柔敦厚和基督徒的平和婉转了。从他的描述看，又岂止是“江湖”！他书中写到，撤退到台湾以后，国民党迅速织起庞大的特务组织大网，强化意识形态控制。王鼎钧尽管一直在工作，但又无时不在被跟踪监视的过程中。他因为有过当解放军战俘的经历，又拒绝加入国民党的情报组织，就需要反复撰写自传，反复向有关部门表明心迹、表示忠诚。相信读到这样的细节，所有了解中国大陆同时期历史的读者，都会别有一番感慨。

四本书中，最有认识价值和思考价值，对大陆读者来说也是最不能错过的，可能要数第三本《关山夺路》。这是写他在解放战争期间，作为国民党普通一兵的经历。抗战胜利之后，他被“以国家名义行骗”的军官骗出学校，骗到军营，成了一名士兵。经历了辽沈战役和平津战役，曾为谋职而冒名顶替，为活命而流落街头，直至成为解放军的俘虏。

期间，他在南京见到过苏北土改之后的“逃亡地主”；在沈阳，见到过管理日俘的真相，见到过国民党军队的腐败；在秦皇岛，开始思索学潮和青年之于中国和时代的真实关系，思索左翼革命和左翼文学；在天津，他成了俘虏，亲历败军之师的耻辱，后来穿过胶济铁路，在上海又见到了很多败军将士，一起逃往台湾。“关山夺路”，既是真实的亡命天涯，更是在交战双方之间，在两个党派、两种思想、两种生活道路，以及两种文学趣味之间的权衡和选择。这本书中，他对抗战期间的学潮、对大时代中“青年”作为“资本”和“工具”的命运，都有非常深刻的思考，振聋发聩。

王鼎钧说：“这些年，咱们中国一再分成两半，日本军一半，抗日军一半；国民党一半，共产党一半；专制思想一半，自由思想一半；传统一半，西化一半；农业社会一半，商业社会一半：由这一半到那一半，或者由那一半到这一半。有人只看见一半，我亲眼看见两半，我的经历很完整，我想上天把我留到现在，就是叫我作个见证。”王鼎钧，《桃花流水杳然去 王鼎钧散文别集》这个见证何其珍贵，见识又何其非凡，不仅普通读者闻所未闻，就连著名的近现代史学家，也都震撼不已、称颂不已。

被著名的英国自由主义学者以赛亚·伯林称为“无可匹敌的回忆录”的《往事与随想》，其作者赫尔岑说，回忆录是“历史在一个偶然走上它的道路的人身上的反映”。然而要记录这种反映，传播这种反映，并让这种反映可信、可感又可思、可想，太难了。亲历者的眼睛最可信，但亲历者的回忆却往往太片面。所以，书写可靠的回忆录不仅需要记忆力的储备、责任感的储备、生命的储备，更需要思想穿透力和人格格局的储备。如果说历史叙述是不断让往事产生能量的话，那么回忆录则是不断让往事获得生命，一种属于活生生的“人”的生命。唯有和生命相关的历史，克服了纯粹功利主义历史观的历史，才让人更有阅读和思考兴味。

在获得2014年“在场主义”散文大奖的获奖感言中，王鼎钧说：“我是作家，写的是人间的小人物，写出来的东西必须是文学，必须被人承认是文学，只有在文学作品里面，小人物才有空间，才有生命，才会受到天下后世的关怀，这样一部作品才有价值。” 在中国，文学历来都能够参与历史的建构。甚至，真相都往往藏于文学之中。在历史学界不断将那段历史抽象成事件、战役和数字的时候，在几乎“万马齐喑”的文学状态中，王鼎钧的回忆录终于让历史重回人间。而所有属于“人间”的文字，都最有生命力，最有意味，都值得反复读，细细读。

“天道如何？吞恨者多。”

第二本《怒目少年》和第一本《昨天的云》，是关于家乡和抗战的。《昨天的云》写家乡的风物人情，其中对基督教在山东民间盛行的记忆和描写，显得极为新鲜惹眼。《怒目少年》主要写他在李仙洲创办的国立二十二中求学的经历。相对而言，大陆的读者对这两卷涉及的背景和史实更熟悉一些。有关这样的题材，几乎所有的文学作品都在表达两个关键词："乡愁"和"苦闷"，王鼎钧也不例外。只是因为他是家中长子，又是年少离家，终生未归，"乡愁"和"苦闷"累积得就更多了，而因为母亲信仰基督，他又自有化解"乡愁"和"苦闷"的秘法。

故乡山东之于王鼎钧，意味着多少魂牵梦绕，简直难以言喻。多年之后，他在《水流过，星月留下》（人民文学出版社）的纽约日记中写到，有一年纽约多雨而山东干旱，他心里就忍不住想，这些雨要是能下到山东去，解解父老乡亲的燃眉之急，该多好啊。

甚至，打开《昨天的云》你就会见到这样如诗如画的文字："从地图上看，山东像一匹骆驼从极西来到极东，卸下背上的太行山，伸长了脖子，痛饮渤海里的水。然后，它就永远停在那里。"书里，回忆离家的一幕，他痛悔："这等事，该有仪式，例如手持放大镜，匍匐在地，一寸一寸看。"难怪有评论说，故乡是王鼎钧"用大半生想象和乡愁装饰过雕琢过的艺术品。"什么样的文字才能表达终生有家难回的人对故乡的蚀骨想念呢！

除了思乡，"苦闷"的内涵在抗战的年代还有更多层次。首先是家国的苦闷，战争带来的亡国灭种的危机，使得所有的家庭和个人都变成了覆巢之卵；其次是个人前途的苦闷，明天和炮弹不知道哪一个会先来的时候，何谈未来？而一个青年，看不到未来的明灭，无异于行尸走肉。那个年代，"青年只是一行数字，军人只是一个番号"；那个年代，用血写成的抗战史，"不仅仅是同志的血，也不仅仅是敌人的血"，他还看到了党同伐异的血，看到了无辜者的血，看到了人人眼中命如草芥的"冷血"。中国大陆也不乏写抗战苦闷的书，但没有哪一本，能有王鼎钧这一本的纵横捭阖。他讲具体的侵略之恶，更拉开时间和空间的距离，审视表面的苦闷之源的内在肌理。侵略战争对一个民族的打击，对人性的毁灭，远不是表面看去的那么简单。

历史学界有一种说法，研究近现代历史，有两种偏颇需要纠正：一是回避真问题、大问题，使历史研究难以取得突破性进展；二是小人物的史迹越来越被淹没。对于第二个问题，一些个人回忆录能够进行有效的补充。当然，在把回忆变成文学作品的过程中，写作者需要吞掉很多的痛苦，需要控制很多种情绪，需要把握很多信息密度过大、情感强度过大或者难以捉摸、令人困惑的东西。甚至，需要克服回忆的虚妄感和无力感，个人的渺小感和幻灭感。

更为重要的是，在个人回忆和客观事实之间，在个人认识和敏感历史的书写之间，都有分寸拿捏的问题，而这种拿捏，需要清醒的历史意识和文学自觉。王鼎钧显然早已意识到了这些：

> 虽然我一生漂流，饱受刺激，心中有很多很多情感和意见，我在写回忆录的时候努力避免以情感、意见代替事实，我假设读者大众只需要事实，并不需要我的情感和意见。既然写的是散文，我仍然需要文学的修辞技巧，但我的心态更接近史家，我从英国的罗素那里学到一些窍门，文学增加生动活泼，对事实毫发无伤。（周闻道，《空谷传响　对话卷》）

或许，唯有读完全部四卷回忆录，才能更深地体会什么叫“庾信文章老更成，凌云健笔意纵横”，也才能体会著名作家张晓风说的“他以肉掌劈凿嵬岩”的气魄，也才能体会将泣血之书写成美文的极致惨烈和极致绚烂。

王鼎钧的气质

除了用亲历者感受到的细节补充历史，王鼎钧在回忆录中最为惹眼的，是他对文学的一片赤诚。他仅仅是初中生，靠着阅读、靠着感时阅世，走上了文学的道路。实际上，无论是出于养家糊口的需要，还是作为精神压力的出口，文学都一再在他的生活中充当拯救者的角色，跟他信仰的上帝一样。我觉得，上帝和文学，是王鼎钧写作回忆录最重要的两个价值支点。甚至，他的“苟全性命于乱世”，都是仰仗这两个价值支撑：文学的局限，靠上帝来弥补；上帝的空洞，靠文学来填充。

熟悉中国近现代历史的人都知道，自梁启超的“小说界革命”开始，中国文学一再接续古典传统中“盖文章，经国之大业，不朽之盛事”的传统，让文艺与“群治”发生关系，让文学在发挥社会功能的道路上越走越远，无论“左翼文学”还是“反共文学”，在强化这一方面的方式方法上几乎是殊途同归。据王鼎钧在书中回忆，国民党撤退台湾之后，总结失败的教训，其中一条就是情报工作有重大的失误，还有就是忽视了文艺宣传。可以说，研究20世纪的中国，离不开研究20世纪的文学艺术，而一个从事文艺工作或者从事写作的人，他的文艺观点往往也能够体现他的政治倾向。

王鼎钧极力追求超越党派和意识形态局限的文学，追求“不为尧存，不为桀亡”的文学，追求与个体的救赎和完善、与真善美相关的永恒的文学。他在书中表达了很多对文学的思考，对文学与历史、文学与人生的关系的思考，其中也包含了“真知灼见”和“一家之言”：

> 艺术太美，人生太丑，艺术太庄严，人生太猥琐，艺术太无用，而人生的实际需要太多……（王鼎钧，《王鼎钧作品系列　左心房漩涡》）
>
> 我欣赏文学固然有局限，鲁迅先生恐怕也未能把他的气性完全升华转化。如果说读书变化气质，我拒绝变成这样的人，我也不能欣赏、不敢亲近这样的人。（王鼎钧，《关山夺路》）
>
> 当有权有位的人对文学充满了希望、对作家充满了期待的时

> 候，我这本书没法写，知道他们对文学灰心了，把作家看透了，认为你成事固然不足，败事也不可能，他瞧不起你了，他让你自生自灭了，这时候文学才是你的，你才可以做一个真正的作家。（王鼎钧，《关山夺路》）

他说，自己的写作受沈从文的影响大，他想让小人物通过文学走进历史。从行文中，我们的确能看出“我要建一座希腊小庙，里面供奉的是人性”（沈从文语）的立场。人性，而不是国民性，更不是抽象的道义，一旦成为一个作家的创作立场，就会给予草芥以最大的尊重，通篇都会弥漫着人道主义的情怀，在悲悯的笼罩中，作家会警惕对世事产生的愤激情绪，因此就可以避免立场和主张上的偏颇和褊狭——一切只关乎人，只与有人情人性的文学有关——“文学之于我，如老蚕之茧，老蚌之珠，老僧之舍利”。

对文学的如此珍视，注定了王鼎钧的“推敲”和“炼字”，他的工于表达，他的斟酌字句，目的都是为了化无限悲苦于美善，化无限恨痛于释然。作为作家，他无法劝谏大人物在操弄历史的时候不要总是“目中无人”，唯一能做到的，只是用手中的笔，把小人物曾经的悲辛难耐放上历史的祭坛，因为他们走进历史的时候，从来都是被动不自知的；他们走出历史的时候，也从来都是灰飞烟灭的。时间越久，他们越寂灭得彻底。倘若没有文学，他们没有生命。

令人遗憾的是，如此尊崇文学的王鼎钧，在书中却没有写到通常与文学难分难舍的爱情。不只爱情，特别打动人的亲情和友情也很少触及，甚至写母亲，他都用“母亲的信仰”化解了刻骨的思念之苦和儿子不孝的悔痛之责。书中写到的情谊，除了在秦皇岛的基督徒医生给人留下了深刻印象之外，其他都着墨不多。不似齐邦媛的《巨流河》，那一份至死不渝的爱，让人潸然泪下。王鼎钧的书，很少让人动情，只不断催人动脑。不知道这算不算大时代让人心变得坚硬粗糙，只懂责任不懂爱的例证，不知道这算不算历史从来都马虎健忘，根本不会顾及大时代中青年的情感发育的例证，也不知道我这样的感慨，算不算对一个如此不可替代的回忆录的苛求。

或许，每一个中国人都应该读读王鼎钧的回忆录，因为他打捞痛苦，焚烧自己，是为了为我们代言。

“我找李大师，云端不可寻”

这是李敖生前最后一部自传的引言之一。前面还有两句，是李白赞美孟浩然的：“吾爱孟夫子，风流天下闻。”他接着写下“我找李大师，云端不可寻”的时候，是戏谑的自夸，如今，却已成为现实。一代狂人驾鹤西去，带走了几多传奇，留下了诸多文字。其中他 80 岁写的自传在台湾出版的时候叫《李敖风流自传》，大陆出版的时候，把“风流”去掉了。

李敖于 2018 年 3 月 18 日，阴历二月二龙抬头当天安然离去，享年 83 岁。83 年，横跨海峡两岸，亲历战乱、党争、文祸和时代巨变，笔耕不辍，才思俱佳，性格狂傲，争议连连。可以说，李敖的一生，恰是时势与英雄相互成就、相互塑造的一生。如他自己评价所讲：“一往直前、二入牢狱、三头六臂、四面树敌、五花八门、六亲不认、七步成章、八面威风。”

如今，与国民党缠斗终生的传奇逝去，几乎是一瞬间，微博、微信、新闻、访谈自发地铺天盖地，尽管不无争议，但话题炙手可热；然而，很快，“风流”即被“雨打风吹去”。到他“头七”的时候，媒体上与悼念有关的消息已经很少了。而到一周年、两周年的时候，纪念更是寥寥。人间凉薄健忘，已是常态，纵是那不甘寂寞，在人间一闹再闹，曾经威震整个华语世界的“文化阿里”（马家辉语），也难逃此律。

悼李敖和“看”李敖

据李敖好友陈文茜的悼念文章，李敖因脑癌引发免疫力低下，住院两年多；去世前的一个多月，他已经不认识任何人了。他曾在自传里戏谑：理想的死法是死在十七岁情人的大腿上，然而，人生死相众多，终究是无法曲终奏雅。他也曾跟一家著名的网络平台签下协议，做一千场生前告别仪式，大化无情，终究也没能再创世界第一。

爱因斯坦曾评价圣雄甘地说：后代子孙很难相信，世上曾经走过这样一位血肉之躯。这评价为80岁的李敖所羡，也被他在自传中借为己用，用以总结自己一生的“示范”与“播种”。

他说：在中国，生民如过客，除非成群结队或者立党夺权，纯粹的个人是没有前途的，“只有夭折与牺牲”。好在，李敖九死一生，冒出头来。但饶是如此，也不过是“示范”而已，人民还是人民，改变是很难的。血肉之躯在这人世上所有的苦心和苦行，也终究只能“化作一道阴魂而去”。

或许，于李敖而言，“示范”也是太乐观了。无论是说他“前半生豪杰，后半生小丑”的苛责，还是揭他为人瑕疵的道德控诉，甚至包括对他“虽千万人，吾往矣”的独立人格的追慕，都只是遥做“看官”而已。而且，是互联网时代、娱乐时代的“看官”—— 一切都变得扁平，一切都“聊作谈资”。至于他“播撒”的种子，思想的、人格的、文学的，甚至是文人风流的，还能被几人辨识，在几人心中生根，则全看读者自己的造化。

可以说，李敖生前死后，都没有免于“被看”的命运，而且是盲人摸象般的“被看”。当然，他自己也有意吸引人的眼球，希望被关注。我想，这既是他作为“战士”的幸运，也是他作为“狂人”的悲哀。“战士”因被关注而光环加倍，“狂人”则因被关注而迷失日远。

如果他只是单纯的作家，“被看”当然是好事儿。从早年在《文星》写文章，到出狱后一再“以笔为枪”与国民党缠斗，与所有的人事缠斗，编写下煌煌三千万言百余本书，其中96本被查禁，都是李敖作为“刀笔战士”的辉煌业绩。及至出狱后与明星胡茵梦结婚之后又离婚，李敖开始进入“娱乐”界面，从此花边不断，一发不可收拾。到晚年，他上电视，开微博，参与台湾政治，沟通两岸文化，“个人”李敖进行了一场横跨意识形态时代和娱乐时代的传奇旅程。

观点犀利加言之凿凿，骂人尖酸刻薄加自吹毫无顾忌，慢慢地，李敖从一个“血肉之躯”变成了一个传奇，一个符号，一个标签，越来越简单，越来越抽象，也越来越扁平，悲剧和正剧也慢慢开始变成喜剧，甚至闹剧。尤其是作为“狂人”被看的时候，他越来越需要承受“誉满天下，谤亦随之”的后果。所以，他才会放言“新朋友不交，老朋友遇缺不补”；才会自明心志为“我独与天地精神往来。”所以，陈文茜也才会在悼念他的文章里，反复写他精神上“战士”的底色，写他作为自由主义先驱的“寂寞”与“孤苦”。

在胡适去世的当天晚上，李敖曾写下这样的话：

> 别看他笑得那样好，我总觉得胡适之是一个寂寞的人。
>
> ……
>
> 今天傍晚，这个“寂寞的人”到底走向永恒的寂寞：他看不到捧他的脸孔，也听不到骂他的声音。在天路的历程中，他转入了苦难的炼狱——他是一个战斗的人，那才是他战斗的地方！

后来，围绕着这段话，李敖写成了一篇文章，篇名叫《“千秋万岁名，寂寞身后事”》。也是围绕着这段话，他陆续写成了《胡适研究》《胡适评传》《胡适与我》。而且，在《文星》期间，他为胡适编纂了《胡适选集》13册出版发行，并由此引得胡适门徒和胡夫人对其“纪念资格”的“讨伐”。

李敖说，自己是以“酬答死友”的心意来发扬并流传胡适思想的，并不只是为那雪中送炭的1000元——在李敖籍籍无名，穷得当裤子的青年时代，胡适曾送他1000元救急。李敖认为，传播胡适的思想才是对他真正的尊重和怀念，至于由谁来发扬流传、由谁来出名得利，根本都属于小焉者也，都是余事，不足为虑。

那时候的李敖，研究和撰写胡适思想的学者李敖，敬谨审慎，中正平和，境界超凡。或许，迄今为止，海峡两岸和香港对胡适思想的研究，也难有出其右者。难怪有读者感叹，以李敖的才华，若是安心做学者，成就岂可限量？然而，李敖所在的时代，李敖所有的性情，学者的书桌又该安在何处呢？更堪忧虑的是：胡适之后尚有李敖，李敖之后，“李敖”何在呢？

读李敖

李敖是写文章的大才，做学问的高手。他的文章，常能妙语连珠，所以，大多都非常好读。但是，作为作家，李敖还是给后世的读者制造了很多阅读障碍。且不说他创造了个人书写之最，政论、散文、杂文、学术研究、小说（这样的排序也代表了我对他作品的评价）不一而足，让人眼花缭乱、力有不逮；单是他几乎所有的文章都伴随着台湾、两岸现实的发展，携带着中国历史和文化的渊源这一点，就让后世的读者望尘莫及。比如，他常能旁征博引，博古通今——年轻时写文章谈台湾的妓女问题，先从《诗经》的考证讲起；骂蒋介石也是从古至今为他寻找同类。包括写《北京法源寺》《第 73 烈士》这类小说，他也是做足了史料的功夫，甚至不惜掉书袋，让人物所有的对话都带着长长的历史的尾巴。

更重要的，他不仅写，还自己解读、自己阐释，几乎有关自己的一切，他都“自有高论”，任何人对李敖的评论，都不及他自己的精彩。李敖之所以独特，很大程度上因为他自给自足，自成系统，自体循环——“个人”李敖，绝不只是姿态而已，为人与为文，他浑然一体，自成一格。他用 83 年的时间把自己活成了一部自己写、自己评、自得其乐、甘苦自知的大书。

从这个角度说，读李敖不易，读懂李敖更不易；读李敖而不被他牵着鼻子走，则更是难上加难。也难怪他在自传里反复感叹敌人凋零，感叹“蠢人”太多，感叹“我吹牛，因为你沉默。”如今看来，沉默的理由有很多，有的是不想，有的是不屑，有的则是不能——处境所限，才华所限，视野所限，勇气所限。李敖自己，或者两岸，无论哪个历史阶段，总是有理由让人对他望而却步。李敖曾在给女友刘会云的信中连声感叹：世人岂知我哉！岂知我哉！然而，如今我们会不断感叹：他自己又岂留余地哉！时局又岂留余地哉！文化传统的断裂又岂留余地哉！

2018 年 1 月在大陆出版的《李敖自传》，或许可以看作李敖全部图书的注释和索引，也可以看作全面理解李敖这个人的“读心指南”。他用近六百个片段，四十万字的篇幅和 41 幅照片，全面绘制了自己从肉体到精神的肖像，也侧面绘制了两岸，尤其是台湾近现代历史的肖像。而且，是一幅充满了李敖语录式的大话、狂话和笑话，兼具了滑稽剧和政治波普意味的肖像——如果说人生如戏，那李敖的，是最典型的黑色幽默剧，无论多少玩世的戏谑都无法掩盖其悲剧的底色。

整部书几乎就像他的一生那么丰富庞杂、高潮迭起、悬念丛生，也几乎就像他的一生那样悲欣交集、幽默旷达。最为难得的，站在八十岁的人生关口，行文间他狂气褪减，戾气褪减，而他原本就有的“智者的通达”和“敢违世俗的天真”由此得以凸显。老，让李敖更可亲，更耐读；当然，也让他更“狡猾”，更放达——尤其写情史。

在充分袒露自己方面，在对爱的追索方面，他和卢梭似乎志同道合，只不过，卢梭选择带着感伤去流浪，而李敖最不愿意在感伤和游荡上浪费时间，他只在书斋苦心焦思，做说理和抗辩的战士。为了言论的空间，他拼上了自己的一生。他的一生才真正应了那句话：在薄情的世上，深情地活着。

早些年，金庸曾以李敖的人身自由和言论自由的程度，作为测量台湾民主空气的尺度。这让李敖很骄傲。晚些年，《康熙来了》把他坐牢得来的言论自由滥用到了“狗仔文化”和低俗搞笑上，让他愤怒之极。李敖百年后，陈文茜有感于如今的现实，说他“一无所有”，寂寞一场空。

李敖何其清醒，他何尝不知道“枝条始欲茂，忽值山河改”，他何尝不知道自己最后即将面对的。他说自己之所以快行己意、快意恩仇，却从不怄气和负气，就是因为洞察世事，洞察人心，于是他从不花时间招朋引类，甘心独来独往，“孤笑”终老。他说自己那一代人，在大学的时候，有《自由中国》的文章可看，有殷海光、胡适等师表可循，现在的大学生眼前是什么？“连掠影和浮光都没有，只有一片荧幕与降幡了。”

然而，纵使如此，李敖也还是要“不忘真理”，“独行其义”，要“为第一流知识分子立下尊严”。在这本自传里，他说：中国知识分子不是跳河，就是低头叩首，向党交心，而我李敖不，我不合作，哪怕独立苍茫，哪怕四面都是敌人，我还是要做“精打细算深谋远虑的战士”，做“第一流的知识分子”！

思李敖

读李敖的时候，我反复在想，抛开他故意给自己制造的盔甲和泡沫，抛开他“白话文天下第一”的戏谑，写作的李敖，到底给世人提供了什么？我们从他的文字中，从他的书中，到底能得到什么？到底该怎么看待李敖，怎么定位他这个人？

文人怀才，志于学，立于世，最常见的就是“穷”“达”之辨。“独善其身”和“兼济天下”，仕与隐，仿佛是摆在古今中国文人面前的两条路，也是文人在一个社会、一种体制下能够选择的两种生活方式，无论哪一种，都包含着自律、隐忍和妥协。而不妥协，不合作的，大多玉石俱焚。

李敖不一样。

他在接受《鲁豫有约》采访的时候说：有谁因言获罪，还能活着走出监狱，然后依然坚持做战士的吗？没有！他在自传里，说自己终身引以为憾的，就是在服兵役一年之后的最艰难时期，上过“贼船”，曾进过国民党红人陶希圣主持的文献会。虽然时间很短，很快“反下山去”，但依旧是“悔恨”不已——整本《李敖自传》，“悔恨”只此一处。

李敖在很多场合谈过自己的“穷”——没钱、没爱情、没朋友、没工作、没出路、没前途。关键是，承受“穷”的，是年轻的心；在“穷”旁边，还始终站着诱惑。他不止一次说：人生中最不堪回首的就是二十多岁，因为太穷了。也曾在初恋小蕾因生计所迫另嫁他人之后，痛彻心扉地说：男人在穷困时，不要扯女人。最艰难的时候，他倒卖二手家电，还曾想去开拉面馆谋生。至于后来逮谁告谁，不断打官司上法庭，陈文茜说，实在是他在体制之外找到的堂而皇之的谋生手段而已。

在书中，他详细回忆自己交往过的师长，严侨、胡适、钱穆、梁实秋、李济等等，倘若他甘做门徒，出路可想而知；他也详细回忆国民党当政者对他释放的“招安”之意，比如陈诚、陶希圣，甚至蒋经国等，倘若他怕了、怂了、感激涕零了，前途也可想而知；同时，他详细回忆了自己的同学、朋友，其中不乏国民党的官二代，倘若他肯低头，肯跟从，也可衣食无忧。同时，因为他的遭遇和影响力，家人和朋友都可以帮助他去美国，倘若选择远离台湾，他的生活也大可改善。然而，李敖自己选择了一条最坎坷难走的路，而且，走得坦坦荡荡、嘻嘻哈哈、满怀希望，当然，也走得颇有争议。

在当代，文人了解了太多古训、经历了太多教训、享受了太多“器重”之后，还有谁能记起我们“缺乏不受精神虐待的自由”？有谁还怀抱“穷亦兼济天下”的理想？更多的恐怕是士林百态，甚至士林之耻吧。所以他对文人、对知识分子也骂得最酣畅极端。每每想到书中这样的细节，再看他去世之后，一些所谓“读书人”的反应，对他的佩服和追念更是深切绵长。

年齿日长，读书日久，且不说从未有过的颜如玉、黄金屋的幻想，所谓“开卷有益”“学海无涯”的劝勉都会慢慢失效，于是读书就会变得挑剔起来，也开始经常想，读一本书真正的意义和价值所在。慢慢地，“人”就成了唯一的好奇目标。而且，这种好奇不再是在众多庸人、凡人的世界中向往传奇，而是开始体会，同样是肉体凡胎、世俗烟火的人生，他们如何能摇着笔杆，脱颖而出？他们怎么做到的“不朽”？在这种“不朽”背后，又有多少超乎常人、不甘平庸的底色？

李敖在复旦演讲，曾引用陆游的诗句：“樽前作剧莫相笑，我死诸君思此狂。”他百年之后，这句话被反复引用——果然，悼念李敖的最有名的句子，还得出自李敖的演讲。难怪他会说“要想佩服谁，我就照镜子”。或许，在李敖式戏言和狂言的背后，我们会越来越发现，他始终在现实的深处和时代的前头；当我们钦服于他的先锋性和前瞻性的时候，一定也同时汗颜于他的永恒性和预言性。

生命总是因为活出了难度而精彩。李敖的生命让权贵、名利、世俗都黯然失色，让中庸、苟且、妥协都无所遁形。世界因为有了他，也让很多其他的生命黯然失色，寡淡无味。李敖终究只有一个。

“我”与李敖

因为做了《李敖自传》的责编，在他去世的消息传到大陆的第一时间，很多媒体就找到我，让我谈我接触到的李敖，我眼中的李敖，谈我们合作的细节。我也不揣浅陋地答应《三联生活周刊》的稿约，第一时间写了一篇《今天，我们能给李敖一个盖棺论定吗?》，谈他“笔尖向左”的深层原因，谈他不断骂人，不断兴讼背后的义气和深情，谈他的“底层情结”和别具史观。

其实，除了他在病床上送给我一本《第73烈士》，并赠言："如初一见，一见如初"之外，我们没有交往。一切合作都是通过版权代理。这也是我引以为憾的，而且，随着更多地阅读李敖，这种遗憾与日俱增。我错过了和这样一个丰富睿智、独一无二的生命直接交往的机会，尽管倘若实际跟他交往起来，也可能不会一帆风顺。据说，病床上的李敖见到我们的样书，非常高兴，出版之顺利和效率之高，超出他的预期。毕竟，这是目前大陆唯一一本经他亲自授权又顺利出版的书。

内心里，我更多的遗憾来自自己读书面之窄。在文学科班的训练里，在有限的读书经验里，我竟然一直都错过了李敖。研究生期间的港台文学史课，只留下了白先勇、陈映真、余光中、李昂这些名字，李敖，我没有印象。有意味的是，李敖回忆，曾经，在国民党谈李敖色变的年代，全台作家名录里，胡茵梦都算作家，而他不是。在两岸，李敖有很多拥趸，然而也有很多未能波及的盲区。

刚读到台湾版《李敖风流自传》的时候，我感觉像一扇窗豁然洞开。篇幅短小精悍，思路清晰，典章故事，信手拈来，几乎是处处有机智，页页有机锋。有些成语，我需要去查字典；有些典故，我需要去请教学古典文学的同事，需要搜索。我已经很久没有过这样的编辑"障碍"了。而且，我再一次感受到了一本书，不是越读越薄，而是越读越厚；不是越读自己无知的范围越缩小，而是越读越扩大。80岁的李敖，把自己的经历、才华、学识、勇气和智慧超浓缩在了这一本自传里，不断打破我的知识壁垒、审美壁垒，不断冲击我对生命与人的认识。

之后，阅读李敖几乎占据了所有的业余时间。了解得越多，越感觉李敖文风之雄健，辩才之超群，勤奋之过人。当然，也会感受到他因为批判国民党的目标太单一，限制了视野和胸襟；因为太迷恋于观点的标新立异和逻辑的自洽周全，而限制了文字的回味感和境界的包容度；因为太想做"传奇"，而给自己镶了好多花边，造了好多不必要的泡沫；因为他"破"字当头，"立"字不足，让一切既有的秩序崩毁，却终究无法找到更清晰的路。当然，他未尝不知道自己的局限。在自传里，他感叹，因为自己的对手是偏安一隅的国民党，是海岛台湾，所以自己只能“与子偕小”了。

无论如何，作为编辑，作为读者，非敌非友，我体会的是李敖独步时代、独步文坛、独步知识分子群体、独坐书斋、特立独行的风范和风骨，也开始试着体会他从“以牢为家”的被动承受，到后来“以家为牢”“以书房为牢”“以台湾为牢”的主动选择，其间所彰显的怀抱家国天下的匹夫之责、健行天命的君子之风和追寻天道的独孤之勇、侠义之气，同时，也开始体会其间他所经历的情感、心理和人格上的改变。

穷途末路、命悬一线、世态炎凉和繁华落尽，于我们都是故事，于李敖却是亲历。所以，陈文茜才会说：“苟且偷生的人很难理解赴汤蹈火的人”，所以，李敖才会引用哲学家马丁·布伯的话：“即使我肯花时间说给你听，你也得经过永恒去了解它。”

于今天的我们而言，李敖最为动人的，是无论处在多么无望的绝境，都乐观幽默，都满怀希望。作为文人，他既坐而言，也起而行，所以，他的生命才能突破强权的羁绊和世俗的束缚，昂扬向上又充满欢乐。是对希望的永不放弃，让他成了战士，让他成了李敖，也让他成了你一旦走近，就永远无法忘记的生命。

战时大学的理想启示

——以《巨流河》和《上学记》为例

刚毅坚卓，弦歌不辍

每年到大学的录取季，各种有关大学的讨论都会重新成为焦点。关于高校教育改革、教育体制的弊病等问题，几乎可以写一本《批评大学的N种方法》；而涉及年轻人的大学生活，又会如《致我们终将逝去的青春》般飞扬，几乎可以写一本《大学里的N种浪漫生活》。

其实，无论是严肃思考还是轻松回忆，有关大学的话题背后都暗含着一种期待和畅想，那就是什么样的大学才是最理想的，什么样的大学生活才是最值得推崇的。于是就有人“师夷长技”，把常青藤的美好高妙搬到中国来；也有人“以史为鉴”，向历史求助。其中，向历史要经验的最直接、最显要的成果，就是有关西南联大的书层出不穷。

一句“名师荟萃”不足以呈现西南联大的师资力量，仅就人文学科而言，每一个名字都如雷贯耳：陈寅恪、赵元任、金岳霖、王力、朱自清、冯友兰、沈从文、闻一多、钱穆、钱锺书、费孝通、朱光潜、林徽因、吴晗、吴宓、潘光旦、卞之琳、冯至、刘文典……同样，一句“才俊辈出”也不足以呈现西南联大的教育成绩，且不说杨振宁、李政道、黄昆等自然科学领域的，仅就人文社科领域而言，汪曾祺、何其芳、李长之、任继愈、何兆武等也无不光彩熠熠。校长梅贻琦仿照孟子“故国”之说所说的“所谓大学者，非谓有大楼之谓也，有大师之谓也”不仅是西南联大的精神符号，更是不断被铭记、被传播用以发愿或提醒的“大学名人名言”。

何兆武的《上学记》也是西南联大出版序列中的一本，从2006年出版开始就广受好评。这是一本“活的个人史”——何先生是清华大学的退休教授；这是一本“说真话的书”——何先生直接点评名师的治学弊端，并为此引起名师后代质疑。当然，更重要的是，这是一本关于知识分子的书。新中国七十多年，知识分子的命运是最为跌宕起伏的，也是最让人欲说还休的，而由何先生这样跨越两个时代、两个世纪的见证人，从“自由与幸福”的角度书写，显然会产生一种“理性反思”的效果——从上个世纪90年代以来，知识分子有关社会理想的反思之书何其少！

四年之后，台湾作家齐邦媛在大陆出版了《巨流河》。如潮好评之中，更多的是对抗战期间兄弟并肩、全民一心的峥嵘岁月的肯定；对在《大江大海》之后，冷静平和的历史态度的肯定；对《我们台湾这些年》背后更富有历史含量和家国情怀的肯定；还有对知识分子在时代祭坛上所能保持的尊严的肯定。但就笔者的体会而言，与其说这是一本个人史，不如说是一本重寻两岸知识分子共同的文化传统和人格底蕴的书。在这本书里，我们会发现在西南联大的光芒四射背后，还有武汉大学、中央大学、西北联合大学等一大批同样“刚毅坚卓”“弦歌不辍”的大学，抗战精神和教育的薪火一样在他们之中绵延。仅就齐邦媛就读的武汉大学外文系而言，也是名师荟萃——方重、陈源（西滢）、袁昌英、陈寅恪等等。

《巨流河》和《上学记》两本书对比阅读，可以发现很多历史的蛛丝马迹，也可以为我们提供关于那个时代青年共同的精神风貌，那个时代共同的教育追求—— 一种关于“理想和希望”的追求。

如今说来，“理想”是一个特别遥远的词儿，甚至显得有点可笑，它曾经和“革命”贴得那么紧密，而后来的现实一再打破它所制造的迷幻。上个世纪80年代之后，“理想”变得越来越让人警惕，当然也变得越来越不可琢磨。但是，看过《上学记》和《巨流河》之后，这个词重新变得可亲可感起来，尤其它和民族生死存亡、家庭颠沛流离、大学弦歌不辍、青年生死投入、日高日远的追求结合起来的时候，忽然具有了另外一种功能：它提供了一种穿透战争风云、面对和平生活的刚健有为的人格格局，提供了另外一种与自己相处的方式。或许，我们该这么看待理想：它固然善变，但蝴蝶总是比毛毛虫好看。

抗战中的两种青春

《上学记》里写，抗战初期，日本有巨大的空中优势，而中国那时候空军很少，在何兆武报考大学的时候，有很多学生都去投考航空学校，“那一批人素质都很优越，所以中国空军在一开头打的时候战绩还是挺辉煌的”。接着，他说，从报纸上看到一个叫沈崇诲的人，1928 年考入清华土木工程系，毕业以后投考杭州笕桥航空学校，“八·一三”的时候飞机被高射炮击中了，他于是撞向日本飞机，27 岁殉国。

这个报上的故事，在齐邦媛的《巨流河》里，就是真人真事，是东北青年张大飞的故事。张大飞是齐邦媛哥哥的同学，也是他父亲齐世英创办的中山中学的学生。随中山中学南迁之后，经常到齐家，两个人就这样相识，情窦初开。中学毕业后他投考军校，成了飞虎队的成员，抗战胜利之前，他以 27 岁的年华牺牲在空中。两个青年，一个在空中对敌，一个在大学读诗；两种青春，一个理想是战后做一名随军牧师，一个理想是战争结束，现世安稳。两个人通信百余封，但在战乱中却无法保存，齐邦媛是用心灵记下了张大飞写给她哥哥的绝笔信：

> 你收到此信时，我已经死了。八年前和我一起考上航校的七个人都走了。三天前，最后的好友晚上没有回航，我知道下一个就轮到我了。我祷告，我沉思，内心觉得平静。
>
> ……这些年中，我一直告诉自己，只能是兄妹之情，否则，我

> 死了会害她，我活着也是害她。这些年来我们走着多么不同的道路，我这些年只会升空作战，全神贯注天上地下的生死存亡；而她每日在诗书之间，正朝向我祝福的光明之路走去，以我这必死之身，怎能对她说“我爱你”呢？……我生前死后只盼望她一生幸福。

张大飞是《巨流河》里最为动人、最为令人难忘的角色。齐邦媛用最为内敛圣洁的笔法，用最为至爱精诚的态度，书写了她和张大飞的心灵默契，相伴了她一生的灵魂之爱。

齐邦媛说：“五十年来我在许多的战争纪念馆重寻他以生命相殉的那个时代”，但她找到的是在南京的墓碑上，他的名字和很多人的名字在一起；而关于他的报道，则是这样的角度：“在一九四五年五月，确有一架飞机降落在西双河老街下面的河滩上，有很多人好奇前去观看，飞机一个翅膀向上，一个翅膀插在沙滩里。过了几日后，由上面派人把飞机卸了，用盐排顺河运到信阳。”

以《圣经》为“一辈子的依靠”，并以《圣经》当信物的张大飞可曾找到灵魂的安歇？女主人公说：“一些连记忆都隐埋在现实的日子里，渐渐地我能理智地归纳出《圣经》传的道是‘智慧’，人要从一切虚空之中觉悟，方是智慧。”——中国的文学作品里，从未有过如此书写的初恋，甚至，齐邦媛都避讳用“恋爱”这样的字眼，男女之爱，分量太轻。她说：“我想写的是一个（和更多）人，投身那样的骨岳血海之前和之后激荡、复杂的心路历程。在他写了七年的信里，有许多述说，可惜我一封也不能保留，无法详述他在作战的那些年心灵的声音和愤怒。我十二岁认识他，看到两代东北人以身殉国的悲怆，那不是美丽的初恋，是尊敬、亏欠、患难相知的钟情。”

在抗战最为艰难的年代，国民政府曾有“一寸山河一寸血，十万青年十万军”的口号。尤其是抗战后期，在盟军中国战区参谋长史迪威指挥的中国远征军三个军中，有大量的青年师生充当翻译、飞行员等技术职务，为中国抗战立下汗马功劳的“飞虎队”中更是有很多高素质的优秀青年。当然，时空拉开之后的真相揭露，总会让人心生黯然：历史研究界不断披露的青年从军背后的党派之争，中国远征军“兵败野人山”的惨烈，都让人体会到张大飞们用以殉国的一腔青春热血的另外一层含义。

无论如何，青春的热血都是赤诚的。民族危亡年代，读书报国和投笔从戎是青年们能够选择的两条不同道路，而一个个青年的选择就汇成了时代的风潮。何兆武和齐邦媛是留在后方读书的青年，但他们身上从未褪去家国之忧，他们笔下也从未褪去人道主义和理想主义的色彩。他们用自己的劫后余生去实现一个知识分子的价值：何兆武曾在西南联大读过土木、历史、哲学和外文四个系，最后成为在大陆研究思想文化的学者。齐邦媛在武汉大学读过哲学和外文两个系，1948 年赴台，成为台湾著名的学者和教育家。

齐邦媛的大学：沉痛而欢欣

一般而言，女性写家族史、个人史，写感时伤事的书，都容易写得个人悲欢有余，时代风云不足。然而，读《巨流河》，却每每让人想到“苍茫阔大”“哀而不伤”“刚健有为”这样颇有浩然之气的字眼。在这本书里，齐邦媛从东北的巨流河写到台湾的哑口海，从父兄的爱国行动写到自己的家国情怀，从一个体弱多病的女孩儿写到一个诗书满腹的知识分子。个人与时代、战争和日常、情感和理智、诗情和世情等种种风云激荡和心灵创伤，无不在文化传统和文学传统的巨大理解力和包容力中得到安抚和疗救——当然，作者作为基督徒，也多处写到了《圣经》带给她的力量和智慧。全书从语言到人物，从场景到背景，无不贯穿着东方美学中“刚健”与“冲淡”、“有为”与“无为”的中正调和。可以毫不夸张地说，齐邦媛的《巨流河》让海峡两岸和香港的读者深深体会了一次我们共同的文化传统所具有的那种巨大的支撑作用，不止是支撑美学格调，还支撑人格和心灵。这部书所产生的内敛节制又余音绕梁的美学效果，它在历史上和心灵上的丰富和厚重程度，足以让它进入更多人的阅读视野。

在《巨流河》里，可以找到蔡文姬激昂酸楚、真情穷切的《胡笳十八拍》的影子："天不仁兮降乱离，地不仁兮使我逢此时""人生倏忽兮如白驹之过隙，然不得欢乐兮当我之盛年"。也常能让人想起杜甫面对人生悲苦和天地不仁时的沉郁顿挫。同时，因为作者是基督徒，又常让人体会信仰带给人的宽和隐忍。这是一本独特的抗战史书、青春之书、灵魂之书，隐含着一种失败者的忧伤和惆怅——这本书有关抗战和大学时代的部分最为动人，有关初恋的描写最为动人，而有关台湾工作的部分则略显琐细。

在齐邦媛的大学生活中，战火从未远离她的心灵，因为她无时无刻不牵挂着在空中战斗的张大飞；她随时都能得到身为国民党官员的父亲带来的战事消息；她在课堂上，随时都能听到教授们身在书斋之内、心怀民族安危的家国情怀——或许，读过这本书的所有人，都无法忘记朱光潜先生在讲到华兹华斯的诗句"若有人为我叹息，他们怜悯的是我，不是我的悲苦"的时候，"取下眼镜，眼泪流下双颊"的至情至性。时局艰困，知识分子秉持着"弦歌不辍"的理想坚守在课堂，但他们也从未放下"匹夫之责"——按照王德威先生的说法，这样的一个细节足以印证朱先生"敬谨真诚"的写作观，以及他在理应"呐喊"和"彷徨"的民族危亡之际，冒着不识时务的风险，坚持谈"美"、谈"静穆"的忧患底色和良苦用心。

朱先生选的是国际通用教材，讲济慈也能联系杜甫，给学生的启发可以想见；而那时的学生因敌机轰炸、时局艰困，只能退守书斋；再加上家破人亡和恋人殉国，促使齐邦媛在诗和美中寻求情感的依托，也铸成了她敏感多思、勤奋内敛、知行合一的人格格局，帮助她度过了"沉痛而欢欣"的大学时代:"即使是最绝望的诗也似有一股强韧的生命力","人生没有绝路,任何情况之下,'弦歌不辍'是我活着最大的依靠"。她在采访中说:"文学教育帮助我更客观、深层认识人间悲苦与活着的意义。"

读齐邦媛记录的大学生活,在知识和人格的启迪上,真是一种极大的享受。而大学之于她性格形成、职业选择、人生观、价值观所产生的作用,更是让她受用不尽,对读者也是极大的启发——除了朱光潜的美学影响、吴宓作为导师的点拨,还有和凌叔华、苏雪林并称"珞珈三杰"的袁昌英讲授的莎士比亚,袁昌英的丈夫、留英的货币理论专家杨瑞六关于读书功用的训诫,《时与潮文艺》主编孙晋三教授有关"文学教育贵在灵性(或慧根)的启发"的分析,等等。

当然,除了在大学里得遇名师,因为家庭和工作的关系,齐邦媛也在书中记录了胡适在文学和历史间穿梭带给她的启发:文学最重要的是格局、情趣与深度,实际上,《巨流河》就是以这三方面的结合为追求的。而她能够有 16 年的时间定期到素书楼拜访钱穆,听他谈人生,谈文人在乱世的生存之道,又是何其有幸!

"国家不幸诗家幸",不幸的时代更能够催生人对未来的期盼和畅想。难以想象,倘若没有这一代人在大学里的坚持,没有那种穿透战火和苦难,战胜个人哀愁和悲欢的理想,文化该会面临怎样被摧毁、被掏空的悲剧结局。生不逢时,又生正逢时。

何兆武的大学:幸福而迷茫

跟《巨流河》的时空相比,《上学记》更窄一些,毕竟作者在台湾只有短暂的停留,主要在大陆治学,家族也没有更为惊心动魄的经历;而且,《巨流河》有谋篇布局的构思,《上学记》作为口述史,结构上更为随意。如果说《巨流河》是像大河一般宽阔绵延、丰沛充盈的话,《上学记》就更像一股溪流，充满思辨的深入浅出间自有一种亲近和熟悉。

何兆武在西南联大读到了研究生毕业，共有七年，他说，这是他人生中最惬意的好时光。他讲到当时大学的日常生活：上课、去图书馆、考试、同学间辩论，等等，更是提到了在茶馆里吹牛的“光辉岁月”。这是齐邦媛艳羡的男生的天地。他写自己自由选课，听了很多名师的课，也写了亲见的这些名师的名士风度。多年以后，这种属于学术和思想的“自由”状态让八十几岁的何兆武萦怀不已，物质穷困而精神昂扬的理想状态也让他追慕不已。当然，战事日益艰苦的消息和个人病痛带来的迷茫感也挥之难去，覆巢之下，完卵无处可寻——有关西南联大的再多“传奇”都不能忽略掉民族战争的底色。

《上学记》有很强的历史意识、哲学意识和知识分子意识，这是西南联大带给作者的知识格局和人格格局。在讲述中，何兆武不断强调整体的历史观，强调超越于一切之上的自然科学理性和人生哲学。他说，“真正的历史是要把人的精神写出来”。而且，他赞同“有我”的讲述，要敢于和善于表达判断。书中他对闻一多饱含热情的思考，对冯友兰的哲学和钱穆的传统文化研究提出的质疑等等，都是这种“有我”的表现。在这种“心灵的辩证法”中，他无时不在思考着作为人的幸福，想象着走在人生历程中的“欣赏”的姿态。或许，正因为何兆武见证了新中国成立后那些坚持留在新中国的西南联大名师们如陈寅恪、朱光潜、吴宓等所遭遇的一切，见证和亲历了自己这一代秉持知识报国信念而报国无门的愁苦，所以才会更有关于知识分子“自由和幸福”的一番滋味。

王德威说，《巨流河》是一部惆怅之书，实际上，对大陆的读书人而言，《上学记》才是一本惆怅之书。战争中追求知识和理性的美好，给后来人带来的，是难以言说的惆怅，是比故国惆怅更为绵延的文化的、文明的惆怅。齐邦媛也写到，多年之后她在大陆见到南开中学的同学，她们“进修就业稍有成就的甚少，没有家破人亡已算幸运，几乎一整代人全被政治牺牲了”。自己虽然能够在台湾做一份教职，但也是“欢乐苦短，愁苦尤多”。她们相拥背诵杜甫的诗：“少壮能几时，鬓发各已苍。访旧半为鬼，惊呼热中肠。”

当然，跟《巨流河》一样，《上学记》也是一个“潜文本”，虽内敛克制但颇有穿透力，它是历史提示之书。因为战争，因为政治，20 世纪是埋藏巨大悲伤的世纪，一代青年也随之成为时代祭坛上的羔羊，“被时代消耗”；但 20 世纪又是饱含理想和希望的世纪，一代青年秉持“难以言说的，生死投入理想的纯真”，向往自由和幸福。

名字写在水上，灵魂写在纸上

何兆武说：“幸福最重要的就在于对未来的美好希望”“幸福是圣洁，是日高日远的觉悟，是不断的拷问与扬弃，是一种通过苦恼的欢欣。”齐邦媛也总是在无限的悲苦之中，提到“圣洁”，提到“洁净”，提到何兆武也反复提及的雪莱、济慈的诗。经历了苦难，见过了肮脏，或许才更明白“洁净之美”之于人生的价值，才明白浪漫主义诗歌之于人生的意义。每一代人都是历史的过客，名字写在水上；但用“美”书写的理想和希望，却能够“回应时代暴虐和历史无常”，用灵魂写下的故国之思，也能够“超越政治成败的人与事”。

读两本书，也会常常引人思考大学的位置，或者大学的特质：大学是象牙塔吗？战火之中何寻书桌安稳？但又有什么时段能够让读书变得如此纯粹呢？那一代大学生，因为家国苦难，大学成了他们的中间站，成了家庭和国家之间的堡垒。他们在这个堡垒中成为一代知识分子，成为自己。何兆武说：“我祝愿美好的艺术是在美好的教育体制之下培养出来的，更进一步，我希望一切美好的思想都是从循循善诱，而不是从残酷斗争中培养出来的。”

世界上有完全符合理想的大学吗？或许没有，有的只是有理想的人。但人能超越环境、超越时代的局限吗？或许也不能，但能够在特定的环境中获得最臻理想的修为。其实，《巨流河》和《上学记》也从未超越时代，超越环境，甚至，从未超越漫无边际的世间悲苦，但他们坚持用理想和美对抗忧伤，对抗这“使人对坐而悲叹的世界”(《夜莺颂》)，完善人生。

人生的完善是永无止境的，大学仅仅是一个开始而已……

大学里的故事和故事里的大学

现代文学中的大学形象

如果给文学作品中，尤其是小说中的大学排个名次，大概《未央歌》中的西南联大、《围城》中的三闾大学和《青春之歌》中的北大会是三甲。西南联大自不必说，它几乎成了中国理想大学的代名词——不仅因为它在战火硝烟中“刚毅坚卓”“弦歌不辍”，也不仅因为它名师荟萃、硕果累累，更因为它在黑色的抗战背景中闪耀的象牙塔的颜色，旷世夺目，再难复制。《未央歌》用浪漫主义的笔法，写战乱当头，青春无惧、青春多姿的诗情画意。随着后来历史的变迁，对西南联大的书写和缅怀，包含了更多家国情愫，也包含了海峡两岸读书人太多的留恋和遗憾。

据说，《围城》中的三闾大学也有西南联大的影子，但后来被考证来考证去，最终确定原型为钱锺书曾经任教的国立师范学院（湖南师范大学的前身）。因为《围城》的影响力，对现在的读者而言，三闾大学显得更为著名一些。然而，这所曾被赵辛楣寄予厚望的大学，最终还是因为教授们的倾轧缠斗，让他认识到了“中国战时高等教育是怎么回事”。当然，这所大学也几乎彻底埋葬了方鸿渐的挣扎，“没有梦，没有感觉，人生最原始的睡，同时也是死的样品”，他终于在三闾大学彻底实现了自己的“全无用处”。

钱锺书说：“从前大学之道在治国平天下，现在治国平天下在大学之道，并且是条坦道大道。”他用所有的讽刺和感伤，塑造了三闾大学，似乎也从另外的角度，适度矫正了后世对战时大学的某种理想化倾向。

而《青春之歌》中的北大之所以著名，是因为革命，因为青年知识分子的道路选择，当然也因为林道静和余永泽的爱情故事。这本初版于1958年的书，是第一次描写学生运动的小说，后来又被改编为电影，在新中国成立后的文坛几乎妇孺皆知。而林道静和余永泽的人物原型，就是杨沫和她的第一任丈夫张中行，这也是公开的秘密。余永泽是北大国文系的学生，因为只读书不革命，由林道静的领路人、同居者变成了林道静弃绝的对象。在《青春之歌》红极一时的年代，被季羡林先生称为“高人、逸人、至人、超人”的张中行默默地承受了巨大的压力，直到20世纪80年代之后，他陆续出版了《负暄琐话》《负暄续话》和《负暄三话》，写出了杨沫笔下的革命的、战斗的北大之外，自己眼中的学术的、风雅的北大，才得以让人从更全面的角度了解他，了解文学中的大学故事背后的种种。

新时期以后的大学故事

新中国成立之后的很长一段时期，因为历史的原因，中国高等教育的发展几乎停滞，那么多教授被下放劳动，那么多知识青年被号召走出大学走进广阔天地，于是，大学几乎成了文学题材上的空白之地。直到思想解放运动后，高考恢复，有关大学的故事才又开始重新讲述。1984年，李亚伟发表诗歌《中文系》；1985年，刘索拉发表中篇小说《你别无选择》，大学生这个群体，或者说大学这个场域才某种程度上重回读者的视线。尽管，他们是以被批判的面目出场的。

现在看来，80年代的确堪当文学的黄金时代。思想解放、国门打开，市场经济的侵蚀尚未到来，这样的天时地利，再加上从“反右”到“文革”，人们多年积累的阅历和情感，尤其是迷茫和困惑、悲愤和希望交织的情感的“人和”，共同构成了一个文学时代所有的必要条件。而理想主义的精神余韵，更铸就了文学的批判精神。

在这样的条件下，文学的探索，从形式到内容，就几乎成为一种必然。李亚伟说“中文系是一条撒满钓饵的大河”，教授们以孔子的名义垂钓；他们“把鲁迅存进银行，吃他的利息”……刘索拉则用音乐学院充满“黑色幽默”的生活，在音乐和人生的无意义中寻求青春躁动的意义。这些大学生，抽离了现实的种种羁绊，几乎是纯精神的，用王蒙的话说：“跟长久以来与至今仍在首先为生存而战斗的大多数群众不同，他们有点脱离群众。但他们已经出现了，哪怕是在闹剧的或自嘲的外衣下面，他们发出了自己的杂沓的却也是动人的青春的声音。”

然而，好景不长，锐利的精神探索和昂扬的理想激情并未进行太久，时间就来到了 20 世纪 80 年代末。之后，文学开始越来越写实，甚至是趋近“情感零度”的“新写实”。对于大学和大学故事的讲述而言，1993 年《中国教育改革和发展纲要》，算是一个转折点。

近些年一直致力于中国大学研究的著名学者陈平原，将 1993 年看作研究大学变迁的一个新起点。而 1998 年浙江大学和杭州大学、浙江农业大学、浙江医科大学的合并，以及随后掀起的大学合并潮，还有 1999 年大学的全面扩招，则都是大学发生根本性变化的重要时间节点。后来，大学开始在教育产业化的路上渐行渐远，各种社会思潮，尤其是拜金主义、实用主义等也开始在校园潜滋暗长，改变着大学的生态，以至有学者忧虑，如今的大学正在培养“绝对的、精致的利己主义者”（钱理群语）。

因为高考的指挥棒，因为大学几乎和所有的中国家庭有关，陈平原曾在文章中呼吁：不仅仅从事学术史、思想史、文学史的专家学者，每个关注中国现代化进程的“读书人”，都应该关心中国的大学。然而，文学对大学变化的关注还稍显落后，甚至迄今为止，都还没有一部纯文学作品，能够塑造出一个典型化的当代大学形象。

某种意义上说，大学题材的小说，还有太多空白需要填补。而张者的“大学三部曲”《桃李》《桃花》《桃夭》、阎真的新书《活着之上》算是在这一题材领域值得关注的作品。当然，这个名单里还有阎真之前出版的《因为女人》，可以看作“新时代的《女大学生宿舍》”；还有最近几年李师江的《中文系》，写文科男的苦闷；江西作家阿袁的《鱼肠剑》，写三个女博士的生活和焦虑；许春樵的《屋顶上空的爱情》，写硕士研究生的生存困境；以及前些年阎连科的《风雅颂》，用荒诞的手法写一个大学老师的无法自处，等等。至于曾经畅销书，孙睿的《草样年华》、辛夷坞的《致我们终将逝去的青春》，则因为青春的颜色盖过了大学的迷茫，不在我们讨论之列。

张者的“大学三部曲”：二十年的大学史

张者的“大学三部曲”，并没有明确指出是以哪个大学为原型，但因为张者的教育背景和其中的场景描写，通常大家都会把它跟北大对号入座，甚至，2002 年其中最著名的第一部《桃李》出版的时候，都有人戏谑书名应该改为《狗日的北大》。

《桃李》开篇即说，“知识经济时代，把导师称为老板是高校研究生的独创，很普遍的”，书斋的风雅被这样一个俗不可耐的称呼悄然瓦解。书中的老板邵景文是研究生们心中的偶像，他出身贫寒，曾是校园诗人，之后成长为名校的著名教授、学者、法学家，而且还是精通诉讼程序的大律师。他一边做学问一边办公司，一边教学一边揽生意打官司，他充分实践着“把知识转化为生产力”的座右铭，一只脚在大学一只脚在社会，游刃有余。而正因为有了这样的导师，这些法律系的研究生们既像学生又像打工族，他们跟着导师出入灯红酒绿的场所，又跟着导师在课堂上寻找知识和未来的命门，他们沉沦，放纵，角色无从确立，精神无处安放，以至于最后疯的疯，跳楼的跳楼，就连他们的导师、成功人士邵景文，也被谋杀致死。小说无处不在描写校园里这种畸形的成功和畸形的关系，又无处不在忧虑和讽刺任由欲望导引的知识分子，斯文扫地之彻底、之可悲。当时，很多评论文章都拿它和钱锺书的《围城》对比，讲知识分子在不同时代的生存状态，讲大学在不同时代的不同面目。

应当说，大学以这样的形象重新进入读者的视野，是非常刺激的。这部作品的反响也可想而知。2006 年，张者又写了第二部《桃花》，这次的主角是经济系的师生。张者一改《桃李》的灰暗，把经济系的导师方正，塑造为一个拒绝诱惑、一心向学的“完美导师”，他的观点是：“市场经济发展到了一定的时候，人们吃饱了肚子就开始关心精神问题了。知识分子不应该仅仅是经济生活的参与者和推动者，是不是还应该是人文精神的坚守者?”

然而，“树欲静而风不止”，因为学科专业和在学界、相关领域的影响力，方正还是被想要谋求上市的公司盯上了，虽然他严防死守，他的学生却纷纷陷入了各种陷阱，有的被审判，有的被开除学籍。如果说《桃李》是欲望冲击和人的主动投合相结合的话，到了《桃花》，就是人性弱点本身在欲望诱惑面前的无从抗拒了。此时，张者对大学的描写，或者说，对大学人文精神的忧思，也开始慢慢转向温和。

到了后来出版的《桃夭》，几个师兄弟已经人到中年，他们都成了法律界的精英，大学也由此成了他们怀念青春和爱情的地方，当然也成了他们追逐新的爱情的地方——时代变化，校园爱情观也发生了翻天覆地的变化，所有的精神都让位于物质和实用。有意思的是，他们的导师虽已人到老年，但开始注重精神，追求内心的自由，包括爱情的自由。他逃离大学、逃离家庭。

跟之前的《桃李》和《桃花》相比，《桃夭》显得更为戏谑和玩世不恭，对大学的书写也显出了些许的隔膜，但它更为准确地把握了在 20 世纪 80 年代的大学校园度过了青春岁月的一代人的中年心态，把握了他们随着改革开放和市场经济的步伐，载浮载沉、似有若无的精神世界。

张者是个聪明的作家，他往往能够敏感到时代变化在人、在人性上的投影，敏感到时代变化给人文精神造成的畸变，而大学无疑是这种畸变得以呈现的最典型的地方。同时，因为所写院系的关系，因为做过财经记者的经历，张者的视线又始终没有脱离经济发展进程和法律进程，借着小说中的案件，张者写到了公司的股份制改革、公司的上市程序、股票市场的波动和刑事民事诉讼的程序等等。在张者的笔下，大学，既是社会的缩影又是社会的参照物，而大学中人，也既是红尘中人，又是学术中人。

陈平原说，如果不能认识到民国期间的大学既是革命的阵地，又是学术的堡垒，就不能全面了解那个阶段的大学；按照这样的思路，如果不能认识到，现在的大学既是社会的角落又是社会的一部分，既是教育改革的参与者又是经济改革、政治改革的参与者，也不能全面了解这个阶段的大学——当然，因为现阶段的大学还是进行时，就有更为深刻和艰巨的命题，那就是什么样的大学才是最符合社会发展和大学本质的要求的。

《活着之上》：沧浪之水浊兮

第九届茅盾文学奖评奖过程中，阎真的《活着之上》是入围且得票较高的作品。虽然未能最终入选，但它在专业读者心目中的地位由此可见一斑。实际上，从某种角度说，因为曾写过《沧浪之水》，阎真一直是当代文坛上的无冕之王。这部小说，因为丝丝入扣地写了读书人在官场中的坚持和放弃，因为小说中显示出来的世事洞明和人情练达而深入人心，几乎让每一个读过的人难以忘怀。

《活着之上》有点像大学版的《沧浪之水》，不同的是，官场里你死我活的倾轧变成了戴着斯文面具的各行其道各显神通，看似自我选择的余地更大，但实际上对于道德坚守重于眼前利益的人来说，依旧是无路可逃：“生活像坚硬的墙，在这堵墙面前，一个人不能硬生生去撞它，而只能变得柔软，从墙的缝隙溜过去。”

小说的主角聂致远是个历史学博士，然而，古人说的“千钟粟、黄金屋、颜如玉”都没有随着他的“六经勤向窗前读”而到来。他过年没有钱回家，没有钱给女朋友买礼物、租房子，更没有钱买房结婚，没有钱养孩子。钱钱钱，无论他怎么用陶渊明、曹雪芹来给自己打气，都终究逃不过钱对他的现世的逼迫，逃不过钱给他带来的现世的屈辱，甚至，连“意义”，这个读书人最愿意追问也最应该追问的东西，都无从寻起，活着之上，原是一片虚无：“生活的道路说起来很宽阔，实际上很狭窄，通向理想的道路一步都迈不出去，前面有玻璃墙。”

于是，他只能一边放弃一边坚持，一边理想一边现实，它时而鼓励自己，“既然生活中没有理想主义生根的土壤，那么在市场中争取好好活着，更好地活着，那实在也是别无选择的选择。”又时而反省自己：“芸芸众生。这个结论我有点难接受。我总想着自己也算个知识分子，知识分子就该有着超出自我生存利益的原则和追求。先天下之忧而忧，这太大了，太渺远了。守住自己一点清高行不行？唉，还是不行。我都不知道自己在什么意义上算个知识分子了。”（阎真，《活着之上》）

阎真一贯擅长写人被不断拉向地面，又不断想飞翔之间的张力，他善于揣摩人在不择手段和洁身自好之间的心里挣扎，善于发现物质和精神、眼前利益和做人原则的缝隙给人性涂抹的真实又残酷的印记。与《沧浪之水》给主人公池大为设置了一个对应人物丁小槐一样，在《活着之上》中，聂致远也有一个对应人物蒙天舒，在聂致远处处碰壁、不断边缘的同时，总是蒙天舒的如鱼得水、步步高升。两个人不同的命运，映衬的是中国大学现有生态中的学术机制、评价机制的畸形，以及师生关系、学者和学者的关系的畸形。读着读着，甚至读者都恍惚，这究竟是大学还是官场，这些活跃其中的人究竟是为人师表的老师还是各谋其利的政客？而其中的师生关系，到底是授业解惑还是利益交换？无怪乎有学者疾呼：“中国大学不是官僚养成所”。（陈平原语）

与《沧浪之水》相比，《活着之上》的阎真显得更为无力，除了自我追问和自我反省，他甚至没有批判，或者说他早已意识到批判的局限和无力，于是整本书基本上都是在写一个大学教师刀刻斧凿般的现实挣扎体验。因为这种挣扎，大学的形象也显得颇为暧昧不清，甚至有些面目可憎。

文学源于生活高于生活，这是常识，关注现实的文学倘若跳不出现实的窠臼，找不到理想的依托，就会失去批判的能力，当然也就如同鸟儿失去了一只翅膀，留下的只是飞翔的记忆和想象。然而，在如今的现实环境和文化环境中，连有关大学——这个最应该产生理想和批判思维的地方——的文学，都失去了这样的土壤，不能不说是一种莫大的遗憾。当然，这不是某一个两个作家的问题，是整个中国文学，中国大学乃至社会问题的集中反映。

有关大学的本质、大学的职能、大学的使命，乃至理想大学的模样，古今中外有太多的教育家曾发表过精彩的言论，笔者在这里却最想引用柏林大学的创办者，也是德国近代高等教育的改革者威廉·冯·洪堡曾经说过的一段话，作为本文的结尾：

> 国家绝不应指望大学同政府的眼前利益直接地联系起来；却应相信大学若能完成它的真正使命，则不仅能为政府眼前的任务服务而已，还会使大学在学术上不断地提高，从而不断地开创更广阔的事业基地，并且使人力物力得以发挥更大的功用，其成效是远非政府的近期布置所能意料的。（滕大春，《外国教育史和外国教育》）

看呐，这美术圈的人！

《沧海》的故事

2000 年，人民文学出版社出版过一套三卷本的书《沧海》，是国画大师刘海粟的传记，作者是刘海粟唯一的研究生简繁。书出版没多久，就因为种种原因由三卷本修订成了两卷本。

在这本书里，简繁以自己在刘海粟身边所保留的近二百盘录音带为蓝本，采访了刘海粟的妻子夏伊乔、刘海粟的侄子刘狮的妻子童建人和南京艺术学院的谢海燕、王秉舟等很多人，乃至和徐悲鸿的儿子徐伯阳的通信等也作为素材，"塑造"了一个摘下艺术大师桂冠的刘海粟，一个私人生活领域而非公共生活领域的刘海粟。

作者"拷问私德"的立场，不为尊者讳，不为长者讳，不为自己讳的态度，以及从未受过专门的文学训练，只凭着表达天分写作的本能冲动，再加上一种缺乏人性体贴的历史观等等，都使得这本书非常特别，因而具有极强的阅读冲击力和情感挑战力——《沧海》的整个世界都让人不适。从阅读心理学的角度说，读者自始至终都能占据比作者、甚至比刘海粟更高的道德优势和人格优势。也正因如此，《沧海》成了中国文学史上为数不多的奇书之一，读过的人无不留下深刻的记忆，尽管这种记忆总是"破"大于"立"，让人如鲠在喉，不吐不快。

当年的美术界和文学界显然都没有想到，刘海粟这个开创了中国近现代美术教育的国画大师，这个在新中国成立后的历史中经受了太多折磨和苦难的老知识分子，这个 20 世纪中国美术的一位代表人物，却在最该继承自己衣钵、最该维护自己的学生笔下被"解构"了，而且解构得有点儿丑陋不堪。

《沧海》里的刘海粟，固然有很多关于绘画技艺、审美鉴赏、美术教育，乃至近现代历史上人与事的真知灼见，但更多的，是他“绑架”故去的康有为、蔡元培、傅雷等名人来篡改历史用以自我塑造；是他对围绕在身边的人“诱之以利”的自我吹嘘；是他对初恋、几任妻子和孩子的薄情寡义；是他审时度势的自我保护和自我标榜，甚至是他“人前显贵人后寂寥”的无徒无友。如果读者对近现代中国历史的动荡缺乏必要的理解，如果读者缺乏一定的人生阅历，那《沧海》极容易被认定为一部关于中国知识分子的人格丑陋之书，作者简繁也极容易被认定为一个“欺师灭祖”的角色。

今天看来，抛开具体的人事纷争，《沧海》当然不只是一部奇书，它更是一本大而厚的历史之书和人性之书——它几乎以一种完全不自觉的状态，记录了20世纪中国美术界，乃至整个中国知识界和大时代的复杂关系；记录了在时代的动荡之中，龙蹲虎踞的人物如何在建功立业的过程中弄权使诈，经受人格塑造和人性扭曲；记录了在“文无第一”的永恒法则和“文艺为政治服务”的时代法则之下，刘海粟和徐悲鸿的学术派别之争的偶然和必然。甚至，它还记录了艺术家的放浪形骸对传统女性和现代女性的双重占有和剥夺。

《沧海》风波过去十几年之后，已过花甲之年的简繁再次命笔，写下新书《沧海之后》。在这本书里，作者讲述了《沧海》风波的始末，也试图为《沧海》的写作立场和态度做一定的解释和反省，以更加客观的态度看待刘海粟的艺术地位和历史地位，看待刘海粟的自我经营和名利之心。

作者开篇不久即自曝隐情：他有先天残疾——色盲。而当年他之所以能够以一个底层子弟的身份阴错阳差地考到刘海粟身边，成为国画大师唯一的研究生，只是因为钻空子躲避体检！至此，或许《沧海》的读者才明白，简繁就像一个中国版的于连，在巨大的人生跨度中，经受了太多人格和人性的考验。他内心的卑微转化为不可化解的愤激的情绪，酣畅淋漓地体现在《沧海》之中：一本奇书背后潜藏的都是“人”的隐秘。

《沧海之后》的故事

当然，《沧海之后》不只是在以上意义上续写《沧海》，它还有继续记录时代的追求。而且，这种记录，因为作者秉笔直书的写作态度和挑剔私德的激愤，读起来依然让人不适。

如果说《沧海》是写给20世纪中国美术家的，那么这本“《沧海》后传”，在作者的意识里，就是写给大裂变时代的当代中国美术家的。如今在画坛举足轻重的人物，乃至普通老百姓都有所耳闻的人物，诸如丁绍光、史国良、范曾、陈丹青、袁运生、陈逸飞等等，都不同篇幅地出现在书中。通过这些人物的经历，主要是通过作者本人和有“联合国艺术家”称号的丁绍光的交往，写当代美术界的生态，写这些中国美术家在海外的走投无路，写他们“出口转内销”之后，在商业化和收藏热的种种炒作和包装。作者以好朋友、圈内人或者知情人的身份，写了许多读者耳熟不能详的故事，披露了“世俗意义上的很多‘隐秘’”（作者自序）。

20世纪90年代前后，中国曾经出现过美术家的出国潮。简繁也是其中的一分子。但是，众所周知，经济和文化均处于弱势的中国美术想进入美国、走向世界，何其难也！在中国动辄前呼后拥的刘海粟在美国也只能困居老年公寓而一筹莫展，遑论那些后学晚辈。史国良的出家还俗、范曾的去国归国，陈丹青在中美两国的水土不服等等，都是其中真实的写照。和这些铩羽而归的美术家相比，丁绍光是为数不多的成功者，但他的成功，在作者简繁看来，并不是艺术的成功，而是得益于他无下限的自我包装和自我炒作。

近年来，在几近疯狂的书画热中，一直都不乏理性的声音：中国的书画收藏热是热了"钱途"冷了艺术；热了名头冷了实力；热了买卖冷了鉴赏，非常畸形。由此而来，美术界很多所谓的"大师""巨匠"开始内靠官场外靠商场，一步步攫取着巨大的名利。简繁以自己的见闻，以自己认定的"真相"，记录下了其中的细节。同时，他也试图从"人"的角度，思考人生百年之间，追逐名利之途的得与失。

书中，史国良的故事最为耐人寻味。作者把一代画僧当成"中国画家命运沉浮的典型例证"来写。史国良在海外一筹莫展的时候，抛妻别子出家，到星云大师门下寻求出路，找到了成功失掉了自由；成功之后，他回望红尘，颇多无法舍弃，于是又还俗。

在书的第七章"兰花花"中，简繁用朋友的视角，记录了前前后后的很多细节，包括史国良对妻子和儿子的愧疚，他在出家和欲望之间的挣扎，他对于物质和名利的态度等等，颇为动人。可以说，这是简繁写得最成功的一章。他用一种难得的悲悯之心触摸到了史国良最真实的困境，也切身感受到了他面临的最纠结的困惑，同时，他又从一个较高的层面表达了自己的感悟："当初促使他决然出家的理想，已被囤积财富的欢悦逐渐销蚀……"

通过这些故事，《沧海之后》试图表达一种代际更迭中的历史的悲剧性：从刘海粟那一代到简繁这一代，中国社会发生了翻天覆地的变化，中国美术家的地位也发生了翻天覆地的变化：历史重负和派别之争在逐渐减弱，但名利对人性的整体侵蚀、对人格的全面剥夺却愈演愈烈。中国近现代史的沧海横流，显示了刘海粟们的"英雄本色"；而当代中国的欲望横流，显示的却只是"鼠辈经营"的可悲——是赤裸的现实剥夺了悲壮的美感，还是人性堕落本身舍弃了自身的尊严？

"永恒的女性，引领我们飞升"

在一般人眼中，艺术家头上总是戴着一顶"疯子"或者特立独行者的帽子，在人群的大海中，他们像一个个孤岛。尤其是画家，色彩和线条的表达方式仿佛总是让他们站在世俗生活之外，而基于灵感和激情的创作方式也总是让他们蔑视通常的人情伦理。然而，所有的艺术家又必须面对日常和世俗。《傅雷家书》中说："凡是有利于艺术的，往往不利于生活；因为艺术家两脚踏在地下，头脑却在天上，这种姿态当然不适应于生活。"

从这个角度说，艺术家更像是上帝和魔鬼打赌的筹码，伟大的歌德所提出的"浮士德难题"在这样一群人身上也体现得更为典型：他们向往灵魂的生活却面对着世俗的诱惑，灵与肉的冲突，自然欲求和道德伦理、个性张扬和社会责任的矛盾等等，都无比激烈地体现在他们身上——他们不善于与世界妥协，不善于与别人相处，甚至也不善于与自己相处。如果不是女人为他们缓冲，他们与世界和自己的敌对关系不知道会惨烈到什么程度。

《沧海》里，简繁写到了以师母夏伊乔为代表的女性，她们是刘海粟们动荡生活中安稳的底子，支撑着他们对世界的游离，缓和他们与世界建立的战斗性的敌意。而在《沧海之后》里，简繁也写到了这样的女性，那就是他的同居者、台湾女人杰妮芙和画廊老板、印尼女人梁思雨。

杰妮芙是台湾留美的学生，和简繁萍水相逢。在简繁困居美国、无路可走的时候她对他施以援手，帮助他联系美国的博物馆，给了他安身之所，并支持他在几年没有收入的情况下，全心完成《沧海》的写作。之后，简繁又在股市赔光了她的积蓄。更为雪上加霜的是，两个人生下的唯一的女儿被重度烫伤。无情的世俗生活让杰尼芙性情大变。简繁一方面写出了杰妮芙的从容淡定、淡泊得失，另一方面也在字里行间表达对杰妮芙的不满，强化自己决心和杰妮芙在无爱无婚姻的同居状态下终老一生的"牺牲"。

有意味的是，简繁当年作为旁观者，看到夏伊乔为刘海粟全心全意付出的时候，对夏伊乔表达了很多的尊重，甚至为她鸣不平。但面对为自己全心全意付出的女性的时候，他的体恤和尊重少了很多。当然，读者并没有因为作者的写作立场就减低对杰妮芙的尊重和怜惜，杰妮芙的人格光华还是透过简繁的自我辩解闪耀出来。

艺术家为了避免心灵的怠惰和情感的迟钝，不停地从女性身上寻找创作的灵感，寻找和世界对话的途径。在艺术家的世界里，女性仿佛是他们贡献给艺术的“牺牲”——如果作家能够给杰妮芙更多的“人”的关爱，更多对女性的关爱，能够少一些自以为是的正确，多一些自以为非的体恤，会减低读者阅读的情感不适。正如在书中，面对九十岁仍旧生活在底层的父亲，功成名就的简繁纵使有再多的积怨和不平，也不能再“审父”了一样。读者对文学所呈现出的伦理秩序有普适性的、向善趋美的基本要求。而如果一个作家面对人世间最温暖的亲情和爱情，都不能减少战斗性的修辞、增加自我反省和自我克制的话，那于他作品格调的伤害是很大的——所谓文学的“真善美”，其实就是在不堪忍受的真实之上，人性保持着向善趋美的永恒追求。

另一个女性梁思雨，是印尼华裔，在印尼排华暴乱中，遭受了巨大的伤痛，但她就像一个受难的天使，抚慰了太多到海外淘金的美术家和艺术家——她为他们提供栖息地和庇护所。导演吴天明就曾经寄居在她家里。她对简繁的帮助无私而慷慨，对背信弃义的人也总是宽容和体恤。跟周围那些蝇营狗苟的男性相比，梁思雨身上充满了人性的温煦和光亮，甚至充满了母性和神性的光芒。

当然，书中也写到了很多“无名”的女性——比如那些追求简繁的美术系的学生，当然，她们不只是牺牲者，也是名利场中的一环，是畸形艺术生态的一部分。

如果书也是有颜色的，那简繁的《沧海》和《沧海之后》大部分都是黑色的，阴郁的，而且他充分采用了先抑后扬的手法，当然是“抑”的更多，而“扬”的很少——惟其少，却亮得刺眼，让人过目难忘。书中的几处亮色，除了这些美好善良的女性，还有他的老师、反右中被下放的画家申茂之；还有他自始至终都对之表达了太多不屑和不满的老友丁绍光。

丁绍光作为“画坛及时雨”的慷慨、包容、大度，顽强地透过作者的褒贬闪耀出来。书中的很多细节，读之令人动容：比如其中一个，简繁长途跋涉去找身居沙漠边缘的丁绍光聊天，深夜返回不认路，丁绍光开车带路，途经一个加油站，简繁以为他要加油，没想到丁绍光却下车敲窗，他怕简繁半路抛锚。诸如此类的细节举不胜举，而这种由生活细节所体现出来的人格魅力会深深打动读者，甚至反过来为他赢得读者的宽容——读者总是倾向于宽容有缺点的好人，体谅他们为生活压迫和为名利所累。主要人物丁绍光非常典型地体现了文学的吊诡之处——人物在读者心中激发的情感会溢出作者的好恶而获得自身的逻辑。

世无全人，为善为恶，随境而迁，单论行迹，矛盾甚多，而文学往往需要透过行迹见其人格性情。所谓人文精神和人文素养，也体现于此。简繁在书中反复表达，自己着眼于“人”的书写，是想探求人何以为人的特质。为此，他表达了太多的困惑。但文学显然不只是表达困惑的，它还应该有抚慰的功能——抚慰世间的苦难，抚慰那些充满悲苦的人。

即便如此，《沧海之后》里的简繁也比《沧海》里的简繁有了很大的突破和进步。年龄和阅历的增长、大哥的去世、女儿的受伤、父亲的去世等一系列生活的苦难，都让简繁开始敬畏生活，敬畏命运，让他开始学会珍惜，也让他开始自我追问，自我反省。

一曲美术界的《好了歌》

看简繁的书，时常会让人想到“虔诚”和“忧愤”两个词。简繁对文学，对文学表达的功能有着一种近乎膜拜的虔诚，“屈原辞赋悬日月，楚王台榭空山丘”的文学理想仿佛是天生在他骨子里的。而与此同时，对世界的拷问，对人的拷问，并由此生发的“忧愤”也是在他骨子里的。因为这种与生俱来的愤激之忧和个人之忧，他不妥协，不包容，不原谅。他“至察而无徒”。他苛求世界，苛求人，苛求自己。因为这种苛求，他写不出雍容典雅、吟风啸月的文字，而只能写和着血泪的“奇书”。

而读一本奇书，在几种关系的认识上都足以对读者的审美智慧和人生智慧构成巨大的挑战。

首先是圈里和圈外的关系。圈里人写给圈外人看的书，“奇”的效应是天然的，但这种新奇毕竟是短暂的，真正的奇在于圈内规则的揭示和圈内人性独特性的反映；而且，同样一件事，圈外人觉得不可理解，但圈里人就会觉得在情理之中。其次，是真实和真相的关系。作者眼中的真实，作者所谓的“秉笔直书”是否就是事情的真相呢？在一个人的真实和事情的真相之间，存在着多少种可能？再次，是人品和人性的关系。人品是道德范畴，只与利害相关，而人性是文学范畴，与共通性有关。用人品衡量无法理解的问题，从人性的角度就可以理解——人性是共通的，有永恒的困惑和疑难，而所谓“文学是人学”，也指的是人性而非人品。

当然，因为简繁是非专业作家，在这些关系的处理上难免不够圆熟。所以，从题材驾驭和表达效果上看，他的书就只能停留在“奇”，而不能升华为“好”；只能成为奇书中的经典，而不能成为好书中的经典。正可谓“成也萧何败也萧何”，世间万物的法则都难逃于此。

那么一本好书和一本奇书的区别在哪儿呢？

个人以为，禁得住读，耐得住读，不断被反复重读，并且永远不会耗尽它想要对读者说的东西，是好书高于奇书的特质之一。而且与文学的抚慰功能相适应，好书比奇书更具有神的光芒——这就好比《红楼梦》和《金瓶梅》的区别。或许《金瓶梅》的世情智慧比《红楼梦》更高一筹，但它却没有《红楼梦》的理想情怀和神性光芒。而很多时候，这种情怀和光芒足以让生存智慧从世情跃升为人生，从而也使表达智慧从直抒胸臆跃升为曲尽人心。

一切有关苦难和救赎的思考，都在告诉人类，人能从一切虚空之中觉悟，方是智慧。而这种智慧，很多时候是自贵其心，并依着一种心的高洁来调整看待人和世界的眼光。

面对人性幽暗，面对一片虚空世界，《红楼梦》用甄士隐注解《好了歌》为眼，劝诫世人：

> 因嫌纱帽小，致使锁枷扛；昨怜破袄寒，今嫌紫蟒长；乱烘烘你方唱罢我登场，反认他乡是故乡。甚荒唐，到头来都是为他人作嫁衣裳。

显然，《沧海》和《沧海之后》看到了万般世相，也见识了人心曲晦，更感受到了永恒的孤独和虚空，但可惜的是，在与性格局限和人格局限较力的过程中，这种艺术的天分和敏感却每每败北。

当然，对一个画家来说，能够用毕生的传奇和苦难写作一部奇书，已然足够。或许，在美术界疯狂牛市降温的大背景下，在艺术良知和人性良知亟需重建的大背景下，关于《沧海》和《沧海之后》的话题才刚刚开始……

他们为什么把书桌搬到田野上？

文求诸野

提到“田野调查”，或许我们都会首先想到被称为“田野上的大师”的费孝通。一次偶然的机会，他来到吴江的开弦弓村小住，一边养伤一边为出国留学做准备。他在村子里看到了现代缫丝机，看到女工在机器旁劳作。他敏锐地感觉到，中国农村正处于从传统手工业向现代工业过渡的前夜，于是，他开始做相关的社会调查，并带着调查资料到英国读书。之后，以此为素材，他写下社会学经典著作《江村经济》。然后，从1936年到2002年，他前后26次到“江村”，成就了世界社会学史上独一无二的田野调查案例。

“纸上得来终觉浅，绝知此事要躬行”，田野调查不只是学术研究方法，广义而言，它是书斋的对应物，是知识分子认识生活、开阔眼界、完善理论，乃至知行合一的方式。在某些历史节点，田野甚至能够发挥比课堂、书斋更大的作用。比如，西南联大时期。不知道研究西南联大的学者有没有讨论过，之所以这个大学成为中国历史上独一无二的存在，成为后世一直追慕的大师云集的教育典范，除了跟战争、跟三校合并、跟教育理念有关之外，跟学校的迁徙，师生不断需要被动地把书桌放在田野上，也有很大的关系。书桌和田野在特殊历史境遇下的无缝对接，对成就西南联大而言，也功不可没。

田野中保存着“民间文化的活态”（语出冯骥才《漩涡里》），保存着鲜活、生动、蓬勃、庞杂的文化生机，保存着不应被丢掉的传统，象征着一切未被冲击、未被改造的自在状态，也埋藏着未被归类、未被整理、未被概念化的学术资源。尤其对作家而言，田野，意味着广阔天地，意味着创作的新素材、新动力和新源泉，甚至文学的新可能。

可以说，近些年有影响的非虚构写作，尤其是与传统农业秩序的改变、城镇化建设，与非物质文化遗产保护，与民间文化生态和底层文化生态有关的写作，几乎就是从书桌到田野，又从田野回到书桌的典范。比如冯骥才的《漩涡里》、阎海军的《崖边报告——乡土中国的裂变纪录》《陇中手艺》、潘绥铭的《我在现场》等等。深圳作家南翔刚刚出版的新书《手上春秋——中国手艺人》也在此列。

在读到这本书之前，我熟悉的是南翔的小说。从早年以改革开放初期的深圳为背景的长篇小说《南方的爱》，到后来以高校生活为背景的一系列中篇小说，再到晚近以《绿皮车》《抄家》为代表的少年成长系列和历史系列等，他一直在以自己的创作节奏，以高校教师和学者的身份，观察生活，体会历史，揣摩社会变化带来的"人"的变化，捕捉时代改变给城镇带来的新的特质。这一次他以小说家的身份转而写"非虚构"，关注非物质文化遗产，关注一个个手艺背后的"人"，显然是一次崭新的尝试。某种意义上，也是知识分子的应时而动。

"文化的问题总是隐藏在生活里"

在南翔关注手艺人之前，著名作家冯骥才出版了非虚构作品《漩涡里》，记述自己从书斋一脚踏入民间文化保护的过程。他形象地，同时也不无悲壮与无奈地将关注非遗、关注民间文化生态称为一个"漩涡"，让他难以自拔。而他之所以主动跳进来，最初是因为作家的文化情怀。听说天津几百年的老街要被拆除，他心疼、着急、愤怒，于是开始行动。之后，听说年画手艺要失传，听说花儿的传唱人快去世，听说古村落要被开发，听说……漩涡越来越大，转速越来越快，置身其中的冯骥才已经停不下来了。

随着新的政策实施，随着城乡改造计划和新农村建设的实施，路的畅通等等，很多不可再生的民间文化都近乎濒危，甚至可能瞬间消失。为了克服民间文化保护的四重困难——跟时间赛跑、经费困难、极度缺少专家和社会支援乏力，冯骥才卖画成立基金会，用作家和名人的身份争取资金支持，用政协委员的身份为政策建言，用天津大学的教职吸引和培养人才。同时，他从来没有停下笔，他鼓与呼，让更多的人加入这个队伍。

应当说，南翔就是被吸引和“鼓动”起来的人之一。或者说，同样作为作家和教育者，他们在文化遗迹被毁的时候，第一反应是一样的。他在创作谈中写，一个偶然的机会，他采访到木匠文叔，得知文叔想为自己做的和收藏的木制农具和家具做一个博物馆，却困难重重，于是南翔开始为他呼吁。随后，他一头扎进手艺人的世界。

之后，他历时两年，足迹遍布南北东西，在大量寻访的基础上，选取 15 类技艺，15 个工匠，包括药师、制茶师、壮族女红、捞纸工、铁板浮雕师、夏布绣传人、棉花画传人、八宝印泥传人、成都漆艺传人、蜀绣传人、蜀锦传人、锡伯族弓箭传人、正骨传人等等，写就这本《手上春秋——中国手艺人》。

跟冯骥才做的工作不同，南翔选取小切口，扎进一门手艺内部，扎进手艺人的生活内部，刻画手艺人的性格，勾勒手艺的发展脉络，寻找手艺所代表的文化和生活方式在我们现代生活中的蛛丝马迹，同时，他也关注手艺的未来发展和手艺人的命运遭际。时代和人，时代和手艺，手艺和生活变迁，是南翔关注的重点。手艺的存废和手艺人的苦乐，也是他关注的核心。显然，这不是单纯的技艺调查和艺术调查，而是事关文化生态的调查。

同时，借田野调查对学生进行教育，也是南翔作为一个老师的职业习惯和良苦用心，他想用回归田野的方式给自己的学生以治学上的启示。令人欣喜的是，这本书出版不久，教育部就开始在“非遗”传承上加大力度，号召更多的手艺进课堂，培养学生的动手能力，更加具体地倡导手艺人用扎扎实实的实践所阐释的“工匠精神”：终归是“人能弘道，非道弘人。”

有意思的是，南翔和冯骥才都不约而同地提到了日本。南翔在书中写，日本作家盐野米松的《留住手艺》给他很大的影响。作为日本民间技艺的“采写第一人”，盐野既承认时代的发展必然淘汰某些技艺，同时又从留住生活方式的角度，关注所有跟生活有关的民间艺人。他特意强调，这些艺人不是什么“人间国宝”，也不是什么特殊技艺的拥有者，他们只是在特定的年代，学了这个手艺，然后干了一辈子而已。谋生，或者说找到自己的生活方式，是这些手艺最不可忽视的底色。靠着这个底色，他们在曾以“工业立国”的日本得以保全，也仿佛抵御了时代的变迁和岁月的流逝，获得了“幸福”和人生哲学。

南翔写这些手艺人的时候，也试图切入或者探寻到这个层面。他一方面写随着时代发展、技术进步和社会文明的转型，原有的民间文化瓦解、一些技艺被淘汰是历史的必然，同时，由于开放所带来的中西文化冲突，弱势文化濒临灭绝的危机也是必然；另一方面，也写这些手艺和技艺保存着农耕文化的精华，是一个民族的精神和文化财富，理应得到抢救和保护。

历史理性、学术理性和文人情怀、文化情感相融合，是这本《手上春秋》的写作分寸和说服力，也是南翔作为“新”的田野调查者的综合素质。从生活中看手艺，从活着的层面看手艺人，是他致敬盐野米松的深情所在。

但同时，作为奔向田野的中国作家，他也无法褪去宿命般的问题意识和传承文化的“匹夫”之责。如此一来，每一篇讲述中就都有内在的矛盾和张力。当手艺人讲述自己的从业经历，讲述自己为手艺的无法传承焦虑，为手艺的落寞荒芜焦虑，为手艺得不到政府和文化部门的重视焦虑的时候，我们又分明感受到一种“中国特色”。

曾经，手艺是中国乡村的特色，是人与自然合作与对抗的产物，那时候的乡村，不封闭无以自足，没手艺无法运转；而当工业文明进入乡村之后，中国再也不是“捆绑在土地上的中国了”，不仅费孝通说的“熟人社会”和“差序格局”消失了，梁漱溟说的“伦理本位”崩毁了；具体的生活方式也迅疾发生了变化。那么，飞速发展的中国，城乡发展极不平衡的中国，整体的保护意识赶不上手艺的失传速度的中国，如何能让“慢”生活“寂寞”地保留住呢？又如何能让手艺抵御批量化生产、成为产业的诱惑呢？

冯骥才说：在日本，每一项文化遗产背后都有一群专家。也就是说，有寂寞的文化，就有甘于寂寞的文化研究者；而所有的技艺保护，都不是单方面或者单层面的行为。近些年，仿佛有“一架神通广大的‘吸取机’，从中华大地上开过，数千年的遗存瞬间被吸光”，而我们居然没有痛感，其中“百分之七八十的文化遗产背后没有专家”（《漩涡里》）。南翔的书中也意识到了这样的问题，或者说，这种中日差异也是南翔关注中国手艺和中国手艺人的背景之一，所以，他才很少写这些手艺所引发的“文化乡愁”，而是时时刻刻讲这些手艺人背后的问题和困境。

“折得一枝香在手”

盐野米松的书，跟所有日本讲述生活方式和文化乡愁的书一样，带着一种淡淡的“物哀”的情绪。在《留住手艺》里，他从童年时对这些手艺的熟悉和感知入手，迷恋手工制品的温度和情感，迷恋人与物的直接联系，迷恋岁月悠长、缝缝补补的“慢而旧”的生活，同时也质疑消费为底色的文化，一种喜新厌旧、坚硬而速朽、缺乏精神和情感的文化。书的结构则是作者先用导语感怀抒情，然后再加上手艺人的口述。

南翔的不同，它不是一本“恋物恋旧”的抒情书，而更是一本发现之书、提醒之书，一本不脱离中国文学“文以载道”精神的书。田野，让他的笔更粗粝鲜活，却从未让他迷失掉知识分子的责任意识。南翔以第一人称叙述故事，以自己的采访和观察为视角，手艺人是他刻画的对象。这样的间离效果，始终有“我”的目光和审视在，所以，手艺就不再只是被留住的对象，还有如何留住，能否留住，留住的可能性有多大等等问题。所以，南翔的手艺，不是关涉“幸福”和“生活方式”，而是关涉文化传承、历史记忆乃至文化忧患意识。跟冯骥才的书一样。

比如，他写药师黄文鸿，面对的是中医西医的争论、“中医亡于药”是否是危言耸听等问题。他写捞纸工周东红，关注的是“纸寿千年”背后，那复杂精细的技艺还能否“千年”。他写八宝印泥传人杨锡伟，写他用中药制印泥，一方面面临着手艺失传的危机，一方面又小心谨慎地保守着配方的秘密，连儿子都还不能悉数了解。或许，一种技艺的凋敝和传承困难，也与技艺本身的开放和包容程度、能否与时俱进有关联？写到蜀绣，写到它已经成功地变成了产业之后，涉及了如何面对“代工”的问题，如何在品牌含金量和批量生产之间保持住传统技艺不可替代的核心价值。写到平乐郭氏正骨传人陈海如，触及临床实践和学术评价机制之间的关系，以及知识产权的保护问题等等。

除了手艺背后的问题意识，南翔关注“人”的方式也是带着问题意识的，关注他们的经历，他们跟手艺的关系，他们的性格对手艺的发展有什么样的影响，甚至他们的命运，与手艺相伴相生，也和时代密不可分的命运。所以，每一个手艺人性格都是鲜活的。

坚定、执着地关注技艺本身，在技艺中灌注精神和情感，有敬畏感，有责任心是他们的性格共性，同时，或心直口快，或精明强干，或忍辱负重，则是他们的个性特征。因为有了这些共性和差异，有了人与手艺的互动，使得整本书“规整中见灵动，范畴中见匠心”，一如那千姿百态的手艺一般。

“敬事而信”

其中锡伯族弓箭传人伊春光的故事是《手上春秋》中最为引人深思的。锡伯，是明末清初以后才统一的称呼，大多数中国人更熟悉的或许是它的另一个名字“鲜卑”。如今，这个来自马背民族的传统技艺，已经是国家级“非遗”项目，伊春光作为传承人的代表也得到了政府、媒体、展览机构等足够的重视，《了不起的匠人》就是以他为主角的纪录片。为了保护自己的品牌，他们注册了商标；而且，跟很多手艺都更注重家族传承不一样，伊春光不守旧不狭隘，只要有人愿意从事这个行业，他一概欢迎。饶是如此，他们还是面临着生存下去的困难。不只是他将老去，身体不好等原因，还有这个传统技艺如何在当代社会发挥价值，重新焕发生命力的问题。单纯的保护是重要的，但在开发的基础上保护，或许更是解决问题的途径。文化保护需要源头活水，但这活水在哪儿呢？

由此，或许我们才会理解为什么南翔在字里行间会充满了难解的忧思，也会理解为何冯骥才将民间文化的保护称为“漩涡”——问题纷至沓来，疑难层出不穷，困惑接二连三，或许是事关文化问题的最大难题。文化保护的确是一个系统性的问题，也几乎是整个文化生态和社会生态的问题。但以少数人留住文化的真醇，又谈何容易呢？

无怪乎冯骥才在多篇文章中，都称自己是“堂吉诃德”，是“失败者”，也总在表达面对文化，面对时代对文化的淘洗和改变，他的无力感和苍凉感。他说：“我总是感觉‘不知道的比知道的多，能够做到的比应该做到的多……’”也无怪乎南翔会借钢构建筑师陆建新的口说，那些真正为社会做贡献的人，是拒绝被英雄化的；任何时代都会“野有遗贤”，这也是中华文化的博大精深之处，和它带给人的无可回避的敬畏感。

敬畏，在中华文化中具有特殊的地位。《论语》中有“九思”，第六思曰“事思敬”，孔子也教诲弟子“敬事而信”“居敬而行简”。在日常生活中，普通百姓敬天地、敬鬼神、敬父母；读书人敬惜字纸；木匠敬鲁班；造纸敬蔡伦……有了敬畏，就有了自我约束、自我反省和自我完善；有了敬畏，就有了秩序和诚信，有了精益求精，有了不浮躁、不怠慢、不苟且；有了敬畏，就有了呼吁和行动。

这些手艺人践行的工匠精神，无不在敬畏之中；冯骥才、南翔这些读书人勇敢地将书桌搬到田野上，也无不在敬畏之中；而我们读这些书的时候，由这些书了解中国手艺人，了解中国民间文化的生态危机和保护，了解这些知识分子的忧思的时候，也理当在敬畏之中。或许，敬畏，也该是文化问题决策者和城乡建设决策者思考的话题，因为唯有敬畏，才能避免文明被野蛮打败，文化被无知践踏。

《应物兄》和当代小说的声望

应物兄是谁?

2018 年年底，李洱的长篇小说《应物兄》出版。2019 年获得第十届茅盾文学奖。这部长达 84 万多字的小说，一出版就受到了文学界的高度关注。不只是因为李洱一写写了十三年，更因为从他的上两个长篇《花腔》《石榴树上结樱桃》之后，文学界一直对李洱的创作水准有预期，有期待。当然，出版之前《收获》杂志的选登预热，第一时间获得了读者好评，也是它备受关注的原因之一。甚至有评论家因此预言 2018 年将成为“应物兄元年”。

李洱来自中原，是 60 后，华东师范大学毕业，曾在高校任教。他很熟悉读书人这个群体，很多小说都以他们为主角，都算知识分子题材，尤其是中短篇小说，比如《导师死了》《午后的诗学》《喑哑的声音》等。

在他笔下，读书人过日子，或者说，日常生活中的读书人，跟别的群体有很多不同。他们总想追寻生活的意义，于是就会面对形而上和形而下、知与行、俗与雅的矛盾；于是这个群体就有了鲜明的性格特征：一件日常小事，在他们那里可能会有微言大义、九曲回转，但一件大事，或许他们又处理得简单粗暴、直截了当。他们文人相轻、互不信任，但在名利攸关的当口，他们又可能突然急转弯。某些时候他们聪明之极，直抵问题本质；某些时刻他们又不谙世事，冒着纯真酸腐的傻气。俗雅得当、大俗大雅，是“圣人”的境界，而大多数读书人，遍读圣贤书还是做不好一个普通人。书是他们了解世界的途径，也是横在他们和世界中间的障目之叶。

有意思的是，不仅人物是这样的特征，李洱的小说也是这样的特征。他的小说通常都会有“三多”：细节多，知识点多，人物微妙心理多。而这些，全都靠掌控语言的多义性实现。李洱特别擅长“饶舌”，擅长在小说里制造语言的“烟雾弹”，制造前后矛盾、虚虚实实、真真假假的效果。此前他的长篇代表作《花腔》，以葛任为主角，以瞿秋白的某些经历为原型，从独特的角度写了近现代历史上知识分子的悲剧性命运。就是靠着语言本身的歧义效果，李洱踮着脚尖蹚过了历史的雷区和创作的雷区，充分展现了一个作家把握复杂历史，把握敏感人物的智慧。直到二十年后的今天，他用华丽繁复的方式耍的历史“花腔”，仍难有出其右者。

人文知识分子总是靠书本、靠表达谋生，离开了语言的喧哗和理解的歧义，他们就丧失了主体性。当然，语言也是一把双刃剑，手中的笔，嘴里的话，在特殊的年代曾经是他们被毁灭的由头，也曾经成为他们相互缠斗的利器和标记他们人格高下的尺度。即便现在，也有可能成为这个群体间矛盾的渊薮。如此说来，知识分子群体在小说中、历史中，天然地充满了戏剧性和命运感，难怪李洱一直在这个群体中开采自己的创作能源。

《应物兄》写的还是这个群体的故事。不一样的是，它立意更宏大，结构更庞杂，细节更密实，意味更丰富。它由表及里，以小见大，通过一个大学成立儒学研究院的故事，居然裹挟了当今中国的各个阶层，映照了中国从计划经济到市场经济转型的光怪陆离之现实。这还不算，它的触角早已触探到历史深处，最后，以儒家文化为基础的整个民族的文化心理结构竟也露出峥嵘。一部小说有如此丰富的现实意味、历史意味、文化意味和人性意味，在当代文坛已是很久都没有过的情形了。

整部小说就像一张蜘蛛网，主人公应物兄像一只灰色的蜘蛛，缓慢爬行，所到之处虽没有情节上的大波大澜，情绪上的大悲大喜，冲突上的大破大立，却总是牵一发动全身，一招一式，一举一动都牵扯全局，埋伏隐患。他织得如此认真，每打一个结都如刺绣一般，慢、优雅、细密、结实，但最终，他所有的心头翻滚都不过是杯水风波，一番风雅的设想也不过是几种俗趣的汇聚，象牙塔中的建功立业原来也只是权、钱、欲搅动的一阵红尘风雨。他命运的荒诞，就像名字从父母给的“应小五”，变成“右派”老师给的“应物”，又被出版商阴错阳差写成“应物兄”一样，让人啼笑皆非，难置一词。

可以说，应物兄从一开始就是“缀网劳蛛”，逃不脱可悲的定局。可悲，却不是悲剧，因为他并没有被毁灭的“价值”。他是一只有名有利的中产阶级“劳蛛”，一个职业化的、合宜的知识分子，学术是他的谋生手段；不找麻烦，不跨出认定的界限是他的行为准则；同时，为了让自己畅销，让自己体面，他不与人争论、不涉政治，为人处世力求“客观”。他早已是没有知识分子生命的人，是另一种技术官僚。他与世界、与自己、与价值，没有不可调和的紧张感，因而，他的被毁灭没有悲剧的审美意义。

应该说，李洱清醒地认识到了这一点，所以他才写出了感伤，写出了遗憾，写出了克制和隐忍，却不碰血和泪。他不想让笔下的知识分子变成批判社会的媒介，因为跟社会变化的巨大扭曲力相比，知识分子自我扭曲的力道也毫不逊色。他们对名节问题的不忧不惧，早已与常人无异。

置身其中而不可怜自己，是李洱作为一个作家的大高明、大智慧，或许也是他读懂了孔子“圣人”之志的表现。置身如此纷繁复杂的现实之下，中国作家倘若没有一点外儒内道的精神，倘若不能把握又入世又逍遥的分寸，或许是无法拿起笔的。

除了话语权，他什么都没有失去

在坚守价值的时代，知识分子是有悲剧感的。大多数情况下往往是因为坚守让他们“穷酸”。如今，市场经济了，文化被重视了，文人有地位了，应物兄也变成受电视和出版商追捧的“学术明星”了。他面对的问题就再也不是是否安贫乐道的问题，而是名利场中“道将焉附”的问题了。事实证明，这个挑战更大。

小说中，校长葛道宏责成应物兄主抓儒学研究院成立的工作，表面看，他是青年才俊、社会名人、学术带头人，他对研究院的总体架构、人事构成、研究方向等等，都有发言权。而且，他的岳父是自己的导师，是德高望重的教授，同学是现任副省长，得意门生是省长秘书，学生中也不乏富二代、官二代。所有的一切都表明，要做成这件事，他是不二人选，而且从一开始启动，就几乎是万事俱备，只欠海外儒学大师程济世回国这股东风。然而，就是这“等风来”的过程，搅动了所有的尘与土，灰与霾。

这尘与土、灰与霾，牵扯着济州大学的三代知识分子、中国近现代历史上的四代知识分子，乃至一直可以牵扯出身处儒学源头的孔子及孔门弟子。这牵扯的背后，是自有儒学以来，“士”这个阶层非官非商，又不拒官不远商的特质，是他们“上不列于贵族，下不侪于平民”（钱穆语）的悬在社会半空中的宿命，是以“仁”为核心的道德训诫与社会转型相遇时候，遇到的种种“原罪”般的问题。

书中写，济州大学最老的一辈教授，最早的四大博导：研究柏拉图的女博导何为（芸娘），经济系研究亚当·斯密的张子房，应物兄的岳父、导师乔木，西南联大闻一多的学生、考古学教授姚鼐。除了人文学科的，这一辈人中还有物理学教授双林。他们曾一起去干校，后来一起参与新中国各个学科的草创。应物兄这一代，包括敬修己、文德斯、乔珊珊等，他们是八十年代成长起来的，后来又赶上了出国潮，大多学历很高，还有“出口转内销”的经历。第三代就是应物兄的学生一代，他们是完全市场经济的一代，乖巧的实用主义是他们的行为特征，“精致的利己主义”（钱理群语）是他们的另一个形容词。

除了这三代，书中还特意由1983年姚鼐的一节课写到了闻一多。

这一节对闻一多学术成就和政治影响的关注和评价，非常精彩；对知识分子在历史中的角色的议论，更是妙笔生花。闻一多这样一个才华横溢的诗人、学者，最后作为“民主斗士”牺牲，本身就是一个充满了象征意义和典型价值的知识分子。书中借姚鼐之口称他为“不发牢骚的屈原”，进而以“屈平沉湘不足慕，复生引颈诚为输”，劝解那时候对社会抱着过高理想化期待的青年学生，引发了一番争论。

对西南联大的一代，李洱不无伤感地说“一代人正在撤离现场”；对自己置身其中的八十年代这一代，他无比感慨地说：“求知曾是一个时代的风尚”，如今风尚变了；而对市场经济的这一代，他似乎无话可说。李洱只是不停地讲述细节，讲他们的钻营，讲他们的妥协，讲他们自觉不自觉地与钱、权、色勾肩搭背、称兄道弟。

《应物兄》用无数令人细思极恐的细节，讲述知识分子职业化、中产化之后，在权钱围剿下的坍塌甚至比意识形态的拨弄、比理想情怀的愚弄、比身处社会底层的困窘更惨烈、更致命。表面看，他们已是话语权在握，风光无限，但其实，所有的话语都只能转化成生产力，乃至GDP。这种转化反过来迷惑他们，让他们以为自己成了学术的主体，“道”的主体，依旧承载着感时忧世的社会功能。其实，他们早已工具化了，成了知识的贩卖机，社会庸俗化的助推器。

英国学者弗兰克·富里迪在一本名为《知识分子都到哪里去了》的书里认为，定义知识分子的，不是他做什么工作，而是他的行为方式，他怎么看待自己，以及他维护什么样的价值。由此，弗兰克对英国大学在学术官僚主导下的“去精英化”、职业化趋势痛心疾首，因为这样的主导，产生了真理和知识的普遍相对主义，加速了社会弱智化的进程。在这样的基础上，很多学者的职业化权威并不能拯救他们社会影响力日渐弱小的颓势，更不能避免让他们成为只关心物质和日常俗务的“庸人”。而且，更令人沮丧的，知识分子角色的贬值、媚俗、妥协甚至帮闲是结构性的、群体性的、趋势性的，难以改变。

世界从来都是在更大的力量主宰下自行其是，知识分子只是以为自己有发言权而已。从这个意义上说，《应物兄》虽然没有写出个体的悲剧感，却写出了一个群体，一种身份的大悲剧。应物兄的样子时常会让人想起《围城》中的方鸿渐，让人想起赵辛楣对方鸿渐的评价：“你不讨厌，可是全无用处。”

“无用之用”，本来就是知识分子的主体特征之一，尤其是儒家知识分子，不然也不会有“孔子是一只丧家狗”的说法。在一个相对健全的社会，或者说，曾经在孔子的时代，这种“无用之用”很有价值，甚至能够起到匡正时弊、矫正偏颇、影响社会价值取向的作用。如今，外因和内因都变了，这个群体的“无用之用”，或许就只能在文学中了。

文学头上悬着什么？

如今的时代，显然不属于文学，甚至文学的声望极低，声称不读文学、不读小说的人越来越理直气壮了。其实，这声音不新鲜，早在上世纪九十年代初，王蒙就已经提出“文学失去轰动效应”的问题了，如今，连这样的问题也不成其为问题了。

追寻文学衰落的原因，或许是徒劳的，也是没有意义的。重要的是，作为从业者，我们更多感受到的是文学衰落的结果。结果之一，就是小说失去了标准。一部有价值的小说很可能也无人注意，因为它得到的评价和赞美也可能像其他无聊之作一样，评价标准的混乱已经让读者对评论家、出版商那种靠形容词升级进行评价的方式极度不信任了。甚至有更极端的声音认为，不只是失去标准的问题，是小说的整个生态都坏掉了。

就在这时候，《应物兄》出版了，而且其与众不同的价值迅速被识别出来。它的特质，它在把握现实的时候显示的，超越“问题小说”和“人性文件”的智力和创造力，让习惯于读经典文学的专业读者都兴奋不已。

卡尔维诺判断一部作品是否是经典的唯一准则，是能不能禁得住重读；奥威尔认为，当代小说最值得操心的标准，是能不能流传后世。从可堪重读和流传潜力来说，《应物兄》或许具备经典化的潜质。它的庞大、丰富、复杂，它以儒学为纲，以知识分子角色转变为目，所呈现的社会转型期的生态，可能会变成特定社会阶段的文学标本。同时，它在美学上“无目的地合目的性”的尝试，以细节和知识为文本扩容的努力，都足以给它更多的空间和可能。多年之后，《应物兄》或许可以为这个阶段的小说，或者文学，挽回一些声望。不仅因为它的主题，还因为它的质量。

奥威尔在评价狄更斯的时候说，狄更斯用细节叠加细节的方式，为小说增添寓意，似乎做到了对谁都攻击，而又不得罪谁。因为他“不是一个偷偷活动的灵魂拯救者”，不是以为修改一些规则、废除一些现象，世界就会完美的“好心的白痴”。也因为他的目标不是社会，而是人性。对人性，文学是没有建设性目标的。狄更斯创造了一种“狄更斯式的繁琐”，打破了悬在文学头上的各种理论和力量，靠独具一格的个性流传了下来。

《应物兄》有李洱式的烦琐，也有《红楼梦》式的琐碎，还有《儒林外史》式的多视角叠加。它有与福楼拜式冷峻比肩而立的野心，也有和加缪的荒诞一拼高下的努力。它遍布机锋，“婉而多讽”；也遍布知识，曲而多义。《论语》等儒家典籍自不必说，道家学说、《易经》、柏拉图、胡塞尔、海德格尔、加缪等等，书中也是信手拈来，不惧读者耐心和知识构成。

更有意思的是，书中写了很多动物，还无法克制地写了很多有关动物的知识。狗、马、驴、鸟、蛐蛐等等，其详尽程度堪称小型的百科辞典。这情形就像各种次要人物都有名有姓，李洱几乎是不厌其烦地让他们走马灯似地认真登场一样。读者一边被挑战，一边与他心照不宣：所有这些都是有所指的，有对应的，所有这一切都是李洱式的虚实相应。

李洱不回避小说跟现实的对位关系，甚至有意为之。应物兄的代表作叫《孔子是条“丧家狗”》，很容易让人想到北大学者李零的畅销书《丧家狗》。李零对孔子及其155个门徒（包括孔子儿子孔鲤）的细致梳理，对《论语》的当代化解读，显然给了李洱不小的启发。小说中的人物，甚至可以从孔子的门徒中找到性格上的对应关系。比如出资人黄兴，直接就被叫为子贡等等。同时，八十年代曾经发生的文化事件和文化现象，比如李泽厚的大学演讲等等，都直接写入小说。李洱故意让文化传统、多元现实、复杂人性、敏感区域，甚至读者的知识储备，这些永远悬在文学上空的力量直接出现，故意让它们一起把人物和故事压成碎片，但同时，他有能力让它们一起成就无所不包，又随处开放的小说。这是他的文学自信，也是他的美学固执。

说起来，小说的对应物和开放性是特别有意思的话题。其中一个例子是美国作家菲利普·罗斯在和捷克作家伊凡·克里玛对话的时候，提到地下出版或许会帮助极权环境下的作家寻找到更有觉悟、更有思想、更有感受力的高质量的读者，在这种意义上，压制力量恰恰成就了作家的写作价值；而在美国的自由社会，表达的无限制让他感受到的也是接受的不严肃，娱乐化、庸俗化的致命冲击，让他很难找到精神动力。

另一个例子是齐邦媛在散文集《一生中的一天》里提到的一次布拉格笔会。一个来自苏联解体后，使用极小语言的国家的作家说：解体之前，我们用俄语写作，读者很多；如今，我们自由了，用母语写作，却连出版都很困难，“我们的声音，只有寒风听见”。

正像没有七十二门徒，就无法成就孔子一样，通过不加掩饰的对位，《应物兄》巧妙借重的就是中国社会的现实，借重的是儒学在中国的特殊地位和特殊含义，当然，它更巧妙地借重在于，以儒学为文化心理结构和集体无意识的中国读者——其中的专业读者对它的阅读和阐释或许将是无止境的。

钱穆先生在《孔子传》中如此形容孔子在齐鲁施教时候的景象：

> 当时孔子门墙之内，亦如山之广大，草木生之，禽兽居之，宝藏兴焉。水之不测，鼋鼍蛟龙鱼鳖生焉，货财殖焉。所谓如天地之化育。

《应物兄》中的景象恰似这一番描述。在这样的天地之中，讲述人的是非得失，出入进退。而孔子所说的："道之将行也与，命也；道之将废也与，命也"，也是李洱的一声叹息，所以，他才会让所有的人物，生的时候，无比繁复，死的时候，干脆利落；所以，他才会让丑陋的和美好的，值得重视的和不值得重视的，值得感动的和不值得感动的，并列而行。

建儒学院就像滚雪球，三教九流、五行八作都来推一把，最后，连拆迁和城市改造都被纳入规划范畴了，那它还建得成吗？程济世先生念念不忘的叫"济哥"的蛐蛐真的灭绝了吗？以生物学者的疯魔为代价杂交出来的蛐蛐真的是"济哥"吗？即便找到了原址，程家老宅真的能够复原重建吗？没有"济哥"和老宅，他还会回来吗？应物兄对美好女子陆空谷的情感落空了，他会跟乔姗姗复婚吗？突然，一切还没结果的时候，应物兄被一辆车掀翻在地，小说结束了……

至此我们才会发现，悬在文学上空的重要力量，还有语言。是李洱式的语言，他从中篇小说开始就不断打造的，细碎繁复的语言，让我们看到了一个全新的读书人的世界。在这个世界里，他们胆小懦弱，蝇营狗苟，却终究不是大奸大恶、大美大善；他们锐利思考，又趋利避害；他们想要爱恨酣畅，又畏首畏尾。李洱写出了中国读书人的诸多面孔，也终究勾勒出了自己小说的精神面貌：他有驳斥读书人中产化、庸俗化的初衷，却没有将其进行到底的意志。于是，他总是不彻底，总是待完成，总是喋喋不休。

这个笔名戏拟老子的作家，故意在“耳”字旁边加上了“水”。像恶作剧，李洱故意要写掺了水的《道德经》，追慕不那么纯粹的老庄哲学，面对“天地不仁”，他誓与老子比“示弱”。而每次我们看到他的小说，尽管他说得已经足够多，但我们都无法沉默以对。或许，这就是好小说的魅力，它让人有话要说，无论你是想要表达赞同，还是表示反对。

《应物兄》果然是“我们的应物兄”，他就在我们身边，与每个人有关。

王城如海，作家如帆

徐则臣的写作之路

知道徐则臣的名字比较早，但那时候他在我眼中是如过江之鲫的年轻作家之一。认认真真地想认识徐则臣，是 2004 年他的中篇小说《跑步穿过中关村》发表。那个小说以在中关村卖盗版碟的年轻人为主角，写他们在当时中国的“硅谷”，在这个汇聚了无数“中国梦”的地方，为生活而奔跑，写他们“漂”在北京的韧劲儿和挫败感。他们身处底层，但他们蓬勃无惧。这种充满了青春气息的生命力澎湃在小说的字里行间，很感染人。

那时候还没有“蚁族”的说法，文学对社会阶层的变动和重新排序也还没有太多的关注。生于 1978 年的徐则臣那时也很年轻。对他而言，用文学捕捉现实和时代的“新苗头”，预言社会的新变化，更多的也是一种“写作无意识”。观察一个作家的写作履历，我们经常能体会到所谓“直觉世界”和“概念世界”的此消彼长，前者占上风的时候，作品常能直击内心；而后者发达的时候，作品常能碰撞出思考。

当时的他，从南京来到北京，到北大读书，对环境和城市的感受异常强烈，写了一系列反映“新北漂”生活的小说——这些“新北漂”不再是以王刚《月亮背面》、邱华栋《城市中的马群》为代表的 60 后作品，那一代人携带着社会转型、意识形态转型、经济意识转型的痕迹，充满了理想主义的野心和自我实现的愿望。

徐则臣笔下的 70 后北漂，大多是来北京读书的学生，渴望成功的“狼性”色彩黯淡了很多。在市场经济的时代，大学已经不能带给他们身份意识和安全感，而知识又让他们能够从更高的角度认清这种命运，于是，这一批“北漂”变成了身为蝼蚁而有困兽之志，尘土衣冠而有江湖心量的一批人，他们行动上循规蹈矩，精神上也四处碰壁。跟寻求成功相比，他们把更多的精力放在了自我确认和自我打量上。徐则臣用《啊，北京》《三人行》《西夏》等好多中短篇，写了这样的群体，从而也记录了一个阶段的北京。

时至今日，《跑步穿过中关村》已经成了徐则臣的代表作，也是中国文学发展过程中的标志性作品。这个小说发表的第二年，他获得第四届“春天文学奖”，得到王蒙等文坛前辈的扶掖点拨。之后，他开始扎扎实实在写作的路上精耕细作，逐渐长出了大气象。至今已经出版了三部很有影响力的长篇小说《耶路撒冷》《王城如海》和《北上》。当然，他也一路边耕耘边收获，变成了中国纯文学接力棒中的佼佼者，茅盾文学奖、鲁迅文学奖、老舍文学奖、冯牧文学奖、华语文学传媒大奖都被他收入囊中，还入围了最新一届的茅盾文学奖。因为在写作上的影响力，他被《南方人物周刊》评为“2015 年度中国青年领袖”。

《耶路撒冷》：到世界去

读徐则臣的小说，扎实和精细是最直观的感受。他追求意蕴，更追求贴切和准确。文学天分，加上学院训练，以及从南方到北方、从乡村到城市的生活体验等等，都使得他愿意在写作中加入思考的含量，这让他的小说从最开始的时候就显得有些“少年老成”——读小说的人大多有过这样的体验，有时候，是单纯到极致动人心魄；有时候，又是复杂到一言难尽让人欲罢不能。而擅长理性思考的作者，往往追求后一种。

这在他的长篇小说《耶路撒冷》里体现得比较充分。这部小说他酝酿了很多年，作为见证者，我知道他在故乡和城市之间的细节调配，知道他对结构和人物的推敲和选择，也知道他对叙事节奏的掌控，更知道，他在写作之中，会思考如今小说阅读环境的新变化，思考纯文学的变化。他想用小切口书写大时代，想写70后这代人的精神史，想写一部戳得住的大作品。

从最后的效果看，他做到了。《耶路撒冷》在文学界已经变成了展现70后精神履历的代表作。无论生存环境如何变化，70后都注定了是都市化进程中承上启下的一代，是从乡村到城市流动漂泊的一代。先天的种种要素决定了，他们无法做到如80后、90后那样“与大时代脱节，在小时代逍遥”。他们有地理上的故乡，但精神上已难依附；他们身在城市，但心理上没有归属感；他们的物质生活有了改善，但又清楚地知道，人不能靠着物质支撑自我的价值。

正如著名的德国社会学家、哲学家西美尔说的：“金钱是通向幸福的桥梁，但人不能栖居在桥上。”但栖居在哪儿呢？西美尔没有答案。70后也是如此，在时代迅疾变化不断给人造成紧张感和无力感的状态下，70后似乎变成了最“拧巴”的一代，变成了现实和自我期待落差最大的一代。精神上的无所依傍，使得他们寻求自我救赎的愿望更为迫切。

在《耶路撒冷》中徐则臣写道，主人公初平阳要去耶路撒冷留学，留学之前先返乡卖房子。从北京回到故乡，从都市到县城，童年的伙伴都已到而立之年，故事一大把，命运各不同，但每一个故事和命运背后实际上都牵扯着时代的神经末梢。

在《围城》里，方鸿渐说：我最恨小城市的摩登姑娘，落伍的时髦，乡气的都市化。实际上，作为返乡者的方鸿渐，恨的又岂止是摩登姑娘，父亲、兄长、乡情伦理、繁文缛节，总之，穿大褂的故乡所代表的一切，都在穿西装的他鄙薄的范围内。尽管在外面一事无成，但长了一肚子的见识；虽心中知道拿的是买来的文凭，算不得衣锦还乡，但终究也是新学的代表，故乡的“他者”。

从这个角度说，初平阳有点像新时代的方鸿渐，只是没有那么多的刻薄，也没有那么多的自我嫌弃。初平阳骨子里是个老实本分的青年，面对故乡、面对自己这一群人的人生，他没有嬉笑怒骂，只有心思细密、眉头紧锁的思考。在书中，徐则臣都为这种思考专门设置了副结构，那就是初平阳的专栏，每一篇思考一个话题。

而因为这种思考，小说充满了象征意味，或者叫可阐释的空间。“耶路撒冷”这个书名自不必说。真实中的耶路撒冷是三大宗教的圣地，是“和平之城”，象征意义不言自明。而另一部跟它有关的，比较有名的是南非的电影《耶路撒冷》。在那部电影里，导演说：“有金钱的地方，总是难免伴随着贪婪与罪恶。”所指也非常明确。到了徐则臣笔下，它还是饱含着这种象征意蕴。

作为县城的故乡某种程度上就是整个中国城镇化进程的缩影，而花街上的两代人，则正好见证了经济飞速发展过程中价值观的崩毁和重建艰难。费孝通在《乡土中国》中说，熟人社会是乡土中国的伦理根基可谓切中肯綮，然时隔近百年之后，乡土中国依然是熟人社会，但既有伦理秩序却被市场经济、人口流动、城乡融合所打乱。旧的崩毁，新的尚未建立的时候，花街人在寻求这种熟人社会的新的立足点，在重建秩序——无论对个体还是对群体，徐则臣不止在焦虑一代人的精神没有着落，他还从未忘记焦虑伦理秩序和道德秩序的消失。他守着一种属于文学的道德感：一个文本，怎么可以不触及社会问题，不面对社会真实呢？

《王城如海》：回中国来

他的另一部长篇小说《王城如海》，书名源自苏东坡《病中闻子由得告不赴商州三首》中的诗句“惟有王城最堪隐，万人如海一身藏”。看诗名即可知，这是一首灰色调、感时伤世的诗。杨绛也曾有文《隐身衣》，赞赏苏东坡的这一句，也赞赏庄子所说的“陆沉者”。这样的诗句，总是和读书人有关“穷达”的理想，有关“隐逸”的渴慕分不开。

不能兼济天下的时候，要追求独善其身，这是读书人一厢情愿的想法。事实上，所谓人在社会中，就是在社会角色中、社会关系中，“悠然见南山”总归是一种理想境界，能做到的寥寥。苏东坡更是在“仕隐”之间身不由己了一辈子。

徐则臣的主角也是读书人，是一个人到中年的海归，一个先锋戏剧导演。在《耶路撒冷》里，徐则臣不停地写到，所有人，尤其是身处基层的中国人“到世界去”的愿望，写他们对城镇化、都市化乃至国际化的向往；而这一部他笔锋一转，写那些看尽世界繁华的人“回中国来”的迫切。他们之去国归国，不是落叶归根，也不是乡情难忘，而是文化寻根，是个人价值寻根，当然了，对余松坡而言，还另有隐情。

导演余松坡有隐衷，有病痛，当然更有挥之难去的心结。小说从他一系列古怪的举动开始写，写他偶尔半夜发疯，需要二胡曲《二泉映月》方能恢复平静；写他在雾霾天去看天桥上的疯子，让人难以捉摸；写他在导演的话剧触及“蚁族”问题时面对压力，却顶着压力坚持不改等等。好多情形，都是通过家里小保姆罗冬雨的眼睛观察到的，情节的一步步推进，余松坡的秘密抽丝剥茧式的呈现，也是通过小保姆的社会关系，如她的男朋友，快递员韩山；她弟弟，准备考研的大学生罗龙河；她弟弟的女朋友，想要在余松坡话剧中扮演角色的表演系学生，等等。

有意思的是，海归导演的社会关系网是以他的保姆为中心织就的。在《耶路撒冷》里，徐则臣反复在写，无论主人公想去哪里，他的社会关系网还是以故乡为中心的，父母家人，同学朋友。对一个出身乡土的人而言，故乡是永远的底色，是深入土壤深处断难拔出的根基，是千丝万缕的情感牵绊。

而这一部，海归导演的故乡承载着他旧日的苦痛，代表着他的噩梦，也掩盖着他为个人前途而在那个特殊的夏天告密的人格污点，除此之外，故乡已经毫无可恋。除了普通话中夹杂的乡音难改，余松坡欲斩断与家乡的所有联系而后快。然而，家乡，或者说乡土中国，还是如网状向他罩来，回到中国几乎就意味着回到这个网中。

所以，徐则臣在书中才会说：无论北京有多少繁华，有多少风光，有多少光鲜时尚，有多少国际化，它始终都有“一个乡土的基座”。通过这样的方式，徐则臣在洞悉一种现实，同时更是在表达自己的阶层观、城市观和时代观，当然这也是这部小说某一方面的深意和价值所在。虽王城如海，然一身之藏却难于上青天！

值得思考的是，《王城如海》无意中还触及了更大的问题，或者说，它作为文学作品，“源于生活”的那部分更值得关注。近年来，尤其是大学生村官制度设立，很多青年直接深入基层中国之后，以及一些社会调查学者开始关注城镇化进程中的农村问题，以《中国在梁庄》为代表的一批书写中国农村现状的作品出版之后，甚至还有春节期间广受关注的博士返乡的话题等等发酵之后，知识分子阶层对乡土中国现状的了解和书写，也成了颇为重要的话题。伴随着城市化进程而来的乡村破败和新的乡村建设问题摆上了社会日程。对书写者而言，故乡，到底是我们该闭着眼睛抒情的对象，还是该睁开眼睛直面的问题；到底该是情怀癌的集散地，还是该成为知识理性的试验场。如何书写乡村，甚至都变成了衡量写作道德的尺度。无论如何，一个作家，唯有眼皮贴近地皮，才可能见到真草根，也才可能触及真问题。

小说中，余松坡虽没有返乡，但他返回了故国，所以他的话剧《城市启示录》，直接就遇到了“蚁族”的真问题，还引发了巨大的争议。看大学生和媒体对这个问题的讨论，很有意思，与网络上各种观点的交锋如出一辙，也极好地拓展了这个十万字左右的文本的社会容量。

小说中触及的，又岂止是这个问题：雾霾之城、偶像崇拜、阶层隔阂等等，也都在统摄范围之内。总之，问题意识和时代意识，而不是情节意识和情感意识，在徐则臣创作这部小说的时候，成了主导。因而他设置了话剧和主叙述的双结构，设置了面具、二胡曲等等象征性元素，他尽可能地让文本既可阅读，又可阐释；既可感，又可想。甚至某些时候，为了浓缩度和深度，他都放弃了故事空间。

徐则臣笔下的青春

著名的文化学者丹尼尔·贝尔在《后工业社会的来临》中说：“一个社会对于正在发生的事情找不到语言来表达是可悲的。”中国的文学读者，在对创作现状不满意的同时，也的确应该看到，被超常的“中国速度”裹挟的一代作家，如何寻找恰切的语言和意象来书写时代，如何典型化纷纭复杂的现象，是很大的难题。也因为这个原因，每当我们遇到《王城如海》这类文本的时候，会忽略它艺术上的不完美。因为它至少从某一个侧面记录了时代的样貌，保存了时代的情感。尤其是如徐则臣这样的年轻作家，他从更典型的意义上书写了一代人的青春。

这种青春，曾经是“京漂”系列小说中的又奋斗又迷茫的样子，也曾经是《耶路撒冷》里又希望又失望、又充满朝气又手足无措的样子，还是《王城如海》里，如罗龙河般“长大不成人”的样子。他奉余松坡为偶像，无条件崇拜，同时，偶像又会因一根稻草而坍塌，让他走向几乎致人死命的极端。

与作为小保姆的罗冬雨和作为快递员的韩山的青春相比，作为大学生的罗龙河的青春更引人关注。并非出于社会的或者文学的歧视，而是因为，受过教育的青年，总归是代表了阶层流动的希望。而一个健康的社会，阶层不应该是固化的，而应该是很多青春都被许诺充满了自我实现的可能。

显然，现实决定了小说中无法充溢这样的乐观主义。罗龙河们甚至自己都不这么想了。他们对蚁族问题的义愤，还更多地停留在情感和自尊的层面，他们无法理智认清自己的现实和未来。

罗龙河本人也是，他对余松坡的无条件崇拜，对个人生存现状的接受，无不在展示当下一种青年人的状态：相比于骨感的现实，他们仿佛都没有想过“理想”这样的字眼，更谈不上是不是丰满了。如果不是偶然得知女友曾经去找余松坡，举止暧昧，他会全盘接受余松坡代表的阶层带给他的一切，尤其是精神上的。至于最后他揭开余松坡的伤疤，他内心中产生的莫名的恨意，都是由感情引发的。罗龙河这样的青年，真实存在，但作家对他们保持了一种警惕。

从更宏大的角度说，在当今社会中，底层青年“生存容易、上升困难”的现状，资本、人脉等社会资源分配不公对奋斗欲的瓦解，对个人奋斗的价值和意义的销蚀等等，都根本上改变了“青年”的文学形象和精神形象。罗龙河无意中掀开了这个问题的一角，可惜的是，作者并未全面展开。否则，《王城如海》或许可以成为21世纪的《青春之歌》或者城市版的《平凡的世界》。青年，一直都应该是一个国家和一个时代最富有活力和希望的群体。在城镇化大致完成的中国，在已经成为世界第二大经济体的中国，青年的道路和命运也应该最牵动文学的神经和时代的神经。

小说的末尾，徐则臣附了一个很长的后记。后记中，他几乎是不厌其烦地写到了自己的种种无力和疲惫。对上有老下有小的作家而言，生活并不会因为创作需要饱满的激情，需要理想的含量，需要思考的深度，就会对他网开一面。它还是会“公平”而无情地显露“一地鸡毛”的本色。因而，“源于生活高于生活”就面临着更大的难度，自我突破的难度。

无数的文学案例表明，生活本身可能会给作家带来深深的挫败感，让他笔下的世界蒙上一层灰灰的颜色。它也可能会转化成一种积极的能量，让作家日益世事洞明、人情练达。它越是磨损人，越是催逼着作家从灰尘中擦拭出灵魂和精神的亮度，用以照亮整个文本世界，进而再去照亮全部的生活。不仅是自己，还包括他人的。

对于已经生长出大气象的徐则臣而言，这绝非简单的励志。对于以徐则臣为代表的70后作家群体而言，这也绝非简单的感同身受。写作之所以被称为“创造性的精神活动”，其魅力和难度就在于此。它要求作家不断地延长青春的时间，保持旺盛的生命力，惟其如此，才能面对敞开的生活之海，捕捉无穷无尽的可能。

《北上》：世界在河流上漂泊的秘史

四年之后，徐则臣纵笔写下以京杭大运河为主角的《北上》，获得了第十届茅盾文学奖，他也由此成为最年轻的茅盾文学奖得主。

一部《北上》，一条运河，终于将徐则臣关注的世界和中国，放在了同一条“船上”。而随着小说的结构在 1901 年和 2012 年、2014 年之间的摇摆，运河上荡漾出了一部中国历史乃至世界历史的生动侧面。应该说，写历史不是 70 后作家的强项，也不是徐则臣的强项。更何况 20 世纪初的中国，不仅诸多文学作品都写过，难出新意——单想想那段历史的波谲云诡就知道写作的难度；而且，从作家的写作初衷看，小说要同时兼顾历史小说、行走文学、现实意义映照几个方面，需要驾驭巨大的历史时空，征服如此一条联通中国南北经济、文化，乃至改变了一个帝国的命运，见证了帝国巨大转型的血脉之河；更需要把历史写透、把书写薄……所有这些显然对作家都是巨大的考验。

好在，小说选择了相对较为容易操作的结构。好比河流两岸，小说设置了双线结构，让古今对照，前辈和后辈对接。同时，为了尽可能地展现历史的多元化和多层次，小说也囊括了多种文体的拼接，比如考古知识、运河历史、运河途经之地的风光、古迹等等。小说力求做到有主线有副线，有整体有局部，同时，更追求细节的真实和场景的逼真，追求人物与历史的气质契合，追求日常和传奇结合的可读性。总体而言，这对徐则臣的写作是一次挑战，也是一次突破。

小说里依然活跃着一群年轻人。意大利的小波罗兄弟，随着向导、引龚自珍的诗为座右铭；“不谈政治会死”，总想干实事也总落空的翻译谢平遥，在20世纪初的运河上游走。他们的青春，不只是用冒险的方式闯荡世界，也不只是在万卷书和万里路之间的个人成长，更是用希望—失望、追寻—死亡、远方—他乡、敌对—交流的方式见证战争，见证历史，抒写家国情怀，历练世界眼光。

随着漕运停止，运河沸腾的青春也戛然而止。中国历史进入了泥沙俱下的阶段，一如运河时断时续，命悬一线。百年之后，运河重现生机，随着申遗成功，运河两岸的人早已变成了第三代，甚至第四代。这一代人的青春，承接历史，承担现实，也肩负未来。世界早已不再是探险的对象，而是交流融合的场域，一如运河的存在，早已是象征意义大于实际意义，文化功能取代了运输功能。那么新一代运河子孙，该如何面对世界，面对未来呢？或许，人只是随时间向前，如运河，随地赋形，因地制宜。

徐则臣在采访中说，他从小在运河边长大，对河边生活的细节异常熟悉；为了写好运河，他用几年时间走遍运河沿岸，查遍多种史料。为虚构，他做了太多“非虚构”的工作。显然，这样的田野调查，大大增加了小说细节的可靠性。同时，也未尝不是对作家创作的巨大滋养——唯有深入生活，唯有实地感受，才是最丰沛的写作资源，尤其对习惯了城乡两极现实叙事的徐则臣而言，这一番对历史和河流的开掘，对中国与世界的衔接，尤为重要。如今，有了茅盾文学奖的加持，或许作家会更有自信在这条路上扬帆远航吧。

潜伏在龙一心里的英雄梦

从《潜伏》说起

在《甄嬛传》之前，最火的中国本土电视剧应该算《潜伏》。据统计，这部30集的电视连续剧当年创下了许多纪录：收视纪录，重播纪录，口碑纪录，甚至，被再开发衍生的纪录——以《潜伏》来谈职场规则和办公室政治的书就出了好几本。而因为《潜伏》的热播，地下斗争、情报斗争重新成为被关注的热点，寻找余则成原型的各种考据和深度报道更是竞相出炉，有关“龙潭三杰”等谍战英雄的事迹、有关军统、保密局和中统的关系等历史也由此进入普通大众，尤其是年轻人的关注视野。

这部电视剧的文学原作者，就是天津作家龙一。他的小说《潜伏》篇幅很短，从余则成接翠平进城开始讲，主要写的是有洁癖的知识青年余则成和抽着大烟袋的游击队长翠平的“家庭生活”，两个人都是英雄，都是忠诚于信仰的革命者，但他们对革命、信仰和地下斗争的理解有冲突。可以说，小说关注的核心是革命者内部的故事——翠平向往的是“壮志饥餐胡虏肉”的直截了当，而余则成需要的恰恰是刀不出鞘的杀人于无形。

小说篇幅虽短，却成功提供了电视剧所需要的几个元素。比如，“具有充分戏剧性”的故事场景：抗战胜利后、解放战争爆发前后的军统天津站；比如，成功搭建了电视剧最看重的“崭新的人物关系和崭新的冲突模式”：不识字的游击队长转型谍报人员，并和知识青年余则成搭档。性格的反差、人物气质的反差，人物的性格和“在刀尖上行走”的工作性质的反差等等，都具有天然的戏剧性。而浸透在文字中的信仰的力量，以及掩藏在主人公木讷外表下的伟岸的英雄人格，也都为电视剧提供了扎实的立足点和拓展空间。

之后，因《潜伏》热而被人关注的龙一，迅速成为影视界青睐的作家。他的大多数作品，都被影视界看中。其中最主要的原因，当然是他独辟蹊径，用地下斗争、情报英雄来“再书写”中国革命史。仔细想来，抗日战争和解放战争的历史其实是文学和影视的富矿。新中国成立七十多年来，相关题材的文学和影视，几乎占据了半壁江山。而与情报斗争有关的作品，因为档案无法解密，涉及手段的合法性等问题，一直比较少。可以说，是以龙一和写了《暗算》《解密》的作家麦家为代表，为这个题材打开了新的出口——他们在不触碰历史禁区的情况下，巧妙找到了历史和文学的结合点。

同时，随着对历史认识的逐步深入，读者和观众对革命、对信仰、对英雄人物的认识也更趋理性，英雄也要接地气，“革命也要请客吃饭”，变成了可以理解的人之常情。在观众心里，用“手撕鬼子”来仰慕英雄的时代早已过去。相反，英雄可能就是默默无闻的小人物，他们也有七情六欲，也有缺点弱点，这反而能够为读者和观众所接受。

小人物也可以成为英雄，或者英雄就是小人物，可以算作龙一独特的文学发现，也是龙一对中国文坛的一大贡献。

此外，龙一的很多小说，都是以抗日战争或者解放战争期间的天津卫为背景的。港口城市和租界以及市民生活的种种世相，构成了英雄人格以外的地域气质和行为气质。可以说，龙一用自己的笔为文学和影视增添了“民国天津”这个重要的意象，也为文学史增添了“小人物英雄”这个重要的人物谱系。天津人的文化人格，一直非常独特：既有浓郁的市井气息，又有自嘲和幽默的天性，甚至还有一点点犬儒和胆怯、羞涩和卑微。而这些，都典型地体现在龙一的小说中。

《接头》：《潜伏》之后的故事

电视剧《潜伏》讲到余则成不得不到台湾继续潜伏之时，戛然而止。龙一后来出版的长篇小说《接头》有点像《潜伏》的续集，讲的是潜伏人员从香港回到天津的故事。天津卫成长起来的纨绔子弟关大宁，在港与人扮作假夫妻潜伏，不幸被捕。他虽铁嘴钢牙没有泄密，但身体毕竟不能纯粹靠着意志支撑，他患上了间歇性精神分裂症，不得不于1941年返回天津继续工作。与此同时，他也有自己的考虑，那就是借着返乡之际，他正好可以摆脱长年的假夫妻关系，跟自己真正的初恋情人、同样是地下工作者的谭美结婚。

然而，组织还是另有安排：他不仅不能同谭美结婚，还要帮助组织将谭美打造成"天津名媛"，网罗天津上流社会人士为组织所用。于是，恼羞成怒的他向组织提出：要么结婚，要么跟一个有夫之妇扮演假夫妻。没想到，组织真的答应了……于是，一系列惊险和一桩桩道德疑难，不断需要他应对。因为个人的意气用事，革命工作徒然增加了很多风险和难度。当然，故事也就增加了更多的矛盾冲突，小说增加了更多的看点。

龙一用略带幽默的笔触，塑造了又一个有新意的英雄。他爱发牢骚，爱说怪话，爱耍花招，喜欢跟上级提稀奇古怪的要求，但同时，他又信仰坚定，有毁家纾难的勇气和意志。一个革命者，一个英雄，却是一个偶尔犯浑的"混蛋"，行为做派都不靠谱，这无论如何都让人感觉到审美上的错位。然而，"大行不拘细谨，大礼不辞小让"，龙一愣是在这种难拿捏的分寸中，用细密的笔法，用合情合理的人物性格逻辑，让这个形象令人信服。当然同时也赋予了"英雄"和"信仰"以新的内涵。

他在创作谈中说：以前的革命者形象太单纯了，也太单一了，"单从身份上讲，社会生活中有什么样的人，革命队伍中就会有什么样的人……革命如果不是如此'人才济济'，也不可能有所成就。"人性的丰富性和复杂性在革命文学或者说主旋律文学中也应该有体现，这是龙一一贯的创作追求。

其实，在这样的创作选择背后，龙一触及的是一个更为本质的问题，那就是人性和革命的关系。要革命就要有牺牲，这是常识；但很多时候，牺牲不只意味着献出鲜血和生命，还意味着泯灭人性的合理欲望和要求。以前的文学作品，为了英雄形象的“高大全”，总是忽视他们作为“人”的生理性和物质性的一面，只注重他们的精神性。而打破这种审美单一性的努力，在特定的历史阶段，还曾经被认为是“政治问题”——20 世纪七八十年代，文学界的“歌德与缺德”之争，人性论和阶级论之争等等，都曾经剑拔弩张，火力十足。直到改革开放和思想解放之后，书写和评价英雄人物的标准才慢慢发生变化，英雄才走下了神坛，变成了“人”。

当然，龙一正视了这个问题，并不代表他赞成主人公的做法。他追慕的真正的英雄，除了要忠诚于信仰，还要坚持正义的信念、真正的理想，以及支持这些信念和理想的纯真的道德。于是，他让这个有缺点的英雄不断克服自身的弱点，不断进行自我质疑和痛苦蜕变。在这个过程中，他也毫不隐晦地表达了一个写作者的敬畏——无论如何，我们今天都生活得太容易了。

抛头颅洒热血、青史留名的英雄固然足可敬畏和铭记，但在日常生活中革命，用忍耐和牺牲革命，而且至今仍默默无闻的英雄更值得书写。所谓革命历史题材，也不应该缺少这一面。

龙一骨子里秉持着严肃的历史观，绝不为了戏剧性和好看而落入戏说和虚无——某种意义上，这也是纯文学写作和娱乐化写作的分界线。

龙一的英雄谱

龙一，自然是笔名，本名李鹏。

生活中的龙一，留着标志性的龙一胡子，光光的大脑门，仿佛充满了智商和情商。一口天津话，通常表达的都是礼数周全。他叼着烟的样子，端起茶杯和酒杯的样子，无不充满着一种天然的“古意”。他说，因为写小说，他长期研究中国古代生活史；而且，他戏称自己对十样东西最有研究，那就是“吃喝嫖赌抽，坑蒙拐骗偷”。他不止一次谈到，为了从厨子的角度写长征，他曾经真的在家里煮皮带尝味道；为了写抗战英雄研制土炸药，他也真的在家里进行了一番炸药试验。至于爬梳史料的笨功夫，以及在市井中的观察和揣摩，就更多了。他想从生活的缝隙中找到人物的英雄气质，想从市井世情中剥离出英雄人格，更想从永恒不变的世俗烟火中找到写作的根基和乐趣。看得出来，龙一想做一个不按常理出牌的、有趣的作家，也想做一个趣味鲜明的作家。写作中，他常能出奇制胜。

由此，龙一的英雄谱，就有点慕古好义的意思了。甚至他的几篇小说，都直接用《义气》《义士》《古风》这样的名字。传统文化中的行侠仗义，还有一种独特的道德纯真和天真都在龙一的笔下鲜活复活——当然，因为这种纯真和天真，他笔下英雄的爱情也充满了古风古韵。

大体上，龙一笔下的英雄可以分为三大类：一类是有缺点的革命者，除了前面说的《潜伏》里的余则成，《接头》里的关大宁，还有《借枪》里的熊阔海，《恭贺新禧》里的郑三泰等等；第二类，大致可以称为“胡同英雄”，比如《藤花香》里的“傻英雄”三龙，还有《屋顶上的男孩》里的徐少铮等等。第三类就直接是古代的好汉了。他有不少直接写唐代历史的小说，写古代义士身上的豪侠之气。

看得出来，《水浒传》《三国演义》等作品对龙一的影响颇为深远。这些影响甚至都蔓延到他笔下的女性形象身上。他写了不少性格直爽、颇有女侠气息的女性，比如《潜伏》里的翠平，《恭贺新禧》里的嫣然、《接头》里的谭美、《借枪》里的裴艳玲等等。骨子里，龙一保持着一种天真，一种传统文学和文化中的那种纯真，因此他笔下的女性，几乎都有母性的气质，即便是《恭贺新禧》里只有十二岁的嫣然，在养父面前也更像一个小母亲。

被称为“德国的莎士比亚”的古典美学大师席勒曾经把诗分为“天真的诗和感伤的诗”，土耳其的诺贝尔文学奖得主帕慕克就由此将小说家分为“天真的小说家和感伤的小说家”，大致是说，前者创作依靠天赋灵感，后者依靠思维智慧。但实际上，除了文学天才二者独具其一之外，很多小说家，都是二者兼具的。

龙一就这样，将中国的传统文化和中国革命史融合起来，用天真的思维灵感，用推理小说的笔法，用智力较量的矛盾冲突，画出了自己的英雄谱，也写出了自己心中的英雄梦。

龙一英雄梦：英雄在民间

古今中外的文学，几乎都是从写英雄开始的。几乎每一个民族，都有一个独特的英雄谱系，或者属于民族的英雄梦。但英雄梦和塑造英雄人物不一样，前者是一种主动的、充满创造性的能量，带有道德向往甚至信仰的意味，而后者，如果不能灌注作者的主体性，那会仅仅是一种创作动向而已。

仅就中国当代文学而言，“红色经典”里就塑造过很多英雄形象，他们公而忘私、舍生取义、不畏牺牲；“文革”期间，这些形象进一步走向“高大全”，他们的一举一动，一言一行，都是英雄的标准；80 年代思想解放运动之后，徐怀中首先用《西线轶事》打破了“在所有人物中突出主要人物，在主要人物中突出英雄人物，在英雄人物中突出主要英雄人物”的“三突出”原则，开始关注战场边缘的电话兵，尤其是女兵。接着李存葆的《高山下的花环》开始写英雄的复杂性多样性；到了莫言的《红高粱》，英雄的概念更是被重新改写——土匪变成了抗日英雄。借用相关研究者的概念，英雄就这样一步步从“庙堂”走向“民间”，当然也一步步从“被神化”走向了“被传奇化”。(其中，王小波用大自由和大孤独的境界来让英雄荒诞化，是写作天才的独创性特例。)

龙一不一样，他甚至不相信传奇，他彻底让英雄变成普通人，也彻底让他们的信仰变成切切实实的行动——甚至，更多的时候，是不断遭遇失败的行动。龙一塑造了很多英雄人物。这些人物身处中国当代文学史中，点兵成阵地系统化了龙一对英雄的理解和看法，也反过来成就了龙一的英雄梦。

龙一的英雄梦，是英雄在民间，而且，英雄的典型人格是耐挫力特别强。在他们那里，革命成功几乎就是用超常的忍耐力换来的。比如同样被《潜伏》的导演姜伟改编成电视剧的《借枪》，主人公熊阔海，为了暗杀日本特务，天天找钱天天借钱。他的英雄行为和革命信仰，几乎每天都跟“钱”在一起。

在龙一的笔下，信仰本身都充满了命运感。在特定的阶段，信仰所带来的改变充满了偶然和必然，充满了日常和非常，需要超常的智力和耐力。显然，这样的“文学发现”既符合历史的真实，又充满作家独特的创造力。

当然，“英雄在民间”的英雄梦也不是龙一一人独有。同样写情报斗争的麦家，也是个中高手。不同的是，麦家写民间的天才，他们被赋予了英雄的使命，或者说，他们是天赐的英雄。但同时，他们性格执拗、决绝、孤僻，他们与自我的斗争往往比与敌人的斗争更惨烈。而同样是写民间的英雄，同样是情报斗争，同样是推理小说的模式，麦家和龙一却代表了两个方向：前者笔下的英雄没有任何烟火气息，甚至生活都不能自理；而后者的，则往往是烟熏火燎鸡毛蒜皮中的小人物。

看龙一的小说，总是仿佛看邻居家大哥大姐的故事，表面上看貌不惊人，做的也是过日子、搞对象的事儿，但其实背后成就的都是改天换地的惊天伟业。看龙一的小说，也总是让人忍不住会笑，但笑着笑着，就严肃起来了，就郑重起来了——往大了说，他用文学的方式，整合了一个哲学史上的著名论题——关于是人民群众创造历史还是英雄创造历史的问题，龙一说，英雄就在人民群众之中。

由此推断，这类英雄的信仰就在日常生活之中，它一旦被选择，就进入了血液，所以他们才能够在刀尖上行走，走得从容淡定，走得像过日子的普通人。当然，普通人相似度太高，再加上推理小说的固定模式，所以，龙一的英雄也面临着类型化之后的突破问题。

无论如何，英雄梦早已潜伏在龙一身上，体现在他几乎所有的作品中，或许，他所差的就是一个最典型、最富有创造性的英雄形象，完整而系统地展现他梦想的全部精髓。

在人间寻路，为山河披上袈裟

《山河袈裟》

最近两年，有两本散文集常在书友间谈及，一本是贾平凹的《自在独行》，是他的旧作编选，但取了一个很佛系、很触动人的书名，意思是：不管人间值不值得，且让我孤独自在地走完这一生——其实很多文章也无关书名，但贾平凹的散文毕竟一直有口碑。

另一本是李修文的《山河袈裟》。读过的人，几乎是众口一词的好评。寻常人物、寻常思绪、寻常人间，但在李修文的笔下却显示了大悲大悟、莽荡廓然的不寻常气象。他在自序里说，自己十年来奔忙其间的山林与小镇、寺院与片场、小旅馆和长途火车，是为“山河”；写作，是他的“袈裟”。而他一直膜拜的两座神祇，是“人民与美”。

看到“人民”的时候，我愣了一下。这是一个我们曾经多么熟悉，如今又多么“陌生”的词，文学似乎很久都没有拿这个词作为价值尺度了，也似乎已经很久没有一个非主旋律作家，在写日常题材的时候，主动靠近这个词了，更别说充满感情地“膜拜”了。

不难忆起，在启蒙时代，这个词被书写为一股潜藏的力量等待被唤醒，有时候他们是“被侮辱与被损害的”，有时候又是“新”的对立面；革命年代，这个词被书写为组织起来的力量，是历史的推动力，是孕育英雄的土壤，是预期未来的保障；在左翼文学和问题文学中，这个词更是反复出现，反复被书写。曾几何时，在服务于这个群体的感召下，产生了无数敬畏、讴歌的浪漫文字。后来，到了和平建设年代，尤其是到了如今的市场经济年代、网络时代，这个词的含义变得异常复杂，于是内涵更多地变成了“底层小人物”，社会心理学家隐喻的“乌合之众”，有时候也被借用为一种“名义”。

读完了李修文的书才会发现，他所理解的“人民”，跟上面说的含义都有所游离。李修文笔下的人物，或许可以称为“众生”，但却没有一个法力无边的“佛”能将他们普度；或许也可以称为“小人物”，但这个时代已经没有与他们相对应的“大人物”和“英雄”。此时，你会发现，的确没有一个词比“人民”更合适描述《山河袈裟》里的这些人：门卫和小贩，修伞的和补锅的，快递员和清洁工，房产经纪和销售代表……

他们被阶层捆绑，与时代对应，是社会结构的主体，是社会系统运转的中坚力量。尽管大多数时候他们表现的样子更是自己生活的奴隶，是自己命运车轮下的血肉，是卑微困苦的“小写的人”，但他们同时也是“一花一世界，一叶一菩提”中的“花”和“叶”，即便一夜之间枯败，来去无声，但他们担了这人世间的一份苦难，就堪当一份敬重和尊崇，文学就应该给他们庄重感和尊严感，给他们深情。

在道统为“人”，在法理为“民”，在天地间，为“人民”，在人世间，为“人心”。李修文站在他们中间，用手里的笔，眼里的泪，心里的血为他们做传，留下他们生老病死时候的背影，留下他们爱恨歌哭的声音，是体会了生而为人的大悲苦和大荣辱，他的写作也因而成为大悲悯和大美善，成为“普度”——度人度己。

《山河袈裟》，是李修文个人的修行，也是对“我们”的开悟。万卷书，万里路，终究都须得化成笔下诗，心中意，才能面对命运的百转千回。

“人心中有山河莽荡”，生死处有袈裟霓裳

遍读书中所收的33篇散文，才会体会“山河袈裟”这个名字有多好！

山河，分明是这世间一切的景与物，人与事。它是美得让人害羞的雪和玫瑰，是安静得让人害羞的袈裟和海市蜃楼，是鄙陋得让人害羞的妄念和不堪，更是无助到让人害羞的荣辱和生死。李修文以《羞于说话之时》开篇，以羞与耻为两级，写天上降下的灾难，地上横生的屈辱，更写半空中微弱的光亮。写沉默的力量，见证的力量，更写生生不息活下去的力量。老子说，“大音希声，大象无形”，是“道”的降临；庄子说，“天地有大美而不言，四时有明法而不议，万物有成理而不说”，亦是“道”的降临。道与美，让人羞于言语；而一切羞于言语之时，都是人性闪耀之际。

他写了很多这样的时刻。《韃靼荒漠》里独守孤岛与孔雀为伴的莲生突然高歌；《每次醒来，你都不在》的油漆工老路，突然酒后号啕，说“每次醒来，你都不在”不是写给女人的情话，而是写给死去的儿子的思念。《郎对花，姐对花》里唱着黄梅小调陪酒的姑娘，一边刚烈一边妥协，都是因为不远的巷子里，电线杆上锁着年幼的女儿——她一会儿是母亲一会儿是陪酒女。《紫灯记》里在日本被扎瞎了眼睛的云南人，在路灯下等着萍水相逢的“我”来，把酒叙乡愁。《长安陌上无穷树》中两个不知道明天在哪里的绝症病人变身为老师和学生，认真背着唐诗……几乎所有的人，都在失败中，穷愁中，苦厄中，同时，也在不甘中，乐天中，坚韧中。

最为难得的，李修文总是把自己和他们放在一起，比他们多的知识为了更好地理解他们，比他们多的话语权为了更好地记录他们，而比他们多的感悟和痛楚为了向读者端出一番肝胆。他没有知识的傲慢，没有智力的优越，没有阶层的俯视，但他也不是所谓的“民粹”，因为他没有改造社会世道的野心和建构乌托邦的理想。他只想作为血肉之躯跟他们站在一起，共担世间苦难。所以，他写了很多眼泪，很多无奈，也写了很多“弱德之美”，很多闪亮时刻。这些照亮世间、照亮我们的时刻，没有神降临，所有的光芒都来自人的自我拯救。

叔本华说："倘若一个人着眼于整体而非一己的命运，他的行为就会更像一个智者而非一个受难者了。"如此说来，《山河袈裟》里别样的阔大和雄浑，别样的痛和美，别样的敬畏，带给人的"发现"和"悟"，就绝不是用简单的慰藉来试图调整人的心态，而是想用认识的智慧调整我们看世界和看人生的总体眼光。两相对照也会发现，那些用所谓学识炮制"心灵鸡汤"来进行的所谓"启蒙"，其实是对写作伦理底线的冒犯，是对"读书人"称谓的羞辱。

《山河袈裟》里说："人活一世，谁不是终日都在不甘心？谁不是终日怀揣着一点可怜的指望上下翻腾，最后再看着这点指望化为琐屑和齑粉？"他说："在这世上走过一遭，反抗，唯有反抗二字，才能匹配最后的尊严。"

这或许来自作者对一切佛教教义的亲近，对苏曼殊、苏轼、李商隐的亲近，对古典诗词、传统戏曲的亲近，也或许来自一个行走者的自我之悟，来自一个写作者的性灵与智慧，一个生活在中国的读书人的无奈和无力，一个在写作和生活中徘徊的人内心认定的"苦与美"。

他曾在采访中说：作为一个楚人，他时常能感受到屈原和项羽就在身边。难怪他的文字间会有如此独特的、以悲悯和虚无为底色的审美格调，难怪他会捕捉失败者的慷慨、屈辱者的尊严。难怪他对人之常情的体悟，对日常审美的把握，交融着又古老又现代的道义和情感。他描写的天地和自我，苍凉又热血，偶尔还有豪侠之气闪现。也难怪他带有鲜明个人印记的文字，让人几乎是一见之下就欲罢不能——"如万马军中举头望月，如青冰上开牡丹"。（李敬泽语）

"黄金白玉非为贵，唯有袈裟披最难"

读《山河袈裟》的时候，我总是会想到美国记者何伟的"中国三部曲"：《江城》《寻路中国》和《甲骨文》，还有写了更多国家、更多人的采访手记《奇石》。何伟是《纽约客》前驻华记者，《华尔街日报》《纽约时报》长期撰稿人，曾在1996年到1998年以“和平队”志愿者的身份来到中国，在四川涪陵的一所学校任教，接触了很多年轻人；也曾顺江而下，遍访长江沿岸，以此为基础写成了《江城》，讲述世纪末他在四川的所见所感。后来的《寻路中国》，素材是他从2001年开始的七年自驾之旅，既写到了东海沿线的北方，也写到了东南部的工业小镇，写了沿途见过的人与事。重点是写因汽车工业而发生深刻变革的中国乡村由农而商的过程。《甲骨文》则写他了解到的历史和现实。

读何伟的书，让人好奇的是来自异域文化的眼光如何打量中国，如何打量中国改革开放几十年的变化，打量中国人；还让人好奇的是一个记者冷静的、调查性的文字，如何在意识形态和人的价值之间作出取舍，对中国的人与事会产生什么样的认知效果。何伟写了很多中国普通人，写他们卑微的梦想，写他们膨胀的欲望，写他们面对外国人时的狡黠，写他们的失败和颓丧。对所有这些，我们明明很熟悉，但又会产生一种陌生化的效果，会跟着何伟的笔获得一种抽离的眼光——尽管我们其实都是这些人中的一员。

因为陌生化的效果，因为来自文化差异和视角差异而产生的巨大信息量，甚至因为文化隔膜而产生的误解和曲解，何伟的书带给人更多的是知识性和见识性的收获。某一方面的眼界被打开之后，或许我们可以为自己置身其中的时代和中国，找到一副眼镜，借此对某些现象、某些人、时代的某些侧面产生新的看法，对自己的处境和问题产生更多元、更深刻的洞察。但其实，涉及很多细节的时候，总是会忍不住在心里和何伟争辩——一切并不像他看上去的那么简单，也不像他观察得来的那么表面；中国的普通人更不像他认为的那样，仅仅是解读中国发展的标本，是看待中国模式的抽样。

或许，在如何看待改革开放中的中国和中国人的问题上，一切外来的眼光和方法都只是参照，更重要的，是来自我们自身的认知——“人”

不只是手段，还是目的本身，因为只有自己的认知才带着历史的、文化的、生活的、情感的等等这些血肉相连的感受，才更有说服力。

如此说来，幸亏有《山河袈裟》，有更多描写、记录现实和书写现实的中国文学，让我们得以在文化中、在人心中发现人被时代碾压的真正痛楚，发现在中国活着的丰富性，找到自己认识自己的自信，找到彼此之间的深情。这种自信，是他在坟地里为没有名字的跛子兄弟写下的旷野祭文，只有狗能听到的祭文。他被残疾、贫穷、拆迁、无能驱逐，一生默默，一生被亏欠。这种自信，也是他在《穷亲戚》里，理解把鄂尔多斯想象成“诗和远方”的表妹，收留在假装瘫痪中寻找存在感的远亲表舅。这种自信，还是他在《看苹果的下午》中，体贴那个又有手艺又有坏名声的牛贩子，体贴他一路骗着少年讲《封神演义》，心里却在想着自己不久于人世的孤独……

与寻路中国“不见”人不同，李修文的每一眼观察和打量，都交付心灵，都眼含热泪，都换位思考。而且，与很多人在文字中挖掘宏大意义时就忘了反省自我渺小不同，也与很多人拥抱自己、沉迷于自己的发现时就会有意无意地无视他人和人间不同，李修文时刻不忘用人间的光芒“照见”自我。或许这是他写作的最与众不同之处，也是最大价值所在。

这种“照见”，有点类似佛教中说的“照见五蕴皆空”的“照见”，是觉悟的智慧，是悲悯的智慧，是度与被度的智慧。这种“照见”有时候也像《圣经》中的神启之悟，类似台湾作家齐邦媛在《巨流河》里说的，“从一切虚空之中觉悟，方是智慧。”这种“照见”还像广博的阅读给人突然的启示和灵感，更像从别人身上猛然发现决定自己命运的密码。正因为时时处处有这种“照见”，使得《山河袈裟》带着一种神性的光芒，或者说是信仰的魔力。对文学而言，这魔力也并不易得。所谓“黄金白玉非为贵，唯有袈裟披最难”，并不只是帝王的理想，也是很多写作者的理想。

或许，我们此生的前途、痛苦、失误、爱恨、生死，以及来生的希望，我们的渺小和我们全部知识领域的狭隘，我们和自然世界、超自然世界之间令人生畏的关系，我们跟时代、环境、生活不眠不休的纠缠等等，全在我们知识领域的外缘而不是以内。我们几乎总是找不到发现的笔直路径。而文学的使命不是用出人意料的思想来迷惑我们，而是使生存的某一瞬间成为永恒，并且使之变成难以承受的思念之痛——这是米兰·昆德拉对文学“不朽”的信念。

失败之诗

然而，不朽和虚无，又几乎是折磨所有写作者的命题。才华横溢如济慈者，也是一边宣布“诗有无止境的威严，是支着自身公理的右臂，是半醒半睡的强权”，一边用墓志铭宣告，“名字写在水上”。

这不是写作者的自省那么简单。这几乎是文学的宿命，全世界的文学史都充满了这样的例证，如果某一刻文学站在世界的中心，成为世俗的成功者，那日后一定会承受加倍的冷落；而如果它自认为是弱者的声音，是失败者的声音，拿出自甘边缘的勇气，时间也一定会给予他无上的尊严。只是，写作者经常会面对现在和未来的取舍：真正的美和价值需要时间证明，那怎么去确认自己不被大浪淘沙呢？

显然，李修文一直有这样的焦虑，也一直在用不断地写作抵抗这种焦虑。我想，他之所以将写作视为自己的“袈裟”，或许也是这种焦虑的一部分。既想对写作交付全部的生命，又想借袈裟之“百衲福田”养孤独写作的浩然之气，或许也有以法衣隔绝世俗诱惑的个人意志。

很多写作者，毕生都在默默处理生活和写作的关系。他们面临的纠结，承受的挫败感，或许永远高于常人。与物质的生命相比，他们更不能忍受心灵的怠惰和情感的迟钝；但后者又远远不能让前者自足，尤其是由后者衍生出来的写作成就的不确定性，更加重了此生或许一事无成的焦虑感。鲁迅谈女性自我解放的时候，曾说“梦是好的，否则，钱是要紧的”，对写作者而言，也是如此。

所以在《山河袈裟》里，李修文甚至直接以《失败之诗》为名，写古今中外文学中的失败之气，写这些写作者的失败者之歌。黄仲则、金斯伯格、郁达夫、辛波斯卡、博尔赫斯、辛弃疾、元稹、张籍、卢照邻、里尔克、布罗茨基……李修文几乎是用负气般的口吻，用气吞万里的架势，写这些他仰望的名字如何在诗中面对失败，倾吐失败，验证失败，最后，又分明超越了失败，战胜了失败。所以，与其说这是一首“失败之诗”，不如说是他面对写作的“献祭之诗”，是他对文学与美的“赤诚之歌”。

当一个作家超越文字的肉身抵达美，失败就变成了不朽。

不朽，或者绝望，也一定是李修文经常思考的话题。所以他才会如此迷恋死亡，如此沉迷于猜想终极结局。他的长篇小说《捆绑上天堂》《滴泪痣》，都是在写生死绝境，写失败者的明天。他擅长营造“丧”到极致的氛围，也擅长突然在绝望的黑暗中点燃火把。读他的书，总是会被一种情绪淹没，想要逃离，又欲罢不能，就像面对无常之常，让人想要“火烧海棠树”，也想“枪挑紫金冠”。

《山河袈裟》的最后一篇叫《义结金兰记》，主人公是一只猴子。他是猴子世界里的宋公明，被人——一个傻子舍身相救，用爱“招安”之后，成了人间的“关二爷”，英雄一世、然诺千金。临死之前，他还要坐火车去傻子出车祸的地方。面对来送行的众人，猴子坐在座位上，“一似老僧禅定，一似山河入梦，一似世间所有的美德上都栽满了桃花”。这样的故事，这样的结局，似传奇，似梦幻，又似芸芸众生千辛万苦寻找的答案。

读李修文的书，我常想，如果读书真如老博尔赫斯所说：“每一本书，都在被每一个读者持续不断地更新着。”那参与更新《山河袈裟》的读者，会在文字本身的光芒和魔力的感召下，看到自我的更新。如果人类真如维柯在《新科学》中所说：敬畏感、虔敬感和宗教权威感的削弱意味着整个社会结构的死亡，并导致第二次野蛮。那《山河袈裟》这样的文字，至少可以帮助挽回一些野蛮后的尊严。它穿过生活的凄风苦雨和荣辱沉浮，传布活着和美的神谕。它也穿过那些因知识增加而增加的忧伤，传布廓然大公、物来顺应的庄严与平和。

致我们无处安放的乡愁

——阅读梁鸿的一种方式

梁鸿的“乡村传记”

2008 年到 2013 年，围绕自己的出生地河南省穰县吴镇梁庄村，梁鸿写了两本书:《中国在梁庄》和《出梁庄记》。前一本写“留守”在梁庄的人，后一本是写梁庄人在全国各地的打工生活。两本书获得了巨大的反响。在各类好书评选中榜上有名自不必说，梁庄也由此从中国近七十万个行政村（数字来自百度百科）中脱颖而出，成为文化意义上的典型村——中国改革进程中的一个缩影。梁庄虽不能和华西村、小岗村、大寨那样因参与重大历史进程而成为标志性的历史名村，但假以时日，它或许可以和费孝通的江村一样，获得一定的社会学地位。梁鸿在田野调查和“非虚构”基础上呈现的梁庄生态，某种意义上也为三农问题、城镇化问题、新生代农民工问题等提供了普通大众可知可感的抽样标本。

或许，两本书的反响出乎所有人的意料，包括梁鸿自己。正如她在很多访谈中反复表达的那样，作为梁庄的女儿、从梁庄走出来的文学博士，她本来想做的，只是一件跟文学、跟自我、跟生命有关的事儿。她警惕书斋生命的空洞，警惕任何潮流或派别，警惕自己可能产生的启蒙者的眼光，她只是想重新感受自我来处，感受大地和生命本身。甚至在写下第一本书的时候，她还不知道什么是“非虚构”，更不知道这种写法还能够在“小说力竭的边界之外”，获得一种“‘史诗’般的精神品质”。（李敬泽语）

“文变染乎世情”，世情总是比文学更丰富，而文学总是比世情更本质。在时代太过复杂，资讯太过发达的当下，文学几乎失去了对现实的提炼能力和概括能力，或者说，擅长“大处着眼，小处落笔”的虚构文学欠缺描摹现实的功力，从而欠缺与这个复杂的时代相匹配的大作品——君不见，有很多小说，都直接把新闻素材收进去了。

而此时，梁鸿以调查采访为基础为梁庄写的“传记”，反而担当了通过小人物命运捕捉现实、概括时代的使命：梁庄之小与中国之大，梁庄人物之卑微与时代问题之宏大，如佛家的芥子须弥一般，在梁鸿的两本书里自然而然地浑然一体。于是，我们在新闻中看到的每一个事件：大到南水北调工程，小到黑摩的和城管的矛盾，无不与梁庄有关。处于这中间的大大小小的事件与问题、几乎每一个中国人都曾经或多或少遇到的大大小小的问题：环保、土地流转、留守儿童、农村医保、传销、富士康、城中村、蚁族、职业病、垃圾电话等等等等，无不与梁庄有关。可以说，为一个梁庄立传几乎就是为近四十年改革开放进程中的中国立传。而倘若附会钱锺书先生“史蕴诗心，诗具史笔”的理论，那么，为梁庄立传也是在为中国乡村修史。

从双水村到梁庄：中国乡村史的一种写法

双水村是路遥笔下的奋斗青年孙少平的家。时隔三十年之后，见证新一轮“路遥热”的读者和观众对它都已不再陌生。因为电视剧《平凡的世界》用大量的篇幅展现了这个村庄的生态，双水村更加让人印象深刻——这一点说起来非常难能可贵，要知道，《平凡的世界》这种被很多人当成励志书读的原著，被改编成电视剧的时候其实极容易堕入庸俗成功学的套路。

虽是小说，但路遥在描写双水村的时候，是当成纪事型文本来写的。路遥出身乡土，对乡村社会的一切并不陌生，为了写这个小说，他更是查阅了 1975 年到 1985 年几乎所有的《人民日报》和《参考消息》，还用了三年的时间体验生活，做田野调查。

在路遥笔下，1985 年之前的双水村，父慈子孝、长幼有序、中国乡村传统的伦理秩序顽强而坚韧。尽管也有阶级斗争、有家族矛盾、有以孙福堂为代表的旧势力对新事物的抵制，甚至也有孙玉亭的通奸丑闻等等，但传统美德作为村庄精神的底盘，还坚如磐石。或者说，那时候的城乡二元结构还没有形成，而且，因为远离新中国成立后一系列政治波动的中心，乡村反而受到的冲击比较小。于是我们还是在经济贫穷的双水村看到了伦理的富足。诚信、仁义、自尊、忠贞、善良、美好等等一切美好的品质都在双水村闪耀着诱人的光芒。而且，路遥说："只要有人的地方，世界就不是冰冷的。"于是，离乡背井的孙少平能够一直用双水村的行为方式，走在"脱村进城"的路上。他的精神困境总是来自贫穷本身，而没有伦理方面的困惑。

到了梁鸿笔下的梁庄，改革开放三十多年后的梁庄，时代发生了翻天覆地的变化，城乡二元结构已然形成，"以姓氏为中心的村庄，变为以经济为中心的聚集地"，于是，我们看到为了种弟弟的地，吃弟弟的低保而拒绝认弟弟尸首的哥哥，看到强奸八十岁老太太的十六岁少年，看到感叹"世界上最坏的东西就是理想"的离乡青年，看到学校变成了养猪场，看到黑色的河流，看到因为淘沙卖钱而形成的"吃人"的坑塘，看到因为性压抑而自杀的留守妇女……应该说，乡村的绝对贫穷虽有所改观，但乡村的破败，从环境到伦理，从外在到内在，更让人揪心。双水村一切让人依恋、向往和怀念的东西，在梁庄都变成了"隐结构"，只有在深入人物内心的时候，才偶尔得见，但稍纵即逝，脆弱不堪……在梁鸿笔下，他们每个人都有名字，甚至他们每个人都有性格，但在读者心中，他们又往往是实实在在的时代的"无名者"，因为在他们身上，命运感要远远弱于问题感，个体特征要远远弱于群体色彩。

从双水村到梁庄，或许可以勾勒出一种中国乡村历史的变迁图：依恋乡土的孙少安越来越少，投奔城市的孙少平越来越多，而在这种“人的流动”中，乡村秩序被改写了——不仅是费孝通的《乡土中国》中所说的乡村秩序被改写了，从新中国成立后到改革开放前的乡村秩序也都被改写了。梁鸿试图用一个个在时代洪流中微不足道的“无名者”的经历，捕捉这种乡村历史变迁的痕迹。她极力让“我”退居幕后。索尔仁尼琴在“全景历史”著作《红轮》中说：“历史性的重大步伐往往取决于个人的细枝末节，而这些细小的东西又经常为历史所鲜知。”

当然，路遥有乌托邦化双水村的笔调，正如陈忠实有乌托邦化白鹿原的笔调，贾平凹有乌托邦化商州的笔调一样——文人的乡愁，或者知识分子对乡土文化的怀想，往往容易流露出这样的倾向，一种类似沈从文“人性小庙”的情怀。这也是中国自“五四”以来，社会结构发生较大变动之后，文学的潮流之一。

梁鸿极力想避免的，正是这样的笔调。或者说，新的历史环境和新的文体要求，都决定了她须得摈弃骨子里的抒情和写意，正面迎视这些问题。但她的迎视和面对，又时常带着困惑和犹疑。她毫不回避自己的无力、烦躁和想逃离，也坦陈自己的伤感、痛苦和软弱，由此她陷入了有关“真实”和“知识分子道德”的困惑，她说，“我终将离梁庄而去”，也“终将无家可归”。

坦率地说，作为一个读者，最害怕在面对令人心痛的乡村破败、面对令人心痛的小人物命运的时候，作者有太多的感性和愤激。中国不缺少这样的文学，读者也不愿意被这样“煽情”。某种程度上，梁鸿的梁庄之所以独特，恰恰在于她没有任由自己的情感四溢，她没有犯知识分子面对复杂社会问题时候容易出现的“意图伦理过剩，责任伦理匮乏”（马克思·韦伯语言）的“药方师”的幼稚病。准确地说，梁鸿在尊重生命基础上的自我控制能力，她在感性采访之上的理性思考，她向内转的自我审视和自我反省，她用文学的复杂性精神呈现现实的复杂性的方式，深深打动了我。

“田野里响起诚挚的旋律”

其实，将历史命运化，将命运历史化，说起来容易做起来很难。就好像做田野调查，说起来容易做起来很难一样。在写两本书的过程中，梁鸿多次返乡，跟梁庄人聊。尤其在写第二本书的过程中，她追踪乡亲们打工的足迹，跑了十余个省市，采访了三百四十多个人，历时两年。她跟他们一起住出租屋，进他们所在的有毒的生产车间，进富士康的工厂。她像一个走亲戚的乡亲一样，贴近他们的生活，听他们谈自己的经历、甚至是“隐私”。他们信任她，甚至是不求回报地“配合”她。每一次的交流，开始、结束，都是具体的过程；每一个记录，开始、结束，都和具体的性格有关。人与人的接触是最微妙的，人与人的深入交流是最难的，尤其对于梁鸿这样离开故乡的人，距离感其实是可想而知的。

好在，有她的父亲。父亲是她“重返田野”的桥梁。细心的读者或许可以注意到，每一次采访，甚至每一次电话联系，都是通过父亲。在作者东奔西走于各个城市的时候，也常常能够见到她父亲的身影。梁鸿说，自己每次见到母亲的坟，对故乡的归属感都会更加清晰；实际上，有父亲在身边，她重新寻找归属感的一步步才得以实现。父亲在梁庄这个“熟人社会”所建立的基于血缘和乡情的人际关系，是梁鸿得以为梁庄立传的重要支撑。某种程度上，父亲也是梁庄与外界联系、让外界了解的一个通道。随着一代代的人老去，城乡二元结构的日益固化、社会阶层的日益固化，不知道，这样的通道会更多还是更少……

在听哥哥毅志讲故事的时候，梁鸿说，这么多年过去了，她居然不知道自己的亲哥哥曾经有被收容、被打的经历。她反复提到的，与自己从小一起长大的小柱的死，更是让人痛彻心扉。她没能采访到小柱，因为那时候她还没有开始做调查。后来，从别人的讲述中，她才理出了小柱的生命轨迹。从 1989 年开始，16 岁的小柱开始打工，先后到过北京的煤场、河北的铁厂、青岛的电镀厂等等，直到 2001 年，28 岁的小柱返乡去世。除了小柱，还有那个和北京人谈恋爱，被伤得千疮百孔的“狐狸精”梁欢；还有被邻居猥亵了的黑女儿，她让人在名誉和法律求助之间游移不定……其实，“无名之死”岂止是一个小柱，历史车轮碾压的，又岂止是梁庄人。

里尔克在《故乡之歌》中这样写道：“田野里响起诚挚的旋律；/ 不知道，我心中发生了什么……/‘来吧，捷克的姑娘’/ 给我唱支故乡的歌。’/ 姑娘把镰刀放下来，/ 又是嗬来又是哈，/ 便坐在了田埂上 / 唱起‘哪儿是我家’……/ 现在她沉默了，眼睛 / 朝着我，双泪交流，——/ 拿着我的铜十字币 / 无言地吻着我的手。”

70后的文学使命和社会责任感

除了梁鸿，另一个 70 后熊培云也在关注乡土中国的问题。他的《一个村庄里的中国》，试图从文化、历史的角度关注江西乡村的变迁。跟梁鸿直接写中原农村的现实痛感相比，熊培云写的是江西农村历史的和文化的痛感。跟梁鸿的自省和困惑相比，熊培云显得更为自信、自我更为强大。显然，这有地域差异的原因，河南作为人口众多的农业大省，在城镇化进程中受到的冲击可能是最大的；同时，或许也有性别的原因，熊培云的乡村中国是向外的，纵横捭阖的，有国外经验的参照、有历史的参照；而梁鸿的乡村中国是向内的，温婉内联的，大多是人与人、人的内心和人的情感。因而，熊培云的村庄中国显得理念更为强大，而梁鸿的梁庄中国细节更为丰富。

当然，最根本的是角度和立场的差别。熊培云说：“我们着力改造一个社会，首先需要做的是改造关系，改造制度，而非改造人性。”而梁鸿说：“它不是一个为民请命的文本，而是一种探索、发掘和寻求。它力求展示现实的复杂性和精神的多维度，而非给予一个确定性的结论。”

在转型期的中国，熊培云和梁鸿的不同选择，除了个体的原因，或许也涉及知识分子的文化选择和身份意识的问题，而这又是一个大问题。中国传统知识分子最常谈到的是北宋张载的四句话：“为天地立心，为生民立命，为往圣继绝学，为万世开太平。”自从“士”具有了现代知识分子的某些特征之后，萨义德的《知识分子论》开始受到推崇。因为特殊的经历，萨义德强调学术和政治的结合，他赞赏站在弱者一方的知识分子，赞赏知识分子的圈外人状态，他特别警惕知识分子的专业化。当然，同时他也指出：“知识分子不必是没有幽默感的抱怨者”，他们要“知道如何善用语言，知道何时以语言介入”。

或许，结合阅读熊培云和梁鸿的书，更有利于对农村问题的体会和认识。梁鸿缺乏的历史视野能够在熊培云的书里找到，熊培云缺乏的现象支撑能够在梁鸿的书里找到。后来，梁鸿从梁庄拓展到吴镇，从去年开始，她的“云下吴镇系列”开始在《上海文学》连载，不过不是访谈的形式，而是小说。如果梁鸿的梁庄系列访谈能够继续下去，采访一下跟梁庄人打交道的城里人，《中国在梁庄》或许会更为完整和震撼吧。

无论如何，在文学界总是被认为没有崛起、没有创作出标志性文本的 70 后，实际上以更为深广的方式，参与了文学与现实的关系，也承担了一代人的使命。这种使命，横跨乡村和城市，见证了“文革”后中国的每一步发展。文体上，当然也不局限于“非虚构”。除了梁鸿和熊培云，这个名单里还有徐则臣、阿乙、路内、王十月、张楚……只是他们生不逢时，赶上了文学被市场冲击得落寞无边的时代。

如果故乡背后站着的是整个时代

梁鸿的采访对象，不全是农民工和新生代农民工，也有走出梁庄的大学生和成功人士。这两个采访对象在北京。大学生毕业于师范学院的美术专业，到北京打拼之后，住在著名的蚁族聚居地唐家岭，后来慢慢成长为一名商装设计师。工作中，他飞机来去，住高档酒店，接触的都是国际奢侈品牌，面对的是世界各地的高端客户，喝的是高档红酒，偶尔还说英文。然而，回到家里，就是城中村的小房子。他没户口，没房子，孩子生出来了，还需要回乡托人才能办农村户口。他一直积极努力，也对职业前景充满信心，但就是“没有归属感和安全感，就好像是一条腿插进城市，另外一条腿一直举着，不知道往哪儿放”。

成功人士是个千万富翁。成功的过程充满曲折，曲折之一是因为自己是河南人。所以，他不做家族企业，而用“现代管理”。他一方面说要回县城买山坡盖别墅，一方面“很鄙夷那个他曾经生活了将近三十年的地方”，并以“现代管理”的名义遮蔽他的厌弃和逃避。

其他的采访对象，那些奔波在穷愁之路上的梁庄人，固然让人同情、让人忧思，但情感上是有间离的。而这两个人的命运，尤其是大学生的命运却不同，他更让人有代入感。而且，他因为受过教育走出梁庄、走进城市，而不是因为生活所迫，这在任何时代、任何社会都应该是最合理、最正常、甚至是最值得鼓励的阶层流动。惟其如此，他的生存状态、他的情感心理，才更令人深思，也牵涉更多的、更深层次的问题。他们比那些没有受过教育的梁庄人更有“乡愁”，但他们却更加无处寄托。

2013年的中央城镇化工作会议中这样的表述曾经让很多人意外：“依托现有山水脉络等独特风光，让城市融入大自然，让城市居民望得见山、看得到水、记得住乡愁。”据说“乡愁”这种情感化的词汇是第一次进入中央文件。可见，它成了一个多大的问题——“乡愁”之无处托寄何止是乡村沦落的结果，它还是整个时代中，所有灵魂和精神被物质冲击得无处安放的状态。

梁鸿显然不愿意自己的书成为“问题文学”，因为那可能限制这本书可能达到的深度和广度，也因为作为学者，她开不出药方，她甚至不能化解自己的焦虑。她只想用自己的笔写写故乡，却没想到，故乡背后站着一个时代。

有谁会有勇气跟大时代谈谈自己的乡愁呢？

伟大的德语诗人里尔克一生漂泊，他写过很多关于村庄的诗，其中一首叫做《我怀念》，

> 我怀念：
> 太平盛世一个朴素的小村庄，
> 里面有公鸡长啼；
> 而这村庄久已迷失
> 在花之雪里。
> 在穿着星期日盛装的小村庄里
> 有一座小屋；
> 一个金发头颅从网眼窗帷里
> 窥望出去。
> 户枢迅速沙哑地
> 向门呼救，——
> 然后在房间里飘着一缕淡淡的淡淡的
> 薰衣草的芳香……

文学“隐士”曹乃谦

曹乃谦是谁?

文学圈的人都知道，提到曹乃谦，就不得不提马悦然。当年，如果不是诺贝尔奖评委马悦然说，山西有一个“被埋没的天才作家”曹乃谦，或许这个名字都快被文坛淡忘了。尽管他上个世纪 80 年代就已出道，小说被文学先贤汪曾祺脱口称赞说“好”，但因为创作数量少，又不是作协的专业作家，所以，他在文学界一直都是一只脚门里一只脚门外的状态。除了作品《到黑夜想你没办法》享誉“江湖”，其他两个衡量作家影响力的指标：专业的文学奖项和被评论的次数，他几乎都未达到。

那么何以马悦然的一句话就能产生如此巨大的影响呢？除了马悦然的个人趣味——他在曹乃谦身上找到了自己喜欢的沈从文的影子之外，当时中国文坛的“历史背景”也起了很大的作用。

那时候，用老作家王蒙先生的话说，中国作家生活在双重焦虑之下：一是中国没有诺贝尔文学奖；一是无法超越鲁迅。前者是国际性焦虑，改革开放进行得越如火如荼，对国外先锋小说的模仿越惟妙惟肖，这个焦虑带来的折磨就越深。而出版界那时候的很多策划，什么“走向诺贝尔丛书” 之类的，也每每都在强化这种焦虑。正当此时，诺奖评委、号称“中国通”的马悦然突然宣布了三个他关注的中国作家的名字：莫言、李锐、曹乃谦，其效果可想而知。莫言，因为成名作《透明的红萝卜》，因为《红高粱》被张艺谋改编成电影获国际大奖，被推荐在情理之中；李锐，写作多年，出版物也不少，虽令人略感意外，倒也不难理解；唯有曹乃谦，甚至专业读者那时候都还不知道他是谁。

说起来，曹乃谦的人生经历和创作经历有几个传奇。除了马悦然的跨洋赏识打捞起文坛关于他的记忆之外，还有他因打赌而写作。他原本只是一个山西的普通刑警，喜欢看书。1987年前后，一起喝酒的酒友看着他的大量藏书不服：纵使藏书千册，还是独缺一本，那就是曹乃谦写的。于是，他决心开始写作，先在本地的文学杂志上发表，接着就发表到了《北京文学》。当时《北京文学》的编辑汪曾祺对其大加赞赏，还亲自撰文推介。

曹乃谦还有一个传奇，就是他是母亲偷来的孩子。母亲换梅没有生育，看到邻居家的孩子招人长得好看，就动了偷孩子的念头。恰好丈夫因工作关系，要带她去大同，于是她就把招人偷走了。招人，就是后来的曹乃谦。这一段经历，也被曹乃谦反复写进自己的散文和小说中。

之后，就在他创作生命力渐趋旺盛、创作日益成熟的时候，突发中风，写作长篇小说的计划由此被搁置。一搁就是十几年。最近，他身体稍有恢复，又开始写散文。刚刚出版的《同声四调》就是他最新的作品。

《同声四调》：历史若只如平常

这本书有点像曹乃谦的自传，写的是他在“文革”期间的经历。很多作家都是如此，写到最后才发现，唯有人生才是一部写也写不完的大书，唯有回顾自己的人生，才值得让自己的笔重新写作。全书以四章展开，每章九题，篇篇独立又相互勾连。往大了说，全书写的是一个有文艺天分的青年与大时代若即若离的关系。

在摆弄乐器方面，曹乃谦有天分。他从未有过正式的师从，但却几乎每一样都能无师自通。靠着这种天分，他在特殊的年代总能守着自己的爱好，找到合适的工作岗位。那时候，文艺宣传和慰问演出是社会生活很重要的一部分，社会对文艺人才的需求也是很具体的。他在工宣队、煤窑、铁匠房和政工办的经历，无不与会玩儿乐器有关。

在书中，曹乃谦刻意回避着大的时代命题，比如“文艺与党的政策宣传”的关系，比如“文艺的政治功能问题”，比如“文艺在特定时代的畸形发展”等等，他只是紧紧抓住个人的爱好和这个爱好能够充分发挥这一点，写个人与时代的关系。乍看来全书波澜不惊，没有浓重的铺陈和宏大的叙述，但又适时地把如“样板戏”“破旧立新”等大时代的重要历史事件连缀其中，状写出时代面貌。当然，这其间，曹乃谦也不是没有褒贬的。

比如书中有一节叫《苏武牧羊》。写他在文工团拉二胡的经历。那时候，矿务局革委会的薛部长一言九鼎，他喜欢看人对他点头哈腰，言听计从，但曹乃谦却总是不卑不亢。这天，曹乃谦正在拉《苏武牧羊》，有人通知他，薛部长叫他。接着他写道：

> 我放下二胡，去找薛部长。他的宿舍门开着，坐在圈椅上，跟部队的政委聊天说话。薛部长说：“天要下雨，娘要嫁人，由他去吧。要这么说，老人家并没有意思要往下打。”部队政委说：“老人家的心胸是没有人能比得了的。”薛部长说：“都写进党章了。你已经是法定的接班人了，就等不及了。”部队政委说：“就是叫那个瞎指挥给坏了事。”薛部长说：“历史上好多的大事都坏在了女人……”薛部长看见了我，停下了要说的话。

接着，薛部长说：“告诉你，《苏武牧羊》是投敌叛国的曲子。苏武和林彪逃跑的是一个路线。以后不要再拉了。”曹乃谦想不通，回到宿舍又拉了一遍。不久，他被开除出文工团。

写大时代中的个人经历和个人体验的作品很多，每一部作品都试图从自己的角度为时代补充细节，为历史寻找真实，或者力图为自己的命运发展寻找时代的因缘际会。但曹乃谦的“文革”，没有口号和行动，没有激烈和愤慨，没有波谲云诡和天翻地覆，他所有的，只是日常，只是亲情、友情、爱情，只是人与人之间的投契和排斥。他内心是否有过激烈的波动我们无从更多的考证，至少从他的书中，我们看到的是这样一番景象：在非常的时代，他过的还是“人”的生活，说的还是人间那些最有烟火气息、最历经时代变迁的永恒的事情。他深深懂得，无论你说与不说，大时代、大背景都在那里，而人，总是有悲有喜、有情有义的，就像他手中的乐器，在什么年代拨动出来的都是“同声四调”的旋律。这旋律，有时候温暖人心，有时候催人泪下。

文艺作品中体现出来的历史观、人生观有很多种，很多时候，这都是作家个性的直接体现。曹乃谦的，显然也是他冲淡平和的个性的体现。他一生从未站在任何潮头，也从不为了谋取任何名利向人低头。因为养父母的宠爱，他衣食无忧，内心淡定，音乐或者写作方面的天分又总是能够让他自成世界，自得其乐。偏安山西大同的现世安稳，某方面也促成他这种个性的保全。直到现在，他还是如此，拐杖是一个萧，坐下就吹，站起来就走，身上的小挎包里还背着口琴，随时准备给人吹上一曲。

“母亲崇拜”和曹乃谦的女性观

曹乃谦写过很多女性。在他的代表作《到黑夜想你没办法》里，这些女性大多是落后的雁北地区男人性幻想的对象。女性所代表的所有的美好，都和“温家窑”人的穷困，雁北人传统的生育观联系在一起，他们的爱，他们的穷，以及他们欲望中“食与色”（曹乃谦曾说自己的作品只有两个主题，一个是“食”，一个是“色”），都通过女性体现出来。女性的含义，也因此变得复杂起来——仿佛穷山恶水的破败都是为了反衬女性的美好和坚忍。

中国文学中曾多次写过类似的故事，包括贾平凹的新长篇小说《极花》也写到了被拐卖妇女在穷困山区的生活。几千年农耕文明沉淀出来的家族观念，在一些地方演变成了生殖崇拜，进而催生了一种特殊的婚恋生态。随着城镇化进程的加快，这种生态有进一步恶化的趋势。作家忠实地写出了这些落后现象。只是，这样的写作和呈现，也一直备受争议。

当年《红高粱》《老井》等一批电影在国际上获奖的时候，就有观点认为，这是在向世界展示中国的落后，这是贩卖民族劣根性的行为，是对文化殖民的赤裸裸的迎合。然而，文学艺术不是社会学和人类学，它不提供研究样本，只思考人的命运和人性，因而，价值观的支撑就显得很重要。倘若写着写着，就将落后现象作为一种“民俗”来加以玩味，自然就会出现阅读感受方面的问题。作家在面对这些真实的生活和现象的时候，所采取的立场和角度，某种时候是决定作品格调高下的分水岭。《到黑夜想你没办法》之所以能够成为曹乃谦的代表作，而不是《最后的村庄》，也进一步印证了这一点：无论写多么骇人听闻的生活和事件，作家只要尊重人物和人性，不忘记“真善美”，就能得到读者的积极回应。

对女性，曹乃谦有一种天然的尊重。这种尊重，或者说敬畏，可能跟母亲有关。自从母亲把他偷到自己身边，就给了他无限的爱。这种爱，不是先天的血脉相连，而是后天的、充满了强悍个性的女性的爱。

在《同声四调》里，曹乃谦几次写到母亲的强悍和泼辣，写到母亲如男人般的决断和铁面。因为误会，他拿了隔壁老王的钱，母亲一个耳光打过来。在文工团受人摆布，母亲坚决拒绝让儿子对人低眉顺眼。父亲去世，母亲一手撑起自己的家，吵着要回抚恤金。面对这样敢爱敢恨，带着点乡野仗义又无私对他的母亲，曹乃谦爱她，敬她，怕她，宠她。在这本书中，尽管主线是写自己在特殊的时代，和乐器的关系，但其实潜在的线索一直都是母子关系。他用人间最温馨的画面和最质朴的情感呈现这一切。他用一个赤子的热诚写母亲，写这种半是天赐半是人为的传奇情感，这显然比有血缘关系的儿子写母亲更多了一番意味。

问到曹乃谦接下来的创作计划，他说还是会选择个人成长的背景，选择写母亲。他甚至不考虑，读者对他的母亲，对这一切过于熟悉，从而会降低期待值的问题。当然，从写作上而言，这意味着一个作家的某种“退却”，他拒绝将他的文学天赋和更复杂的当代社会问题相纠缠——面对日新月异的生活，他选择背过身去。甚至，他都拒绝呈现生活的另一面。

作为编辑，我明显地意识到这会成为一个作家创作的瓶颈，也注定了他的写作难以有更大的突破。但还没有看到作品，不能妄下断语，于是，我努力将话题变得轻松。我故意拿“妈和媳妇同时掉水里”的世俗难题问他，他如此爱母亲，把母亲排第一位，会不会跟妻子有矛盾。他说：当然有，事实上我们都差一点儿为此离婚。为了母亲，我还曾经狠狠地揍过女儿，但这些我都不想写进书里。她是我妈，我小的时候她从未把我交给别人抚养；她老了，我也必须亲手伺候。我无条件地爱她，孝顺她，谁对她不好都不行！

做一个文学“隐士”有多难?

中国文坛上的曹乃谦，像极了隐于市的高人，当然他的“归隐”并非来自外力，只是疾病和个性使然。在自己的“林野”中，他有一套自己的行事法则，也有自己翩然淡定的世界，无论外部世界多么喧嚣杂乱，“我自岿然不动”，乐器、书法、围棋、写作，都是他“林中野趣”的一部分。而每当面对外部世界，包括记者采访的时候，他说，自己都会比较紧张，担心记者会曲解他的意思。他倒不是担心这种曲解会影响自己的什么，只是不喜欢被曲解。

中国文坛的常青树王安忆曾说，曹乃谦的写作“精致却天衣无缝，平白如话又讳莫如深，乡情郁郁而古风淳淳”。“文如其人”，曹乃谦在生活中也保持着谨言慎行、与人为善的本色。迄今为止，他赢得了很多赞誉，但却保持着极低的写作频率。本色写作，精细打磨，是他的个性，也是他所有作品的气质。

尽管如此，一批忠实的拥趸却总是流传着关于他的消息，期待他新的声音。《同声四调》一出，他文字中那辨识度极高的“莜面味儿”，让迷恋《到黑夜想你没办法》的读者一下子就能感受到特殊的叙述韵致。再加上“老”和“病”带给作家的人生体悟，让他的文字间闪耀着中国式“留白”的余味。他的书，没有说出来的总是比说出来的还要多。这种多，曾经是让人心颤的“要饭调”里的余音，也曾经是让人心疼的女性欲言又止的爱情，如今，又变成了一个老人回忆母子情深、回忆人生之路的适时的无言，用马悦然的夫人陈文芬在序言里的话说，这真淳淡然，“有如清风徐来”。

看得出来，曹乃谦很享受自己的“隐士”生活。他在文章中，将这样的固守自嘲为“乡巴佬”的迂腐。他在一篇散文中写，即使住在楼房里，他还是保留着很多乡村生活的习惯。比如每天他铺床的时候，总是轻手轻脚，仿佛床头灯是蜡烛，怕动作大了，被子带起来的风会把灯熄灭。比如，每当下大雨，他都下意识地抬头看屋顶，生怕漏水。

事实上，他的写作也是如此，他从未脱离自己的土地，从未怀疑自己的善意，也从未放弃自己的趣味。他始终保持着一种自发的情感状态、心理状态和创作状态，而从未用自觉、用来自外部世界的理智和秩序来规约这种自发。这大概就是所谓本色写作的更高的一个层次，即便知道世界复杂，依然能够秉持初心。这想必也是令汪曾祺、马悦然、王安忆，包括喜爱他的很多读者动容的那一面。

然而，作家的写作，在走向成熟的过程中，必然需要自觉。当年汪曾祺就委婉地说：（温家窑这些故事）还可以写两年，往后就写点儿别的吧。写自己，总有经验耗尽的时候，而世界如此广阔，人心如此微妙，作家需要不断地尝试着去书写他人，那样读者才能对他抱有持久的期待，自己也才能保持写作的新鲜感。

燕子相将归巢

羞涩的幸福感

每当看到回忆性的散文，尤其是把过去日子里的细节都记得分外清楚的，我都会忍不住感叹，这些作家真是生活的有心人。他们生活着，同时也在品咂着；他们回忆着，同时也在幸福着——是的，我总是倾向于把乐于回忆、并把回忆写出美感的文字跟幸福感联系在一起——尽管他们写的不一定全是幸福的事。

多年前，曾读到本雅明评价马塞尔·普鲁斯特《追忆逝水年华》的文章，他说在普鲁斯特耐心细致地编织回忆，一块点心的口感都足以让他编织出整个生活的时候，实际上体现的是一种“爆炸性的幸福意志”——不幸福的人哪有能力去体会饼干浸泡在茶里的美呢！由此，本雅明认为，世上的确有一种二元的幸福意志：一是赞歌形式，二是挽歌形式。前者容易辨认，但往往显得肤浅；而后者则往往被理解为苦役、患难和挫折的变体——人是多么可怜，总是不敢相信幸福可以在美的王国中占有一席之地。在普鲁斯特看来，正是幸福的挽歌观念，把生活变成了回忆的宝藏，把文学变成了对细节的孜孜不倦。

沈书枝的散文集《燕子最后飞去了哪里》，还有几年前的处女作《八九十枝花》，以及后来的《拔蒲歌》，都似乎印证了我的感受，也印证了本雅明的观念。虽然，沈书枝的书不是写幸福的小点心，相反，她甚至写的是世俗意义上的“苦难”。她来自安徽乡间，家里有五姐妹，父母勤谨持家，才得以让女儿们或上学，或进城务工。多年之后，父母随着离开家乡的女儿们奔波在城乡之间，姐妹们也成了第一代城市移民。曾经的田园诗意是有的，如今的物力维艰也是有的，但她的笔端流淌的，却往往是一种不为生活所奴役的美感，一种属于微末生命的细小的满足感。同时，她也仿佛知道这样的美感和满足感不足以昭告天下，所以她几乎是小心翼翼地、羞涩地描画着。

如果文字也是有声音的，那有的会高亢到震耳欲聋，有的会清晰到斩钉截铁，有的低沉到压抑窒息，有的含混到不知所云，有的气若游丝到让人闻到死亡的气息，有的安稳笃定到娓娓道来，而沈书枝的，则暖糯到近乎呢喃耳语，很像廊檐下燕子的啁啾。读着这些文字，心里会有莫名的温暖感和舒适感，会让人重拾“原乡梦”，甚至会让人忍不住要做“归乡之计”。她的双胞胎妹妹有鹿在给这本书写的序里面说，“燕子”也是乡下姑娘最常见的名字，沈书枝和有鹿，乳名就是大燕和小燕。然后她说：燕子飞起来非常迅捷，却是最眷念故土的羽类。

写作者的“乡土中国”

然而，除了回到回忆，回到文字，我们早已回不去那个可用来审美的故乡。沈书枝出生在 1984 年，在第一本书《八九十枝花》里，她细致地写了自己记忆中的皖南的雨，植物，节气，人。那是城镇化进程尚未到来之前的中国，一切都还是青山绿水的样子，都还是载得动乡愁的样子。在《燕子最后飞去了哪里》中，这些都迅速地消失了，她开始多多地写人，景和物都变成了背景。她写三个姐姐，写自己，写妹妹，写父母，写家，写相濡以沫，写重男轻女，写爱。

其中的章节《姐姐》最为有名，获得了豆瓣征文的大奖。她从妈妈超生写起，写一家五姐妹在乡下也算稀奇。然后，写一家人的稼穑艰辛，写穷，写三个姐姐的上学、初恋，写她们给家带来的改变。大姐最像家长，二姐最要强，三姐最有趣仁厚。她们每个人都更像生活中的人，而不是文学人物。而《双子》一章，她写自己和有鹿的相伴成长，让人走进了双胞胎姐妹的世界。

写人，最亲近还能做到最忠实，最琐碎还能做到最可读，着实不容易。尤其是这些几乎“无事”的、没有戏剧化命运感的人。伟大的纳博科夫谈论文学的时候，一直强调“智慧的阅读”，强调读者若想探究作品的究竟，最好用的钥匙就是把握细节。

书里有太多的小细节，让人读之难忘。比如她写打稻，“最苦的不是在大太阳下奔波，而是抱稻铺子时，手腕很快会被稻叶和稻梗割出密密一片红丝。”比如她写大姐看到了男生写给自己的情书，教育她不要早恋。“我默默地听着，只是不说话，后来趁没有人的时候，偷偷把那封信撕了烧了。并非因为听话，只是觉得信被看到了，有一种微微的耻辱感罢了。很多事，若非自己亲身穿过那幽暗多歧的长路，是无论别人如何说也不会明白的吧。”

最为可贵的，她写这一切的时候，没有“文青腔”，没有虚假的感伤主义，也没有用知识美化劳动和苦难的腔调，这些曾经在中国文学中特别流行的腔调。贫穷和卑微，在沈书枝这里，不是浪漫主义的代名词。她本分、诚恳、素面朝天，她不怕暴露自己来自农村的“胎记”，她甚至不惜让自己的写作看上去更像自发的，而不是自觉的。所以，她的小离合，小悲欢，小感动，小忧伤才会吸引人，打动人。所以，她才会让人辨识出她是一个善于感知幸福的人。

读沈书枝，她的白描功夫，她透过文字体现出来的审美趣味，她对人生的看法，往往会让人想到沈从文，想到汪曾祺，想到周作人，想到林语堂，想到废名。总之，都是那些带有些许出世情怀的，颇有闲适之风的文字。曾经，大时代里的文学被划分为战斗的风格、穷愁的风格和闲适的风格。除了战斗的之外，其他都受到了某种程度的否定。而实际上，文脉传承却往往不以时代的意志或者主流的意志为转移。审美的意志，或者说属于写作本身的道德，往往会更倔强地、更曲折地保存下来。

如今的乡土中国到底该怎么写呢？该写成问题文学，还是该写成遁世文学？该写成代表落后、需要抛别的过去，还是该写成寄寓中国梦的未来？或许这都是伪问题，唯有面对自己的、诚恳的写作，唯有不断拓展眼界和视野的写作，唯有不丢弃审美格调的写作，或许才是值得期待的，无论其立意宏大还是微小。乡土中国就是老百姓过日子的中国，若能回到这个价值支点，不知道会不会产生别样的文学观念和社会认知。

事实上，我们一直试图从文学中寻找现实的路标，但文学毕竟只是文学，如果摈弃对人性的探究，对审美的认知，单纯从不成熟的社会学，甚至强硬的意识形态角度去评判文学，就动摇了这个艺术门类存在的根基。提醒这一点，仿佛任何时代、面对任何作品都不过时。

活着，用文字微笑

尽管写贫穷和卑微的时候非常克制，但其实书里也在一笔一画地写这些生活的阴影部分，只是，作者不愿意，或者不会自觉地去放大它罢了。写什么和怎么写，自然是有选择的，而作者的选择，往往体现了她对世界的态度，对生活的态度。《燕子最后飞去了哪里》的动人之处，显然包含着这些态度背后体现出来的作者的性情，一种温润坚韧、不怒不怨的性情。文字里的沈书枝似乎还未长大，温良恭俭都是她未被所谓的“成熟”污染的自在状态。

书里写，姐姐们先后离开家，到城里工作、结婚、定居、生子、谋生。然后妈妈也离开家，到网吧打工。她们租房子，找工作，想着法子租门脸赚钱。后来，爸爸回到乡下种田，姐妹们和妈妈依然留在南京。在这期间，二姐离婚了，独自带着孩子，买了房又卖房；三姐的丈夫英年早逝，然后又再婚。生活，就这么日复一日着；家，就这么风雨飘摇着；甚至，文字就这么“流水账”着。于卑微者而言，于普通的劳动者而言，于芸芸众生而言，活着就是活着而已，油盐酱醋，婚丧嫁娶，欢笑歌哭，抬头向前。

在书里，沈书枝小心翼翼地回避着“命运”这样的词，她说：“生活里沉重的、悲伤的那些东西，被小心地掩盖起来，好像飘落的沉渣，而我们已随流水向前。”卑微者的悲伤和沉重值得停留和咀嚼吗？

曾经，启蒙者说，如此这般浑浑噩噩，是麻木，是铁屋子里的沉睡，需要被呐喊唤醒；然后呢，终究是梦醒了无路可走。于是，庄子之通达又跃动出来，似乎亘古有效：“夫大块载我以形，劳我以生，佚我以老，息我以死。”人在天地之间，生就操劳，老就清闲，死就安息——人事代谢，往来古今，循环往复，如此而已。

如果不是沈书枝记录，这一家人会跟很多人一样，淹没在城市中，淹没在所谓城镇化的大时代中。而同样是写“我生何为在穷谷？深夜起坐万感集”（杜甫诗句），沈书枝的文字却是会微笑的。

她有两段文字写到“偷”，让人印象非常深刻。一段是在《八九十枝花》里，写小时候去邻居家还东西，正好赶上没有人，然后就看到了梳妆台上蘑菇形状的“孩儿面大王”，忍不住打开，太香了，浓郁的、香甜的香第一次让一个小孩儿的心颤抖，于是她“迅速地抠了一块儿，胡乱拓在脸上”，慌忙逃到无人的角落。“静静地闻着香气，心里却渐渐难过起来，天就要黑了。”没有一句写到“穷”与“辱”，却让人过目难忘，思之黯然。尤其是一句“天就要黑了”，深得中国文学“言有尽意无穷”的真味。

第二段是在《燕子最后飞去了哪里》里面，写奶奶重男轻女，她们时常受到轻慢鄙薄，于是“我”和妹妹就趁奶奶出门抹小牌的时候去她家里“偷”。轻手轻脚地翻抽屉，慌慌张张地望风，实在找不到可吃的，就去抓玻璃罐子里的白糖。抓一把，“风一样跑出去，躲到村子里哪家的屋子拐角去偷吃，手心被口水和糖分浸得蒙糊糊的。终于都吃掉了，心还急得‘咚咚’跳”。没有一句抱怨和记恨，大家庭中的人情冷暖和小人儿内心的“报复”却在纸上摇曳不断。

她分明很敏感，分明不健忘，不然如何写得出那么多细节，那么多感受，那么多忧伤；然而，她就是不想用文字难过，不想用文字宣泄，更不想用文字复仇。她内心没有这些——谁说卑微者就一定要变成生活的斗士呢？谁说贫穷者就一定会被物质污染了心灵呢？一部散文集的动人之处，绝不仅仅在内容和文字本身，字里行间透露出来的作者的性情和人格，更内在，也更本质。

卑微者的未来

姐姐们都有了孩子之后，她们会惊异于父母怎么把她们五个带大的。妈妈却轻描淡写："还能怎么带呢？在家里也带着，到田里也带着，大的带小的，拉拉扯扯长大的呗。"沈书枝写道：是啊，乡下小孩，割稻、打稻、放牛、放鸭、洗衣、煮饭，滚着爬着，跑着打着，随着穿堂风一年年吹过去，自己就飞快地长大了。然而，她又分明记得小学四年级妈妈就离家打工了，她和妹妹随着爸爸在贫困里挣扎，永远饥肠辘辘的青春期，逐渐发育却耻于面对的身体，直到被嘲笑才意识到该穿内衣的年纪，来了例假只能把脏秋裤偷偷藏起来的日子，最冷的日子也穿着单鞋……好在，她说：

> 当我在初中、高中、大学毕业后，直到念硕士，才终于走出那灰暗而无所止归的、漫长的青春与后青春期，变得稍为开朗，觉得自己所做的事不再是完全的糟糕。我才终于能深吸一口气，去看那如同结了蛛网的角落般的过往。

跟所有寒门子弟一样，教育给了沈书枝一个未来。更为让人欣慰的是，写作给了她另一个未来，属于心灵的、生命充盈的未来。而且，从已有的文字中可以看到，这个未来极为可期——只要她尝试着走出小天地，不断地尝试自觉写作。

让人惊喜的是，学建筑的妹妹有鹿除了给她的书画了漂亮的插图，也写作，而且比姐姐更早。她出版的《我二十九岁的夏天》，在豆瓣网也颇有人气。如果沈书枝的文字更像初发芙蓉，更似乖乖女的小心绪；那有鹿的，就有点错彩镂金，有点儿“假小子”的大气和笃定。她也忧伤，也有愁绪，但她总是显得更倔强，更坚强。她在一篇《直到世界的尽头》里写：

> 这些年，一直也努力过的。不是说那种拼命冲刺挤到人前的努力，自己还是做不到那样。一直也是个畏畏缩缩的人来着，但也是在暗处用力发着光。即便是这样，好像连自身也没有照亮。漆黑一团的自身。有时候怀疑，自己所处的地方，已经是世界的尽头，而乌鸦盘旋其中。再怎么奔跑，再怎么满怀着期望，也并没有真正的未来可以到达。我的生活就是我的世界尽头。

不知为什么，看到这段话的时候，心酸比沈书枝写到回望过往更甚。曾经的自己，还有现在的多少年轻人，都这么努力着，又这么灰暗着。

当年韩寒、郭敬明作为青年成长的现象被关注的时候，讨论青年精神世界的声音就不绝如缕——青年该背负关心社会的使命还是该一往直前地去获取“成功”？“和大时代脱节，在小时代逍遥”，也曾经作为标签贴在他们身上。后来，90后来了，有意思的是，有关他们的话题居然有一个是“90后的中年危机”——生活日益信息化之后，世界也日益变得抽象化；社会流动性增加之后，社会阶层反而更加固化，于是无力感和迷茫感深深地困扰着一代年轻人。这种困扰的最直接的特征之一就是行动力的缺失。于是有媒体提出了“青年再造”的计划，想通过激发行动力、重建价值体系，再造一代活力青年。

我不知道这样的再造计划是不是可行，我也知道有更多的青年已经走在行动的路上。美国电影《革命之路》中说："在面对日常的烦恼中，梦和梦想日益重要"，他们想以梦和梦想化解中产阶级的婚姻危机。然而，即便是面对青年，未来远未展开的青年，尤其是作为卑微者的青年，我似乎都没有胆气说梦和梦想依旧闪闪发亮。我耳边老是回荡着米兰·昆德拉的提醒：不要跟未来调情，那是最卑劣的随波逐流，也是最响亮的马屁。尽管，未来比现在有力，也终将判定我们。

燕子最后飞去了哪里？"大概是风的方向吧。"有鹿说。

书生做史的命运过山车

读严平这本《潮起潮落：新中国文坛沉思录》的感觉，跟几年前读陈徒手的《人有病天知否：1949 年后中国文坛纪实》的感觉很不一样。这种不一样，首先是基于书的内容：严平作为前文化部副部长陈荒煤的秘书，跟书中所写的人都有日常的接触，因而读她的书既可以发现第一手的新鲜史料，还可以近距离感受“人”的温度和歌哭，体会人性的微妙和复杂。这跟读陈徒手那种学者的、理性的、由采访和史料得来的书不一样。

另一个不一样的感受则相对抽象一点：在当下的社会现实中，文学和文坛的边缘化日甚一日，被广泛关注也往往和“争议”甚至“丑闻”相关，君不见很多知识分子在恐惧和诱惑的双重挤压下都举止无端了么？这种情况下，恐怕连“知识分子”这个概念本身都变得空洞乃至滑稽了，谁还关心“知识分子思想改造”的历史话题呢？恐怕连书中有些人物的名字都不知道的吧。

但事情也往往存在着另一面。我常想，如果话题或者问题也有生命，而社会空间和历史机缘决定一个问题是否寿终正寝的话，那么新中国成立后的很多问题，比如关于知识分子思想改造的话题，关于知识分子和革命、和建设的关系问题，则一直还活着，尽管表面看上去只是活在读史者和修史者的笔下。无论如何，因为这些问题的生命力，才使得相关的人和相关的书总是层出不穷，那段历史也才保持着常读常新的魅力。只是，在写作者避免表达失当的字斟句酌和煞费苦心中，读者需要机敏的眼睛和嗅觉。

书生做吏

《潮起潮落：新中国文坛沉思录》这本书跟其他的书最大的不同，应该是它写到的八个人物，都或长或短地、或重或轻地执掌过文艺界的“权柄”。借用书中写到的夏衍的说法，就是“书生做吏”。

书中第一个写到的大名鼎鼎的周扬自不必说——中国左翼文艺运动的领导者，从延安时期到新中国成立后，在文艺界位高权重，在特殊的历史年代曾经掌控和改变过很多人的命运，也因此备受争议。著名作家夏衍，中国左翼电影运动的开拓者，官至文化部副部长。除此之外，其他几个人则都或多或少地跟中国作协和中国社会科学院文学所有关。被鲁迅高度评价的左翼作家沙汀，延安时期曾做过朱德私人秘书的何其芳，作者严平为之做秘书的陈荒煤，著名的出版人、“文革”中被秘密处死的北大高材生林昭的舅舅许觉民，都曾做过中国社会科学院文学所的所长或副所长。而中国军旅文学的奠基人、新中国边疆文学的开拓者冯牧，则执掌过新中国的几个著名刊物《新观察》《文艺报》《中国作家》等。最后写到的人物巴金，在中国则几乎无人不知无人不晓。他不仅是中国现代文学史上最著名的作家之一，而且因“文革”后写作《随想录》而被誉为“二十世纪中国文学的良心”，新时期以后担任过中国作协主席。

在中国，“书生做吏”是一个有关历史和传统的大话题，延续一千多年的科举取仕机制就是“书生做吏”的制度保证，然而中国历代的统治者，却都绷着一根“儒以文乱法，侠以武犯禁”的弦，于是“臣谏君从”的佳话就和“伴君如虎”的悲剧一起，在历史的各个阶段昭示书生为官的微妙。

科举制度废除之后，尤其是近现代革命发生之后，这种关系自然发生了根本性的变化。尤其是参加革命的知识分子与党的关系、与新政权的关系，更是一个涉及革命与建设、传统和现代、个人与集体的复杂的现代话题。借用西方研究者提出的“政治空间”和“思想空间”的概念，或许可以说，这一代革命知识分子终生面临的问题都是在两个空间的剧烈变动中寻找自己的位置，于是，在那个政治空间几乎全面覆盖思想空间的年代，悲剧就不可避免地发生了。

书中第一个出场的人物周扬，称其为新中国建立以来最难书写的知识分子或许也不为过，以至于杜导正等先生都提出了所谓的“周扬现象”。尽管，如今关于周扬的书层出不穷，但是，严平书中说，周扬刚刚离世的时候，“对他的回忆和评说曾经一片沉寂”。他的反对者乃至不原谅者和憎恨者自不必说，就连曾经和周扬有着亲密关系的，命运曾随着周扬的起伏而起伏的所谓铁定的“周扬派”，沙汀、陈荒煤、冯牧、林默涵、刘白羽、贺敬之、张光年等，都曾经一度陷入“我辈无文章”的状态。

五年后，张光年打破沉默，将《谈周扬》一文寄给陈荒煤听取意见的时候，陈在回信中说，谈周扬，“我觉得很难谈，因他对我，真正叫做‘领导’，只谈工作，从不谈心”。多年后，他和严平第一次谈周扬的时候，第一句话就是“其实我并不了解他”。林默涵在与李辉谈周扬的时候也说：“我觉得周扬只用人不关心人。”

了解那段历史的人都知道，知识分子内部也发生着剧烈的纷争，起初只是观点之争，但慢慢就演变成了派别问题、立场问题。宗派和人事也是他们悲剧的重要成因。而这种宗派问题，从三十年代“左联”时期就种下了种子，跟鲁迅的关系也成了核心症结之一。正因为如此，当同一“派别”内部“隔膜”和微妙被呈现出来的时候，才显出历史的残忍和荒诞——知识分子对独立思考的永恒追求和现实中的同气相求之间，原本是两回事。

书中最令人深思的细节，是“文革”之后，劫后余生的周扬和陈荒煤，第一次见面，对各自在“文革”中的遭遇一言带过，主要还是在“谈工作”！

而这些工作无不和思想“解冻”有关，当然，也无不昭示着“解冻”的艰难——第四次文代会报告的起草、关于《太阳和人》的争论、纪念鲁迅一百周年诞辰的讲话、纪念马克思逝世一百周年的报告会等等。尤其是最后一个关于“人道主义和异化”问题的著名报告，再一次让周扬站在了风口浪尖，也终于让“周扬这杆大旗在批判中轰然倒下”。

据帮助周扬起草报告的顾骧先生回忆，周扬曾对他说：他一生被打倒过三次。第一次是三十年代“反”鲁迅；第二次是“文革”十年间被毛主席多次公开批评；第三次则是1983年。而且，每一次都是被自己景仰的人所误会，所打倒。严平的书中写，周扬生前的最后这次检查，有领导希望他做到“三满意”：让批评他的人满意，让支持他的人满意，还要让不了解情况的群众满意……

对新中国成立后文坛有深入研究的北大教授洪子诚说：“当代的政治、文化斗争，现实问题往往是历史问题的延续，而历史又成为现实斗争正当性的证据。不论批判胡风，批判丁玲、冯雪峰，批判右派还是批判‘四条汉子’，批判‘四人帮’，性质虽说有异，在这一点上沿用的是相同的逻辑。”关键的问题是，在历史和现实的血肉模糊之间，却原来都是知识分子的“自伤其类”！难道“书生做吏必受辱”是一个跳不出的历史怪圈？

借人观事，借传述史

因为是以人物小传的方式结构全书，又因为每个人物都在严平的笔下呈现了某种“新”的特质，所以，整本书牵涉的历史广度和纵深都让人惊喜——或许一本关于历史的好书，总是提示之功大于呈现之功，助推反思之功大于强化记忆之功。同时，因为严平是女性，在关注“时代之大”和“人性之小”之间，总是能兼顾人在特殊历史际遇中的“非常”和“平常”，兼顾历史理性和文学情感。当然，关注复杂历史人物和复杂历史问题所必需的分寸拿捏，也是严平这本书的价值所在。

书中的夏衍和沙汀，是最“刷新”我阅读印象的人物，也是最让人感受历史之多面和反思之亟待深入的人物。尤其是夏衍，作者采用的是“一个人和一部电影史”的写法，人物性情和历史发展的交相呼应水乳交融，让人为之耳目一新。

文学史中，夏衍因为《包身工》和《上海屋檐下》而广为人知，也因改编鲁迅的《祝福》和茅盾的《春蚕》《林家铺子》备受关注，当然，他作为电影界的“老头子”被批判，也是文学史曾经提到的。

夏衍受“五四”运动启蒙而左倾，在白色恐怖最为严重的时候，提着脑袋入党，跟周恩来有着很深的理解和默契。1949 年后主管电影工作，在 1959 年为新中国电影创造了“一座光辉的艺术高峰”。那个时候，他显然无法预料，电影界将成为“文革”的重灾区，而他也将面临对手的批判和周扬的“抛弃”。

应该说，作为左翼作家，阶级立场和党性原则是夏衍曾经留给读者的最直接的、也是最深刻的印象。然而，在这本书中，严平写出了夏衍在这些之外的个性气质，一种“宁鸣而死，不默而生”的书生意气。笔者称之为“五四气质”，而夏衍则自称为是“不察世风，不自量力”。

书中写他的“五四”气质“大到理论追求，小到个人生活习惯”。新中国成立初期，他不习惯带警卫，不喜欢一起革命的老朋友称自己为部长、局长，更不喜欢貌似革命的无知做法。为了一部注定不能上映的电影《早春二月》，他亲自修改一百多处。因为看出了周扬要“舍夏保陈”，他大骂周扬；在 1980 年四千人参加的高级干部会议上，他评价毛泽东的十六个字更是语出惊人。他用三十万字的《懒寻旧梦录》“骂别人也骂自己”，而他不计前嫌参加何其芳的告别仪式、原谅曾经批斗自己的吉林省宣传部部长等等，也未尝不是“五四气质”的表现。

之所以能够保持着这样的气质，夏衍自己说是一种“不自觉的自由主义”，而严平则说，大概是因为他“没有经过延安文艺座谈会的洗礼”，“缺少了革命途中的重要一课”。也正因为这种气质、这种“痛快”的真性情，让严平在书写那一段历史的时候感受到了一种非同寻常的

“不伤感”，也让夏衍成了“永远站着”活在她心中的人。当然，夏衍也由此打破了在读者心中的僵化的、抽象的形象，变得鲜活了起来。

有位历史学者说，历史学界有一个观点，就是一般不强调个人品质对历史进程的作用，但无数的历史事实又表明，历史人物的个性特点往往会对历史前进的方向发生重要作用。有历史学家提出，如果苏联执政的是列宁说的“全党都爱戴的人”布哈林，而不是斯大林，那么1930年代的大清洗会发生吗？即便发生，会有那么极端吗？

另一个刷新我的阅读印象的是沙汀。沙汀是四川作家，最著名的作品是讽刺国民党兵役制度的《在其香居茶馆里》。严平紧紧抓住他身上挥之难去的乡土情结和“一个革命者和一个作家的矛盾”，写这种矛盾曾经让他面临的几次选择，写不同的选择在不同的历史时期带给他的创作收获和几乎伴随了他一生的负疚心理。

延安时期，尽管有跟随贺龙上前线的荣耀，有“鲁艺”教员的光环，甚至有周扬和毛主席的关照，但他还是乐观不起来，他不适应，甚至失落。仅仅一年后，他就提出要离开延安回家乡。书中说，“在延安的知识分子中，像沙汀这样仅仅来了一年就回去的似乎太少了”。沙汀坐着敞篷车离开了，与他相反方向的是那些脚步匆匆的、“脸上掩盖不住兴奋神情”的男女青年——时代的面孔就这样在一个作家的选择中显示出了另外一面，同时一个独特的人物形象也由此在历史中站立起来。

40年代，他又一次面临去不去延安的选择，他选择了留在家乡；1950年，四川解放之后，他面对三次调令的压力奉命到重庆任职。之后，开始了“一场真正的思想改造”。书中说：“1950年，似乎是一个分水岭，在那之前他是把作家放到前面，在那之后他把革命家放到前面了。”一个30年代的老“左联”，终于还是补上了思想改造的这一课。

看得出来，在写沙汀的时候，严平和沙汀一样有一种矛盾的心理：在沙汀的“离去”和“归来”之间，始终隐藏着的是他的创作没有突破性进展的事实。他为之承受了一生对党的愧疚的文学追求，并未如他所愿。严平几乎是怀着巨大的善意和理解，书写沙汀的悲剧，书写以沙汀为代表的，以文学为志业而走上革命道路，之后就身不由己地在革命征途中不断游离又不断归来的一代人的悲剧，令人唏嘘慨叹。

王蒙在给陈徒手的《人有病天知否——1949年后中国文坛纪实》写的序言中说："作家的戏剧性经历后面隐藏着的是中国的社会变迁史，也是人性的证明。"但他同时也指出，陈徒手书写历史人物的时候怀着"极大的善意和敬意"，可能忽略或者隐藏了令人可畏的真实。

或许，这种"善意和敬意"是关注这段历史的写作者不约而同的道德选择。

在"革命"的阴影里

革命的"第二天"是文化学者丹尼尔·贝尔的著名概念，旨在提醒那些迷醉于革命的剧烈手段的人，日常是更为永恒的力量，它会自然而然地对革命进行消解。其实，岂止是"第二天"，即便在革命之中，日常也会通过人性时不时地冒出头来。

书中经意不经意写到的几个细节都令人印象深刻。一是周扬儿子遇车祸去世，恨他的人幸灾乐祸地说："那个理论家的作品完蛋了。"这种"毫不掩饰的快意和愤懑"，让严平"震动和悲哀"。第二个是"文革"结束后的1977年，"文革"中被打瘸了一条腿的老人夏衍被邀在剧院看剧，一个年轻的锅炉工听说了，要冲出来"驱逐黑帮分子"。第三个是冯牧在被批斗得最酷烈的时候，被关在同一个屋子的郭小川，在对面的角落里一直对着他比画六个字，"活下去，要坚强"。第四个是许觉民，用画正字的方式忍耐一次又一次的批斗。而等到终于平反之后，他又面对着"独坐斗室"的刻骨的孤独。书中写到，"革命"的风暴过去之后，许觉民变成了一个观棋的老头儿，一个跟别人一样挤公交车的老头儿。

书中的许觉民是一个最让人心疼的角色，与“革命”的岁月相比，作者留给他的日常的笔墨较多。仿佛亲属、家人在“文革”中的经历最后都变成一种“结果”压在他一个人头上。尽管严平说这是许觉民热爱生活的表现，但读者的情感还是很容易陷入一种两难，庄子说的“寿则辱”之感也挥之难去——或许这也是这本书的价值之一：“太阳照常升起”之后，“人”的生活还是面临很多疑难。

巴金说：任何一个时代的开始都带有新旧之间的厮杀和阵痛，这不足为怪。无论遇到任何困难和阻力，都要“面对无限光明的前途”。关于这种“革命的乐观主义”，书中出现过太多次，周扬、张光年、夏衍和陈荒煤，无不抱如此的态度。他们不约而同地对“文革”的苦难保持沉默，对国家的未来抱有信心。或许是受了这些人物的精神感召，严平在书中体现的也是一种“哀而不伤，怨而不怒”的隐忍和克制，甚至，在这样一本描写世事之酷烈和生存之屈辱的书里，都见不到丝毫战斗性的修辞。惟其如此，这些隐藏在“革命”阴影里的人性细节才如寒冬里的炉火，温煦而炫目。

余英时先生在《历史研究要恢复“人”的尊严》中说：“学历史的好处不是光看历史的教训，历史教训也是很少人接受，前面犯多少错误，到后面还是继续。因为人性就是大权在握或利益在手，但难以舍弃。权力和利益的关口，有人过得去，也有人过不去。所以我认为读历史最大的好处是使我们懂得人性。”

“你的名字是一个问号”

这是新中国成立前夕，中共中央机关在西柏坡庆祝的时候，毛主席对何其芳说的一句话，而这句话几乎成了何其芳一生的谶语，当然也未尝不是那一代知识分子的谶语。

延安的中共干部，有一部分是经历过 1937 年前与国民党斗争的老干部，有一部分则是1937年后投奔延安的知识青年，何其芳属于后者。在文学史上，他以创作了唯美的散文诗作《画梦录》留名，但在思想史上，他却作为“知识分子改造的一个好典型”而被记忆和研究。

跟同去延安的沙汀、卞之琳不一样，何其芳在延安感到的只有欢欣鼓舞，见到毛主席之后也立刻让自己彻底变身为忠诚的战士。之后，他唯文艺政策的变化马首是瞻，包括批俞平伯的《红楼梦》研究、批判夏衍等一系列批判斗争，他都冲在第一线。“文革”中被批斗下放之后，他还是以绝对忠诚于毛主席的态度，专心养猪。到1977年创作绝笔《毛泽东之歌》的时候，他还在对照《在延安文艺座谈会上的讲话》真诚地自我检讨，真诚地讴歌。从《画梦录》到《毛泽东之歌》，何其芳内心走过一条怎样的路，变成了一个谜。书中一方面在慨叹何其芳作为一个知识分子独立意识的缺失，另一方面也在写他的单纯和赤诚；一方面写他批斗时候的疾言厉色，另一方面也写他为官的厚德以人。

在文坛宗派情绪严重的情况下，曾有这样的说法：“一个诗人倒下去，一个官僚站起来”，然而，读了严平的书，总是禁不住对所有的评价和判断存疑。知识分子面对“永远不知感恩的革命”（别尔嘉也夫语），“问号”或许是他们永远的宿命。而且，随着历史主动和被动地逐渐远去，随着读者对历史的识别力逐渐降低，随着历史对现实的映照功能逐渐减弱，“问号” 里面还要加上更多的含义。

《画梦录》中有一篇叫《梦后》，何其芳如此写道：“梦中无岁月。数十年的卿相，黄粱未熟。……我尝窥觑，揣测许多热爱世界的人：他们心里也有时感到极端的寒冷吗？历史伸向无穷象根线，其间我们占有的是几乎无的一点。这看法是悲观的，但也许从之出发然后觉世上有可为的事吧。因为，以我的解释，他们都是理想主义者。”

永远的朝内 166 号

一座楼和一本书

北京市东城区朝阳门内大街 166 号是人民文学出版社所在地，《永远的朝内 166 号——与前辈魂灵相遇》的作者王培元先生是我的同事——当然，同事只是为了表述清晰，内心里，我们这些后学晚辈是引王先生为师的。他 1984 年年底研究生毕业来社，来的时候，书中的很多人，这些名字在中国文学史、中国文化史乃至中国革命史上都熠熠生辉的人，还健在，他跟他们有过或多或少的接触——韦君宜、牛汉、绿原、舒芜、林辰、蒋路、严文井、王仰晨等等。用他自己的话说：他从这一个个具体的人身上感受到了人文社的传统，思考了中国现当代知识分子的命运，于是就有了这本用“列传”形式写成的书。一本追念这个所谓“皇家出版社”的第一代知识分子的书。

对于身在这座即将拆毁重建的灰楼里的我们而言，它首先是一本“修家谱”的书。从 2006 年第一版出版到后来的修订再版，这本书始终未曾远离我和我的同事们的视野。年长者由之回顾往昔，补充细节，而更晚来的我们则由之摸索体会出版社的传统，琢磨这些知识分子的历史际遇和出版社的关系，揣摩意识形态夹缝中的人性微妙，体会出版社的变化、文学的变化、文化的变化、知识分子的变化，乃至中国社会的变化。

书从我们的第一任社长冯雪峰写起。冯雪峰是著名的湖畔诗人、杂文家、文艺理论家、鲁迅的学生和战友、左翼作家联盟的重要领导人之一，也是参加过红军二万五千里长征、被关过很多年国民党集中营、

1934年在中央苏区经常被毛泽东找去聊天的老共产党员。他还是丁玲“第一次看上的人”，去世后也是丁玲“最怀念的人”。1951年，周总理和胡乔木选定他为人民文学出版社首任社长的时候，他有过推辞，并力荐巴金来当，巴金辞谢，还劝他也别当，因为在这些朋友眼里，冯雪峰“书生气”“耿直而易动感情”。但他的资历、威望、学养、胸怀、器量，都注定了他是这个社长的不二人选。

冯雪峰上任了，并迅速给新生的人民文学出版社画出了清晰的轮廓。他设定了“古今中外，提高为主”的出版方针，然后四处延揽专家、学者、大学教授。聂绀弩、张友鸾、顾学颉、王利器、周绍良、陈迩冬、周汝昌等等这些在古典文学、外国文学、中国现代文学领域颇多建树的人那时候都是人文社的编辑，他们打下的基业在六十年后的今天还是出版社的重要板块……

然而，历史给这些知识分子施展抱负、发挥才华的时间实在太短。1957年“反右”，接着就是1966年“文革”开始，几乎所有的中国知识分子，从此都陷入了“无物之阵”，人文社更是首当其冲。冯雪峰被定为“右派”，开除党籍，降为普通编辑；韦君宜被“文革”折磨至精神失常；牛汉因胡风案的牵连，正在打球的时候就被带上卡车拉走了，从此开始了多年的牢狱生涯；被誉为“活鲁迅”的蒋介石的同乡、著名的“奉化才子”、担任过驻印尼大使的巴人，“文革”期间被遣送回乡后精神失常，惨死野外；戏剧天才孟超因一部鬼戏《李慧娘》命丧黄泉……

在那个“天若有头砍当怕，地虽无底揭也慌”（聂绀弩，《反省时作（之二）》）的年代，这些知识分子整日生活在“文章信口雌黄易，思想锥心坦白难”（聂绀弩，《归途（之二）》）的境况之下。一想到曾经出入于这座楼里生活工作的读书人，我们在学识上无比仰望和尊崇的前辈，过的都是每天如履薄冰、人人自危的生活，心中就会涌起一种“述往事，思来者”的历史情愫——一种由这些战火中走来的“幸存者”的“不幸”所引发的更为深广的历史反思。

大时代中的朝内166号

自《史记》开创“列传”体例以来，中国人修史历来重视人物。二十四史中，特别重要的就是列传。所谓“既有典常，苟非其人，道不虚行”，说的也是“人”负载历史之运转、文化之传承的重要性。同时，选择“人”作为修史的中心，也天然地具有文学的意味——人性之复杂之微妙，人性永恒的困惑和疑难都是文学擅长的领域。

《永远的朝内 166 号》一共有 16 个人物小传（其中作者特别尊崇和仰慕的冯雪峰、聂绀弩和舒芜分了两个小节）。在短短的篇幅中，作者用爬梳大量史料、锱铢累积所见所感得来的线索，秉承考信求实的精神，勾勒出传主的精神气质、性格命运和文化价值，每一个都自我圆满，自成一个完整“小世界”。而且，作者显然时刻都没有忘记，这样的一群人不能仅仅被局限于“朝内 166 号”这一个共通性上，他们还有更深刻意义上的“以类相从”。正如林贤治先生在给这本书做的序言中所说，这本书的历史性，表现在“不同的个人命运背后的共同的时代框架上面”。

在新中国成立后到“文革”结束前的时代框架之下，知识分子的命运仿佛很多只有“悲剧”而别无他途。从 1951 年批判电影《武训传》开始，到 1954 年对胡适的批判、对俞平伯《红楼梦》研究的批判、再到 1955 年的胡风案、“丁陈反革命集团”等等，政治和文学的“一体化”格局日益显现。在这样的格局下，文学批评显示了随时置人于水火乃至随时置人于死地的千钧之力——很多人的命运转折都因一个观点、一篇文章或一个作品。比如冯雪峰与鲁迅的文章《答徐懋庸并关于抗日统一战线问题》；秦兆阳与《现实主义广阔的道路》，孟超与一部戏剧《李慧娘》等等。“文死谏，武死战”，古今皆然。

而那时候争论的问题，在后来者看来，甚至有些“滑稽”。比如，文艺作品应不应该反映社会的阴暗面，塑造英雄人物应不应该写缺点，现实主义文学应不应该表达批判等等。正如后来有的研究者指出的，那么多人，郑重其事地把全部精力投在甚至不是问题的问题上，还为此身陷囹圄，直至家破人亡，真真是历史的大荒谬。然而，历史就是这样一步步走来的，关注这段历史的《永远的朝内 166 号》也时刻在提醒读者：时过境迁之后，不能因为评价历史变得容易了就忽略当初推动历史时候的艰难——后来的修史者尤其不能有“智叟式的聪明”。

除了大的历史框架，其他相关的、没有身在朝内 166 号的历史人物，也不可避免地进入了这本书的关注视野。比如因舒芜将胡风给他的私人信件交给记者，又因毛泽东加了一言九鼎的“编者按语”之后在党报上公诸天下，引发了新中国第一起因文字而起的“胡风案”，当事人胡风、路翎，就曾在书中多次出现，每次出现作者都有意侧重他们不同的侧面。在《冯雪峰：一只独栖的受伤的豹子》中，着重的是胡风的文艺思想和理论建树、胡风和冯雪峰的惺惺相惜；而在《牛汉：“汗血诗人”》中，着重的则是胡风的提携后辈、人格高洁。当然，在《舒芜：“碧空楼”中有“天问”》中，胡风又变成了舒芜避而不谈的、或者说是自我拷问和忏悔的提示者。对因胡风案受牵连，完全无辜、境况悲惨之极的路翎，作者也几处涉及，反复书写他作为“未完成的天才”小说家的悲剧。又比如，从延安时期就执掌中国文艺界的周扬也多次出现。在《严文井：“一切都终归于没有”》中，心智澄明、大彻大悟的严文井，也会说：“周扬这个人，不可信。”而在《聂绀弩：“我将狂笑我将哭”》中，聂绀弩说：“让他听我的报告还差不多，我去听他？还不是那一套！”了解聂绀弩的人都知道，他进过黄埔军校，参加过国民政府的东征，在皖南新四军军部工作过，古典文学功底深厚，尤其是他的古体诗，在现当代作家中非常突出。他被周总理称为“大自由主义者”，为人颇有魏晋之风，率性通达，是非分明。他所在的编辑室永远洋溢着一种轻松自由的氛围，他是《永远的朝内 166 号》里最惹人喜爱的人物。

当然，这本书并没有一味地表现知识分子的“无辜”，它试图在个人命运的转折中触摸意识形态震慑之下的那种“恐惧”，以及因这种恐惧而来的“同类相残”。书中用回到历史现场的方式写批判冯雪峰的会场，曾赞他“为人颇硬气”，与鲁迅先生“甚为相得”的许广平，在会场上厉声斥责他为“大骗子”，而此前一直追随其左右的楼适夷，也忽然声泪俱下称自己被骗。然而，众所周知，连曾经权倾一时的周扬最后都没能免于被批斗的命运，更遑论一时的自保者。同时，书中也没有回避宗派主义和权力斗争，比如对巴人和冯雪峰、聂绀弩之间的矛盾，书中也并不讳言等等。

在著名的知识分子反思之书《思痛录》中，作者韦君宜（人民文学出版社历史上唯一一位女社长）记述了一位为我党的地下工作鞠躬尽瘁的亲戚在新中国成立后被怀疑被批斗的经历，而她和丈夫也曾对他冷淡有加。真相大白之后，她说：“认友为敌，眼睛全瞎。毛病就出在对‘组织上’的深信不疑。我也跟着对一个遭冤枉的人采取了打击迫害的态度。”“悲剧！无可挽回的悲剧！这悲剧，当然得由我们俩自己负一部分责任，可是，能完全由我们负责吗？”

“天地不仁，以万物为刍狗”，面对这样的时代，我们该怎么痛切地反思才能触摸到那个时代造成的悲剧之酷烈之深重啊！

从历史的悲剧到“人”的悲剧

在浓黑色的历史幕布中，面对着压得人喘不过气来的深重的悲剧，《永远的朝内 166 号》的作者实际上无时无刻不面临着一种选择，文学的选择，即该采用什么样的表达方式才能既书写历史和人事的真相，又尽可能地在更阔大的历史格局中描述这些知识分子的悲剧，不牵扯太多具体的人事纠纷。王先生最后选择了一种“互文见义”的方法，就是在某人的列传中，主要书写他作为悲剧承受者的命运，书写他的才华学识，而在其他的相关章节中，再涉及他作为悲剧制造者，或者矛盾斗争者的那一面。

比如在《巴人："在我梦的一角上组起花圈"》中，作者充分展开巴人的才华、巴人惨绝人寰的悲剧结局，而在冯雪峰、严文井、聂绀弩等章节中，才更多地涉及他跟冯雪峰和聂绀弩的矛盾。对舒芜也是如此，在舒芜的"本传"里，作者写到了舒芜在周作人研究、《红楼梦》研究中的巨大影响力，但在其他章节中，才写到他对胡风案应该负的责任。这样的写法，《史记》中即已有之，而在这本反思之书中如此运用，不能不说是一种面对历史、面对悲剧的文学智慧。面对历史，文学之功能固然是"兴观群怨"，但文学之灵魂亦要"温柔敦厚"。

书中的很多细节，读之令人欲哭无泪。新中国两本最重要的文学刊物《人民文学》和《当代》的创始人、人民文学出版社的副总编辑秦兆阳响应 1956 年的"双百"方针，写出了著名的《现实主义广阔的道路》，讨论社会主义现实主义的创作原则问题。之后，秦兆阳因为修改王蒙的小说《组织部新来的青年人》而承受压力，最终在"丁陈反革命集团"的问题上仗义执言，招致祸端，被补划为"资产阶级右派分子"，开除党籍。在开除党籍的材料上交后的一天晚上，秦兆阳整夜徘徊在作协领导刘白羽家门外，试图寻找最后一丝生机，最后和担心他自杀，从家里一路寻来的妻子，"站在寂静无声的胡同里，抱头痛哭……"

除了哭泣的秦兆阳，还有"在荒凉的山丘上"侧身挺立的"半棵树"冯雪峰（牛汉诗《半棵树》），他的葬礼上只有哀乐和痛哭而没有悼词——任何语言都无法言说这个老知识分子遭受的悲苦；还有一条腿弯着死去的聂绀弩……聂绀弩写的《雪峰十年祭》诗有云："识知这个雪峰后，人不言愁我自愁。"或许我们也可以将其化用到读这本《永远的朝内 166 号》的感受上——与这本书相遇，"史不言愁我自愁"。

当然，这本书的"温柔敦厚"不仅体现于此，还在于对一些默默无闻者的发掘。朝内 166 号有很多为作者“做了一辈子嫁衣”的“幕后英雄”，如果不是因为这本书，他们很有可能被历史忽略掉。比如，终生居于陋室，将自己一生的才华和时光都献给了鲁迅著作出版的编辑家林辰，人称“书库”，博闻强识，他做讲座的时候，钟敬文是忠实的听众，王富仁还是学生。至今，林辰主持下的人民文学出版社版《鲁迅全集》还是当之无愧的权威版本。再比如，被称为“人文之魂”的蒋路，没上过名牌大学，但他在俄文翻译、俄罗斯学术研究方面的成就颇丰，在文学出版社创造了一个“蒋路时代”。20 世纪 50 年代人民文学出版社的俄罗斯文学一枝独秀，与蒋路先生的筚路蓝缕密不可分。还有杰出的翻译家汝龙，毕生都在翻译契诃夫，他的译本迄今为止还是最经典的。巴金说：汝龙“让中国读者懂得了热爱那位反对庸俗的俄罗斯作家。他为翻译事业奉献了自己的下半生，奉献了一切，甚至自己的健康，他配得上翻译家这个称号。”

钱穆先生在《中国历史研究法》中关于“如何研究历史人物”一节，专门给不得志者甚至失败者、无表现者以文化的、历史的尊崇，充分肯定其“心志”“意志”，肯定其“直探史心”的价值——“故对每一人，且莫问其事业，当先看其意志”。在历史的悲剧中，《永远的朝内 166 号》的落脚点显然也是“人”刚健有为的“意志”。在狱中苦学德语，后来成为著名德语翻译家、翻译了《浮士德》的绿原；在下放劳动中苦中作乐、以古体诗相唱和的聂绀弩、陈迩冬，还有与诗相依为命了一辈子的牛汉等等。

对于牛汉，我始终记得第一次在出版社见他，他穿着袖口破了的深绿色毛衣，伸出大手，用明亮的眼睛微笑着看着我的样子；也始终记得 83 岁的他站在北师大的讲台上，说“我这个人自高自大——自己长高自己长大”的样子。他脸上一直洋溢着孩子般的笑容，一种多少苦难的刀砍斧削都未曾抹去的、纯粹理想主义者的笑容。

是的，面对时代的悲剧，这些知识分子的悲剧，“人”的悲剧，总是会让人想到“理想主义”这样的字眼。他们中的很多人，家庭出身都很好，除了革命，他们有很多出路。出身北平富裕之家的清华学生韦君宜（这本书中的《韦君宜：折翅的歌唱》可以和韦君宜自己的书《思痛录》对比阅读），因爱国、救国的理想追随共产党，不仅放弃了留学的机会，还放弃了读书所得的一切，“情愿做一个学识肤浅的战斗者”。然而，从延安时期开始，她就见到了太多的斗争和丑恶。她说“参加革命之后，竟使我时时面临是否还要做一个正直的人的选择。这使我对于‘革命’的伤心远过于为个人命运的伤心。我悲痛失望，同时下定决心不这样干，情愿同罪，断不卖友。”她因丈夫杨述对党“忠实到和古代的忠臣相仿佛”而发的感慨，更是振聋发聩：“实际上他最感到痛苦的还是人家拿他的信仰——对党、对马列主义，对领袖的信仰，当做耍猴儿的戏具一再耍弄。……”

时至今日，脱离开具体的人与事，深深体会整整那一代知识分子信仰忽然无所依附的痛苦的时候，忍不住会联想起他们和他们皈依的党的关系——他们在这个党处于革命阶段的时候参加了革命，二者休戚与共同心同德；而在建设阶段，整个党和他们一样，都是“老革命遇到了新问题”。某种意义上，他们和党相互之间关系的变化，他们皈依的党从革命党到执政党的角色转化，就注定了理想和现实矛盾的突显。甚至可以说，理想主义者的痛苦不止是每一个党员的，也是整个党的——只是，因为组织和个体的关系，这种痛苦更清晰地表现在一个个知识分子身上。

纵观中国历史，在每一个转折点上，总有一批人、一批姑且可以称作“理想主义者”的人是最痛苦的，他们为家国前途担忧，为下一代担忧，为未来担忧，他们担忧自己的痛苦会成为永远难以化解的难题。但实际上，当我们对这些痛苦感同身受的时候，当我们体会他们身上那种悲剧性的理想主义光芒的时候，当我们一点点懂得他们作为社会进步的推动者和“历史的中间物”（鲁迅语）的血泪歌哭的时候，毕竟还是看到了事情的另一面：一切也并没有像他们担忧的那样……

永远的朝内166号

在王培元先生出版这本书之前，人民文学出版社六十年历史上还没有这样一本书，这样一本“我心知我社，我手写我社”的“有我之书”。它独特的史料价值和反思价值是显而易见的。而且，《永远的朝内 166 号》变成了一个开始，甚至还是一个未完成的开始——不仅人文社的历史上还有太多值得写的人，即便是已经写好的这些人，随着史料的发掘和补充，也还是有再充实完善的空间——历史从来都是常写常新的。更何况，随着时间的推移，王培元先生这一代，包括王瑞琴、周昌义、洪清波、脚印、杨柳、胡玉萍等等，还有已经去世的高贤均、陶良华，也都开始慢慢进入朝内 166 号的历史……只要这个社还能够在文学中、在文化中保有持续的影响力，它的历史就还有书写下去的价值和意义。但愿，在市场大潮的冲击下，人文社第一代知识分子的文化学养、知识人格乃至道义担当不会成为绝唱……

在这本书中，王先生除了充分展现自己严谨、周全的学风和文风，同时也展现了自己的性情。他描述自己和牛汉相对大笑的状态；他在上个世纪八十年代末之后的极端的苦闷；他“伸出右臂，叉开五指”对着社领导的“出言不逊”；他说一条叫作“效益”的老狗拼命撵着“职场”的机锋等等，都和我们印象中的王培元颇为吻合。他枯瘦挺拔的身躯中蕴藏着一股力量，一股传承自老一代知识分子的理想主义和书生气的力量。随着他的退休，人文社某一种文人的性情或许也就就此消逝了吧……

如今，“有限公司”四个字已经加在“人民文学出版社”后面了，在文化体制改革的风浪中，人民文学出版社会不会如王先生忧心如焚之下所说的，“像一艘快要倾覆、快要沉没的大破船”，只能留待历史验证。但无论如何，有一点应该是肯定的，那就是朝内 166 号再也不会上演老一代知识分子面临的那种悲剧，那种无可躲避的“人”的悲剧……

哈维尔说：“我们内心要么有希望要么就没有希望，它是灵魂的一个尺度，它不是基于对世界的观察和对环境的估量。”以此送给永远的朝内 166 号。

曲终人未散

《曲终人在》

周大新是军人，工作履历上他从军区战士做起，一直到总后勤部政治部创作室主任，少将军衔，和解放军总后勤部原副部长谷俊山住一个大院。而创作履历上，到2008年长篇小说《湖光山色》获得第七届茅盾文学奖的时候，他写小说的历史已经近30年了。30年间，他写了大量的小说和散文，先后获了很多全国性的专业奖。根据他的小说改编的电影《香魂女》也跟《红高粱》一样，获得过金熊奖。然而，当茅盾文学奖这个对于写作者来说至关重要的荣誉到来的时候，他却异常平静，因为同一年，他的独子周宁患癌病逝。接下来的三年，他把锥心的痛楚放在《安魂》这部书里，用写作完成了父子之间生与死的对接。

之后，他开始酝酿新作。他想写现实，写最切近、最迫切的跟反腐败有关系的现实。而谷俊山案发，给了他强烈的刺激，于是他开始动笔，写这部“官场小说”《曲终人在》。说是“官场小说”，其实只是一种表述上的便宜，《曲终人在》和时下流行的很多官场小说不同，它不津津乐道于为官的技术和官场的规则，更不讲厚黑和权术，而是讲当下的社会生态和官场生态，讲做官和做人的关系，讲官场中的人性复杂。如果说很多官场小说都是在讲“苍蝇”和“老虎”的生活细节和行为逻辑的话，那《曲终人在》讲的是人在避免成为“苍蝇”和“老虎”过程中需要接受的诸多考验。

在小说里，谷俊山化身为魏昌山，是主人公、清河省省长欧阳万彤的同乡。书里这样描述魏昌山的履历：他出身贫苦，上大学的时候，因为和北京部队高官的女儿武姿恋爱而来到北京，之后，他跟武姿结婚并进入军队，一路从总参谋部干部部干事做到将军。按小说中的描述，他为人仗义、活络、善交际、重感情，对权和钱的占有欲望很强。而有意味的是，小说中，他和武姿从谈恋爱到结婚的每一步，策划人都是欧阳万彤——一个正常退休，正常死亡的“好官”。

此后多年，魏昌山也的确成了欧阳万彤的“护官符”——在提拔成县领导、妻子被抓个人自保、干部考察这三个关键节点上，魏昌山都借助岳父的影响力，给了一心想在官场有所作为的欧阳万彤以实质性的帮助。小说并未刻意宣扬人情社会的土壤，当然也不避讳“朝里有人好做官”的规则——它只是务实而又诚恳地写出了人人心中有、新闻细节无的社会生态。

或许，以后文学界研究周大新，会将《安魂》作为一个分界点。如果说此前的周大新可能会因性格中的温柔敦厚而损害面对矛盾的尖锐度和深刻性的话，那在《曲终人在》中，周大新的温柔敦厚就变成了一种无可替代的创作优势：因为直面当下最为坚硬的问题，周大新体现了一个大作家的文学责任感和勇气；也因为直面当下最为复杂的问题，周大新的体谅和宽厚变成了一种静水流深的胸怀：如果说新闻报道是了解社会的渠道的话，那文学则提供认识现实和思考现实的一种角度。换成米兰·昆德拉的说法，就是“小说家既非历史学家，又非预言家：他是存在的探究者”，既然是探究，就会有广度，有深度，有理性精神。某种程度上，现实的复杂性、人性的复杂性和文学的复杂性是同构关系。

省长欧阳万彤的传记

看得出来，即使是有创作经验的大作家，写当下中国的敏感现实，也有各种的顾虑和担心，这一方面当然是因为把握现实的分寸，另一方面也未尝不是对现实复杂性的尊重。基于这样的考虑，周大新在新书里设置了“仿真”结构。

小说开篇即说，一个叫“周大新”的作家受其家人委托，为突发疾病去世的清河省省长欧阳万彤写传记，为了寻求出版，“他”要先把采访素材和盘托出。接下来就是围绕在省长身边的 26 个人的采访素材。这 26 个人包括他的现任妻子、前妻、秘书、司机、保姆、初恋、准情人、亲戚、同僚、同乡、政敌、企业家、知识分子等等。每个人都从自己的角度谈自己眼里的欧阳万彤，既相互补充、相互印证又相互拆解、相互质疑；与此同时，他们又都从各自的角度展现了自己对官场的认知，对权力的态度。几乎可以说，围绕着一个省长的“众说纷纭”，整个中国社会都进入了一个话语场，在这个场里，读者甚至可以看到自己的影子——实际上也是，所有的中国人都难逃官本位文化或者说人情文化支撑下的话语场，从中我们似乎可以看懂一切，但同时又发现了更多的疑难、面临着更多的困惑—— 一部优秀的文学作品，从来都是歧路丛生的，它所昭示的意义和价值总是一言难尽。

于是，读者只能和作者一样，尽可能地就事论事，尽可能地客观。在这样的态度中，欧阳万彤的形象浮出水面。

欧阳万彤是“文革”前的大学生，毕业后当了公社干部。上大学之前，他有一个青梅竹马的初恋，但谈婚论嫁的关键时刻他选择了县长的千金。“文革”期间岳父被打倒，他因为出身没有受到牵连。“文革”结束后，他考上了研究生，在学校的时候一步步指导同乡魏昌山通过婚姻走进北京。可以说，为了实现在仕途中不断上位的理想，欧阳万彤充分利用了利益婚姻和情感投资，也充分展现了投机者的机巧。只是，“官路的两边，长满了鲜花，但鲜花的后边，其实就是深渊。”尤其是对于欧阳万彤这种真的想在官场有所作为的人而言，权力更加展示了它对理想的掣肘力和对人性的扭曲力。欧阳万彤不贪财不恋色，不媚上不欺下、有魄力有胆识有胸襟，一心想当好改革的执行者、百姓的父母官，然而，他面临的牵绊何止千万，于是他又经常对社会风气的变化和权力本身产生一种无力感，以至于一度他都想辞职……

大多数的官场文学，往往有一个正邪斗争的模式，代表正义的主人公总是仿佛置身在一个战场，他们在这种斗争思维之下，展现的往往也是一种英雄式的人格：“我宁可毁了我自己，也绝不能让腐败分子毁了我们的党，毁了我们的改革，毁了我们的前程。”（张平《抉择》）然而，随着改革进入深水区，反腐斗争也进入了更为复杂的阶段，现实促使文学趋于理性。《曲终人在》中，以简谦延为代表的黑恶势力作为欧阳万彤的强敌始终都隐身幕后，这使得欧阳万彤的斗争更像是在危机四伏的无物之阵之中。于是，他只有靠强大的自我约束力，然而，正如他现任妻子所言：“人当了高官想洁身自好太不容易了。”

官员的职业道德

周大新的小说，一个很重要的话题就是关于官员的职业素质，或者职业道德。这甚至是他很多小说都在关注的一个话题。这看上去古老，甚至显得有些陈旧和落伍，但是在价值混乱和道德失序的今天，作家对道德的拷问和张扬，并且为之引入基于时代变化而产生的新的思考，读来却有一种崭新的价值和意义。

无独有偶，青年作家石一枫最近广受好评的作品《地球之眼》，也和道德拷问有关：一个“失败”的青年却坚持充当一个拷问官二代道德操守的“卫道士”。两代作家不约而同的努力，至少昭示了这样一个现实，那就是优秀的文学不能跟着流俗一起，迷失在道德失范的路上。它应该有自己的使命，一种重建价值的使命。这种使命甚至事关文学的尊严——如果文学总是和流俗在一起，人们有什么理由不让它边缘化呢？

周大新在小说里，设想了人在官场所面临的六种压力：一是亲朋好友的索取压力，二是上级，尤其是有恩于己的上级的压力，三是同级别官员的利益交换压力，四是商人交往的压力，五是下属的压力，六是班子内部意见不合者的压力。周大新力图从文学的角度，给予权力和人情、官场和社会以文化的、历史的和现实的关注。基于这样的思考，他借欧阳万彤之口，说出了这样一番有关官员职业道德的话：

> 我们这些走上仕途的人，在任乡、县级官员的时候，把为官作为一种谋生的手段，遇事为个人为家庭考虑得多一点，还勉强可以理解；在任地、厅、司、局、市一级的官员时，把为官作为一种光宗耀祖、个人成功的标志，还多少可以容忍；如果在任省、部一级官员时，仍然脱不开个人和家庭的束缚，仍然在想着为个人和家庭谋名谋利，想不到国家和民族，那就是一个罪人。你想想，全中国的省部级官员加上军队的军级官员能有多少？不就一两千人吗？如果连这一两千人也不为国家、民族考虑，那我们的国家、民族岂不是太悲哀了？！

这样的表述，显然只能属于文学家。因为文学在面对政治、面对官场、面对当下的中国现实的时候，感受到了一种道德上和人性上的疑难。当然，文学的功能也在于此，它总是力图从感性的角度把握世界，按照人性的逻辑理解世界，为此，甚至不揣“幼稚”。倘若是放在政治领域，任何公共职位，都是国之重器，职业要求都是不能打折扣的。只是，任何一种道德都要不断地在现实的变化中调整自己。

纵观国家或者社会对官员职业道德的设定，换句话说，考察好官的标准，古今中外有一点是共通的，那就是清正廉明、德才兼备、刚健有为。然而随着时代的变迁和政治生态的变化，这些标准遇到具体的现实的时候又往往产生偏差，比如刚健有为往往和腐化堕落难以厘清关系，而清廉又似乎和无所作为斩不断理还乱。从这个角度说，文学的功能，面对复杂性的提示功能，又似乎是合情合理的。

当然，《曲终人在》不只是表述为官一任的艰难，同时它也不带有所谓“主旋律”作品的那种不容置疑的正确性和正义面孔，更不疾言厉色地一味批判。某种程度上，或许称它为一个寄托了作家深沉的社会情怀和现实责任感的作品更为妥当。它在新闻停止的地方出发，力图思索个案背后的细节和逻辑，寻找共通性和规律。“文变染乎世情”，在大时代面前，文学通过这样的方式发挥了自己的职业道德——记录时代。

官场文学：一种独特的现实主义

官场文学其实一直都是最贴近时代的。它本质上是关注时弊、干预现实的产物。从晚清四大谴责小说开始，官场文学就开始参与旁证中国现实了，而且这一脉或隐或显，一直都没有断。从某种角度说，现实主义文学在中国的发展，有一个分支就是官场小说，或者说干预生活的作品。

且不说最早的《官场现形记》，现代文学史上的《五子登科》《华威先生》等等，即便到了当代，上世纪 50 年代以“重放的鲜花”为创作潮流的很多作品，都带有揭发伏藏、匡正时弊、纠弹风俗的功能。

而特别是 90 年代之后，随着改革开放的日益深入，社会上的反腐呼声日高，于是中国文学史上就出现了一个官场小说，或者说，反腐小说的高潮。陆天明的《苍天在上》《省委书记》、周梅森的《人间正道》、张平的《国家干部》等等。这些小说，精神脉络上延续着“文革”后改革文学的激情，带有浓郁的理想主义色彩。它们面对腐败问题的前提都是为改革开放的社会潮流鼓与呼，而权力斗争的目的也都是改革与保守的路线斗争，塑造人物的分界点也是改革派还是保守派，与时俱进者还是墨守成规者，文学的价值取向是非常鲜明的。

而到了 1999 年，王跃文的《国画》出现，情况才发生了变化。

《国画》被公认为新时代“官场小说”的滥觞之作。然而，今天看来，它显然与通常意义上的“官场小说”相去甚远，它仍然在写有理想、有情怀的知识分子在社会中的奋斗与失落，只不过他参与社会生活的场域恰好是在官场。因为特殊的中国社会生态，因为“官场”与社会方方面面千丝万缕的联系，《国画》曾被称为“让大学生少奋斗十年的成功宝典”，一时间洛阳纸贵，当然此后也是命途多舛。官场的亲历者王跃文认为知识分子表达宏大情怀和修齐治平的理想的方式，是直接进入官场生存本身，书中所展示的作为官场小人物的知识分子在官场中的生存之道，让很多公务员读者心有戚戚。

当年鲁迅研究以《官场现形记》为代表的晚清四大谴责小说的时候，就曾经指出：“官场伎俩，本小异大同，汇为长编，即千篇一律”，因而应增加“含蓄酝酿”，变得更为宏阔深邃。此后，王跃文在《梅次故事》《苍黄》，及至后来的《大清相国》中，都开始有意识地转变，并最终获得了广泛的认可。

在《国画》之后，另外一部被称为“当代公务员教科书”的作品《沧浪之水》同样出自湖南作家之手。作者阎真以绵密细致的笔触，将一个力图在官场中保持操守却每每被生存逼得放弃的知识分子刻画得栩栩如生。池大为在生存和道义之间的挣扎和选择，他的每一次坚持和每一次放弃，都具有充足的人性逻辑，因而它一直是当代小说中的“无冕之王”。

之后，这类小说越来越沉迷于“放弃”的合理性，甚至开始彰显如何不留痕迹地“放弃”和“迎合”，对权术和阴谋的渲染越来越带有黑幕小说的嫌疑，而且对人性灰色地带的书写越来越难以自我突破，以至于某些小说都由“反腐”而变成了“贩腐”。于是，有研究者提出：“官场小说的出路，是向政治小说转变”。令人欣喜的是，《曲终人在》某种程度上实现了这个转变，因为周大新在现实主义的基础上，表达了理想主义的情怀。

周大新的理想主义

政治小说和官场小说的最重要的区别，或许就在于对价值和理想的坚持。从这个角度说，周大新其实一直都有一个政治小说的情结。纵观他的八部长篇小说，都或多或少地涉及了权力，它往往和个人价值的实现扭结在一起。这一点只需要看看《走出盆地》《第二十幕》，以及获得茅盾文学奖的《湖光山色》即可一目了然。至于《曲终人在》，这部被公认为周大新迄今为止最好的长篇，其主题早在很多年前的中篇小说《向上的台阶》中，就略有涉及。如果将两篇小说联系起来看，就可以看出新中国成立以来直到当下，中国政治生态的变迁和官场文化的变化。从乡村政治到省级政治，周大新用多年的笔耕记录了社会发展的纵贯线。而同时，他始终坚持着一种反思权力、拷问人性的价值观。周大新是当代作家中为数不多的，始终没有放弃理想主义价值观的作家。

说起文学中的理想主义，想必很多人会嗤之以鼻。不知道从何时起，它几乎就是“瞒和骗”或者“社会幼稚病”的代名词了。君不见，坚信它的人遭遇了多大的挫折吗？君不见，它早已因为和“白日梦”和“乌托邦”等同而被扫进了文学史的垃圾堆了吗？而且，在“文艺为政治服务”的年代，我们谈的理想主义还少吗？但事实证明，它除了带领文学远离了“真实”和“常识”，还留下了什么？从上个世纪80年代中后期，现代主义文学进入中国之后，文学就不屑于理想主义了。文学相信技巧的摆弄，相信“一地鸡毛”的“新写实”，相信“我是流氓我怕谁”的“顽主”心态，相信“身体写作”，相信个人世界的杯水风波。文学在“小而窄”的路上越走越远，直至远离普通大众的视线。

然而历史的发展就是如此，否定之否定有时候是一种难以回避的规律。如果说当初回避理想主义是历史的进步，那么当文学一步步丧失与时代的联系，丧失与更广泛的世界的联系，读者自动远离纯文学，甚至都开始对纯文学嗤之以鼻的时候，回避理想主义就变成了一种新的落伍和保守。而此时的理想主义，其实变成了一种开阔的视野和胸怀社会的胸襟，甚至，是一种坚持文学能够反映现实的自信的表现——作家自信有能力把握自我以外的社会现实，从而寻找和普通大众对话的基础。换句话说，如果对“政治”的理解不那么僵化和狭隘，如果把“政治”看作是“现实”或“时代”的代名词的话，那么“文学为政治服务”也算不得一个必须一味回避的概念了。

王国维在《人间词话》中认为，即使从具体的写作过程看，作家在对客观世界进行审美处理的时候，也必然是充满理想主义的：“自然中之事物，相互关系，相互限制，故不能有完全之美。然其写于文学中也，必遗其关系、限制之处，故虽写实家亦理想家也。”

“十八大”后的反腐风暴，改革进程中的每一次进步，都是这个时代最鲜明的印记，也为文学提供了诸多的素材和可能。文学作为时代的晴雨表，作为时代进程中的一分子，理应和大时代保持联系，理应寻找时代变迁中的人性的共同轨迹——或许，官场文学的价值也该从更高的角度进行厘清和区别，毕竟，其紧跟时代步伐、记录时代变迁的努力是可圈可点的，事实证明，这种努力也得到了读者的欢迎和认可，问题只在于价值取向，在于对理想的坚持和把握。

无论面对多么复杂多变的现实，文学依然还是可以“兴观群怨”的，作家尤其要坚信这一点。只不过，把握现实的方式和能力都要随着时代的变化而变化。从这个意义上说，周大新的《曲终人在》给这类文学提供了一个成功的范例。

一个青年的成熟或死亡

北京，北京

曾经，有一个叫“张先生说”的微信公众号，发表了一篇叫《北京，有两千万人假装在生活》的文章，因为说了些扎心的大实话，阅读量迅速到了 10 万 +。据说被删除之前的真实阅读量是 730 万。张先生说：因为北京人得了房子失了故乡，外地人累死累活也不舍得放弃梦想，所以这个城市就“根本没有生活，只有少数人的梦想和多数人的工作”。在这样一个都市里，要么你是穷得只剩下了梦想，要么就是穷得只剩下了房子。张先生所说的“生活”，相当于我们每个人都向往的状态，一种区别于“活着”的、物质与精神张弛有度、游刃有余的状态。

实话伤人，说话、写文章往往都是如此，更何况，这次张先生两边都没讨好——外地人不喜欢他说的，因为在北京活着难就没有了人情味儿；北京人不喜欢他说的，有祖宗留下的五套房垫底才活得底气十足。

北京人，外地人，明明在同呼吸共地铁，却总是自觉不自觉地在彼此间画出楚河汉界，一旦有点儿小刺激，就会打上一场口水仗。其实，研究社会发展的各路学者早就说过，城市的发展是因为人口流动性的增加，而人口流动造成的土著和外来之间的矛盾，是必然会出现的矛盾，矛盾双方的不平衡状态也是短时间内无法解决的。

这矛盾是“现代性”的伴生物，而矛盾的双方又都离不开这个现代性，于是就会自动寻找一种新秩序，就像细菌和人体相伴相生一样。而所有这些，则铸就了双方所在的城市的特征：一个由陌生人组成的社会，更能刺激身份意识、道德意识、契约意识、防范意识和私人空间意识。当然，这矛盾也是城市生活的真实底色，尤其是外来者的生活。

老米兰·昆德拉从捷克流亡到法国之后，曾写过一部叫《身份》的小说。在那个小说中，他说："'生活'一词是所有词语中最重要的，它是被其他伟大的词语包围着的词中之王。"因为"生活"力量强大，所以作家开始思考人在生活中的身份到底由什么来决定。最终，他归结为"情人的目光"，他认为唯有在爱情关系中，尤其是能够抵挡住生活中各种摧毁力量的爱情关系中，人才能确认自己的身份，也就是自己的人生价值。

当然，米兰·昆德拉所处的不是经济狂飙突进的时代，面临的也不是城镇化进程的问题，他的漂泊也不是为青春和梦想所驱使。凡此种种，都在中国作家张五毛的笔下。作为80后"北漂"，他体会的生存艰难和身份危机是褪去了任何意识形态色彩的、赤裸裸的困境，然而，他寻找到的身份支点和价值支点，却跟老米兰·昆德拉一样，是"情人的目光"。难怪有人会说，爱情是文学的本质——或许人唯有靠着爱情才能与生活的琐碎庸常坦然相处，才能支撑注定绝望和虚无的人生。

《公主坟》：青年的爱与梦

五年前，张五毛出版了长篇小说《公主坟》。至今我仍然记得读到这个小说时候的惊喜。不是惊喜于文学天才的横空出世，而是惊喜于一个我们并不熟悉的名字能够给小说注入生猛鲜活的生命力——从20世纪90年代初开始，文学就进入了所谓的"后先锋"时代和"新写实"时代：灰色的生活，没精打采的人物，鸡毛蒜皮的矛盾冲突等等，和"千万别把我当人"式的调侃和痞气一起，呈现着一代人的精神生活失落了理想和人文追求的状态。文学界给这种小说的命名是"情感零度写作"。

文学不是应该"源于生活高于生活"吗？文学不应该是生活的白日

梦吗？文学不应该在生活之外另开思想的天地和想象的空间吗？那怎么可以跟生活本身，尤其是死水一潭般的生活一模一样呢？可见，一方面是社会大环境决定了纯文学的没落，另一方面是读者怀着不满情绪自动远离了纯文学。文学需要新元素、新面孔、新活力，可以说，这种需求直到今天还没有得到充分的满足。

张五毛没有受过写作训练，也没有在杂志发表中短篇小说的历练，当然，他也没有纯文学囿于技巧、挖掘意义的包袱，他直挺挺地挺进了生活内部。不仅他的主人公是青年，整个小说的气质也弥漫着一股青春的野性、一种理想的痛感，一种无比向往物质却不愿被物质奴役的尊严。

他写的是 80 后青年的北漂生活。主人公张五毛来自乡村，普通大学毕业，刚毕业就失业；一筹莫展之际，女友单姗窈窕而来，两个人硬是在北京城的地下室开辟了一片充满爱的“未来”空间。一方面是“情人的目光”为未来注入动力，一方面则是严峻的生活日日考验着爱情。为交房租他找在餐馆打工的妹妹借钱，去工地搬砖，跟农民工兄弟爬到脚手架上讨薪；为买房他向富二代兄弟低头，跟官二代美女搭讪。最后，他在北京城站住了脚，但女友却消失不见了。其间，父亲死于工地事故，临终遗言是让他“要钱买房”；妹夫死于矿难，妹妹让他拿抚恤款“买房”……

他借着一个底层青年的北漂生活，写出了中国社会的纵贯线和横切面，广度和深度都自觉不自觉地具备了。虽然他无力跳出自己所写的生活，对人物命运给予旁观者的审视和更高层面上的悲悯，但能够做到心到、意到、笔到已经相当不容易了——现实纷繁杂乱、复杂多变，倘若作家不具备一定的现实描摹能力，那小说就会显得虚假、幼稚。

跟郭敬明式的青年相比，张五毛笔下的青年，更像年轻人应该有的样子。他们昂扬着生命的活力，昂扬着书写命运的阳刚之气，昂扬着一股不怕失败的蛮勇。他们相信未来。比起真实的年纪，“未来感”或许更应该成为检验一个人是否年轻的标志。毕竟，年轻的不是皮囊，而是壮志；中年之所以不同于青年，也恰恰在于对“未来”是否还有美好的期许。

由此，通过北漂青年的爱与梦——哪怕是发财梦、中产梦——张五毛写出了生活的未来感，写出了一种属于文学和人性的精神魅力。如果文学只是用来向物质生活投诚，只是用来表达被生活压榨的顺从和人与人之间利益化关系的庸俗，人物面对原生的命运只是一味地顺从而不奋斗和改变，那何必存在呢？

《春困》：中年始于婚姻

《公主坟》有一个深情款款的结尾：主人公张五毛摆脱了物质困境，娶妻生子，变成了腆着肚子、头发稀疏的中产。夜深人静的时候，他点燃香烟，怀念曾经那个充满狼性的奋斗青年，怀念那无比纯情的初恋。

李银河曾经提出过一个“叔本华的钟摆”的概念。叔本华认为，人的欲望得不到满足的时候，会很痛苦；一旦需求都满足了，就开始走向无聊。这样的状态像钟摆一样摆来摆去，“摆”掉了很多人的一生。而多年之后，痛苦和无聊，就像青春和阅历一样，哪一个更值得经历和铭记呢？估计每个人的选择都不一样。

时隔五年，张五毛出版了另一部长篇小说《春困》，像《公主坟》的续篇，也像“叔本华的钟摆”的另一个摆极。不同的是，这一次他采用了女性视角。他想从女性的角度写“北上广容不下肉身，三四线放不下灵魂”的悲剧。

女主人公佟心美院毕业，气质和审美都不俗。趁着丈夫出差，她独自去国家大剧院看演出，无论生活多么烦琐无聊，她心里老为“美”保留着位置。而丈夫赵腾飞则不然，中产生活的波澜不兴，即将步入中年的焦虑，都让他想要挣脱和改变——买更大的房子、赚更多的钱，在同学中有更大的面子。于是，他辞职开始创业。两个人的婚姻生活也由此加速转变。随着孩子出生、赵腾飞创业失败，两个人逃离一线城市，回到三线城市，直至最后分道扬镳。

王小波曾说，“中年妇女在中国是一种自然灾害”，不是因为长得越来越不好看，而是“故意要恶心人”，大意是说她们极容易展现被生活和时间摧残的那一面。但佟心不是，在婚姻中，在婚姻连带的一系列价值观的冲突和人际关系的包围中，她都没有如同学黄小秋一般，堕入俗套，作者甚至刻意让她保持着一种远离烟火的气息。这种气息某种意义上都显得很不中国，有点儿像老年的杜拉斯或者苏珊·桑塔格的样子，有睿智的额头和深沉的白发，所以，她才会在人到老年的时候，还被钓鱼的老头儿迷恋。

张五毛总是倾向于描写理想化的女性，《公主坟》里纯情之极的单姗，《春困》里脱俗之极的佟心。而奋斗的艰难、生活的硬度甚至欲望的危险，他都愿意让男人承担。因此，即便他以女性视角写，但心路历程的变化更吸引人的，更让人思考的，依旧是男主人公。

困于生活，死于中年

文学中写过很多版本的英雄迟暮和美人白头，每一个都具备充分的文学性，让人唏嘘感叹。文学中也写过很多“近乎无事的悲剧”，写小人物的梦想被生活碾压至寂灭的无声无息，但相比于前者，后者更难写，因为生活中每天都在上演这样的悲剧——比如北漂之“死”。

与很多人一样，赵腾飞青年时代梦想着在大城市实现价值，但当所有的奋斗也只够在叔叔的帮助下买一套六十平米的房子的时候，当孩子、车子的问题都迫在眉睫的时候，他选择了放弃——回到小城市，眼前的一切问题都迎刃而解。只是，一个野心勃勃的青年消失了。

因为有身在官场的叔叔帮忙，赵腾飞回到三线城市之后，当上了公务员，然后一路扶摇直上，甚至他出轨、婚外生子的种种，都被小城市包容得了无痕迹。或许赵腾飞不能算是严格意义上的小人物悲剧，他的结局甚至都有些圆满的意味——他得到了他想要的一切，失去的只是跟佟心的婚姻——他从大城市的芸芸众生变成了小城市的芸芸众生，而读者并不为此感到惋惜。

可以说，在生活的围困中，在无力改变现实、于是就无条件地撤退和投降的过程中，赵腾飞失败得毫无"美感"。鲁迅先生说：悲剧就是把有价值的东西毁灭给人看，喜剧则将那无价值的撕破给人看。可惜的是，因为在自我和世界的对抗中，赵腾飞没有建立起内心的支撑和力量，使得他的"悲剧"失去了典型的意味，也失去了被看、被想的美感，变得轻飘，变得乏味——像所有被时间毁灭的人一样。

或许，《春困》的悲剧，既是赵腾飞"长大未成人"的悲剧，也是张五毛，或者说以张五毛为代表的一批作家，终于没能让文学抵住生活摧毁的悲剧。当人的精神世界普遍弥漫着无力感的时候，文学也难逃网罗。当生活法则至上的理性主义占领文学世界的时候，所有的激情和色彩都会随之褪去。

与男主人公赵腾飞的庸俗相比，让人眼前一亮的，反而是黄小秋的丈夫，那个悄然抛下家庭奔赴北上广的、一直默默无闻的男人。人到中年，他还想着改变，想着追求生命的另一番可能——文学的价值观毕竟跟生活的不同，它总是期待超脱司空见惯的人物出现。另一个让人印象深刻的，是赵腾飞的婶婶，她舍不得放弃婚姻给她的社会地位，却也对爱情保持了更深沉的忠贞——文学也总是期待人性的复杂多元。

当然，从北上广深到三四线城镇，从公司员工到基层公务员，《春困》依旧写出了中国社会的纵贯线和横切面，也精准地写出了小城市被人情捆绑的真实和基层公务员生存现状的真实。而且，与很多作家因为现实难以把握，就干脆放弃了写现实题材的长篇小说相比，张五毛依旧深入到生活的内部，进行着精准描摹现实的努力。他不止一次在文章中谈到，面对写作，他会褪去商业和务实的色彩，去找回属于文字和美的诚恳、纯粹甚至痛苦、焦虑。

从这个意义上说，《春困》是值得推重的。它还是中国传统意义上的“问题文学”，它提出了青春的野心和梦想被现实打败的问题；提出了人到中年的种种问题；提出了城市给梦想提供的包容性和空间感的问题；提出了中国社会如何城镇化、青年如何在城镇化中更多地实现自我价值的问题。当然，它也又一次提出了，文学和生活的关系的问题。

看张五毛的《春困》和《公主坟》，总是让人不禁想起巴尔扎克在《高老头》中写的那个著名的野心青年拉斯蒂涅。老巴尔扎克一方面写了巴黎的纸醉金迷“像无情的铁骑一样”践踏这个青年的心，让他不择手段地寻找出人头地的机会；另一方面也写他在高老头身上感受到的人性美好，写他埋葬高老头时候的眼泪。读者会跟着巴尔扎克一起，惋惜一个青年的“死亡”，惋惜每个时代都会出现的“掩藏在金钱珠宝底下”的摧毁人性的罪恶；也会跟着巴尔扎克一起，冷眼看待一个青年的野心和成功。

生活每天都在制造失败者，而文学每天都应该思考反抗生活的方式和可能。

东方科幻的可能和未来

“人生的意义就在于它会终止”

这是卡夫卡说的，真是直抵本质。卡夫卡在写作的世界占有特殊的地位，是作家中的作家，各种类型的文学，包括科幻文学，都从他的文字中汲取方法和思想。他的夸张、变形、晦涩、扭曲，他力图“解释不可解释的事情”的想象力，不知道启发了多少后世的作家。他通过人变甲虫，人陷在生存城堡中进退维谷等等的想象，也不知道对现世和人性的荒诞、虚无和绝望深度打量到了什么程度。而他在《致某科学院的报告》中对人类终极未来的想象，更是直接包含着科幻小说的元素。尤其是他在短短41年的生命历程中反复表达的，生而为人的不自由，更是直奔文学母题。

既然如此，那人应该靠什么维持“向死而生”的欲望，“反抗绝望”呢?

显然，卡夫卡靠的是写作，也有很多人靠的是“仰望星空”——在无限地假以外求中把自己的悲欢缩到最小，让神和永恒的星空占据自己，包裹自己。比如牛顿。他狂热地相信，人无时无刻不生活在世界末日的阴影中。他曾花大量的时间研究耶路撒冷，研究已经不复存在的所罗门王神殿的平面图，甚至不惜为此自学希伯来文，目的就是想从这个图中找到隐藏的数学方面的线索，以便知道耶稣第二次降临和世界末日的日期。而他秘密从事的炼金术实验，也常被解读为理智的矫正和补充，是颂扬上帝的另一种形式。

其实，无论文学还是哲学，无论宗教还是自然科学，思考的起点都是属于个体的时间有尽头。在有限的生命长度内获得足够的愉悦，设法获得永恒的价值感，或许是整个人类的“集体无意识”。为了这个“无意识”，无数的人用各种各样的方式——想象、实验、书写、描画、思辨，充实这个过程。而作为用想象力融合科技与人文的科幻小说，“末日—救赎”是模拟死亡降临的最极端的形式：整个世界都即将毁灭，遑论渺小的人。所以，“末日与救赎”也就自然而然地成了科幻小说的最大母题，或许这也是以此为主题的“三体”系列能够顺利站到世界科幻文学领奖台上的原因之一。

耶稣自己曾提及末日来临前的迹象。一天，在橄榄山，门徒们问他：“你的降临和世界末日有什么征兆呢?”耶稣这样回答：“民要攻打民，国要攻打国；必有饥荒、瘟疫、地震。”然后，“日头变黑了，月亮也不放光，众星要从天上坠落”。

王十月的科幻小说《如果末日无期》，想象的就是这样一个时刻。那时候，唯一的永生人罗伯特教授还在。他是被永生人俱乐部选中的实验品之一，可以秘密用纳米机器人修复基因，通过成为人机合体的新人类，实现永生。顺便说一句，这本书出版于基因编辑人的新闻爆出来之前。

最初，罗伯特兴奋之极，后来随着亲人的不断死去，他不断面临伦理的和道德的拷问，但每次，“生”的自私意志都占了上风。最后，他成为整个星球上唯一幸存的能呼吸的生物。所有曾经与他纠结、缠斗、相爱的人都消失了。

此时的世界在他眼中，已毫无新鲜感，也毫无魅力；他极端厌恶自己的生命，但他不能结束它。作为人，求死意志完全无法战胜人机合体的永生功能，留给生命的时间变得永无尽头。于是，他只能回忆，回忆父母、前妻，回忆美艳的妻子和早已去世的孩子，回忆朋友，回忆敌人……最初，回忆还能带给他爱的感觉，带给他活着的意义，到后来回忆只剩下一个功能，就是消磨时间。

技术按人类的意志发展，但倘若没有控制力量，人类的意志最终会沦为科技发展的轮下血肉。这是包括《如果末日无期》在内的很多科幻小说提出的预警。

末日想象中的东方力量

这一次的末日降临，人没有被毁灭，但被打败了，求生无趣求死不能。关键是，末日降临的时刻，上帝没有出现，从来就没有救世主。

幸运的是，罗伯特教授是一个东方文化的热爱者，他对老庄哲学，对打坐、静修、禅悟，都有深入的体悟。靠着东方文化的滋养，他度过了漫长的孤独岁月。

王十月说，人类一直梦想着突破时间和空间的限制，但真正做到之后，恐怕面对的只是“空”和“无”。由此，他真正理解了佛经中的“空中无色。无受想行识。无眼耳鼻舌身意。无色声香味触法。无眼界，乃至无意识界。无无明，亦无无明尽。乃至无老死，亦无老死尽。”（《心经》）于是，他借罗伯特的口说：“人类只要想到长生不死，就不可能真正获得永生。”

从《圣经》出发，抵达佛教教义，或者说，抵达东方人特别痴迷的“空”与“无”的境界，抵达东方艺术中非常注重的留白与飞白的审美标准，抵达东方式的思辨和东方式的内在力量，还只是《如果末日无期》东方色彩的一维。同时，书中还有另外一个维度，就是黄蝶的形象。

这个黄蝶，既是庄周梦蝶的蝶，也是《化蝶》的蝶，还是李商隐《锦瑟》中的“蝶”——庄周梦蝶的进一步演绎。它随意穿梭在元世界、子世界（由元世界的人用电脑代码创造的二级虚拟空间）和O世界（由子世界的人用电脑代码创造的三级虚拟空间）这三重空间——很像中国人的三生三世，依旧是自由自在、逍遥自洽的代名词，依旧代表着“天地与我并生，而万物与我为一”的“齐物”思想。它总是在现实和虚拟令人恍惚，真实和虚幻无法分辨的时刻出现，一如互联网空间、VR技术、人工智能、游戏世界和脑联网等等带给人的感觉一样，实在中有虚拟，虚拟中有真实。恐怕谁都不会想到，曹雪芹在世情小说中对世事沧海桑田，人生如梦的感慨，一百多年后用来形容网络空间也如此恰如其分："假作真时真亦假，无为有处有还无"。

用中国古典哲学和美学的思想来支撑科幻小说的写作，跨越中西文化，写出普世的价值观，或许可以算得上是《如果末日无期》的一个美学特征，也是它之所以能在众多科幻小说中让人眼前一亮的关键所在。

更有意味的是，整本书五个故事，很多人物的名字都是外国名。但他们的思维方式，他们待人接物的方式，却都是东方式的。这种混杂和嫁接，显然不似表面看去的那么简单，有更多的用意。立意曲径通幽，恐怕也是《如果末日无期》东方色彩的鲜明之处。韩非子曾站在法家整肃社会秩序的立场，痛斥"儒以文乱法，侠以武犯禁"，但他或许想不到，如果用来形容文学的创作方法，痛斥会变成褒扬。

说起来，科幻界一直有一个隐痛，就是尽管科幻文学想象力非凡，触及人类幻想的边界，甚至有时候还能预言人类的未来，预见科技的发展和进步，但有一个问题也不容回避，就是哲学上天真、道德上简单、美学上粗糙。被评论界誉为"单枪匹马把中国科幻拉到世界高度"的刘慈欣，就曾在给著名作家龙一的科幻处女作《地球省》所做的序言中，呼吁增加科幻文学的文学含量，提升科幻文学的美学格调。他呼唤更多的作家，尤其是有创作经验的作家，加入科幻文学的写作。当然，这种隐痛是很多类型文学共有的，这种呼吁也几乎对所有的类型文学都有必要。

或许，王十月这一次的实践可以看做对刘慈欣呼唤的又一次回应，而且，出手不凡。纯文学作家为科幻文学增加的文学含量，绝不只是用娴熟的技法让小说读起来更舒服，情节更好看，人物更复杂，而是通过丰富的人文知识的积累，通过世事洞明和人情练达的深度体察，带给小说更丰富的意味和更耐琢磨的社会和人性的指向。他们能够把科幻小说带到高一层次的审美境界，让幻想与现实增加更多微妙的联系，让深入浅出和回味悠长成为可能。所以，王十月才会把自己的小说称为“未来现实主义”，而不是简单的科幻文学。

未来现实主义和莫比乌斯时间带

从某种意义上说，《如果末日无期》的第三个故事《莫比乌斯时间带》和第四个故事《胜利日》，可以看作向《1984》致敬的作品：不是向它的意识形态色彩致敬，而是向它惊人的想象力和令人瞠目的预见性致敬。或许在王十月的理解中，《1984》堪当未来现实主义的典范。互联网是去冷战色彩和意识形态色彩的，但它兴起之后，人的隐私，人受信息控制的程度却日益增强。在这个过程中，人对网络意志的顺从和参与，都达到了一种全新的程度，这是全人类共同面对的世界性话题。《1984》穿越了冷战的政治格局，抵达科技变革下的人类新世界的时候，依然具有顽强的生命力。

到今年，《1984》已在全世界长销不衰了 69 年，它振聋发聩的思想启迪了无数人的思考，很多句子令人过目不忘。比如它说：“谁控制过去，就控制未来；谁控制现在，就控制过去。”在被老大哥和思想警察掌控的世界里，未来被寄予厚望，被认为是产生新生命和真正生命的所在。而 69 年后的今天，随着技术的发展，人类对明天的忧思日甚，过去、现在和未来也不再界限分明。于是，王十月在《莫比乌斯时间带》中，将互联网，社交媒体、人工智能等元素改变过的世界，重新勾勒，将线性时间扭成了莫比乌斯环，彻底褪去了未来的乌托邦色彩。由此，人物陷入了时间的迷宫，分不清是现在决定了未来，还是未来决定了过去。读者也跟着掉进了真相的乱麻，不知今夕何夕，不知因果何起。

都说科幻文学烧脑，往往烧脑点都是时间的迷乱和空间的变形。当然，读者最烧脑的时刻往往也是最能体会到阅读快感的时刻，更是最体现作者无与伦比的想象力和创造力的时刻。王十月写下的这个故事，绝对能让人获得这样的审美体验。

小说家今我正陷在爱情的烦恼里。他和女朋友如是在子世界相逢、相爱，前世却都在元世界。但在元世界里，如是跟奥克土博相爱。现在，奥克土博也来到了子世界，跟如是一起研究 VR 技术。两个人会不会因为前世姻缘而旧情复燃呢？今我每天都陷在这样的纠结中，他很想时空旅行，到未来看看，没想到这时候，突然有一个叫“我在未来”的人给他发微信。

故事由此展开。我在未来解开的不是今我的爱情谜题，而是向他揭示了惊天的秘密：科学家进行了脑联网，建立了蜂巢思维矩阵，全人类的最强大脑都被控制了，他们解决起人类问题来无往不胜，但同时每个人都丧失了独立思考的能力。爱人类还是爱自己，爱科学还是爱人权，这是科学家面临的伦理困惑。然而，我在未来却告诉今我，这一切之所以能够发生，都是因为今我将要写下的故事给野心家提供了灵感。

一时间，虚构和真实、平行宇宙、时间旅行说中的“祖父悖论”、时间通讯以及到底是虚构决定了真实，还是真实界定了虚构等话题都冲到眼前，让今我不知所措，也让读者无所适从。甚至连最擅长化解人类困惑的黄蝶都无言地飞走了。

接着，在另一个故事《胜利日》中，王十月触及了信息主宰思维的现实。

爱情难题不能解决，于是今我追随如是来到 O 世界。但他很快发现，如是感染了一种 MC+ 病毒。MC 是一款垃圾清除软件，为确保人在海量的信息中找到自己需要的公共信息。软件的执行者叫清道夫，就是今我现在的身份。然而，同时，这个软件隐藏着一个 MC+ 的功能，就是清道夫可以通过筛选信息来操纵信息，让人只收到指定的信息而浑然不觉，让人在自以为信息开放的状态下被洗脑。人自以为了解了更多信息，变得更聪明更有判断力了，但其实陷入了更大的愚蠢。这很容易让人想到《1984》中写到的“罪停”和“双重思想”——在危险思想还没有进入大脑前，就自动关闭通路，久而久之，人就丧失了思考的能力，完全被控制。

聪明的是，王十月给这个故事设置了一个游戏的外壳。在这个叫“大主宰”的游戏中，清道夫，MC+ 感染者，都是游戏的一分子。所以，清道夫的冷酷无情，他为了实现信息主宰和思维操控的野心，杀死爱人，让兄弟变成白痴的行为，就都具有了游戏的成分，从而实现了情感冲击力和批判锋芒上的缓冲。尤其是那一句“胜利者一无所获”，更是直接瓦解了野心家的主宰梦。但在阅读过程中，还是让人禁不住要好好打量一番自己身处的信息世界。

《穿越平行宇宙》的作者迈克斯·泰格马克说：你只消向天空瞥一眼，就可以看见历史。因为这一瞥之间，宇宙间发生了无数的衰退、膨胀、裂变和碰撞；而你只需要打量周遭一眼，就可以看见永恒。因为这一眼之间，无数微小的运动亘古不变地在进行。实际上，若不是这些有关科学、有关幻想的作品产生，我们很少这样思考世界，也很少这样打量自己。

科幻作家的梦想是穷尽未来的种种可能。芸芸众生，熙熙攘攘，即便偶尔在一地鸡毛中仰望星空，寻求的也是放飞心情的恬适。但是《如果末日无期》这类文学提示我们，仰望星空久了，想象飞扬出一定边界的时候，也可能看到一个黑色的未来。

扎根现实的土地，对未来做出忧心忡忡的警示和预言，促使人反观自己，反观脚下的土地，或许才是“未来现实主义”的真奥秘所在吧。

“世界从未长大，但它从未停止生长……”

王十月的“未来现实主义”，还不只是这些故事。书中，他还专门写了一个扫地机器人具有了学习能力，能够与人进行深度情感交流的故事，叫《我心永恒》。主角是女主人公如是的爸爸，一个叼着空无一物的烟斗吞云吐雾的民科物理学家。在这个故事里，老年人的孤独和旷达都体现得非常充分，“无”和“有”的关系也写得非常东方，非常“齐物”。某种程度上，这个更接近王十月擅长的传统写作。

在《如果末日无期》出版之前，王十月的名字跟“打工作家”像是同义词。他甚至自创了成功学的一个“门派”：靠写作上位的打工派。他曾在二十多年的时间里，从事过 25 份工作；他 17 岁初中毕业决定出门远行的第一天，就被深圳的蛇头转卖了八次才到工厂。

所以，他的笔下从来不缺少底层小人物的甘苦悲喜。这些小人物，不只是打工仔，连代工厂的小老板，在他眼里也与众不同。他在代表作《国家订单》里，勾勒了一个“底层食物链”，代工厂的小老板身在其中，也毫无反抗命运的可能。当然，王十月笔下也从来不缺少“民间社会大学”赋予他的质朴狡黠的生存智慧。

看王十月的创作履历就会知道，世间哪有什么“成功学”？几乎所有的成功，靠的都是天分和勤奋，靠的都是难以复制的机缘。尤其是写作，更是天赐的才华，是这才华让他对生活敏感，对生命多情，对世界多思。

如今，勤奋和才华又给了他突破自己的勇气，让他敢于撕掉“打工作家”的标签，写科幻，每一个故事在“未来现实主义”的统照下，都散发着神奇、鬼魅的人文光芒。好的科幻小说，想象力、逻辑和人性，缺一不可。王十月靠着大量阅读和多年的实践经验，将这三者水乳交融，让笔下的“软科幻”思接千载，脑行万里。

爱因斯坦说：“过去、现在和未来之间的分别只不过有一种幻觉的意义而已，尽管这幻觉很顽强。”王十月不仅在故事中打破了这个幻觉，在生活中，他也迎着这个幻觉走过去，让旧日的自己和今天的自己，打破顽强的习惯性延续，为自己的创作生命画出了一道清晰的分界线。人与书，生命与命运，在王十月这个底层青年身上，具有特别耐人寻味的含义。

著名的科普读物《万物简史》在写到地球上的生命的时候，忍不住对比了人类和地衣。跟人类往往相信生命必须有目的不同，地衣，只是无所作为地想要存在。于是，作者比尔·布莱森说：很多生命并不想施展自己的雄心壮志，它们只想要存在，这无可厚非；而一旦生命想要干出勇敢的事，都是大事，这更值得尊敬。

或许，无论东方与西方，无论有没有信仰，信仰为何，我们看待和表达世界的时候都会基于这样一种爱：即人类所享有的存在的恩典，以及独一无二地欣赏这种存在的能力；更进一步，人还可以用多种多样的方式，使这种恩典更美好，让这种欣赏更优雅。与很多只享受存在本身的生命不同，我们人类还应享受生命因雄心壮志而制造出来的壮阔和美丽，享受因自我更新而产生的困惑和欣喜，享受因爱的表达而制造的欢乐和眼泪。

“天空中没有翅膀的痕迹，而我已飞过”，一个生命，一次体验，爱却永无尽头。在这个意义上，末日降临不可怕，末日无期也不可怕。

在敦煌，找一条彩缎和豆蔻之路

敦煌在上，风光无限

在中国，乃至在全世界，敦煌都不只是一个地名，也不只是“敦煌学”，它带有人类精神原乡的气质。在这个牵人梦回的原乡里，壁画的斑斓与大漠的苍茫相映衬，像一个标本，或者一则寓言，包含着生命、自然、人生、历史，乃至未来的全部真相。它并非只是丝路名城、佛教圣地、文化汇聚地和历史的铺排之地，也并非只是一个见证、一簇薪火和一线生机，让在千年中国历史上锈而不死的西北变得瑰丽，它几乎就是宗教、历史、哲学和文化本身，就是诗本身。每个中国人读到这两个字，内心都会升腾起无限的敬畏和感喟，它的绚烂辉煌、破败落寞和重生永恒，都带着巨大的隐喻，一种让我们既熟悉又陌生的隐喻——敦煌于我们，其实是耳熟不能详的。

所以才会有那么多人拜服于敦煌，想要探究敦煌，才会产生那么多跟敦煌有关的学问、历史重述、诗、绘画和小说，才会出现一本《文化苦旅》就能激起无数人民族主义情绪的情况，也才会出现一部叫《敦煌本纪》的长篇小说出版不久即迅速被专家和读者认可，进入第十届茅盾文学奖候选名单前十名的情况——在中国人的认知世界和情感空间里，一直都无法抗拒“敦煌诱惑”，也一直都期待能以更简明易懂的方式“亲近”敦煌。

显然，让敦煌的历史文化落地，或者说，书写一个生动的敦煌，让敦煌活起来、动起来，从历史的黄沙中走到现实里来，从庙堂的高远处走到民间日常里来，也是《敦煌本纪》的追求。所以，它才借用《史记》

的体例，把敦煌作为“文化的帝王”来尊崇，为敦煌的“功业”加上“人”的尺度。只不过，与帝王将相不同，敦煌并未上演“风流终被雨打风吹去”的悲剧，或者说，悲剧也不足以评价敦煌。在它的俯瞰下，悲剧都是被怜悯、被普度的对象。因为在西北诗人叶舟看来，敦煌是天，是神，是无处不在的陪伴，是值得终生钟情的缪斯。

所以，他笔下的敦煌人神丛聚、生死相叠。忠勇节义无论被欺瞒盗奸到何其惨烈卑微的程度，依旧会如烈飒罡风一般重临，如皓月般朗照；佛祖供养无论遭受什么样的挫折磨难，依然会如冰蝴蝶一般洁净剔透，如热血般沸腾淋漓。而清末民初的历史无论多么波谲云诡，“敦煌之义”都能在河西走廊上驰骋——血衣高悬只是家族小义遭受的磨难，文化大义的考验在于结社邑义，在于佛教经卷被疯狂盗抢的蛮野中，仍有一群普通少年用自己的方式保存经卷，坚持为河西走廊开一条彩缎和豆蔻之路，让莫高窟、让壁画、让青春和热血供养的信仰、道义，乃至让民族的根脉和元气得以保存。

敦煌赤子

《敦煌本纪》分上下两卷，109 万字。与所有有“史诗性”追求的作品一样，它抓住时代巨变的时间节点，以两个家族三代人交叉缠绕的故事，写社会和人伦崩毁重建的过程，写历史淘洗之下，那灰飞烟灭的和屹立不倒的。而因为这一切都发生在河西走廊，发生在祁连山脉、玉门关外，于是，新旧秩序的交替、新旧观念的裂变和新旧欲望的交织都具有了别一种意味和境界—— 一种迥然于中原地区的气质—— 一种迥然于中原地区的气质：以奔马飞鹰般的节奏和木鱼经书般的笃定，直面西北浩瀚的历史文化，既问道荒原，又曲尽人心。

故事从清朝嘉庆年间写起，写索家前后六辈人为“义”捐出了七颗人头。这七条人命，是挺身而出、是拔刀相助，也是“路见不平一声吼”；他们践行的“义”，与官、与商、与匪、与盗皆对立，是民间自发的侠义、百姓自己的天道，所以索家积累的声名也是民间的——索家宅院被当地人称为“义庄”，关外三郡、敦煌二十三坊无人不知无人不晓。到了主人公索敞这一代，义庄血性不再。随着世道乱起来，人心也乱起来，声色犬马的欲望也膨胀起来，于是，不仅义庄不义，就连最起码的父慈子孝、兄友弟恭也不复存在，人伦底线一再被打破，“义”成了一个巨大的讽刺。

小说开篇即一一列数七颗人头的故事，很容易让人想到《白鹿原》开篇即列数白嘉轩娶了七个老婆。而另一大户乡绅胡恩可不请自来，还主动要斥巨资为义庄在莫高窟开窟供养，也很容易让人想到白嘉轩处心积虑要换鹿子霖家的风水宝地。看似岁月静好的沙州城，就这样从细小微妙处耸动起来。一如《白鹿原》上的风卷雪从看似全不相关的婚丧嫁娶开始埋下伏笔一样。

不料，胡恩可许下诺言不久即一病不起，儿子胡梵义开始顶门立户。与白嘉轩一心改变白家风水、祈求家门兴旺的追求不同，胡梵义在替父寻医的过程中，卷入了更大的事件——他目睹官方邮邑解体，亲见王大人为甘肃哭灵，后来又发现了敦煌经卷被官、兵、匪、外国人等各路人等盗卖，还知道了来“世兴堂”治病的道士王圆箓(就是余秋雨在《文化苦旅》中反复声讨的王道士）也在设法保全经卷。于是，他和兄弟胡梵同，以及在西域跑马押运的陈小喊、蒋斧（与近代史上和罗振玉交好的著名学者蒋斧同名)、名医孔祥鹤的独生女孔执臣等人一起，结社邑义，为敦煌、为甘肃、为万民开一条联通外部世界的路，后来又以急递铺为幌子，抄写来投递的被盗卖的经卷，然后偷梁换柱，去伪存真。

胡适先生曾在演讲中提到王道士的时候说，王道士最开始并不知道经卷的价值，他和民间的很多人一样，以为经卷烧成灰服下能治病，所以才会出现向民间售卖的情况。历史记载，后来他开始意识到修缮佛窟的重要性，于是开始将保存完整的经卷作为礼物送给当地官员，以求得官方支持，经卷的价值才慢慢被熟知——文物被毁，通常是因为无知。

应该说，对于胡梵义们而言，或者对于《敦煌本纪》这种以民间道义为至高价值观的作品而言，说保护经卷是出于文化的需要显然有过誉之嫌——中国近现代历史上，文物保护条件的成熟和观念的觉醒都有非常艰难的历程，民间和王道士的无知，清末官员的官僚做派，斯坦因等国外探险家的掠夺等等，共同构成了这个历程——他们更多地是出于民不畏官的本能，出于对腐朽无知的官僚体系的失望，出于保护家乡财产或者祈求佛祖庇佑的“开悟”。从这一点说，小说的处理符合历史的真实。

于是，敦煌的藏经室就这样在马背上转移，在少年的怀抱里护存。小说不仅写这些少年，在大漠中蹚出路来，一如在荒凉的世间历一番生死一样，“胆量是头等的品格”；还写他们心中那一份“道在天地，也在蝼蚁”的“匹夫之责”；同时，也写佛教信仰带给人的心华开发、慧根大现：

> 莫高窟丢了佛经，千佛灵岩上丢了文书与卷子，这就等于整个敦煌丢了魂，失了魄，抽掉了主心骨，丧失了精气神。我是敦煌的一个儿子娃娃，吃的是上佛恩赐下的五谷杂粮，喝的是菩萨降下的天堂圣水，如今到了羔羊跪乳、乌鸦反哺的一刻，我岂能袖手旁观，冷暖不知。

整部《敦煌本纪》，以上世纪初帝国大厦将倾的危局，以世道难以收拾、人心难以度量，昔日的道德律法威严扫地为大背景，全力记录这一群敦煌赤子的匡危扶倾，记录他们自发的家国担当，记录他们直面与民族危亡同等重要的文化之危亡的全过程。这样的记录，仿佛一场与历史和现实的对话，悲歌慷慨、血泪交织自是难免，但也多少对陈寅恪先生说的“敦煌者，吾国学术之伤心史也!”的苍凉，对“敦煌守护神”

常书鸿等后辈学人的赤诚，对当下缺乏“正信”和“正念”的精神取向，给予了一丝温暖的、充满了浪漫情怀的体恤和慰藉。一般认为，只有“士”这个阶层才有文化觉悟和文化担当，《敦煌本纪》也写到了许岩楷等“士”，同时也把这种觉悟扩展到了民间。

民间重现和新历史主义

“民间”这个词，在20世纪80年代中期的中国历史学界和文学界经常出现。历史学界出现的，与官方修史相对照的民间历史和个人史的研究和写作立场，文学界出现的“寻根文学”和“新历史小说”，都有“民间”再发现和再认识的功能。如今看来，对史传传统深厚的中国文学而言，历史观念的思想解放影响深远。它和西方现代派小说、拉美爆炸文学带来的技法解放一起，打造了中国新时期文学的崭新面貌。不仅结出了《白鹿原》《尘埃落定》《活着》《古船》等一批文学硕果，而且打破了“社会主义现实主义”在长篇小说领域一枝独秀的局面，深刻影响了现实主义文学的内涵和外延。

和《白鹿原》一样，《敦煌本纪》也有挽歌的气质。只不过，《白鹿原》的挽歌是献给被革命摧毁的传统乡村秩序的，而《敦煌本纪》的则在哀悼以“文和事佬协会”和“武和事佬协会”为象征的“乡贤治村”秩序之外，增加了为民族血脉里的血性青春哀挽的成分。而且，《白鹿原》因为扎根黄土地而带有扎实厚重、稳健朴拙的中年气质，而《敦煌本纪》则因为身处塞外，在大漠流沙中奔徙，难以褪去青春少年的蛮勇。

相对而言，小说是中年气质的，它与生活贴得更紧，对人性探测更深，它暗流涌动，小径交叉；而诗是少年气质的，它灵动飘浮，激情难耐，是非分明，喜怒形于色，忠奸判于行；它寄志、言情、知心。对《敦煌本纪》而言，虽有了小说的规模和形制，但精神气质还是诗的，既可以看作“敦煌赤子”叶舟为敦煌奉上的又一首叙事长诗，也可以看作他端出了肝胆肺腑，端出了之前创作中积累的全部经验，为敦煌做的一份文化供养。从这个角度说，《敦煌本纪》又与《尘埃落定》有了某些相通之处。

在《尘埃落定》里，阿来以诗性的笔调书写了土司制度的瓦解，书写历史暴风扬起的权力更迭、人世变换和人性纠葛的尘埃。在这些尘埃底部盛开的罂粟花，是跟经济、文化和种族有关系的"妖艳的诱惑"，是动摇旧世界根基的利器。在阿来建构的秩序里，是官和奴、中央政权和地方政权、掌权者和继任者的矛盾对立；是佛与俗的分歧；是人在新旧世界的冲突中又保守又开明的选择。

而在《敦煌本纪》里，诗性弥漫和佛教浸润下的西域价值观随处可见，也是文本最显著的气质。同时，罂粟也充当了撼动敦煌侠义的利器，因为它，义庄的管家、曾经的麦客丁荣猫处心积虑；因为它，汤世瓶带着俄国女人千里奔袭。经卷之劫在明处，罂粟之殇在暗处，考验着敦煌三代人。而所有的考验，都是以清政府瓦解、军阀混战和民国政府成立为大背景的。虽地处边陲，但敦煌与中原、与北京、上海等这些大城市，发生着千丝万缕的联系。这联系大多是"官"带来的，比如民国时期的敦煌县长李肖鹏拐带俄国女人，不辞而别回上海等等。民间不及处，官场生发之，没有官，何来民？没有官缺位，也不会有民补位。尽管《敦煌本纪》写到"官"的篇幅极其有限，但却是小说不可或缺的部分，它为文本空间和多元价值扩容，更完整地建构敦煌的社会生态——实际上，从张骞通西域开始到新中国成立前，敦煌从未远离"官"的视野，只不过这种关注颇有"弹性"，战争年代的重视和和平时代的忽视，"强边治弱国治"的历史造就了特殊的"敦煌民间"。

显然，从反映中国近现代历史转型在不同地域的差异性而言，《敦煌本纪》和《白鹿原》《尘埃落定》构成了当代文学中的中国空间体系——西域、平原和高原，这也是这部作品不可替代的价值所在。然而，跟《白鹿原》和《尘埃落定》相比，《敦煌本纪》又太想求全了。它想写出这段历史的虚与实、主与次；想写到这个民间社会的方方面面，也想将每一个人物的来龙去脉都交代清楚，于是它还没写到抗战开始，就已经有了百万字的篇幅；在群像小说的追求中，也没有很好地将主要人物形象如古典小说中一样，描画出鲜明的个性标签。当然，这也是很多“新历史小说”的问题，当年刘震云的《故乡天下黄花》系列，也曾经在大历史的剪裁中剪刀难动，而很多那时候开始创作的实力派作家直到现在也没有解决好写人物的问题。

说起来，“新历史主义”之“新”大概在两个层面：一是认识论上的，即历史不再只是事实和真相，更多的也是一种叙事文本。正如复旦学者葛剑雄所说：今天我们看到的一切历史，都有主观性。在否定传统历史学的整体性、关联性和可信性方面，尼采、克罗齐、罗兰·巴特、海顿·怀特、伽达默尔等都有理论建树，其中福柯或许最为激烈，他认为应当寻求历史的“不连续性”“断裂现象”和“事物四散分崩”的状态，如此方能组成对历史“知识考古式”的了解。二是方法论上的，即历史书写不只是官史和野史两个层面，还有个人史。对个人而言，“人人都是他自己的历史学家。”而之所以能够有“新”出现，根本上是随着社会的发展与进步，史官垄断被打破，话语权力逐步向民间开放和转移。

到小说结尾，抗战虽未开始，但文化入侵在西域早已是不争的事实；与此同时，“革命”二字也被义庄的二公子索乘带回敦煌来。显然，索乘带来的是旧民主主义“革命”，为了表示自己的“革命”决心，索乘连家都不回，父亲兄弟也不相认。如此不合情理的“革命”显然无法被敦煌百姓认同，他们看不懂索乘的所作所为，于是敬而远之。总之，此时的世界更复杂了，罂粟之灾迫在眉睫，急递铺的侠义稍有偏差即为流寇，兵不为民即为匪，“革命者”与新官僚之间真假难辨，善与恶，恩义与算计都在一念之间，于是书中不断出现“一念天堂，一念地狱”，“唯有一愿在，能呼观世音”。

“天道无亲，常与善人”

从时间的纵线上看《敦煌本纪》，可以发现它描画了敦煌的民间秩序从自在自为到分崩离析的过程。在这个民间秩序里，有道德传统、有乡规民约，有佛教信仰。如果说敦煌“义人”象征了敦煌的道德传统，是榜样的教化；“文和事佬协会”和“武和事佬协会”象征了乡规民约，是“法”的约束；那么佛窟供养和佛教信仰则是最高训谕。“人、法、神”三个层面的和谐共生、互相补充，成就了敦煌二十三坊的民间生态，一种不依靠官府，内部足以协调矛盾、维持治安、谋求生存发展的状态。而这种生态的打破，也是三个方面都被撼动——“义庄庄主”的威信转让给“河西司马”，文和事佬协会李豆灯会长去世，莫高窟被破坏、经卷被盗抢，人的恶不断挑战佛的权威。

从空间上看《敦煌本纪》，则可以发现相对封闭的敦煌二十三坊，是如何被“路”拆解、分散、激活的。书中有很多关于“路”的见解：求生之路，贸易之路，人生之路，修行之路，护佛护法的信仰之路，敦煌、甘肃乃至西北的未来之路等等。或许，只有置身大漠之中，才能体会“路”的重要性；只有置身在敦煌巨大的历史文化时空里，才能体会为其寻找到一条“路”的重要性。从这个角度甚至可以说，整部《敦煌本纪》就是要为敦煌、为西北寻求一条“除锈之路”。

如果说自给自足是敦煌本来的“路”，那么随着社会历史的变化，打破封闭，不断向外则变成了后来的“路”。书中借人物的人生选择、性格变化和命运变化详尽地写了两条“路”的转换过程，但转换的结果，或者说作家面对这种转换的立场，却显得有些无所附丽——从情感上而言，前一条路更让人珍惜与怀想，而从理智上而言，后一条又无可回避。所以，小说一直在两难中推进，因为两难，文本中一直高悬着因堕入敦煌巨大的历史谜题中而产生的悲剧意识。

为了化解巨大的悲剧意识带来的苍凉感和无力感，《敦煌本纪》极力推崇“善”，推崇“缘”，推崇“度”与“化”。在无处不在的佛教精神感召下，被害者原谅施害者，善与恶相拥，崇高与卑劣和解，生与死也模糊了界限——书中一条重要的线索，就是胡恩可的“元神”。他一直两脚跨在阴阳界上，身体躺在自家阁楼上，享受着儿媳的看顾，灵魂却在敦煌四处游荡，看善恶有报，看儿娃子长成。而他的屋子里一直挂着的是：“唯有一愿在，能呼观世音”。这一句偈语，甚至可以看作是“书眼”：佛法无边，一念三千；敦煌在上，善缘无限。

整部《敦煌本纪》，无论“义”的含义有多丰富，都始终未曾脱离“善”的方向：包容不善、原谅坏是小善；惩戒恶、放下屠刀、坚守正义是大善。甚至因为“善”的普度，那些犯有不赦罪孽的人物所做的恶，都能让人一眼明了，比如索朗，比如丁荣猫，比如李豆灯的儿子等等——能够被人看透的“恶”毕竟不能算是大奸大恶。从这个角度说，叶舟甚至冒着将民间浪漫化的风险，将民间伦理法则贯彻得非常彻底。

费孝通在《乡土社会》中曾指出，基于血缘和熟人组成的社会中，法治不如礼治作用大，因而，这样的社会中几乎没有“政治”而只有教化。因而，法律的制裁不如舆论的谴责和良心的拷问。而舆论和良心，相对而言，是有弹性的，温和的，边界不清晰的。尽管敦煌相对于中原地区，“乡土”的底蕴要薄弱些，但毕竟难脱中国传统社会的伦理框架。“天道无亲，常与善人”，尤其是在佛法普度之下的敦煌，“放下屠刀”“回头是岸”更真切，一切都是可感化、可教化的，甚至包括黑格尔所说的，历史借以发展的“恶动力”——被马克思解读为“历史杠杆”的“贪欲和权势”——敦煌奥义博大精深，或许能够包容人类全部的历史和见识。

曾经，身处革命、内乱、外敌入侵的大变局中，目睹传统文化和道德之花凋零的陈寅恪先生，将私语置于诗中，感时忧国，力求“以诗证史”。其实，他并非不知“史”之不可证，“诗”之渺小，然而，他依旧写下《元白诗笺证稿》，并且特别在《读〈莺莺传〉》中讲到：在道德习俗强烈变动的时代，不守礼法却具有才能的人，如何巧妙应用新旧两种道德标准为自己循环取利。这样的人，他经历过的晚清民国期间最为常见，可他却用在元稹身上，可见，“以诗证史”从来都带着时代的立场。

《敦煌本纪》显然也有自己的“时代立场”。据说，这上、下两册还只是《敦煌本纪》的开篇，后面的历史显然还需要更宏大的建构。书的封面上写着：“天留下了日月，草留下了根；人留下了子孙，佛留下了经。”与天地同在的敦煌，与佛法同辉的敦煌，永在。

你感到自己在读书了吗？
——大数据时代的经典阅读

从豆瓣网的一次文学评奖说起

豆瓣网组织的第一届阅读征文大赛上，参赛作品分虚构和非虚构两个门类，评委也分专家和读者两类。9 位专家评委主要是高校的学者和文学期刊的编辑，而 986 位读者评委则是豆瓣在网友中招募的，并且为了增强读者评委的责任意识，保证评价的公正性，豆瓣规定一个读者评委必须为每一组 15 部作品中的至少 8 部做出评价，然后他 / 她的所有评分才能计为有效。

有意思的是虚构类的两部获奖作品，二者在文学性上的差别可以用"猿和人的差别"形容。专家组选择的是"人"——《严晓丽我最亲爱的人》，而读者组选择的是"猿"——《爱在灯火熄灭时》。就综合评分来看，《爱在灯火熄灭时》的分数更高。这种"阅读返祖"现象着实让人意外。

《严晓丽我最亲爱的人》是标准的纯文学写法，一个中年男人微信邂逅一个叫严晓丽的女人，两个北漂就这么心意相通，相聊甚欢，但从未见面。某一天，严晓丽消失了，男人开始了一场寻找"熟悉的陌生人"的旅程，他找到了她的同事、房东、同学、家人和老师，但却没有找到一点关于她的确切消息。在这个庞大的社会网络中，人与人之间的联系是那么浅尝辄止，既有相见不相识，又有相识不相见—— 一个短短的小说，尽管写得还不老练，但至少走对了"源于生活高于生活"的文学之路，还多少写出了"梦想照不进现实"的生存状态和"人本质上是孤独的"

的存在主义意味。按说，生活在社交平台上的年轻网友应该对这样的生活和感觉更熟悉、更有体会，但他们却说“太平淡了”“还没有我的故事精彩”。

《爱在灯火熄灭时》是一个香港网友写的，类似《岁月神偷》那样的底层成长史，只不过成长的是女孩儿。幼年时，母亲做妓女抛夫别子，父亲在底层艰辛备至；青春期因自卑丢掉爱情和友情；成年后奋斗成功寻找母亲。故事俗套得让人不忍卒读。如果说有什么价值的话，就是一些香港社会变迁的点滴反映。跟《严晓丽我最亲爱的人》相比，这个故事就像发生在香港街头的原生态生活，谋篇布局谈不上，情节发展没有超出读者意料，至于反映人性永恒特征等等更加谈不上。但网友说，“故事一波三折，命运让人唏嘘”“感觉很真实”。

社会发展简史说，从猿到人的关键一步，是劳动，是制造工具，换句话说，就是拥有了主观意识和创造力。对一部作品而言，主观意识和创造力就体现为文学含量。文学含量是什么？简单说就是我们作为读者，不只是看到了一个人的故事，而是通过一个人的故事看到了一群人的故事，而且，我们始终都不只是在看，同时也在代入，在感受，在思考——旁观别人的生活是《读者》《故事会》做的，而把自己的所思所想都放进去是文学作品的功能。如果是饱含文学含量的作品，即经典，那就还有一个更高的层次，就是想了很多也得不出个可靠的结论。比如，古今中外，像安娜·卡列尼娜这样的女人都各有各的故事，各有各的情非得已，但我们还是想不出来，那个时代的安娜除了自杀，能够有什么出路；而且，安娜杀掉的是一个人主宰命运的自由，所有人都会感同身受的自由。

文学的真实是一种比“感觉真实”更深层次的真实，让人剥离现象看到本质。就像《严晓丽我最亲爱的人》一样，尽管我们可能没有真的去找过一个网友，但我们都会感受到孤独中趣味相投的可贵，感受到“万人如海一身藏”的空茫感，这就是一种文学含量；而《爱在灯火熄灭时》除了让我们知道了一个女孩平常岁月的苦难之外，很难再做深入的思考。这有点像马斯洛对心理需求的分析，生理需求、安全需求、社交需求都是浅表的，而尊重需求和自我实现需求才是更深更高的，属于文学性的一种需求。

当然，“一千个读者有一千个哈姆雷特”，不值得大惊小怪，但是如果把哈姆雷特认作了李尔王，就会有问题——一次小范围的评奖或许不该被敷衍为“蝴蝶效应”，但联系此前网络上“死活读不下去的书”的调查，再想想豆瓣网这个特殊的平台，就不得不勾起了业内人士有关阅读训练、阅读品位的“杞人之忧”。

说豆瓣网汇集的是我们这个时代的阅读精英，应该不会有人反对。不仅它的创办者杨勃以“一墙碟，两墙书，三大洲的车船票”为身份符号，而且这个以“读书和交友”为平台的网站从2005年创办开始，就标示了它在草根中寻找阅读精英和意见领袖的特质。它不仅是互联网最有名的“慢”公司，而且它弱化媒体特征、充分放大和尊重个人阅读趣味的理念深入人心。曾经，在这里，无论多么冷门的书都能找到阅读知音。

按常理推论，互联网时代有这样一群读书人汇聚在这里，他们的文学趣味会接近专业读者，或者更准确地说，他们应该有一定的自我训练或者相互训练，但一次评奖，却暴露了如此明显地缺乏基本阅读训练、从而也缺乏基本的文学判断力的问题。他们或许会挑剔语言的表现力和穿透力，或许会挑剔结构布局的是否合理，或许会挑剔人物是不是真实生动，这都是属于文学内部的东西；但他们不挑剔文学不只应该和生活同步与平行，而应该对生活有所凝练和发现，对人性有所微缩和挖掘等等这些最该挑剔的大问题，这是文学在社会上安身立命的根本。读书而不得其法、舍本逐末，显然应该引起重视。

广西师范大学出版社2013年4月曾经发起“来说说‘死活读不下的书’”的投票调查，大概三千多个网友参与，据说年龄段主要是90

后和00后。最终，《红楼梦》《百年孤独》《三国演义》《追忆似水年华》《瓦尔登湖》《水浒传》《生命中不能承受之轻》《西游记》《钢铁是怎样炼成的》和《尤利西斯》名列前十名。而笔者以为，如果一个青年开启一个正常的阅读历程，这些应该是“死活都该硬着头皮读下去”的书，至少其中的几本，应该是基本的阅读训练之书。

如此说来，喜欢读的和读不下去的，想读的和该读的，随便读和怎么读，应该是如今的读者应该面对的“哈姆雷特之问”，但这个问题还被所谓“读和不读”的表象遮蔽着。一个人的选择或许不能构成什么效应，但一个群体的选择，会造成阅读风潮的大变化，或者会造成一代人阅读上的大问题。

大数据时代经典阅读的屏障

面对阅读的“哈姆雷特之问”的群体应该主要是90后及更年轻的人，或者说，探讨这个问题对他们而言应该更有意义。他们是伴随着互联网成长的一代人，在他们眼里，世界就是校园里和网络上的样子，人与人的关系就是介于虚拟和现实之间的。他们的阅读，或者说他们经由阅读而对世界和人产生的认识和看法，与互联网、社交平台已经密不可分。《大数据时代》的作者充满自信地如此预言：“事实上，我们对书写还存在着一种根深蒂固的敬畏。明天，我们的下一代，一群被‘大数据观念’陶冶长大的家伙，会发自肺腑地认为‘量化一切’并从中学习对于社会是至关重要的。把各种各样的现实转化为数据，对今天的我们而言也许是新奇而有趣的，但在不久的将来，这将变成如同吃饭睡觉一样与生俱来的能力。”量化一切，包括情绪和感受，从而为商业和社会提供新模式是大数据时代的典型特征，而萨义德早就警醒世人，个人，包括知识分子，都要极力避免“单纯以购买行为肯定和重新确保个人”的消费主义空洞。

现在，还很难量化和预测 90 后的阅读经验和阅读体会，但互联网的轻浅化和娱乐化对他们的影响应该是非常明显的，而越是如此培养起来的读者，进入经典的难度越大——因为经典往往是那些读起来并不轻松的，“背后拖着一种或多种文化的尾巴”（卡尔维诺语）的永远阐释不尽的书。它和平面化的、直白化的互联网经验正好形成巨大的反差。

有媒体做过关于 90 后阅读的调查，他们喜欢网络上的穿越小说，喜欢能够贴身阅读的真人小说。而这些小说，无不和信息本身一样，带给他们的是直接而短暂的新奇体验，是即时性的刺激。说到这一点的时候，总是会让人想到卓别林电影中那个在小房子里紧张忙碌的人，他以为这个局促世界里的一点一滴就是他的全部世界，是他的永恒，但是镜头一拉，房子正吊在悬崖上，岌岌可危，一切都可能在瞬间毁灭。感觉和真实，如此强烈的对比和错位，真是让人过目难忘。而对所有人，其实书可以充当那个被拉长的镜头。

曾经，鲁迅在描写启蒙知识分子的时候，有过“铁屋子”的比喻，是做昏睡者还是呐喊者，曾经是知识分子面对万马齐喑的社会的伦理困惑，而如今，技术造成了同样的启蒙困惑，而这个困惑再一次考验着清醒者。

在美国《读者文摘》杂志遭到的批评中，有一个声音是最有意味的：“这是一本让人感到自己在读书的杂志。”“感到”这个词真是极妙，它几乎可以算作大数据时代的生活关键词。比如，风行世界的微博等自媒体，就是一个让发言的人“感到”有听众的平台；比如微信的朋友圈，就是一个让人“感到”自己在进行社交活动的平台。而微博和朋友圈转发的“标题党”文章是让人“感到”受到了思想的启发；网络上每天上传万字的穿越、玄幻小说是让人“感到”了自己在写作。而所有对这些平台的依赖则让人“感到”了跟时代的同步。所有这一切，都只关注感受而不是真实，都以个体的“feeling”为中心而不是以理性认知为中心。

“真理无不建立在理性之上”，而缺乏理性的一个个“感到”的汇聚，注定了可交流性的缺乏。为交流而生的平台造成的恰恰是更深的交流障碍，这样的发现就像时时处处利用大数据的我们，其实就是大数据的组成部分一样，应该让人陡升警醒。或者至少，应该有清醒者“有勇气运用自己的理智”（康德语），加以提醒。

无论如何，所有人都难逃被大数据化的命运，而且，无论大数据给人类带来多么激烈的思维风暴，带来多么丰厚的利润回报，它对人类思考习惯的改变，对人类在人文社会科学领域创造力的损毁是显而易见的——如今，大量的文学作品在描写现实方面的平面化、缺乏纵深感、人物缺乏立体感等等只是这种问题的一小部分。很难想象，未来的一天，哈姆雷特变成了一个高富帅王子复仇的“小数据”，然后用以预测一个同样身份的人为父亲复仇的概率会有多大。他曾经面临的、打动了无数代人的人性抉择的伦理困惑和理性困惑，全都被隐遁在数据的后面，变成了“复仇概率”。

一个关于大数据最有意思的笑话，是说，有一篇文章叫《尊敬的萨义德先生，您穿秋裤吗?》，探讨国内外穿秋裤的不同习惯，但是因为大数据抓取的是“萨义德”这样的关键词，这篇文章被推送到了著名的社会学著作《东方学》的名下，成了一篇书评。

阅读可以达成共识吗?

普通读者和专家在阅读趣味上的分野历来都是隔河相望的，不然，文学也不会有雅俗之分。而且，河可宽可窄，偶尔的交叉，也一般是在社会思潮剧烈动荡的时候或者在某个具体作家、某部具体作品上。前者比如五四新旧文学交替的时代，比如“文革”结束后的“伤痕文学”“反思文学”；后者比如张爱玲、《围城》《活着》等。这样的情况很少，而且雅俗合流也往往不是因为读者文学品位的一致，而是社会思潮和阅读风潮的推动。

实际上，阅读的分流历来都跟文学的功用有关系，“为人生的”还是“为艺术的”；“为稻粱谋的”还是为“社稷谋的”；“为美学品位的”还是“为娱乐消遣的”。如果不是有人出于各种考虑恶作剧，比如当年某些学者为大师排座次，非要把金庸和鲁、郭、茅、巴、老、曹一起拉上“梁山泊”；比如王朔写《我看鲁迅》——大多数时候，都是花果山的归花果山，高老庄的回高老庄，曲高和寡者自风雅，应者云集者自俗乐，各得其所。在各得其所中，其实也是互不侵犯，互相尊重，比如没有人会因为喜欢听流行歌曲而有胆气置喙意大利歌剧的艺术水准。

但在互联网时代，社交平台时代，“所有人都认为他们拥有自由意志”，而“自由不能被解释，只能被捍卫”（康德语），几乎成了所有网络中人有意无意的座右铭。主体趣味加倍放大，圈子趣味加倍放大，价值拉平，感觉至上而理性退位，“反认猿猴是真人”的价值混淆概率大大增加。这时候就最需要一种对阅读品质的基本共识。而推重经典，推动经典阅读，无疑是获得共识的最佳途径——因为经典毕竟是经过时间检验的，相当于“真理”——从认同伦理学的角度说，当分歧无法调和的时候，当专家和权威都威严扫地的时候，只能靠真理本身来达成基本的共识。互联网上大到意识形态之争，小到一件生活小事的判断所引发的“回到常识”的呼唤，说的也是这个道理。

卡尔维诺在为“文学经典”总结 14 条定义的时候，已经意识到了经典阅读的各种疑难，比如，我们为什么要读经典而不是读跟自己的生活直接相关的书？比如我们哪里有闲情逸致去读经典，各种关于现在的印刷品已经快把我们淹没了！但即便如此，他还是这样信心满满地表述青少年阅读经典的意义与价值：“这种青少年的阅读可能（也许同时）具有形成性格的作用，理由是它赋予我们未来的经验一种形式或形状，并为这些经验提供模式，提供处理这些经验的手段、比较的措辞，把这些经验加以归类的方法，价值的衡量标准，美的范例……这种作品有一个特殊效力，就是它本身可能会被忘记，却把种子留在我们身上。”一句话，经典与现在虽不直接相关，但却可以提供一种关于过去和未来的视野，让人能够更好地面对现在，面对迷茫和困惑，更好地处理人生，而且它具有持久的效力，副作用最小。

其实，对于阅读的重要性，或者推广阅读行为本身，整个社会已经达成了某种共识，或者，至少，相关部门一直在做努力。比如，前几年火遍大江南北的“百家讲坛”，实际上就是专家走向大众的尝试。比如，最近几年以来，国家都越来越重视“世界读书日”，各地政府也越来越重视推动“全民阅读”。每年的 4 月 23 日，世界读书日当天，全国的媒体都在推荐阅读，全国各地也都搞各种各样的活动。比如，前两年的一个读书日，是 12 位北大女生模仿西洋名画拍摄了 30 幅读书图，名曰“书读花间人博雅”。创意是好的，但恐怕大多数人记住的就只是“花间人”。就像百家讲坛是好的，但最后的效果是制造了学术明星和心灵鸡汤一样，大众化和庸俗化之间的分野还需要进一步明晰。无论如何，阅读都是内容为王的，各种吸引人来关注阅读这件事本身的“行为艺术”如果不是导向内容，导向真正的阅读引导，那最后的效果都只是供娱乐的噱头而已。

什么是值得读的，什么是应该读的，甚至什么是必须读的，读什么需要什么样的方法，其实是阅读行为最应该关注的核心点。而让人心生黯然的是，包括中央台在内的各个电视台都曾做过相关的有深度的读书节目，但最后都因收视率低迷而停办或转型。我们似乎太缺乏阅读的正确路径的指引者，但指引者却往往被各种考核数据捆绑，找不到和大众对话的方式。不得不说，应当承担这个功能的语文教育因长期应试化而忘了这个职责，而知识分子的普遍犬儒化、世俗化和圈子化又缺乏相关的补充。

当然，全民阅读，或者阅读经典，都是一个“工程”，它浩大、庞杂、需要持久的关注度和支持力。毕竟，中国第一个被联合国教科文组织授予的“全球全民阅读典范城市”——深圳已经出现了。这个国人心中“改革窗口、文化沙漠”的城市，遍布免费开放的社区图书馆。从1989年起，人均购书量连续24年居全国大中城市之首；而从2000年11月开始的“深圳读书月”已连续开展14年。如今，以“深圳晚八点”为龙头的公益读书活动每天都以不同的主题举行，已经开展了7年。

点滴星火，就可能孕育着燎原之势的希望。

塞林格在《麦田里的守望者》里说：“我们确实活得艰难，一要承受种种外部的压力，更要面对自己内心的困惑。在苦苦挣扎中，如果有人向你投以理解的目光，你会感到一种生命的暖意，或许仅有短暂的一瞥，就足以使我感奋不已。”而《大数据时代》的译者，电子科技大学年轻的教授、互联网科学中心主任周涛，在译者序的最后说：“人类的自由意志和诸神之下的尊严，会在这条道路上异化甚至消失吗？极目远眺，不知道世界的尽头，是否是一个冷酷的仙境！诸位为之奋斗吧，而我只想，做一个，麦田里的守望者。”

即使是技术的宠儿和操纵者，还是会从经典文学中获得清醒的理性……

第二辑

玫瑰酒的芬芳

马尔克斯和他的中国学生们

他那张飞行的床单上，挤满了中国作家

2014 年 4 月 17 日，几乎所有的作品都写到了“死亡”的老马尔克斯，用自己的离世让“死亡”从虚构变成了现实，也让自己写了一生的“孤独”主题变成了现实。因为这个现实，那些经历过 1980 年代的中国作家开始回忆多年以前他们读到《百年孤独》时候的情形。几乎每一个人都在表达，他们对小说的理解和实践可以分为“读过《百年孤独》之前”和“读过《百年孤独》之后”两个阶段。所谓“拉美爆炸文学”在中国文坛引发的震撼效应是货真价实的。

对一部翻译作品、一个外国作家，如此毫无分歧、不加避讳的尊崇，在中国当代文坛几乎是从未有过的事情。而正如年轻的奥雷里托在一个星期二的午夜，起义占领了马孔多，就变成了奥雷良诺上校一样，很多中国作家从不世出的《百年孤独》那里获得了“革命性”的新生，成长为中国文坛的中坚力量。这个名单很长：莫言、余华、陈忠实、阿来、格非、苏童、贾平凹、韩少功……在中国当代文学史上，他们一度被称为“先锋作家”和“寻根作家”；在读者心中，他们是中国当代文学的第一梯队，代表了中国当代文学的最高水准。而中国本土第一个诺贝尔文学奖获得者莫言，是马尔克斯在中国“爆炸”出的最绚烂的花火——这个结论在 2012 年 10 月他获得诺贝尔文学奖之前也成立。

那么，《百年孤独》到底是一本什么书，马尔克斯到底是一个什么样的作家，为何会对 1980 年代的中国当代文学产生如此巨大的影响，以至于某种程度上改变了中国当代文学的面貌和进程？而且，让每一个

大名鼎鼎的中国作家提到自己如此师承的时候都“不悔少拜”？这种疑问，某种意义上就像普通民众，尤其是年轻人，难以理解《共产党宣言》到底是一本什么书，马克思到底是一个怎样的人，他们为何会对“五四”前后的中国革命知识分子产生如此巨大的影响，以至于改变了中国革命和中国社会的面貌和进程一样，耳熟不能详。当然，对于试图解释这种疑问的人而言，难度也与后一种同。

只能试着回到历史现场。

在拉丁美洲广袤的土地上，“有胡思乱想的男人，有载入史册的女人，永不妥协的精神铸就了一段段传奇。而生活在其中的我们，从未享过片刻安宁。”新闻记者马尔克斯生于斯长于斯。1967 年，40 岁的他出版了以哥伦比亚 70 年内战历史为背景的长篇小说《百年孤独》。该书迅速走向世界，销售过百万。1979 年，《外国文学》杂志以 1500 字的篇幅介绍马尔克斯和他的这部作品。1982 年，瑞典皇家学院把诺贝尔文学奖颁给了马尔克斯，赞誉他“创建了一个自己的世界、一个浓缩的宇宙，其中喧嚣纷乱却又生动可信的现实，反映了一片大陆的富足与贫困”，“汇聚了不可思议的奇迹和最纯粹的现实生活”。可以说，诺奖的这一声“炮响”，给中国文坛发正式送来了“魔幻现实主义”。

1983 年，中国文学界在西安开了一场关于马尔克斯和拉美“爆炸文学”的研讨会。之后，在写作的路上充满梦想的青年作家纷纷汇聚到《百年孤独》的麾下，努力冲破“文革叙事”的藩篱，努力挣脱苏俄小说巨大影响的束缚，最大限度地释放自己的想象力。因为《百年孤独》，他们开始向往一个崭新的艺术世界，一个中国文化和现代技法相结合的艺术世界，一个牢牢扎根自己的现实又尽情解放自己想象力的世界；因为马尔克斯，他们找到了具体的精神领袖，他们可以像马尔克斯那样，发掘属于自己的文化记忆，发掘自身的文化传统，书写属于自己的理想主义。扎根于拉丁美洲苦难史的《百年孤独》就这样唤醒了扎根于中国近现代苦难史的中国当代文学；而具有鲜明的左派乌托邦追求的马尔克斯唤醒了相似文化浸淫下的中国作家——这是小说对小说的激活，传统对传统的激活，文化对文化的激活，也是成功对自信心的激活，是一种亟须激活的文化、传统、小说所遇到的天时地利人和。

激活是从模仿开始的。

《百年孤独》的开头“多年以后，面对行刑队，奥雷良诺上校仍会想起他的祖父带他去见冰块的那个遥远的下午”成了“元句式”，小说中颠倒时空、交叉生命、亦真亦幻的讲述方式成了“元结构”，无数上个世纪 80 年代的作品都陷入了“马尔克斯语法”和“马尔克斯结构”不能自拔。名单依然是无法穷尽的，莫言的《红高粱》《球状闪电》《金发婴儿》《笼中叙事》、余华的《难逃劫数》《活着》《许三观卖血记》、格非的《褐色鸟群》、苏童的《1934 年的逃亡》、马原的《虚构》、韩少功的《雷祸》、洪峰的《和平年代》、刘恒的《虚证》、叶兆言的《枣树的故事》……

1985 年到 1993 年，中国文学就这样在模仿马尔克斯、博尔赫斯、卡夫卡、卡尔维诺、米兰·昆德拉中找到了自己的话语特色，形成了庞大的创作团队，结出了不同形态的硕果，并进而创造了新中国文学的高峰。

两个高足：莫言和余华

获得诺贝尔奖之前，莫言就早已经有了一个称号——“中国的马尔克斯”。他说福克纳和马尔克斯对自己而言是“两座灼热的高炉”，他曾无数次从他们那里获得能量和温暖。他缔造的乡村帝国“高密东北乡”就是福克纳的“邮票故乡”约克纳帕塔法的翻版；而他由“我奶奶”讲故事开始一下子进入齐鲁文化的广袤高粱地、并成功“将魔幻现实主义与民间故事、历史与当代社会融合在一起”（诺贝尔奖颁奖词）的创作风格和创作精神，则完全来自马尔克斯的启发。马尔克斯带给莫言的不只是方法论，更是一种新的“小说伦理”，即“无不可以入小说”，尤其是中国民间传统中的“封建迷信传说”、不登大雅之堂的“祖母讲的鬼故事”。（这一点也启发了贾平凹，他的“商州系列”即是这一启发的直接成果。）当然，莫言也揣摩到了马尔克斯的批判精神，他的长篇小说《天堂蒜薹之歌》《酒国》《蛙》等就是这种“魔幻现实主义”批判精神的继承和发扬。

应该说，莫言从马尔克斯那里寻找到了自己的“文化自信”。他开始重读蒲松龄，开始关注齐鲁大地的历史，并试图在“高密东北乡”里用中国文学从未有过的“喧嚣”方式一一展现。且不说他的中篇小说，单是他的11部长篇，就构成了一部大致完整的中国近百年的发展历程。而马尔克斯带给他的直接影响也有很多，包括人物身份的设置，人物形象的塑造方法等等，不一而足。比如带妻子去做流产的上校（曾经有一度，莫言的小说里特别爱出现马尔克斯写过的，直接被称为“上校”和“姑妈”的人物）一路上的奇遇（《球状闪电》）；让“右派”开始一场喧嚣的、充满欢乐的长跑比赛（《三十年前的一次长跑比赛》）；让身处社会底层挣扎着反抗权力的“小人物”化身猴子，以第一人称独白叙述讲述前世今生（《笼中叙事》）；比如打乱时空，多线索并进叙事，讲述市场经济之下的生活乱象和道德乱象（《酒国》）等等，不胜枚举。甚至，他还产生了写一部中国的《百年孤独》的雄心壮志，他写了一部贯穿百年历史的《丰乳肥臀》。我们无意比较两部作品的质量高下，只说同样是两部作品给两个作家带来命运转折，结局却截然不同：一个登上了世界文学的殿堂，另一个却颇受诟病并因此背着“趣味低下”和“历史观不正确”的包袱改变了军人身份。

莫言自称，从1985年写出《红高粱》之后，有20多年的时间，“我始终在跟马尔克斯搏斗，我要离开那本书”。但谁都知道，整容容易换血太难，所以，从成名作《红高粱》到获得茅盾文学奖的最新长篇小说《蛙》，莫言几乎是从未离开过马尔克斯。只不过，他的中国色彩越来越浓，或者换句话说，在他追随“马夫子”的路上，博大精深的中国文化和层次丰富的齐鲁文化帮助他建立了一种“马尔克斯式的中国风格”。因了这种风格，2012年，也就是马尔克斯获奖30年之后，莫言站在了自己的“一书师”曾经站过的领奖台上——这听起来有点儿像庸俗的励志故事，但对莫言而言，这么说却也并非折煞。正如马尔克斯在站在自己的“老师”福克纳32年前曾经站过的领奖台上一样。这种写作上的师承关系是毋庸讳言的，只是所有的师承最后都须得化成自己的创作个性，进而摸索出自己不可替代的原创力——虽说“文无第一”，但之所以一个能比另一个更好，评价的标准还是是否具有别开生面的原创力。只是，略显遗憾的是，莫言并没有揣摩到马尔克斯在小说可读性方面所做的努力，而这一点，显然余华要做得更好。

顺便说一句，1985年，在获得诺贝尔奖三年之后，马尔克斯写出了堪与《百年孤独》比肩的长篇小说《霍乱时期的爱情》，甚至，在很多读者的心中，这是一部超过《百年孤独》的小说。这一年，莫言刚刚发表了他的成名作《透明的红萝卜》。马尔克斯称，自己获诺奖就是费力地爬上了山峰，之后，需要争取明智地、尽量体面地下山。显然，中国读者对莫言也做如是期待。

与莫言相比，余华对马尔克斯的写作技巧更为青睐，从人物关系设置到对话场景、情节转折，甚至包括马尔克斯将社会新闻融入小说的处理现实的方法，也被余华关注和借鉴，并在长篇小说《兄弟》和《第七天》中，冒着被读者猛烈批评的风险毫不隐讳地使用。可以说，余华几乎是在精心揣摩马尔克斯写作技巧的方方面面，尤其是小说的可读性，让余华受益匪浅。而因为是技法的揣摩，使得余华从来没有产生过要逃离马尔克斯的冲动，他说，马尔克斯是一棵大树，自己只是小草，对老马的感情，只有“崇敬”。

余华的青睐与“崇敬”，只需要对比一下即可知道，在《没有人给他写信的上校》（马尔克斯把这个中篇小说认定为自己最好的作品，说它无懈可击，“可以面对任何敌人。”）中，上校的妻子让他去把斗鸡卖掉度日的场景与对话，和《活着》中，福贵劝儿子有庆卖羊的场景和对话。而福贵这个破落地主子弟的不务正业，无处不闪现着《百年孤独》里不务正业的何塞·阿尔卡蒂奥·布恩迪亚的影子。至于《在细雨中呼喊》的前半部分，有关“我”爷爷奶奶的描写，也像极了《百年孤独》人物描写的感觉。马尔克斯喜欢写死亡，也喜欢探讨死亡到来的各种可能，而观察余华的作品，这样的桥段也随处可见。甚至于他的中篇小说《难逃劫数》和老马的《一桩事先张扬的谋杀》，都可以作对比阅读。

这样说，并没有贬低余华的意思，“太阳底下无新事”，更何况是小说的技法呢。而且，即便是熟悉马尔克斯的读者也并没有不认可余华，他们在余华那里找到了人物和故事的中国气氛和中国感觉。马尔克斯也有自己崇拜、借鉴，甚至倒背如流的作家和作品，比如福克纳、卡夫卡、伍尔夫，墨西哥作家胡安·鲁尔福的《佩德罗·巴拉莫》等等，但他同时也说“作家永远是孤军奋战的”。而且，站在巨人肩膀上变成自己最难。

无论如何，余华靠着中国经验和《活着》的特殊接受语境，已经成了他自己。只是，他学到了马尔克斯的小说技法，却没有学到他处理文学与现实关系的能力——“魔幻现实主义”也终究是现实主义，马尔克斯也无时不在强调文学与现实的关系。他说：“小说是用密码写就的现实，是对世界的揣度。”“现实并非纸上之物，它就在我们身边，每天左右无数生死，同时也滋养着永不枯竭、充满了美好与不幸的创作源泉。”从这个意义上，或许可以解释为何莫言会受到诺贝尔奖的青睐，因为除了技艺精进之外，他总是能够离现实更近，也总是试图表达对现实的态度；而余华，在历史中尚可辗转腾挪，一靠近现实，就往往显得力有不逮，也更容易暴露自己写作上精细有余、宏阔不足的弱点，《兄弟》如此，《第七天》也是如此。

除了莫言和余华，1990 年代中国纯文学的两座高峰：陈忠实的《白鹿原》和阿来的《尘埃落定》也颇得益于《百年孤独》——前者学习的是大部头民族秘史的浓缩方式，而后者则是化到骨子里的属于第三世界的风情描写、权力斗争和幽默风格——或许，《尘埃落定》可以被称为拉美爆炸文学在中国结出的最优秀的果实。作为藏族作家和边地作家，阿来对《家长的没落》的体会透彻骨髓，对第三世界边缘性的“孤独”体悟也透彻骨髓，尽管阿来对此讳莫如深。阿来对拉美文学，以及对福克纳、托妮·莫里森等作家以美国南部为背景的文学的揣摩和借鉴，或许是一个很值得深入探讨的话题。

如果说马尔克斯这些优秀的中国学生还有什么没有学到，那就是没有跟他学会写爱情。一部《霍乱时期的爱情》几乎穷尽了爱情和婚姻的各种可能，被誉为“我们时代的爱情大全”。而写作的人都知道，爱情之于一部作品的价值和意义，只是中国作家在这方面往往做得不够好。

当我们谈论马尔克斯的时候，我们在谈论什么

社会心理学畅销书《影响力》从社会生活的方方面面探讨影响力的实践，而文学是一种创造性的精神活动，事关个体独特的想象力；一个作家汲取何种文学营养是隐私，并不一定与他们公开表达的相一致，因而，如此谈论影响力是一个很冒险的事儿，不仅冒着“画虎不成反类犬”的风险，也冒着过度阐释、不当联系的风险。而且，在 2013 年广西师范大学出版社的微博调查中，《百年孤独》高居“死活读不下去的图书”第二位，因而谈论马尔克斯的影响力在时下的环境下可能会显得一厢情愿。好在，还有一大批经历过 1980 年代的中国作家和大学中文系的学生，以及稍有训练的文学读者的阅读经历作证——马尔克斯是一座可以攀登的高山。于是，作家从他那里汲取方方面面的营养、读者铺天盖地的悼念，乃至笔者如此书写，都可以算作对其“高山仰止”的方式。据说，马尔克斯是迄今为止最没有争议的诺贝尔文学奖获得者。作为“作

家的作家”，他在世界文坛上享有和卡夫卡、博尔赫斯同等的影响力。

然而，他去世之后，浏览大量的微博、微信和纪念文章，还是会让人感觉有些恍惚：当我们谈论马尔克斯的时候我们到底在谈论什么？他的文学价值和文学地位自然无需谈论；他 1990 年访问中国并向钱锺书痛斥中国出版界盗版也无需多谈。那么，他对中国文学的影响力显然就变成了核心问题。这种影响力伴随着每一个相关个体曾经的阅读记忆和青春记忆；伴随着中国当代文学在 1980 年代曾经有过的理想主义、启蒙主义情怀；伴随着中国文学“睁眼看世界”的革命性变革；伴随着文学在那个时候对社会发挥空前影响力的辉煌……谈着谈着，影响力就盖过了作家本身。我们其实很少谈，马尔克斯除了是一个享誉世界的作家，还是社会活动家，是拉丁美洲底层人民最忠实的代言人。他有着区别于共产主义的左派立场，始终坚信拉丁美洲人自己的问题应该自己解决，而且有寻找自己解决方式的自由。他与古巴的菲德尔·卡斯特罗有很好的私交。他的“魔幻现实主义”对拉美的暴政、独裁和腐败从来都下笔无情。他说：“现实是如此匪夷所思，生活在其中的我们，无论诗人或乞丐，战士或歹徒，都无需太多想象力。最大的挑战是无法用常规之法使别人相信我们真实的生活。朋友们，这就是我们孤独的症结所在。”

上面的话出自马尔克斯在诺贝尔文学奖颁奖时的演讲《拉丁美洲的孤独》。而下面的话，更是他“讲述拉丁美洲的孤独”的核心所在。在这个属于文学的荣耀时刻，在这个向全世界，尤其是权力世界彰显文学的价值和力量的讲台上，他毫不隐讳地讲述和控诉殖民者给拉丁美洲带来的苦难历史，然后他说：

> 也是在像今天这样一个场合里，我的导师福克纳在这个大厅里说过：“我拒绝接受人类末日的说法。”他在 32 年前拒绝接受这一世界灾难的说法，如今它仅仅是纯属科学判断上的一种可能。假

若我未能充分认识到这一点，我便感到不配占据他曾占据的这一讲坛。面对这个出人意外，从人类史看似乎是乌托邦式的现实，我们作为寓言的创造者，想念这一切是可能的。我们感到有权利相信：着手创造一种与这种乌托邦相反的现实还为时不晚，到那时，任何人无权决定他人的生活或者死亡的方式；到那时，爱情将成为千真万确的现实，幸福将成为可能；到那时，那些命中注定成为百年孤独的家族，将最终得到在地球上永远生存的第二次机会。

或许，中国媒体该如是弘扬马尔克斯的影响力，因为他发出了类似雨果《悲惨世界》发出的那种响彻全人类的人道主义的伟大声响；或许，中国作家也更该如是思考马尔克斯的影响力，更该从精神上靠近马尔克斯的“孤独”和“理想”，而不是只在技法上。或许，中国作家值得牢牢记住马尔克斯在《番石榴飘香》里面和门萨对谈时候说的这一段话：

根据我的政治抉择，我是一个“听命人物”，政治上是惟命是从的……但是我对于我们之间的所谓“听命文学”，或者更确切地说，社会小说，很有保留。因为我认为，这是一种眼光短浅的对世界以及生活的看法，即使从政治上说，也不会起任何作用。它不仅没有加速提高觉悟的进程，反而给延误了。拉丁美洲人民对于压迫和不公实在太了解了，他们期待着的是一种真正的小说，而不只是某种揭发材料。

从这个意义上说，中国的现实主义文学还有很长的路要走。

文学巴别塔：顾彬与中国当代文学

一个外国人，不远万里来到中国

1978 年，33 岁的德国青年顾彬偶然间读到了李白的诗，随即对中国诗歌、中国文学产生了极大的兴趣，此后，他娶了一个中国妻子，交了一群诗人朋友，并开始了三十几年的中国文学研究生涯。到 2006 年，顾彬已经是一个汉语流利，跟很多中国作家是朋友的德国汉学家，也是德国波恩大学的汉学系主任。他已经主持翻译了《鲁迅作品集》，并开始撰写《中国 20 世纪文学史》。当然，在他“口出垃圾狂言”之前，更多的中国人不知道有一个德国的大学教授默默地在中国文学研究领域耕耘了大半辈子，甚至比中国文学研究者更爱中国文学，更不知道一个外国友人对中国当代文学的判断竟是如此“不友好”——“中国当代文学都是垃圾”“《狼图腾》对我们德国人来说是法西斯主义，这本书让中国丢脸”“中国的作家胆子太小，他们不敢发出自己的声音”“莫言的成功，离不开葛浩文的译本”……尽管后来的事实证明，媒体为了放大新闻效应，对他的话断章取义，多少歪曲了他的本意，强化了他的以偏概全，但客观的效果已经形成：即这个和中国人民无比热爱的大作家歌德、席勒同一祖国的汉学家，评价起中国当代文学来毫不客气。

一直以来，在中国人民心里，“外国友人”有一种具体又抽象的形象，他们是由白求恩、柯棣华、陈纳德、“三 S”（斯诺、史沫特莱、安娜·路易丝·斯特朗），还有最近刚刚出了口述史的李敦白，甚至是诺贝尔奖推手马悦然、葛浩文等共同绘制而成的。他们不远万里来到中国，是代表世界人民给苦难中的我们送爱心送温暖的。他们带着友谊的春风，带着无私的帮助远道而来。即便是某些友人因为种种原因变成“敌人”了，我们不再接受他们的帮助了，也是“别了，司徒雷登”，以表示“我们中国人是有骨气的”。不曾想，这个温情脉脉的形象被一个顾彬打破了，仿佛，他不远万里来到中国，就是为了来批评中国当代文学、中国当代作家的。关键是，顾彬并没有因为“不友好”而被挥别，反而有风生水起的架势，媒体和大学似乎一再有意无意地表示了对顾彬的支持和欢迎。

于是，在这种支持和欢迎中，顾彬仿佛成了娱乐界的宋祖德，一再爆出自己心中的猛料，一再语出惊人：中国当代作家的写作态度有很大问题，他们“玩文学”，而且一有空就喝酒吃饭吹牛或者写剧本挣钱，对文学缺乏敬畏，他们起码应该沉默20年再说话；中国作家外语不好，无法读原著，无法吸收其他语言以丰富自己的表达，因而中国当代文学的语言有问题；中国当代作家最缺乏对自己的了解，如果你去问100个中国作家“谁有可能得诺贝尔文学奖”，他们肯定都说自己，同样的问题你问100个德国作家，他们肯定会说其他人，中国作家为什么骄傲？因为他们没有标准，为什么没有标准？因为他们不懂外语，根本不知道世界文学是怎么样的；现代文学理想就是“美”和“精英”，而中国当代作家放弃了“美的理想”；一点都不了解生活是当代作家的“大错误”……对于具体的中国作家，顾彬更是展现了“对事不对人”的不留情面：“莫言是个落后的小说家”，到现在还用章回体写小说，他过于追求故事，反而忽略了对人物的刻画，“他43天完成小说，不尊重语言”，舍弃了“推敲”的态度；余华和莫言的故事都是空的，语言能力不够；王安忆的小说太抽象；“我对阿城非常失望，除了剧本，他什么都不写了，这是作家吗？根本不是，他把文学卖出去了”……

听听，这一句是一句的，纵然有盲人摸象的偏颇，但无不直戳人的心窝子。而且，就算我们，包括当事人在内，都可以宽容一个外国人因文化水土不服而冒的傻气，或者，退一万步，我们再发扬一下老祖宗倡导的“躬自厚，而薄责于人”，把他的批评想成“爱之深责之切”的善意，但他终究是毫不留情地打破了中国当代文学界好不容易建立起来的“你好我好大家好”的友好氛围，也毫不客气地否定了很多在市场上、在读者心目中高大伟岸的形象，那么文学界总得做出反应，或者说，媒体需要顾彬的言论发酵，需要文学界做出反应——

“顾彬来了”之后

看文学界的反应，最有意思的不是回应了什么，而是没有回应什么。

自然，先要讨论一番当代文学到底是不是垃圾。这时候，对顾彬义愤填膺者有之，持不值一哂态度者有之，唯恐垃圾配不上当代文学之臭者亦有之。然后，顾彬老师赶紧澄清：“垃圾”之说有上下文，也有确切所指，指的是卫慧、棉棉这些“美女作家”的作品，而且，顾老师进一步说，“垃圾”之说不是他的发明，是他从中国的学者朋友那里趸来的。澄清之后，“垃圾说”迅速平息。没有人站出来继续追问：在海外许多国家，影响均超过张洁、王安忆这些严肃文学女作家的卫慧的作品，到底是不是垃圾？如果是垃圾，为什么翻译版权却卖得那么好？难道是外国人只对中国的垃圾文学感兴趣？如果卫慧、棉棉的作品是垃圾，那么到底是中国文学在走出去的时候出了问题，还是外国在引进中国文学的时候出了问题？到底该怎么界定垃圾文学？如果宣扬拜金主义和世纪末情绪的《上海宝贝》是垃圾，那么后来更加拜金、更加颓废的《小时代》则更算垃圾，每个国家的当代文学中是不是都有垃圾混杂其中？

遗憾的是，这样的探讨没有出现。就好像，顾彬说德国人不可能接受《狼图腾》的法西斯主义，而它在中国的拥趸者却达上百万之多，却没有一个文学从业者认真探讨个中缘由一样——文学从业者跟普通读者、跟媒体记者的不同之处，应该在于用学理和理性来对待问题，平复情绪。但实际的情形是，文学界近些年争论不少，仅 2006 年那一年，除了“垃圾论”，还有“韩寒白烨之争”、有“中国卡夫卡的露臀事件”、有“梨花体诗歌之争”，但没有哪一个争论达到了正视问题症结、匡扶文学时弊的作用。文学已经变得和娱乐没有太大的差别。

好吧，既然不是说中国当代文学都是垃圾，那大家就一块石头落地了。接着，不管是“容人之德”的功劳还是“事不关己”在作怪，总之文学界让顾彬老师如入无人之境，他带着自己自称成长于“精英教育”环境中的自信，过足了“外来的和尚会念经”的瘾。他从作家说到作品，从文学外部说到文学内部，从现代文学说到当代文学，从著名作家说到诺贝尔奖获得者——尤其是香港《明报月刊》上《莫言高行健与文学危机》的言论一出，一下就惹急了文学界，数篇商榷文章随之而来，而刘再复的《驳顾彬》最为令人关注。

刘再复说，他早就看不惯顾彬“洋教师爷”的架势，也看不惯顾彬殖民者的姿态与腔调，更对他对莫言和高行健的信口雌黄忍无可忍，他要为这个“欧洲愤青”和“精神浮肿病”患者打破“不争之德”。刘再复的文章颇有时无英雄、我辈责无旁贷的意味，但因为他的斗争思维，他的轻慢立场，整篇文章火气十足。而且，他很快被清华的教授肖鹰挑出了知识性的硬伤，被社科院的研究员李建军条分缕析了其情绪有余学理性不足的毛病。李文说，刘再复不应该避重就轻，真正该批评的是中国作家泛滥成灾的“消极写作”和评论家没有底线的“吹捧之风”——总算，被顾彬侵犯和冒犯的文学界，有了点儿清醒理性的声音。但，这个声音没有得到呼应，对话还是没有进行下去。

文学是一袭华美的袍，上面爬满了虱子

张爱玲说，生命是一袭华美的袍，上面爬满了虱子，这种洞察的人生观教人面对现实——不能因为虱子就弃了袍子，自然也不能因为袍子

的华美其外就完全对虱子习焉不察。如虱子般令人厌恶的世俗，在哪里都无法逃避，而且各行各业都是如此，越是浸淫得深，越能够感受到世俗力量对纯粹价值的侵蚀。任何国家任何时代，文学在一些人的眼里都是有利可图的，文学界也可以是名利场——当然，理想状态下，知识分子最是应该跟名利保持距离的，可这理想又几时实现过？

中国当代文学近七十年的发展，和其他国家的当代文学一样，无不与时代和社会的变化同步，所谓“文变染乎世情，兴废系于时序”，各国文学概莫能外，只不过，新中国成立后七十年的变化更为剧烈，因而文学显得问题更多。不论如何，很多情况下，与其单独探讨文学，不如探讨文学与时代和国情的关系更为切中肯綮——独独文学能够免受社会整体风气的影响而自洁自净吗？

从这样的角度说，顾彬老师的很多批评，可以算作苛责——知识分子的胆气是建立在独立人格基础上的，在中国作协的体制下，作家们享受着国家给的待遇，怎么能端起碗吃肉、放下碗骂娘呢？而且，无论中国当代文学有多少问题，它毕竟产生了足以传世的大作品《白鹿原》；它毕竟穷七十年之力量为中国电影、电视、动漫等等提供了原创的力量——张艺谋的《红高粱》《活着》、姜文的《鬼子来了》，这些足以和国际电影媲美的大作品，无不从当代文学中汲取原创营养；而且，仅就文学本身来说，它毕竟产生了两个诺贝尔文学奖获奖者：倘若高行健没有从 20 世纪 80 年的文学热潮中获得养分，很难想象他会有后来的文学表现。至于莫言，则更是七十年中国当代文学响当当的成绩！

但反过来，顾彬的批评为什么会被放大，甚至以讹传讹呢？除了外部的原因，恐怕媒体和文学内部的一些不满情绪也是主要助推力：其实人们的不满不在于文学掺杂了垃圾，而是许多文学垃圾被奉为经典，“红包批评家”和“同仁吹捧者”遍地都是，让文学变得毫无衡量标准可言。文学创作的良莠不齐可以原谅，但评判的价值体系混乱却不可以容忍；而且，毫无影响的垃圾可以置之不理，但对拥有巨大影响力的垃圾却同样缺乏明辨，就不得不说是文学界和评论界的失职。有网友特别轻蔑地说：“垃圾还可以回收利用呢，中国文学，你觉得可以吗？”

其实，近些年，除了“垃圾论”变成了文学不满情绪的出口，陈丹青对木心的鼓吹以及他曾经在博客上的叫骂某种程度上也可以算作这种不满情绪的出口之一。陈丹青是著名画家，艺术悟性自不必说，同时他也是畅销书作家，海归之后写下《退步集》《笑谈大先生》等，在青年中产生了不小的影响。随着他作为文化意见领袖的声音越来越受重视，他的判断也越来越大胆，他说“木心先生可能是我们时代唯一一位完整衔接古典汉语传统与五四传统的文学作者”，“可能”在这里仅仅可以看作一个语气词，是一个有胆气的行外人给自己留的余地。果然，有文学中人出来表达了自己的不同意见，《三联生活周刊》的主编朱伟发表了一篇叫《木心的尴尬》的博客文章，认为其作品不过如此。之后，朱伟又“枪毙”了一篇本拟刊发在《三联生活周刊》上的陈丹青访谈录。由此，陈丹青接连在博客上“开火”，指名道姓而不客气地称朱伟“小器而用权”“难为您出入文坛三十年，身为主编，眼前过多少图书？手下推多少作家？何以此番忍不住……您是扮雅的主，怎么就自己破了相？今番您对老先生不厚道，则莫怪老弟这厢失礼了”——不知道这是在探讨文学，还是在推广图书？不知道是在指责文坛还是在说人情世故？接着，见朱伟拒不应战，陈丹青进而说：“这点屁大的文坛，咱哥俩哄谁呀！”

有意思的是，陈丹青捎上了文坛，但文坛没有人应和，自然也没有另外有分量的文章来探讨，木心的文学价值到底是不是如陈丹青所说那么“独步天下”——读者推崇某一个作家是没有问题的，但一个读者，即便再有名，敢于从文学传统上给其定位、做专家才能做的事儿，不能不说是当下文坛的一个有意思的现象。陈丹青“一个人的战斗”了一阵子之后，就鸣金收兵了——没劲，四顾无敌手。

不知道是虱子太多，还是袍子没有人打理，总之，文学，不光在老外眼里，在中国人眼里，也一样灰头土脸，一样无语无力，消极的中国文学给人感觉都几近虚无了——从某种角度说，顾彬能够开口批评，而且全围绕文学说话，不用扎圈子、逗闷子、挥棒子的方式，还是充分尊重了中国当代文学呢！至于他的具体说法是不是值得商榷，是另外的问题。或许，顾彬的价值和意义，就在于他来了本身。

勃兰兑斯在著名的文学史必读书《十九世纪文学主潮》中，写到自己面对以歌德和席勒为代表的德国浪漫派的时候，产生了一种丹麦人的惶恐和灰心。他说，一个想要对别国文学发表见解的外国人，对这个国家文学的了解甚至比不上这个国家的儿童，儿童从小就耳濡目染，而外国人却是在很难大量吸收知识的年纪才开始结识它。所以，他发言“所依靠的力量不得不一部分来自他借以采取和坚持个人观点的决心，一部分来自他尽可能发挥本国作家少有的气质”，这种气质是一种艺术家的气质，一种“旁观者清”的才能。简而言之就是，“有一种要素，外国人比本国人更容易察觉，那就是种族的标志。”

顾彬的“巴别塔”

自从上帝用变乱语言的方式阻止了人类的巴别塔工程，不同种族、不同文化间就开始了寻求对话的旅程。某种程度上，以对话和误解为线索就可以写一部世界史。自从两次世界大战，这种极端的“对话”方式结束之后，人类更是开始寻求合适的、互利互惠的对话方式。20 世纪 80 年代中期以后，中国改革开放，文化和文学也开启了与西方对话的大幕，但与其说是“对话”，不如说是“聆听”，因为“对话”是需要底气和资格的。以夏志清为代表的一批汉学家就是从那时开始进入中国文学的视野，中国文学界此时也饱含着理想主义的情绪，抱着睁眼看世界，“师夷长技”的学习态度，因而那时候的文学还能在文化使者的帮助下，获得长足的进步和发展。曾经，文学界也和社会各行各业一样，充满热情和激情地探讨“全球化”，探讨应对“后殖民时代”的各种文化预案。那时候的中国知识界和文学界，从未如现在一样，弥漫着一种无力感和虚无感——或许“消极写作”“吹之捧之”都只是这种无力感和虚无感的直接反应而已。中国文学界缺学术精英吗？缺学术良心吗？如果时代和社会能够给知识分子合适的土壤，让他们像顾彬老师一样成长和思考，对话是不是就有可能出现呢？

在顾彬老师试图建造自己的“巴别塔”的过程中，中国媒体其实客观上起到了“上帝”的作用，或者，他们扮演了《鬼子来了》里头的翻译官角色，为了自己保命，他把日本武士求死的意志变成了“大哥大嫂过年好，你是我的爷，我是你的儿”的过年话儿——为了自己的目的而制造沟通障碍。但终究，真相还是不断显现，不仅是关于顾彬说话的上下文、顾彬说话的依据，即便是顾彬这个形象本身，也慢慢被勾勒出来了。

对中国文学，顾彬不全是苛责，他赞赏和推崇鲁迅，对王蒙 80 年代的小说也颇多好感。在中国人早就高喊着“饿死诗人”的背景中，他对中国当代诗歌颇多赞赏。莫言获奖之后，他是站在“长篇小说的问题是世界性”的角度来表达自己对其小说的评判。顾彬写作出版的《二十世纪中国文学史》一丝不苟地列举了大量的参考文献目录，据有的学者考证，这些参考文献的严谨程度，足以使之在 6000 多部中国文学史、1000 多部中国现当代文学史中脱颖而出。

总之，顾彬绝不是大家印象中的一个满嘴跑火车的大嘴巴，也没有证据显示他是借学术来中国骗名骗利的。相反，据他的朋友和有关的记者描述，顾彬很有忧郁气质，勤于思考，喜欢诗。在人多的场合，他不喜欢说话，而喜欢沉默。他喜欢散步，尤其喜欢到墓地散步，“在坟墓的时候，你能够思考自己生活的意义。”至少，他身上有着德意志民族的哲学沉淀和严谨的怀疑精神，他的如此做派都是一个学者的做派。而且，顾彬对中国的历史和人际也感同身受，他承认自己在文学史中“学会了中国人的圆滑”，不再是一个站着说话不腰疼的外国人了。他在回忆在北岛家认识顾城、回忆跟自己的妻子交往的过程时，甚至还说“顾城诗歌里面写的人之间的关系，男人女人之间的关系好像都是我的生活。”

重要的是，顾彬是一个基督徒，他的内省也经常渗透在他对文学的看法中，他说：

> 我们没有办法无罪。我们也无法获得对人和事物的完美了解。这说明任何接触都有它的不足。如果没有这种不足，也没有接触的必要。另外无论哪种接触，都会使我们感觉到，我们还不够了解。可以说，我们在别人面前，无论如何总是有罪的。对我来说，认识到我们不可避免的罪，才为我开拓了一种真正的对话。（《袖珍汉学》，2007 年第 1 期）

顾彬实际上还是国际友人，中国文学实际上也还是需要帮助，至少需要提示和提醒，但是，现在，文学界集体“拒绝”接受这种帮助，或者说，没有哪一个文学中人愿意承担这个使命：文学在哪儿呢？文学的发展跟我有关系吗？面对个体和整体的这种虚无感和无力感，显然不能用“国民性”来大棒横扫，个体和群体的意气风发和发愤图强，是建立在社会环境和职业理想的允诺和诱惑之上的。作家在作协的庇佑下，知识分子在工具理性至上的社会环境中，该去哪儿找动力呢？

姜文在《鬼子来了》的访谈中说：“我觉得通过拍一部电影过嘴瘾是容易的，而且往往能很急功近利地讨点好，但是事情过去之后既不起作用又不能使观众真正进行思考。我拍《鬼子来了》就是试图让观众明白，如果想避免我们大家都知道的那段不愉快的历史，除了过嘴瘾还有什么办法。”不知道，中国文学界面对顾彬来了，除了一阵骚动之后的集体沉默，还能想起什么，能做点儿什么。

但愿顾彬不白来……

为文学的使命和尊严
——读 S. A. 阿列克谢耶维奇

她的书在她的祖国还是禁书

如果没有 2015 年的诺贝尔文学奖，或许跟战争和灾难有关的“宏大叙事”与现代人发生关系，只剩新闻和好莱坞电影两个途径了。在新闻中，战争和灾难往往会变成数字、因果、宣传、教训，而在好莱坞的电影中，战争和灾难往往是突显个人英雄主义的背景。“灾难如何以灾难本来的面目示人”这样的话题，仿佛只能留给文学。因为，文学从来就有一个最高的使命，那就是作为“人学”的人道主义立场。

诺贝尔奖给 S.A. 阿列克谢耶维奇的颁奖词是：“她以复调式写作，为我们时代的苦难和勇气树立了纪念碑”，而相对于“纪念碑”这样中规中矩的表述，我更倾向于用“文学的尊严”这种更道德化的词语来形容她的写作。从事创作的三十多年间，她的作品几乎都是与整个人类的命运有关的大题材：除了关注第二次世界大战中的女性和儿童（《战争中没有女性》《我还是想你，妈妈》）、阿富汗战场上的娃娃兵（《锌皮娃娃兵》），就是关注核灾难后的畸形人类生态（《切尔诺贝利的悲鸣》），尤其是被称为“乌托邦之声”的巨著《二手时间》直接书写苏联解体。而驾驭这种大题材的方式，又从来都是小入口——普通人的采访实录。阿列克谢耶维奇以看起来很“低端”的采访式、“文献性”写作，为文学、也为诺贝尔文学奖赢得了更大的历史尊严。或许从来没有哪一个时刻，如读她的书带给人的震撼一样，文学的力量彻底征服了历史记录本身。

可以说，在记录大时代和体贴小人物之间，作家的写作从来都分为道德的和不道德的，不然，也不会有“奥斯维辛之后，写诗是野蛮的”说法；不然，也不会有御用作家和流亡作家的区分，当然也就不会有禁书和流行读物的区别——据报道，在阿列克谢的祖国白俄罗斯，她的书至今还是被禁止出版和阅读的。于是，她只能用自己在欧洲、美国获得的各种文学奖的奖金，购买自己的《切尔诺贝利的悲鸣》，走私回自己的国家，向感兴趣的人赠阅。有意味的是，即便是那些被战争和核爆炸所损害的普通人，也不是都理解和支持她的写作：他们有的后悔接受采访，有的要与她对簿公堂——历史上出现过很多次英雄的鲜血被做成馒头的吊诡：受害者因为利弊权衡、信息不畅和对自己权益的认识不足，和害人者站在一方，加害为自己代言的人。而至于苏联解体后的采访、出版，更是命途多舛。据媒体报道，她得了诺贝尔文学奖之后，国内争议连连，有的作家同行甚至说，“诺贝尔奖已经不再颁给好作家”，而只注重批评体制的政治因素。很多诺贝尔奖获奖作家在自己国家被批评、抵制乃至诋毁，这也是一个有深意的现象。

然而，一个成长于苏联时代的作家，一个致力于书写苏联和后苏联时代历史的作家，能够避开政治吗？ 20 世纪俄罗斯最有影响的思想家别尔嘉耶夫说：“俄罗斯作家永远对真理更为关心，而不是美。”显然，文学倘若以探求真理的对话姿态和意识形态站在一起，并不是作家的耻辱。

阿列克谢耶维奇在阐述自己的创作历程时说：“如果回望我们的整个历史，无论是苏联时代还是后苏联时代，那都是一座巨大的坟墓和屠杀；一场行刑者与受害者之间的永恒对话；那两个可憎的俄国式的问题：干了什么，谁的责任。革命，劳改营，第二次世界大战，向人民隐瞒的苏联－阿富汗战争，大帝国的解体，巨大的社会主义国家、乌托邦国度的解体，以及现在这个宇宙尺度上的挑战——切尔诺贝利。这是对地球上所有生命的挑战。这就是我们的历史。这就是我作品的主题，这

就是我的道路，我一环又一环的地狱，从人类到人类。”(《中华读书报》2015.10.15)

《切尔诺贝利的悲鸣》：在人间，描绘地狱的模样

《切尔诺贝利的悲鸣》是 S.A. 阿列克谢耶维奇的代表作，完成于 1997 年，1999 年就有中译本，但当时并未引起太多的关注。对俄罗斯的读者而言，那是他们的噩梦，尤其是对比国家在冷战期间核竞赛的踌躇满志和此时面对核灾难的无能为力，看上去更像是上帝对他们的讽刺和惩罚。而对全世界的读者而言，无论你有多少的防痛储备，《切尔诺贝利的悲鸣》所传达的、一个完整自洽的普通人的世界，忽然被灾难和谎言轰毁之后的痛楚和余响都会戳中你的心。

作者以一个新闻记者的嗅觉和功力，更是以一个白俄罗斯女儿的痛楚记录下了这一场人类的伤痛——多年后，日本福岛核电站的爆炸几乎就是在重演噩梦。在切尔诺贝利事件发生四年后，阿列克谢耶维奇的母亲因辐射双目失明，她的居住区有几百名儿童患病。于是她下决心探究这一场灾难，从此奔走三年，采访数百人，包括在核电厂工作的工人、科学家、官员、医生、士兵、直升机驾驶员、矿工、难民、迁居的人们等等，从中筛选出能够构成整个切尔诺贝利事件拼图的典型故事。通过一个个人物和家庭的“小历史”她勾勒出了“大历史”，一种在多声部喧嚣中，需要读者识别和辨认的“大历史”。

或许可以说，没有一本书像《切尔诺贝利的悲鸣》一样，以一种地狱般的景观，诱惑并调动着读者的想象力和辨别力，考验着读者对文学审美的认知。这种景观包括核爆炸和核辐射过后的诡异鬼魅——“辐射就像上帝，无所不在，可是你看不到”，它一夜之间摧毁了苏联人的思维模式和价值体系，催生了一个充满了畸形儿的叫“切尔诺贝利人”的全新族群，这个族群的脸上和心上都被刻上了上帝的诅咒；还包括人心

和爱情被轰炸成碎片之后的血肉淋漓——“爱人也是一种罪孽”“生孩子也是一种罪孽”；更包括隐藏在所有真实景观背后的谎言：体制的谎言、种族的谎言，乃至信仰的谎言。

书中写，一位大学教师回忆：“事故发生后的最初几天，图书馆里所有关于辐射、关于广岛和长崎的书，甚至就连有关 X 射线的书都消失了。有人说这是从上面传达下来的命令，如此一来，人们就不会恐慌了。”很多参与救援的人，像被征召上战场一样，被征召到切尔诺贝利做清理工作，这种征召只有英雄主义的精神感召而毫无科学知识和科学防护，即便在现场，他们也无法洞察“辐射探测仪给出的数据是一组，报纸给的是另一组”，“他们把自己当作祭品献给了国家和人民。”而一些科学家，即便知道真相，在被监听、被恐吓的情况下，也无法说出真相。至于体制的负责人，为了遏制可怕的恐慌，更不能说出真相。

然而，谁都没有想到，事故发生三年之后，辐射的后果正在逐步显现的时候，苏联解体了，“国家和人民”一下子都发生了变化。一个接受采访的共产党员说：“留在隔离区铁丝网里的，除了土地和坟墓，还有我们的健康和信仰，或是我的信仰。”而塔吉克斯坦的战争难民，则把充满了死亡气息的切尔诺贝利当作唯一的庇护所，因为“我们以前有祖国，现在已经消失了。……我们不是俄罗斯人，我们是苏联人！但是那个国家——我出生的地方——已经不存在了，我们称为祖国的地方已经消失，那段时间也不存在了。我们好像蝙蝠。”“我不怕上帝，不怕土地和水，只害怕人。”而在切尔诺贝利，“至少没有人拿枪。”与此同时，那些向往欧洲的人（俄罗斯历来都有这样的传统），也在感激切尔诺贝利，灾难总算使欧洲知道了他们。

家园、祖国乃至信仰和“欧洲梦”，就这样和突如其来的灾难交织缠绕成一个梦魇般的、魔幻般的世界，而作为这个世界的拼贴者和记录者，作家阿列克谢耶维奇从不发言。她故意把一个个故事之间的缝隙留给读者，留给整个世界，让读者自己去拼接：这是一场相当于 350 颗广岛原子弹爆炸的灾难，有 210 支部队 34 万士兵参与了救援和隔离。然而，所有的人性善和人性恶、谎言和谣言都不会因为灾难的酷烈程度而有丝毫的隐匿，反而，更为凸显。从此，一种比战争更深的恐惧在所有人心中扎了根。从此，一种比谎言的后果更危险的后果——怀疑一切，包括生命本身，在所有人的心中扎了根。

文学如何书写灾难，不只是叙事学的命题，还是写作伦理学的问题。对奥斯维辛之后艺术该如何存在，提出“奥斯维辛之后，写诗是野蛮的”著名论断的阿多诺本人，这样解释道：“在奥斯维辛集中营之后，任何漂亮的空话、甚至神学的空话都失去了权利，除非它经历一场变化。”（阿多诺《否定的辩证法》）这种变化显然更需要保持安静肃穆的写作立场，警惕空洞的诗意，更需要反对从受害者和牺牲品身上榨取意义，更需要确立恰当的立场来颂扬“英雄主义”。作为写作者，阿列克谢耶维奇沉稳地克制住了自己，也潜心观察着灾难之下人性无处不在的暗流，同时，她站在普通人的角度，颂扬平凡而日常的英雄主义。

《二手时间》：浓缩版的“红色百科全书”

这是阿列克谢耶维奇的新书，她自己称之为“红色人类终结篇”——随着苏联解体，一个“充满希望的年代被充满恐惧的年代所取代。这个时代在转身、倒退”，崭新的未来并未如改革者预期的那样，站在自己应该站的位置上，反而，出现了一个“二手时代”，“所有人都在使用别人以前所知、所经历过的东西”。然而，生活在二手时代的人们，却为此付出了惨痛的代价。显然，这个书名包含着作者对时代巨变的批判性思考。（对于书名为何为“二手时间”而不是“二手时代”，译者在译后记中有一番解释，然而，从汉语的习惯而言，我还是更倾心于“二手时代”）

几年的时间里，她在苏联解体后的几个国家走访，采访那些不同种族的、说不同语言的、有“社会主义基因”的人，探究“苏维埃”留在几代人灵魂中的印记，探究“乌托邦实验室”里的信仰和价值，爱情和死亡，生命和自由。

面对“曾经改变人类历史的红色帝国为何在几天之间崩毁”这样一个宏大而驳杂的命题，其他学科忙着分析史料、寻找规律、总结教训，而阿列克谢耶维奇则用文学的方式，用“心灵现象学”，举重若轻地呈现了一切，然而却获得了汗牛充栋的历史学、政治学、社会学著作所不能获得的效果——让全世界即便最不关心政治的普通人都可以了解这一场“人类事变”的某一方面，因为书中讲到的爱与死是人类的语言，也是人类共同的命运。

对中国的读者而言更是如此，由于显而易见的历史原因和现实原因，或许无论怎么估量这一本文学作品在中国出版的意义都不为过。更何况，仅就其文学品质本身而言，这都是一部丰碑级的作品，它给人带来的“美学的和历史的”阅读惊奇和震撼久久不能散去。

书分为两部：第一部取名为“启示录的慰藉”，讲述的是 10 个“红色装饰内的故事”，时间跨度是 1991 年到 2001 年；第二部取名为“空虚的迷惑”，讲述的是十个“没有修饰的故事”，时间跨度则是 2002 年到 2012 年。全书的二十个故事中，被采访人年龄从 87 岁到 14 岁，社会身份则包含了苏联元帅、1922 年入党的老共产党员、前线老兵、普通退休干部、民工、难民、警员、作家、移民、大学生、中学生、罪犯等各个阶层的人。尽管主人公是 20 个，但书中发出声音的人物可不止这些。在被命名为“街上的噪声和厨房里的谈话”的两个小节中，就几乎穷尽了有关红色帝国崩塌的所有观点和看法——历史上，因为“赫鲁晓夫楼”的兴建，结束了俄罗斯人没有私人厨房的历史，因而“厨房谈话”在苏联的文化语境中变成了“畅所欲言”的代名词。

某种意义上，《二手时间》更像是一部浓缩的“红色百科全书”，书中的每一个故事，都足以构成一部独立的文学作品；每一个故事所牵涉的信仰问题和现实困境，都足以构成一个独立的、阐释不尽的话题；甚至，读者都难以从阅读感受中权衡和比较哪一个更令人震撼——每一个故事都代表了某一个新的侧面，都能掀起一番阅读和思考的震撼高潮，而且，每一个故事中都充满了作家不可替代的真知灼见。

某种意义上说，阿列克谢耶维奇的这本《二手时间》，就其历史含量和人性含量而言，都堪与托尔斯泰的《战争与和平》、索尔仁尼琴的《古拉格群岛》相比肩。甚至，因为她"非虚构"性的真实记录和全景呈现，因为她的判断"隐身"，还有效避免了作家在看待重大历史问题时候可能出现的局限和偏见，显示了巨大的吸纳力和包容性。无怪乎《费加罗报》赞其"像河流一样厚重、有力"。

这与作家始终不渝地对"人"的尊重有关。她说："在一个人的身上会发生所有的一切。"而读者读了这本书，或许才会深刻体会"信仰"二字空洞和充实相交融的辩证法，体会信仰建立和信仰崩塌的生活逻辑和情感逻辑。自然也能从一个深刻的角度体会，所有的"主义"其实都和具体人的具体阶层、具体经历、具体情感、具体处境密不可分，对"主义"的每一种拥护和反对，背后都有心理和情感的土壤——每个人都是一部历史。

"复调"中的"开放社会"

"复调"是一个古典音乐术语，指的是一种没有主旋律与和声之分的音乐形式，而这个术语被用于文学，始于苏联文学理论家巴赫金，他用"复调"来概括和阐释陀思妥耶夫斯基的小说。他认为作家是有多重人格的，这些人格会在作品中不同程度地体现出来，形成一种多声部并存的内在"对话"效果。陀思妥耶夫斯基的小说恰是如此，明显地区别于托尔斯泰那种"独白式"小说。

而阿列克谢耶维奇的作品，在一个核心事件之下，每个人都盲人摸象般的发出自己的声音，显然是“复调”式风格的又一种体现。而且，跟小说家无意识地体现多重人格不同，她最大限度的隐身是有意识采取的创作方法。她就是力图用一种“众声喧哗”的方式，让每个人的讲述产生一种自发式的对话效果，然后她像拼图手一样，拼贴每一个真实的碎片，组成一个完整的世界。而如此拼接出来的世界，无疑就像我们身处的世界一样，充满了对抗和对话，因而也变得更为丰富而复杂。当然，面对过于宏大过于复杂的历史，任何声音都是片面的、有限的，只有用这种方法才能最大限度地呈现历史的真实；同时也可以避免文学在历史面前过于弱小、过于纤细的情况。或许，这样也可以避免作家被历史和现实压迫得承受力不足——涉足这样的题材，面对这样的历史，需要作家具有强大的内心。

给人印象最深的，一方面是几本书中反复不断出现的“我们”和“他们”。每一次，“我们”都是无助、无辜、无奈的代名词，而“他们”则总是入侵者、施暴者、蛮横者和不理解、不配合的代名词。而站在这个世界之外才会发现，“我们”和“他们”原本都是受害者，因而双方面如此的相互指认才会显得如此荒诞，各自的处境也才充满了更为深重的悲剧感。

另一方面，则是几本书中都写到的“代际”之间的矛盾。经历过卫国战争、古拉格集中营、切尔诺贝利核爆炸、阿富汗战争和苏联解体的“祖父”，和在卫国战争之后出生的、只经历过切尔诺贝利、阿富汗战争和苏联解体的“父亲”，以及苏联解体之后出生的“新俄罗斯人”，是阿列克谢重点关注的“三代人”。他们看待历史和现实、体制和自我的眼光有巨大的分歧，在这种分歧中，埋藏着历史的悲喜剧，也埋藏着“未来”一词所包含的全部的晦暗不明。

可以说，在历史学家和社会学家大多都在朝着真实和真相单兵掘进的时候，阿列克谢耶维奇却只是做了一个舞台搭建者。她邀请普通人说话，表达自己的爱和信仰。她尊重每一个声音，像“复调”音乐平等对待每一个声音一样，她用“文学的民主”呈现了历史的真实。

索罗斯的老师、被爱因斯坦赞美的著名哲学家卡尔·波普尔在他的名著《开放社会及其敌人》中，在反对极权主义和人类暴行的框架下，曾提出一种富有吸引力的社会蓝图，或者可以称为一个新的乌托邦，即“一个人们自由持有不同意见的开放社会，法律规则允许不同意见和利益的人和平相处。”可以说，阿列克谢耶维奇恰恰用文学实现了“开放社会”的构想，因而显得弥足珍贵；诺贝尔奖打破“虚构垄断”，颁给“非虚构”写作，显示了异常的包容和胆识。

“我们不需要你的真实，我们有自己的真实。”

这是关注苏联入侵阿富汗战争的书《锌皮娃娃兵》出版之后，娃娃兵的母亲对阿列克谢耶维奇发出的质疑。她们响应国家的号召，把“只知道理想，不知道人生”的孩子送到阿富汗，去“进行国际主义援建”，不曾想到那里是战场，更不曾想到有一天孩子会被装在锌皮棺材里回到家乡。如今，阿列克谢耶维奇的一部书出来，以不可辩驳的证据，揭穿阿富汗战争就是一场侵略、一场政治骗局和一个人道主义丑闻，这些孩子在战场上执行的是杀人的命令，他们不是英雄，只是盲目信仰的牺牲品。这样的真实和真相，对这些母亲而言、对整个俄罗斯而言，其震撼效果可想而知。

其实，不只是娃娃兵的母亲会发出这样的质疑，即使是读者，在读着一种种“真实”的时候，也会陷入情感左冲右突而理智却无处安放的疑难之中。每一本书那种毋庸置疑的“证词性”真实，都会让人产生“终于知情”的震撼和庆幸；但同时判断力和价值观又遭到前所未有的压制和摧毁，甚至，每一本书中呈现出来的残忍和疑难，都会让人产生求助于上帝的冲动——如此刻骨的真实之下，人靠什么获得现世的幸福呢？人类还有出路吗？

阿列克谢耶维奇是一个会让读者产生无助感的作家，也是一个会让读者在形而上的思考和形而下的生活之间举棋不定的作家，甚至是一个催生读者寻找上帝的作家。历史叙述到底是求真实、求真相还是求真理？或者，历史叙述只是在现实视野的关照下，求得一种符合事实逻辑和人性逻辑的解释？如果说追求自由和幸福是人类永恒的目标，那么书中说的："人民是历史的肥料""永远都是受害者留下来作证，而刽子手保持沉默""制度永远在愚弄人的意识"又该如何理解？与自由和幸福相比，真实和真相还有那么重要吗？做无知而犬儒的人是不是会感觉到更自由、更幸福？生活已经足够艰难，我们真的还需要知道那些历史的真相吗？甚至有观点认为，在苏联史料全面解密之后，俄罗斯只剩下了一个精神支点，那就是反抗侵略的卫国战争。

实际上，阿列克谢耶维奇本人也时常面临着这样的自我质疑和自我追问，她从未笃定自己写的就是真实，也从未笃定这种真实具有无往不利的价值。她在诺贝尔奖的领奖台上，引用尼采的话说："没有艺术家能完全达到真实"，但本着对历史负责的态度，本着关注被历史宏图忽略的人物心灵的好奇和使命，她建立了自己的文学世界，同时也形成了自己的"写作道德观"，那就是"见证者必须说话"的"超文学"。

她几乎把一个女性全部的体贴和韧性投入了这些残酷而黑暗的故事之中，尽管也曾发出过"我再也不愿意描写战争了""我的防痛储备力已经用尽"这样的幽怨，但她还是力图用刻骨铭心的爱情对抗一切苦难，还是始终对生活本身抱着最大的信任。她愿意用聆听的方式去了解人们的心灵，进而了解整个世界。而且，她认为，"简单和呆板的事实，不见得会比人们模糊的感受、传言和想象更接近真相。"而了解真相，是通向未来的唯一途径。

或许，只有在这样的时刻，读者才能深刻理解俄罗斯作家和俄罗斯文化为何会有标志性的"忧郁和紧张感"，为何会有标志性的"沉重的诗意"。也只有在这样的时刻，读者才能深刻理解，为何世界上没有哪一个民族的作家如苏联时期的作家那样，在极端高压之下仍对文学秉持宗教般的忠贞和热忱——这是唯一的出口，也是有力的救赎。他们一方面在人间描绘地狱的模样，一方面又在地狱憧憬自由的光芒；他们一方面写人类在极端苦难中的绝望与虚无，一方面又无时不在绝望和虚无中描绘爱和未来的热烈和灿烂。没有哪一个时期的文字如他们一样有如此刻骨的悲观和乐观，有如此刻骨的浪漫主义和理想主义色彩。

俄国的另一个诺贝尔文学奖获得者布罗茨基说："你执着于你的责任，因为你执着于德行。"而有一种说法认为，所有的俄国文学都建立在一种面对"无解的俄国问题"的大背景下，因而每一部作品都是作家的一份个人忏悔书、都是一份供词。阿列克谢耶维奇的这一份，足以打动整个世界。

一个捷克作家的“疯狂世纪”

他叫伊凡·克里玛

在读到捷克作家伊凡·克里玛的两卷本自传《我的疯狂世纪》之前，我先读的是崔卫平翻译的他的一部随笔集，叫《布拉格精神》。这本书的文章被划分为五个部分，探讨的问题涵盖了童年、记忆、文学、传统、世俗和极权主义等很多方面。

几乎从一开始，我就被他强悍的思考力击中了，那是一种字里行间散发出来的智慧，一种超越了意识形态的、只属于读书人的冷峻和清醒。当然，这其间也不排除我对捷克文学乃至所有社会主义国家文学的亲近感，因为，我似乎总能从中找到更深层次理解本民族文学问题乃至社会问题的有效资源和参照物。比如他在思考苏联对捷克的占领时说：“通常并不是善与恶的力量在互相战斗，而仅仅是两种不同的恶的力量，它们在比赛谁能控制世界。”而人在其中，只有绵延无尽的无力和绝望，像在全副武装的纳粹看押下，被打上耻辱烙印的犹太人的队伍。他说：这种绝望感决定了他的观念和写作的主题，但“极端的经历并不打开通向智慧的道路”，唯一拯救世界的希望不是复仇，而是“宽容”。

要知道，作为犹太家庭的一员，他和家人一起被纳粹的集中营关了三年，见证了无数的死亡；被解救之后曾视苏联红军为正义的化身，他父亲也由此具有鲜明的“左”倾倾向，加入了共产党；他的两个舅舅死在为苏联工作的地下斗争中，为了表达对他们的纪念，布拉格的一个广场就是以这对兄弟的名字命名。之后，克里玛亲历“布拉格之春”、苏军占领和“天鹅绒革命”，也亲见父亲因莫须有的罪名被捷共政府清洗关押，直至开除出党。他自己，则有三十多年的时间，作品不能在国内出版，只能靠地下出版或者由人秘密带往国外。一度，他也不被允许参加任何和文字相关的工作，只能靠领救济金生活，因为他被鉴定为“花粉过敏的残疾人”。无论是信仰还是经历，似乎都没有给他“宽容”世界的理由，然而，他在文字中展现的，是理性而平和。20世纪的文学，总是冷静的文字更有力量，而不是煽情的。

这个名字对中国读者来说远不如米兰·昆德拉的捷克作家，但在捷克国内的声誉却远远超过米兰·昆德拉，而且作品被翻译成的语种仅次于他。因为拒绝流亡，因为参与“布拉格之春”，并一直坚持为争取创作自由而斗争；更重要的，还因为他的写作始终和捷克这个民族血肉相连，克里玛和赫拉巴尔、哈维尔被并称为捷克文坛的“三驾马车”(一说是哈维尔、米兰·昆德拉和克里玛)，在捷克作家中享有崇高的威望。而红遍了全世界的米兰·昆德拉，在捷克国内已有二十年不出版他的书，他被视为失去了和本民族联系的、靠展览捷克经验取悦外国人的作家，他的“国际主义”甚至被视为一种文化上的“叛国”行为。

对米兰·昆德拉这个曾经在“布拉格之春”中并肩战斗的同志，伊凡·克里玛也感受到了他出国之后写作上的不中肯，并理解国内读者之所以敌视他，是因为他在国外享受着表达自由的时候，捷克国内正在最深重的苦难中挣扎；但克里玛仍然认定，米兰·昆德拉“是这个世纪伟大的捷克作家之一”。正如他理解赫拉巴尔曾向当局表达的忠诚，只是为了出版作品，而不是关心政治，更不是政治投机一样。他依然坚定地认定，整天泡在酒馆里的赫拉巴尔是捷克最伟大的散文作家，是捷克文学的“君主”。伊凡·克里玛有一种智者的冷静和客观，更有一种独立思考的能力和勇气，尤其是当这种独立思考被视为异端，放弃它可以获得一切的时候，思考这种行为本身都可以变成代表一个作家思想质地和人格格局的勋章。

当然，用文学思考捷克的命运这件事情本身，对克里玛而言还远不只这么简单。苏联坦克开到布拉格的时候，克里玛和情人身在国外，妻子在另一个国家，父母和孩子也完全有能力离开布拉格。他可以像很多作家那样，做一个流亡作家，但他几经斟酌，还是带着“不确定、恐惧和放松”交织的感觉，冒着“再进集中营”的危险回了国。而在他不能出版作品，被审查、被监视的时候，他总是让自己避免更激进，以免被劝离或者被驱逐。他不想离开捷克，不想离开母语。他幽默地说：“英语可以说一切，但表白爱情怎么能不用母语呢?”20世纪的很多大作家，都曾表达过对母语的忠诚。对流亡作家，比如纳博科夫、米沃什、拉什迪等等，母语是他们最深沉的乡愁；对没有流亡的作家，母语是他们血液的一部分，与生命同在。

他的世纪“疯狂”得与众不同

应当说，全世界的读者都不缺乏对“疯狂”的20世纪的认识，这个集中了两次世界大战、集中了两个阵营的“冷战”、见证了人类制度的革命性创造和革命性变化，经历了人类的毁灭性灾难，甚至人性的根本性颠覆的世纪，给人类留下了无穷无尽的伤痛，当然，也留下了无穷无尽的精神资源。我们从太多的历史读物和文学作品中，见证了这一切。

即便如此，克里玛的伤痛和他从中汲取的信仰思考和精神警示，依然能够掀起头脑风暴。不只是他作为一个灾难个体的独特性，也不只是泛泛而言的，他在一个经受了旷古灾难的东欧弱小民族中的代表性。更为重要的，是他的思考方式，是他作为具有特殊内涵和独特历史意义的作家群体中的一员，在思考历史和未来、时势和命运、精神和自由、独裁和极权等等方面的独特感知和独特表达。一句话，伊凡·克里玛借由一本自传所达到的对一个世纪兼具宽度和纵深的描述，以及由此达到的对历史的洞察和对文学的贡献，乃至对宏大的人类问题的思考深度，不仅因为他作品的主题，更因为他文字的质量。

伊凡·克里玛出生于 1931 年，而《我的疯狂世纪》则从他开始有记忆写起。在被关到集中营之前，他的记忆是短暂而美好的：父母虽是犹太人，但不信仰宗教，他们出身贫寒，但非常勤奋，父亲是工程师，母亲毕业于商学院，是法国公司的职员。仿佛是突然之间，纳粹来了，他们因为血统进了泰雷津集中营，接着分离、饥饿、死亡、恐惧等等一股脑进入他们的生活，世界飞速旋转起来。

整部自传，克里玛采取的都是两条线索并行叙述的方式：全书的主线是叙述经历，按时间线索回忆自己的生活和经历；另一条则是谈论话题，用一篇篇探讨某个相关问题的杂文，讲述自己精神生活和思想生活的蜕变。比如，讲完自己在集中营的经历，他紧接着附上一篇叫《极限》的杂文，综合自己在集中营面对死亡的极限体验和突然被解放的极限体验，探讨极限经历可能带给人的犀利和偏颇。同时，他还对比和平时期人们在乏味的日常生活中的经验，体会一种人生的悖谬，那就是"没有体会到深刻的苦难就很难真正体会到深刻的幸福"，幸存者的极限经验会转变成一种极限智慧。在与苦难和意识形态纠葛缠斗的时候，他始终未能忘掉人生，他将极限和日常、战争和世俗巧妙地衔接在一起。

读人物自传，我们很少有这样的体会，就是在感性地体会他的经历和传奇的同时，还能理性地直接认知这些经历和传奇背后所牵涉的历史和文化的深层次逻辑。尤其是对有文化隔膜和历史隔膜的外国读者而言，他不只是让人了解和感受，更催人思考和怀疑。他的自传无限拓展了我们通常所说的一部自传的定义，他表达自己，同时也在启迪智慧。只需要看看他附在每一章后面的杂文标题，即可明了他探讨的都是何等重要的问题，他的书中该有什么样的思想容量！比如：思想杀手、乌托邦、恐怖与恐惧、需要信仰、独裁和独裁者、知识分子的背叛、愚民或有关宣传、挥霍的青春、秘密警察、关于精英、关于团结等等。在 22 篇这样的小文章中，他几乎探讨了与人类社会有关的方方面面（但不知是因为中文版的删改还是什么原因，这些话题中几乎没有涉及人道主义的问题，显然，这个问题更为重要），不只是宏观，更多的是史实和细节，而且，他把纳粹德国和苏联两种体制放在一起，对比思考，也会联系历史上的种种宗教现象。

伊凡·克里玛用自己的方式给这个疯狂世纪建立了一份历史档案。

所谓历史，更多的时候并不具有实践的功能。正如著名的自由主义哲学家以赛亚·伯林说的，无论我们在天才的引导下找到多少重新认识历史的角度，比如马克思说要注意经济和社会状况的影响，黑格尔提示重视多种文化现象之间的相互关系和制度的生命力，弗洛伊德提示重视个人经验中的非理性和无意识因素的重要性等等，但我们都无法借此推算未来将会如何。未来的运行总是超出历史的暗示。我们所能做的，或许只是重新认识历史，从而更深刻地体会自己身处的现实。面对现实，而不是未来，有时候是历史最大的功用。

而很多小人物的历史之所以会引起方方面面的重视，甚至随着历史的发展，其所获得的情感功能和认识功能都会远远超过大人物，是因为唯有他们才真正体现了历史进程中，绝大多数人做了什么，承受了什么，他们才是人类生活和经历的“极微量元素”的连续体（托尔斯泰语）。而他们之所以能够引起更广泛、更持久的情感共鸣，是因为他们弱小而“无辜”，他们是被“大人物”左右的力量，他们是被动参与人类在一次次战争和变革中所体现出来的可塑性的主要组成部分。而且，所谓的人类进步，某种程度上只是制度的进步，人性没有进步。人性永恒。

他用理性对待“疯狂”

在已经出版的两卷自传中，克里玛在时间上写到了“天鹅绒革命”成功，哈维尔当选总统，他们这一代作家重获创作自由——当然，后来，更多的变化早已发生，很多问题依然无解。在五十多年的历程中，克里玛既塑造了一个现实的自我，也刻画了一个精神的自我。现实的自我，在“疯狂”的外部世界中如此无辜和弱小，因而显得整部书都是精神的经历盖住了现实的经历。再加上克里玛长于理念和概括的表达方式，更使得现实的自我显得扁平，而精神的自我更为丰满和充实。

甚至，原本该做主干的经历和故事，都变成了密集思想的点缀。哪怕是克里玛坦率书写的自己的两次婚外情，都没有任何世俗气息——他和妻子海伦相互坦诚地交谈彼此出轨的感受，然后相安无事；当然他也检讨，自己把婚外情这种事情都归结为“时代”，也有失厚道。

有关精神的自我，对克里玛而言，对在极端情境下不断寻求人身自由和出版自由的作家而言，太重要了，也太急迫了，让人无暇他顾。有时候，我甚至都恍惚，我是在读一本自传，还是在读一部历史学和社会学的著作。这种感受，跟读卡夫卡和米兰·昆德拉的感受接近。他们仿佛都不是在写故事和人物，而是在表达某种需要探究、需要解密、需要不断破译和阐释的人性隐喻或者政治隐喻。即便是更为幽默和有趣、举重若轻的赫拉巴尔，仿佛也充满了神秘的隐喻和暗示。这些感受，与读纳博科夫的《说吧，记忆》完全不同。或许文字的气质也有少年和成人之分，纳博科夫的文字里总是有一种“少年气”，而克利玛似乎很早就“老了”。

克里玛在书中也写到了对卡夫卡、对米兰·昆德拉的认识，当然，写到了与更多作家的交往，比如哈维尔，比如赫拉巴尔，还有因创作《鼹鼠的故事》闻名世界的兹德涅克·米莱尔等等。他还记录了萨特和波伏娃对捷克的访问、他和来自自由世界的作家菲利普·罗斯的对谈等等。当然，他也无时不在思考捷克文学的传统，乃至整个社会主义阵营中文学发展的规律性特征。他说，在苏联占领时期的捷克，“作家被迫说含有寓意的话，寻找各种隐喻，这样才能显得与现实不相干，以便在和审查者的争论中捍卫自己的意图”。同时，作家和读者都对“荒谬”感兴趣，都在努力捕捉政治制度的荒谬，而不是人生的荒谬。尽管他认同托马斯·曼在《一个不关心政治者的观察》中，对现代人精神政治化、把政治当成精神世界的唯一处所的犀利批评，但他还是无法回避这样一个事实，即“在我们所生活的社会主义制度下，一切都已变成政治问题。”

在书中，他写到的两个人物给人留下了深刻的印象。一个是他的工程师父亲。在纳粹占领期间，父亲作为专业技术人员被迫为纳粹工作，但他的思想是鲜明左倾的，也做了一些秘密的斗争。战争胜利后，父亲的专业技术还被需要，但为纳粹服务的历史问题则需要详细审查，为此，他被审判、被抄家，直至被捕入狱、被开除出党。终于被释放出狱之后，他毕生都为重新恢复党籍而努力，这种努力在多年后甚至变成了父亲的遗愿。

第二个是赫拉巴尔，那个写了著名的《过于喧嚣的孤独》的天才作家，那个从妻子的角度写自传的赫拉巴尔，一个整天泡在金虎酒吧的、可爱的作家。书中写到，在和占领政权争取创作自由的斗争最为激烈的时候，作家们空前团结。克里玛和他的几个朋友并不属于赫拉巴尔最亲密的圈子，但出于对他非凡的创作实力的尊重，他们决定用一种独特的方式为他送一份六十岁的生日礼物，于是他们编写了一份“诏书”，加封博胡米尔·赫拉巴尔为“捷克文学君主”，并庄严地赠给了他本人。

这充满了好玩儿的仪式感的一幕，是全书中特别温暖，也特别轻松的情节。在最不缺乏“爱嫉妒的竞争心”的作家群体之中、在那么严酷的创作环境之下，一个作家还被同代作家如此尊崇，在世界文坛上都不多见。当然，伟大的赫拉巴尔，充满了奇思妙想和幽默精神的赫拉巴尔，把世界文学的水准提升到一个更高层次的赫拉巴尔，完全值得这样的尊崇。然而不久，赫拉巴尔就发表了有损尊严的、拥护现有文艺政策的文字，还不惜为此修改自己的小说。克里玛仔细对比了他最好的小说之一《时间静止的小城》未经审查前和被审查后的片段，忍不住为赫拉巴尔惋惜。在这种惋惜面前，他为他的辩白都显得太过牵强：为什么当大多数人都屈服的时候，要求作家做英雄呢？或许比任何人都清楚自己此举的懦弱所在，赫拉巴尔自己没有解释，也没有任何辩白。他只是不停地写作，偶尔把未经审查的版本寄给地下出版社——当自己热爱的写作遭到挫折的时候，不同作家的反应是不一样的：有的宁折不弯，有的委曲求全，好在，最后都是文字比疯狂势力活得更长久。

虽然伊凡·克里玛没做过这样的"糊涂事"，但他体谅、理解。包括对苏联占领后的流亡作家在去与留问题上的选择。他说，关键只在于"一个人认为什么样的价值对他的生命最重要"。接着，他提到捷克历史上非常典型的奇事儿：我们所有的总统，除了瓦茨拉夫·克劳斯之外，都曾在自己生命中的一段时间里移民或被监禁。

每当看到疯狂世纪造成的人性疯狂的时候，他都把自己和所有人一起放在历史之中。如此一来，文学就不是控诉和谴责，而是引发思考的表达本身。如此一来，他的文学也能获得一种上帝的视角和悲悯的格局，而这是大作品的标志，也是人类一直都需要的。

克里玛的"悖谬"

克里玛在《布拉格精神》这篇文章中说：卡夫卡经常抱怨，在布拉格，每一件东西都是小而狭窄的。2012 年，我曾经到过卡夫卡居住的布拉格"黄金小巷"，那种精致的窄小和近乎压抑的逼仄，或许决定了他的作品只能向内，只能面向无限的纵深而不能面对更广阔的世界——而克里玛说，对一个只能承受而不能改变历史和命运的城市而言，这种小而狭窄，是一种"人性的尺度"，是一种"不可思议的保存方式"，也是他感受到的这个城市最核心的"悖谬"精神之一，否则，这个城市，这个民族怎么能够熬过那么多次的被占领、解放、又占领、又解放呢？他们怎么面对互相对立的东西在生活中来回出现，怎么克服那难以计数的绝望呢?

同时，拥有“万城之母”之称的布拉格，对克里玛来说是“等待黑暗，等待光明”(他的一部小说名)的最佳地点，也是创造力的源泉:“这是一个神秘的和令人兴奋的城市，有着数十年甚至几个世纪生活在一起的三种文化优异的和富有刺激性的组合，从而创造了一种激发人们创造的空气，即捷克、德国和犹太文化。”或许，由此我们才能体会“身份”为什么对捷克作家、甚至东欧作家而言如此重要，他不只出现在“留守者”克里玛这里，还屡屡出现在“出走者”米兰·昆德拉那里。在确定性和不确定性之间，布拉格充满了“悖谬”。

“悖谬”是克里玛概括出来的布拉格精神。在他看来，这个城市，从建筑到行事风格，无不体现了这种“悖谬”。而每一个布拉格人，也无不沾染了这种“悖谬”。他在自传中，也反复触及和呈现这种“悖谬”，当然，也因为对这种“悖谬”的体会，他从未流露任何可能令人反感的、基于阅历而产生的智者的优越感。能够在一本自传、一种最自我的文体中，努力摈弃看待世界和人的封闭式眼光，努力为读者打开更宏阔的世界和更多元的视角，几乎可以看作伊凡·克里玛对“悖谬”最深刻的理解——它比自省和忏悔更开阔。

他在书中写，一个美国记者采访他，问了一个很多人都不好意思问的问题：为什么你的同龄人都死在了泰雷津，而你却活了下来。他显然无法回答，只能推断各种偶然，包括父亲的、运气的、上帝神秘的保护等等，然后他不无悲愤地说:“不管出于什么原因，我活了下来，这没什么值得炫耀的，但也不是我的过错”。进而，他说:“这是一个奇怪的世界，在这里你必须回答为什么他们没有杀死一个孩子。”有什么比无辜的幸存者被问及这样的问题更让人感到历史和人性的“悖谬”呢？然而，直面悖谬却不是只有勇气就够了。波兰诗人米沃什在《诗的见证》中说:“做一个二十世纪的诗人，意味着要接受各种悲观主义、讽刺、苦涩、怀疑的训练。”

后来，克里玛经历了被抄家、被审查、被监视等等极端情况，“悖谬”的更比比皆是。它统摄着克里玛的全部文字，它如此浩瀚，如此驳杂，如此卓异非凡，如此箴言连连，以至于使得整部书都像一部充满了思辨色彩的启示录、一部充满了刻骨绝望的希望之书。

克里玛说：“这个世界一直发着疯，在这样的世界上，人们如何能够填补空虚，如何逃脱自己命运的无望？”他试着寻找答案，而最后，他借着自己小说的主人公，找到的是内在的自我，是不假任何外求地做自己。他说：

> 人生在世，即使是在最好的法律统治下，即使拥有了关于世界和人生的大部分决定权，如果他在自己身上找不到自由，那么，他在世界上也找不到自由。如果高尚没有从灵魂中产生，没有人能授予他高尚；如果他不能摆脱自己给自己戴上的镣铐，没有人能将他从镣铐中解脱……

在书的结尾，当足以让很多人欢呼自由的新政府对克里玛许以各种职务，包括新党派的成员资格的时候，他统统都拒绝了。他不想当世界的参与者和救赎者，因为他意识到：世界并不需要救赎，人类并不需要带领他们走向不久前还难以想象的高度的先知——人类更需要礼貌、工作、诚实和谦卑。至此，我也多少理解了，为什么在他探讨的所有关键词里，恰恰没有“人道主义”，因为他的思想，他的文字，他书中所有的细节，无不在阐释这个词，一个永难磨灭的词。因为这个词，或许我们才会更加深刻理解哈维尔身陷囹圄的时候说过的一句话：

> 信仰生活，也许。

赫拉巴尔的忧伤

"捷克文学的悲伤之王"

1997年2月3日，捷克作家博胡米尔·赫拉巴尔在医院五楼的窗口喂鸽子，然后坠楼身亡，享年83岁。医院说他不小心滑倒，而与他亲近的朋友托马什·马扎尔（《你读过赫拉巴尔吗》的作者）最了解他的病痛和孤独，最了解他一辈子把酒馆当教堂而突然不能去了，不能喝了的滋味，也知道他那几年不断地在表达"自我了结"的想法。尤其是他太太去世之后，赫拉巴尔独居，更多的时候以猫为伴——作家对于衰老和孤独的体悟比普通人更甚。他曾在生前最后一本书《绝对恐惧：致杜卡卡》中反复表达自己在"虚空巅峰"无处可去的伤痛。

葬礼上，挤得水泄不通的是他的读者，官方的表现很冷淡。而他的同胞和战友，流亡法国的著名作家米兰·昆德拉在接受采访的时候则说："有一天俄国的侵略将会被忘记掉，人们在谈这些年月时将会说这是捷克文化的伟大时期，这时期曾经有过、生活过写了《我曾侍侯过英国国王》和《过于喧嚣的孤独》的赫拉巴尔。"他进而把苏联占领捷克结束后的时代命名为"赫拉巴尔时代"。

不只是米兰·昆德拉，同时代捷克文学的另一个杰出代表伊凡·克里玛也说：尽管在1968年之后，赫拉巴尔为了自己的书能够被当局允许出版，曾公开做过自我批评，但这并不影响文学界对他的尊重，他仍然是"活着的伟大的欧洲散文作家之一"，是"捷克文学的悲伤之王"，他们甚至在赫拉巴尔六十岁生日的时候，送给他"捷克文学君主"的桂冠。

实际上，赫拉巴尔赢得的尊重和口碑又何止于此！与他的书和电影获得过的诸多国内、国际奖项相比，读者的口碑胜过金杯银杯。捷克著名的杂志《周刊》曾就“谁是捷克最伟大的50名作家”做过读者调查，结果赫拉巴尔仅次于《好兵帅克》的作者，同样喜欢流连在酒馆里的哈谢克，排名第二。要知道，这个名单里还有卡夫卡、米兰·昆德拉、伊凡·克里玛等享誉世界文坛的名字。

说起来，一个作家同时被同时代的作家同仁、专业读者、专业研究者认可，又被同时代的普通读者追捧，是非常难的事情。这甚至都不是文人相轻啊、雅俗共赏啊什么的那么简单，而是文学天才才会捕捉到的时代情绪和文学审美的微妙共振。一个作家一旦用自己的文字美妙地实现了这个共振，也几乎就等于实现了永生，一种可以超越文化差异和语言界限的永生——有一种文学经典需要经过时间淘洗才能够被识别，而还有一种，一出现就注定了禁得住全世界的打量。赫拉巴尔的显然属于后一种。

于我而言，赫拉巴尔的书有一种神奇的魅力，既让人发自肺腑地笑，又能让人产生深深地忧伤。尤其是《过于喧嚣的孤独》和《甜甜的忧伤》，让人百读不厌，直至想要全文背诵。很多细节和场景，会在读过书的某一个时刻突然出现在脑海里，挥之难去。这种感觉，还曾出现在读印度裔作家V.S. 奈保尔的《米格尔街》的时候。这种时刻的阅读，真是妙不可言，人完全能够进入物我两忘的状态，全副身心只跟着作家的笔走，每一句读在嘴里都意犹未尽，每一句都足以牵动人全部的过往。书中世界仿佛就在身边，书中人物仿佛就在眼前。读完，那未竟的感受如此强烈，让人还想立即从头读过，就好像在金虎酒吧喝了一杯啤酒，接着还想再来一杯一样。

或许，没有啤酒就没有赫拉巴尔，就没有从哈谢克到赫拉巴尔这种文学传承，捷克艺术中——不只文学，还包括电影——的幽默和讽刺也无从发酵。而且就算是那些讽刺话本身，都带着人文主义色彩。上世纪

70 年代曾在布拉格学电影艺术的塞尔维亚著名导演埃米尔·库斯图里卡在自传《我身在历史何处》中，写到“麻醉伤痛的捷克人”。在他眼里，正是啤酒对捷克人的轻微麻醉，他们才能够承受苏联的占领；也才使得他们敢像欧洲以外地区的“野蛮人”一样“胡言乱语”，让自己对占领者的小报复心理藏在讽刺当中，让自己的灵魂得以拯救。在喝酒的时候，“他们学会了撕咬，这会带来疼痛，但他们并不在乎，因为在咬伤的地方，他们上了很大剂量的麻醉剂。”啤酒是他们的麻醉剂。因为这种麻醉，库斯图里卡把他们称为始终在日常中审视自己和保全自己的“流氓英雄”，是明知道蜂蜜更好，也愿意跟“屎”共处的伟大“小”民族。那时候，布拉格的，正值文学电影“新浪潮”鼎盛时期，代表作几乎全出自赫拉巴尔的小说。

赫拉巴尔曾在以亲身经历写成的《温柔的野蛮人》里描述自己年轻时和朋友弗拉基米尔·包德尼克对啤酒的热爱。每一杯啤酒端上来，他们都先把啤酒泡沫抹得满脸都是，抹得自己容光焕发、香飘十里。“啤酒公子”是他们给自己的绰号，因为“人在东欧，没法清醒地活着。”

弗拉基米尔英年早逝，用上吊结束了自己的生命。他是第二次世界大战后捷克艺术界的代表人物之一，赫拉巴尔说他“拥有那个时代的一切陋习”，但他“从来不愿做现状的继承者，他更喜欢故作天真，只想开启新纪元，新时代，新生命。”“他从污渍中来，到污渍中去。”他和赫拉巴尔像孪生兄弟。

他是老子的好学生

赫拉巴尔喜欢老子的《道德经》。据他回忆，20 世纪 50 年代，老子的一句话，就会贯穿他们在啤酒馆的整个聚会，“注经”让他们乐此不疲。他在人生最困顿的时候，在钢铁厂工作时，曾经将《道德经》藏在工作围布下、衬衫里，然后用了两年时间将它全部背诵下来。后来到了晚年，更是每日必读。而《绝对恐惧：致杜卞卡》如果可以算作他对文学、生命和爱的全部总结的话，那支撑他克服“绝对恐惧”的，还是老子：“我反复对自己说：赫拉巴尔，赫拉巴尔，博胡米尔·赫拉巴尔，你已经把自己战胜，你已经到达了虚空的巅峰。就像是履行老子对我的教诲，我已经到达虚空的巅峰，一切都让人伤痛。”据说他读的是1920年鲁道夫·德沃夏克翻译的版本。

在不足六万字的小说《过于喧嚣的孤独》里，据我的统计，他至少有十二处直接谈到了老子的哲学。老子“天地不仁，以万物为刍狗；圣人不仁，以百姓为刍狗”“功遂身息”“知不知为上”等思想，老子追求的“致虚极，守静笃”的境界，则几乎贯穿了整部书。只是，他结合自己身在捷克的经历，结合自己对《圣经》、叔本华的理解，结合自己置身小酒馆的体验，有了更独特的认知。他说：“天道不仁慈，一个有头脑的人因而也不仁慈，并非他不想仁慈，而是这样做违背常理。”

他是如此推崇老子，以至于在书中用大段大段的文字比较耶稣和老子的不同。他说：“我看见耶稣在不停地登山，而老子却早已高高站在山顶，我看见那位年轻人神情激动，一心想改变世界，而老先生却与世无争地环顾四境，以归真返璞勾勒他的永恒之道。……我看见耶稣有如一个乐观的螺旋体，老子则是个没有口子的圆圈儿，耶稣置身在充满了冲突的戏剧性的处境中，老子则在安静的沉思中思考着无法解决的道德矛盾。……我看到耶稣举起一条手臂，以唯我是从的强有力的手势诅咒他的敌人，老子却逆来顺受地垂下双肩，仿佛垂着一双折断的翅膀。”

说起来，老子哲学给捷克作家赫拉巴尔的滋养，甚至比给任何一个中国作家的都来得深厚。不知道这对中国作家而言，算不算一种遗憾和提醒。写作的人都知道，最初走上这条路得有才华做底子，有自己的生活经验为基础。先写自己，再写别人，是写作的一般顺序。当一个作家日益成熟，对外部世界的观察也达到了一定程度的时候，哲学的滋养就会成为决定一个作家水准高低的关键性因素。应当说，中国作家在这方面的欠缺由来已久。

在赫拉巴尔眼里，面对世界和天道，老子善良而无能，睿智而忧伤，既有弱者的幽默、智者的通达，还有东方式的圆融和深刻，而所有这些气质，跟他塑造的“巴比代尔”，都极其吻合，“身处底层而眼望高处”，身处极度灰暗之中又能够通过“钻石孔眼”看到美，善于以自己的可笑达到自己的高贵。

“巴比代尔”是赫拉巴尔独创的一个词，形容自己塑造的“躺在时代垃圾堆上”的普通人，他们卑微而乐观，富有理想而不合常规，他们的幽默最忧伤，他们的忧伤也最幽默。他们靠着“巴比代尔”的气质度过看上去最粗鄙不堪的一生，卑微如蝼蚁，却也自有一番天地和乐趣。他们是《过于喧嚣的孤独》中的废纸打包工汉嘉，是《我曾侍候过英国国王》中的小个子，是《甜甜的忧伤》中的啤酒厂小镇的所有普通人：贝宾大伯、羊倌、燃灯者、屠夫、乐师、漂亮的肉铺老板娘、爸爸、妈妈……他们是“传记体三部曲”中的赫拉巴尔本人和他的妻子艾丽什卡。

在赫拉巴尔眼里，几乎所有人，最终都要躺在时代的垃圾堆上，这是“道”，然而，跟那些所谓的智者和谨小慎微者比起来，“巴比代尔”那种“乐天知命”的境界更接近“无为而无不为”，更值得推崇。天道不仁慈，但人可以苦中作乐。从这个意义上说，赫拉巴尔在“天道”和“人道”之间，找到了自己的立足点；在悲剧和喜剧中间，也找到了自己的安身之处。

正是因为用这样的眼光打量生活，他才能做到在微小的事物上发现最大的世界，在最卑微的清洁工身上发现“圣人”的影子。他把世界上的每个点都看成天堂花园的中心，而天堂花园又会变成废墟和灰烬。然后，在灰烬中，看到美好的延续，看到生命周而复始。

罗曼·罗兰说：“世界上只有一种真正的英雄主义，那就是认清生活的真相后依然热爱生活。”赫拉巴尔的“英雄主义”显然更胜一筹，他不止认清了生活的真相且依然热爱生活，他还能把这种浸透了清醒的热爱转化成嘻嘻哈哈、疯疯癫癫的尊重和忧伤之美，投注在包括自己在内的底层小人物身上。他借着好朋友、捷克地下文学的代表人物之一埃贡·蓬迪的口说：“当不存在上帝和有直接有影响力的理想时，现代的英雄人物必须得心理不正常才能得以凸显……”

在“垃圾堆”上找到的“幸福感”

赫拉巴尔太爱这些“心理不正常”的英雄，而且，他之“爱人”，从来不是启蒙者的立场，而是颇有庄子“天地与我并生而万物与我为一”的“齐物”思想。他觉得自己和笔下所有的小人物一样，无力而弱小，甚至，因为太了解自己，他会感到自己有太多的地方不如身边的人。他甚至从妻子的角度，给自己写了三部曲的传记，只是为了“诋毁自己”。

正因为如此，他下笔就天然地形成了一种温柔的、羞涩的、谦卑胆怯的风格，一种在布拉格小酒馆的热闹喧嚣、烟雾缭绕中形成的略带忧伤的风格。这种风格让赫拉巴尔的书非常自然地带给人亲近感，他所有的表达也能由此“润物无声”地进入人的内心深处。这大概就是老子所说的“大音希声，大象无形”的境界。

他出生于1914年，是一个非婚生子。幸运的是，养父——啤酒厂的总管对他很好。在《甜甜的忧伤》《一缕秀发》，包括“传记体三部曲”里，他都写到了父母的个性。母亲乐观开朗，迷恋戏剧，赫拉巴尔常常觉得她不是妈妈，而是姐姐。养父工作专注，“干起活儿来恨不得把世界钻个洞”，酷爱拆卸摩托车，整个啤酒厂的男人都曾被他拉去当助手。他有时候会觉得，父亲是比自己还要小的孩子。在这对可爱的父母眼里，世界上根本没有什么叫做真正的烦恼。他们的言行举止，经常出现在那本让人笑出声来的成长小说《甜甜的忧伤》里。

后来，单身的大伯贝宾常住他家。这更是一个乐天知命的人，每天工作之余就是去酒馆找姑娘，唱歌跳舞。他见多识广，也喜欢讲故事，永远像一个长不大的孩子。他对赫拉巴尔的影响最大。赫拉巴尔视他为精神上的父亲，创作中的缪斯，在不同的书中，赫拉巴尔不厌其烦地写他。大伯去世后，赫拉巴尔把贝宾大伯生前经常说的一句话印在了讣告上：

“这个世界美得让人发疯！并不是说它真是这样，
而是在我的眼里它就是这样！”

当然，赫拉巴尔也有成长的烦恼，他不喜欢读书，成绩也不好，后来只是为了不让父母担忧而去申请大学，报考了法律专业。纳粹德国占领捷克之后，赫拉巴尔离开学校开始谋生。他当过仓库管理员，当过火车站的小工，当过推销员。35 岁的时候，已经获得博士学位的他，毅然离开自己条件优越的家，到贫民区租住，并且一住就是二十年。他享受住在底层人中间的感觉，期间，他从事的都是在钢铁厂、废纸回收站等地方的体力劳动，业余时间就泡在酒馆。他喜欢啤酒，喜欢泡在“金虎”酒吧。在这种微醺的状态下置身人群之中，人生所遇到的所有悲伤都变得不那么强烈了，人生在世的悲剧感和荒诞感也变得不那么刺激了。所有这些经历塑造了作为作家的赫拉巴尔，使得他能够深切体会这些“在社会的垃圾堆上而没有掉进混乱与惊慌”的人们身上那种“苦涩的幸福感”。

赫拉巴尔的同仁伊凡·克里玛在和美国作家菲利普罗斯的对谈中，曾经谈到何以 1968 年以来，会有数量相当可观的捷克作家得到世界文坛的“恭敬”，克里玛除了将其归因于民族的苦涩命运之外，还特别提到了捷克社会中对精英崇拜的厌恶。几乎所有的捷克著名作家，从卡夫卡、恰佩克、哈谢克到赫拉巴尔、赫鲁伯，都从未离开自己作为普通社会一员的工作，或脑力或体力，也从未离开人群。写作者这种“接地气”

的生活使得他们的作品从未对“别人”兴趣寡然，也从未失去跟时代的联系。“生活之树常青”于他们不是理论和追求，而是实践本身。

当然，他们没有“知识分子民粹化”与“反精英崇拜”之间的分野。赫拉巴尔说：“知识分子通常只是知道而已，而一个普通人却有着深刻的常识体验，这种经历就是我创作的起航。”用普通人的常识体验给文学作品增加细节和温度，用知识分子对美和哲学的感悟驾驭这种体验，显然，是赫拉巴尔成功的关键。所以，无论他写的人物多么粗俗和卑微，他笔下的格调都是体面而高雅的。

在中国，20 世纪也曾出现过“民粹化”的潮流，甚至世纪末也曾出现过“底层文学”的创作潮流，然而，有说服力的作品却寥寥。而有关知识分子的立场，20 世纪 80 年代“文革”结束不久之后，饱受创伤的知识分子群体也曾经反思过“启蒙”和“革命”、知识分子与革命的关系等等，当时曾经有过所谓“庙堂”“江湖”和“民间”几种知识分子立场的争议。但没进行多久，也没有来得及结出文学的和思想的硕果，就被商业大潮驱散了。这种争议的渊源甚至可以追溯到“五四”，追溯到《在延安文艺座谈会上的讲话》前后。“文艺为什么人”的问题，一直是中国文学界没有解决好的问题：文学艺术要不要被普通人理解？艺术的高雅和普通劳动者能不能相容？所谓“艺术源于生活”，到底是谁的生活？知识分子的、农民的、工人的，还是中产阶级的？“为人生”和“为艺术”到底应该怎么结合？无论如何，至少知识界和创作界还在讨论问题，还想达成共识；如今，文学与大众呈现分离之势，因而文学也渐有被边缘化之危机。

赫拉巴尔的抒情之美

从大学时代起，赫拉巴尔就一直在默默地写作，但直到 43 岁才出版自己的第一本书，之后在写作之路上他顺风顺水，加入了作协，成了著名作家，获得了国家奖，到处演讲，书也卖得很好。然而，1968 年来了，由于拒绝表态支持被占领，他的书被下架销毁，他也被限制行动。然而，就是在这最为艰难的时期，他写出了毕生最为重要的作品。

以废品回收站打包工汉嘉的独白结构全书的《过于喧嚣的孤独》成了他的代表作。全书几乎没有情节，但所有的画面和思想，每一个句子都经过了作者反复的斟酌和打磨。这是一首带有音乐旋律的圆融的抒情诗。主人公汉嘉以讲述“love story”的口吻，写一个时代的终结和另一个时代的开始。在苏联占领时期，已经在废品回收站工作了 35 年的汉嘉面临着机器取代人工的改变，于是他开始回忆自己的爱情经历，回忆自己在废品中的阅读。他安之若素地跟废品和老鼠生活在一起，不停地阅读“废品”，捡拾精神能量，克服内心的悲剧感，表达人在时代面前的渺小感、空茫感，获取不让自己疯狂的勇气。他说：“天道不仁慈，但也许有什么东西比这天道更为可贵，那就是同情和爱，对此我已经忘记了，忘记了。”

很多优秀的文学作品，都具有时代挽歌的抒情性品质。时间越是无情，人对往日时光的留恋和对未来的恐惧越能彰显情感的力量。这种情感的格调往往是审美的源泉，能够决定书的质量。不只读者好评如潮，《过于喧嚣的孤独》也被赫拉巴尔视为自己最好的书。为了达到最理想的表达状态，他甚至三次推倒重写，尝试不同的风格和语调。他说，为了写这本书，他推迟了自己的死亡。苏珊·桑塔格说：如果有二十本书能够代表本世纪的写作形象，《过于喧嚣的孤独》就是其中一本；而萨特曾经预言的，欧洲的巨作将在捷克产生，指的也是这部《过于喧嚣的孤独》。人类何其有幸，有这样高贵的孤独！

“喧嚣的孤独”可以有很多种解释。它既是指汉嘉在废品收购站的工作状态，忙碌喧嚣中孤身一人，也是指每天他把被摧毁的书籍当作废品打包的时候，独自面对这些文化和精神的象征，感受到的巨大的愉悦和巨大的忧伤。时代叫嚣着催人野蛮，孤独的人只能在废品站里享受文明，保持体面！当然，这“喧嚣的孤独”也未尝不是赫拉巴尔坐在金虎酒吧角落里的感受，置身人群而享受孤独；未尝不是他创作中的感受，为了让纸上世界喧嚣鲜活，为了让笔下人物灵动可爱，他必得体会刻骨的孤独和阴郁，体会自我否定的痛苦和自我重生的希望。总之，“过于喧嚣的孤独”，是个让人过目难忘的句子，更是让人过目难忘的书名，它以极致对比的意象，昭示人生在世的某种真相，每个人都曾在某些时刻体会到这种自我的觉醒，体会过这觉醒之下又享受又忧伤的美。

赫拉巴尔另一部有影响力的书，是以第二次世界大战前后的捷克为背景的《我曾侍候过英国国王》。这本书像中国的评书，用的是说书人的语气，人物性格鲜明，情节连贯，故事线索清晰，读起来非常轻松，但故事底部却是让人透不过气的黑暗。在纳粹占领捷克的时期，主人公、餐馆侍者和德国姑娘相爱，种族矛盾、战争冲突，就这样进入了爱情和家庭。后来，他们还阴错阳差闯进了纳粹的人种培育中心和纳粹伤员疗养院。作为被占领国家的一员，他来到了纳粹的后院，见到了纳粹“魔性”的复杂。小说还是赫拉巴尔的风格，黑色幽默，平实冷静，但他对人物和读者情感律动的把捉还是涌动在故事之后。据说，赫拉巴尔只用了 18 天就写成了这部书，然后几乎一字未改。在它不能出版的时候，读者争相传抄。二十年之后，书才得以出版，迅速引起轰动，并被改编为电影，获得多项大奖。

据说，改编赫拉巴尔作品的导演，他的好朋友伊利·曼佐面对赫拉巴尔的书曾经一筹莫展，最后，总算找到了他骨子里的“抒情性”，才豁然开朗，也才获得了巨大的成功。作为捷克新浪潮电影的代表人物，伊利·曼佐在六次改编赫拉巴尔的过程中，深得他又幽默又忧伤的情味，所以他获得的包括奥斯卡最佳外语片在内的多项国际电影大奖，也未尝不可以看作更普通的民众对赫拉巴尔的爱。

可是，在赫拉巴尔所在的捷克文坛，甚至那时候的整个中欧文坛，比起说理和思辨，比起对理性和智性的渴求，比起对历史和真相的解析，比起对现状的悲愤和对未来的忧虑，忧伤地抒情都太“非主流”，都显得太弱小太无力，甚至有些不合时宜——在社会主义阵营的国家里，不是一向宣传，哪里有压迫哪里就有反抗的么？文学不也是一向被鼓励要成为战斗的号角么？文学不是总是期盼着能获得把握时代和命运的力量感吗？这些气质，或许看看米兰·昆德拉，看看伊凡·克里玛，看看哈维尔，我们就可以感受一二。

赫拉巴尔显然没有这样的思考力，或者说他的气质决定了他不会靠思辨和说理写作，他内心没有强悍的力量支撑批判和反思，相反，他很胆小，而且，每次遇到政治，遇到敏感的问题，他的第一反应都是躲闪。他仿佛只能在下里巴人的人群中取暖，在普通劳动者直来直去的善良淳朴中寻找安全感，也只能靠着热气腾腾的酒馆、缭绕的烟雾延续自己的思考，把自己的喜怒哀乐、爱恨褒贬藏在身边人的故事中。他太羞涩太弱小了，甚至是太孩子气了，所以他只能写作，而无法成为文学活动家和社会思想者。

他只能是作家赫拉巴尔。当然，时过境迁之后，我们会发现，正是这唯一的身份，让整个捷克文学在深刻的思想刻度之外，又获得了深刻的审美刻度。但在当时，他可是备受争议呢！估计，在寻找到自己的美学风格和创作根基之前，他的内心也经过了太多的权衡和思虑吧。

赫拉巴尔的争议或者价值

赫拉巴尔的追随者，托马什·马扎尔在《你读过赫拉巴尔吗》这本评传里面写到，关于赫拉巴尔与官方文化的关系，以及掌权人对他的态度，在当时的捷克一直都有争议。因为天赋才华，因为书的影响力，他备受知识分子同仁和读者的尊重，与此同时，他也成为官方收买的对象——他们急于找到一个标志性的人物稳定思想界。在这样的情形之下，赫拉巴尔的态度是暧昧躲闪的。

他没有像米兰·昆德拉一样选择流亡，因为他离不开母语，离不开生活的环境，他说自己只能在酒馆“流亡”；他也没有像伊凡·克里玛一样选择不合作，选择地下出版，因为“写作是我唯一能从警察那种温柔恐怖中获得救赎的方式”（《绝对恐惧》）。与那些能够清晰地对写作环境做出反应的作家相比，他简直无所适从，只能更专注于写作本身。这到底纯粹是他的个性，还是他弱小的生存智慧，或许我们永远不得而知。如果他只是胆小的赫拉巴尔，或许我们不会从他的书中看到那么丰富的天地，得不到那么多智性的启迪；而如果他只是“聪明”的赫拉巴尔，那或许我们不会从他的书中感受到那么明媚的欢乐，那么坦荡的可爱。

在他已经出版的书被下架，被送到废品回收站，新书不能出版，连他的活动都受到监督的时候，他很恐惧。据说，只要看到一点点小说能够刊登、能够出版的希望，他就不厌其烦地根据编辑的意见修改小说。而且，正如伊凡·克里玛说的，他甚至给当权者写信，为了重新进入文坛。这样带有“变节”和“投诚”意味的举动，甚至连他的妻子都说：“你真是个胆小鬼，这可不光彩！”

在他以妻子口吻写的旨在“诋毁自己”的“自传三部曲”中，他详细叙述过自己的性格：胆小，羞涩，面对任何改变，哪怕是爱情降临，婚礼在即，他都会无所适从，总是想躲避。马扎尔也说，赫拉巴尔不只是遇到政治问题，遇到其他的倒霉事，他的第一反应也往往是“绕着走”。

说起来这真是一个意味深长的话题。从他所有的书中，尤其是他的代表作《过于喧嚣的孤独》，我们都能读出赫拉巴尔的控诉，只是这种控诉依靠的是文学的力量和美被摧毁之后的忧伤的深度。现在看来，这比当时的政治檄文，比那些直接对极权正面强攻的文学，更悠长深刻。还是那句话，带给读者无限忧伤的乐观、无限幽默和美的赫拉巴尔，就是一个作家，只是一个作家。在他眼里，尽管非常糟糕，但“世界不是被审判，而是被同情”。

而他自己则说：“每一个‘是’都有与自己相悖的‘非’存在”。对作家身份的理解，他也曾发出这样铿锵的声音：

“一个写过书而从未有过罪恶感的作家，一个写过书并出版了仍未犯忌的作家，一个听任自己写不出而并不感到触犯了谁的作家，我认为他算不得作家。”

有意思的是，这个作家晚年的时候，被政府授予了“功勋艺术家”的称号；当年拒绝出版他的书的出版社，出版了他 19 卷的文集。从被压制发声，书稿和书籍被删改摧残（假如每个版本都有存档，有关赫拉巴尔书稿的版本研究想必都可以成为一个课题）；从被监视到被捧上“功勋”之位，赫拉巴尔一直都是那个认真写作的、高水准的赫拉巴尔——真正的作家赫拉巴尔，直到他的最后时刻。

他的最后一本书《绝对恐惧：致杜卞卡》是写给一个美国姑娘的，据说在他日渐颓唐的丧妻岁月里，April，一个叫“四月”的美国姑娘来找他，于是他的世界立即有了太阳。他开始给她写信，写“我在灵魂深处才诉说的话语”，也为自己写下了真正的自传，像《荒原》一般阔大荒凉，又如叶赛宁的诗一般让人忧伤刻骨、美轮美奂的自传。

他回顾自己去苏联、美国、巴黎、伦敦讲学的历程，回顾自己在捷克艺术的“新浪潮”时代感受到的幸福，回顾在被占领期间不断被秘密警察追踪，回顾“天鹅绒革命”，回顾卡夫卡的“十一月飓风”，回顾哲学的狂野年代，回顾自己经历过的“疯狂时刻”……而每一次回顾，他都站在作家的角度、文学艺术的角度，他总是把自己和月亮、和猫，和文学艺术中曾经有过的时刻联系在一起。他感受到的是政治分裂、文化隔膜、语言差异之下的精神和文化的暗流，是叶赛宁、安迪·沃霍尔、T.S. 艾略特、哈谢克、卡夫卡、苏珊·桑塔格、弗洛依德、叔本华与他最私密的亲近……原来，在表面的生活之外，他一直默默地跟他们在一起。他说，他看过克里玛写的《两个赫拉巴尔》，站在克里玛的角度，他是正确的，因为他是个“有性格的人”，“而我呢，正如我已经察觉到，却又不敢据实以告的是：我基本上属于没个性的人，因为我担心害怕，我会前思后想，忐忑不安。”“我想当启蒙者，但其实，我只是自己的启蒙者。”所以，我只能“书写自己的文字，关于自由。不仅是我的自由，还有我朋友们的自由。”

世上终究只有一个赫拉巴尔，他在过于喧嚣的孤独中，磨灭了自己身上的无畏和莽撞，专注地变成了诗的囚徒，心里聆听着稠李树和雨滴的歌唱度过了一生，在绝对恐惧中绝对孤独，默默忧伤、默默自由、不断写作的一生。他说：“最后能够抵抗恐惧的，只有文学。”

你曾知道一个忧伤的土耳其吗?

帕慕克和土耳其人“呼愁”

在读帕慕克的书之前，相信很多人提到土耳其，首先反映在脑子里的都是神秘、无解、恐惧、忧虑、动荡这样的大词，都是一种和“忧伤”“内省”这种小情绪无关的东西。曾经，奥斯曼帝国的光芒照耀着欧洲和亚洲；曾经，生活其中的人们无论面向东方还是面向西方，都自信而骄傲。然而，后来的现实一再验证一个民族辉煌不再之后的衰败和颓唐。那么，土耳其帝国是怎么一步步丧失自己的？是怎么一步步变成今天的样子的？很多历史学家都想为此寻找答案。当然，这种寻找往往只意味着跟情感无关的理性推断或者学理研究——历史无情，人类发展充满歧路。

但在土耳其作家帕慕克眼中，这一切都沾染着生命、浸透着情感，因为这一切都是他“乡愁”的一部分。他在自传性作品《伊斯坦布尔——一座城市的记忆》中，将这种气质称为“呼愁”，一种土耳其人特有的“忧伤”，这是某种与身份问题、与东西方文化的冲突问题相关的、集体的而不是个人的忧伤，有宗教和世俗双重渊源。最初，“呼愁”和亲人逝去，内心深处无以言表的伤痛和失落感有关，慢慢地，它演变为一种民族气质，一种和孤独、忧郁、爱、死、失败和恐惧相交织的气质，同时又衍生出一种由听天由命、恪守尊严、期许拯救、宗教谦卑和自我保护共同构成的民族性格。帕慕克说，慢慢地，“呼愁”几乎变成了土耳其、变成了伊斯坦布尔本身，它不是完全消极的：

> “呼愁”在贫困之时教人忍耐，也鼓励我们逆向阅读城市的生活与历史，它让伊斯坦布尔人不把挫败与贫穷看作历史的终点，而是早在他们出生前便已选定的光荣起点。……伊斯坦布尔承担的“呼愁”不是弥漫全城的绝症，不是像悲伤一样得去忍受的永恒贫穷，也不是黑白分明的失败难题：它倍感荣幸地承担其“呼愁”。

这种在历史废墟上和帝国斜阳中生长起来的“呼愁”，成了帕慕克写作的起点和核心。至于他在中产阶级大家庭中体会到的亲情隔膜，在父母离异、跟哥哥争夺母爱过程中敏感体会到的情感孤独，以及他对另一个世界和另一个自我的想象，他内心的骄傲，他在大量阅读中对历史和人性的揣摩，则都是这种“呼愁”的具体化。所有这些共同构成了帕慕克的写作气质，也构成了他的人生观——昔日之美已经逝去，今日之爱无从寻找，未来太远，救不了今天，但土耳其人依然可以靠着内心的力量、靠着灵魂之美、靠着对生命本身的谦卑骄傲地活着。

《我脑袋里的怪东西》

这是帕慕克的第 12 本书，也是他最新出版的书。帕慕克以一个在伊斯坦布尔走街串巷的小贩为主角，写了五百多页，四十多万字。为了帮助读者理清其中的人物关系，作者（或者出版方）甚至不得不为这本书先画了一个人物关系图，又加了一个人物索引。看得出来，帕慕克力图通过三代城市移民，写出一个不一样的伊斯坦布尔，然后跟他自己眼中的拼在一起，尽可能完整地勾勒这个城市的全貌。当然，他更想要写出的，是在土耳其和伊斯坦布尔不断变化中，那些做着城市梦的普通人产生了何等深沉的“呼愁”。

在其他的书中，帕慕克写到“呼愁”的时候，主角往往是诗人、画家、专栏作家。他更熟悉和擅长写知识分子或者上层阶级的“呼愁”。

这种“呼愁”有时候带着小资产阶级的幼稚病，当然也夹杂着功利心和政治主张。这种“呼愁”离土耳其的精神现实和思想斗争更近，而很少触及底层人的现实生活，所以显得优雅深刻有余，感同身受不足。尤其对外国读者而言，其中复杂的宗教派别和复杂的政治信仰，就够让人晕头转向了，作家还尝试在小说中套用多种文体，包括诗歌或者专栏，将自己真实的判断和想法层层包裹，在文本内部形成历史和现实、宗教和政治的多重互文，那就更让读者一头雾水——有时候我都怀疑，全世界究竟有多少读者能够真正读懂帕慕克，读懂他著名的政治小说《雪》和《黑书》。

而这一次不一样，帕慕克写了一个叫麦夫鲁特的小商贩的“呼愁”，充满了全人类都能体会的世俗烟火。麦夫鲁特受过一点高中教育，从乡村来到城市之后，不做礼拜。白天，他四处找工作，晚上他子承父业，沿街叫卖一种叫做“钵扎”的饮料。这种发酵饮料曾经在禁酒令执行的年代风光无限，填补了很多人空虚的夜晚；禁酒令解除之后，它迅速成了过时和落后的代表，当然，也成了底层人用来怀旧的象征物。麦夫鲁特开始卖的时候，正赶上“钵扎”没落，但他无论如何都不能切断自己跟“钵扎”的联系——他好不容易来到伊斯坦布尔，做的第一份工作就是跟着爸爸去卖“钵扎”。“钵扎”跟他童年的梦想，跟他对城市的第一印象，跟他对父亲的依恋，跟他在城市夜晚体会到的所有孤独和抚慰有关系。因此，在此后的一生中，无论他为生活所迫换过多少种工作，他都始终喜欢在夜晚的伊斯坦布尔，挑着扁担，沿街叫卖。他说，“城市的夜晚属于卖钵扎的小贩”。只有在这样的夜晚，他才能发现自己的内心世界和自己的头脑，才能感觉到世界和人生的意义。也就是说，唯有如此，他才感觉到自己是一个完整的“人”，而不仅仅是在贫穷的逼迫下谋生糊口的蝼蚁。

帕慕克用饱蘸深情的笔，写了一种贫穷的诗意，一种身处卑微而旷达乐观的“呼愁”。这种“呼愁”是土耳其小贩“脑袋里的怪东西”，是他在狂热的“官方意愿”挤压下的“个人意愿”；是在无数的“口头意愿”包围中的“内心意愿”，是他活着之上的星空仰望，是他为数不多的主动选择，这种选择于他而言是孤苦伶仃又充满尊严的“做人”的时刻。

所谓“意愿”，在土耳其的文化中，跟宗教信仰有关，很多时候，人都是需要服从官方意愿和口头意愿的。但麦夫鲁特不同，他通过生活本身、通过自发的自我约束，不自觉地接近了信仰，达到了一种“自由”，一种无功利的、无害的“自由”，普世的“自由”。这种自由感太动人了，以至于陌生的窗户都会为他打开：“卖钵扎的，你的叫卖声打动了我。”

这样的麦夫鲁特不只打动了买“钵扎”的，还打动了姑娘。在写麦夫鲁特之前，帕慕克没有一本以底层小人物为主角的书，也没有一本将爱情写得如此平实而深沉的书。说起来，帕慕克算是擅长写爱情的作家，他不仅善于剥离复杂的历史和现实，给读者理出一个头绪；他还善于写超越信仰的爱情，尤其是单相思。他的每一本书，即便是家族小说或者政治小说，都有动人心魄的爱情。

麦夫鲁特去参加堂兄的婚礼，远远地看到头巾包裹之中有一双美丽的眼睛，他为此着迷。他跟另一个堂兄打探出来，女孩名叫拉伊哈，是新娘的妹妹。他开始给拉伊哈写情书，一写就是三年，从高中退学写到服兵役。之后，他自觉时机成熟，开始策划私奔——那时候的麦夫鲁特，出不起彩礼，也受不了岳父的漫天要价——然而，在私奔的小卡车上，借着夜色，麦夫鲁特才发现，这一双眼睛不是自己爱上的那双。那时的他还不知道，他爱的眼睛的主人叫萨米哈，偷梁换柱的把戏是帮他私奔的堂兄搞的，因为堂兄也爱萨米哈。

三个堂兄弟和三个姐妹的爱情和婚姻，就这样共同构成了整本小说的容量。麦夫鲁特的两个堂兄都是世俗主义者，给自己在城里找的靠山却是清真寺的建造者。他们早已学会“为了富有而妥协和谦卑”，当然，也顺带学会了不择手段，所以生活过得远比他滋润。小说的另外一个重要角色，麦夫鲁特的同学费尔哈特，则是一个世俗的“左派”，他总是“咒骂自己的贫穷”，寻找着一切改变自己命运的机会。他的激进吸引了萨米哈，萨米哈选择跟他私奔。之后，费尔哈特借助权力干起了敲诈富人的勾当，直到最后死于非命。四个同龄人中，只有麦夫鲁特，从来没有因为赚钱而丧失尊严和羞耻感，他守着自己的良心和道德。

尤为可贵的是，阴错阳差中得到的爱人拉伊哈也愿意跟他一起守着穷人的尊严。对夫妻而言，价值观上的相濡以沫比生活上的贫贱相依更难得，也更让人动容。拉伊哈去世多年之后，初恋萨米哈重回麦夫鲁特的怀抱，但他还总是感到自己孤苦伶仃。他也不明白自己为什么会这样，直到有一天，为了房子拆迁，被萨米哈逼着去跟两个堂兄讨价还价，他内心受尽屈辱。当天晚上，他照旧去叫卖“钵扎”，然后，他忍不住想要告诉“钵扎”，这个最尊重他内心的“朋友”一句话：“在这世界上，我最爱拉伊哈。”小说就此结尾。

文学作品中很少出现这样的男人形象，既不是英雄也不是混蛋，既不风流倜傥又不放荡不羁，却能让女性读者爱上他。因为他，读者甚至都会爱上伊斯坦布尔的夜晚——城市一直慢待他，他却对城市充满深情。写这本书的帕慕克，用不惜显得啰唆和冗长的篇幅，勾勒了一个让人挥之难去的形象：一个在仿佛是浸了油的夜色中，挑着担子的男人，脸上带着孤独而忧伤的表情，心中充满着爱。他穷，灵魂却丰盈富足；他孤独，心里却情深义重；他是“堂吉诃德”，却老实本分、脚踏实地。帕慕克既写出了小人物的美德必然被时代淘汰的命运，更为这种美德唱了一首忧伤的挽歌。至为难得的是，在这首挽歌中，始终有爱的温暖。对一部文学作品而言，既能清醒地认识时代和历史发展的必然，又能对由此造成的命运悲剧给予爱的抚慰，对性格悲剧发出人道主义的抗议和叹惋，就几乎达到“美学的和历史的”双重要求了。

在中国，现代文学史上曾出现过一个能够与麦夫鲁特对话的人，那就是老舍先生笔下的骆驼祥子。在无休止的战乱和苦难中，祥子有自己的理想，自己的奔头儿，他的三起三落，彰显的是他顽强的生命力和旷达的生活观。无论如何，老舍先生都想方设法让祥子在苦难中站起来。只是，更为残酷的是，祥子这个“社会病胎里的产儿”最后还是变成了“个人主义的末路鬼”。他没有爱，更谈不上自发的信仰，他死在了“自强不息”又“无路可走”的路上，他被时代压垮了。而麦夫鲁特一直体面地、要强地挑着扁担，他始终承担着自己的命运，跟时代做温和的抗争。

在当代中国，在城市化进程狂飙突进的过程中，也曾有人倡导过“底层文学”，也曾有作家为卑微的小人物进入文学殿堂鼓与呼，然而，始终没有出现一部如《我脑袋里的怪东西》般的作品，能够对得起中国的芸芸众生为时代的发展所承受的苦难。仿佛中国作家永远难以为小人物找到有尊严的价值支点和情感支撑，他们的内心世界，远远无法和生活的苦难相较量，时代的车轮轰隆一过，他们所有的梦想和挣扎就灰飞烟灭，他们大多是逆来顺受的“物”，而不是能够站在苦难之上的“人”——用爱超越苦难，或许应该成为帕慕克带给中国文学最大的启示。

当然，所有的人，无论贫穷与富有，无论有没有信仰，都站在时代和生活之苦中，都需要在强大的外部世界中自我保全。文学也唯有关注了这种苦难的价值和保全的尊严，才能获得自身的价值和尊严。帕慕克能够用文学为土耳其的小人物代言，为生命本身代言，配得上大作家的称号，当然也配得上土耳其唯一一个诺贝尔奖获得者的名头。

这张土耳其名片的含金量

在2006年奥尔罕·帕慕克获得诺贝尔文学奖之前，中国就出版了他的代表作《我的名字叫红》。那本书写的是细密画师的历史，而他为历史选择的故事外衣则是一起凶杀案。

细密画是一种始于《古兰经》的边饰图案，后来成了波斯艺术的重要门类。曾经，细密画师和宫廷、教派有着深刻的联系，也代表着无上的荣誉。帕慕克用追查真凶的方式牵扯历史和宗教的方方面面，也牵扯以细密画师的群体性消失为支点的奥匈帝国“呼愁”。这本书几乎是普通中国读者第一次接触土耳其小说。

之后，他的书陆续在中国出版，中国读者也得以了解到，帕慕克擅长用“凶杀（失踪）——追查（寻找）”的方式结构所有的书。比如他著名的政治小说《雪》《黑书》《新人生》，他的家族小说《寂静的房子》、爱情小说《纯真博物馆》等等。他总是塑造充满焦虑感的角色，这个角色不断恐惧失去又不断面对失去，然后就不断寻找——作为奥斯曼帝国的子孙，帕慕克了解它极度的繁荣，经历了动荡的衰败，不断思虑它充满不确定性的未来，在这种心绪下，还有什么方式能比“失去和寻找”更能缓解他的焦虑呢？又能有什么比“呼愁”更能表达他内心的五味杂陈呢？

对帕慕克而言，“寻找”不只是寻根，还是溯源和推理，他想要寻找过去、现在和未来之间的逻辑。所以，在寻找的过程中，帕慕克写出了神秘的奥斯曼帝国、土耳其共和国各个阶段的历史，在不同的作品中侧重伊斯坦布尔的每个角落，他想要理解每个派别的人心中的爱恨情仇和政治主张，挖出每个角落里藏着的宗教分歧和政治纠葛。所以，他“在追求他故乡忧郁的灵魂时，发现了文明之间冲突和交错的新象征”。（诺贝尔文学奖颁奖词）

迄今为止，帕慕克用 12 本书，以伊斯坦布尔为中心，建构了一部独特的土耳其历史，也为世界各国的人们提供了一张了解土耳其的“文学说明书”。一份兼具东方世界中的西方遗迹和西方世界中的东方遗迹的、兼具“历史的”和“美学的”含金量的“文学说明书”。

在这个说明书里，不仅书写着荣耀和辉煌、尊严和骄傲，同时也书写着残酷和悲剧、贫穷和伤痛、愤怒和耻辱，更不回避土耳其信仰上的犹疑和现实中的犬儒，不回避土耳其在西化和传统之间的左右摇摆。他想用一个作家的笔，告诉世界一个真实的土耳其，也想用一个作家的理解，告诉土耳其人一个真实的土耳其。为此，他不惜成为一个“土耳其人憎恨的作家”——因触及亚美尼亚人被屠杀的话题，他甚至曾被送上审判台，他的书也被当众焚毁。（参见美国作家迈克尔·麦克加哈，《因言获罪——帕慕克传》）

但帕慕克却从未退却，也从未止步。他说：“如果土耳其作家只打算写蝴蝶和玫瑰花，留恋在博斯普鲁斯海峡的美好时光，那他们一定是太不正常了。”身在古老帝国，而卸掉写作的责任感和使命感，对帕慕克而言不可接受。这仿佛让我们听到了中国文学史上，“为人生”的文学与“为艺术”的文学之间的纷争，也恍惚让我们感受到了一种植根于深厚民族文化和复杂社会现实的文学精神和文化良知。当然，更感受到了一种创作的难度。

在帕慕克著名的政治小说《黑书》中，他借着书中人物的笔，粗略描绘了土耳其的动荡：“两个苏丹，一个哈里发，还有三个总统。无神论、青年土耳其主义、亲法主义、民族主义、共济会主义、凯末尔主义、共和主义、通敌叛国、保皇主义、西华主义、神秘主义、犹太主义、阿拉伯主义、纳粹主义、亚美尼亚主义、宗教正统主义、大美国主义”，派别林立。对整个土耳其的走向，他也曾引经据典，发出了这样的浩叹：“可悲的渔夫啊，你们的船朝东方行驶，可你们却望向西方。”

在这样一个国家生活的人们，最渴求的是什么？他们的时间观和命运感，他们对待生命、死亡、记忆和历史，对待孤独、爱、希望和谎言，对待恐惧、背叛和自我，会有什么不同？这些都是需要帕慕克用文学来思考的问题，也是帕慕克想要向世界传达的土耳其人的价值观。与其他国家的作家相比，帕慕克似乎更需要在文本中建立一种秩序，或建立一种理解生活和命运的逻辑，一种确定性和稳定感。否则，他可能无法为身处的混乱世界理出任何头绪。

席勒曾说：在一个分崩离析的社会里，人已经偏离他们一度完整和谐的真实的、整体的灵魂，这时艺术的作用就是为受辱的自然复仇，努力使人类和社会恢复本性。只有艺术、只有想象，才能治愈人在外部世界中承受的创伤。然而，对土耳其作家而言，这种艺术和想象能不能达到治愈的效果，面临的一个最大的麻烦是，他们必须反复审核自己的作品，不要冒犯政府、军队、穆斯林和民族主义者。对帕慕克而言，还要加上“不要冒犯父母兄弟”这一条，因为他总是以自己的人生为蓝本。

奥尔罕·帕慕克的家族属于主张西化路线的世俗化集团，这个集团富有、受过良好的教育。尤其是阿塔图尔克建立土耳其共和国之后，这个阶级一直在军方的支持下统治着土耳其。帕慕克从小就与底层和笃信伊斯兰教的阶层充满了隔膜。大学期间，他曾对马克思主义发生过兴趣，然而很快，他厌倦了无休止的争论和空洞的激情，于是，潜心阅读跟文学有关的一切。后来，文学成了他的“信仰”。他为文学献上了所有的忠诚和热情。

帕慕克的写作策略

帕慕克清楚地知道，要用文学为一个混乱的世界建立秩序，他必须成为自己世界的王，为自己世界的一切命名，主宰一切，独断一切。然而，在自己构筑的世界不可避免地和现实对接的时候——比如他的书受到宗教派别的拥护或者反对的时候，受到家人，包括母亲和哥哥的指责的时候，他又知道，自己的主宰和独断不过是虚妄，两个世界之间的安全围墙并不存在。于是，他小心翼翼地在两个世界之间建立一个安全的通道。帕慕克是一个谨小慎微的作家，不然，他也不会那么重视细节，不会那么重视隐喻，不会那么重视长篇小说的结构，更不会把每本书都写得超出它应该有的长度。

可以说，为了顺利而安全地表达，帕慕克有很多写作策略，或者说写作技巧。比如他常用引文，几乎他的每一部书，都或多或少地有引文。他通过大量的阅读，通过引用和借鉴前人的观点，增强自己的说服力，或者隐藏自己的判断。再比如，他常用“复调”模式，即让书中的人物各自从自己的角度说话，《我的名字叫红》是这样，《雪》是这样，《我脑袋里的怪东西》还是这样，通过这种众声喧哗的方式，作者可以很安全地站在幕后，把判断的重担卸给读者。还比如，他常用文本套文本的方式，比如他让书中的角色是专栏作家，通过写专栏表达观点，比如他设置诗人的角色，通过写诗表达政治激情等等。

当然，帕慕克最大的策略，还是他的侦探小说模式。他钟爱侦探小说，钟爱暗示和隐喻，钟爱推理和寻迹，钟爱秘密和破解秘密，也钟爱侦探小说天然带有的黑暗气质。为了这种侦探模式，他不惜让小说的细节黏稠胶着，让情节逻辑头绪纷繁，让人物的面孔光影浮动、晦暗不清。然而，他的侦探，永远不能如普通侦探小说那般纯粹而轻松，是智力游戏，他笔下的探究和破解甚至跟游戏精神都毫不沾边，因为他牵扯出来的永远是厚重而混乱的历史、永远是基于这种历史形成的宗教信仰和政治主张，甚至牵扯出来的都是血腥之后的血腥，阴谋之后的阴谋。

因为帕慕克的风格化太鲜明，作为他的读者，都会不知不觉地患上“侦探病”，你会不由自主地注意书中的每一个细节，留意每一点变化，生怕由此错过关键性的暗示和指向结论的谶语。当然，帕慕克也有这样的自信——读者不会在阅读挫败感中弃他而去。他的文字自有魅力，他相信读者阅读他，不仅仅是基于对土耳其的好奇，更是基于对人生和爱情的好奇，因为，他的书中还充满了人生和爱情的箴言。

饶是如此，对中国读者而言，帕慕克依然不是一个好读的作家，更不是一个好懂的作家，就像土耳其问题本身一样，当然也像很多诺贝尔奖获得者的作品一样。文学用故事沟通文化隔阂，关注民族的独特性和人类的共通性，反过来，文化隔阂也会在故事中时时制造障碍，制造了解的困难。所以，我们借由文学“张眼看世界”的时候，在享受文学作为文化交流使者的便利的时候，还是需要更多的知识储备和文化耐心，需要增加读新闻报道和历史文献时不需要的更深刻的理解能力。

正如《因言获罪——帕慕克传》的作者迈克尔·麦克加哈所说：“帕慕克最卓越的成就在于，他找到了一个让全世界的读者对土耳其产生兴趣的途径。”因为如今的土耳其太需要被了解，它埋藏着有关古老文明的某些真相，也呈现了有关人类发展的世界性困局，它是理解东西方冲突和融合的关键点之一。当然，有了途径，就有了打破神秘感的可能，也有了文化交流的可能。一个民族能够产生这样的作家，是它的荣耀，无论这种荣耀中包含着多少苦难和忧伤、困惑和迷茫。

精神之花总是开放在现实苦难之上的，这是文学的规律，也是社会的悖论。

奈保尔的“内在力量”

“世界本该停止，可它还在继续”

诺贝尔文学奖获得者，英国文学著名的“移民三杰”之一维迪亚达尔·苏雷基普拉萨德·奈保尔爵士于2018年8月11日去世，享年85岁。

之所以选择用这样一个开头来纪念伟大的作家奈保尔，源自我阅读他的时候，感受到的他文字间那种凛然、强悍而又紧张的气质。奈保尔是那种自带犀利气场的思考型作家，读者在面对他呈现的新鲜的生活、别样的历史讯息和密集的真知灼见的时候，会自然而然产生知识、阅历、智商和思考力上的自卑感，甘愿被他启发、被他“教训”，甘愿对他望尘莫及。

他之所以能够选择印度、非洲、伊朗这样的人类文明发展的样本，把握和处理“后殖民社会”的历史和现实这种大题材，源于他犀利的洞察力和精准的穿透力，以及从不顾及政治是否正确的写作胆识——奈保尔关注后殖民社会的文化贫瘠、政治混乱、经济凋敝、腐败横行，思考这些国家的未来走向，他也从不回避革命、种族、暴力、性、平等这样的大话题，但同时，他很擅长处理题材的“大”和人物的“小”之间的关系，也很擅长处理历史的深不可测和生活的触手可及之间的关系，然后他用才华和思考力造就独特的文本世界，这个世界里的人物身份都有象征意味，情节故事都带着文化和政治的隐喻。奈保尔用文学思考，他笔下的日常都是为了“非常”和“意义”做准备，所以他的文字里面总是有想要驾驭世界的、巨大的文学张力，这种张力远远超出一般读者的关注视野和理解能力，所以他的很多书其实并不好读，更不好懂，因为情节和人物个性命运从来不是他关注的重心，他更像社会学家，也更像在用文字拍摄纪录片，他的每一个细节和人物都带着“后殖民文化”的隐喻，都是他思考文明命运和身份政治的一部分。

据说，生活中的他也是一个极易紧张和愤怒的人，除了抨击政客，不买账记者、动辄和出版社闹翻、对情人大打出手之外，他在《看，这个世界》中对作家同行的褒贬，在《巴黎作家访谈录》中与采访者的对谈，都充满了火药味。他敏感、善辩、粗鲁、思维活跃、咄咄逼人，他时时想要展现自己思维的肌肉和智力的胸毛，让人发怵。他仿佛就是要用一股才华与世界碰撞过程中激发出来的愤怒的力量，征服世界、征服读者。

打开他的书，无论哪一本，即便是他最为中国作家们称道的、回忆童年生活的《米格尔街》，其间弥漫的忧伤和温情也是充满了紧张感的——一种叙事结构上的紧张感（这一点只需对比阅读赫拉巴尔同样描写童年的《甜甜的忧伤》就会立刻明了）。难怪诺贝尔文学奖的颁奖词会这样形容他的写作：“将深具洞察力的叙述和不受世俗侵蚀的探索融为一体，迫使我们去发现被压抑的历史的真实存在。”这被“压抑的历史”就是“后殖民时代”的印度、非洲、加勒比地区、拉美、亚洲其他国家等等，尤其是他的母国印度。与因文化乡愁而忧伤多情的作家不同，奈保尔的文化寻根越热切，对母国文化的质疑和批判就越无情和冷峻。而一个“迫使”，准确地表达了奈保尔内心充斥的高亢的写作意志。

他说：印度的贫穷、种姓制度、被殖民的遗迹让人绝望，而印度人却沉迷在宗教之中，把残酷的世界看作一个“幻想”来自欺欺人；他们缺乏“种族感”，无法认清过去和未来的关系；一直在用悲情，甚至滥情的方式阐释历史，寄生在历史中，闭眼享受着“枷锁般的舒适”。消极、虚无的印度，所面临的危机是“一个衰败中的文明的危机，其唯一的希望就在于更迅速地衰败。”而印度人的盲目乐观，“就像长在粪堆上的玫瑰”，让人想起来就感到痛苦。(《幽暗国度》《印度：受伤的文明》)

真相残酷，而奈保尔从不打算回避。为此，他甚至有渲染种族丛林法则之嫌，也被后殖民文化的创始人萨义德严厉批评，说他对后殖民社会的冷嘲热讽，极为“无知”“愚蠢”。

直面残酷，一般都是领教过生活无情的强者的选择。奈保尔出身卑微，外祖父早年作为佣工从印度迁居到特立尼达。而他从外祖母的乡间宅邸，到黑人西班牙港，最后又到了伦敦，到了牛津大学，一路漂泊，一路困顿，也一路增长知识和认识自己身份、自己族群乃至自己母国文化的能力。最后他选择写作作为理想抱负，开始从坚硬的生存困顿中挤榨出文字，从一度都想自杀的绝望中挤榨出文学的鲜血。

他在半自传体小说《半生》中写，离开家乡到伦敦的威利，一筹莫展，痛苦万分中他领悟到：一切都偏离了正轨，世界应该停止，可它还在继续。而他反复被引用的，《大河湾》的开头，更是在说这种痛苦的领悟：“世界如其所是。那些无足轻重的人，那些听任自己变得无足轻重的人，在这个世界上没有位置。”然而，“生活在黑暗角落里的人也有自己的灵魂”，于是他用写作给“卑微的灵魂”找到了在这个世界上的位置，独一无二，光彩熠熠。

他笔耕不辍五十多年，为世界文坛留下了三十多本著作，中文译本至少有 27 种之多，包括小说、游记纪实、回忆录、随笔，而且几乎每一本都不会让人产生阅读的熟悉感和厌倦感。其中以父亲为原型的小说《毕斯沃斯先生的房子》被列入兰登书屋、现代图书馆 20 世纪百部最佳英文小说；以非洲为主题的《大河湾》，被《纽约时报》《卫报》《每日邮报》等列入世纪百部经典。而享誉世界的“印度三部曲”《幽暗国度》《印度：受伤的文明》《印度：百万叛乱的今天》更是无可替代。因为写作上的巨大成就，他被英国女王封为爵士，并获得了诺贝尔文学奖；也因为写作上的无可替代，他离开这个世界之后受到了全世界的悼念。

《毕斯沃斯先生的房子》：像男人一样可怜父亲

几乎奈保尔所有的小说，都有他自己或者他父亲的影子。这是他有意识地追求。他想通过跟自己有着相同背景的角色，缩短虚构和真实之间的距离。而在世界级的大作家中，很少有作家像奈保尔一样，从男人对男人的角度，崇拜和理解父亲。他说，对自己创作影响最大的是父亲写的、从未出版过的故事，而自己之所以将写作当作抱负，也是要遵循父亲的榜样，是父亲的笔让他初识世界残酷，也让他发现内省的重要——或许这也是他"后殖民文化态度"的根源所在。在他眼里，批判殖民者和深入挖掘被殖民者的"被殖民性"并不矛盾，甚至，在无法改变世界的残酷法则的时候，后者比前者更紧要和必须。

他把创作启蒙归因于父亲，归因于自己的血缘和文化之"根"，自然也会通过重要的创作献上对父亲的感念和体恤。在《毕斯沃斯先生的房子》中，他用50万字的篇幅写父亲和房子的关系，写父亲穷困潦倒而无从改变的一生。在半自传体小说《半生》和《魔种》中，他始终不忘父亲，尤其是在检省自己对"性"观念的认识，对贫穷、沉默、忧郁的理解，对生命意义和死亡的认识的时候，他也总是对比父亲与自己，两个身处不同时代、不同空间中的男人的不同。

从某种角度说，奈保尔一生都在写父亲，写自己，写自己文化上的无家可归。他说："一个作家的半生工作，就是发现他的主题。而我的问题在于我的一生有太多变迁，充满了动荡和迁徙。""我这辈子一直在做这么一件事：在哪儿都找不到家，只是看起来像在家里而已。"在这样的过程中，他不知道要"把目光投向何处"，于是，他开始四处寻找，最终，他选择了父亲和自己。

毕斯沃斯先生，从懂事开始就想生活在"一个可以实现雄心的国度，并且那些雄心壮志总有意义可言"。然而，无从改变的贫穷，无从改变的生存空间——小小的特立尼达，种姓制度下入赘的婚姻，大家庭中相互抱怨、相互消耗的琐碎，终于让父亲慢慢向生活投降。为了拥有自己的房子，为了实现一个男人的“独立自主”，父亲在求职、失业、再求职的路上反反复复、兢兢业业、本本分分、克制忍耐，他推迟了所有的快乐，然而，世界却从未因此给他半点甜蜜和快乐。他始终没有自己的房子，没有自我得以保存的空间，没有男人的尊严，没有未来。

如果整部小说只是写父亲如同中国的《骆驼祥子》般被时代和生活碾压的悲剧，控诉社会，或许力量感会弱一些。不同的是，奈保尔写了一个善于自我修复和自我鼓励的父亲，他拥有令人过目难忘的、深刻的内心生活。甚至为了描述他内心的曲折，奈保尔不惜让小说显得冗长。白天残酷的现实把父亲撕扯得越支离破碎，夜晚他的自我修复越显得忧伤动人。

在访谈中，奈保尔曾说，他深深地知道，身处特立尼达的父亲，早早被婚姻和孩子，被大家庭束缚住的父亲，无论如何都无法改变自己悲剧性的一生；而自己，之所以能够避免父亲的命运，只是因为逃离了特立尼达，来到了更广阔的世界。这广阔或许会带给人渺小感和无力感但它也给了人实现自我的无限的可能；使人在这世上软弱无能的东西，也能让人变得有价值。

在文学中，把人的处境、命运与世界的变化、立场地转化，如此辩证真实、如此不悲情、不幽怨地联系在一起，是奈保尔作为世界级大作家的宏阔伟大、雄浑刚毅之处，也是他“硬汉”的一面：不断舔舐伤口并不意味着不再战斗。

小说中几处细节让人印象深刻。一是母亲对父亲的称呼总是“男人”，对一个入赘的、经常失业、要靠丈母娘救济的人来说，这听上去更像是讽刺。二是父亲找到记者的工作之后，为了报纸的发行量而编写耸人听闻的假新闻，他写的每一条都跟自己的孩子、家庭和房子有关，都是真实的，他把一个父亲的惦念和一个男人的梦想写进了所谓的“假造新闻”中，其中一篇的标题甚至是《父亲在棺材中回家》。三是父亲为了搬出大家庭，终于鼓起勇气向姨父家借钱。他总想开口，但总是被打断，最终他悻悻而归，又一次被现实和自己的尊严打败。这时候小说写道：

> 毕斯沃斯先生摇摇晃晃地坐在灯光幽暗的公车的木头座椅上，经过寂静的田野，经过那些没有灯的死寂的房子或者明亮的安静的房子，他现在不再去想他下午的使命了，他想的是他要面对的黑夜。

黑夜无尽，房子遥遥无期。但男人可以悲伤吗？可以怨天尤人吗？只能再去寻找、再去奋斗。最终，父亲因为做了记者，得以借高利贷买了房子，但债还没还完，他就病了，以 46 岁的年纪抛别人世。有意思的是，中国的出版商把这本书定位为“百分之百的房奴之书”。

可以说，男人的“贫穷”和“漂泊”是奈保尔写父亲和写自己的关键词，而寻找立足之地，寻找安身之所，包括物质的和精神的，则是硬币的另一面。在这个过程中，奈保尔找得很辛苦、很勤奋，但他靠着从父亲的教训中得来的对世界“深刻的轻蔑态度”，获得了“充分的自觉和长久的孤独”，同时，也获得了“所向无敌的力量”。

奈保尔说，人的一生中，不知道要走过多远的路，才能找到自己想要面对的自己。为此，他冲破自己的生活环境、教育环境、文化束缚，践踏过去、冲破自己的写作领域，不断旅行以获得素材和灵感。他几次回到印度，深入非洲，重返加勒比。他不断思考和探索，努力让自己的内心配得上世界的宏阔，努力让自己的文字配得上自己踏过的生活荆棘和承受的思考之苦。

如今看来，《半生》中，外省编辑给自己写的讣告或许也可以看作奈保尔写给自己和父亲的——事实上，两个人在他的作品中早已水乳交融：

> 他最深刻的生活在他的心灵之中。但新闻工作的本质就是转瞬

即逝，他没有留下任何纪念。爱情，那神圣的幻象，从没有触碰过他。不过他与英语痴缠终生。

奈保尔本人当然有情感生活，也有两次婚姻，但在感情上，他的善变、粗暴和无情也是文坛八卦之一，但他的作品中，的确没有动人的爱情描写，甚至，连可爱的女性角色都没有，而且，因为他粗暴的性描写和性想象，他还广受诟病。

从角色而言，他只是完美地完成了自己。

《大河湾》：谁的非洲？

也许，在奈保尔刻画过的女性形象中，《大河湾》中历史学家雷蒙德的妻子耶苇特算是一个例外。她年轻貌美，直率坦荡，她跟随被总统赏识的丈夫来到非洲，住在总统建设的"领地"里，过着上流社会的生活，然而，她先后和从英国回来的留学生因达尔、非洲小镇的杂货店主"我"保持着情人关系。她显然不属于非洲，她害怕非洲；但她是年长丈夫的附属品，之后也很快沦为情人的附属品——在非洲，即使是来自欧洲的、受过教育的女性也会沦落到被打耳光的境地。

在一部短短二十多万字的《大河湾》中，奈保尔以一个杂货店主的视角，通过写他和家奴、被资助人、非洲当地人、小镇上的其他店主等的交往，把非洲独立运动的困境，奴隶制度和种族制度的困境，宗教问题的困境，非洲与欧洲和阿拉伯的关系，非洲的过去、现在和未来，新非洲人和非洲新人的种种可能，全部囊括进来，体现了非凡的文学创造力。

他写非洲人多年来对秩序和金钱的向往；写他们因被殖民、被剥夺、被歧视而产生的深沉的愤怒；写置身非洲大陆的文明废墟中最容易产生的时间感和历史感的错乱；写战争、贫穷给非洲留下的脆弱的信仰；写这里的人们，无论来自何方，秉持何种信仰，内心的不安全感和无根意识；写这里没有公理，只有建立在权力、军队和腐败基础上的丛林法则；写新非洲人蔑视历史、认不清现实，自视甚高又残存着温和和软弱的心理；写来非洲淘金的文明人和白人，慢慢产生的依赖感、虚无感和难以改变的实用主义、物质主义、投机主义的立场。

某种意义上，《大河湾》和同样关注非洲问题，只是将思考包裹在凶杀案外表下的《游击队员》可以对比阅读。在上一辈南非人罗奇、新非洲人吉米和伦敦白人女子简构成的三角关系里，暗含着非洲发展无法打破的困境——饱经风霜的罗奇说“我把我的一生建立在了沙子上”；从皮条客、毒贩子、打手摇身一变成为黑人领袖、作家、诗人、被寄予厚望的“革命者”吉米说：“你不知道谁是你的敌人，敌人无时无刻不在渗透你的阵营”，形势令人绝望；而简，寻求的只是冒险和刺激。种族世界有多少疑难，小说中就有多少微妙难解之处。当每个人都分不清哪张是自己的脸，哪张是面具，他们内心也失去了坚定的主张和信仰。最后，人人都成了游击队员，与自己捉迷藏。所以，当暗杀来临的时候，凶手是所有人，也是吉米自己。正如《通灵的按摩师》里那个身份错位的按摩师一样，唯有“通灵”，或者“愚弄”“蒙骗”，准确地说是“杀死真正的自己”，才能找到自己的位置、确证自己的身份。作为印度裔移民，奈保尔的写作或隐或显，从未偏离这样的主题。

奈保尔曾于1966年前往东非，在坦桑尼亚、肯尼亚和乌干达停留了八九个月，写下了《自由国度》（出版于1971年）和《大河湾》（出版于1979年）两部巨著。他用自己的观察和思索，深刻呈现移民一代找不到“家”的漂泊状态——非洲固然不安全，然而，逃离非洲之后却令人更加不适，于是书中那个几乎无所不能的纳扎努丁，只有不断地在全球飞来飞去，而“我”则在短暂的逃离后又选择回到了非洲——同时，也精准地直面了至今仍不过时的“非洲难题”，比身份政治更复杂多变的难题。这是一个描写了“两个世界”——非洲和非洲以外的世界的作品，也是一个事关全球历史的作品，倘若作家心中没有宏阔的历史和文化的吞吐量，没有超越浅薄历史观和文化定见的判断力，根本难以想象。所以，《大河湾》才会被誉为奈保尔的巅峰代表作，也被《纽约时报》誉为“最后一部现代主义的伟大史诗”。

小说中最为动人的情节是关于神父的死。这全书中唯一一个全心全意热爱非洲，并对非洲的未来充满信念的人，却死于非命。他的死，让“我”感觉，“整个世界也死了一小块”。接着，他写下了这样的文字：

> 如果你看到一队蚂蚁在行军，你会发现有一些蚂蚁掉队或者迷路。蚂蚁大军没有时间等它们，只会继续前进。有时候，掉队的蚂蚁会死掉，即便如此，也不会对行进的队伍产生什么影响。死蚂蚁的遗体会带来些许不安，但这不安最终会被克服，到时死去的蚂蚁也就显得无足轻重了。其余蚂蚁照样忙忙碌碌，循规蹈矩，在离开巢穴赶往别处，或是从别处赶回巢穴时，遇到迎面赶来的同类，照样会一丝不苟、客客气气地打招呼。

代表着信念和拯救、安宁和笃定的神父就这样死了，也这样被忽略了，而“我”内心升腾起的哀悼和对自己的可怜与悲悯是如此短暂，瞬间就被更大的不安全感和如何活下去的危机感覆盖了；留下的无从摆脱的孤独和忧郁，无论如何都难以转化为希望。

时隔四十多年之后的2008年，奈保尔重返非洲，从上次到过的乌干达启程，一路走过加纳、尼日利亚、科特迪瓦、加蓬，最后来到南非。他写下了《非洲的假面具》，意图探讨无关政治和经济的、单纯的“非洲信仰”的本质。然而，他很快发现这是不可能的，因为种族问题在非洲是头等大事。而外部世界对古老非洲的颠覆，对现代非洲的想象和误读，或许是整个人类文明的错误。只是，此时的奈保尔真的老了，当年将旅行、政治、历史和对人生与艺术的反省完美结合、流畅呈现的文字雄风不再。

奈保尔留给世界的真正的力量

奈保尔在中国有很多拥趸，其中不乏著名作家，莫言、余华、阿来、毕飞宇、麦家、孙甘露等等，都有谈论奈保尔的文字。在全世界范围内，他都堪称“作家的作家”，他用强大的题材转化力、庞大的创作体量、过人的才华和勤奋、惊人的把握素材，驾驭素材的能力，为自己的文学领地勾勒了一个巨大的艺术版图，其中充满了宝藏，或许都可以让很多作家取之不尽、用之不竭——仅就他对印度古老文明的认识和反省，就足够给同样守着文明富矿的中国作家太多的启示。尤其是，如果将他和库切——同样身处“后殖民文化”语境中、总是从个体角度切入，专注于语言殖民和身份殖民的库切——对比阅读，更能体会文学之功能与差异。

在“漂泊者”奈保尔眼里，浪漫主义对世界没有意义，甚至他都视诗歌为矫情。他始终保持着对贫穷的关注和审视，始终保持着对世界之大和人之小，痛苦和欢乐同为虚妄的判断。他关注着世界的变化，捕捉着世界的变化，尽管他也对过去感到怅惘，对世界不再静止不动感到伤心。在《斯通与骑士伙伴》里，奈保尔尽情书写了对时光流逝，世界不再尽在掌握的悲情。62 岁的斯通，热血沸腾地写下“骑士计划”，想要拯救那些退休的人，也想要给自己即将到来的退休生活找一个出路。然而，世界终究是年轻人的，它只属于时间。面对这样的世界，爱情和婚姻不能拯救斯通，辛普森外套的体面不能拯救斯通，他只能接纳，就像接纳他曾恨之入骨的闯入的猫一般。这被称为奈保尔“最悲情”的作品，让人看到了他“英雄末路”的一面，看到了他面对世界不再高歌猛进，而是隐忍败退的一面。

然而，大多数时候，他都绝不坐守狭小的自我，也绝不坐守已然获得的声名。他忠实于自己的立场、自己眼中的世界和问题，甚至自己眼中的黑暗，他为他的所见所感愤怒而激昂。而且，他无法做到“移民三杰"中的石黑一雄（2017年刚获得诺贝尔奖）一般，用古典音乐般的从容和优雅面对战后日本的精神废墟和文化困境；他更无法做到"移民三杰"中的另一位，同为印度裔的鲁西迪那般，将印度的历史和现实一口吞下，然后吐出生动的形象和故事，幽默的语言和细节——同样写到印度的历史和现实，写到甘地和英拉，两个作家是多么地不同！

卑微的出身和贫穷的生活没有给奈保尔优雅和幽默的"房子"，他唯有在内心涌动的愤怒的激情中立足，唯有在勤奋笔耕的创作中"安家置业"，从这一点说，他有点儿像巴尔扎克。事实上，他在《印度：受伤的文明》中，也的确是将巴尔扎克的话作为"教义"遵从的：

> 不停地劳动不但是生命的规定，也是艺术的规定，因为艺术是思想的创造活动。伟大的艺术家和真正的诗人从来不坐等灵感或者顾客的到来，他们今天创作，明天创作，永不停歇。结果就是辛苦劳作成了习惯，对困难有了永恒的承认。这使得他们始终保持着与缪斯女神及其创造力的紧密结合。

或许，面对站在写作之路上的巨人奈保尔，这个反复被中国人称为"天才"的奈保尔，我们都该看看他引为"教义"的这段文字，也都该真正领会一下奈保尔作品中真正的创造力和精气神儿，领会一下他真正的自我怀疑和自我超越，他对自己的不妥协，以及他带给文学和世界的力量。尽管有时候这种力量，挟着一股褊狭的旋风，也带着些许蛮横的专断。

1994年，奈保尔接受《巴黎评论》访谈时说："童年的经历自成一体，它是完整的。童年之后便麻烦不断，你不得不倚仗你的智力和内在力量。是的，后期的成就都出自这一份内在力量。"他靠这份力量征服了世界。

女人也爱洛丽塔

洛丽塔的魅惑

熟悉文学史的人都知道，很多作家之所以能够从如过江之鲫般的同行中脱颖而出，大多是因为成功塑造了文学人物。这些人物如此鲜活，如此真实，仿佛像真的从这个世界上走过一遭一样。他们的个性和命运又如此撼人心魄，让生活在不同国度、不同时代的人都能心有戚戚。比起真实的人，他们的人生似乎更完美：生得轰轰烈烈，死得永垂不朽——每一代陌生的读者都会不约而同地把他们当成身边的人、心里的人。

当然，这样的人物并不易得。就像这世上突然被爱情击中的已婚妇女，很多有勇气挣脱婚姻，却没勇气放弃孩子，但她们中却没有几个如安娜·卡列尼娜般不苟且，秉持道德的纯粹、情感的热烈，不惜结局的惨烈一样。文学人物带给人的，既是梦幻也是启示，既是魅惑也是警醒。

流亡美国的苏联作家纳博科夫，以天才和毒舌著称的纳博科夫，最讨厌庸人和蠢货的纳博科夫，也塑造了一个独一无二的人物，那就是《洛丽塔》的主人公亨·亨伯特：一个只喜欢少女的性变态者，一个充满了控制欲的囚禁者。面对审判，他用以为自己辩白的，是自己的爱何其独特，何其浓烈，何其忠贞，是自己为爱承受的痛苦。小说以“坏人”的视角，采用第一人称，让人读的时候总是神思恍惚、无法明辨是非，甚至会有短暂被“恶”的逻辑说服的时刻。

变态者就一定不纯情吗？爱什么人、用什么方式爱，哪有一定之规呢？在这种表面的逻辑之下，纳博科夫刻意埋藏起有关爱的前提和真相：没有尊重，不给自由，就不是爱，而是控制，是独裁，是霸权。而这种种的表现，在纳博科夫无比鄙视的弗洛伊德、陀思妥耶夫斯基那里，通常都被认为是非理性的，而在纳博科夫看来，这恰恰是最大的理性。看看亨·亨伯特为达到自己的目的，是如何隐瞒、欺骗和精心布局的吧。

恶的表现无论多么疯狂，都是理性的，这是纳博科夫让人醍醐灌顶之处，也是他的伟大之处。

在无处不在的“恶”的控制和推理下，美丽的少女洛丽塔，理应健康成长、自由去爱的洛丽塔，都变得有些“邪恶”了。在亨伯特眼里，她不经意的动作都具有性的诱惑，她自然而然的反应都变成了他进一步控制她的理由。而她懂事之后，勇敢地逃跑，想方设法逃脱亨伯特的魔爪，甚至为自由不惜选择更艰难的生活，在亨伯特看来，都是不能容忍的“背叛”。因为“恶”的逻辑太强大，“恶”为自己辩白的声音太高亢，“恶”控制下的犬儒和顺从太多，以至于洛丽塔也仿佛具有了亦正亦邪的特质；她的觉醒和选择，也似乎不可理喻了起来。

就像走钢丝，纳博科夫用超常的艺术天分走在善与恶、是与非、疯狂和理性的分界线上，仿佛每一个细节，每一处人物的心思变化，都可偏可倚。他挑起文学和道德的尖锐冲突，摆出人在爱与自由、人格独立和被动顺从方面可能遇到的所有歧路，并让这一切看上去并非一目了然，所以，他的书才会遇到出版的困难。不明就里的出版商会问，他为什么要写一个性变态？这对读者有什么益处？被多次退稿之后，《洛丽塔》在巴黎面世，之后一直争议不断，直到今天。

老纳博科夫在同一本书中，用两个成功的人物形象，考验读者的明辨力，考验读者的阅读智慧和人生智慧，更考验或者提请读者思考：关于爱、关于自由、关于控制和被控制，尤其是以爱为名的控制，你有怎样的偏见和盲区。从这个意义上说，他和那些同样在美国寻求庇护的作家：布罗茨基、米沃什、汉娜·阿伦特等有共通之处——艺术是他们记录过往的方式，也是他们深刻思考个人处境和社会环境的方式。他们想在艺术的世界中淡化民族情感和意识形态热情，更本质、更内在地思考问题。

纳博科夫毕生都在期待和有智慧的读者成为知音。他说："读者生而自由，且应保持自由。"在《俄罗斯文学讲稿》中，他甚至用这样的场景描写作家和读者见面的场景："在那无路可循的山坡上攀援的是艺术大师，他登上山顶，当风而立。你猜他在那里遇见了谁？是气喘吁吁却又兴高采烈的读者。两人自然而然拥抱起来了。"

令人意外和欣喜的是，有能力攀上山顶，跟纳博科夫拥抱的读者，是同样在美国寻求庇护的伊朗女学者阿扎尔·纳菲西。她和她的女学生们，也爱洛丽塔。

在德黑兰读《洛丽塔》

阿扎尔·纳菲西出身于伊朗的贵族家庭，很多伊朗政要和文化名人不是通过历史书被她了解，而是通过父母的生活和交游。她的父亲曾是德黑兰有史以来最年轻的市长，被戴高乐将军授予荣誉勋位，也曾因政治斗争被诬告入狱。母亲的家族声名显赫，第一任丈夫来自伊朗政要家庭，嫁给纳菲西父亲后，母亲曾担任过伊朗的国会议员。纳菲西自己曾留学瑞士、英国，回到伊朗后在德黑兰大学任教。1995 年辞去教职，在家里开办了一个属于小说的"理想课堂"。她精心挑选了七个女生，一起讨论小说。《洛丽塔》是她们讨论的第一篇，所以她也把记录这个过程的书取名为《在德黑兰读〈洛丽塔〉：以阅读来记忆》。书在美国出版的时候，她隐去了所有参与人的名字，也交叉互换了她们的经历以确保安全。

表面看去，这像一本书评，实际上，这是以书、以读书为线索写成的回忆录，主要回忆在 1995 年到 1997 年这段时间，纳菲西和七个女生在伊朗的“秘密生活”。中间穿插着她个人的成长史、家族史，她和精神知己“魔术师”深入的交流，以及战争带给人的刻骨的恐怖。

大多数时候，以书为鉴，或者以小说为鉴，即便在专业的文学研究者看来，似乎都并不可取。文学有认识世界、解剖人性、体认命运的功能，但这个功能有多大，又总是让人心生犹疑、底气不足。然而，纳菲西在伊朗，后来在伊朗和美国的生活对比中，在经历过家族由盛而衰，战争轰炸接连不断，不得不以远离故国家人为代价换来自由安宁的时刻，给了文学最尊贵的推崇。她们把《洛丽塔》为代表的一系列小说奉为绝望中的灯塔，一如盖茨比眼里的绿光。文学给了她们活下去的理由和面对自己的希望，以至于欧洲女性主义者说的“自己的一间屋”在她们的境遇面前都显得太奢侈、太奔放了。

这些女生中，有的因为宗教信仰坐过牢，有的支持革命，有的在婚姻和爱情中左右为难，有的时时被弟弟监视。她们爱读书，在纳菲西引导下，她们讨论《洛丽塔》，“审判”《了不起的盖茨比》，嫉妒《傲慢与偏见》的舞会，听着两伊战争的炮响读《黛西・米勒》。尽管在面纱的控制下她们顺从，她们看上去毫无个性，但在这个课堂上，她们想象力飞扬，虽然观点各不相同，价值观甚至相互抵牾，但她们是如此丰富多彩又向往自由的生命，这在纳菲西眼里其迷人的程度丝毫不亚于勇敢少女洛丽塔。

然而，事情并非如此简单。事实上，在第一节课，纳菲西就笑着问：“你们哪个最后会出卖我？” 她们相互支持又不得不互相防范；她们共同向往自由和独立，又各有各的牵绊和妥协。纳菲西观察她们、尊重她们，也审视她们。同时，她更观察和审视自己。所以她的文字总是既铿锵直接又温婉多情，既理性思辨又感性柔美，既直抵内心又境界阔大，读起来让人总是有一语中的又回味无穷的感觉。她带给人的，不只是陌生化的伊朗和陌生化的伊朗女性的生活，也不只是陌生化的小说阐释角度和文学功用，更是令人惊喜和振奋的艺术之美在恐惧和绝望中照亮未来的幸福时刻。

除了秘密课堂内部的复杂，外部环境更是难以预料。那时候，伊朗的局势瞬息万变，战争就在身边。她们买不到美国小说，课堂讨论素材也需要复印，而她之所以辞职，也是因为她无法在德黑兰大学的课堂上正常地表达文学观点。

纳菲西说，在伊朗封锁最严密的时候，看美国小说意味着"背叛"。她们被剥夺了"想象的快乐、爱的快乐以及文化的快乐"，然而，正因为被剥夺，反而给了她们更大的勇气和力量，让她们千方百计地寻求这些快乐在小说中的吉光片羽。于是，文学变成了她们世界中不可或缺的东西：它意味着面纱之下丰富的面部表情和心理表情，意味着被宗教和政治控制的生活缝隙中顽强生存的自我，意味着精神世界和精神人格本身，意味着美生长在荒凉和恐怖之上的巨大反差，更意味着生命本身的反抗和希望。

在美国打破"伊朗式沉默"

到目前为止，国内翻译出版了阿扎尔·纳菲西在美国出版的三本书，除了《在德黑兰读〈洛丽塔〉：以阅读来记忆》之外，还有家族回忆录《我所缄默的事：一位叛逆女儿的回忆》和书评式文化评论《想象的共和国：三本书里读美国》。而她研究纳博科夫的学术专著，是她在伊朗出版的第一本书，目前还没有中译本。

在每一本书中，纳菲西都将读书和生活紧密地结合在一起，将小说的阅读体验、教学体验和个人的经历、个人对伊朗社会、美国社会的感受和观察结合在一起，甚至，和她相处过、交往过的人物性格结合在一起：比如她自己的父母、她的学生、她的丈夫和精神知己等等。尤其她对精神知己、大隐隐于市的魔术师的记忆和描写，让人过目不忘。他博学智慧，优雅隐忍，见识非凡。他坚持留在伊朗，非暴力不合作。

通过对小说的阅读、讨论和阐释，纳菲西为自己和读者打开了一扇通往伊朗历史、伊朗文化和伊朗人尤其是伊朗贵族和政要高层的生活状态、精神世界的窗，也为自己寻找到了记录家族史、回忆往事和怀想故国的勇气。她在写家族回忆录的时候说：在伊朗，她曾想借着研究纳博科夫，悉心寻找表达上“公与私的交叉点”，但最后发现都是徒劳，因为“一方面我不能坦白地描写伊朗伊斯兰共和国的政治和社会生活；另一方面也是因为描写个人和私密的经验在这个国家一直是一种禁忌”。直到“逃离德黑兰”到了美国，父母去世之后，打破禁忌才成为可能，她开始用自己从来不敢想象的方式说话，讲述“私密生活中的那些背叛”，讲述“伊朗式沉默”背后的情绪波澜，写成了《我所缄默的事：一位叛逆女儿的回忆》。

这是一部非常独特的非虚构家庭故事，在民族性格和爱与人性的复杂交织方面，或许堪比阿摩斯·奥兹以耶路撒冷为背景写下的犹太家庭故事（长篇小说《爱与黑暗的故事》）。

纳菲西以“大多数男人为了搞外遇而欺骗妻子，父亲却是为了有一个幸福家庭而骗母亲”开头，一下子把人拉进她的家庭内部——一个伊朗政要的家庭。他们的家族史某种意义上就是一部伊朗近现代历史，纠结着宗教信仰、经济地位、政治主张；而父母婚姻的模式，也深刻反映了伊朗社会中男女关系的内在紧张。

她说家里人各个都喜欢说故事，只不过父亲有丰富的阅历，读书甚多，也能写，曾出版回忆录，还有未能出版的、更有趣的回忆录和一千五百多页的日记，详细记录了自己从政、坐牢以及对妻子和家人的感受。而母亲从来不写，她只是不停地讲述，按自己的意愿讲述，或者说是虚构。

纳菲西和母亲的关系不好，她的叛逆加上母亲的控制欲，让两个人时常陷入战斗状态。父亲是缓冲阀，他用自己的幽默，用故事，给小纳菲西打开了一个看世界和看母亲言谈举止的空间。母亲爱父亲，但却经常怀疑他有外遇，并不由自主地将自己放在受害者的境地。她的第一任丈夫婚后不久就去世了，但她用自己的余生不断美化那段经历，在一遍遍的今昔对比中，伤害家人，也伤害自己。她开朗好客，帮助父亲结交各界人士；她也虚荣浮夸，某些时刻认为自己无所不能。家庭中，母亲像个任性却权力巨大的孩子，真诚地爱着所有人，方式却差强人意。多年后，纳菲西依然能感觉到母亲那种令人窒息的掌控欲，也能感觉到母亲在自己的乌托邦里沉湎的可笑与可怜。

同时，为了避免陷入过于私人化、碎片化的描述，她将家庭故事和伊朗的现实紧紧结合在一起。在动荡中，即使是位高权重的父亲、地位显赫的家庭，也生活在朝不保夕的恐惧中。于是，她行动上不断向外逃，心理上不断向内转。通过阅读，她转向内心、转向精神空间、转向想象和美带给人的安全感。

纳菲西无比认同纳博科夫的观念：人可以通过想象控制现实，也可以通过阅读来记忆；生命中的一切琐屑、恐惧、悲伤和无常，只要曾被审美的狂喜照亮，就会在未来不断闪现、不断重复。纳博科夫坚信，艺术具有将痛苦转化为永恒幸福的能力，一个具有精神深度的人才有能力从卑贱的生活中提炼形象，并把它塑造成精致的杰作。纳博科夫和纳菲西，都强调艺术的去意识形态化特质，他们更强调人的自由和丰富本身。而这种强调，通常都会被“误解”为批判的激情。

说吧，记忆

在纳博科夫和纳菲西那里，批判的激情即便有，也是基于艺术和美的。正如审美也有层次一样，批判也是分层次的。说过“恐吓和辱骂决不是战斗”的鲁迅也曾说，穷人不会有交易所折本的烦恼，煤油大王不会懂得捡煤渣人的辛酸，贾府的焦大也不会爱上林妹妹。大意是指人类的悲欢并不相通，各自的身份处境决定了喜怒哀乐的不同。

反映人类悲欢的文学亦是如此，当所有人试图从19世纪俄罗斯文学中寻找革命痕迹和思想深度的时候，纳博科夫却不断强调，最该从中寻找的恰恰不应该是俄罗斯的灵魂，而应是天才的个体，寻找他们语言实践的能力，由此他鄙视高尔基把文学变成对现实的图解，毒舌陀思妥耶夫斯基是虚假的感伤主义；他剥离托尔斯泰道德说教的表象去看他温和的意识形态主张，推崇他艺术上无可匹敌的原创性；他肯定果戈理的文学风格像宇宙太空一般存在曲度，肯定他的文学成就是一种语言现象而不是思想现象。

并非不知道文学有诸多功用诸多维度，也并非不知道要理解俄罗斯文学和苏联文学，尤其需要联系社会和历史的发展，但纳博科夫却一直伸张一种更为永恒和隽永的文学价值。

他的个人回忆录《说吧，记忆》最为人称道的，是他在个人的颠沛流离中，写下的依然是美好的童年，充实的少年；写下美让人心动、让人流泪的瞬间；写下庄园的小径，捕蝶的经历，棋题的设计；写下色彩、香气、美味；写下初恋的心悸，家庭教师的幽默；写下父亲的博学、母亲的慈爱。他想在极度荒凉中，在如流沙般消逝的岁月中，留下“那双眼睛，那个微笑”，留下在他和初恋女友面前翩然飞过的燕子。

他说，他与苏联的旧怨，与财产和地位被剥夺无关，最不能原谅的，是他们使他永失美好的童年，那用世界上最顶级的语言都无法确切描绘的美好童年。

纳博科夫出生于显赫的贵族家庭，家里同时使用俄语、英语和法语。15岁时已继承有百万家财、良田万顷。父亲热爱法国文学和俄国诗歌，是法学家、政论家，母亲亦是贵族家的小姐，温柔优雅。十月革命之后，他们财产被剥夺，举家逃亡。1922年父亲在欧洲遇刺。父亲的死给了他太大的伤痛，以至于在回忆录中，他总是小心翼翼回避，唯恐自己陷入涕泪滂沱的情感深渊。第二次世界大战爆发，他携妻薇拉逃至法国，然而又因为薇拉的犹太血统，不得不再次流亡。其间母亲贫病交加，客死布拉格，弟弟死于纳粹集中营。到美国后，他先后在哈佛和康奈尔大学任教，同时也放弃俄语而用英语写作，努力成为一个美国作家。

或许恰恰是因为这样的人生反差，对何为永恒、何为虚无才有了更深的理解，对流亡作家忠于自己的正义和美学立场才会有深刻的体悟。让艺术成为任何社会思潮、任何意识形态的附庸在他看来都是耻辱。所以，他才会写下“摇篮在深渊上方摇着，而常识告诉我们，我们的生存不过是两个永恒的黑暗之间瞬息即逝的一线光明”这样撼人心魄的句子；他才会坚持给生活在身边的妻子写50年的情书，多年后以《致薇拉》为题出版；他才会在天才作家之外，还成了一个陶醉于蝴蝶的鳞翅目分类学家。

他说：“一个小玻璃球里的彩色螺旋，我就是这么看待自己的一生的。”无论经历了什么，他都愿意看到色彩，这是老纳博科夫在玄奥难懂、幽默揶揄、犀利毒舌的文字表象之下深沉的人生教养。或许，这也是纳菲西将纳博科夫作为研究对象，并在不同的阶段不断提及他作品细节的原因之一：理想读者固然可贵，但最不遑多让的尊崇还是应该留给最值得理想读者膜拜的理想作家。

纳菲西的出身和经历，包括因战争和革命所造成的人生反差，和纳博科夫颇有相似之处。或许，贵族气质和对艺术本身的高度尊崇有时候是一体两面的关系。优渥的生活和良好的教育背景，使得他们对艺术功能的理解更接近精神充盈而不是改造社会，他们更关注文学探究生命层次的进程而不是与现实在什么层面上能够对应，他们对恐惧和绝望，对支撑人生的最本质的东西都有共同的体认。为此，他们不妥协。

在高尔基最流行的年代，纳菲西为学生选择的读本是《了不起的盖茨比》。只要稍加妥协就可以继续在大学任教，但纳菲西却只想拥有自己的理想课堂和理想学生。父亲坐牢多年之后沉冤得雪，她在电视上看到家庭悲剧的制造者，全家人最该痛恨的人之一被审判，却没有复仇的快乐，反而是巨大的悲伤—— 一种超出个人利害的人文主义者的悲伤。

在《想象的共和国：三本书里读美国》中，纳非西写下的序言，是一篇振聋发聩的艺术宣言。这艺术不只是关于美的，还是关于权利与自由的，是关于人之所以为人，不论在极权社会还是在民主社会，都需要的一种想象的自由。在这个想象的共和国里，有夺不走的理想，抢不走的人性，和人类纯粹坚持着的美。

然而，她终究是女性，也终究是没有写小说，因而无法用形象来埋藏更深的见解，更大的忧伤，所以，她还是会忍不住抒情，忍不住直接表达。作为伊朗的“叛逆”女儿，她说：“我离开了伊朗，但伊朗从未离开我。”当她短暂返回伊朗时，她说：“直到重返故乡，我才领会到流亡的真谛。当我走过那些我所深爱、怀念的街道时，我觉得仿佛正在踩碎躺在脚下的回忆。”而自从离开就终生没有返回俄国的纳博科夫说故乡：“非常美！非常荒凉！”

印度的“午夜之子”

每次读一部具有“民族性”的大作品，我都会忍不住想，文学之于一个民族，到底具有什么样的价值和意义。在资讯并不发达、旅游并不便利的年代，文学可以帮人打开通往另一个世界的窗口，提供想象另一种生活的空间。而如今，随着社会的发展，文学的功能也发生了变化，但实际上，它深入民族内部，从民族性格的角度提供文化交流基础的作用丝毫没有减弱，反而日益增强了。

不难想象，如果没有马尔克斯的《百年孤独》，世界对于拉丁美洲历史和现状的了解该有多么浮光掠影；如果没有帕慕克，我们可能永远都无法深入到土耳其的内部；如果没有莫言，其他国家对于中国历史和现实的想象恐怕不会那么形象；而如果没有鲁西迪，印度之于外界的形象可能永远都是风光片里和记者调查、社会学家宏阔又抽线的论述的模样。文学，尽管有可能挂一漏万，甚至有可能略显偏颇，但它总是能够提供剥离表象之后的深层真实，能够直接表达一个民族独特的痛点和笑点，而且带着可思、可感的血肉和温度。当然，所有这些实现的前提，都是这个作家得有思想，有感触，然后把这些都讲成故事。故事，是人类共通的理解世界的方式。

鲁西迪的故事魔法

印度裔英国作家鲁西迪就有这个超乎寻常的本领。他非常擅长讲故事，而且是用非常“复古”的方式，即先给人物和故事贴上标签。写人物，他会一下子抓住人物的典型特征；讲故事，他会一下子抓住故事的核心意象。

只要你读过《午夜之子》，那本写了印度半个多世纪历史的史诗性小说，就不会忘记那个让祖父和祖母缘定终身的带洞的床单，不会忘记祖母的口头禅"叫什么名字来着?"，不会忘记萨利姆那神奇的大鼻子，湿婆那无敌的膝盖，还有那整齐排列的酱菜瓶子，厨房里的洗衣机，更不会忘记"午夜之子大会"，还有人物可以自由穿梭于梦境和现实的"穿越能力"。

而且，会讲故事不只是鲁西迪的魔法，还是他笔下人物的魔法。《午夜之子》里，主人公萨利姆行将就木，靠着讲故事支撑接下来的生命；《佛罗伦萨的神女》里，"莫卧儿的爱情结晶"靠讲故事行骗，最后又靠讲故事救自己的命；《摩尔人的最后叹息》里，主人公在母亲怀胎四个半月之后就出生，是一个倍速成长的人，只有靠讲故事，他才能让时间变得正常；也只有靠讲故事，他才能活命。鲁西迪对故事的尊崇，继承的是印度史诗的传统，而他对故事魔力的认可，则跟《天方夜谭》的传统一脉相承。无论人类发展到什么程度，讲故事和听故事这种跟童年和童真相联系的行为，都不会改变。

为了尽可能地把故事讲得好看，鲁西迪就不停地让手里的笔变魔术，尽可能在现实和虚构之间收放自如、变幻莫测。鲜活幽默又犀利深刻的语言，再加上人物和故事具有的隐喻特征和象征意义，共同构成了一个纸上世界，一个带有鲜明鲁西迪印记的、浓缩了印度历史和现实的世界。这个世界外表看去蓬勃纯净、脉络清晰，但每一个细部都隐藏着或令人惊喜或令人悚然的秘密，于是阅读鲁西迪就会变得充满意趣，也会变得没有止境。禁得住反复阅读，恰恰是界定文学经典的标准之一。

最让人叹服的是，鲁西迪这种带有"复古"倾向的、化繁为简的本事并没有损害人物和故事的复杂精神。在人类故事发源的初期，红脸黑脸、忠奸善恶的"标签"曾是故事口耳相传的基础，而随着故事转变为小说，人性的复杂性和情节的复杂性被最大限度地唤醒，小说也变得只能阅读而不可口传。让小说“不可复述”曾经被结构主义文学批评家盛赞，也颇让很多小说家洋洋自得。之后，小说就在叙事技巧的花样翻新上越走越远，直到远得连被阅读和被理解都成了问题的时候，才又开始往故事回归。

如今，几乎所有的小说家都知道，小说需要在轻松阅读和深刻思考之间寻求微妙的平衡，需要在技法的创新和阅读感的顺畅之间寻求统一，但其实要做到非常难，真正能够做到的人也寥寥无几，最后几乎只跟天分有关系。从这个角度说，是鲁西迪讲故事的天分提升了现代小说的叙事品质，他让故事和小说嫁接成崭新的模样，既让人畅快享受故事的原始美感，又让人体会理性操控下的小说精神。

因为具有这种天赋的才华，即便鲁西迪的小说如《午夜之子》般篇幅巨大，人物众多，牵涉的历史头绪繁多；如《佛罗伦萨的神女》般年代久远，他本人都需要众多参考书才能写出来；如《摩尔人的最后叹息》般历史和现实藕断丝连，真实和虚构真假难辨，读者还是能够顺利地读下去，而且读得趣味盎然。在更多的作品都让我们恨不得“阅后即焚”的当代，鲁西迪的格局、情趣和深度，他自由穿梭于东方和西方、理性世界和传奇空间，在轻松欢笑中讽刺挖苦意识形态的魅力才显得格外迷人。《午夜之子》的译者刘凯芳说：“如果要推选一位在20世纪八九十年代的世界文坛上最引起轰动的作家，那么，肯定非英国的萨曼·鲁西迪莫属了。”他无愧于“当代大师”的称号。

鲁西迪在接受采访时曾说：“一直以来都会有两个声音在我的脑袋里，其中一个是编造离奇故事的声音，而另一个是对历史和事实的真正兴趣。我认为这两者都是讲述人类故事和开发人类天性的极好方式。我常做的是试着把这些声音装进同一本书中。”无论是早已享誉全球的《午夜之子》，还是晚近才翻译到中国的《佛罗伦萨的神女》《摩尔人的最后叹息》，鲁西迪的尝试都非常精彩。

《午夜之子》：把历史做成酸辣酱

《午夜之子》是鲁西迪的代表作，1981 年出版以来，好评如潮，获奖无数，美国著名的兰登书屋评选的 100 部 20 世纪最佳英语小说中，该书毫无争议地入选。因为这本书，鲁西迪也成了和加西亚 • 马尔克斯、米兰 • 昆德拉、君特 • 格拉斯等并驾齐驱的世界级文学大师。

这本书有五十多万字，主线是主人公萨利姆 · 西奈向女伴博多讲自己的家族史。他 1947 年 8 月 25 日午夜 12 点出生，恰逢印度独立的时刻。原本是英印混血儿的他被调包进了穆斯林家庭，而穆斯林富商的骨血湿婆却流落到底层，成了印度教信徒。这种身份上的错乱，显然充满了隐喻意义。他的家，因为历史闯入到生活当中，生活就变成了“光怪陆离的怪物”，他的一生也“被莫名其妙地拷在了历史上”。

因为这个特殊的生日，他得到了总统尼赫鲁的贺信；也因为这个特殊的生日，他天赋异禀，有通灵术，能够听到别人内心的声音，后来又因为嗅觉灵敏，获得了洞悉真相的能力。慢慢地，他发现，这个时刻诞生的 1001 个孩子，最后活下来的 581 个都身怀绝技，他们有的能跨到镜子里面去；有的能变魔术，变出好多鱼；有的可以变形，随意让身体变大变小；还有的可以在水里随意改变性别；有的能吃金属，有的力大无穷等等。他组织这些孩子成立“午夜之子大会”，想要把印度建设成为一个理想国，但令人无奈的是，同为午夜之子的印度体型太庞大、内心的声音太复杂，他根本无从倾听他的声音。他放弃了“午夜之子大会”，身体开始出现难以弥合的裂缝。

小说中，讲故事的萨利姆就像一个极具想象力的、大嘴巴的孩子，口若悬河，传说和真实、幻想和现实仿佛连他自己也分不清楚，但他搞笑、幽默、智慧，常有惊人之语。而写小说的鲁西迪，作为一个讲故事的人，调度语言和人物的技艺极其娴熟，调配趣味和哲理的能力也非凡，而预言、梦境、魔幻对现实所产生的政治讽刺意味，则更是体现了一个作家至高的情商。所以，他总是能勾着人读下去，而且，越读视野越开阔，立场越清晰，情感越复杂。

鲁西迪将一个人的成长历程和整个印度的发展变迁联系在一起，在 62 年的时间跨度中，写了萨利姆在克什米尔、德里、孟买、巴基斯坦和孟加拉国等地的经历，同时也写了印度次大陆独立前的宗教冲突、独立后的现状、印巴分治、中印边界冲突、巴基斯坦政变、孟加拉战争、英迪拉·甘地的铁腕统治等等。整部小说是家族小说的结构，写到了祖父祖母、父亲母亲和我，以及我的长着大耳朵一言不发的儿子，这样四代人，令时间和空间的跨度变得更大，整个印度从传统到现代，从被殖民到独立，从战争状态到和平年代，从文化转型到经济建设，从宗教信仰到政治体制的变化等等，都被囊括在小说中。

读这样一部像"胃"一样的小说，会惊异于一个作家对历史和生活的吞吐量，惊异于一个作家在写作之外所下的材料上的功夫，惊异于他大处着眼小处落笔、虚实搭配、理趣兼容的文学天分，更会惊异于他把握复杂宗教问题和政治问题的超级自信，他敢于对重大问题表达个人态度的超级勇气。一句话，作为一个作家，鲁西迪的历史眼光、政治嗅觉、传奇笔法、游戏精神，以及隐藏在所有这些背后的，对母国文化的深沉的迷恋，对故土的深沉的热爱，都让人惊异和佩服。他说：对印度现实的"乐观就像长在粪堆上的玫瑰一样，我回想起来都感到痛苦。"而比铁条、镣铐、用烛火烧皮肤、拔指甲、饥饿更糟糕的，是"精神切除术"，"就是使你失去希望。"

阅读这样的作品，我们才会体会到文学所具有的无穷无尽的情趣和力量。这种情趣和力量都以类似这样的表达体现出来：

"在一个真理是按照上面的意思决定的国家里，现实确实不存在了，因此除去上面规定的不行之外，没有什么不可能的事情。可能这就是我在印度度过的童年时代和在巴基斯坦度过的青春期的不同之处吧——在前者之中，我被无穷无尽的不同现实包围着，而在后者里面呢，我在同样是无穷无尽的虚伪、幻象和谎言之中随波逐流。"

实际上，他这种"文学的冒犯"进行得并不顺利。因为在《午夜之子》中讽刺度前总理英迪拉·甘地，印度当局禁止发行这本书；因为在《羞耻》中中伤巴基斯坦前总统齐亚·哈克以及著名的布托家族，巴基斯坦又禁止他的书，同时他还被指控犯有诽谤罪；因为《摩尔人的最后叹息》讽喻了孟买的印度教民族主义领导人巴尔·萨克雷而遭到封查。至于著名的《撒旦诗篇》则因为侮辱先知穆罕默德，被印度总理拉吉夫·甘地禁止出版，之后更是引起巨大争议，甚至给他带来了伊朗宗教领袖的追杀令。

印度教徒说：世界是一个幻象。消极的、崇尚虚无的印度传统文化，对世界的解释就是"虚幻"，这几乎变成了一种印度精神。而从印度来到英国，尽管出身于穆斯林家庭但不信仰任何宗教的鲁西迪说：即便"我是谁?""我们又是谁?"变成了一个巨大的问号，他还是拒绝虚无，他说"我们是过去是现在是将来是你们从来没有的神。"历史可以做成酸辣酱，把时间腌制起来，把真相和爱腌制起来，但未来无法腌制，必须留一个空瓶子……

神女之"神"

《佛罗伦萨的神女》体量比《午夜之子》小一半，故事的背景是莫卧儿王朝全盛时期的印度首都西克里和16世纪美第奇家族统治前后的意大利首都佛罗伦萨。小说中的很多人物都是实有其人，比如主角阿克巴大帝，就是印度历史上的伟大君主，创造了莫卧儿王朝的盛世。比如书中的三兄弟之一，也是神女的崇拜者之一，马基雅，原型就是写过名著《君主论》，最先提出资产阶级国家学说的政治学家、历史学家和文学家马基雅维利。至于很多历史事件，比如意大利男孩被土耳其掳去成为土耳其禁卫军、意大利美第奇家族的夺权风波等等，则更是确有其事。

故事的主线，顾名思义，自然跟女性有关。据译者序中介绍，原文直译是“女巫”“妖女”，也有“颠倒众生的美女”的意思。根据汉语的褒贬色彩，译者翻译成了“神女”。

书中写，辗转来到佛罗伦萨的这位中国美女美到什么程度呢？不仅男人爱她，女人也爱她。因为她的到来，对生活和爱情丧失信念的男人们都开始重燃生命之火；因为所有男人只爱她一个人，佛罗伦萨都出现了“交际花不景气”的现象；嫉妒成性的妻子们也开始鼓励丈夫跟她接触，生怕他们对她不好；甚至，连母鸡都因为她而变得快活起来，蛋也下得多了。不仅佛罗伦萨发生了玫瑰色的改变，空气中充满着“淡雅的平静祥和的香气”，就连多年之后，听到这个故事的阿克巴大帝，纵有后宫三千佳丽，纵有自己臆想出来的真爱、完美女性焦特哈，他还是冒着“乱伦”的风险隔空爱上了她，难以自拔，最后因为这种爱脱胎换骨，放弃了担心儿子夺权的焦虑。他对权力的迷恋，以及由此而来的孤独感，一并烟消云散。

因美丽的女性而产生的战争故事、爱情故事、英雄故事，几乎是全人类共同的童年经历，也是全人类共同的传奇资源。女性，既是人类的生命之源，也是人类故事和人类历史的生命之源。只是，很久以来，在代表着复杂和理性的小说中都没有出现过这样的故事了，或者说，理性文明的现代人早已丧失了对传说和传奇的童真。

但鲁西迪不这么想，他愿意对美人，对美幻化出来的“巫性”和“神性”，以及所有人对美的向往和追逐，保持最清澈的目光和最深沉的爱恋。书中他写，一个画家爱上了自己画的第一代佛罗伦萨神女，不惜把自己隐藏在画框里。做梦的人变成了自己的梦，虚的可以变成实的，实的也可以变成虚的。鲁西迪写神秘的不可知，写传说和传奇，其认真和诚恳的程度跟写真实的历史一模一样。

书中，名叫卡拉·克孜，或者安吉利卡，或者安吉利亚的佛罗伦萨神女，跟阿克巴大帝一样，也是成吉思汗的后裔，是有着贵族血统的公主。半是阴错阳差，半是自主选择，她从东方来到西方，用美貌和智慧搅动了一段历史，成就了一段传说，抑或者，牵扯了一场骗局，成就了一番谎言。随着她的美貌引起的变化，产生的影响，她甚至一度幻想过自己登上权力的巅峰，当然最后，一切都没有实现，世间愿意传颂的，还是她的美。

她的故事是由伊丽莎白女王的"大使"带来的，这个"大使"是个骗子，在海上用鸦片迷倒了真正的"大使"，但他太神奇，第一次见面就让阿克巴大帝爱上了伊丽莎白女王，写了无数封直白热烈的情书。骗局被揭穿之后，"大使"想起了古老的魔法——讲故事救命，就像《一千零一夜》里的山鲁佐德一样。于是，他讲了佛罗伦萨神女的故事，又让阿克巴大帝爱上了这个神女。谎言和爱情，就这么相伴相生；现实和梦幻，就这么交叉缠绕，而唯有美，以及美所幻化出来的爱，不受人的意志掌控，玄妙地飘荡在历史时空中。

历史，在鲁西迪眼里，也总是介于虚虚实实之间，他对历史的信任和怀疑也从来都是同等比重。当然，他对历史学家的态度也介于尊崇和讽刺之间。比如他书中写，阿克巴大帝最信任的心腹、历史学家阿布·法勒兹，侧影就像国王一般，上知天文下知地理，掌握着所有人的生杀大权，在普通人眼里，他的笔甚至比皇帝的剑都可怕。然而，他却没有等到故事的结局就已经死去了。他一死，皇帝就变得严厉起来，他开始规范一切，包括百姓的衣食住行和宗教信仰。在治国理政方面，剑比笔立竿见影。而唯一能让剑锋隐藏起来的，就是爱情。

因为年代更为久远，触及不到更复杂、最敏感的宗教和现实，鲁西迪的笔更为松弛，也更为洒脱，自然显得也更为幽默。与《午夜之子》一脉相承的，是他从未停止对"权力"的思考。只是在这本书里，他试图站在一个勇武霸气又战战兢兢的帝王的角度。他通过解析一幅画这样表达道：

这幅画的寓意是权力的种种罪恶，表现了罪恶如何从大人物的手中像链子那样一环扣住一环往下传到小人物身上。人在被人抓住的同时也抓住了别人。假如权力是一声呼喊的话，那么人的一生就生活在别人叫喊的回声之中。强者的回声会震聋无助者的耳膜。……权利的效仿也可以是反向的。女奴有时候可以监禁皇家公主。历史可能既往上又往下伸出它的爪子。强者的耳膜也可能被弱者的呼喊声震聋。

叹息世界是一个谜

《摩尔人的最后叹息》与《撒旦诗篇》出版时间相隔七年，是他安全复出后出版的首部小说。小说延续了鲁西迪一贯擅长的第一人称叙事，以“我”，一个绰号“摩尔人”的讲述为主体，浓缩印度的宗教史、艺术史和经济史，讲述香料巨商家庭体面奢华之下内部的畸形和疯狂，讲述以孟买为代表的城市喧嚣繁华背后隐藏着的充满着暴力、欺骗、腐败和丑恶的地下空间，更讲述文明的现代人身上隐藏的血统混杂、信仰混杂和忠奸善恶混杂，以及由此造成的模糊不清的身份意识。

作为香料巨商的唯一男性继承人，“我”有一个不太吉祥的姓氏“佐格意比”，在阿拉伯语中，这是“倒霉”的意思。“我”的父系有犹太人血统，几个世纪前，他们从西班牙的格拉纳达来到印度，带着从阿尔罕布拉宫里偷出来的安达卢西亚最后一位君主头上的王冠。母系则是葡萄牙裔的天主教徒，一直做香料生意。父母两系的血统都不纯正，都曾发生过与异族通婚，与异教徒交融的情况。而“我”的父母的结合，更加强化了这种不纯正：母亲是香料巨商家的小姐，有超常的艺术天赋，父亲是公司的职员，对艺术一窍不通，只对数字感兴趣；父亲比母亲大 21 岁。

做生意的父亲和搞艺术的母亲，就这样组成了一个生活在豪宅之中的秘密世界，这个世界联通印度社会的高层和底层，是表里不一的，表面看去如天堂般明媚，私底下却如地狱般幽暗，深不可测。“我”作为父母的第四个孩子，亲眼见到三个姐姐在父母操控下各自不同的命运和结局，也亲历被母亲放逐，被父亲当作赌注的历程，最后，母亲的代表画作“摩尔人组画”下落不明，母亲本人也死于非命，种种迹象表明，父亲正是那个杀害母亲的凶手。在父母由爱到恨的过程中，“我”仿佛经历了一切，但又被排除在一切真相之外，一如历史中的印度和历史中的人。

如果说《午夜之子》是一部像“胃”一样的小说，注重人对历史的消化，那么《摩尔人的最后叹息》则是一部像“肺”一样的小说，注重人在历史和现实的双重压迫下艰难的喘息。如果说“让我们成为我们的，不是思考，是空气”，是“呼吸”让我们“吸进世界呼出意义”，那么一切的爱恨情仇、宗教信仰、欲望暴力，破坏力和创造力，则构成了另一重天地。面对两个世界的混杂，鲁西迪思考历史和现实的不确定性，思考政治和经济的多重交叉，思考家族的命运、宗教的命运、文明的命运。这思考如“摩尔人”这个词本身的意义一样复杂多元，牵扯着人类历史的方方面面。

在一个家族四代人的历史跨度和对印度现代化进程的再刻画方面，它堪称《午夜之子》的姊妹篇，二者完全可以对照阅读；同时，又因为经历了被追杀的巨大威胁，鲁西迪的文笔褪去了之前的幽默和轻松，变得更为冷峻深刻，也颇为忧伤。他更加切近地意识到“呼吸”之于生命的意义，更加注重文本内部的交叉互文，更加注重隐喻和象征的力量，也更加急迫地思考宗教和恐怖、暴力之间的关系，也更加注意隐藏自己单一的判断。不变的是，他对宗教暴力的讨伐一如既往，对印度未来的忧思与日俱增。在《摩尔人的最后叹息》里，鲁西迪的思想和艺术结合得更为圆融，感性和理性交织得更为细密。这“最后的叹息”既是血统混杂的“摩尔人”的，也是鲁西迪对印度的现代崛起和人类未来发展的。

他说："世界就是一个谜，无法知晓。"

鲁西迪的印度智慧

对鲁西迪来说，印度是家乡，是乡愁，是血脉，是身份的根基与落脚点，也是"失落在时间迷雾之中"的文明。忧愤中他会说"印度就是不确定性，它就是欺骗和假象"，自豪中他会说"憎恶罪孽却能怜悯罪人的可爱之处，那种历史的、精神的慷慨，是印度真正的奇迹之一"。他把自己巨大的才华和强有力的智慧，都放在了印度书写上。他关注印度的穷富并存和强弱互见，关注宗教狂热和政治腐败，关注印度历史和现代化转型的方方面面，他是见证小说中的印度诞生的"午夜之子"。

和鲁西迪同为印度裔英国移民作家、并称为"英国移民文学三杰"（另外一个是日本裔作家石黑一雄，2017 年的诺贝尔文学奖获得者）的 V.S. 奈保尔，也写了很多关于印度历史和现实的书。然而，他们的创作气质完全不同。奈保尔更像一个田野调查学者。为了近距离观察母国的现实，感受母国文化在当代的变迁，奈保尔分别在 1962 年、1975 年和 1988 年回到印度，并写下了著名的"印度三部曲"：《印度：受伤的文明》《幽黯国度：记忆与现实交错的印度》《印度：百万叛变的今天》。

奈保尔关注"后殖民时代"印度的贫穷和贫富差距，关注种姓制度遗留下来的身份问题，关注印度被殖民的遗迹以及这些遗迹对未来的影响；他关注印度的族群特征、宗教特征，也关注印度的国民性；他还关注印度人的自我与外部世界的冲突、传统与现代的冲突。奈保尔严谨而理性，冷峻而苛刻。他关于印度的印象和感受，解析和探究，都来自强大的现实主义情怀、深刻犀利的理性精神，更来自他在西方文化参照下对母国文化的审视，一种带着启蒙目光的审视。从写作气质上看，奈保尔的"眼神"最为惹眼，也最为有神。面对印度，他几乎从来不笑。

鲁西迪不同，他好像一直在笑，无论面对多么沉重的问题——实际上，上述问题也都在他的关注视野之内——他都可以笑出来。他亦庄亦谐、举重若轻。他更为惹人注目的，不是眼神有多犀利，而是他有一张容量巨大的嘴巴和一双狡黠灵活的眼睛。在时间上，他可以容纳几个世纪；空间上可以容纳东方西方；哲学上可以包含具体抽象，至于梦境和现实，宗教信仰和真实生活、神秘和不可知世界等等，则更是不在话下。他滔滔不绝，巧舌如簧，变化莫测。他不想直接启蒙和审视，更不想推想和判断，他只想讲故事，只想把对历史的追索和对现实的判断，放在故事里。"让故事说话"，是他的立场。

鲁西迪在《午夜之子》里写，"要想理解一个人，你必须吞下整个世界"。他在《佛罗伦萨的神女》里写，"历史是一道亮光，如果恰当地导引，可以比任何当代的明灯把现实照得更加明亮。"在《摩尔人的最后叹息》里，他则说："孟买处于中心位置；所有河流都汇入它的人海。它是故事的大洋，我们都是它的叙述者，所有人都同时讲话。"

所以，他的书，既可以娱乐消遣，也可以分析研究。如果非要给阅读鲁西迪找一个理由，给阅读《午夜之子》《佛罗伦萨的神女》《摩尔人的最后叹息》找一个理由的话，那轻松邂逅一种原始的故事魔法，享受一个幽默的人带来的历史智慧和人生智慧，擦去历史、小说或者读书本身给我们眼睛蒙上的理性的、单调的阴翳，或许是最有说服力的理由。同时，这种理由里还包含着，由人推己，看到鲁西迪笔下印度的困境，看到印度"不顾诸神的奇怪崛起"，我们会想到所有古老民族现代转型的困境，想到我们中国。

《不顾诸神：印度的奇怪崛起》是英国记者爱德华·卢斯的书，他以在印度做记者多年的经历，兼印度女婿的感悟，写到了他眼中的印度经济、政治和法律，一个深受英国殖民主义、甘地主义、种姓制度和宗教分歧影响的印度社会。在他眼中，印度的经济极度分裂，中世纪的贫穷和 21 世纪的高科技同时并存，正如印度精英阶层既是经济改革的最大受益者又是旧式思维的坚定维护者，也如印度的穷人既是无处不在的腐败的受害者又是政府罪恶的延续者一样。在印度，一切都充满了矛盾，一切又都充满了动态的体系性的平衡。倘若这本书和鲁西迪的小说参照阅读，能帮助人更好地认识多元化的印度。

尽管“午夜之子”是鲁西迪虚构出来的，但它所隐喻的“时代的孩子”和“时间的孩子”这个意象，却传遍了全世界。这些孩子诞生于新旧世界交替之间，带着根深蒂固的无奈和理想，希望和失望，正如全世界所有的古老民族，面对新的历史机遇，普遍都会产生的新与旧的复杂感受一样。“午夜之子”，这伟大的创造，也适用于鲁西迪本人——在印度和英国之间，诞生了一个背负着历史也肩负着未来的大作家。如今，“午夜之子”鲁西迪已年近古稀，不知道还能不能再写出一部作品，然后笑着把智慧输送到世界各地。

我们会不会爱上托卡尔丘克

健康文学的气息

丑闻之后，2018年的诺贝尔文学奖空缺，2019年因此有了两个得主：一个是奥地利男作家彼得·汉德克，一个是波兰女作家托卡尔丘克。据说两个名额中必须包含一个女作家，这事关诺贝尔文学奖的“政治正确”。

汉德克更显要的身份是剧作家，《骂观众》在中国很有名，《卡斯帕》在西方戏剧史上的著名程度则堪比《等待戈多》。相比于托卡尔丘克，中国读者知道他更多一点，不仅因为话剧界的孟京辉、史航是他的粉丝，也不仅因为他是电影《柏林苍穹下》的编剧，还因为他在南斯拉夫问题上的立场——神探李昌钰主导调查的涉嫌种族屠杀的“万人冢”事件，将总统米洛舍维奇送上了海牙国际法庭，而汉德克却去参加了米洛舍维奇的葬礼。2016年他曾来过中国，他的作品引进中国的已经有九卷之多，有专业评价赞其对语言问题的执着和他的同乡维特根斯坦相似，而他由此进行的文体实验和对自我的探索，充满了哲学思辨意味。然而，对普通中国读者而言，他的小说很难读。在场景转换和情节拼贴中，读者抓不到主要情节，也寻觅不到贴近常情的感受，只隐隐约约感觉到作家强悍的理念和“人类体验的外围和特殊性”（诺贝尔文学奖评语）。即便你有通过小说思考的习惯，他也依然是让人难以接近的。或许他会成为又一个被诺奖定义为“巨人”却难以走出自身文化背景的作家。

而同是个性鲜明的作家，只在中国出版了三部书的托尔卡丘克则对人亲近得多。虽然她的碎片化结构看上去并不新鲜，她关注的乡村、时间、房子和旅行也让人感觉似曾相识，但是，进入文本内部，她依然能用日常、奇特、活泼的抒情性和传奇性留住读者的心。她更像是用诗的思维在写小说，让我们忍不住想要在小说中寻找的情节、意义和命运都弥漫在每一个片段中，却仍有新意。据报道，她也曾因《雅各书》（这本书还没有中文版）写到18世纪的历史而被波兰的民族主义者攻击。她在接受《荷戟周刊》采访时，曾充分表明自己的意识形态主张——诺贝尔文学奖的意识形态色彩总是惹人质疑，然而，世界上又有哪一种文学真的能够脱离意识形态眼光的打量呢？不唯意识形态，在意识形态之外尽可能寻找文学的和美的个性和多样性，或许就是一个文学奖很强的说服力了。

在诺奖获奖作家的序列里，托卡尔丘克显然是增强“超意识形态”说服力的一个，因为她的小说处处洋溢着健康的气息——一种文学与政治、历史和现实，甚至与作家的自我，都保持了适当距离的健康气息。而如果你了解文学与“健康”这个词关联起来的难度，尤其东欧文学卸下历史包袱、挣脱民族命运忧思的难度，还有女作家写出健康文学的难度，就会深刻体会托卡尔丘克多么珍贵和稀缺。

20世纪以来，一方面是两次世界大战，用最极端的方式羞辱人类的智慧和尊严，让文学沉浸在沉重的悲愤和忧思中不能自拔；另一方面是现代派文学越来越从外部转向内心，无限放大自我的隐秘角落。因而，我们更容易从文学中闻到“病态”的气息。这种气息穿着“个性化”“复杂性”的外衣，贴着反抗命运、反思历史、反映人性、探究自我的标签，四处弥漫，以至于在某些时刻都会让人误以为不病态非文学，不极端非艺术——“疾病与隐喻”变成了文学感知世界和认识世界的很重要的方式，“病与美”的结合也变成了一种常见的艺术精神。

尤其对女作家而言，这种病态似乎更普遍，也更有合理性。女性的敏感多思、感性充沛，让她们更容易自恋自怜、幽怨愤激，也更容易封闭在自我的世界里，仿佛她们天性中的自我缠斗和艺术中的偏执力量能够一拍即合。而所有这一切，被性别解放的社会思潮一刺激，索性变成了“女性主义”，成了性别斗争的旗帜和可资借用的武器——慢慢地，“女作家”变成了“作家”之外的一个特殊群体，甚至变成了一个意味复杂的形容词。诺贝尔奖历史上，不乏这样带有“病态力量”的作家，也不乏与文学贴身肉搏的作家。

让人眼前一亮的是，托卡尔丘克不是。她没有彰显任何带有抗争意味的女性立场，只有温柔和轻盈。她对历史和现实的态度，她与世界和自我的距离，她对文学的认识和把握，都显得恰如其分、中正平和。她只是一个作家，无需强调性别身份。她不直接与任何事物为敌，也不想拿文学当武器，她让自己的表达量力而行；她让所有的灾难、沉重、反思和质疑，都无限退后；她把文学载的“道”和自我都安放在日常的、带着咖啡香气的，甚至有些慵懒的、岁月静好的气氛里，然后让这气氛在潜心斟酌的文字烘托下，给人微醺的感觉—— 一种不念往昔，不追未来，只享受此刻的感觉。一如读者打开她的书，不久就会发现自己的时间静止了，她带你找到了无边界的此刻，无边界的世界和无边界的“我”。

“多亏了温柔，茶壶才开始说话”

托卡尔丘克的叙述有一种魔力。它感性又理性，准确又温柔，轻盈又茁壮，敏锐又宽和。她仿佛一边讲述一边倾听。她把自然、人、宗教，揉搓在一起，把故事、知识、信息杂拌在一块儿，让小说变成文体拼盘，就像生活和世界本身一样纷繁无头绪。这种纷繁是信息过载，是毫无逻辑，是神的意志飘忽不定，是命运的因果不明，然而，她却有能力站在一个村子的磨盘旁（《太古，或其他时间》），或者站在一个老人的房间里（《白天的房子，夜晚的房子》），甚至在旅途中（《云游》），用笃定的、驾驭娴熟的语言梳理出一种秩序，一种靠故事、信息和想象建构起来的秩序，帮我们找到存在感和安全感。

诺贝尔奖给她的颁奖词是“因为她的叙事想象力，以具有百科全书式的激情，代表了对人们生活方式多种边界的跨越”。她在受奖演讲中，则充分表达了她的“文学本位主义”和“故事本位主义”：在变动不居的历史和现实面前，神有时候都是缺位的，所以，谁能讲故事，谁就拥有给世界制定秩序的权力。在故事权力转移和争夺的过程中，带有灵性的世界慢慢死去，游荡在故事周围的意义混乱不堪，唯有文学，拥有体贴万事万物的温柔情愫——世界之所以奇妙，是因为有文学，“多亏了温柔，茶壶才开始说话。”

于是，她用被生活充分训练的眼睛洞察细节，用被爱充分包围的安全感关注微末生命，用心理学的教育背景换位思考，用神话、寓言、梦境和一切想象力飞升的时刻支撑对文学的痴迷。她坚信只要文学不死，世界就不会死，坚信意义永远在故事周围游荡，虚构就意味着某种真理。于是，她牢牢站稳自己的脚跟，世界再乱她都不乱。她胸有成竹、运筹帷幄、随处取材，在小说这个空间中，她像一个女王一样建构一种理想秩序：人类和时间、空间一起分享命运；和小草、咖啡壶、假发一样，一直用又渺小又强大的生命面对生活、应对历史、置身宇宙。因为这种秩序，她甚至重新定义小说和文学—— 一种像未知世界一样无边界的“混沌”空间。

读托卡尔丘克，时常会让人想起中国的《老子》和《庄子》，想起“天地与我并生，而万物与我为一”；想起廓然大公，物来顺应；也会让人想起捷克作家赫拉巴尔，想起“过于喧嚣的孤独”和酒馆里嘈杂的忧伤。或许，健康的文学远在被分割的语言和文化之上，远在意义之上，它“齐物”“逍遥”“云游”，它在宇宙洪荒中独来独往，略带忧伤。这种忧伤无论被表达多少次，都会重新叠加在往日之上，常读常新。

托卡尔丘克生于 1962 年，是同样获诺贝尔奖的波兰作家切斯瓦夫·米沃什和维斯瓦娃·辛波斯卡的后辈。从她的讲述看，她跟中国生于那个时代的作家一样，对冷战的余火有切身的体会，对政治思维和空洞的语言教化有灵敏的反应，物质匮乏又充满诗意的生活伴随着她们的青少年时代，而当她们心智完全成熟的时候，生活发生了巨大的变动，世界开始飞速旋转起来，她们曾经笃信的两极对立变得暧昧不明，历史也因此呈现了新的维度。“历史奔跑，生命的连续性和一致性也变得四分五裂。”于是，她写成“百衲衣”式的小说。跟很多碎片化写作旨在炫技，或者为了掩饰对世界的无从把握而故意让读者迷惑不同，托卡尔丘克的松散之下有强大的内在逻辑，尽管有些逻辑中国读者未必能够全懂。

跟其他作家相比，托卡尔丘克的心理学背景或许最不容忽视。她曾当过心理咨询师，某些时刻，我感觉这个职业的职能与上帝相似：倾听人最隐秘的心声，面对人最坦诚的交付，接受最无援的人的求助。不同的是，她不能像上帝一样，面对无解的难题、面对人最悲苦难耐的时刻可以闭塞视听。她需要直面，需要诊断，需要给出拯救的良策、活着的意义，因而她比常人更需要意义，也更需要逃离虚无。所以，她的文学才会既有放大镜下的清晰度，又有显微镜下的微妙处；既有尘光烟火，又有间离、超脱、旷达的质地。而在她的小说中，的确也总是能让人感觉到一种“创世纪”的格局：她总是试图重新定义时间和空间，重新定义万物的秩序。

《太古和其他时间》

在引进中国的三部书中，这一本的创作时间最早。“太古”是托卡尔丘克虚构出来的一个波兰小村庄，远离城市，与森林相邻，有一座名叫金龟子的山，有名叫黑河和白河的两条河，有四方天使守护。它悬挂在世界边缘，然而，开篇作者却说：“它位于宇宙的中心。”是啊，世界越大，历史越快，微小的事物越要骄傲地唯我独尊，也越需要如井底青蛙般加倍珍视自己头顶的天空。一如今天的我们自己。

于是，太古有自己的时间，自己的秩序。在它里面休养生息的每个人、每个天使和恶人、每个动物和植物，甚至每个物件都有自己的时间，是太古给他们的时间，也是他们跟太古平行并列的时间。于是，他们和太古一起轮番登场，讲自己的故事，每个故事都像有开放式结尾的短篇小说般精彩。这些故事被拴在三代人经历构成的时间轴上，相互之间交叉缠绕，构成一张“太古网”。而整本小说，就是托卡尔丘克给这张网上的每一个人物提供的舞台。舞台远景是太古创世纪，近景则从第一次世界大战爆发，磨坊主米哈乌被抓壮丁充军，怀孕的妻子格诺韦法开始。

战争代表的世界就这样来到太古，然而太古还是过着自己的日子。米哈乌的女儿米霞诞生了，女磨坊主格诺韦法在对年轻的犹太工人的情欲中挣扎。流浪到太古来的姑娘麦穗儿搅动了太古所有男人的心，她却在自由的情欲中只属于天空和田野、梦境和超现实。1918 年，信仰上帝的地主波皮耶尔斯基面对被哥萨克洗劫的家，感到世界毁灭在即，教堂也不能拯救他的忧郁。1919 年，米哈乌奇迹般地回来了，还带回来一个咖啡磨，从此它与女儿米霞形影不离。最后成了第三代人从太古带走的唯一的东西。

表面上看，托卡尔丘克如此写下的太古并不独特，然而稍稍想一下波兰的历史，就会知道所有细节的匠心所在。历史上，波兰曾在欧洲地图上消失了一百多年，第一次世界大战结束之后，它成功复国，堪称世界史上的奇迹，而第一次世界大战可以算作波兰重生的重要契机。托卡尔丘克选择这个时间作为小说的开头，其历史深意可见一斑。然而，这个重生并不需要欢欣鼓舞，因为后来的历史证明，重生并不是幸福和安稳的保障——第二次世界大战中的波兰几近粉碎，被俄国占领过的波兰遗患无穷。所以，托卡尔丘克的“时间开始了”，没有欣喜，只有静观和寻找——寻找波兰人的生命之根。而犹太工人对女磨坊主的情欲诱惑，如果联系波兰刻骨的反犹主义背景，更可以看出个中含义。至于洗劫地主的哥萨克，组成成分之一就是波兰的农民和农奴，最早他们曾效忠波兰权贵，后来投靠崛起的俄罗斯。

理解托卡尔丘克的小说，仅有历史知识是不够的，她里面埋藏着太多的文化的、心理学的、梦境的隐喻，也充满了各种奇特的、与人物气质相吻合的意象。比如憎恨黑河的神父，老是感觉被月亮迫害、只跟猫和狗说话的老女人弗洛伦藤卡，又爱抱怨上帝又爱蘑菇的鲁塔，嫁给“恨”的乌克莱雅，指挥雾的鬼魂、在玩八层世界迷宫游戏中寻找上帝的地主等等。这样的小说时而像寓言时而像童话时而像传奇，它既是现实的又是超现实的，既是可知的又是神秘的，既是幽默的又是忧伤的，其精密和巧妙简直不可复述，只能阅读。它没说出来的比说出来的更多。它带给人又熟悉又陌生的感觉。

读完全书，才会深刻体会“太古是宇宙的中心”的真正含义。太古从来没有置身世外，甚至每一个细节它都没有错过：在帕韦乌为女儿寻找抗生素的路上，斯大林死了；米霞家独一无二的房子里住进了德国入侵者；靠给欧洲寄挂号信获得丢失赔偿为生的伊齐多尔，被当成了自由欧洲间谍，而他不过是想买一张去巴西的机票，寻找初恋。这样的太古包罗万象，它的时间之网罩住了整个历史；在太古活着，看到的只是世界的背面，守护天使总是在死亡来临的时候才来，太古太累了，所以它只能放下一切，重新自己当作宇宙的中心。托卡尔丘克是太古的“上帝”，而太古是世界上所有村庄的缩影。

《白天的房子，夜晚的房子》

《白天的房子，夜晚的房子》像是《太古或其他时间》的姊妹篇，也是它的放大版。在“太古”里，作家曾说：“只有当房屋的墙壁封住了一块空间时，它才成为名副其实的房屋。那块封闭的空间是房屋的灵魂。”而在“房子”里，她说：“我们每个人都有两幢房子—— 一幢是具体的，被安置在时间和空间里；另一幢是不具体的、没有完工的、没有地址，也没有机会在建筑设计图中被永远保存下来。”而房子的屋顶，跟宗教一样，“都是终极的顶点”：多亏了宗教，人才能面对无穷无尽的困扰正常生活；多亏了屋顶，人才能安全地躲避风雨和宇宙辐射。

跟“太古”有明确的时间线索和人物命运线索不同，“房子”里面的时空穿梭更加无拘无束，从远古时代到中世纪，从 18 世纪到 21 世纪；因为时空跨度的增大，更多东西，包括宗教传说、广播信息、宇宙信号、豌豆、蘑菇、钉子、雨、水灾、甜点等都变成了主角，看上去小说更加随意，更加碎片化，更加神秘，也更加难以把握。它与历史、宗教和文化的牵扯也更隐蔽，更零散了。

整个小说的根基是一个叫玛尔塔的老女人。她不识字，没有人知道她多大年龄，没有人知道她做了多少假发，她春天养鸡，秋天全部吃掉。关于世界，她什么也不想了解，但她懂得世间全部的奥秘，还能进入别人的梦。她冬眠的时候万物凋谢，她复苏的时候万物蓬勃。她是民间的先知，落地的神；她是世界的轴心，是白天和夜晚两座房子。她是新鲁达人的梦。

与她永恒性的气质相对应的，是小说中屡次出现的梦。神秘而不可知的梦，甚至比玛尔塔更像世界的根，以至于作者开篇就以第一人称的“梦”开始。某种意义上，这个开头很像《红楼梦》的开头，有统摄全书，甚至统摄自己全部创作观、世界观的作用。这是一个“静止的梦”“我高高固定在谷地上方，戳在某个不明确的点上”“纯粹地看，没有观感”“世界在迁就我，听令于我”，梦中时间没有尽头，“我既不会认识任何新的事物，也不会忘记我见到过的一切。”

在这样的情形下，她每天和玛尔塔见面聊天，写下所有的故事——形形色色的人，五花八门的梦。叫“如此这般”的邻居先梦见了爱喝酒的马雷克·马雷克的鬼魂，后发现他自杀；单身银行女职员梦见自己被远方的人爱上，不远千里去找，结果真的找到了人，听到了梦中一样情话；修道院修士不断梦见自己是女性，最后在写作中梦想成真；弗兰茨老是接收到不明行星发送来的噩梦，于是做了一顶木头帽子……然而，这些碎片并非随意飘散，它们相互之间总是有互文和照应：修女对上帝的忠贞和修士对她的忠贞一致；附着在马雷克身上的鸟多年后从另一个酗酒的人腋下被拉出来等等。更重要的是，这些碎片背后有一部几乎完整的下西里西亚历史。

跟“太古”一样，历史是埋藏在碎片中的暗线。下西里西亚地区的新鲁达小城，拓荒者是书的中间才出现的刀具匠；到了中世纪，这里出现了骑士制度和奴隶制庄园经济，小说前半部不断出现的骑士女儿库梅尔尼斯和她的传记作者是见证人；18世纪有德国人移居过来，带来了西欧文明，然而战争改变了他们与这里的关系，小说中后部出现的因戴着木头帽子死在战场上的弗兰茨是见证人。第二次世界大战后，随着波兰疆域的变化，大量德国人要回到德国，波兰人要迁居，他们都产生了思乡之情，小说接近结尾出现的“政府”代表，足蹬军官长筒皮靴的人是见证人，死在波兰和捷克边界的德国人彼得·迪泰尔也是见证人，在夜色下，他“一只脚在捷克，一只脚在波兰”，他乡愁刻骨，却死无故乡。

下西里西亚的历史就这样绵延：战后重建，现代化到来，广播，互联网……从非常到正常，“他和她”是见证者，这也是全书最动人、最意味深长的一节；同时，奥斯维辛也是见证者。多年后，新鲁达的纺织女工阿格涅什卡去参观的时候，印象最深的是那里的商店买食用油不限量，于是她背回来整整够三年用的油：煎马铃薯饼、炒蘑菇、煎鱼、做馅饼……托卡尔丘克说：感谢上帝的波兰人，得到的却是群山的接纳和供养；“世界一直都在走向死亡”，唯一抗拒这种衰败的，是“人的身体”。

《云游》

有太多的文学艺术强调了生存的精神性，托卡尔丘克却专注于物质性和“身体”，她想回到一切精神和思想的根部。无论前两部对时间和空间的探讨多么抽象，她始终未曾脱离人的本体，未曾脱离那些日常中比人的生命更不易被消灭的东西。如果说“太古”里面的小咖啡磨是世界绵延的象征，“房子”中玛尔塔的假发和锡盘子是人间永恒的见证，那么在她新近出版的中文版《云游》中，她的“拜物”对象变成了身体器官——身体带着人去往世界各地，人也带着身体的器官在历史中来来回回。跟精神性的“云游”相比，没有了呼吸的肉体本身更能被保存，也是人最大的“跨时空”。某些时刻，肉体变成认识自我的途径；某些时刻幻化成至美至绚的艺术；某些时刻又幻化成历史的改变者和世界进程的推动力，一如肖邦那颗被姐姐带回波兰的心脏一样——为了写与人体有关的一切，托卡尔丘克把历史中的真人，比如17世纪的解剖学家、解剖自己截肢的费尔海恩、开创人体塑化标本的科学家哈根斯，喜欢收集人体标本的古代君王等等都囊括进来。

如此书写人体的“博物学”总是显得有些惊悚可怖，然而，托卡尔丘克却有能力把它变成看待世界的另外一个角度，一个此前几乎没有在文学作品中出现过的角度，就像她用“云游”重新定义旅行、重新定义人类对空间的认识一样。据说，这个词的波兰语出自18世纪俄罗斯东正教的某个门派，它的信徒相信，只有一直处于移动状态才能避开恶魔。而在今天，“移动性已成现实”，“家”也变成了又一个酒店。“云游”不再是避险的方式，它变成了生活方式本身，也变成了世界的组织秩序。在飞速的移动中，世界变幻出了无穷无尽的面孔，而那些遥远的地方，比如中国、土耳其、古巴、新西兰都不再遥不可及；那些遥远的历史，比如中世纪、18世纪都和今天有着千丝万缕的联系。

当然，一如在村庄和房子中能建构起全部历史一样，这一次的托卡尔丘克也穷尽了关于云游、关于移动的种种可能，用“云游”建立了另外一套历史语序。她还是用第一人称，而且这个“我”很像她本人，学过心理学却不适合做心理医生，爱旅行去过的地方却有限，在写作之前做过很多职业，离了婚。因此她理解的“云游”既包含了旅行中那些通常的含义：求新、求变、逃离、冒险、避难、疗伤，也包含了“向内”的梦境、神游、貌合神离、词不达意、信仰缺失等等。她甚至由此把移动视作人的本体，她说：“野蛮人不旅行，只去目的地。”

与前两本相比，《云游》故事性更弱，人物更少，结构更零碎，关注的角度更冷僻，某些时刻都会让人感觉作家太过随心所欲，甚至有些过度追求形式主义。短篇小说、散文、传说、诗、信、旅行说明、广告无不被她写进书中，以至于她自己统筹安排的时候都曾一度陷入僵局，不得不把每个片段铺在地上，她站到桌子上去俯瞰这些章节。甚至我在读的过程中都忍不住想，这样的小说在中国或许都难以出版，更不要说获得尼刻奖、布克奖和诺贝尔奖了。

神奇的是，即便如此，托卡尔丘克依然是可读的，是吸引人的，你总能在她笔下的多重现实中找到与自己相关的现实，也总能在她的“随心所欲”中找到价值的逻辑，一种你忍不住要配合她建构的逻辑。她兼顾感性和理性的能力，她强大的掌控自己文本世界的自信，她辗转腾挪的思维触角，都让她的表达有洗脑的魔力。

在历史斑驳复杂、文学传统源远流长的波兰，诗性思维是他们的传统，对永恒的时间和空间的想象也是他们的传统；在沉重的历史之外，努力坚守文学的独立性，也是他们的传统。许多著名的作家，如密茨凯维奇、贡布罗维奇、米沃什、辛波斯卡等等，都身在这样的传统之下，托卡尔丘克自然也不例外。米沃什曾说，在“由历史做出裁决”的波兰，“同情是多余的”，因而，诗人都有“双重人格”，幸存者身上也保留着愤怒，所以他把自己的书《被禁锢的头脑》当作“一个战场”，把谈论诗歌的书命名为“诗的见证”。

然而比他晚生了好多年的托卡尔丘克对“诗”的认识发生了巨大改变——历史在下一代身上，总是会悄然卸去沉重，也总是会拉开情感的距离——她把书和文学当作大型对话现场：过去与现在对话，村庄和城市对话，人与上帝对话，魔鬼与天使对话，白天和夜晚对话，时间和空间对话，远方和此地对话……她几乎是用直觉的方式综合了巴赫金曾经在陀思妥耶夫斯基、拉伯雷那里发现的“狂欢”“广场”和“复调”，让生活呈现了多元并行的一面，让时间和空间都获得了更多重的含义。

这是托卡尔丘克理解的现实主义，一种综合了现实与幻想，对过去和未来抱有双重警惕的现实主义，因而不会被耗尽和厌弃的现实主义。惟其如此，她的鲜明风格才能遮住结构上鲜有变化，甚至三本书都可以当作一本书看待的单一性，依然生机勃勃。我想，诺贝尔奖颁给她可能不只是基于波兰和欧洲的现实，更是基于她如自己小说世界的上帝一般，赋予写作这件事巨大的时空容量、心理能量和现实含量。她不仅能听到茶壶说话，听懂世界的喧嚣和历史的沉默，她也更能体会人和自我的无限力量。关键是，做这一切的时候，她是温柔的、可亲的，她始终都相信“用碎片谱写一个完美世界的时刻”能随时到来，而米沃什认为这是最后的时刻。

“好色”的渡边淳一

很多时候，是“死”给了一个作家被记起、被讨论的机会。这多少有点可悲，但又是可怕的真实——在求新求异方面，大众阅读世界和财富世界没什么差别，这里永远都不缺少新贵和新宠，而那些曾经红极一时的名字，在后来者看来，要么属于博物馆，要么属于垃圾堆。“渡边淳一”这个日本名字，在上个世纪90年代的日本人看来，是最流行最轰动的代名词，因为《失乐园》的书、电影和电视剧而引发的“失乐园现象”曾经席卷整个日本并迅速波及亚洲其他国家，而如今，在满世界的村上春树粉丝们的眼里，他们只认识和关注一个“渡边”，他是《挪威的森林》的主人公，一个孤独迷茫又带着点儿颓废色彩的年轻人。

抛开外部因素的影响而言，带着颓废色彩的爱情，往往只属于年轻人，无论悲剧还是喜剧，年轻人的人生底色都是纯粹而轻狂的，没有人生的教训，没有无可奈何的选择。但带着沉重色彩的爱情，却往往属于中年人，或者说中年人的爱情往往是“中年问题”，它天然地就带有一些悲剧和伤感的因素，因为它大多是不伦的，是越界的，是充满了背叛和不安的，想一想《廊桥遗梦》《安娜·卡列尼娜》《查泰莱夫人的情人》《包法利夫人》……世界文坛上此类作品简直不胜枚举，几乎没有哪一个不带着令人悲伤的灰色调。

而以写中年和中产著称的渡边淳一的《失乐园》，某种程度上也可以与这些作品站在一起。中年人的情感困惑和婚姻无奈，中产阶级一成不变的生活和寻求刺激的本性，都在他的小说里有充分的体现。只是他的写作更为极端地体现了日本式“情色”的极端化——即使是在对此类描写非常宽容的日本文学界，《失乐园》也是独树一帜的。

渡边淳一一生写了一百三十余部作品，大多都关注此类题材，甚至可以说他在“性”和“中年问题”上做足了文章。而“死”和“可怕的真实”往往是渡边淳一手里两个重要的色彩棒，二者的颜色组合构成了他“好色文学”的情感底色—— 一种浓烈而疯狂的灰黑色调，“情死”是最常见的故事结局。而作者对待这种结局的观念往往不是悲伤叹惋，而是赞赏艳羡的——在性爱价值观上，渡边淳一也是“变态的日本文学”中最极端化的一个。

《失乐园》：中年浮世绘

在日语里，“好色”的词语色彩与汉语的有微妙的差别。日语的“好色”是追求恋爱情趣的意思，是一种追求风雅和唯美的审美情趣，追求肉体欲望的坦率展现，在这种文学里，人的肉体欲望被彻底“齐物”化，与道德伦理无关。与此相关，日本也有“私小说”的传统，现代文学中的郁达夫曾经那么坦诚地描写留学生的情欲，当代文学中陈染、林白等人坦诚描写女性情欲的“私人化写作”，都受了这种传统的某种影响。

实际上，在日本文化里，从来都缺少对性的禁忌，在性道德方面也非常宽松，因而在日本文学里，一直都有“好色”的传统。日本最早的史书《古事记》、歌集《万叶集》，还有享誉世界的《源氏物语》，无不在歌颂男女情爱；经历过中世纪的武士文化压抑之后，“好色”文化达到最高峰；之后，即使文明社会的规约越来越多，这种传统也没有变，只是开始分流，在唯美主义、自然主义、浪漫主义等文学流派中，都有不同程度的体现。

当然，即便是同在这种传统之中，对爱与性、爱与死的关注角度和方式也有差别，川端康成和渡边淳一的差别，不言自明。这就好像同样在“发乎情止乎礼”的中国伦理文化之中，《红楼梦》和《金瓶梅》的区别一样。渡边淳一在日本被称为"现代情爱大师"，是类型文学的代表作家。既然是类型文学，就可以窥斑知豹、以叶见林，所以了解渡边淳一，一部《失乐园》就够了。

上了点年纪的中国读者，或许对《失乐园》都不陌生。它1997年由日本讲谈社出版，1998年即翻译到中国，据相关统计，正版和盗版的销量不下百万册。之后的电影，在中国也有广泛的传播。与中国1993年出版的带有浓郁的知识分子色彩的《废都》相比，《失乐园》更关注尘世男女，因而显得更亲近大众——事业不顺的久木、风姿绰约的书法老师凛子，都是日本的普通人。当然，与《废都》的中国式含蓄相比，《失乐园》的性描写也更直接更赤裸。据翻译者介绍，考虑到中国的文化现实，当时的翻译还不能完全做到"信达雅"。2010年，中国才又推出了《失乐园》的全译本。

有妇之夫久木爱上了有夫之妇凛子，不是欲望想象那种爱，而是，用久木的话说，一种"充满了不安的一往情深"。渡边淳一说，这种事情发生的时候，两个人会首先考虑生活在一起，但他们又结过婚，深知"即便是最炽热的爱也会因婚后浸泡于日常琐事而渐渐变得乏味，到头来，相爱的人只会成为生活的伴侣"，为了永久保持最热烈的爱，就只有一个选择，就是"在爱的极致一起死去"。

《失乐园》就是这样写了两个中年人的选择，他们并非从一开始就不顾一切，家庭责任、中年身份始终和身体欲望缠绕在一起，他们对社会伦理的触犯，以及由此背负的社会压力和心灵重负始终都未曾削减过。只是每一次的压力都被性爱的醇美以及由此带来的两个人的心灵交融化解了，激情战胜了伦理和道德。

当然，作者在写二人世界甘甜忘我的同时，也映衬着写到了"人到中年"的种种灰头土脸——久木事业发展不顺，家庭中夫妻关系也是"左手摸右手"，而凛子作为家庭女性，在丈夫那里从未得到重视和体贴。而最后，久木的同事的猝然辞世，更是成了促成他抉择的最后一根稻草——中年人对死亡的恐惧以及由此带来的，对生命激情与自由的向往更加急迫。内部和外部的综合因素，助推着两个人走向了殉情。或许，正是因为渡边淳一某种程度上写出了这种选择的复杂性和合理性，才使得《失乐园》在他诸多的此类作品中脱颖而出。

在日本文化里，生与死从来不是对立的，死只是生的延续。而渡边淳一也反复表达，《失乐园》不是悲剧。他来中国访问接受新浪读书采访的时候说，如果读者从《失乐园》的结局里看到了悲观，那将非常遗憾，因为在他看来，那是两个主人公“爱情火焰迸发到极点，燃烧最美丽的一幕”。他强调，他写的是一个得到“至福”的中年故事。

有意味的是，在日本的文学中，中年爱情问题的解决通常都不是“无言的结局”，而在中国，大多就是张爱玲说的哀婉无奈，“娶了红玫瑰，久而久之，红的变了墙上的一抹蚊子血，白的还是‘床前明月光’；娶了白玫瑰，白的便是衣服上的一粒饭黏子，红的却是心口上一颗朱砂痣”；或者如钱锺书说的“城里面的人想出来，城外面的人想进去”的纠结挣扎。

久木和凛子想冲破婚姻的藩篱，去获得真正的情爱。与罗密欧和朱丽叶、梁山伯与祝英台要冲破等级和家族的藩篱去获得真正的爱情相比，情爱的选择当然显得更自私了些，因而给人的审美感觉和美学层次是有差异的。

“纵使放荡，心灵也不该是龌龊的。”

即便读者真的按照渡边淳一的逻辑来理解《失乐园》，这种从春天开始，在秋天落幕的“至福”也只是中年人的“文学白日梦”而已。情爱从来都未曾脱离社会和人性的真实而存在，而只要是真实，就意味着在欲望和激情之外，还有理性和伦理；在人性的自然性之外，还有几千年文化和文明积淀起来的人性的规约和秩序。一个作家抱定了什么样的价值观对待这一切，往往能够决定作品格调的高低。

实际上，即便是在日本，也有很多人批评渡边淳一作品的"感官化"，批评他过于激进的婚恋价值观。所以《失乐园》再唯美，反映中年情爱问题和人性矛盾再深刻，也因为违背了人类的理性和伦理的规约，而被纯文学排除在外。读者再赞赏他在《男人这东西》等作品中赤裸裸的欲望坦诚，也并不由此对文学的品位就降格以求。有中国读者还戏谑地把渡边淳一称为"情感知音大叔"，说他写的绝对不是爱情，只是"两性问题"和"欲望问题"。

渡边淳一写作这类小说，有职业转变的原因，也有真实的情感体验。他原本是外科医生，后来弃医从文，用他自己的话说，"从医学的角度，我看到了人最肉体的东西；从作家的角度，我看到了人最本质的东西。"二者的交汇，造就了他的创作历程。而他在《我伤感的人生之旅》的自传散文和多次的访谈中，都曾自曝个人的情感经历，他坦率承认自己不断地在追逐新的感情，因为"只有不断恋爱才能不断写作"，而"无论是恋爱小说还是散文随笔，都可以看作是带有我个人经历色彩的东西。"真实生活中的渡边淳一，从来不曾缺少情爱，还曾经和一个讲授花道的老师保持了多年的婚外情关系，而这个老师因为患癌自杀。

如今，渡边淳一也已驾鹤西去，他畅想的性自由在他八十年的生活经历中也未曾真正的实现——他并没有不要自己的婚姻，也并没有因爱人离去而离去。无论是渡边淳一的好色文学，还是其他的类型文学，追求的都不是提供有关人性和命运的永恒的真实，也并不担负建立文学与现实之间的桥梁的责任，更不考虑文学需要向永恒的未来。因为这样的原因，作家在历史上获得永生的方式就会有所不同——或许，在渡边淳一之前，马尔克斯去世所得到的全世界铺天盖地的悼念正可以说明这个问题。马尔克斯在《霍乱时期的爱情》里写了主人公 622 次滥情，但一切都是为了 51 年 9 个月零 4 天的等待，等待 53 年后，和自己的真爱在一起，永远在海上航行下去，迎接一个又一个明天……

历史的眼泪被文学笑出来了

84岁的父亲和他36岁的情人

如果母亲去世两年后的一天，84 岁的老父亲忽然毫无征兆地对着 47 岁的女儿说：好消息，我要结婚了！她是乌克兰美女，36 岁，长得就像波提切利的出水的维纳斯。有金色的头发，迷人的眼睛和上等的乳房。她受过教育，可以坐在我的膝头跟我讨论尼采和叔本华，她儿子也正在为美好的未来谋求最好的教育！相信很多人的反应会和娜杰日达一样，义愤填膺却又好奇难忍，崩溃得抓狂却还要装作心胸宽广——岂止是“色令智昏”这么简单，这是明显的移民婚姻，有诸多的法律问题和现实问题，而且父亲那一点微薄的养老金，养活自己尚且捉襟见肘……但所有这一切，在 84 岁父亲的爱情烈焰面前，都被烧得踪迹全无，于是女儿只能悲愤地说“生活真是惊喜连连”……

这是乌克兰裔英国女作家玛琳娜·柳薇卡的处女作《乌克兰拖拉机简史》的开头。她冒着一本小说被归入农业科技类图书、从此无人问津的风险，给一个幽默风趣的家庭喜剧取了一个“最勇敢的书名”(英国《卫报》)。当然，事实证明，这样的别出心裁反而让这本书惹人注目，它夺得了英国为喜剧小说而设的“伍德豪斯奖”，并成为获得该奖的第一个女作家——或许各国文学界都是如此，自恋而刻薄的女作家好找，幽默风趣的却不多。

当然，英国女作家在中国有非常好的口碑，JK. 罗琳，阿加莎·克里斯蒂、伍尔夫、简·奥斯汀、勃朗特三姐妹等等。如今，这个队伍里面，可以加上一个新名字，一个幽默风趣、智慧洞达的作家，玛琳娜·柳薇卡。

对中国读者而言，单看这本书的书名，立刻就会让人想到书名有异曲同工之妙的《钢铁是怎样炼成的》，而且二者都与近日颇不宁静，因而也颇受关注的乌克兰有关——包括乌克兰文学在内的俄罗斯文学，在中国文学界曾经占据举足轻重的地位，所以，即便抛开乌克兰局势的因素，这本书在中国读者中唤起的阅读期待也可想而知。

作者是乌克兰难民后代，第二次世界大战期间生于德国的集中营，后来移民英国。在写这本小说之前，曾经写过六本如何照料老年人的专著，所以她才会把一个 84 岁鳏夫春心萌动的所作所为写得惟妙惟肖，也才能够把家庭生活中的一地鸡毛写得入情入理。

小说里的父亲曾经是乌克兰的工程师，酷爱写诗。他曾被关进纳粹的集中营，后来逃亡到英国，成了模范公民。他曾经有过一个计划，把半个世纪未曾谋面的家族成员都拯救出“水深火热”的乌克兰，也曾经固执地认定 15 岁的女儿是“托洛茨基分子”，一怒之下要带着当年逃亡的箱子返回俄罗斯，拼命逃离的社会主义忽然出现在家里，简直岂有此理！

如今，这个在母亲眼里“缺乏理智”“有太多疯狂想法”的父亲终于找到了自己的“拯救”对象——乌克兰美女瓦伦蒂娜。她既是现实的、妖娆的美女，也是一个代表了乌克兰的语言、习俗等的符号或者意象，承载了父亲作为流亡者的故国之思，也唤醒了父亲被压抑多年的诗情。他老了，欢迎“乌克兰”来到他的家。

于是，这个美女“就像枚毛茸茸的粉红色手榴弹一样在我们的生活中骤然爆炸，搅得浑水四溢，将许多久沉于记忆泥沼下的淤泥翻上水面，狠狠地踹了我们家族幽灵的屁股一脚”。

“过去肮脏不堪，就像个下水道。”

一个来自乌克兰的流亡家庭中埋藏着多少秘密，隐藏着多少家族幽灵，只需要稍稍了解 20 世纪乌克兰的历史便可略知一二。但这些家族幽灵牵涉的问题太复杂：民族的、种族的、战争的、政治的、文化的等等，简直错综复杂、无从说起。然而一个家庭，无论多么不平凡，都是不能背着问题过日子的，尤其不能背着过去的包袱，于是所有的问题都在柴米油盐的掩盖之下——如果不是婚丧嫁娶这种家庭重大事件发生，秘密和幽灵无论在黑暗中怎么舞蹈，都感染不了阳光下的人们。

47 岁的小女儿娜杰日达（俄语“希望”的意思）就是那个在阳光下的人，故事也是从她的角度讲的。她是 peace baby，性格温和，婚姻幸福，对过去所知甚少，对现实所知甚浅。母亲去世的时候，她和 57 岁的姐姐薇拉（俄语“信仰”的意思）为了母亲的遗产争得你死我活，已经两年没有往来。姐姐薇拉是 war baby，见过“生活内部的黑暗”，自命不凡、性格强势，连父亲都惧她三分，教训起妹妹来更是丝毫不留情面。本来，爱已经从这个母亲死去的家庭中消失了，但乌克兰美女的出现，让两个人迅速联合起来，共同抵御家庭的殖民者。于是，父亲这一次的再婚和离婚闹剧，也变成了姐妹和解的旅程，更是妹妹成长的历程。

在轻松搞笑的离婚大战中，小说陆陆续续讲到了他们的家族史。当然，家族史伴随着 20 世纪以来乌克兰的政治史和社会史。

从文化上来说，斯拉夫文明的摇篮是基辅而不是莫斯科，所以，乌克兰人一直有一种文化的自豪感，但这种文化自豪感在历史上却屡屡受挫，因此这个民族有传自久远的寻求民族认同的情结。这是乌克兰人和俄罗斯人多年芥蒂的一个历史根源。《钢铁是怎样炼成的》里面所描述的那些战事、纷争和冲突，以及最严酷的饥荒等等都发生在乌克兰的土地上。

娜杰日达的外祖父是哥萨克人，曾经做过乌克兰骑兵的军官，沙皇曾亲自为其授勋。十月革命之后，他既不参加沙俄的白军，也不参加苏维埃的红军，而是回到乌克兰，与反叛俄国的乌克兰民族共和军并肩，加入了乌克兰独立运动。1930 年，离肃清运动的可怕巅峰还有几年的时候，外祖父被捕了，六个月后被处决。幸运的是，家人免于被改造，只是成了“人民公敌”的家属，艰难谋生。而当时的乌克兰，尽管土地肥沃，却饥荒不断。

母亲说：“饥荒的目的在于打击百姓的精神，强迫他们接受集体农庄。斯大林相信，农民的思想意识是狭隘、贪婪、迷信的，应该被一种崇高的、同志般的无产阶级精神所取代。”

经历过饥荒的母亲，由此养成了一生节俭的习惯，即便后来生活在富足的英国，她的囤积行为也从未中断过……但父亲不同，无论对待钱还是生活，他都有着诗人般的随心所欲。姐妹俩由此认定，父母的婚姻是权宜的而不是为爱的婚姻。

小说中此类的历史插叙比比皆是，每一个人物，每一件事情，作者在写到他们的现实表现的时候，都试图去追述他们身后拖着的过去的尾巴，有历史的、文化的，也有情感的和理智的。当然，作者也并未回避背后掩藏着的、不为人知的苟且和不堪，比如诗情满怀的父亲当年曾经因为思念妈妈而做过出卖外婆的事，姐姐在集中营也曾经偷过香烟等等。

在那个年代，活下去是唯一的理由。

只有一个例外，那就是叙述人娜杰日达。令人悲叹的过去、充满悲苦的内心秘密，在娜杰日达的记忆中却如此斑斓美好——母亲只给她讲结局美好的家族故事，姐姐只给她讲好人和坏人的故事，只有爸爸的故事，“结构复杂，意义含糊，结局凄惨，此外还冗长离题，事实不清”，让人不喜欢。但事实证明，这个讲着让人不喜欢的故事，做着让人不喜欢的事情的父亲，离历史的真实却最近。他甚至在直接书写历史，写着一部叫《乌克兰拖拉机简史》的书，借以反思苏联和乌克兰的关系。

我们从未逃离历史，也从未远离孤独

历史，无论是个人史还是民族史，都天然地沾染一种忧郁、惆怅的情绪，这是在不可逆的时间和人类不断反省的天性之间建立起来的忧郁和惆怅。而历史叙述本身往往不能够记录这种情绪，它们只对曾经发生的事实负责。这种情绪，或者说，承载这种情绪的人，是文学关心的对象——从某种角度说，文学与历史的差别，就在于文学保存了一个时代的情绪。而无论文学采用什么方式：幽默风趣的、讽刺揶揄的，还是批判教化的、一板一眼的，一旦牵涉到历史，情绪的风暴就会变得复杂难辨，人性也会变得幽暗不明。

所以，写历史的小说往往会变成一个双重文本，一个虚构的故事+真实的情绪的双重文本。在这个小说里，现实的幽默搞笑和历史的沉痛幽暗，就构成了双重风格，也拓展了一个家庭的家长里短背后开阔幽深的意境空间。

而正如作者给小说取一个跟内容反差很大的名字一样，类似的匠心在小说里也无处不在。比如，乌克兰美女的名字瓦伦蒂娜，既是“情人节”一词的音译，又是一种坦克的名字。玫瑰和坦克，浪漫和铁血，使得这个人物都变得无比妖冶。

与名字的气质相适应，小说里写了她作为拜金主义者和投机主义者的肤浅和卑劣，也写了她作为新一代乌克兰人的野心和梦想；写了她对父亲的野蛮，也写了她的洞见：比如她说父亲有“妄想症”，“只有在极权主义国家生活过的人才能觉察到妄想症的真实特征”：“它腐蚀了朋友同事关系、师生关系、父母与子女间的关系、夫妻关系。敌人无处不在……从最低层到最高层，没有人能躲过妄想症的来袭。妄想症从克里姆林宫紧闭的大门下渗了出来，麻痹了所有人的生活。”

而小说嬉笑怒骂地写了父亲“色令智昏”的愚不可及，同时也写了父亲的清醒和理性，写了他“爱着爱情本身的生命节拍”那种老去的孤独。他说，瓦伦蒂娜是勃列日涅夫时代的产物，“在勃列日涅夫时代，所有人的观念都是埋葬过去的一切，全部向西方看齐。为了建设这样的经济，人们必须不停地买新东西。新的欲望必须尽快得到培植，就如老的理想必须尽快遭到埋葬一样。……这不是她的错，这是种战后心态。”而从始至终，两个女儿都从未主动关心过他为之痴迷的“拖拉机事业”。

除了父亲是小说的重心之外，姐妹俩的关系也是小说天平的另一头。

小说写到了这样一个细节，1952 年的圣诞夜，妈妈带着姐妹俩在公交车上遇到了一个穿着皮大衣的女人，她施舍给妈妈六便士，这让从未经历过苦难的妹妹刻骨铭心，她说：“就是那个时刻，把我变成了一个终身的社会主义者。”而从“恐怖是唯一的秩序”的集中营里爬出来的姐姐，却说：“也许正是它把我变成了那个穿皮大衣的女人。”

小说写了大量这样的细节，写了历史和生活的众妙之门。社会主义国家的读者，会从中意会到很多微妙的蕴含，正如从英国作家奥威尔的《一九八四》《动物农场》中意会到的一样。

这随处可见的双重性，这闪耀在笑容背后的泪光，构成了这个小说还原生活场景般的真实，和一种穿透表象抵达本质的微妙的魅力，一种属于俄罗斯文化传统中的文学的魅力——同样出生在乌克兰的作家果戈理，在普希金逝世前曾经给他朗诵《死魂灵》的第一章，普希金听后大声喊道：“天呐，俄罗斯是多么悲伤。”而曾经为果戈理做传的纳博科夫也说，“当某个人告诉我，果戈理是一个‘幽默作家’时，我立即明白，那个人对文学一知半解。”

对柳薇卡的幽默，也可以做如是判断。

柳薇卡的魅力和启示

一本充满了“迷人的幽默和怜悯，以及真正的阅读之乐”的家庭小说，就这样告别了幽默故事所代表的轻松和浅薄，走上了历史的纵深之路。在这条路上，普通人基于情感或理智的判断都无处安放，没有绝对的是非，没有原则的对错，大家都是悲剧制造者，大家也都是受害者。无论在战争中还是在和平时期，没有人能够逃离“活下去”的法则，当然也没有人能够参透人与人之间的全部体谅和隔膜。小说的结尾，怀孕的乌克兰美女回国了，姐妹俩也“学会了如何成为伙伴”，而父亲，则学会了“向太阳敬礼”。

在这个充满了幽默和荒诞的世界上，只有太阳，是确凿无疑的，所以，我们只有含泪笑对。这种“笑”，和同样有着苏共情结、同样流亡海外的捷克作家米兰·昆德拉的《玩笑》既相同，都是历史被世俗化之后发出的“笑”，又和他的男性哲学视角有所区别。米兰·昆德拉一直在强悍地追问“如果历史开了玩笑”，人们该怎么办？而柳薇卡只是宽和地说：历史和生活，本来就一直在开玩笑。好吧。别管它了。就是这样。

文学需要激烈阳刚，也需要温婉淡定。某种程度上，创作关于生活、关于情感、关于世俗化历史题材的作品，女性比男性更有优势。门罗获奖之后在全世界赢得的好评也是例证之一。

除了《乌克兰拖拉机简史》，柳薇卡在中国还出版了另外一本小说，叫《英国农民工小像》，给小说取名字的思路还是一样的，勇敢而自信。小说以一对乌克兰劳工的爱情为主线，写全球化过程中，移民工人的全球性流动，探讨“全球化劳工之碎片”和手机男统治的世界中，社会关系的变化。

同样是并不轻松的题材，也同样被柳薇卡装在了幽默搞笑的爱情套子里。小说还用乔叟的话做引子，说“如果我依照幻想信口开河，请不要为我的话感到生气和恼怒，因为我的初衷只是为了逗乐。”

劳资矛盾、地区矛盾、阶级矛盾等等，每一个说起来都足以让历史学家和社会学家劳神劳力的话题，却被作者当成了“信口开河”的笑料。如果不是作家太过轻率，就是她在自信地彰显一种文学观——文学，无论关注多么重大的问题，都首先是有趣的故事，如此而已。

在书里，来自乌克兰的、波兰的、中国的、非洲的劳工们，充满爱恨情仇地聚在一起，牵扯起来的却是资本和阶级，马克思的劳动力理论，甚至乌克兰的橙色革命，“向西方瞭望的橙色世界”和“原始的蓝白色东部工业区”的两个青年的价值观等话题。纷繁复杂的历史和现实问题，都变成了场景、情节和性格，让人丝毫感觉不到生涩僵硬，而是可亲可感、可思可想。

当然，作为中国读者，在《英国农民工小像》里，除了看到有“中国人参演”而产生亲切感之外，也感觉到一种遗憾：在劳工输出大国的中国，却未能产生这样的作品；甚至，在城市化进程最为狂飙突进的中国，在农民工问题已经成为最大的社会问题之一的中国，文学也未能对此做出如此有趣又有深度的反应。中国文学界一直有所谓的“底层写作”，关注的就是这些问题，但显然，视野的开阔程度远远未及于此。

或许，这就是柳薇卡的文学智慧所在，也是她带给文学，尤其是中国文学的启示——当然，这个启示说起来并不新鲜：好的文学，或者说经典的文学，一贯都是在可读的故事之中、在可感的人物之中包含着思想含量、包含着命运真谛。可读、可感是前提，合适的切入点和轻松的表达方式是前提。某种程度上，故事的讲法决定着文本的传播范围，而命运真谛和思想含量，决定了文学价值的高下。两者并不矛盾。而且，这是小说的通行法则，跟民族性格和文化差异关系不大。在如今的阅读环境中，小说要传达问题意识，传播价值观，更需要借重文学形式的变化，更需要考虑读者的接受方式。美丽的瓶子也可以装厚重的内容。

中国的纯文学，不缺乏问题意识，也不缺乏历史意识，缺的恰恰是对故事的重视，对小说的基本原则——可读性的重视。小说，也是要求深入浅出的。当然，作家认识历史和现实，驾驭故事和人物的胆气和自信也是必需的。从这个角度说，柳薇卡是作家中的巾帼英雄。

左手生活，右手意义

《斯通纳》：一本被“复活”的小说

2015 年岁末，各类好书排行榜竞艳正酣的时候，一本叫《斯通纳》的“新书”却已然开启了 2016 年的小说阅读风潮。同事向我推荐这本书的时候，还只看了个开头，对这本书背后的故事显然也所知甚少，他说：这看上去像是美国版的《平凡的世界》，只不过改变主人公命运的不是对城市的向往，而是被莎士比亚吸引，看来，文学对人还是有力量的。

对所谓“文学的力量”，或者换个说法，文学具有的影响人、改变人的价值，我其实无时不在“有”和“无”的犹疑之中：确认它“无”，理由万千，否则“五四”以来的“文学启蒙”也不至于前仆后继地进行了百余年之后还是灰头土脸，也不至于现在眼睁睁看着读者日益离文学而去；而确认它“有”，理由只有一个，就是对具体个体的意义。随着社会的发展，文学越来越只与自我有关：自我建构、自我完善，甚至自我怀疑和自我批判。

总之，文学是不是有力量并不是我决定读《斯通纳》的原因：多少小说里都曾写主人公的命运因文学而改变，更何况是一个上个世纪美国文青的命运呢。促使我读的，是百度而来的关于这本书的信息——原来，它是一本被“复活”的小说。跟《了不起的盖茨比》一样。

这本书初版于 20 世纪 60 年代，第一版只卖掉了 2000 册，第二版也是反响平平，两次绝版之后，突然在最近几年获得了巨大的市场销量，尤其是在欧洲，销量和口碑几乎可以用令人震惊来形容。这到底是一本什么样的书，足以让50年后的读者还要还它一个销量？

几乎第一眼，这本书就调动了我的好奇心：一个长篇小说，居然用这么老实本分的开头，从专业的角度看，这作者要么特别平庸，要么特别厉害："威廉·斯通纳是1910年进的密苏里大学，那年他十九岁。求学八个春秋后，正当第一次世界大战拼杀犹酣的时候，他获得了哲学博士学位，拿到母校的助教职位，此后就在这所大学教书，直到1956年死去。他的职称始终没有升到助理教授以上的级别。修完他的课后记忆犹新的学生寥寥无几。"

要知道，《了不起的盖茨比》的开头可是先声夺人，用父亲教导自己的人生箴言语惊四座："当你想要批评人的时候，只要想一想，世上的人不是都像你那么幸运。"而这本书，却将斯通纳平庸的一生和盘托出：他是一个大学里的无名者，一个无论在学术还是在教学上都建树了了的人，甚至算得上一个loser。

显然，与写英雄、写美国梦的作家相比，《斯通纳》的作者约翰·威廉斯有更大的野心，或者更强悍的自信——他相信自己有能力用一个平庸者不做梦的故事打动世界。

所谓命运，只跟选择和爱有关

"斯通纳"的英文是stoner，一个普通得不能再普通的、跟石头有关的名字。整本书也几乎是用石头般冷峻的笔调写了斯通纳如石头般平凡、固执、刻板甚至带着点冷漠和麻木的性格，也写了他如石头般冰冷、单调的生活，以及任由岁月和外部世界的流水随意冲刷的命运。然而，这并不意味着这本书处处都令人压抑，或者说斯通纳时时都让人不喜欢。

阅读斯通纳的过程，很像了解一个邻家大叔的一生，一边了解一边后悔自己曾经对他的轻慢和嘲笑；更像离开校园之后才了解一个老师的才情和追求，忽然反省自己曾经对他的不屑和揶揄。斯通纳显然是这样一种人，因为太平凡太普通太乏善可陈，就需要靠着年龄和阅历的累加赢得重视和尊重。变老，对他而言，不是单纯意义上的悲剧，更意味着一生的价值和意义的证明。死，对他而言，也不是单纯意义上的悲剧，更印证着生的每一步曾经真真切切地存在过。

小说按照斯通纳的年龄，一步步呈现他的一生。可以说，读者阅读的过程，就是跟着他活了一遍的过程。在这个过程中，绝大多数芸芸众生都会经历的，求学、工作、恋爱、结婚、买房、生孩子、职场烦恼乃至婚外情感、中年危机、病和死，无一漏掉。普通即是永恒，是斯通纳用自己的一生跟所有人对话的基础。

然而，如果仅仅是共性，斯通纳就不是斯通纳了。事实上，无论是在文学作品中还是在现实生活中，一个人的真正迷人之处，或者说一个人真正成为他自己，永远是共性之上的个性，而个性则永远跟选择和爱有关。如果按照"性格即命运"的逻辑，甚至可以说，选择和爱是解读所有命运的两个密码。

斯通纳一生经历过四次最重要的选择。第一次是他内心懵懵懂懂的自我忽然被莎士比亚唤醒，选择从农学院转到文学系。如果没有这次选择，他的命运轨迹就是来自土地回到土地，而有了这一次，他割裂了自己跟土地的联系，变成了一个文艺青年。这种割裂后来一再在他的生活中，以对父母的情感变化的面貌出现。父母去世之后，变成了他们早已为之献身的土地的一部分，此时的斯通纳悲伤却不悲痛，因为他看到了父母这一生的"执拗的无意义"。

第二次选择是第一次世界大战期间不参军，拒绝强制征兵。选择的时候，他显然还没有意识到可能面临的道德压力和道义指责，更没有想到这可能是永远错过了使人生大放异彩的机会，甚至他都没有起码的男儿意识。他的两个好友都参战了，一个战死一个回来，二人都是荣誉加身，从此改变了命运的轨迹。而他，对此毫无内疚，也毫无悔恨，他此时只专注于文学导师斯隆的情绪变化：面对学院的宁静被战争打破、年轻人被战争改变的事实，斯隆的失声痛哭让他感伤不已。名利和功业于他如浮云，倒是精神父亲的一举一动对他影响至深。

第三次是他的婚姻。这是唯一一次斯通纳完全主动的选择。甚至，此时的斯通纳都不像斯通纳了。他不再被动和沉默，变得主动而殷勤。他敢于承诺带爱人去欧洲旅行，也敢于对准岳父说“我从未考虑过这些物质上的事”。他甚至前所未有地放声大笑，毫无保留地憧憬幸福。这或许是全书写得最轻盈的一部分，也是斯通纳一生中难得地自信与舒展的阶段。可惜，很快他就知道了婚姻的意味，“不出一个月，斯通纳就知道自己的婚姻失败了。不到一年，他已经不抱改善的希望。”然而，斯通纳除了学会了沉默和忍耐，从未想过用行动去改变，以至于他的一生都仿佛变成了这次主动选择的赎罪之旅。

第四次是他和院长的矛盾。因为一个略有才华而人品有瑕疵的学生，斯通纳选择了不通融、不让步，为此甚至赔上了职称和爱情。但对中国的读者而言，这种斗争的戏剧性没有超出预期，斯通纳不是斗士；单纯从矛盾冲突的角度而言，他也远远不是“权势”的对手。但这次选择却是斯通纳最有人格光彩的一次，他对学术和大学纯洁性的捍卫，总算让人看到了一个男性敢做敢当的风采。当然，这种风采，很快就被他在婚外情中的软弱退缩遮蔽了。对现实中的爱，包括爱情、友情和亲情，他一再展示的是自己的无能为力。这种无能为力也更加反衬了他对大学精神的捍卫是多么一厢情愿。

米兰·昆德拉在《生命中不能承受之轻》中说：“我们永远无法得知想要的究竟是什么，因为，只在尘世上走一遭，我们既不能和前世相比，也无法对来世加以完善。”或许，斯通纳的选择也不过是一次次印证了人生之不可彩排和命运之不可转圜，一如他眼看着自己的生命之火随着真爱凯瑟琳离去而熄灭。

当整个世界都变成监狱的时候，麻木是一种力量

读《斯通纳》，总是能够让人想到《围城》里的方鸿渐，想到他们同在战争和社会动荡的大背景下卑微弱小的生存；想到他们有很好的同性朋友，而且朋友对他们的评价总是一语成谶；想到他们同在大学的不得志；想到他们同在爱情和婚姻围城中的无力和沉默；甚至想到他们共同的“不讨厌，却全无用处。”

当然，斯通纳缺少方鸿渐那种中国式的投机和狡黠，他只用了一年就学会了希腊文和拉丁文，对待学术的态度更是郑重又郑重，不可能像方鸿渐一样去买一个子虚乌有的克莱登大学的文凭。而且，虽然同是男性作家写的男性趣味的小说，约翰·威廉斯也没有钱锺书那般尖刻和擅长讽刺。惟其如此，斯通纳的悲剧意味才更浓：一个老老实实的好人，德行无亏，终生都不与世界作对，但整个世界却无时无刻不在亏待他，“无论他从哪里转过身，这个世界都像一座监狱。”

而世界这个监狱，是从婚姻这个监狱开始的。如果把斯通纳与妻子的相遇比作监狱中曾经出现的一次火柴闪亮的话，那与凯瑟琳的相遇就是一盆温暖而持久的知心炉火。他甚至没有来得及想“白玫瑰和红玫瑰”的问题，就陷入了与凯瑟琳的相知里，是那种茫茫人海中的高山流水，那种连沉默都是心意相通的相知，或许唯有人到中年，才能感受和体会这种近似于上帝恩赐的情感。

古今中外，多少文学作品都曾写到，这种情感足以让主人公不顾一切。然而斯通纳却一再选择最与众不同的方式，与他的爱同步的，永远不是情感的泛滥和欲望的放纵，跟自我解放的行动也没有关系，他只专注内在的自我。

斯通纳几乎是用做学问的方式体会爱：“你最初爱的那个人并不是你最终爱的那个人，爱不是终极目标而是一个过程，借助这个过程，一个人想去了解另一个人。”而他体会的人到中年的爱情，“既不是一种优

美的状态，也非虚幻”，而是“一个瞬间接一个瞬间，一天接一天，被意志、才智和心灵发现、修改的状态”，一个人“只有在爱的时候才会对自己有所了解”。

显然，内在的自我永远意味着孤独，而且，一个人越是曾经有过不需要孤独的时刻，重新降临的孤独就越发显得荒寒。凯瑟琳走了，43岁的斯通纳迅速“凋谢”和“败落”，他“心怀无法度量的悲伤”，觉得自己“好像一个死人”，唯有习惯性的意志，唯有麻木和沉默，才能支撑他接下来的生命。

有意思的是，就在他自我哀悼的时候，周围的世界却因为他的绯闻喧嚣起来，流言把他的婚外情和他跟院长的斗争联系起来，把他和妻子的关系联系起来，于是他成了“段子”和“传奇”，校园里到处流传着他的故事。在斯通纳默默地用“自我”感受世界的时候，世界却在用另一种形象塑造他、感受他。读到此处，真是让人悲从中来——每个人都是斯通纳。

但斯通纳真正的传奇之处却在于，“他没有想过，面对外人，面对这个世界，他要显得像什么样子。一时间，他认为自己显示出的样子就是他必须显示的样子。”斯通纳的晚熟和不觉悟，甚至他对外部世界一切秩序和规则的无知和麻木，都成了他避免外部伤害的护身符，当然，也让他避免了被外在于“自我”的一切力量影响所可能产生的焦虑。

跟方鸿渐能够感受到“深于一切语言、一切啼笑”的人生讽刺和伤感不同，斯通纳不在这些情绪之中，他用麻木自成一个世界。对于人生而言，这种麻木未尝不是一种不自觉的通达。

翻译说最大的感受是“苦涩”

这本书译者杨向荣说，作者一定是消化了很多枚苦果，才写出了《斯通纳》，他翻译的过程中，最大的感受就是“苦涩”，一种男人的苦涩。据说，《斯通纳》有作者自传的影子。

应该说，作为一个男人，斯通纳的世界非常完整：有启蒙老师，有诤友和密友，有事业，有家庭，有孩子。而且，一个男人一生中能够从四个最重要的女人——母亲、妻子、情人和女儿身上感受到的温暖和爱他都曾感受到。然而，为什么他的一生还是充满了难以言传的悲苦、一种“原罪”般的悲苦呢？

其实，这种悲苦，一直是现代派小说的主题。伴随着现代工业的兴起，又因为两次世界大战，人置身于完全不同于文艺复兴时期的生存状态，开始有了个体与社会隔绝的苦闷，被世界异化的苦闷，而伴随着这种苦闷，产生了充满颓废色彩和焦虑感的文学，产生了碎片式的、充满象征意味和寓言色彩的文学。从波德莱尔到卡夫卡，欧美文学无不在表达世界与个体的撕扯和反撕扯，表达人对按部就班的人生的反抗。曾有人说，卡夫卡的困境就是现代人的困境，具有永恒的穿透力。显然，如今的网络时代，这种困境的穿透力更无法回避。

然而，在与卡夫卡几乎同时代生活的斯通纳身上，我们看不到这些。斯通纳不反抗，他承受和忍耐，他用内在的自我说服、自我修复与整个外部世界对话，乃至和解。尽管这种和解其实是以他的完败和外部世界的完胜为结局的。

他甚至不像美国文学中所擅长的那样，比如同类题材的，《断背山》的作者安妮·普鲁的长篇小说《船讯》，比如菲利普·罗斯的《凡人》等等，或者用征服自然的行动自我救赎，或者用身体的放纵摆脱平庸的宿命。他都没有。斯通纳没有行动。他克制欲望，从不主动进取，也从不自我可怜。他用土地般的卑微姿态，用石头般的无感状态，用学者式的冥思苦想，接受生命本身所有的悲苦。

这种悲苦，甚至都不像中国文学擅长的那样，能够找到历史、社会和体制的理由——尽管书中也几次写到了战争，但它因为斯通纳的选择而离他的命运很远。借用鸡汤文学的说法，活着本身，于他是一种修行。

从这个意义上说，《斯通纳》也如几乎同时期的《麦田里的守望者》一样，塑造了“反英雄”的形象。在霍尔顿创造文学新伦理的行动中，原来也有斯通纳的身影。可以说，他的卑微和渺小、忍耐和承受也是一种新的“英雄主义”，一种有别于单纯的牺牲精神的、“苦涩英雄主义”，一种个性。

《斯通纳》的作者说：“我觉得他是个名副其实的英雄，很多读过这本小说的人都觉得斯通纳的人生太可怜和不幸了，我却觉得他的人生过得很好。显然，他的生活比大多数人要好。他做了自己想做的事情，他对自己所做的事情也充满感情，他觉得自己的工作意义重大……工作给了他某种特别的身份感，成就了他的自我。”

“我们中西部本土的堂吉诃德，但没有自己的桑乔”

这是斯通纳的好友，在战场上死掉的马斯特斯对他说的话。他对斯通纳的判断和预言是如此笃定，以至于显得作者塑造这个形象都仿佛是为了寻找命运的先知。马斯特斯主要说的是大学，他觉得斯通纳把梦想和希望放在大学注定是徒劳，在大学这个与世隔绝的地方，斯通纳“没有安身之地”。

但斯通纳恰恰在大学安身立命了一辈子。很难设想，如果不是大学这种相对封闭和独立的环境，以斯通纳的性格，他的自我能否得以保全。生活一再证明，斯通纳是为学术和大学而生的。在大学里，他不只是一个享受了自己身份感的“英雄”，他还是一个幸运儿。

书中写，每当他感到无比绝望和虚无的时候；每当他“往前，看不到任何自己渴望享受的东西，往后，看不到任何值得费心记住的事物”的时候；每当他无法回答“自己的生活是否值得过下去，是否有过生活”这样的问题的时候，他都会退回到大学，退回到研究和学术这种“从来不曾背叛过他”的那个“唯一的生活”。

甚至，因为与大学的血肉联系，他都开始审视自己的精神父亲斯隆，思考他为之殉道的那个被战争冲击之前的大学——当整个世界都在冲向一个不可知的终点，大学怎么可能自保呢？自我又如何能托付给推动世界的“那些毫无理性和黑暗的力量”呢？

这时候的斯通纳越来越像一个智者，一个在此生此世中获得平凡的诗意的智者。他牢记着自己作为一个教师的本分，专注于艺术的“真”，而且坚信这“与自己作为一个人的蠢傻、不足或者不够格没有多大关系。”同时，他也从未放弃自己对“文学、语言以及心智神秘性的热爱”，并每每能“在字母和词语的细腻、奇妙、出其不意的组合中，在最漆黑和冰冷的印刷文字中”体会这种爱。

斯通纳有爱，而且有爱的能力、有保持爱的恒心，只不过这种爱都给了大学和文学，一个与理想和现实无关的、只与自己有关的大学和文学。他靠着这个支撑自己的平庸，支撑自己生活上的失败，支撑自己贫瘠的情感生活，支撑自己对生活的敬重，也支撑自己面对死亡时候的从容——他抚摸着自己写的书死去。

对读者而言，尤其是对从未放弃精神生活的读者而言，这样的斯通纳显然足以成为偶像。在纯粹的理想主义和朴素的日常生活之间，斯通纳达到了被无数哲学家和文学家追寻的“适度”的状态。或许，这也是今天的读者之所以喜欢他的理由：在这个充满了破坏力、每一种微小的力量都足以摧毁一个生命的世界上，他不惜任何代价想要自我保全。他不只是生命的英雄，甚至，他都无限接近了哲学家所说的“自由主体”。

令人遗憾的是，在《斯通纳》被阅读和讨论的时候，微信上正在悼念华东师范大学自杀身亡的政治系教师江绪林。据他的朋友介绍，他 5 岁丧母，12 岁丧父，跟姐姐长大，一路从乡村走到了北京，拿到了博士学位。看他的求学履历，哲学和宗教的学术支撑格外炫目，而对他的悼念，对他的生命观的讨论，也纠结着性格、环境、体制、学识，包括信仰危机、理想主义危机等种种元素。我忍不住天真地设想，如果江绪林碰巧读过这本书，会不会一下子就能体会到斯通纳那种在绝望中自我转圜的力量呢？斯通纳对生命和生活的敬重，一边保全自己一边追求意义的方式，会不会也能给他以启发呢？

卡夫卡说：“你活着的时候应付不了生活，就应该用一只手挡开点儿笼罩着你的命运的绝望，同时，用另一只手记下你在废墟中看到的一切。”毕竟，知识和理想，意义和价值，原本都是为生命本身的。

那些我从未告诉你的恐惧和爱

《无声告白》：2014年美国小说中的一匹黑马

在如今如同汪洋大海般的新书中，能够遇到一本值得买、值得读、值得说的书，不太容易，而一旦遇到，能享受到的惊喜和满足也难以言喻。这一番感慨，是因为与《无声告白》的偶然相遇——有一段时间，出版方有关这本书的图书信息刷了微信朋友圈的屏。其中的关键词“征服欧美文坛的华裔作家”和“亚马逊年度最佳图书第 1 名”吸引了我。即便是实力如严歌苓，对欧美文坛而言，也难以称得上“征服”；而拔得亚马逊年度最佳的头筹，真是一个吊读书人胃口的信息。

作为编辑，我当然知道这有可能是出版方为了制造眼球效应的“夸大其词”，所以，拿到它的时候，心里不是没有准备好迎接失望。但是，阅读，一页页地说服着我。甚至，在读过两遍之后，我依然沉浸在它所造成的空茫和忧伤里，而抚慰这种忧伤的，似乎只有再去读一遍这一个办法。

作者叫伍绮诗，香港移民第二代，在美国长大，已经做了母亲。《无声告白》是她的第一本长篇小说，用英语写的，写了六年。整部小说都没有超出一个家庭的范围，一个生活在美国小镇上的混血家庭。它有五个成员，父亲詹姆斯是华人，毕业于哈佛，在小镇的大学教美国牛仔史；母亲玛丽琳是美国白人，理想是当一个医生；儿子内斯，被哈佛录取的优等生；大女儿莉迪亚，高中生；小女儿汉娜。

小说开头写：“莉迪亚死了，可他们还不知道。”他们，就是其他四个人。时间是 1977 年 5 月 3 日的早晨，一家人等着莉迪亚下楼吃早餐，吃完上学。变故的石子被扔进平静的家庭池塘之前，毫无预兆。水晕弥漫开来，荡漾出这个家庭最隐秘的褶皱。

家庭是这本书的小宇宙。

家，通常都从女人开始

一部文学作品，一旦涉及一个家庭的悲喜剧，通常人们都会想起老托尔斯泰在《安娜·卡列尼娜》开头的名言："幸福的家庭都是相似的，不幸的家庭各有各的不幸。"然而，当离开19世纪俄国的现实语境与文学语境，家庭越来越成为男女自由选择的结果的时候，仿佛连"幸福"和"不幸"这样的字眼本身都显得太落伍、太沉重了。那时候，"我是个人，我要生活，我要爱情"的基本人权，都要靠安娜以死抗争。后来，到了《无声告白》里的女主人公玛丽琳，她只需要在下课后找到老师詹姆斯，隔着桌子主动吻他，然后，为了避免师生恋违反学校规定，退出选修课，爱情就可以在阳光下肆意灿烂了。

爱情的光芒太刺眼，足以让两个人的本色特征隐藏，也足以让很多差异和分歧遁形。比如，玛丽琳是个要强的女孩儿，想追求"与众不同"，所以她才会爱上学校里唯一一个东方人詹姆斯；而詹姆斯是偷渡过来的华人劳工的后代，他所有的努力都是为了成为"大家"，无法从肤色和头发上做到，就要从语言、行为和思维上做到，所以，他才会接受白人女孩儿玛丽琳的爱。

在一种类似微醺般的爱情体验中，他们跟所有进入婚姻之前的青年男女一样，顾不得种族、出身、价值观、性格、行为习惯等等几乎每一个都足以构成日后家庭生活障碍的差异。当然，他们还来不及深想这一切的时候，第一个孩子内斯已经向他们发出了催促。

多年之后，玛丽琳的母亲去世，因为这段婚姻和母亲十几年不联系的玛丽琳去整理遗物，"愤怒于母亲一生的渺小"的时候，才猛然醒悟，因为婚姻和孩子，自己也一再放弃自己的梦想。她痛苦地发现，事实上，她正在走母亲走过的路，正在变成“母亲”那样渺小的人。母亲在她婚礼前对她喊的“这样不对!”“你会后悔一辈子的!”此时也像擂在她耳边的鼓，让她不顾一切地想要“推翻”自己的选择。玛丽琳失踪了……

不知道是否有人统计过，有关家庭的文学作品，有多少故事是以“逃离女人”想要重寻“自我”开始的。这些“逃离女人”的“自我”有很多表征：爱情、梦想，甚至情欲和离开家庭这个行动本身等等。它早已远远超出了“幸福”和“不幸”的层面，变成了一种性别本身或者人性本身的东西，一种被老福楼拜称为“包法利夫人和爱玛的角色分裂”的东西，一种被擅长写女人的诺贝尔奖作家门罗称为“隐秘的激情”的东西。它总是不动声色地潜伏在琐碎的家庭生活之中，等待着一个仿佛是命中注定的神秘导火索，点燃“逃离”的焰火。

然而，“逃离”所造成的“妻子”形状的黑洞远远不如“母亲”形状的黑洞更幽深。某种程度上，对孩子的态度变成了衡量“逃离女人”道德水准的尺度：托尔斯泰的安娜·卡列尼娜比福楼拜的包法利夫人更为令人心疼的原因之一即在于此——安娜在追求“自我”的同时，从未丧失“母性”；而包法利夫人爱玛则被激情所带来的“幸福”那种“虚伪的诗”蒙住眼睛，“母性”尽失。

当然，之所以这样类比，并不是说玛丽琳这个角色已经典型到足以与安娜和爱玛比肩——如果全书的核心是她，或许也有可能——她身上所凝聚的作者塑造角色的创造力与两座文学高山还有一定的距离，只是说，作家通过“这一个”现代女性玛丽琳，触摸到了一种超越历史时空的有关女性的本质性问题。

当然，作者的重心不是这个，她关注的是整个家庭，尤其是有孩子的家庭的生态。孩子不懂母亲的“自我”，只知道母亲是他们的整个世界。而对于做了母亲的女人而言，“自我”被自己的创造物羁绊的悲喜剧太复杂，以至于探讨这样的问题，都会很轻易地逸出文学的范畴，而具有了某种哲学的况味。

一个“家”字的五种写法

一般，侦探小说都会以死亡开头，破解谜团的过程就是逻辑不断严密，理智披荆斩棘的过程。然而，对于披着侦探小说外衣的家庭小说而言，逻辑推理和理智判断都显得无力，真相隐藏在琐碎的生活细节和绵密的情感律动之中。也就是说，作家须得用细节的伏笔和情感的逻辑说服读者，须得兼顾洞察力和控制力的平衡，须得让杯水风波具有足够的吸引力而不被读者中途放弃。这显然比写侦探小说更难以掌控。

事实上，《无声告白》这一点做得很好，作家也展示了收放自如的控制力。在一种类似抽茧剥丝的过程中，五个家庭成员各自自成线索。每一个人都有一个自我，每个自我在与他人碰撞的过程中，都会产生缝隙。这个缝隙，或许不像萨特说的“他人，即是地狱”那么恐怖，但至少，充满了幽暗和秘密。

或许，我们该从五个成员的角度分头重述《无声告白》的故事。

母亲玛丽琳：逃离不久，她发现自己又怀孕了。这时候她才意识到，自从离开家之前，偷偷把两个孩子的小物件带在身上的那一刻起，她的牵挂就从未间断。她只能回家，只能彻底放弃自己，但她很快发现，大女儿莉迪亚乖巧而善解人意，像极了自己，于是，她找到了一切未竟梦想的寄居者，以爱的名义。

父亲詹姆斯：玛丽琳失踪之前，詹姆斯正经受“父亲之梦”的最沉重最痛苦的打击，因为他无比痛苦地发现，自己当年因“与众不同”而受到的“被戏弄的屈辱，无法合群的挫败感”，继续在儿子身上重演——儿子正在成为另一个自己。接着，玛丽琳就失踪了。他每天给警察打电话询问进展，然后就是不停地读玛丽琳撕碎后扔在垃圾桶里的纸条："我头脑里总是憧憬着另一种生活，但实际情况却事与愿违。"他知道，自己力图跟玛丽琳"相同"的现实终于还是被打破了。后来，玛丽琳回来了，他只有不断地与玛丽琳一样，才能确认自己，于是，大女儿莉迪亚成了父母共同的宠儿。

儿子内斯：妈妈失踪的日子里，他的改变从不能吃上水煮蛋开始，从被父亲打了一个巴掌开始，当然，更从迷上了太空开始。他是这个家庭中，最善于自我调节因而也显得最幸运的一个人，因为他的目光被浩茫的星空吸引了。妈妈回来之后，他因为嫉妒曾试图把莉迪亚推进水里淹死，但从此莉迪亚却把全部的信任都交给了他。甚至，莉迪亚的死，都和这种信任有关……他对爱不敏感，对恐惧也不敏感，他只对逃离感兴趣。

大女儿莉迪亚：妈妈失踪的日子里，莉迪亚每天都祈祷，只要妈妈回来，她一定完全听妈妈的话，做妈妈最想让她做的事。后来，妈妈终于回来了，她觉得是自己的祈祷起了作用，于是，她虔诚地履行自己心底的承诺，克服妈妈会忽然离去的恐惧，配合妈妈的期待和爱。直到最后，被爱压得喘不过气来……

小女儿汉娜：她是把妈妈重新拉回家庭的力量，这也意味着，她是阻断妈妈重寻自我之路的力量。她被忽视是情理之中的。这个最小的孩子，每天藏在桌子底下，用机敏的心感受每一点爱，自己克服每一点恐惧。但她是这个家庭的天使，她对爱有着最准确的嗅觉，因而她也洞悉所有的秘密。

五个人生活在一个家庭里，但他们之间的爱和恐惧从来都是"无声告白"，他们如此熟悉又如此隔膜，挣扎在自己参与编织的家庭之网里，从未想过要去理一理别人的头绪——他们保持着世界上最近又最远的距离。他们每一个人都让人心疼，像生活中的我们一样。

书应该有秘密，像人一样

力图重述《无声告白》的时候，我忽然意识到自己在做一件危险的事，那就是把一个活生生的生命抽干成一个标本。所有的读者和评论者都知道，有的书是能够靠理性推介和评价的，而有的书，评论者一张口，就破坏了它的完整和微妙——对《无声告白》，我也陷入了一种爱它和不能尽书它的恐惧之中。

因为它几乎排斥任何阐释的自我完成和自我封闭，因为它像生活本身一样充满平淡的歧义和微妙的伏笔，因为它的每一个细节都经过了作者的推敲，每一处意象、每一个碎片都包含着全貌的折光，更因为它讲述所有人内心的秘密的时候，都没有煞有介事，也没有自以为是。我们能感受到的作者的理性几乎退到了“无”，我们能感受到的她的感情波澜也几乎退到了“无”——对于一个女性作家来说，写最为贴近的家庭题材而能够放弃主观意愿和主观臆断，何其难得！

关于家庭、关于人的自我、关于身份危机、关于夫妻关系、关于亲子关系，关于这个小说涉及的一切，她都只相信语言和虚构的力量，相信微妙的隐喻的穿透力。没有心理学、没有社会学、没有哲学，极力避免概括、抽象和总结。如果一个读者恰巧想到了存在主义，想到了弗洛伊德的心理学，那是他自己的事情。作者自始至终站在远处，掌握着全部的秘密却努力保守着秘密，显示了超强的节奏控制力——除了结尾部分显得有点冗长和拖沓之外。

小说的结尾，作者太想“修复”。

实际上，整篇小说都在讲玛丽琳失踪带来的地震之后的家庭“重建”，讲这种修复导致的更糟糕的后果。在这个过程中，每一件小事发生的时候其实都可以有不同的选择，但没有人意识到这些选择会有多米诺效应。莉迪亚既不是死于谋杀，也不是自杀，但她死了，带着只有她自己才知道的秘密。这个秘密其实无时无刻不在家庭中显现，但他们都没有看到。这个秘密和她死去这个事实一样，伤害了所有的人，但这完全不是她的本意。

写到这样的地步，小说要做到没有抱怨，没有追责，是很难的。作者自始至终恪守一个准则，那就是只提示“爱的盲区”，只期待爱在家庭中发出温煦的光。所谓文学中理想的、给每个人物足够体贴和照拂的“上帝的视角”，在这个准则之下较为完美地实现了。但结局，小说的结局，而不是生活的，总是需要。而且，越是写尽了痛楚和忧伤的小说，越需要一个温暖的结局。这个温暖，作家觉得，只能靠“家庭修复”——自始至终，她都不愿意让人物走出家庭，或者打破家庭，就像自始至终，她都不愿意让人物怀疑爱已经变质或已经消失了一样。

从某种角度说，无论什么题材的小说，都会埋藏着一条暗线，那就是作者的自传，或者作者的价值观。很多时候，成就作品的，都是这种价值观。而且，价值观越是真诚和确凿，小说的魅力就越醇厚和悠长。

故事的现实源头，或命运开始的地方

当然，在具体的行文过程中，作者也担心，只聚焦于家庭内部的种种而完全失去外部世界的参照，会排斥一些喜欢世界的广度而不是深度的人，会限制更多的人进入和体会。所以，尽管是写一个家庭的杯水风波，尽管是写几个最“渺小”的人的自我和家庭之间的平衡，写他们之间的爱和对失去爱的恐惧——与宏大的题材相比，这样的题材简直小到了尘埃里——但它同时也不忘写与这个家庭有关的人：一个是詹姆斯的外遇，东方人路易莎；一个是对内斯抱着秘密的同性之爱的“单亲家庭问题少年”杰克。有意味的是，恰恰是家庭以外的这两个人，爱得非常明确，非常笃定。这种明确和笃定，某种程度上是对自我身份的明确和笃定。

而除了这个混血家庭仅有的“社会关系”之外，小说为呈现更为宏大的背景也做了努力。作者力图说，这个家庭所发生的种种，无不以时代和社会的宏大变化作为发动力。至于这个力在这个家庭的后续生活中变幻成了什么，那需要读者自己的捕捉。

故事的发生时间是1977年，第二代华人移民詹姆斯快满46岁了。他虽然出生在美国本土，但因为父亲是偷渡的华人劳工的身份，他“从不觉得自己属于这里。”书中说：

“美国虽被称为‘大熔炉’，但是国会却害怕熔炉里的东西变得太黄，所以禁止中国人移民美国，只允许那些已经来美国的华人的子女入境。因此，詹姆斯的父亲用了他邻居儿子的名字，到旧金山与‘父亲’团聚，邻居真正的儿子则在他来美国的前一年掉进水里淹死了。自切斯特·艾伦·阿瑟总统开始执政，到第二次世界大战结束，几乎每位华人移民都有类似的故事。”而几乎蒙混入境的中国人都在加州落地生根，“在唐人街，这些冒名者的身份很容易被揭穿，大家用的都是假名，都希望不被发现，不被遣返回国，所以，他们拼命融入人群，极力避免与众不同。”

类似这样的笔墨，在书中少之又少，显然，写出时代之宏大与家庭之微小之间水乳交融的关系，非作者所擅长，她只能在绕不过去的地方，给人物提供类似的背景和铺垫。而历史上的情况是，1882年美国政府就制定了《排华法案》，规定禁止华工入境十年，禁止华人入籍。之后，多次延长这个法案的有效期，直至1943年废除。詹姆斯的父亲入境的时候，这个法案还有效。

关于文学的“无声告白”

据介绍，《无声告白》是在亚马逊100部年度最佳中拔得头筹。坦率说，抛开我作为一个女性和母亲身份的读者对这个小说天然的亲近感，对家庭和孩子问题的诸多心意相通之外，作为一个专业读者，真正叹服的并非小说的情节和故事本身，而是作者描摹生活的文学能力，以及隐藏在这种能力之下的，作者对生活、对人、对文学所为者何的认识。

面对多层次的、一地鸡毛的家庭生活，面对曲讳幽暗的心理世界，她能够用精准的语言，用无处不推敲的细节，丝丝入扣地传达出多角度的意味，殊为难得。但显然，这样中规中矩、贴地而行的小说并非天才之作——天才总是带着些许的鬼魅气息，展现的文学时空也总是会超出读者想象的范畴——而只是一个郑重的、有调动语言和操控语言能力的写作者，一板一眼努力的结果。在时下国内创意写作班遍地开花的时候，或许，《无声告白》可以提供一些启示。

有关数据统计，最近几年，国内长篇小说的年出版量都在五千部以上，但平均销量却少得可怜。但大多数引进版的小说，销量却远远超过国内小说。有的很难读的小说，比如同样写美国家庭生活的、厚如砖头的乔纳森·弗兰岑的《自由》，在中国的销量足以用“惊人”来形容。当然，原因很多也很复杂，但国内小说创作中的艺术粗糙、心态浮躁和价值观混乱等问题，或许由此可以反衬出来。

其实，尽管各种调查数据都会说，国外人均阅读量在中国之上，中国人的阅读现状多么堪忧，数字化产品对阅读时间的侵占多么可怖，但其实在很多国家，至少在美国，有各种调查数据显示，创作者面对的阅读气氛的缺乏和数字化的冲击和中国相去不远。对于创作者而言，或许最需要做的，是首先解决好创作本身的问题。

就像最近靠着强大的艺术说服力获得了茅盾文学奖的《繁花》一样，《无声告白》至少也证明了一件事：如果一本书的艺术说服力是充分的，那么它一定会赢得读者。

第三辑

月亮推着后背

又是一年高粱红

27年高粱红

2012年莫言获诺贝尔文学奖之后，他的小说被改编为影视剧、话剧、舞台剧的频率越来越高。一方面，这是非常自然的名人名作效应；另一方面，也与莫言小说的特质有关系。他的小说总是有影视青睐的传奇性故事，但同时，又总是用花样繁多的叙事技法设置阅读的门槛。所以，普通人“亲近”诺贝尔奖，需要更多借助影视的媒介，也就不足为奇了。

2014年，一声高亢的“高粱红了”，拉开了60集电视连续剧《红高粱》的序幕。而27年前，这富有感染力的声音是响彻大江南北的“妹妹你大胆地往前走”。从那以后，颠轿、野合、祭酒都变成了中国电影史乃至中国文化史上的经典桥段，也变成了一种既饱受争议又深入人心的中国风格和中国格调。“红高粱”随之变成了东方的文化图腾，象征着强悍而原始的生命力和不屈的民族气节。经过这27年，莫言从一个在文坛上崭露头角的青年作家，变成了中国本土获得诺贝尔文学奖的第一人；张艺谋也从一个才华横溢的摄像变成了“第五代”导演的领军人物——无论后来对张艺谋的电影有多少争议，有《红高粱》在，他的导演资质鉴定都应该是优秀。

张艺谋凭着《红高粱》在柏林拿到新中国电影第一个金熊奖之后，莫言接受报纸采访，回顾《红高粱》的改编过程。他说：“我对张艺谋没有任何要求，我说我不是鲁迅，也不是茅盾，改编他们的作品要忠于原著，改编莫言的作品爱怎么改怎么改。”

饶是如此，这部最初起名《九九青杀口》的电影还是最大限度地尊重了原作，其中包括让莫言引以为豪的、富于天才创造力的“我爷爷”“我奶奶”的叙述视角；包括流贯在小说中的高拔健迈的阳刚之气；包括“最能喝酒最能爱”的浪漫主义格调；甚至包括原作中在片段化的情节中冲击跳荡的诗意风格。仅仅五个主要人物，不多的台词，浓烈而富有冲击力的画面，紧凑的叙事节奏，就完成了一次电影和小说的完美结合。

对于由五个中篇构成的小说《红高粱家族》，电影是刀切斧削，取其精粹，而电视剧则因为长度和形制的要求，要增宽拓容，不放过每一个枝蔓：原书中，没有冲破旧家庭的新青年张俊杰，没有九儿的初恋挫折；也没有守护名节，和九儿斗智斗勇的嫂子淑贤。原书中有真实原型的高密县县长曹梦九的出场并不多，但他在电视剧里几乎变成了主要人物朱豪三，而且他的“半是文半是武半是野蛮”也颇有《让子弹飞》的冷幽默意味。如果说张艺谋的电影是一首雄浑壮阔的诗，凝练、紧凑、可堪玩味，那么现在的电视剧就像一篇散文，庞杂、疏朗、可资消闲。

电影是男人戏，充满了酒神精神。在余占鳌的“杀人越货、精忠报国”中，九儿的笑容是安稳的底子，是侵略到来之前，中国农耕社会中男人自足生活的首要构成因素，所谓的“老婆孩子热炕头”。电视剧则变成了女人戏，充满了女性主义的意味。在九儿“活着比名节”更重要的生活哲学之下，余占鳌、张俊杰等所有男性，都变成了女性个性解放的点缀。

当然，二者都不能算对原作的偏离，因为小说既写到了“我爷爷”余占鳌的匪气和霸气，也写到了“我奶奶”九儿“什么事儿都敢干，只要她愿意。她老人家不仅是抗日的英雄，也是个性解放的先驱，妇女自立的典范”。他们在“生机勃勃的高粱地里相亲相爱，两颗蔑视人间法规的不羁心灵，比他们彼此愉悦的肉体贴得还要紧。”只是，电视剧加长并分集的形制会将所有不羁心灵掀起的风暴都稀释掉，变成一个个小风暴和小冲突。

无论如何，文学总是能给影视带来更多的滋养，而影视也总是能够将文学进一步推向大众——即便对莫言这样作家而言，通过各种媒介让作品更亲近读者依然也是需要考虑的问题。

高粱为什么这样红？

《红高粱家族》到底是一本什么样的书呢？为什么那么多的莫言作品，最先被改编成电视剧的却是这一本呢？笔者以为，除了电影巨大的影响力是可借之势之外，它在莫言创作中所占据的地位，它所塑造的鲜明的人物性格，所采取的土匪 + 战争 + 爱情的情节模式，都是成因。而小说开放的历史观和宏阔的故乡情结也为改编提供了再创造的巨大空间。

这是一部以抗战为背景的小说，前面说过，由五个中篇构成。故事用“我爷爷”“我奶奶”的视角讲述，但随时会跳到“我父亲”和“我”。因而，故事并不是按照正常顺序讲的，而是充满了 80 年代作家所迷恋的技巧的探索、片段的拼接。莫言和同时期的一批作家，仿佛一下在翻译小说中找到了打破“典型环境中的典型人物”的单一创作法，开始尝试叙事视角的变化、小说结构的碎片化，人物形象的寓言化，并由此找到了个人才华辗转腾挪的空间。于是，莫言尽情展开他天马行空的想象，让语言虎虎生风，人物自在彪悍。

坦率说，对于一般读者而言，《红高粱家族》不好进入，但一旦读进去，会立刻感受到一种如读历史演义和民间传奇的乐趣——把历史传奇化，演义化，是莫言在战争文学中接续文学传统的成功尝试。他说：

> 《红高粱家族》好像是讲述抗日战争，实际上讲的是我的那些乡亲们讲述过的民间传奇，当然还有我对美好爱情、自由生活的渴

望。在我的心中，没有什么历史，只有传奇。

在小说里，莫言一开篇就鲜明地表达了自己的理念：“高密东北乡无疑是世界上最美丽最丑陋、最超脱最世俗、最圣洁最龌龊、最英雄好汉最王八蛋、最能喝酒最能爱的地方。”一代一代的人在高粱棵子里穿梭拉网，“他们杀人越货，精忠报国，他们演出过一幕幕英勇悲壮的舞剧，使我们这些活着的不肖子孙相形见绌，在进步的同时，我真切地感到种的退化。”这种“祖宗崇拜”的语调贯穿了全书，直到篇末，小说还借纯种高粱变成了杂种高粱，失却了“高粱的灵魂和风度”而让人失望、让人痛恨，来呼唤重新寻找家族图腾和高密东北乡传统精神象征之必要。

多年前，鲁迅先生就曾借着九斤老太太的口说，生出来的孩子体重越来越轻，真是“一代不如一代”。对于历史传统深厚的中国，对于文学脱胎于史学的中国而言，这样“今不如昔”“慕古好义”的感叹显然是最没有争议的“集体无意识”——文学的功能之一就是追忆或者向往一种不存在的生命状态和价值理想，用白日梦对抗时光流逝。

而且，作为文学，除了用文字展示一种充满了原始精神强力，因而也充满着原始田园魅力的生命状态之外，《红高粱家族》还自有批判锋芒和价值底蕴。

比如，全书的情节核心墨水河伏击战，“我爷爷”的土匪部队之所以失败，是因为上了国民党杂牌部队冷支队长的当，他谎称共同作战，但关键时刻选择了自我保存。等到日本人的汽车被炸，“我爷爷”们惨胜之时，冷支队又来巧取战利品。全书的线索之一，就是“我爷爷”要重整队伍，找冷麻子报仇。而在抢夺战利品的队伍中，也出现了八路军江队长的身影。书中写，“我爷爷”“恨日本人、恨冷支队，也恨八路的胶高大队。胶高大队从他这里拐走了二十多条枪，就消失得无影无踪，并未听说他们与日本人去战斗，只听说他们与冷支队闹摩擦，并且，爷爷还怀疑，他和我父亲藏在枯井里，后来突然不见的那十五条日本‘三八’式盖子枪，也是被胶高大队偷走了。”

而且，书中还会出现这样的时空纵横：“当一九六零年黑暗的饥馑笼罩山东大地时，我虽然年仅四岁，也隐隐约约地感觉到，高密东北乡从来就没有不是废墟过，高密东北乡人心灵里堆积着的断砖碎瓦从来就没有清理干净过，也不可能清理干净。”

此外，书里还充满隐喻地写到了日本人报复余占鳌、血洗村子之后，抢夺死尸的红狗、绿狗、黑狗之间的喋血大战。最后，他们和日本人、中国人、国军、共军、土匪的骨骸混在一起，难辨究竟。由高粱之红，有心的读者可以窥见 80 年代中国当代文学那种冲破禁区的勇气和胆识。所谓“文学的黄金时代”，这种突破束缚的思考锐气和精神状态或许是最重要的内涵之一，当然，莫言之独树一帜也可以由此窥见一斑。

以上所说细节和理念，都是文学独有的，影视不可能传达出来。它们只能在文学所提供的历史格局中做谨小慎微的努力。无论影像技术如何发达，文字和文学之不可取代也在这里，它有属于自己的表达智慧，也有这种智慧保护下的思考深度和探索锋芒。用莫言的话说，只有小说是充满气味的，这气味里有故乡的、有人性的、有历史的。而历史，在莫言看来，是超越了阶级的，只关乎人和人的命运。

关于莫言和《红高粱家族》的往事

在发表《红高粱家族》之前，莫言已经写了几个中短篇小说，其中《民间音乐》曾受到孙犁的赏识。他的成名作《透明的红萝卜》发表在 1985 年冯牧主编的《中国作家》上，刊物还为此召开了一个规模很大的研讨会，汪曾祺在会上对这个小说所展示的朴素和原始之美赞赏有加。莫言此后也一直把《透明的红萝卜》里头那个在严冬也只穿一条短裤、不爱说话、没有名字的黑孩子当作自己的精神画像。接着，就是中篇小说《红高粱》在《人民文学》发表。获得好评之后，他又写了《高粱酒》《狗道》《高粱殡》《奇死》四个中篇，然后结集成《红高粱家族》出版，这也是电视剧版《红高粱》所依据的版本。

在改编成电影之前，《红高粱》在文学界早已是好评如潮，莫言因为发明了"我爷爷""我奶奶"的讲故事角度而被称为开创了"新历史小说"的新纪元。那时候，中国的文学界乃至电影界都急于摆脱"伤痕文学"和"反思文学"的意识形态重负，寻求属于文学本体的审美独立性。此时，改革开放正好为西方文学的引入提供了通道。被中国文学界广泛认可和学习借鉴、以马尔克斯的《百年孤独》为代表的拉美魔幻现实主义文学就是这个时候被译介进来的。同为第三世界，中国作家立刻在拉美文学中找到了方式方法和文化自信。

中国文学由此走在了先锋小说和寻根文学的探索之路上。一时间"我爷爷"和"我就是那个叫马原的汉人"的叙事模式风靡大江南北，而在形式革新之上的内容根基，即被韩少功认为的传统意识和民族文化心理之"文学的根"，也被提上了议事日程。

如今看来，外来技巧和中国经验，尤其是历史经验和民间经验的结合，共同建构了20世纪80年代中国文学的黄金时代。后来，突破禁区的欣喜和收获逐渐被技巧探索和经验挖掘的偏难丑怪所取代，文学变得越来越远离现实生活，路越来越窄，读者也越来越读不懂。于是，作家们又开始慢慢拉回朝向历史的目光，向现实生活回归，所谓的"新写实小说"由此诞生，开始讲述以"小林家的豆腐馊了"（刘震云《一地鸡毛》）为开头的一地鸡毛的故事。

除了刘震云，刘恒、池莉、方方都是新写实小说的代表作家，他们把市井烟火带给了文学，某种意义上也把"人"从单一的或英雄或坏人的意识形态化形象中解放出来，回归到饮食男女。再后来，王朔横空出世，彻底让文学"躲避崇高"，连市井都被他不屑一顾。由此，文学开始反省在“情感零度”的灰色调生活之上是否该重建精神目标，于是又有1993年的“人文精神大讨论”。讨论的当年，陕西作家抛出当代文学的两枚炸弹——《白鹿原》和《废都》。文学史越来越证明，这两部作品带有鲜明的文学转型的精神印记——市场经济已经开始影响文学，不然，两部作品不会不约而同地以“性描写”夺人眼球。之后，全面开花的市场经济终于把文学冲击得七零八落，纯文学的衰落由此发生，此后再难有作品形成全社会性的影响。

在莫言获奖后的一次研讨会上，贾平凹把莫言比喻为一个点火烧荒的孩子，说大人不点，乖孩子也不点，只有野孩子才会反常规，才会凭着自由浪漫的天性和天分做一些打破秩序的事情。这种画神画骨的描述确实可以切中莫言的创作神韵。1987年前后，在电影《红高粱》红遍大江南北之际，莫言正因为《红蝗》和《欢乐》两个中篇被文学界广为诟病。原因是他用不小的篇幅描述大便，把意识流的毫无章法发挥到了极致，引发了文学到底是审美的还是审丑的巨大争议。从那以后，用莫言自己的话说，“批评和辱骂就与我结下了不解之缘”。

之后，莫言一方面写为底层农民呐喊的《天堂蒜薹之歌》，批判官僚体制；一方面在形式探索上走得更远，写出了让法国读者用五种颜色的笔做标记才能看懂的长篇小说《十三步》和《酒国》。接着，就是闹得沸沸扬扬的《丰乳肥臀》。这个书得了云南的一本文学杂志《大家》设置的“红河文学奖”，并获得了在当时看来石破天惊的十万元奖金，随后，这个颇为“香艳”的书名和它塑造的“恋乳癖”人物、以及泥沙俱下的写作风格，都“被辱骂淹没”（莫言语）。这本书也直接导致莫言从部队转业到地方。

关注莫言，《丰乳肥臀》是绕不过去的一个分水岭，之前和之后，莫言的创作观发生了很大的转变。他总结了经验教训，终于写出了能够代表他最高创作水准的长篇小说《檀香刑》，也进一步证实了，真正的天才是打不倒的，这颇像莫言在《红高粱》里说的“英雄是天生的。”

某种程度上，《丰乳肥臀》比《红高粱》更重要，更能够代表莫言的文学观和历史观，也更能够反映莫言的创作风格。当然，自古万事万物都是祸福相倚的：倘若没有《丰乳肥臀》的争议风暴，倘若莫言没有经历过毁誉参半的极大考验，他在赢得诺贝尔文学奖的巨大荣誉之后是否还如现在一样淡定得体也未可知。

因为电影《红高粱》，莫言见识了小说变成影视之后的巨大影响力，于是他短暂加盟过王朔的“海马影视创作中心”，也写出了电视剧小说《红树林》，但反响平平。此后，莫言的《师傅越来越幽默》又被张艺谋改编为《幸福时光》，但辉煌难再。莫言甚至说，电影与小说相差之大，可以不把它认定为由自己作品改编。

实际上，上世纪八十年代出道的作家大多如莫言一样，有过或长或短的“触电”经历。用张艺谋的话说，那时候的影视无法离开文学这根拐杖。二者互蒙其利，因而相互之间的联系颇为紧密。而“触电”也往往成了作家创作道路是否能够延续的分水岭，比如刘恒、朱苏进等一批优秀的作家，此后就很少写作，而莫言则很快意识到电影和电视对小说家主体性的损害，坚定地站在了文学的疆域。

难题之下的价值困惑

如今，不仅是文学、电影和电视剧，所有的艺术门类几乎都面临着一个两难，那就是既要品质，又要赚钱。这不可避免地会带来价值上的困惑——仅就影视而言，有票房无价值，有收视率无创作水准的情形就屡见不鲜。有学者把电影视为“监视社会文化的终端显示屏”，而时下的许多状况，比如电影《黄金时代》的票房遇冷和《心花路放》的票房高歌等等，与其说是“价值取向的问题，不如说是非价值化的问题”（戴锦华访谈：《2014 年国产电影正在面临整体坍塌》）。

电视剧的情形更复杂一些，因为它本身就是商业运作的产物，在艺术性和探索性上，在对心灵的触及程度上，要求都相对较低。因而，讨论电视剧《红高粱》本身，包括它是否忠实于原著，选的演员合适不合适，和观众期待的一样不一样等等，坦率说意义都不大。至少，从创作团队看，名导演、名演员、名编剧，莫言担任顾问等，方方面面都确保了一部电视剧的较高水准。而且，中国的抗战剧已然发展到了“手撕鬼子”的可笑地步。在这样的背景下，用《红高粱》这样一部抗战剧来纪念抗战胜利七十周年，显然是站得住脚的。

当然，电视剧有固定的投资模式和运作方法。尤其对于《红高粱》这样的电视剧而言，这是一场文学原型、历史原型和商业经济的博弈，是一次声名与经济的换算。因而，它在文化上的现象学意义是大于文本本身的意义的。

或许是由于民国热的大背景，电视剧《红高粱》中增加了一个民国青年张俊杰；或许是在反腐如火如荼、官场文学偃旗息鼓的情况下，《红高粱》放大了一个致力于剿匪、禁烟和禁毒的励精图治的地方官，并且用民间的道义和诙谐给他增加了很多幽默色彩。又或许，在文化普遍精致化、轻浅化，乃至丧失了某种精神强力的大背景下，男人戏才变成了女人戏，快意恩仇才变成了家族内斗。

商业的急功近利和清晰换算会让文艺作品的价值内涵变得平庸，所有面向历史纵深和人性纵深的思考也都会被拉得扁平，甚至，有时候清晰的价值取向也会变得暧昧不明，乃至扭曲畸形。莫言获奖后，高密县要种 3000 亩红高粱的新闻仿佛还在耳边，报纸上又出现地方政府要借着《红高粱》电视剧的东风，斥资 16 亿建莫言故居文化体验区的新闻。据说，这里将把莫言小说里提到的红高粱酒坊、草鞋窨子、生死疲劳印象馆、蛙码头、会唱歌的墙、透明的红萝卜、白狗秋千架等等一一建成。不知道莫言小说里写到的众多血腥加暴力的场景，比如剥皮、凌迟、檀香刑等等，会不会也随之出现……但愿没有。

众所周知，莫言的成功很大程度上得益于他效法福克纳，把所有的故事背景都设在“高密东北乡”这个虚构的村庄里，并用纵横古今的历史将其塑造为一个中国缩影。可以说，他用三十年的笔耕给了山东省高密县一张享誉世界的名片，文化名片。

如果《红高粱》的热播能够带动更多的人去阅读这个世界级作家的作品，去重视这个作家真正的写作追求和精神格局，去体会这个作家为文学和文化创造的意趣和价值，该多好。如果一个作家的获奖，能够让哺育和支撑他写作的家乡树立起真正的文化自信，该多好。应该也是有的吧，只是没有新闻效应。文学价值本身，在现在的中国，是没有关注度的。

又是一年高粱红，又是一轮莫言热。未来，也一定是高粱常红，莫言常热。据说，根据《檀香刑》改编的电视剧也列上日程了。这是莫言写得最好的长篇小说，讲的是清朝末年因为德国人在山东修铁路而引发的抗德故事，义和团、戊戌变法等晚清大事件都是它的背景。主角有首席刽子手、县太爷、县太爷的女情人，也就是刽子手的儿媳妇、刺杀袁世凯的刺客等等。还是乱世中的英雄和美人，还是快意恩仇。而且，书中随处飘荡着高亢的山东戏曲茂腔。无论如何，希望莫言的热度来得越来越醇厚、越来越真切，越来越能够带动更多的人走近莫言，走进他用天才的文学悟性和野性的表达智慧所建构起来的价值空间。

文学光影中的贾樟柯

贾樟柯的“标签”效应

尽管早就知道贾樟柯是具有国际影响力的“电影名人”，是中国实验电影和独立电影的践行者，游走于可公映和不可公映的边界，走的是“墙外开花墙内香”的成功路径，但我一直都没有产生要完整看看他的电影、好好了解这个导演的冲动。

在我近乎武断的观念中，任何一种挑战和冒犯，都是艺术自然而然生发的力量，而不是主观的选择和追求；而电影本身又是一种工业化的产物，是“做”出来的，那么他的电影，用粗糙的镜头语言和强悍的电影节奏，近乎原生态地展现转型期的中国社会，展现底层小人物的生存状态和隐藏在民间的暴力，似乎是在“做”的基础上有些“理念先行”——让电影像现实一样逼真，跟时代几乎同步，叙述的弹性不大但可阐释的空间很大，这感觉很像曾经风行一时的“底层文学”，现象的意义大于美学的意义。在个人审美感觉上，我对这种东西总有些“隔”，毕竟少了一些艺术作品应该有的审美余韵和美学回味。

直到看到他在《朗读者》的访谈。他讲到故乡，讲到人情，讲到成长，娓娓道来，让人感受到一种久经生活历练之后的通达，一种持久精神生活滋养下的淡然和平静，一种由不断的思考而得来的表达上的严谨和贴切。尤其是他读的自己写的文字《面对人，我们都还幼稚》，让人眼前一亮——早知道他与众不同，但没想到真正与众不同的并不是他被贴上的那些“标签”，而是他的精神质地和表达质地。

于是我开始找他的两册《贾想》来读；于是，在《江湖儿女》公映的第一天我走进电影院，第一次认认真真地看了一场贾樟柯的电影。

据说，《江湖儿女》里男女主人公的名字，跟他 16 年前拍的《任逍遥》完全一样，甚至巧巧出场时穿的带蝴蝶的服装都一样，只是男主人公斌哥由逍遥少年变成了中年浪子；后面在三峡的部分，也保留了很多《三峡好人》里面的影像。贾樟柯从不否认自己这种细节上的“重复”，他甚至是有意识地建构一个自成一体的电影世界。他曾在一个访谈里笑谈：如果有一天重放我的电影，我可以把它们剪成同一部，放九个小时，名字就叫《悲惨世界》。（贾樟柯，《我不想保持含蓄，我想来个决绝的》）

对我而言，《江湖儿女》是全新的。看完，心里涌动的是好的艺术作品让人产生的五味杂陈的感慨，一如安安静静地看了一本小说，调动了你所有的阅历和情感。正如戴锦华所说，尽管贾樟柯已经受到了商业的关注，但《江湖儿女》依旧是艺术电影，它克服情节套路，克服喧嚣肤浅，它表达个人经验之外的东西。它追求让人心被触动，让审美有回味的状态。

故事说起来很简单。男主人公斌哥是山西大同的大哥，开歌舞厅，结交三教九流、五湖四海的朋友，也收人钱财、替人消灾。斌哥是大同的“码头”，代表着江湖上的规则、道义、公平、正义和“君子爱财，取之有道”；女朋友巧巧，则像江湖大哥身边的所有女人一样，漂亮、识趣、热辣、豪气。

不料，江湖风云骤起，后辈想要成长，伺机扳倒斌哥，于是街头武斗开始。眼见斌哥寡不敌众，巧巧挺身而出，鸣枪吓退一众小辈，斌哥得救，巧巧入狱。

五年后，出狱的巧巧南下寻找斌哥，找到的却是爱情飘散、情义凋零。“江湖”曾经浪漫得让人热血沸腾，但“儿女”却现实得让人齿冷心寒。当巧巧在雨中的三峡旅馆，背对着斌哥无声哭泣的时候，哭掉了一个女人对青春和爱的全部执着，也哭出了一个底层女人高贵的自尊。

红尘里人来人往，情去不回头。

江湖终究是负了女人，但也没有成就男人。多年后，独居家乡的巧巧依然风姿绰约，而被她接回的斌哥却已经因脑梗坐在轮椅上，一无所有。回到熟悉的环境，斌哥想要找回旧日的尊严，但岁月变迁像真实的江湖一样无情，留给斌哥保留尊严的唯一方式就是在能够走动之后，再次离开。但谁都知道，此时等待斌哥的，不可能再有江湖的“任逍遥”，他的出路只有死去或者回来。曾经的“江湖”成了他最后的浪漫。

因年华老去而英雄末路的情形总是让人黯然，无论是功业不再，还是功业未成。当然，前者尚有回忆相伴；后者，或许留下的全是遗憾。古人以“儿女情长英雄气短”为不可取，然而，对很多“英雄”而言，这人世间所有的温情或许都在他曾弃如敝屣的那一段长情上。

“我是一个来自中国基层的民间导演”

除了“独立”和“实验”，贾樟柯还有很多标签，比如他是“第六代”导演的代表；他是创作型导演，编剧导演一肩挑；他是“电影诗人”；他是最会阐释自己电影的导演等等。当然，如果身份和荣誉也算标签的话，那就更多了。在今年年初出版的《贾想（二）》的附录里面，他所获得的国际性个人荣誉就有 18 项，除了著名电影节的艺术成就和终身成就奖，还有“全球百名思想家”“法兰西文学艺术骑士勋章”和“可以拯救地球的 50 人”等等。

然而，贾樟柯给自己的定位是“一个来自中国基层的民间导演”。虽然这个定位是在将近二十年前的访谈中出现的，但他在后来的创作和表达中，几乎从来没有偏离过这样的立场。那时候，他有感于“第五代”导演张艺谋、陈凯歌等人成功前和成功后在各种压力和诱惑下的巨大变化，说要引以为戒，守住电影的信念。

二十年过去了，在《江湖儿女》中，贾樟柯依然坚守着一个艺术家的本分，站在人性的角度，站在被时代牺牲的小人物的角度，记录时代，“展现迷失在现代化进程中的中国和中国人”。黑格尔说，历史有的时候是以恶的形式向前发展的。与时代必然向前的趋势相比，人的悲喜歌哭纵然渺小，但他们为时代前进所做的牺牲不该被埋没；旧有的秩序固然要被打破，但它们曾在人心中垒起的道义根基不该被摧毁。这几乎是所有艺术的“良心”所在。值得尊敬的是，无论面对什么样的压力和诱惑，贾樟柯始终没有背离这样的“良心”。所以，他配得上所有的尊重。

就好像因独立电影信念而成功的贾樟柯并没有因功成名就，因诱惑变多变大，而堕落到为秦始皇辩护；但他因为阅历和经验，也不再是一味渲染孟姜女凄惨以控诉的贾樟柯了，他开始帮孟姜女回忆旧日爱情，有意识地为荒凉的人生增添暖色。一个人，除了是社会的小角色，还是私人生活的大个体，是爱情的主角。电影，应该和人生一样，悲喜交加。

在《江湖儿女》中，他愤怒、同情、悲悯，也慨叹、伤心和无奈，同时，或许因为已近天命，他还揶揄、挤兑、体谅和温情。他拍小人物身上的呆和木，也拍他们身上的诈和贼；拍他们的悲剧性，也拍他们的喜感。或许，从早期贾樟柯的暴烈、愤怒、直给，到现在他的幽默、原谅和抚慰，能看出他“民间”立场本身的变化。他说，跟《天注定》相比，这部电影“应该有枪、有玫瑰、有江湖豪情，也有时间对人的改变，有那一滴流不出的泪”，不应该只是让人压抑的社会丛林法则和血腥暴力。生活会让清澈的眼睛变浑浊，也会让审美变得包容和复杂。

电影中，被爱情伤透了的巧巧从三峡回大同的经历真是神来之笔。她在来的船上被偷得身无分文，走投无路之下就开始骗，开始是骗吃骗喝，后来改成骗钱——冒充小三的姐姐打哑谜，被股票大亨识破之后，面不改色心不跳，接着干下一票儿，终于骗成了一个小官员。火车上偶遇的“成功人士”，让巧巧心动，甚至差一点跟着他去“浪荡江湖”，不料却很快得知，他只是新疆克拉玛依的小店主，他的大项目，他的 UFO，只是他行走江湖的“招数”。

或许，电影想说，生活所迫之下，多善良、多不想踏入江湖的人都会不自觉地投身“江湖”，“江湖”几乎是生活教育人的教科书。而所谓的“江湖”，除了贾樟柯说的，有激荡的社会变迁，有危机四伏的生存环境，有复杂的人际关系，有漂泊的感受之外，还有小人物之间的斗智斗勇。有人的地方就有江湖。从这个意义上说，《江湖儿女》很像是变革中国的一部“江湖众生图”。

从“金钱与爱情”到“灰烬最纯洁”

除了创作立场，从《江湖儿女》的很多细节看，贾樟柯实在也无愧于“来自基层”的自我定位。他对以山西汾阳县城为代表的民间人情智慧的熟悉和揣摩，对乡土中国现代化、市场化转型过程中人际的微妙变化，都有清晰的记忆和细心的捕捉。对故乡而言，他始终在场；对中国而言，他也始终在场。同时，因为有北京，乃至有国际的参照，他又能把这些中国特色放在一种更大的格局、更开阔的视野中，于是他能通过细节建立起汾阳和时代、三峡和时代的联系。

《江湖儿女》的时间跨度是 2001 年到 2018 年。在贾樟柯眼中，2001 年的江湖正处于情义和金钱混杂的暧昧地带。而到了女主角巧巧出狱的 2006 年前后，江湖已经彻底被金钱主宰，“帮派都企业化了”。之后的十几年时间，金钱的法则几乎成了唯一的法则，改变了一切，也扭曲了一切。据说，电影最初的片名就叫“金钱与爱情”。

电影一开始就是，斌哥在打麻将的间隙帮人解决借钱纠纷，烟雾缭绕之下，斌哥不动声色。眼看僵局无法打破，他一声令下，让人搬出供奉的关公，赖账者迅速低头。因钱而起的冲突瞬间被民间朴素的信仰化解。

之后，钱充当了整部电影的线索，几乎无处不在，发挥的作用也有大有小。小到巧巧回家塞到司机和父亲手里的小钱，二哥让斌哥铲掉流言塞给巧巧的港币，二哥被杀之后，斌哥和巧巧用报纸包着钱去慰问，香港朋友带来的整箱现金；大到因钱的困顿，斌哥置坐牢的巧巧于不顾，让自己的江湖形象瞬间坍塌；再次蹒跚着离开巧巧，斌哥也留下一沓钱用以代表自己的尊严。

时代变迁之下，江湖所有的爱恨情仇皆因钱而起，然而最后，钱却不能收拾江湖的残局。或许，唯有人到中年，久历人情冷暖，斌哥才会懂得，人心比钱更能衡量江湖道义；或许，唯有在病给人造成的无可反抗的挫败感面前，斌哥才能知道，他靠背叛和辜负女人投身的江湖，有多少虚幻和迷障。然而，一切都已来不及。从这个意义上说，电影的英文翻译非常有味道，“ash is the purest”，很有《红楼梦》“白茫茫大地一片真干净”的韵味。江湖、爱情、人生，无不如此，彻悟即是终点，终点方能彻悟。终极的安静与纯洁，映衬着过程的嘈杂和热烈。

或许可以说，贾樟柯的电影语言富有一种纯文学般的韵味。他从不避讳隐喻——电影中二哥说的动物园，飞过天空的 UFO，都因略显突兀而让人印象深刻；也从不回避对流行音乐、服饰、高音喇叭等特殊符号的借用。但他总是能够用自己的思考力，巧妙地将粗糙和细腻融为一体，让最底层的生活焕发微妙的“诗意”。他说，自己享受这种无中生有，模糊“真实”和“电影”、纪录片和故事片的“原始的乐趣”，一种只为艺术和创造力、为事实和想象怎么融合而焦灼的、表达的乐趣。

贾樟柯的文学表达

在两册《贾想》中，贾樟柯以电影手记的方式，收录了自己从 1996 年到 2016 年，二十年间的电影手记、访谈、演讲、散文、随笔。这既是他全部电影和艺术追求历程的回顾和展示，是他艺术观、电影观的全面铺陈，某种意义上也是他的“精神自传”。

他出生于1970年的汾阳县城，伴随着社会转型和改革开放长大，记忆中衔接着乡村和城市，叛逆和顺从，对未来的想象中充斥着模糊的理想主义，伴随着对更高远世界的憧憬。中间，曾尝试画画和写作，并在当地崭露头角。迷茫中，因陈凯歌的《黄土地》爱上电影。23岁，三次高考失利后，他终于得以离开汾阳到北京电影学院文学系。他说："电影是我的精神出路"。

看贾樟柯的书，我常常惊异于他的文学天分，惊异于他的阅读和他的表达。他不经意间流露的对诗人、作家的关注和思考，他对某些作品、某些作家使用的意象的信手拈来，常让人感觉文学对他的滋养已经进入血液，醇厚而持久，跟"第五代"导演那种从外部倚重和借鉴文学的情节和人物截然不同。在他的电影和文学之间，没有主客体之分，没有界限。

而他为每一部电影写的简短的导演手记，都是一篇漂亮的短文，精准、精致。他每一篇访谈，总是能在访谈者和读者的预期之外，提供更丰富、更微妙的感受。而他的散文《我不相信，你能猜对我们的结局》《忧愁上身》《高考之后，放虎归山》等等，即便是放在专业作家的作品中，也算出色。

尤其是那篇《我不相信，你能猜对我们的结局》，既可以看作"第六代"导演代表人物的自白书，更可以看作贾樟柯作为一个独立电影导演的艺术宣言。他的理想、情怀和现实判断，都在这篇文章中得到了漂亮的表达。艺术是有话语权的，也始终有为谁代言的问题。一个健康的艺术环境，应该是多元的、包容的、应该不断有年轻的、充满叛逆和独立精神的力量注入进来。

我常想，除了天分，除了持续不断地思考和表达，为什么有的人的文字能够直击人心，而有的人，却总是徘徊在别人的情感世界之外？或许，对待艺术的郑重和对待受众的真诚是最重要的分水岭。一个创作者，无论面对文字还是镜头，是否交付自己的全部尊重和真诚，往往无须言传即能让人意会。

贾樟柯对电影和文字的尊重，是他给人的最深刻的印象。他曾在访谈中，借日本围棋大师吴清源的话，即使输棋也一定要输得漂亮，表达自己对电影的尊重。在成功学横行的当下，在票房几乎是电影的唯一衡量标准的生态中，几乎每个人都能感受到，尊重自己的行当，尊重自己的手艺，尊重自己手中的话语权，往往也是赢得尊重、树立自尊的方式。贾樟柯用镜头记录了很多大时代中的小人物，当他们站在一起的时候，最惹人注目的，或许不是具体的境遇，也不是具体的悲剧，而是他们无论在何种境遇下都不肯放弃的自尊，这是他们身上共同的人性的光芒。为中国普通人在大时代中的自我表达和自我塑造，增添了“自尊”这个关键词，或者更准确地说，保留了“自尊”这个词，或许是贾樟柯的电影和文字最大的功绩所在。

认一个错儿的路有多长

等着陆焉识

对看过小说《陆犯焉识》的观众来说，看完电影《归来》至少会有一点遗憾，那就是没有见到年轻时代的陆焉识——那个严歌苓倾全书三分之一的篇幅描写的民国时代的公子哥儿，旧家庭受过现代教育的长子，会四种语言的留美博士，才华横溢的大学教授，喜欢去咖啡馆儿、酒吧，可以一掷千金给同学买一副眼镜，戴着妻子送的欧米茄金表，戴着情人送的纯金袖口和宝石领带夹，因为父亲早逝而富有责任感，又因为继母包办的婚姻而略带忧伤的气质。在抗日战争爆发之前，他最大的苦闷源自年轻的继母和妻子对他的争相宠爱，最大的遗憾是妻子不是自己选的。因为苦闷和遗憾，他心里种下了“向往自由”的种子，或者说，人与生俱来的“自由天性”因为家境殷实、环境宽松而更容易得到保护。于是，即便在抗战年代，党派林立、人如蝼蚁之时，陆焉识无论对时局还是对自己的专业，发表的也从来都是“君子群而不党”的个人思考，并为此开罪于左、右两派，坐了两年国民党的监狱。

这样青春儒雅而带点儿浪子气息的自由知识分子陆焉识，即便是放在“五四”文学传统中，也算是一个“新人”，因为他性格里没有“革命者”或者“保守派”身上的激烈和执拗。他内心的坚持和外表的平和就像他能够盲写书稿、盲写书信，而且繁而不乱一样，是一种贵族式的从容和自信。如此成熟稳健、魅力十足的陆焉识，倘若能够以一袭白色的西装出现在电影屏幕上，应该会为影片增加更多的看点。

但无论观众怎么期待，镜头始终没有闪回到那个年代，年轻的陆焉识始终没有出现，甚至连他的结婚照——他青春时代的唯一见证，也被女儿剪掉了——如果不是陆焉识九死一生地“归来”，如果不是他无意间讲了个标准的法语单词，如果不是他拿着勺子去复仇的书生气，这个世界上几乎已经没有了他变成反革命之前的任何痕迹。

这一次，张艺谋和他的团队为了充分实现敏感题材的“美学的和历史的”所有追求，极为克制。他们仿佛只是试图用电影的画面流动来阐释被俄国油画家列宾凝固的《意外归来》，那个几乎所有经历过“文革”结束的中国知识分子都熟悉的画面。至于流亡者在归来前所经历的一切，以及流亡者的家庭在等待的过程中所经历的一切，都需要从画面的隐忍风格之中精心揣摩。

如此说来，《归来》的确是一部隐忍的电影，也是一部需要揣摩的电影。张艺谋的团队成员大都在六十年代以前出生，但看得出来，他们剔除了所有亲身经历“文革”或父辈经历“文革”的个人悲喜，做了一遍又一遍的“减法”，生生减得让一个充满了历史伤痛的家国灾难变成了一个等待和认错、疗救和修复的家庭故事；生生用减法把陆地上一座沉重的历史之山变成了大海上漂浮的一座冰山——“八分之一在水面上，八分之七在水面下”（海明威语）。好在，但凡上点儿年纪的观众或者有些历史知识的观众，都能和创作者达成心照不宣的默契——冰山之下，沉重虽减，历史未丢；大雪纷飞之中，有我们共同的等待，等待一个一个的陆犯焉识，带着自己能够讲给子孙后代听的前世今生，真正归来。

或许，张艺谋拍《归来》的价值并不在于是否忠实于原著，是否坚持了张氏的美学理想和电影理想，是否试图在商业和美学之间重寻落脚点，而在于他如何处理了自己的作品和历史、和现实的关系。亲历过“文革”和上个世纪 80 年代“伤痕文学”“反思文学”“寻根文学”的如火如荼，体验过《活着》的命途多舛，忍受过《三枪》的极致诟病，张艺谋或许终于意识到，在真正的历史反思时机尚未成熟之际，哪怕只是一个弱弱的提醒，也算尽到了一个中国艺术家的历史责任。

除了严歌苓的祖父，另一个堪称真人版的陆焉识，是《了不起的盖茨比》的译者巫宁坤先生。他是李政道和穆旦的同学，新中国成立后应陈梦家夫人赵萝蕤之邀回国，报国之志未展就一步踏入政治梦魇，在历次政治运动中九死一生。他和夫人依照亲身经历，写就著名的纪实文学《一滴泪——从半步桥到康桥》。他把三十年的坎坷人生归结为“I came. I suffered. I survived.”（“我归来，我受难，我幸存”）。余英时先生在为新版《一滴泪》写的序中说：“本书的最高价值并不止于保存了一人一家受难的真相，它写出了中国知识人在一段历史中的‘心史’”。

寻找《陆犯焉识》

仔细说来，除了文艺作品处理特殊历史题材时，必须把握的基调和必须采取的表达方式之外，《归来》和《陆犯焉识》的相关性实在不多。据说，电影只拍了《陆犯焉识》的后 30 页，而整部小说多达 415 页。即便是这 30 页，电影与原书的出入也非常大。在书中，陆焉识的女儿是植物学博士，拍了一个预防血吸虫病的宣传片，陆焉识在劳改农场看到之后，萌生了逃跑回家的念头。身陷囹圄的他终于发现，跟身体和精神的自由比起来，婚姻自由原来是最不值得争取的一种自由——与旧式女子的婚姻，恰恰成了他动荡人生中“安稳的底子”，他一直认定的无爱婚姻中原来包含了东方之爱的所有元素。而在三个孩子当中，唯有小女儿是他对妻子出于爱而不是责任的给予。他想把这一切都告诉妻子，向妻子认一个错儿，告诉她自己在婚姻中曾经心猿意马，曾经责任大于爱，甚至曾经背叛出轨两次。

于是，他开始了一场东方肖申克式的认错之旅。20 年的结巴伪装与肖申克 20 年的地道挖掘可堪媲美。在严歌苓笔下，陆焉识在 1951 年开始的“镇反”和 1954 年的“肃反”运动中遭遇的无妄之灾就这样一路戴着成长小说、爱情小说和冒险小说的面具，安全地走到了“文革”结束。她用“浪子回头的模式”包住“新旧社会人鬼之辩”的模式，用爱情包住政治，用性格藏下命运，用通俗遮挡反思，用家族史盖住社会史。

至于陆焉识的归来，在书中更是一波三折，哪里如电影里一般轻易——“文革”一结束，陆焉识就带着行李出现在了火车站？书中，他的逃跑被小女儿电话里的一句“请顾念家人”终止了。自首之后，他被带回青海，并为此被追逃干部报复，几次在生死边缘。为了彻底“顾念家人”，他提出离婚。多年过去了，陆焉识平反，但他半年以后才回到家里，见到二十年过去，相逢不相识的妻子。陆焉识的认错之路走了二十年，但他系之念之的那个应该听他认错的人，除了等待本身，早已经忘却了世间的一切。陆焉识很快成了患“政治恐惧症”的儿子家的老保姆，无论抗战后失业还是归来后无法融入家庭，陆焉识始终都是那个在人情处世上“没用场的人”。最后，婉喻死了，陆焉识带着她的骨灰回到流放之地——因为“草地大得到处都是自由”。

丹尼尔·贝尔谈资本主义文化矛盾的时候说，“革命的设想依然使某些人为之迷醉，但真正的问题都出现在‘革命的第二天’”。岂止是“革命”的第二天，“归来”的第二天，“革命结束”的第二天，“决定认错”的第二天，所有曾经让人为之迷醉的东西，第二天总是会以出人意表的面貌出现。不知道这算是文学的犬儒还是世事的残酷。

在电影中固然找不到《陆犯焉识》的“大”和“厚”，甚至如一些观众所说，也找不到它的“狠”和“烈”——小说，或者真实的人物命运，比电影里要惨烈得多——更遑论它难以穷尽的历史空间和文学意蕴。所以，《归来》与其说是改编了《陆犯焉识》，不如说是开启了寻找《陆犯焉识》历史内涵的路径。它设定了一条由电影到小说、由一个人到一群人、由归来到离去、由结果到原因、由一个人的认错之旅到一段历史的认错之旅的寻找路径。而且，设定好了这个路径之后，会隐隐有另一个期待，那就是由《陆犯焉识》而开启一次寻找真实历史的旅程，期待在这条路上，还有越来越多的人，尤其是年轻人。

说说陆焉识遇到的年轻人

电影里，只出现了一个年轻人，就是跳芭蕾舞的女儿丹丹。电影给了丹丹两次面部特写，都是她扮演《红色娘子军》里那个“打不死的吴清华”时候的神态。风华正茂的女子在镜头里却不美。好在，父亲归来之后，丹丹很快就认了错儿，但父亲说：“怎么能怪你呢？要怪也是怪我。”

小说中，主要描写了陆焉识遇到的两个年轻人。一个是少年犯梁葫芦，16 岁来到大西北。为了给三个弟弟妹妹争一个馒头，他把刀挥向了母亲和她的姘头。他还是个孩子，任性而需要安全感，他以自己的方式亲近陆焉识；但他又是个早熟的少年犯，狡黠市侩、不择手段。一个是知青小邢，因为打架来到大西北，但他爱学英语，有梦想，通情达理。如果说，对梁葫芦，陆焉识是充满可怜地防范和厌恶，对知青小邢，他则是充满了欣赏和惋惜。小邢说：“假如自己的父亲不是臭老九，母亲不是个势利女人，‘反右’‘四清’‘文革’‘下放’都没有发生，他应该是个驻外大使或者大翻译家或者大臭老九。”可现在只能“跟号子里那一滩滩大粪搅合到一起”。知识青年小邢最后放了一把火，烧了自己手上的纸拷，和只是发生了口角的贪污犯同归于尽。可怜的年轻人，何曾懂得绰号老几的结巴反革命陆焉识，靠着“忍和熬”才有了受难归来的一天呢？

除了这些，小说里隐隐约约还有其他年轻人的命运，比如劳改农场邓指的孩子，邓指一心盼望他能走出大西北，但他最后还是回来了。比如梁葫芦的弟弟，应召入伍，成了一名战士。小说力图用最多的细节来书写一个时代，书写陆焉识身后掩藏着的时代的更迭，书写畸形社会推动之中，一代人和一代人的命运。历史和未来的秘密就藏在这样一代人和一代人的更迭之中。

奥尔罕·帕慕克在《我的名字叫红》里曾借死人之口，这样表达对历史和未来的罔顾和对现实的自以为是，他说："我出生前就已经有着无穷的时间，我死后仍然是无穷无尽的时间。活着的时候我根本不想这些。一直以来，在两团永恒的黑暗之间，我生活在明亮的世界里。"当然，我们都知道，这本书最后写的是一个文化失明的悲剧。

错把无名当英雄

《天才捕手》：一部注定失败的电影

因为电影《天才捕手》，我牢牢记住了导演迈克尔·格兰达格的名字。世界上有那么多风云人物的传记可以被影视化，有那么多美国英雄可待塑造，但他偏偏选择了一个终生在纸上较劲的编辑做主角，这让从事编辑工作的我肃然起敬。当然，敬意中还包含着一丝好奇，是什么样的投资团队让一个导演对商业如此漠视呢？

天才的命运，无非有两种：一种是后天土壤肥沃，天才大放异彩；另一种是天才生不逢时，终于成了仲永。如果是后者，可能还有些看点，天才堕为庸人毕竟可慨可叹；而《天才捕手》主人公的命运，恰恰是前者——天才遇到了天时地利人和，和谐之中命运感荡然无存。更何况，一个编辑的职业生涯，无论为文学和出版事业贡献了什么，显然都缺乏故事性和戏剧性——伯乐的故事哪比得上千里马的跌宕起伏呢？一部命运感、故事性、戏剧性都缺乏的电影，注定无法获得高票房的回报。而没有票房，电影就是死路一条。

所以，《天才捕手》上映没几天就停映，不奇怪。这是一部注定在商业上铩羽而归的电影。然而遗憾的是，在艺术上，它也毫无建树。跟原著不同，电影没有把菲茨杰拉德、海明威都囊括进来，而是只选取了麦克斯·珀金斯和沃尔夫的交往。之所以如此选择，倒是情有可原，因为沃尔夫这样的作者，“是对编辑工作挑战的极限，其中包括对他个人脾性的容忍”。

但这种一对一的人物关系，显然难以体现捕手的天分；也难以体现被捕捉的天才的天分。“天才捕手”跟书名“天才的编辑”一样，原本是双关语，既指编辑捕捉到的是天才，也指编辑本身就是天才。麦克斯·珀金斯之所以被称为“天才”而不是“幸运的编辑”，是因为他不只让一个作者从无名到有名，而且是名满天下；沃尔夫等一批作家之所以被称为“天才”则不只是因为他们年纪轻轻就写出了轰动一时的作品，而且他们书写了他们的时代，创造了文学经典。

电影中的沃尔夫，更像一个神经质的疯子，再加上年长他很多的女友疯狂的举动，更强化了他的偏执。这种偏执，弱化了他的写作天分，也完全掩盖了他的早慧、勤奋和朴实。其实，生长于乡野大地之间的沃尔夫，38 岁就早夭的沃尔夫，写出了不朽名篇《天使，望故乡》和《时间与河流》的沃尔夫，是被福克纳激赏的作家，跟他同时代的老福克纳把沃尔夫列为他们那一代最好的作家。

显然，电影受海明威的影响更多，编剧和导演是海明威的粉丝也说不定。书中写，海明威总是管沃尔夫叫“巨婴”，说他“像头野牛，说话大声，行为莽撞”；而原本不是海明威，而是女作家玛西亚·达文波特劝沃尔夫与编辑和解的戏份，导演也慷慨地给了海明威。

电影中的麦克斯·珀金斯，更像一个沉闷的老古董，不苟言笑，乏味之极，连在酒吧中被沃尔夫带动着跺起脚来，都显得那么毫无趣味。书中的珀金斯，固然也无趣、也刻板，比如他一直都戴着帽子，上下班只坐一班火车、吃饭只坐固定的座位、只点固定的餐，甚至给所有作者寄的书都一样，永远是《战争与和平》，但他遇到新作者的时候，会跟保守的老板据理力争，并且妙语迭出；遇到自恋又寡才的女作家，他也会在接受她们暗恋的同时巧妙地把稿子退掉。

更重要的是，他同时周旋在“公牛一样”的海明威、挥霍酗酒的菲茨杰拉德、“身上有一万个魔鬼和一个天使”的沃尔夫等一批个性鲜明的作家中间，成了他们所有人信任的好朋友。这该是何等情商啊！电影中我最欣赏的台词，是沃尔夫说珀金斯的：“在你冷峻寡欲的灵魂深处，一定藏着野蛮奔放的一面。”可惜，只是台词而已。

最令人无法容忍的，是电影中完全漠视了麦克斯的浪漫、细腻和多情——这原本也是可以给电影增色的。真实的麦克斯·珀金斯跟伊丽莎白·莱蒙通信25年，在婚姻之外保持了终生的“纯正的”精神之爱。书信往来中的他是如此才华横溢、魅力十足、深情款款，以至于让伊丽莎白·莱蒙终生未婚。他去世之后，她还保留着他全部的书信，并毫无保留地贡献给了传记作者。

其实，麦克斯也不乏幽默风趣。在连续生了四个女儿之后，他又迎来了第五个，于是给妈妈的电报都变得不耐烦了，只说了一个词“又一个”。他是一个好父亲，爱极了五个女儿。

两个原本有趣的天才，被电影改造成了这样，真是令人遗憾。这也进一步证明了，对于编辑和作者这种微妙的人物关系，文字总是比画面更有优势。或许也证明了，除了传记，编辑永远不适合做主角。

《天才的编辑》：一本中规中矩的传记

在电影《天才捕手》上映之前，我已经读过它的文学原著《天才的编辑——麦克斯·珀金斯与一个文学时代》。书很厚，有45万字，是一部中规中矩的全传。因为自己也做了十几年编辑，深知其中甘苦，也深感一个编辑与一个文学时代挂上钩的难度，所以我几乎是不假思索地要读它。更何况，这是著名的麦克斯·珀金斯的传记，他可是全世界编辑的“神”啊！第二次世界大战后的美国，有太多的年轻人因为他而踏入了出版行业。如果没有他，菲茨杰拉德、海明威，尤其是沃尔夫，成名之路恐怕会走得更为艰辛，美国文学的黄金时代恐怕也不会那么光彩熠熠。

第一次世界大战和第二次世界大战期间，是文学史上公认的美国文学的黄金时代。仅1930年到1938年期间，就有三位诺贝尔奖获得者：

辛克莱·刘易斯、尤金·奥尼尔和赛珍珠。而之后获得诺贝尔奖的三位作家：威廉·福克纳、欧内斯特·海明威、约翰·斯坦贝克的主要创作活动也都在这个时期。

当然，诺贝尔奖只是衡量文学成就的一个方面，关键是这些作家的作品至今不衰，已经成了永恒的经典，还包括其他一批优秀的作家、诗人和剧作家。比如书中提到的，写了《了不起的盖茨比》《夜色温柔》的菲茨杰拉德，写了《天使，望故乡》和《时间与河流》的汤姆·沃尔夫，还有写了《荒原》的艾略特等等。

很少有书提到，文学闪亮的军功章里，也有编辑的汗水。在一般人的印象中，编辑就是一个以找错别字为生的人。在文学生态中，他们是寄生者，全部的职业生命都离不开作者的创造性劳动。至于他能不能成为作者的共生者，能不能获得"主体性"，全看作者的名气和态度。就像自然界有一种叫虎雀的鸟，以老虎牙缝间的肉屑为生，幸亏老虎也乐得跟它做朋友，不然它就得灭绝。

然而，就跟老虎不会允许虎雀称王一样，没有一个作者能够容忍编辑走上前台抢夺自己的荣光，尽管他们最清楚编辑在他们的作品从稿子变成书的过程中付出的努力，也最清楚编辑在他们成名的过程中所起的作用。好在，编辑的职业素养之一，就是麦克斯·珀金斯所说的"力争当无名氏"；我们从事这一行，听到最多的职业箴言也是"编辑要善于为人作嫁衣"，要甘于，还要善于躲在作者之后，既贡献自己的智慧，又隐藏自己的身影。因为清醒的职业定位，麦克斯将美国一个著名的参谋奉为自己的偶像。对将军而言，这个参谋不可或缺。他所从事的工作是"让将军头脑冷静；编辑他的重要文件，把它们整理成稿；以迂回的策略和坚持不懈的态度提出批评意见；经常使将军恢复自信"。

在书中，麦克斯有很多金句让编辑会心，比如"人比书更麻烦"；比如有人问他，你为什么不写作，他说"因为我是编辑。"不胜枚举。而他的很多失败的体验也更能让我们感同身受。比如，在处理沃尔夫的稿子上，他无疑起到了巨大的作用，就像在杂草丛生中把玫瑰找出来一样，他删掉了沃尔夫泥沙俱下的冗余，保留了他的精华，使他真正成为他。如果没有珀金斯，世界上会不会有沃尔夫这个作家，是未知数。就像没有龙世辉，中国会不会有《林海雪原》也是未知数一样。然而，功成名就之后，尤其是下一部写不出来的时候，作家就会指责：你凭什么认为你是对的？你有什么资格删掉我的稿子？

事实上，这样的情况在任何时代任何国家的编辑身上都会发生。编辑凭什么确定自己的权威呢？答案只有天知道。

再比如他约一个作家的稿子十年，拿到的却是垃圾，而等他放弃，这个作家转投其他出版社，却忽然获了大奖，或忽然写出了超级畅销书。对一个编辑而言，失败的体验总是比成功的更多，哪怕他被冠以“天才”之名。

显然，珀金斯跟所有的编辑一样，无时无刻不在稿子的判断上踌躇，无时无刻不在揣摩作者的心思，无时无刻不在跟挫败感作斗争，也无时无刻不在怀疑自己。跟天才编辑的成就相比，我更能体会他的沮丧和委屈，也更能体会他的自嘲和幽默。他曾对伊丽莎白·莱蒙说：“所谓的出版人就是书卖不动的时候遭受指责，书畅销则被忽视的人。”

现实中，这方面有意思的例子特别多。比如我们出版社就曾有一位作者，随着写作上的名气越来越大，获奖越来越多，对一路帮助他的编辑——姑且称之为张三吧——的称谓也一路改变，从“张老师”到“三老师”到“老张”，最后直到“小张”，其形其神可想而知。

当然，如果不是我也做编辑，我读不出这本传记里面这么多的职业况味和人生况味。某种程度上，传记作者还是没能抓住重点，他详尽写出了一个人的一生，甚至相关作家的履历他都不厌其烦地写到了，但却并没有突出一个编辑的一生到底有多少与众不同——除了纸上功夫，除了天赐的判断力和清晰的服务意识，编辑的一生都跨在艺术和市场、精神和物质的分界线上，他需要不停地跟个性鲜明、天性敏感的人打交道，因而他的容忍、克制、体恤，他屡败屡战的勇气和永不枯竭的热情，都比别的职业需要的更多。编辑是一个逼着人学会宽容和乐观的职业。

或许，所有的写作都是，做加法容易，做减法最难。甚至我都会忍不住想，如果这本传记的作者恰好也做过编辑，没准儿他更能体会出版生态中真正的核心所在，真正把编辑的“无名”和“有为”呈现出来，那样他就会把篇幅减少三分之一，让这本书更容易成为全世界编辑的教科书和案头书。

编辑是一种什么样的动物?

从艺术和市场都要兼顾的角度，文学编辑可谓不折不扣的两栖动物。对稿子的文学含量，他要有自己的见地和判断；而对一本书的市场价值，他又要有合理的预估。一个不会权衡、不会算账的编辑算不得好编辑；但一个只会权衡、只会算账的编辑也难称得上好编辑。计较一时得失和放眼未来之间的分寸，有时候是编辑面临的最大的考验。因为作家是不断变化的，市场也是不断变化的。所以，编辑又有点像变色龙。

书中，麦克斯·珀金斯在三个作家面前扮演着三种角色。在菲茨杰拉德面前，他是灭火器，也是提款机。菲茨杰拉德有一个爱写作、更爱奢侈生活的妻子（人民文学出版社最近刚刚出版了她的长篇小说《给我留下华尔兹》），因此他的日子总是过得乱七八糟、入不敷出。作为他最信任的编辑，菲茨杰拉德跟珀金斯说得最多的是：能不能再预支给我几百美元救救急？大多数时候，珀金斯都想方设法满足他。当然这是珀金斯服务的家族企业的好处。而菲茨杰拉德也是忠实的作者，他从不赖账。

在海明威面前，珀金斯是一个倾听者、鼓励者，也更像一个服从者。海老爹交来的稿子几乎从不用修改，性格上，他也理智清醒，行事果断，“性格中有欺负别人弱点的一面”。他对珀金斯好的时候热情似火，发起火儿来也毫不留情。他老是感觉出版社营销不力，他的书没有得到足够的重视，也总是要跟菲茨杰拉德在写作上一较高下。他喜欢钓鱼，就拉着珀金斯去，完全不顾这是一个不肯改变自己生活轨迹，连度假都只选一个地点的人。珀金斯在海明威面前小心翼翼，他跟女儿说：“给海明威的稿子提意见得找时机。”他也是海明威最信任的编辑，事实上，正是通过海明威，他认识了沃尔夫。

在沃尔夫面前，珀金斯更像一个父亲。他付出了全部的耐心帮沃尔夫修改稿子，也付出了全部的赤诚化解他成名的焦虑，忍受他的误解、苛责、任性乃至背叛，倾尽心血帮沃尔夫规划他的职业生涯，无怨无悔。对待沃尔夫，他就像对待自己的家人。

他“看人下菜碟儿”，不断变换着自己的角色，跟不同个性、不同诉求，但同样恃才傲物、同样敏感脆弱的作者们相处，维护他们和出版社的关系，维护他们在读者面前的形象，也维护他们的创作潜能，更为重要的，是保证他们的利益。同时，他还得注意在他们之间保持一个恰当的位置，让他们感觉到自己没有厚此薄彼。对编辑而言，作者是朋友，朋友是作者，会比其他情形更麻烦，甚至书中都把这种关系称为“乱伦”。

麦克斯最了不起的一点是，他经常会“让他所有的作者都感觉他像作者本人一样重视他们的作品”，无论作者有什么事，都不是小事。他就是能让作者感觉到，“他比任何编辑和出版人都懂得作者的心思”。

或许，最有意思的是这样的细节。沃尔夫的最后一部长篇小说，把珀金斯的日常起居、行为怪癖，包括耳疾，都写进了书里——谁都知道，沃尔夫写作从来都贴着生活，贴着他熟悉的人物，以至于很多朋友都躲着他，生怕自己哪一天变成了他笔下的人物。他把珀金斯比作“狐狸”，尽情丑化他。当珀金斯看到的时候，沃尔夫已经去世了，他已经被沃尔夫指定为文学遗产的处理人。是保护自己的形象删掉这一切，还是恪守不干涉作品的编辑方针，保留这一切，是珀金斯作为一个编辑面临的最高考验。最后，职业素养战胜了人性弱点，伟大的珀金斯经受住了考验——他留下了自己的“丑态”，也留下了自己的光辉人格。

当然，沃尔夫也并非全是丑化，也有对珀金斯工作情况的真实的记录：

> 噢，狡猾的狐狸，你的狡猾是多么单纯，你的单纯又是多么狡猾；你下指令的时候是那么拐弯抹角，拐弯抹角起来又那么直接！你正直而不会欺诈，沉着而不惹人嫉妒，公正而不盲目行动，你为人公平，眼光犀利，内心强大而不抱怨恨，诚实而不会干卑鄙勾当，高尚而不会浅薄地怀疑，单纯而不会耍手腕——但是他从来没有在一次讨价还价的交易中吃过亏！

真是太准确，太精妙了！沃尔夫不愧为天才作家。

编辑的幸福时刻

让人欣慰的是，珀金斯所有的付出，都得到了回报。菲茨杰拉德称他为“我们共同的父亲”，指定他为文学遗产的处理人。海明威在他去世五年后，才写出了《老人与海》，但却毫不犹豫地把这本书题献给他。沃尔夫也是，他把自己最重要的书《时间与河流》题献给他，后来尽管因为误会关系破裂，但在生命的最后时刻，他还是指定远方的珀金斯做他的文学遗产处理人。

作为编辑，每每看到这些细节，内心都会涌起温暖的潮水。在趋利逐利、相互怀疑远比相互信任更容易发生的出版生态中，编辑和作者能够建立这样一种关系，真是让人感动和钦佩。

或许，披沙沥金地发现无名作者，并使他们名满天下，只是麦克斯·珀金斯作为天才编辑的一小方面，而取得了几乎所有作者的信任、并帮助他们在身前身后获得更大的文学影响力，才是他真正的天分所在。就像书中写的，作者与出版人的关系最好的状态，可能就像一种“智识的婚姻”，而麦克斯·珀金斯就是那个最忠实、最可信赖也最能帮助对方做更好的自己的伴侣。

麦克斯·珀金斯在斯克里伯纳出版社服务了 36 年，恪守配角和寄生者的本分，最终却活成了美国图书出版界，乃至世界图书出版界的传奇和偶像——任何职业的核心都是做人。

著名的兰登书屋的创始人贝内特·瑟夫，也是麦克斯·珀金斯的晚辈，在《我与兰登书屋》中，曾几次提到斯克里伯纳出版社，也提到了资深老编辑麦克斯·珀金斯。他老是引用这个传奇人物的比喻来打消作者对出版社营销不力的不满。这个比喻是关于图书广告和销量的。麦克斯说：为图书打广告就像一辆被卡住的汽车，如果车真的陷在泥里了，十个人都推不动它；如果它有一丝松动，一个人就能推它上路。同样的道理，如果一本书绝对卖不动了，那满世界打广告都是白搭。如果有一线生机，那推一把销量就会带动起来。

值得一提的是，跟《天才的编辑》一样，《我与兰登书屋》也是彭伦翻译的。因为他精准的翻译，我得以在入行之初就“认识了”贝内特，并在以后的十几年间反复重读。借由兰登书屋的成立和发展，贝内特展示的是一个具有经营天分的出版人所具有的智慧和胆识。他用他的“狡猾”和才干，参与建构了第二次世界大战前后美国文学的黄金时代，正如麦克斯用自己的编辑才能，用自己的胆识和智慧，用自己绝不懈怠的责任感，参与建构了这个黄金时代一样。

某种意义上说，出版是一个时代精神文化发展的前沿地带。而任何国家的出版人都是如此，如果在艺术探索和现实关怀上没有敢为天下先的胆识，在不同风格潮流和不同个性之间没有开放包容的心态，在艺术与现实的关联度上没有点自由主义的、甚至敢于犯错误的胸怀，都很难有突破性的成就。

我忍不住想，如果麦克斯·珀金斯和贝内特·瑟夫组建一个出版社，一个做总编辑，一个做社长，那真是会“天下无敌”。至于他们的人格魅力，或许贝内特更吸引人一些，因为他的人生信条是“一点点幽默就能让我们的生活有劲头儿”。而他给自己写的墓志铭，则一直深深打动着我：“每当他走进房间，人们总是因为他的到来而更快乐。”实际上，读他的那本书，就足以让人从头笑到尾。

跟麦克斯·珀金斯“对待文学就像对待生死”的态度比起来，我更偏爱贝内特·瑟夫的方式。如果说麦克斯·珀金斯能够更多地给我们做编辑的“术”的启发的话，那贝内特·瑟夫的则近乎于“道”的境界。出版业，或者说从事与文学出版相关的职业，最终的目的都是让人性更为开阔和疏朗的。而对所有人而言，在职业中寻找快乐，跟在人生中寻找快乐一样重要。

谁的芳华?

冯小刚的《芳华》

时隔两个多月，《芳华》终于如期上映。据当时参加过点映的媒体朋友反馈：好看！我没问是镜头里的姑娘“好看”，还是电影情节本身“好看”。镜头里的姑娘好看，是自然的。那时候的部队文工团，集中的都是一水儿的“清水芙蓉”，因为参军入伍不只是军装的诱惑和集体的诱惑那么简单，更是政治上安全落地、英雄主义有所附丽的方式，没有哪个被千挑万选上的漂亮姑娘会拒绝。而电影情节本身好看，也是自然的。作为中国商业电影的领军人物，冯小刚即便偶尔让文艺和情怀占上风，也绝不会忘了故事是电影的本源，人物命运是电影的灵魂，而故事和人物是“好看”的第一要素，也是票房的保证。

甚至可以说，“好看”早已经成为冯小刚出品的“质保证书”，而在“好看”的基础上，再触碰点儿什么，敲打点儿什么，或者历史或者现实，踩踩线越越界，则成了冯小刚电影的“品牌影响力”。跟所有的导演一样，票房和口碑，商业价值和艺术家的良心，冯小刚都想要；不同的是，在现在的中国，只有他基本每次都有能力做到。当然，具体能做到什么份儿上，或者当二者产生冲突时，他的天平往哪儿偏，还是仁者见仁、智者见智的问题。

这一次的《芳华》他又基本做到了。作为一部电影，它该有的都有了。从小的方面说，有“活雷锋” 刘峰和林丁丁的爱情风波，有丑小鸭何小萍的命运转折，也有萧穗子的暗恋失落；从大的方面说，有文工团的历史变迁，有集体主义和英雄主义的变化，有战争铁血的残忍，也有和平时代的平庸之恶，甚至还有第一次触碰题材禁区的勇气。从抽象讲，有青春无悔，有爱情纯真；从具体讲，有阴错阳差，有笑看风云。人物命运的逻辑成立，煽情也都在点儿上。

总之，一眼看去，一部涉及部队历史变迁的电影，一部纪念青春的电影，在当下的创作环境中所能展现的“美学的和历史的”方方面面，《芳华》都囊括进来了。而且，因为撤档风波，因为冯小刚发布会上的老泪纵横和欲言又止，又给它增加了很多“情怀”的附加值——中国社会学界，对，就是社会学界而不是电影界，真应该好好研究一下“冯小刚现象”——与体制保持什么样微妙的距离，才能化风波为票房，化劣势为优势，变被动为主动，变监管为勋章。

冯小刚的“芳华”

这么说，有不够“厚道”的嫌疑。创作环境如此，一个导演，越来越“德高望重”，敢于放下安全的风花雪月和自己擅长的黑色幽默和插科打诨，不游戏人生不烹制鸡汤，敢于用历史的情怀触碰现实的问题，而且每一部电影都拉高整个行业的平均分，已属不易，如何还忍心挑剔？如何忍心用营销思维“诛心”？在中国当代，除了冯小刚，难道我们还能找出第二个如此值得肯定的导演吗？

实际上，看《芳华》的时候，我总是忍不住想起张艺谋的《归来》。同样是严歌苓的本子，同样是会触及一些问题，甚至某种程度上，《归来》触及的更敏感，更不好驾驭。然而，为什么《归来》那么走心，而《芳华》老是让人走神呢？为什么《归来》不让人流泪却让人刻骨难忘，而《芳华》让很多人哭红了眼睛，走出影院却感觉依旧生活美好呢？张艺谋的轻拿重放，冯小刚的高举低打，孰优孰劣，其实高下立判。

在面对历史敏感问题的时候，文艺片和商业片当然有不同的逻辑，可惜的是，大多数观众不清楚。或许，冯小刚最让人难以忍受的，就是打着触碰敏感问题的旗号，实行商业电影的逻辑。如此一来，就难免拧巴。处理好了，拧巴就了然无痕，比如《我不是潘金莲》，他跟所有中国人心照不宣地一起完成了一次“批判”；处理不好，拧巴就随处可见，比如《芳华》，很多细节，他可以做到更好，更有意味。

开篇，以萧穗子为代表的女文工团员正在排练。镜头下一群十几岁的少女跳舞，美得既有年代感，又有青春气息，所以，导演几乎是不厌其烦地拖长，不顾故事节奏地拖长。作为观众，很难不被曼妙的身体诱惑和抚慰，但同时，我又忍不住想起，冯小刚在《朗读者》的节目中讲到的，在部队的时候，他总是想创造机会跟沐浴归来的女文工团员偶遇，迎着她们走过去，闻她们的头发和身体散发出来的香气；因为自卑，他没有勇气确定一个目标，他迷恋的是一个群体。

之后，电影的故事展开，矛盾冲突出现，但每一次事关人物命运的大问题，都被轻松地跨越过去了。比如“活雷锋” 刘峰对林丁丁的爱情冲动，即所谓的“触摸事件”。熟悉历史的人都知道，那个年代，这类问题对人的伤害，甚至大于战场上掉一只胳膊。然而，电影没有给这个损害他的集体和个人任何的反思和忏悔——为了怀想一群美少女的芳华明媚，导演顾不得她们的心灵美不美，灵魂美不美，也顾不得她们对一个心灵和灵魂都美好的人的全面伤害。对美人儿和青春网开一面，不知道这算历史标准的宽容还是艺术标准的庸俗。

有意思的是，不仅男女关系方面他的标准如此，在女孩儿之间的“等级”关系或者“优越感歧视”的处理上，他还是这个标准。从电影里看，除了穿了林丁丁的军装不敢承认，何小萍没有招惹过谁，而且大节无损；相反，在刘峰最“落魄”的时候，唯有她识别了“善良”，还敢于昭示自己的“识别”，跟“被侮辱与被损害”的善良站在一起。但，这一切，还是改变不了她在导演那里的“命运”。冯小刚为她的被集体苛待，被集体孤立，找了太多“内因”的借口，包括家庭的和成长环境的，但却从未触及那些“集体施暴”的美丽女孩儿们身上根深蒂固的

"劣"。原本，她穿着病号服在空旷的星空下独舞，像是艺术的"良心发现"，可惜对比的镜头却是一首不相干的人跳的《沂蒙颂》。

给人感觉，冯小刚的"芳华"，就是欣赏美，把玩美，外在的美，形体的美，肉欲的美，至于这种美是不是败絮其中，是不是携带着"美杜莎之恶"和"历史之恶"，他视而不见、无暇顾及。这就是商业电影的逻辑，用最浅表的感情满足观众最浅表的需求。

冯小刚式"正义"

可以说，在《芳华》里，冯小刚太"自我"了——因为对文工团的自我迷恋，他让覆盖性的大时代之波谲云诡退无可退，只变成了萧穗子的一箱吃的和几滴眼泪；因为青春无悔的自我抚慰，他让夹杂着时代之恶的人性之恶退无可退，只变成了集体合唱、集体煽情的《送战友》。如果说用历史观要求一部商业电影是强人所难的话，那么，有意无意地用煽情掩盖一切，有意无意地用天真纯情消弭一切，有意无意地让变胖的林丁丁和"假手也不想摸"的玩笑消弭一切，即便不是"情怀癌"发作，也算是冯氏的"低级正义"。

很久以来，文艺作品仿佛都形成了一种惯例，那就是用人性之恶记录时代之恶，大致是不会犯错的。人性之善被时代之恶无情碾压，容易出现批判性效果，而批判容易不安全；相反，人性之恶与时代之恶合谋，或者退一万步，人性复杂性与时代之恶合谋，效果就不一样了。冯小刚显然深谙此道，于是他总是有充分的理由扮演"受害者"和"抗争者"，他总是能满腹委屈，欲言又止以至于老泪纵横。当然，我从不怀疑他的创造力，也从不怀疑他眼泪的真诚，甚至，我也不怀疑他触碰禁区的初衷和动力，我只钦佩环境和商业逼人自我改造和自我平庸的能力。

在讨论《芳华》的诸多文章中，有人引用以赛亚·柏林的"积极自由"

和“消极自由”的观念，理解冯小刚艺术创作空间的拓展。大意是说，在没有“积极自由”的时候，“消极自由”也是好的——即在被允诺的空间范围内寻求表达空间，哪怕只是稍稍触及，或者把背景牵出来，比如《我不是潘金莲》碰了“上访”题材，而这次的《芳华》蹚了越战的“雷区”。只能说，一个时代越庸俗，越容易把姿态当成勇气。我很尊敬的作家王鼎钧说：文章未必要乱法犯禁才有价值，在深以为然的同时，我也总是会想起帕慕克在《我的名字叫红》里面写到一个小故事：

黑问绘画大师奥斯曼，是什么区分出优秀的细密画家，使他们不同于一般。奥斯曼说：随着时间的推移，并没有单独的标准。然而，有一点是非常重要的，那就是当他面对威胁艺术的事物时，所持有的技巧与道德。——在今天，这种技巧和道德包含很多方面，向体制撒娇和向市场投诚都算。

严歌苓的《芳华》

写作的严歌苓，某种意义上跟拍电影的冯小刚有点像。多年来，他们凭着才华、耐力和永不消退的创作激情，稳扎稳打，产量稳定，质量也稳定，几乎每次出手都在平均分以上，都没让粉丝失望。但同时，我也会忍不住为他们惋惜。在两个人稳定的、形成了鲜明的个性特色的创作履历中，总有某一部作品，忽然让人感觉离大作品很近了，离他们作为大作家和大导演的段位上升也很近了，但下一次却又滑落下来。从这个角度说，商业之于他们，不知道是幸还是不幸——对创作者而言，变得不朽不外乎两种方式：一是有大作品存世，一是成为一种时代现象。显然，前者更值得追求。

多年来，严歌苓的小说形成了鲜明的“严氏”标记，一种以小人物的情感为动力，以特殊环境下人物的两难选择为叙事模式，以偶然事件为矛盾核心的故事套路。虽然有套路，但又不是类型文学。因为严歌苓的语言调度能力、揣摩人物内心的能力是一流的，让人物与所处的环境最大限度地相匹配，也是她非凡的能力，所以她无论写什么，都像，都不跑偏；所以她的写作能够在模式和程式之外，还保持着新鲜感和话题度；所以，她也才得以在纯文学写作和商业写作之间，另开“第三条道路”。

《芳华》在严歌苓的创作履历中，不算出挑的作品，只能算是中规中矩。比起电影，小说自然要丰富细腻得多，人物形象也饱满立体得多。围绕着“触摸事件”所展开的矛盾冲突，也复杂微妙得多。一个年轻的群体，在特殊的历史年代下，有意识的“善”和无意识的“恶”，都被严歌苓收入笔端。同时，所谓“集体主义”，不只是关键时刻的自我牺牲，也包含着某些时刻的集体伤害，这也可以算作严歌苓的“文学发现”。反倒是冯小刚在电影中渲染的越战镜头，小说中只是作为纯粹的背景出现——文字触碰题材禁区，毕竟不好控制。所以，只能一带而过地“讨巧”，避免硬碰硬。

问题是，在这个小说里，“讨巧”似乎用得太多了。小说中最大的讨巧，甚至说最大的败笔，是第三人称的叙事角度，正如电影里的旁白也让人感觉减分一样。

小说跟电影一样，从萧穗子的角度讲述，她一直在冷眼旁观。在一个集体中，她仿佛在用自己的“独立思考”保持着“单干户”的样子，保留着不被集体涂抹的“个性”。我们也能够体会，作家希望借此来表达对一个时代的静观默察，表达对一个特殊群体的“群体性”的观察，借此避免对可爱的青春陷入片面的忧伤和一味的责难。

然而，以萧穗子的“独立思考者”的身份，以她切身感受过的刘峰的好，以她对何小曼（电影中的何小萍）的近距离的观察，她又怎么能够完全无关利害地站在一旁呢？即便个人在集体中无限渺小，即便“触摸事件”的真相如何她无从知晓，她也该有更多的情感波动，或者更深刻的人性感悟。而且，既然她有冷眼旁观的判断力，那当善良被伤害，刻骨铭心的爱被践踏的时候，她的判断力怎么又消失了呢？说到底，还是作家没能在独特性和普遍性之间做到更好，让自我对青春的迷恋占了上风。

芳华是一种清澈的“善”

其实，我们能读出来，作家最想写的，或者说，她贯穿始终的意图，是想展现刘峰的芳华，是“善的化身”的芳华，是集体主义至上的年代，集体中最不可或缺的部分的芳华。这芳华是一种最清澈的“善”，是每个人都心之念之的那种最美好、最纯洁的光阴。

当然，所有这些都是通过萧穗子的视角展现出来的。书中用萧穗子的语言，写了太多“观念”和“观点”，每有一件事情，她都有一番议论和评判；临近结尾，她更是给了刘峰无数的“评价”：“一个能工巧匠的刘峰，一个翻绝活跟头的刘峰，一个情操人品高贵如圣徒的刘峰，一个旷世情种的刘峰。”类似的语言比比皆是。而通常，一部好小说塑造人物，是无需这些评价性语言的，所有这些都要靠人物自己的言行体现，靠故事体现，读者自会揣摩他是什么样的刘峰，“一千个读者”眼中的“一千个刘峰”。

因为萧穗子的无法令人信服，使得整部小说都仿佛浮在时代和人性的表面，也使得原本美好的“芳华”变得不那么令人念念不忘了。这显然不是严歌苓的本意，也不能满足读者对她的期待。叙事角度的选择，表面看是形式问题，但实际上是内容不可分割的一部分，某种意义上，它还体现作家的历史观和人性观呢。

小说的结局，不似电影那么煽情，也不似电影那么充满希望——刘峰得了不治之症，一直辗转就医、穷困就医，尽管何小曼一直陪伴，但他很快不治而亡。应当说，在为和平年代的英雄境遇鸣不平方面，小说表现得更为克制，并没有像电影中那样，让刘峰断手谋生还被无理执法的经历激起观众强烈的义愤。——用艺术激发义愤最容易，用艺术展现作家的冷静和克制反而不容易。从这个意义上，严歌苓还是高手。

小说是以葬礼结尾的，因为租用灵堂，刘峰和别的亡魂有了一点儿无关痛痒的纠纷。最后，萧穗子忽然想起来要给灵堂拍张照片，然后，用那个年轻的刘峰结束，很有“让往事如烟”的意味，也很有让所有的“芳华”都回到刘峰被冤枉之前，回到人与人之间最纯洁的善意的意味。这样的意味毕竟让人温暖。

福克纳的火焰和韩国的青春

《燃烧》：戛纳史上评分最高的电影

2018年，韩国电影《燃烧》刷新了戛纳评奖史上二十几年的场刊评分纪录，成为评分最高的电影。尽管因女性角色的争议没有拿到金棕榈奖，但多家外媒第一时间的热捧已经足以证明这部电影的影响力。甚至有媒体说，时隔多年，导演李沧东对社会问题依然昂扬的“愤怒”弥足珍贵，他对村上春树的改编，是“一曲工薪阶层的哀乐，让人着迷”。当然，随着看过的人越来越多，争议也随之出现——故事推进的逻辑是不是足够扎实？愤怒所为者究竟是什么？

韩国导演李沧东是世界影坛有名的“作家导演”。跟很多著名导演“导而优则写”不同，他曾经的身份就是作家，而且作品曾获韩国比较重要的文学奖项。偶然看到台湾导演侯孝贤的《风柜来的人》之后，他开始尝试做导演。他将文学中关注小人物命运、注重心理氛围营造、微妙情绪捕捉等手段运用到电影之中，拍出了别具一格的“绿色三部曲”：《绿鱼》《薄荷糖》《绿洲》，获得了国际电影奖项，之后他又有诸如《密阳》《诗》这种文艺气息浓郁、社会问题意识鲜明的电影。因为在文化传播上的影响力，李沧东还曾做过韩国的文化部部长。但他的电影一直比较小众，一度因没有投资而不能拍片。

尽管《燃烧》有一个犯罪推理的故事外壳，但跟李沧东之前所有的电影一样，与其说是在讲故事，不如说是在捕捉人物状态，一种与青春相关的爱的状态。在这样的电影中，人与人的冲突远远不如人与环境、人与世界、人与自己的矛盾来得更为明显。所有细腻的镜头语言，所有含蓄蕴藉的画面风格，几乎每一句都字斟句酌、有所指涉的台词，都是为了更好地展示人的孤独或者生存的悲剧性，至于孤独的原因和悲剧的制造者，则往往显得飘忽而暧昧，或许这也是电影有争议的原因之一。

某种意义上，这种感觉很像卡夫卡的小说，充满了隐喻和象征，又高度浓缩着命运的多种走向和人性的无限可阐释性。“每个人都是一座城堡”，这或许是卡夫卡送给这个世界的永难打破的魔咒，也是每部高水准文艺作品的最终落脚点。

电影中，男主人公李钟秀毕业就失业，于是把写作、当作家作为人生理想。他从一出场，眼中就饱含着文艺青年式的忧郁，那是一种自觉和周围的一切保持距离的忧郁，一种既自视甚高又嫌弃自己的忧郁，外表无精打采、玩世不恭，内心却积蓄着唤醒爱和命运的无尽能量。顺便说一句，演员刘亚仁的表演实在是可圈可点。

偶遇少年时代的相识惠美之后，他开始试探着接近和接纳。不料，惠美却提出要去非洲旅行，去寻求一个关于“little hunger”（一般意义上的饥饿）和“great hunger”（生活意义上的饥饿）的答案，托他照看自己的猫。接下来的日子，他忠实地守着自己的诺言，每周去惠美家，让自己的爱在自慰中慢慢发酵。直到有一天，惠美回来了，让他去接机，兴冲冲的他接到的却是惠美和一个衣着不俗的 Ben，一个开着保时捷，只喜欢玩儿的青年——韩国的盖茨比。李钟秀眼睁睁看着惠美坐着豪车扬长而去，自己和身边的破卡车孤独地站在都市的夜色里。

人物的三角关系、两个男主人公的阶层身份落差出现之后，电影开始打破沉闷，也开始慢慢展露直面社会、直面情感选择、直面绝望与希望、爱与复仇的峥嵘，变得吸引人起来。同时，一部电影也开始慢慢走出具体的故事、具体的人物，变得与观众的情感心理休戚相关起来。

李沧东历来重视电影和现实，和观众心理的连接。连电影的结局，他都认为只是生活的一个节点而已，在结局中显现的，与其说是故事的结束，不如说是人物命运的另一个开启，是绵延无尽的生活的继续。而

《燃烧》的结局，李钟秀为惠美的死而点燃的复仇烈焰，既是他无法克制真相逼压之下、爱情落空之后的怒火中烧，又是他对无望未来的一种挑衅——生活让人如此幻灭，还有什么比放火更让人无奈？还有什么比火的力量更诱人？

村上春树的气质

李沧东说《燃烧》是一个关于当下所有年轻人的故事。他认为现在的年轻人，不论是什么国籍、教育、宗教背景，都心怀愤怒。尤其是韩国的年轻人，对现实失望，对未来没信心，对改变命运无力。这种虚无累积到极限，会反弹成满腔愤怒。于是，他嫁接村上春树的短篇小说《烧仓房》和福克纳的短篇小说《烧马棚》，嫁接前者的虚无和后者的愤怒，嫁接都市青年的文艺腔和破落白人的自尊心，将无力感加温成行动力，给这个无情的社会放了一把抗议的火。尽管，所有人都知道，这把火远远不能救赎被生活重创之后的青春，灰烬也无法给年轻的生命指明一条通往明天的路。

更耐人寻味的，如果没有 Ben，没有李钟秀和 Ben 的阶层对比，Ben 没有杀死惠美，惠美的爱就会在李钟秀身上停留吗？他们就会有未来吗？两种漂泊不定和两种无力感的叠加，有多少获得幸福的可能？从这个角度说，跟村上春树小说中的虚虚实实相比，李沧东的这把火，烧得或许太直白、太仓促了些。

在村上春树的小说原作中，两个男青年的冲突远远没有这么剧烈；男女主人公接近十岁的年龄差距，女主人公“接济女”的身份，也足以让他们的情感飘忽无定，这种飘忽自然也让情敌关系变得无所谓起来。

小说中，村上春树只是在写，31 岁的“我”，面对岁月流逝，内心是多么感伤又无奈。因共同的女友而出现的另一个神秘男人，面对岁月的方式是“烧仓房”。仓房，显然是隐喻，可以表示储藏着记忆、储藏着爱情，也可以表示储藏着过去的自己。至于为什么烧，男人说，想维持一种“道德上的平衡”。

于是，“我”不断留意，却从没发现一处仓房消失，然而，这令人过耳不忘的诱惑却像魔咒一样扎在“我”心里。多年之后，两人重逢，都说再没有见过当年的女人，而神秘男人也笃定地说：仓房被烧了，烧得一干二净。

小说是标准的村上春树的气质，微妙、飘忽。情感模式也是标准的村上春树式的，三角恋爱，主人公在爱对方和爱自己之间暧昧难缠，隐忍阴郁。至于对“消失”的迷恋，则更是村上春树式的。他用无数的作品在写这个带有宿命意味的元素。当然，为太多人追捧的两个片段——电影中剥橘子的哑剧，女人在夕阳中的裸舞，也是村上春树最爱在小说中用或者有可能用的“闲笔”，他借此模糊小说的立场，寻找人性的模糊地带。当然，“裸舞”的情节小说中没有出现，所以既可以看作李沧东的创造，也可以想成是他深得村上作品之昧的表现。村上春树总是善于在小说中插入一本书的名字，一种音乐，或者一种食物，拓展整个故事的空间，也故意给读者留下暗示和索引。

跟小说相比，电影中的男二号 Ben 形象更弱些，原本他就是一个人格苍白的陪衬。他总是一副一切尽在掌握的样子。看到惠美流泪，他说：自己从来没有流着眼泪哭过，因为只要眼泪没流，悲伤的情绪就没有了证据。当他用礼貌而疏离的眼光打量惠美，脸上似笑非笑的时候，当他在酒吧看着惠美跳舞，忍不住打出哈欠的时候，他脸上都透着一种难以言表的傲慢，礼貌而傲慢。透过李钟秀的观察，他衣食无忧的生活单调而空虚。

因为是底层文艺青年，李钟秀和惠美一样，是“little hunger”和“great hunger”的混合体，拥有双重的虚无和绝望。而 Ben 和他的朋友们，同样找不到生命的意义。不然他不会靠大麻，靠“烧塑料大棚”唤醒自己。

两种饥饿，哪一种更让人的世界暗无天日，或许无法比较。也许正因为如此，Ben 总是流露着对李钟秀最大的善意，甚至某种程度上都像爱意了——两个男人的惺惺相惜。从这个意义上说，电影真是深得小说“言有尽而意无穷”的气质，也难得地让人物更为饱满跟立体。

看得出来，李沧东一定做足了功课，他非常熟悉村上春树的作品，包括后来的《没有女人的男人们》小说集中的作品，他都熟悉。不然不会所有的台词都带着村上小说的气质，不然也不会对村上迷恋的卡夫卡、菲茨杰拉德信手拈来，不会对失去和寻找表现得那么有力。

事实上，作为连续多年的诺贝尔奖的热门人选，村上春树的短篇小说比长篇更胜一筹，他对男性心理的捕捉和男性形象的塑造比对女性更胜一筹。他反反复复书写的，无非都是爱的无数种可能。失去爱是悲剧，拥有爱也是悲剧；任由爱失去是悲剧，拼命留住爱还是悲剧。在这样的过程中，社会、人性和命运，各种因素交叉作用、此消彼长。或许，按照诺贝尔奖的标准，他执着于工业社会都市人普遍的情感困境，文艺有余厚重不足，写不出历史的纵深感和现实的多面性，尤其是民族特性的多面性，是他总是与其失之交臂的原因。

福克纳的愤怒

在文学史上，1949 年获得诺贝尔文学奖的老福克纳是毫无争议的美国文学大师，是美国南方文学的代表。他的名篇《喧哗与骚动》《八月之光》《熊》《我的弥留之际》等，让全世界的读者和作家为之着迷。他以自己虚构出来的故乡约克纳帕塔法县为故事发生地，书写历史和现实的做法，深深影响了中国的诺贝尔奖获得者莫言，也催生了莫言笔下的“高密东北乡”。

福克纳的小说有一种神奇的魅力，他总是能找到切入生活的独特角度，发现人与人的沟通与疏远，也总是能通过神奇的语言，让生活充满生动的画面，焕发新的神采，让人性最微妙曲晦的地方合情合理地展现。全世界不知道有多少作家和创作者从他那里获取文学的火种和创新的源泉。时至今日，韩国导演还能够让一部电影从福克纳的小说中汲取思想资源，本身就令人肃然起敬。

《烧马棚》是老福克纳的短篇小说代表作。小说以一个十岁男孩的视角，写跛脚父亲总是靠放火烧马棚解决矛盾、赢得自尊，然后，男孩儿不得不说谎帮他隐瞒，全家不得不跟着他不断流浪，重新寻找雇主。小说中的父亲粗暴、蛮横、愤怒，是个无力改变生活的愤世嫉俗者。他平时用火小心、对火敬畏，在感觉受到侮辱时，又毫无保留地崇尚火所蕴含的报复的力量。火，是他赢得尊严的方式，否则，他说，宁可不撑着这口气白白活着。

面对他，十岁的儿子总是觉得恐怖和绝望，甚至暗暗希望有一种力量能够将他制服，让全家过上安稳的生活。但他正处在无足轻重的年纪，“不能在人世牢牢站定脚跟，更谈不上起而反抗，扭转人世间事情的发展”，于是，他只能服从、恐惧和渴望。就是在这种复杂力量的驱使下，在父亲下一次放火的时候，他成了告密者，于是，枪响了……

小说的篇幅很短，但每一句话都有意味，每一个细节都包含着孩子的两难和这个家庭的两难。父亲死了之后，伤心绝望的他才发现，爸爸是“好样儿的!”而他身上奔涌的，同样是一腔被无数种愤恨、残忍和渴望哺育出来的热血……

人无法选择出身，无法选择过去，就像《燃烧》中，李钟秀和爸爸的关系。大学毕业的李钟秀，和福克纳笔下的十岁男孩儿一样，同样无法在人世站稳脚跟，同样无法扭转人世间事情的发展。他那支离破碎的原生家庭所面临的问题，是城镇化进程中农村的破败问题，是父亲的狂躁症让他官司缠身的问题，而他从困扰、旁观，到最后又努力参与营救的全部行动，都抵不上父亲的尊严——他拒绝低头。每一个问题他都解决不了，他无法改变现在，更不知何为未来。对他而言，这世界唯一的温存，就是惠美的爱、信任和依赖，当最后这一点都消失的时候，结局可想而知。

从老福克纳身上，李沧东捕捉到了尊严、选择、愤怒，这样的关键词，也捕捉到了城镇化进程给乡村青年带来的改变的历史转折期。这些，足够给电影一个相对深厚的支撑了。尽管他所表达的愤怒，远不及老福克纳父子两代相传的愤怒来得更为意味深长。

时至今日，亚洲的很多国家，都还在进行着城镇化的进程，贫富分化、阶层固化等问题也不是哪一个国家才有的问题，因而青年也都面临着抵抗虚无和无力的挑战。作为社会晴雨表的文艺作品，无论如何都不应该忽视这样的现实。看《燃烧》，就像破解谜团，在青春从虚无走向愤怒的过程中，每一处都蕴含着机锋，都埋藏着谜底，都包含着隐喻。而伴随着主人公命运的自我毁灭，火似乎燃到了所有人的心里：除了让自己赤条条面对火焰，这样的青春还能找到其他出路吗?

婚姻无故事

霍乱时期的婚姻

2020年3月，疫情当前，《霍乱时期的爱情》重新被各路读者谈论。瘟疫 + 爱情，这似乎是隔离期间最应景，也最抚慰人心的话题，即便内容相关性很少。然而，我却忍不住想，幸亏是爱情，幸亏故事结束于单恋者多年后刚刚得偿所愿，如果换做“霍乱时期的婚姻”，不知道会出现什么样的人间奇观。在婚姻的复杂性面前，爱情简直不值一提。

完美的婚姻凤毛麟角，不如意才是常态。

这是写过《爱情笔记》的英国才子阿兰·德波顿的至理名言，几乎和托尔斯泰关于家庭和幸福的名言一样直指要害。刚刚得了诺贝尔奖的波兰女作家托卡尔丘克说：“婚姻是沉睡的竞技场”，风平浪静不代表没有仇恨和牺牲，也不代表没有伤痕累累，甚至伤疤都不意味着荣光。无数的事实证明，即便是相爱的、看上去异常和谐匹配的两个人，在长期的关系中，都会产生各种俗常的摩擦，产生各种厌倦和失望。所以，米兰·昆德拉才会说：倘若一个女性曾有十个追求者，她的整个余生都会用来想象如果嫁给其他九个中的任何一个，都会比现在幸福得多。

或许，婚姻跟世界上所有的关系一样，最禁不起打量。因为这种陪伴，本质上具有“反人性”的一面。它微妙、琐碎到与袜子和马桶圈有关，也虚伪、幽暗到与最隐秘的私欲有关。它看上去充满了戏份，但说出来大多不值一提。它像苍蝇前面的玻璃亮光，也像蛾子奋勇扑去的火焰。它四两拨千斤，发酵出无尽的人间悲喜剧。即便抛却所有社会的、家族的、经济的、伦理的、生理的因素，仅就情感本身而言，它也是以束缚、忍让和牺牲为代价的。它不仅约束欲望，甚至约束审美。它不只埋葬爱情，还埋葬自我，埋葬诸多生命能量。而大多数“围城”中人，都或多或少地体会过这种慢刀子割肉般的埋葬感，忍耐的时间远远多于幸福的时刻，甚至曾有机构得出调查结论，99% 的人都曾有过那么一瞬间的念头，要杀死另一半。

然而，婚姻这种制度却一直保存着，全世界每天仍有很多人走进婚姻殿堂去寻找幸福，大多数国家离婚率都低于结婚率。而且，很多离过婚的人，依然会选择再婚，婚姻以神秘的安全感吸引着日益缺乏安全感的人们；也依然有很多关于婚姻的美好传说让人无限向往，比如给妻子薇拉写了五十年情书的纳博科夫。在有关婚姻的话题中，似乎总是只有足够勇敢的人，才会深究自己在婚姻中的幸与不幸，计算婚姻中还保存着多少自我，然后在某个时刻，摁下生活的重启键——婚姻纠错的成本毕竟太大了。

与此同时，情感电影的大热门、三项入围奥斯卡的《婚姻故事》里的妮可就是这个勇敢的人。她和查理郎才女貌，因爱结婚，双方的家人相处愉快。查理是成功的话剧导演，青年才俊，积极上进，干净整洁，没有不良生活习惯。他跟团队的人相处得像家人，跟 8 岁的儿子像朋友。他看电影的时候会哭，他让妻子给他理发。这些都是电影一开始，两个人坐在离婚咨询师面前的时候，妮可写下的查理的优点。她每列数一条，我都为查理加分，甚至我都觉得，以中国女性的标准，查理几乎已经是理想丈夫本身了。

当然，在查理的描述里，妮可也是理想妻子的样子。她是好市民，好妻子，好妈妈。她爱动物，爱环保；她热心、开朗、认真。她曾是成名的演员，却为了查理来到纽约，不惜一切从头开始。工作中她积极配合查理，虚心听取查理的意见。“查理和妮可”，是朋友们眼中天造地设的一对，是“幸福”的代名词。然而，来自洛杉矶的剧集邀请打破了这一切，让妮可开始意识到自己在查理眼中的位置，也开始仔细打量自己的生活，打量的结果是——离婚。

电影进展到这里，可能观众都会感觉这个婚姻没有结束的必要，除了“事业伙伴”这个婚姻中的大忌之外。于是，我们会忍不住帮他们寻找妥协的可能：一个有了 8 岁孩子的家庭，为什么工作在两地就必须要分开呢？在交通如此发达的现在，距离显然不是问题；而且这恰好也是打破“伴侣是同事”关系的好机会。那么显然两个人要分开的真正原因不在于此。

不知为什么，此时我的情感天平是在查理一边的，连他还没事儿人似的指出妮可表演中的问题，我都觉得有一种天真可爱。不知为什么，婚姻中的很多男性总是让人感觉更孩子气一些，需要个人成长的空间更大一些。杨绛在采访中曾说：自己最大的功劳，是保住了钱锺书的一团“痴气”。或许因此，她才会成为钱锺书眼中“最贤的妻，最才的女”，成为很多中国女人心中的完美女性：她在婚姻中充满耐心和睿智，也一直是不计得失、任劳任怨的那一方——这一点说起来容易，做起来堪比登天。

妥协就能留住婚姻吗？

身在美国的妮可显然不想做贤妻良母，或者她不满足于贤妻良母的角色，她要找回那个不断被磨损和牺牲的自我。随着她离开查理回到洛杉矶的娘家，重新开始自己的事业，她的自我开始慢慢复苏。如冰山，离婚事件也开始逐渐显示底部的凶险，尽管这底部都是每一件小事积累起来的。

从妮可去见有名的离婚律师诺拉开始，冰山漂浮的速度越来越快。在诺拉近似心理医生的倾听和抚慰中，妮可开始全面展示自己内心的压抑。她纠结自己离开查理是不是对的，离婚是不是会对孩子不公平；她不想显得咄咄逼人，她欣赏查理的才华，还想跟查理做朋友。这时候的妮可不只是美国女性，全世界所有因为琐事而离婚的女人或许都会有这样的纠结。

而诺拉则不断提示她：关键是你的想法；你现在所做的一切都是希望之举；你在为自己获得更好的东西；现在是最差的时刻，一切都会越来越好。然后还以自己的经历现身说法：前夫曾是艺术家，离婚的时候也很痛苦，但她现在是个陪伴女儿的好母亲，男友非常帅。妮可被说服了，或许也被诱惑了，她于是开始倾诉自己在婚姻中吞下的种种委屈，也让我们在查理的描述之外听到了她自己的描述——相爱的故事千篇一律，离婚的理由各有不同。

成名的时候，她曾订过婚；遇到查理的时候，她感觉找到了真爱，然后毫不犹豫地离开洛杉矶，搬进了查理在纽约的公寓，做了查理戏剧公司的演员。接着，她在享受婚姻的同时，一点点地被查理遮蔽；有了孩子之后，她变得更渺小：她“守寡式”育儿，她在戏里越来越不重要，生活中她越来越没有自己的想法，而查理依旧自由，日益光彩熠熠——变成了著名导演，戏剧要去百老汇演出。她开始恐惧，恐惧自己有朝一日只是查理的妻子，没有自己的名字。这种恐惧很快得到了验证：查理嘲笑她为赚钱拍戏，接着又说赚来的钱可以投到戏剧公司。而且，她感觉查理出轨。

婚姻中也有竞争关系和权力关系，这已是常识，无数社会学家研究过。甚至还有人直接拿政治与婚姻做对比，强调权力运作的隐性逻辑；强调婚姻与自由的竞争，强调两个同样强大的自我在爱的幻觉中你死我活的厮杀和角逐，强调婚姻中存在的隐瞒、蒙蔽和欺骗。在婚姻中，每个人都不自觉地秉持更爱对方的信念，而信念，从来都带有暴力的色彩，它一厢情愿、理想主义，以自我为中心建构秩序；一旦受阻，总是忍不住要向持异议者发泄受挫的怒火。于是，申辩、指责、拉大旗作虎皮、摆事实讲道理，获胜的意愿堪比竞选。

人太复杂，自我太复杂，我们不断渴望自我不被削减的关系，也不断有自我肯定和自我美化的私心泛滥；我们不断以爱之名施展内心潜伏的控制欲。所以，即便是奇葩，也会认为自己是一个好相处的人；如果没有爱情和婚姻这个魔镜，我们或许永远都不知道真实自我的面貌，也看不到自己本性中糟糕、凉薄的一面。

婚姻心理学家认为，硬币还有另一面：优质的伴侣关系，不一定是两个健康的人之间的，两个性格有缺陷的人也有能力在各自的偏执中，找到一个通融共存的安全地带。所以，只要双方愿意适度妥协，平等的梦想就能实现，婚姻就能存续下去。显然，从妮可的故事能明显看出来，“夫贵妻荣”不是美国的伦理价值观；美国人为捍卫自我权利而进行的抗争并没有因为最亲密无间的婚姻关系而停止；女性主义在美国依然是常谈常新的话题。

然而，就在我们和妮可一起感激诺拉的善解人意、诺拉的现身说法、诺拉作为温和而理性的女性主义斗士，坚决站在“受害者”一边正义感爆棚的时候，美国著名作家菲利普・罗斯的警告却忽然闯入耳中：“难道我们活在一个婚姻里就不再有憎恶的世界吗？至少那些赚了大钱的离婚律师不是这样认为的。”

钱和婚姻中的第三种势力

除了两个人的自我，婚姻中其实一直都有第三种势力在。种族、信仰、家族、门第都曾是这种第三势力的代表，而越接近现代，第三势力越单纯地倾向于硬通货——钱。在一些不太发达的国家，婚姻是“股份有限公司”的概念越来越深入人心，经济婚姻和理性婚姻逐渐战胜浪漫婚姻和直觉婚姻，就连传统观念最重的中国，也在几年前出台了婚前财产公证制度。对大多数女性而言，想要冲破婚姻的束缚获得彻底的解放，一直都有生存质量的考验。虽然找老公不是为了找饭票，但至少是为了组成更牢固的应付房贷车贷的同盟。可能鲁迅当年预言的娜拉的命运：“不是堕落，就是回来”，如今已经大为改观，但他警示的“梦是好的，否则钱是要紧的”却不大容易过时。而简·奥斯汀在《傲慢与偏见》里面的提醒看上去更是亘古真理：“只考虑金钱的婚姻是荒谬的，不考虑金钱的婚姻是愚蠢的。”

电影中的两个美国人，看上去核心焦点只是一个要无限控制另一个，但其实一直也没有免除钱的干扰，它虽不是关键理由，却总是在最关键的时刻跳出来。比如妮可回洛杉矶参演的就是更商业化的电视剧，在美学等级上比查理从事的戏剧低些，但经济收益却恰好相反。比如查理得了戏剧大奖“麦克阿瑟奖”，他首先跟妮可说的是有不菲的奖金，可以投入到戏剧公司。比如两个人要选择在纽约或者是洛杉矶离婚，因为在不同的地方办理离婚，财产分割也是有差别的。至于离婚律师按小时计费的价格对两个人的消耗，那更是不言自明。钱虽俗气，却能照见婚姻的真相，尤其是婚姻破裂的时刻。无怪乎它会被研究大众文化的英国学者西美尔称为“通往幸福的桥梁”，只是人不能栖居在这个“桥”上罢了。

从查理收到律师函开始，他仿佛才真正意识到自己要和妮可一家成为陌生人了。只是，他万万没想到，两个经由婚姻锤炼之后的人重新陌生化，需要经过那么烦琐的步骤，需要付出这么多钱、时间和精力。结婚只需要爱情就够，而离婚需要那么多应付琐事、撕裂自己的能力。显然，这是女人更擅长的领域。财产分割、抚养权争夺，无论哪一步，妮可都是有备而来，查理都是被迫应对。离婚于查理而言，变成了一次被迫成长和成熟的过程。戏剧天才应付起人生来，果然显得异常笨拙。所以，他也借助“看到好人最坏的一面”的离婚律师的力量——跟诺拉势均力敌的律师。两个为钱而寻找正义和平等的人展开了唇枪舌剑的辩论，终于也激发了查理和妮可针锋相对的诅咒。而此时的结果，看上去只有第三方获得了胜利——尽管这一次的胜利者如此让人生厌。

是明天，不是革命

除了两个演员那段超级精彩的高能争吵，整部电影甚至都是沉闷的。这种沉闷或许首先来自观众的潜意识。比起婚姻故事，我们更希望看爱的故事，甚至更希望看欲望的故事。爱，更能出戏，更能强化命运感，也更能让成年人离开自己的一地鸡毛，去做一次白日梦。所以《安娜·卡列尼娜》《包法利夫人》《飘》，甚至《廊桥遗梦》才会更让人难忘。没有人会喜欢看人离婚，尤其是查理和妮可这样两个温文尔雅的人，自始至终都相敬如宾的人，他们因日常龃龉导致的婚姻破裂，有什么看头呢？除非你要学习如何在美国离婚，那这个电影或许堪称教科书级别。

电影的另一种沉闷来自精彩的台词。像婚姻本身一样，电影中几乎每一个细节都充满了隐喻，埋藏着伏笔和线索。且不说明显的戏剧台词植入、查理给儿子读的书的内容、查理在酒吧里无奈歌唱的歌词等这些明显的隐喻，就连妮可的头发、纽约街头的十字路口、妮可送给查理的刀子、查理的鞋带等等，也都幻化成了戏剧性的催化剂。查理被自己每天随身携带的刀子割伤了，一边对着家庭调查员说"真的没关系"，一边忍着疼和伤心，直至最后独自躺在卫生间的地上。当人沉迷于生活馈赠的爱情和婚姻的时候，可曾想过有朝一日会被这一切弄得遍体鳞伤呢？

或许还有一种沉闷来自过于平衡的电影结构。起初，是妮可在用争取自由的方式反抗婚姻中的自我迷失，反抗被忽视、被控制。后来变成了查理用被动学习的方式接受婚姻的教育、生活的教育。妮可要自我没有错，查理太自我也没有错。错的是什么？是婚姻作为一种组合本身。当电影的结尾，妮可蹲下为查理系鞋带，两个人几乎是平分抚养权，真的从爱人变成了亲人和朋友的时候，电影的平衡感达到了极致——离婚的过程丑陋不堪，但结果却没有让人不忍直视，因而两个人曾经的婚姻也没有变得不堪回首。电影编剧和导演对明天和未来，对人与人之间的温暖肯定到如此程度，真的是一种“美学上的沉闷”。

当然，我们最终是欣赏也需要这种沉闷的，因为美学上的沉闷成就了爱的信心，一种比爱情更大、更可期待的，成熟的信心，一种没有被“活着”的个中滋味冲淡的、对明天的信心。

这么说的时候，我想到的是另一部关于婚姻和明天的电影《革命之路》。像是一个恶作剧，电影找了《泰坦尼克号》的男女主人公来演，像是他们劫后余生，由感天动地的爱情进入了婚姻一样。然而，这次不是“他们从此幸福地生活在一起”的童话结尾，而是悲剧刚刚开始。

在《革命之路》里，女主人公总想逃脱沉闷压抑的革命之路上的房子，逃脱无聊的邻居，像《廊桥遗梦》的女主人公一样。然而，她没有等到自己的摄影师，于是，她鼓动丈夫去巴黎，她把那里想象成重拾梦想和激情的理想之地。然而，工作、孩子，甚至惰性早已变成沉重的石头，当中年夫妻扇动翅膀，以为自己还能振翅高飞的时候，才会发现他们与石头之间早已被连上了钢缆。

《革命之路》也是充满了隐喻的电影，因为生活和婚姻，倘若不借助隐喻，简直让人无从说起。房产中介，他们的女邻居有一个曾是数学博士的疯儿子，因为目睹父母婚姻的真实过程患有抑郁症，他看似疯癫的话每次都直戳痛处，他说：“我们都在虚空中生活，但面对绝望，需要勇气。”电影的结尾，女主人公已经因为自己在家里堕胎导致大出血而去世，女邻居又把房子卖给了另外一对夫妻，跟之前一样，她对这对夫妻赞不绝口，然后开始例数女主人公的缺点和自己如何有先见之明。这时，最精彩也最意味深长的一幕出现了，她戴着助听器的丈夫悄悄关上了声音，然后用一种极度厌弃又极度无奈的目光看着她……

有英伦才子、爱情专家之称的阿兰·德波顿在写完《爱情笔记》之后，又写下了续篇《爱的进化论》，从一个爱情悲观论者的男性视角讲述他如何摈弃关于爱的所有浪漫主义的幻想，不断自省，不断清晰地认识自我，最后决定理智地接纳婚姻的过程。在小说的结尾，他提醒所有现实中的人们，要对电影和小说中的爱情故事和婚姻关系保持足够的警惕，因为：

> 美学媒介常常误导人，我们不要基于它们激发于人的种种期望，来评判我们的婚姻关系。错误的是艺术，而不是生活。我们需要做的，不是一拍两散，而是给自己讲述更准确的故事；这些故事不会在开头着墨过多，也不承诺全然的理解，而是努力化解矛盾，给我们指引一条悲伤却又充满希望的爱情之路。

是啊，真实的生活中总是快乐易逝，我们最爱的一切也不会一成不变，所以，当爱进化成婚姻时候，诀窍也许并不是开始一种革命性的新生活，而是“学会少一些厌烦和惯性思维，重新认识旧日子”，这样，我们对明天的期待或许就会是尽情享受浮光幻影式的快乐，而不是总想要日久经年的幸福。

战争与人

《盖世太保枪口下的中国女人》

今年 6 月，国家主席习近平赠给到访的比利时国王菲利普一本书，书名是《盖世太保枪口下的中国女人》。是一本十几年前出版的旧书了，也曾经拍过电视剧，主演是演员许晴。因为作为国礼，也因为全世界都在纪念第二次世界大战胜利 70 周年，还因为这个中国主人公的人物原型具有辛德勒般的伟岸人格，这本书重新回到读者的视野。

说起这本书的人物原型，想必了解第二次世界大战史的人都不会陌生，她就是曾被比利时政府授予“国家英雄”勋章，被比利时人民称为“比利时母亲”的中国女性钱秀玲。她是江苏宜兴人，第二次世界大战前留学比利时，获化学博士学位。毕业后，和开诊所的丈夫居住在比利时的小镇上。第二次世界大战期间，纳粹德国入侵比利时，德国派驻比利时的军政总督亚历山大・冯・法肯豪森将军恰好是钱秀玲堂兄的朋友，于是，钱秀玲借助他的力量，帮助和营救比利时的游击战士、反战人士，写下了一段国际主义的英雄传奇。

张雅文的书《盖世太保枪口下的中国女人》就是在这些历史故事的基础上创作而成的。小说中，钱秀玲化名为金玲，法肯豪森化名为霍夫曼。金玲从鲁汶大学毕业后正要申请继续读博士，此时纳粹德军来到了比利时，战乱中她邂逅同校校友、小镇医生，也是反战游击队的组织者维克多，从此开始了一段爱情和人生传奇。在以金玲为主线的故事脉络之外，作者通过维克多的游击队，写到了比利时的游击斗争，写到了以安德鲁为代表的盖世太保的凶残；同时，通过金玲向德国总督霍夫曼的求助，写到了纳粹德国内部的分化。在人物和故事之外，作者勾勒了相对宏阔的战争背景，以及相对复杂的战时状态。

战争作为一种极端暴力，被称为人类“希望与绝望、创造与毁灭、正义与邪恶、死亡与再生交织在一起的炼狱”，它让人类在毁灭、悲伤、苦难的高昂代价里，展现自身的力量、智慧和爱。跟战争有关的文学，也就会天然地和英雄主义、理想主义、传奇、铁血豪情等这些与人类永恒相伴的关键词联系在一起。战争文学在故事和人物之外，更具有保存和记录历史的功能，不只能保存事件的来龙去脉和人物的所作所为，更通过合理的虚构，记录了战争年代人们的情绪和情感，把握人性的复杂和微妙，从而和日常、永恒相通。

“以诗文证史”，在中国历来传统深厚。如果说，当年这本书的出版带领更多的中国人了解钱秀玲这位伟大的女性的话，那时隔多年之后，这本书再一次带领后人进入历史的索引—— 一部属于全人类的第二次世界大战史，也是一部多角度折射人性复杂性的历史。

德国军政总督的故事

如果说营救犹太人的辛德勒，靠的是钱的力量，那营救比利时反战人士的钱秀玲，靠的则是人脉。在小说中，金玲每每遇到问题，都会去找德国总督霍夫曼将军。

书中写到，金玲父亲是江南名医，1934 年霍夫曼在中国做军事顾问期间，曾经在金玲家养伤，并和金玲建立了忘年友谊。对于霍夫曼“背叛”自己的阵营帮助金玲营救反战人士，小说中的解释是，他是一个基督徒，一开始是因为报恩和友谊，之后则是因为自己的儿子也上了战场，生死未卜。德国有谚语说：“只有当一个人有儿子在打仗时，他才能体会战争是怎么回事。”他逐渐厌倦战争，后来发展为，他越来越反对希特勒，并跟暗杀希特勒的阵营有关联，盖世太保的斗争也日趋白热化。

既然是小说，发展情节和塑造人物，就有自己逐步推进的逻辑。从这个角度说，小说的人性逻辑和矛盾冲突都是站得住脚的。

在历史上，霍夫曼也有原型，而且这个原型，说起来实在是大名鼎鼎，《第三帝国的兴亡》中曾三次提到他，他跟中国的渊源也是颇为深厚。

这个原型就是第二次世界大战史上著名的法肯豪森将军。1900 年，他曾作为德军中尉参加八国联军，和瓦德西一起到过中国。北伐前后，蒋介石和苏联军事顾问团闹翻，开始倚重德国军事顾问团。因为是中国通，并且有卓越的军事才能，也因为曾经担任过德国驻日使馆的武官，法肯豪森成了蒋介石德国顾问团的第五任总顾问。历史证明，在全面抗战爆发之前，他草拟的抗战意见书具有惊人的预见性，对日军进攻战略和部署的预测也惊人地准确。

史载，在抗战问题上，他曾对蒋介石提出："苟不自卫，无人能出手拔刀相助。"他认为国民政府要坚持抗日，就需要找到一个稳固的后方，经过他的考察，最后选定四川。而陪同他考察的，就是钱秀玲的堂兄钱卓伦。

之后，中国抗战史上的很多部署和事件都与这位德国将军有关：护卫南京的国防线，贯通中西部的铁路，中央军三十个德式装备师，"淞沪抗战""花园口决堤""台儿庄战役"等等。

然而，就在他将自己的雄韬伟略付诸中国战场的时候，日本开始向自己的同盟——希特勒政府施压。原本对中国抱有感激的希特勒（希特勒在《我的奋斗——希特勒自传》中曾说，自己幼年曾得到过旅居奥地利的华裔家庭的照顾，因此他对中国人格外友好。他曾与蒋介石多次通信，并曾经承担 1936 年奥运会中国代表团的全部费用）迫于利益权衡，下令从中国撤回顾问团。法肯豪森申请以个人名义留在中国，希特勒严令拒绝，并以叛国罪、取消国籍、没收财产、制裁家人等手段相威胁。法肯豪森不得已而回国。德国入侵比利时后，法肯豪森被任命为驻比总督，并与钱秀玲意外相逢。

这个人物的结局，在书中和史实颇为相似。法肯豪森因与刺杀希特勒有关联而被捕入狱。战后接受战犯审判，被判刑，但很快又被释放。他的爱情故事在书中也有展现，是和比利时的反战姑娘相爱——战争固然是残酷的，但穿越烽火的爱和人性之光，却更为传奇、更为永恒。

中国的“辛德勒”

显然，记录爱和人性之光，文艺作品比历史本身更可亲可感。小说中，金玲由一个不谙世事的留学生，逐步转变为一个与法西斯斗争的战士、一个人道主义者，她的每一次转变都与战争的教育分不开，但同时也与爱和人性的感召分不开：某种程度上，金玲和《青春之歌》中的林道静一样，都在战乱中经历了一个知识女性的成长历程。

其中，她与维克多的男女之爱自不必说，维克多母亲给她的母爱和家庭温暖，霍夫曼给她的巨大的友爱和支持，包括小镇居民对她从误解到信任，再到支持和赞颂等，都是促使她“成长”的外在因素。同时，她和反战战士的近距离接触，她对战争给人带来的痛苦的感同身受，又成为她“成长”的内在动力——正如辛德勒的拯救行为是逐步确立、逐步成熟的一样，金玲的拯救行动也是逐步深入的。

小说中最为华彩的章节，是霍夫曼作为战犯被审判的时候，金玲挺身而出，在比利时人民面前为侵略军的总头目辩护。此时的她，还在承受着爱人维克多被怀疑在监狱中曾经叛变，无法证明清白的巨大压力，也需要顶住战后人们的仇恨情绪，需要冒着已经被比利时广泛认可的名誉受损的危险，甚至可能被再一次称为“亲德分子”（最开始她与德国总督接触，就曾被怀疑）。然而，她还是站了出来。从这个意义上说，她的拯救具有更深广的内涵——不只是从纳粹铁蹄下拯救比利时民众那么简单，还有从战后的仇恨情绪中拯救一个战犯。显然，能够挣脱仇恨思维和复仇模式的战争文学，能够既写到战争年代的特异性又写到世情社会的永恒性的战争文学，更有生命力。

除了钱秀玲，第二次世界大战史上中国还有两个闻名世界的“辛德勒”。一个是因解救犹太囚犯被德国政府授予“国家大十字勋章”的“中国神医”裘法祖，几乎每一个学医的人都用过他编写的教材；一个是名字被刻入犹太人纪念馆“国际义人园”里的中国驻奥地利总领事何凤山——第二次世界大战期间，他用“生命签证”帮助成千上万的犹太人来到上海，以至于后来形成了一个“犹太人在上海”历史现象。

关于这三个人物的史料中，都不约而同地提到这样一个现象：当战后有记者去采访他们，希望这些英雄说出一些非同寻常的豪言壮语的时候，他们却共同表达了这样的意思：我们必须这么做，这很自然。

德国前总理施罗德曾经在何凤山的纪念碑前说：“在他的面前，我们看到了人性的光辉，从而感到了我们自身的渺小。”

“大”时代中的“小”文学

不只人格有大小之辨，时代亦然。和平年代，对时代之“大”与“小”的感受，往往只跟个体有关。比如改革开放后的中国，处在时代巨变的大潮流中，一代人经历了西方国家几代人才经历的生活，按说这正是不折不扣的“大”时代，文学也该和这样的大时代密切相关，去关注这种“典型环境中的典型人物”，然而，实际的情况是，越来越多的人，和大时代脱节，在小时代里逍遥。

然而在战争年代，这种个人的自由选择是很难的。小说中，战争这种浸透骨髓的伤痛深深印刻在每一处细节之中，大时代的烽火几乎席卷了一切。这种时代的动荡之激烈之暴虐，几乎无人可以逃避。

《盖世太保枪口下的中国女人》中，小镇上的每一个人，几乎都没有逃脱德国纳粹的魔爪。小说中写道，一个母亲失去了年幼的孩子之后就疯了，街道上每天都飘荡着她的呼唤。这种呼唤从战争开始一直到战争结束。而书中的反战分子、怕自己被捕后会在药物作用下出卖同志而拿自己做实验的警察局长兰伯的妻子，不得不亲自给丈夫注射，让他完成自虐式的生命实验时说："不，我并不坚强，是战争逼的……"从这个意义上，或许更能够体会"人无法挣脱时代"这句话的真正含义。也能够体会，当一种文学题材，"道德的"价值远远高于"美学的"价值的时候，作者为文本的美学实现所做的努力。

当然，在这种人与时代的关系中，文学，或者准确地说是虚构文学，相比于一部人物传记，或者说纪实文学的优势，恰恰在于它用自己的想象力，尽可能全面微妙地展示了生活的全部规模。文学因为能够从"小"的角度反映"大"的庞杂，而具有了某种战胜历史混沌的潜力。

小说中充分注意到了这一点。在主人公的英雄行动之外，它写出了时代和人的全部复杂性。小说中写，金玲的爱人维克多，作为游击队的创始人而被捕，在监狱里，他坚贞不屈，然而走出监狱，他是否曾经在药物作用下背叛过革命却成了一个谜。战后，他不仅不被铭记，甚至不被信任。最后帮助他洗刷污名的恰恰是作为战犯被审判的霍夫曼。同时，爱上霍夫曼的，也恰恰是曾经试图刺杀他的比利时姑娘。

战争年代，万事万物都按照特定的法则在运转，但当日常降临人世的时候，当产生英雄的土壤和气候都逐渐淡去的时候，人面临的往往是需要收拾整理的琐屑和卑微。从这个角度说，文学以自己的"小"，折射了"大而化之"的时代掩盖的世俗烟火。米兰·昆德拉说："生活"一词是所有词语中最重要的，它是被其他伟大的词语围着的词中之王。

当然，时代和文学之大与小的关系还应该有这样一个层次：在全世界都在纪念反法西斯斗争胜利七十周年的大背景下，充当外交国礼的恰恰是一本"小"书：一本记录了英雄更记录了民众、记录了伟业更记录了苦难的书。从这个角度说，文学是世界性的语言。

“万国尽征戍，烽火被岗峦”

这本书中记录的1940年到1945年间，中国的抗战正进入了最为艰难的阶段。汪伪政府和蒋介石政府的争夺，国民党针对共产党的“皖南事变”等等，都发生在这个时期。而从1942年开始，随着中国远征军进入滇缅，中国抗战和国际战场的联系也日益紧密。小说中写道，比利时被纳粹德国侵略之后，金玲随即也与家里断了音讯。时隔很久，她才得到了母亲已经在战乱中去世的消息。杜甫诗中所说的“万国尽征戍，烽火被岗峦”，在第二次世界大战期间重演世间。

有研究统计，全世界关于第二次世界大战的经典文学作品和经典影视作品，几乎占了现代全部经典作品的半壁江山还多。那场持续了五年八个月、有全世界61个国家参加、20亿人被卷入的人类之战，既是全人类共同的伤痛记忆，也是全人类共同的创作源头。

从最初的仇恨记忆、伤痛记忆、到后来的战争反思、人性反思，乃至用“黑色幽默”等“笑”的方式来嘲弄人类的愚蠢等等，当历史逐渐隐去的时候，文学虚构找到了自己的方式和空间，历史也由此在不断被重述和反思中，获得了自身的生命力。当然，在这个过程中，各个国家文学的发展实绩并不均衡。尤其中国文学，与苏联文学、欧洲文学，甚至美国文学相比，还缺乏与自身经历的巨大灾难相匹配的大作品。影视方面更是难以望其项背。灾难固然是无法比较的，对每个受苦的人，他的灾难都是最大的；但灾难凝结出的艺术结晶和思想结晶，却是可以比较的，也是值得探讨和思索的。

新近出版的《零年：1945——现代世界诞生的时刻》中说，第二次世界大战结束的1945年，是一个高度复杂的图景，很多被压抑的故事值得重新去书写。“这个世界是如何从废墟中站起来的？当数以百万计的人饿着肚子，一心只想报仇雪恨、血债血偿，又会发生什么？人类社会或‘文明’将何去何从？”或许，借着每一次较为隆重的第二次世界大战胜利纪念的时机，中国文学都该寻求一下属于自己的“战争记忆”，从而更好的铭记历史，体察人性，思索未来。

曾经写下著名的战地抒情诗《等着我吧》的苏联作家西蒙诺夫，在描写斯大林格勒保卫战的经典作品《日日夜夜》中写道，大尉萨布洛夫有一个给阵亡战士家属写信的任务。他早已习惯了战争，也习惯了每天有人死去，因此很多信他都想写：有过一个某某某，他作战时死了。他不能，因为他同时意识到，“他死了”这句话，对每一个收信地址都是惨祸，是一切希望的丧失。在某一个地方，听到这句话以后，“妻子不再被称作妻子，而成为寡妇，孩子们也不再简单地被称作孩子，他们已经被称作孤儿。这非但是一种痛苦，这是生活和整个未来的、完全的改变。”是一个个难以被历史记起的普通人生活的巨变。

或许是更为深刻地体会作为战争亲历者的伤痛、更为深刻地体会作为被战争这个大时代所塑造的普通人的情感，钱秀玲对自己的所作所为表现得非常低调。有人回忆，去钱秀玲家里采访，问及她的奖章、功业，她说，“忘记了”，而在她广为人知之后，她本人和她的后代都坚持认为，自己不是英雄，“只是做了常人应该做的事”。无独有偶，何凤山也很少提及自己的功业，他只说：“富有同情心，愿意帮助别人是很自然的事。从人性的角度看，这也是应该做的。”

历史对文学有如此的启发，英雄对文学有如此的启发，或许，文学该做的事情还有很多……

地久天长且安魂

苦涩的妥协

看王小帅的新电影《地久天长》，最强烈的感受是“银熊奖”所奖不虚。如果不是王景春和咏梅的表演，或许《地久天长》不会完成得这么好；如果不是穿插跳跃着讲故事，三个小时也会让观众觉得冗长。就像如果不是余华对语言和故事节奏具有强大的掌控力，《活着》那部小说也不会如此耐人寻味一样。一部艺术作品带给人的审美舒适，总是内容恰好遇到了合适的形式，然后，形式再赋予似曾相识的内容一些新鲜的含义。

电影聚焦于两个家庭前后三十年的生活。年轻的时候，他们一起当知青下乡，一起回城，一起在工厂工作，后来，成家了，一起住在筒子楼，同一年生下孩子。一次意外，让一家的孩子溺亡，另一家背上了永久的“罪”。国企改革之后，有人下岗了，有人下海了。生活的变故和时代的变化加在一起，彻底改变了两家人的命运。“失独”家庭的夫妻二人远离熟悉的人流浪远方，忏悔家庭的女人则因双重愧悔而患上了脑癌—— 一是作为计生干部，曾督促“失独”家庭的妻子去流产；二是自己的儿子是造成伙伴溺亡的直接“推手”。

多年之后，两个曾因为“死”分道扬镳的家庭，又因为“死”重聚在一起，依旧彼此亲近，彼此满怀善意。整部电影在缜密流畅的情节中，展现的是一个善良人的世界。他们无论怎样被命运和时代捉弄，都保留着内心的善良和美好、宽厚和仁爱。就连男主人公仅有的那次出轨，都变成了对年轻时候情止乎礼的一次偿还，变成了他“失独”之后在漫无边际的苦海泅渡中的一次上岸喘息。

电影的英文名字是“so long, my son”，直译过来仿佛一声长长的叹息：我们走了很远的路啊，我的孩子。于是，孩子的亡故仿佛变成了一个试金石，它见证友谊地久天长，见证婚姻的承诺地久天长，见证人在命运考验面前忍耐力地久天长；见证人性善，见证罪恶感、羞耻感，见证良心和尊严，见证“活着”。最后的结局，“失独”夫妻收养的孩子也浪子回头了。极寒之中，温暖瞬间降临，一如神缺位已久之后突然的眷顾。

从导演王小帅的创作履历上看，《地久天长》的总体风格没有太大的变化：用个体命运折射时代变迁和社会问题，用深入人物内心的方式，用舒缓的、抒情性的方式支撑情节的转换，注重在时代背景上寻找人物性格的说服力。但同时，在矛盾呈现方式上，他又有变化，曾经那种激烈的、梦想与现实无法缓解的冲突，人物与体制无法缓释的矛盾，人物卑微与时代宏大之间无法弥合的鸿沟，都变得舒缓了，甚至呈现了某种柔性妥协的样子。

这种妥协似乎不能简单地理解为对电影审查制度的妥协，它仿佛也更符合人心，更符合记忆的逻辑，符合年龄、阅历、经验和成就赋予一个艺术创作者的成熟度。电影中，时代的标签都在：知青、国企、计生、严打、下岗、出国潮等等，每一个似乎都足以唤起批判和反思的冲动，但因为被渲染到极致的温情和善意具有更强的覆盖力，这冲动又都似风倏忽而过，尘埃刚刚泛起即无声散去。

著名影评人戴锦华在总结和评价伊朗新浪潮电影的时候曾说：第三世界国家的艺术家面临着普遍的困境：激进的批判更能给他们带来国际声誉，但却会远离本土观众；如果想要贴近自己的同胞，似乎就要有策略性的“妥协”。比如以《小鞋子》为代表的伊朗电影，用儿童视角、底层生活和卑微者的相亲相爱化解了矛盾，规避了可能带来的宗教、社会和意识形态的风险，达到了本国体制内制作，国际上获奖的

“双赢”效果。

或许，无论是“伤痕”还是“反思”，无论是“批判”还是“犬儒”，总需要克服环境，跟自己的目标观众在一起。

活着，梦实现了

看《地久天长》，更像读一本小说，一本中国式的苦情小说：矛盾的内核非常简单，但因为造化弄人，命运的苦和人心的善反而变得深不可测，具有了层层深入的可能，情节也就随之起承转合起来。

某种程度上，这也是深受法国新浪潮电影影响的中国“第六代”导演擅长用的方式。不只王小帅，还有贾樟柯。他们的电影更像是一种用光影完成的写作，导演是作者，摄影机是笔，他们捕捉时代的符号，捡拾时间的碎片，用人心编织整合成记忆。他们强调人物对生活的深度体察，强调对历史和背景的高度忠实。他们总有记录时代的冲动，有“时代书记官”的使命感，甚至有时候会想要在纪录片和故事片之间寻找中间地带。这所有的一切，都是他们的精神教父弗朗索瓦·特吕弗所谓的“电影作者论”涵盖的内容。

更有意思的，他们常常着眼于时代之大和人之小，着眼于“梦想”和“理想”，着眼于丧失和寻找。城市梦、江湖梦、诗和远方的梦，都是他们常常表达的主题。城镇化进程急剧加速的几十年间，正是这一代人从少年到中年的几十年，他们见证了社会转型，见证了市场经济从雏形初具到无所不在，见证了社会伦理从“前现代”到“后现代”的持续变迁。这一切，让他们应接不暇，让他们不适应，也让他们试图抓住矛盾的内核。而且，与之前的中国电影肩负“启蒙大众”的责任不同，他们似乎放弃了“启蒙”，只肩负着一代人心路历程的记录和精神出路的追踪。

对王小帅而言，如果说《十七岁的单车》讲了北京梦的破碎，《青红》

讲了上海梦的破碎,《二弟》讲了美国梦的破碎，那么在《地久天长》里，人与人之间的温情梦却抵御了时代无情和命运无常，实现了。这苦涩的梦想实现，充当了伤口愈合剂，抚慰时代和生活给人的伤痛；也充当了给善良的人胸前戴上的小红花，褒奖他们在生活里光荣战败，却不屈不挠，不怨不怒。或许，这也是《地久天长》被称为“有诚意”的作品的原因之一。这个时代，似乎每个人都需要这朵小红花。

电影里的两个镜头给人印象深刻：一是王景春演的父亲刘耀军前后两次的奔跑，一次是抱着被淹死的儿子，一次是抱着自杀的老婆。二是多年之后，刘耀军夫妇坐飞机回家，飞机突然颠簸，两个人都很紧张，妻子突然说：“真有意思，我们俩居然还怕死。”然后，两个人相视而笑。

此刻，相信很多观众内心都能感受到一种朴素的温暖，活着的温暖。就像多年之后，沈茉莉在美国呼唤自己的儿子来视频，观众跟着刘耀军一起心里一紧：既盼望着一个中国面孔出现，抚慰“失独”父亲无尽的悲苦；又生怕突然出现一个长得像他的面孔，让他在朋友和妻子面前瞬间“人设崩塌”。

王小帅说：“我们这个戏要扎到土里……要真的跟现实紧紧地连在一起，跟生活连在一起。”当然，对现实主义的艺术创作而言，现实感是最低标准，有时候也是最高标准。

因为，除了描摹生活、再现生活，还始终有一个如何认识生活，如何认识苦难的问题。对艺术创作而言，感动，毕竟只是艺术感染力的初级阶段，眼泪，也无法作为见证更高艺术价值的尺度。

死之近旁，生在延续

或许，拉低《地久天长》审美价值，也是压缩《地久天长》回味空间，让人感到不满足的，恰恰在于它的过于自足完满，在于它对矛盾双方的“善”几近圣人般的渲染。电影中，儿子的过失和时代之恶，都被计生干部李海燕一肩挑了。她用几十年的自我折磨，包括最后的患癌去世，解决了一切。甚至，电影里的人物也几次三番安慰她：这不怨你，那是你的工作。或许，她在生活中是可信的，但靠她的自我折磨和自我忏悔解决问题也是不可能的。

同时，所有的人物，无论处境如何，即便经历了世界上最为痛苦的“失去”，他们之间的情感也都没变，性格也都没变，“三观”也没变，很有世界大同、人们相亲相爱的意味。显然，在坚硬的现实和三十年的人心巨变面前，“友谊的乌托邦”太过魅惑虚幻，人物也实在显得过于扁平。

还记得当年看完《活着》的时候，有一个问题总是萦绕不去：福贵为什么不去死？在人间，他七次失去亲人，也失去了能失去的一切，为什么不索性连自己也放弃？然而，他活着，跟黄牛一起。苦难从未褪色，每一天都度日如年，但余华却坚定地让他如动物般站在夕阳中，给苦难以最不可辩驳的提醒和警示。

还记得看完是枝裕和的《步履不停》，对妈妈一边微笑生活，一边坚持每年在儿子忌日那天，邀请被他从水里救起来的人来做客，感喟不已。与失去长子的伤痛相比，她不想原谅，她想提醒，她想让活着的人记住。她突然唱起丈夫出轨时自己听到的歌儿那个细节也让人震惊、回味不已。失去孩子的巨大悲苦，并没有让留下的人只顾悲伤，从而相依为命地在一起。灾难并没有让家庭无懈可击，他们还是埋藏着日常的苦，微笑、平静、种花、养鸟，克制着内心的嫌隙与隔阂。在是枝裕和那里，艺术从来不会抽去生活最复杂的底色，总是五味杂陈地继续。

还记得看完基耶斯洛夫斯基的《蓝》，对朱丽叶·比诺什扮演的同时失去丈夫和女儿的女人，几乎还没有从极度的痛苦中喘一口气，就得知了丈夫生前曾背叛她的事实。失去和背叛，哪个伤痛更大？该不该思念一个突然逝去的背叛者？真是让人无所适从。女人被情感和记忆、强烈的自毁倾向和本能的求生欲望剧烈撕扯，她为想要的自由付出了巨大代价，也为想要的生命经历着地狱般的磨难和煎熬。

还记得看完莫言的小说《球状闪电》和《蛙》，对作为接生婆，同时也是流产手术实施者的姑妈，同样无言以对。作为实施国策的“一线”代表，听到和孩子的哭声极为相似的一片蛙声的时候，哪一声能变成她内心的安慰，而哪一声又会让她寝食难安呢？

无数的文艺作品，无数的哲学都在探讨苦难，探讨善的力量和限度，探讨时代之恶，探讨向死而生，探讨人的伟大和渺小、坚韧和脆弱，探索人之所以坚持活下去而不自毁的方方面面。当然，如果想让这种种的探讨能够穿透时代的迷障，多年之后依然有价值，显然必须要超越环境束缚，超越艺术创作在特定时代的处境，甚至超越策略性妥协本身。对创作而言，难度和价值往往是相伴相生的。对人而言，只要生而为人，那个叫“命运”的幽灵永远存在，它不知道哪一刻会跟谁联手。灵魂也永远需要寻找栖息之地。

“失独”者的安魂曲

据说，咏梅为了最大限度地接近人物，曾和“失独”的父母聊了七个小时。在这七个小时里，她一定体会到了刻骨的伤痛和孤独。著名作家周大新在他带有自叙传性质的长篇小说《安魂》中说：“谁知道失去儿子的痛苦是怎样的吗？那不仅仅是心口疼，那是一种无可言说的疼，是一种难以忍受的空茫之痛，是五脏六腑都在搅呀！”

即便如此，周大新也并没有一味陷在独子 29 岁因脑癌去世的无尽伤痛里，而是用父子隔空对话的方式，用三十个纪年为章节，陪儿子冲走了一遍人生路。在对话中，他们把今生回顾了一番，把来世畅想了一番，就像父子相伴打通了生和死之间的界限。

几乎每一番回顾中，都是父亲在回忆，在反思，在道歉，而儿子在安慰，在豁达，在平静。灾难没降临之前，一个家庭中可能产生的孩子成长的烦恼、家人间的误解，统统都有；而疾病到来之后，焦虑、无助、伤痛，乃至绝望，也都悉数登场。或许，生者能够给予死者的，只有思念，而死者带给生者的，反而是安顿生命、安顿余生、安顿孤独的力量，生的力量。“安魂”也因此具有了双重含义，追念以安顿逝者，同时，更要抚慰生者。

尤其是后面的几个章节，周大新想象儿子在另一个世界遇到了哲学家、科学家、艺术家、宗教界的人等等，他们在探讨生死，探讨生命的长短、生命的价值。儿子跟他们在一起，在另一个世界里生机勃勃。看得出来，作家不惜用浪漫主义的笔法，将文学视作自己的“神”，用创作自我拯救，也避免让读者跟着自己陷入无穷无尽的伤痛中去。据说，正是因为《安魂》在表现手法上既无限贴近又注意“间离”的创作自觉，被日本导演看中，不久将拍成电影上映。

《地久天长》中的父亲，几乎没有眼泪。唯一的一次泪奔，发生在不得不让沈茉莉去做流产的时候。那个时候，观众跟着他一起，被“责任”两个字压得几乎喘不过气来。相对于母亲，他是更为饱满、更为立体的角色。不只因为他对沈茉莉的心动和唯一的一次出轨，还因为他对养子的宽和，对妻子的呵护，甚至他面对计生干部时候的愤怒。王景春精准演绎了一个“失独”父亲，一个中国底层男人，平凡中的教养，粗糙中的细腻，以及为了扛住命运和诱惑，自我牺牲的操守。联系最近被热议的电视剧《都挺好》中的父亲苏大强，或许会对中国式家庭中，我们应该怎样做父亲”（鲁迅语）的问题，有不一样的认知。

无论如何，《地久天长》都给一个特殊的群体带来了某种精神的力量或者情感的抚慰，它也尽自己的力量，给中国三十年的变迁留下了一个侧影，给隐忍生活的卑微者营造了一个情绪的出口。

我非常喜欢的阿尔巴尼亚作家卡达莱，他在给他所在的城市做记录的时候（《石头城纪事》），写尽了自然、战争、巫术、疾病、人心叵测给这个城市的大人造成的恐慌、愤怒和焦虑，也写尽了孩子置身其间，天然具有的忧伤、好奇和对爱的渴求。在大轰炸频繁发生的绝望中，孩子会说："我想象，这世界压根儿就没有天空，也许会更好些。"而在日子好不容易归于平静的时候，大人则说："日子反复无常，只有烟囱还生意盎然。"

“我将与碧水蓝天永处……”

“教我们那一点爱，与时间空间共存吧！”

1942 年 1 月 22 日，31 岁的作家萧红死于日军轰炸下的香港。四年前，她的同居男友萧军选择去“打游击”，而萧红选择只做一个作家，情感上已有裂痕的二人由此彻底分手。萧红死去的这一天，萧军在日记中记录的还是他的日常生活：在延安感受到的党外知识分子的孤独和烦闷，在婚姻生活中感受到的琐碎和精神不匹配，对他的创作理想和自由人格的磨损。那时候的延安正在进行整风运动，4 个月后，《在延安文艺座谈会上的讲话》发表。

这一天，萧军读了《葛朗代》和《十二个虐待妻子的人》，晚上和 ZH 聊人生、恋爱等意义的问题。他说：“从空虚回到现实，那决定就是怎样活和死下去。真的，我如今对任什么全感到泰然，对任什么全没了疑惑。如今我只是计划着工作和生活，慢慢去接到最后一天——死。”

萧军的《延安日记（1940—1945）》尽管难掩颓唐的情绪，但很少直言“死”。骨子里，他还是那个敢于冲到旅馆去爱被同居者遗弃的、怀着孕的女子，并写下“结得鸳鸯眠便好，何关梦里路无涯”诗句的萧军，而这个有才华有胆气的女子也因为这段刻骨铭心的爱，将名字从张迺莹改成了萧红。

直到 4 月 8 日下午，萧军才得知萧红去世的消息，但在当天的日记中他只写了一句话：“下午听萧红死了的消息。芬哭了。(芬是萧军的妻子——笔者注)。”显然，他不能相信这样的消息。4 月 10 日，延安《解放日报》正式刊发了萧红的死讯，萧军这才悲叹：“师我者死了！知我者死了!”然后，他又在当天的日记中说：“心情只是感到闷塞。我流了两次泪。对于她，我不是悲悼过去的恋情，只是伤怀她底命运。‘我不杀伯仁，伯仁由我而死’。我不愿承担起这罪过和谴责。”众所周知，在萧军和萧红的情感历程中，是萧军先爱上别人而伤害了萧红，此后裂痕再难弥合。

4月12日，萧军又记道：“一个人的死对于世界，就像一颗石子投进一片湖或海，当这湖或海在平静的时候，它会激起一个晕环，大石头有大晕环，小石头有小晕环，如果仅是一颗细小的沙……那晕环也就不容易看到了。”萧军的这一番感叹，一是因为同被鲁迅提携过的“奴隶社”的三人，萧红和叶紫都已经死了，鲁迅先生也去世了，世上唯留萧军。二是萧红在他乡寂寞凋零，令萧军心生黯然。他在日记中写道：“一种深沉的悲哀总是追随着我，在我的心湖里一天比一天沉重。……其实他们一时感情激动，流几滴泪，很快就过去了，长久伤痛的还是我。”

在此之前的日记里，萧军曾记下自己与萧红相识七年的纪念日，也曾一眼就认出萧红送给别人的衣服领子，还曾在谋划写自传的时候说，写到“与红分别止”。至于之后的日记，则每每是在家庭生活不尽如人意的时候，会想到，“萧红就不是如此”。

这几处不多的记录与连篇累牍的延安愁闷相比，几乎算是惊鸿一瞥，但却是萧军《延安日记》中最为温暖柔软的部分，也是萧军最为侠骨柔肠的体现：无论二萧的感情债怎么算，但在靠强悍的意志行走革命江湖、崇尚“爱便爱，不爱便丢开”的爱情哲学的萧军心里，还能有如此私密的情深义重，殊为难得。实际上，萧红也是，临汾分手之后，她对好友聂绀弩谈得最多的还是萧军，“我爱萧军，今天还爱。他是个优秀的小说家，在思想上是个同志，又一同在患难中挣扎过来！可是做他的妻子却太痛苦了……”

人世间最大的仁慈，莫过于曾经因爱而分别的人还能够出现在对方的柔情里。

何人绘得萧红影

身为著名作家，除了以文传世之外，轶闻和八卦也是不可或缺的一部分。可以说，成为著名作家的敌人，或者成为著名作家的爱人，都意味着可以谱写一种人生传奇。对女作家而言，爱情往往是逸闻和八卦的最佳栖息地。现代文学史上著名女作家的逸闻，几乎无不与此有关，其中近些年，伴随着民国热而一直被炒得热而又热的，莫过于林徽因、张爱玲和萧红了。

如今，与林徽因和张爱玲有关的一切已经被文艺青年们如数家珍了，萧红则相对冷门。实际上，在去年的电影《萧红》和今年的《黄金时代》之前，萧红一直是冷门的——萧红传记的数量远远少于林、张二人，萧红作品的销量也远远不及张爱玲。当然，《黄金时代》的文学原作《漂泊者萧红》，在被改编之前也是销量平平。

林贤治先生在《漂泊者萧红》里说："在中国文人集团中，萧红是一个异数。没有一个作家，像她一样经受饥寒交迫的痛苦；没有一个作家，像她一样遭到从肉体到精神刑罚般的凌辱；也没有一个作家，像她一样被社会隔绝，身边几乎没有一个属于自己的亲人和朋友，而陷于孤立。"许广平在《黄金时代》里说："贫穷和饥饿谁不熟悉呢？但没有一个人像她写得那么触目惊心。"

如此说来，萧红的文字是属于饥饿和贫穷的，是属于荒野和泥土的，用今天的文学观念来衡量，她属于彻彻底底的"底层文学"，与张爱玲的"传奇"和林徽因"太太客厅"里的文学不同，她无法走出启蒙文学，也就是纯文学的疆域，因而与今日的文艺青年们之趣味的隔膜也就可想而知了。如果不是她的散文化、诗意化的风格，相信萧红的读者会更少——这样说，不是否定萧红《呼兰河传》等作品的经典性，而是说，经典固然是不断被重读的作品，但不是不断被最广大的读者重读的作品——任何时代，读经典的都是少数人。因此可以说，很大程度上，时下的萧红热是人胜于文的，是轶闻价值大于阅读价值的。

当然，历史的庸俗化从来都是难以避免的。而萧红的经历确实也堪称传奇。她除了是走出旧家庭的娜拉，还是勇于选择爱情的新女性。在她的时代，她反抗包办婚姻的出走足以掀翻整个家族的荣誉，而她贫病交加中与包办男友王恩甲的同居也足以毁灭王家的声名。后来，她怀着别人的孩子而和萧军志同道合地相爱，并共同成为鲁迅提携的青年作家，之后又继承鲁迅的精神，坚持独立于党派和政治，都一再强化着这种传奇。后来，她怀着萧军的孩子跟端木蕻良结合，在病中又受到骆宾基的照顾，以 31 岁的年华客死他乡。

伴随着传奇的，是许多的难解之谜：萧红为什么能得到鲁迅如此的赏识？和萧军感情出现裂痕东渡日本之前，她几乎天天到鲁迅家里去，甚至不顾许广平的冷落，但为何在日本期间却一封信都没有写给鲁迅，直到鲁迅去世？萧红和萧军的感情裂痕，仅仅是因为情感分歧还是也有同为作家的原因呢？胡风等朋友对《生死场》和《八月的乡村》的比较是不是一个隐秘的原因呢？萧红、萧军和端木蕻良之间到底发生了什么？萧红身为女性，两次做母亲，但孩子却一个送人，一个莫名死亡，该怎么从人性和天性上加以理解？萧红不跟萧军走革命的道路，是作为知识分子的理性抉择还是作为女性的情感选择？萧红的悲剧是性格悲剧还是时代悲剧？

惟其如此，因鲁迅先生而相识，并在西安成为萧红好友的人民文学出版社的编辑聂绀弩才会在萧红去世五周年的时候写下“何人绘得萧红影，坐断青天一缕霞”的句子。这注定也会成为萧红传奇的“千年之问”。

《黄金时代》：粉丝电影的诚挚和遗憾

《漂泊者萧红》和据此改编的电影《黄金时代》，显然也是受千年之问“蛊惑”的结果。

《漂泊者萧红》的作者林贤治先生在后记中说，因为偶然看到萧红最亲近的两位男士，萧军和端木蕻良都曾嘲笑她的作品，而萌生了为她写传的意图，他坚定地认为，萧红的婚恋悲剧不是性格的悲剧，而是时代的悲剧，是"五四的女儿"反抗传统道德和男权势力的悲剧；而萧红的文学价值一直是被严重低估的。他以现代文学研究者的知识框架、以一个男性读者的体贴，借助萧红大量自叙传作品中的细节，用萧红式的诗意化的笔法，还原了一个拥有女性和自由知识分子双重身份的"漂泊者萧红"。应该说，作为一本作家传记，立意和结果都是自我圆满的，而且是充满了时代和人性的意味的。

电影《黄金时代》是贴着《漂泊者萧红》改编的，但它显然无意于贴着这本传记的人生故事和文学价值判断，而只想贴着它的写作态度、学者立场和历史观，也只想贴着它无条件地抚慰萧红的悲苦的情感立场——整部电影中，几乎没有看到任何矛盾冲突和性格冲突，即便有，也是淡淡的，只有萧红父亲的镜头，露出过一闪而过的狰狞。除此之外，所有的人都可爱，都充满温情——一个向往自由的弱女子经受着最为凄苦的命运却奉献了极为耀眼的才情，是人间亏欠了她，给她再多的温情和抚慰都应该；而且，拉开历史的时空再看萧红的作品，确实是在左翼文学大行其道的时候，独辟了一种属于穿透时空局限的、属于永恒美学范畴的题材和风格。

于是，《黄金时代》变成了一部萧红粉丝拍给萧红粉丝的电影，它违背电影规律而充分尊重了原作和传主的电影。它更像一部话剧，或者一篇影像化的论文。态度端正到尊重与萧红有关的一切；细节严谨到每一句台词、每一个镜头都有出处；历史观郑重到兼顾了各种说法；而所有这些谨慎和尊重最终都变成了篇幅冗长和情节碎片化。正如很多影评说到的那样，这是一个设置了门槛的电影，是一部"非萧红粉丝严禁入内"的电影，也是"没有读过《漂泊者萧红》者严禁入内"的电影。同时，这也更像是许鞍华和李樯对2013年霍建起版《萧红》的矫枉过正——

萧红的经历不该被娱乐化和庸俗化！

这样的电影票房可想而知，当然，艺术上的探索价值也有限，唯一值得称赞的，是导演和编剧作为萧红粉丝的勇气和诚挚。他们拜服在萧红脚下，谨小慎微地试探了方方面面，却没有充分展现出萧红哪怕一个方面的性情——整部电影，怀孕的萧红寄居在诗人蒋锡金所在的杂志社大请其客算是一个亮点，但其实这远远比不上萧红散文中写到的细节震撼：贫病交加的萧红把仅有的钱给了路边的乞讨者，并说：他们也应该吃饭。

面面俱到的结果就是浅尝辄止，人物站不起来，而这对于一部传记电影来说，显然是致命伤。

当然，这么长篇幅的电影却没有拉开萧红死后的时空也算是一大遗憾：且不说前面说到的萧军《延安日记》中对萧红的追忆，就是在与萧红的感情上饱受争议的端木蕻良，在“文革”期间，每年都到广州扫墓，并用“风霜历经情无限，山和水同一玹章”来纪念这一段感情，其中就包含着多少人性和情感的意味深长啊！至于萧红的父亲，算是促成萧红所有悲剧的“旧势力”的代表，多年后他的对联也赫然出现在哈尔滨的萧红旧居中：“惜小女宣传革命粤南殁去，幸长男抗战胜利苏北归来”，这里头又有多少不能勘破的家庭和时代的真相呢？——既然是一部取名“XX 时代”的电影，总该有一些时代的意味才算切题，而时代的意味往往是产生在时空拉开之后的。

大时代的牺牲者

当然，《黄金时代》并没有打算拒斥市场，从标题就可以看出，它想要一种属于文艺青年的市场号召力。而且，电影还打出了这样的广告语：“每个人都有属于自己的黄金时代，只因人皆有自由之心。”

萧红是“五四”女儿，那个时候，每个读了书的青年都在响应新文化运动时代大潮的召唤。他们激烈、热情地冲破以家庭为代表的旧秩序，他们用激荡的青春挣扎、反抗、向往——妥协和忍让是属于懦弱者的，是属于时代的“多余人”的。尽管鲁迅先生一再提醒“梦是好的，否则，钱是要紧的”“娜拉出走之后，不是堕落，就是回来”，但，这样理性的声音显然阻挡不住青春的狂潮。

那么，萧红有没有梦醒时分？

从她的经历看，她和萧军感情破裂之后独自到日本期间，可以算是她的梦醒时分。她是在给萧军的第二十九封信里写下“黄金时代”这样的字眼的。这封信她写得很长，她先写了自己发烧，嘴唇破了，精神烦躁，写的文章无处发表，愁闷中她感叹写作上没有团体可以依靠，伤心地说“我们的老将去了还不几天啊！”（老将指鲁迅——笔者注）然后就说鲁迅全集的事，说没有书看，日本地震，吸烟、喝酒以消除愁闷。然后她说：

> 均，你是还没有过过这样的生活，和蛹一样，自己被卷在茧里去了，希望顾（固）然有，目的也顾（固）然有，但是都那么远和那么大。人尽靠着远的和大的来生活是不行的，虽然生活是为着将来而不是为着现在。（萧红，《萧红散文》）

接着她才写下了被各种文章反复引用的月下感叹黄金时代的文字，充满了自嘲：“自由和舒适，平静和安闲，经济一点也不压迫，这真是黄金时代，是在笼子里过的。”同一时期，她在诗中写：“今后将不再流泪了，不是我心中没有悲哀，而是这狂妄的人间迷惘了我了。”

显然，这样的“黄金时代”是对“自由之心”的痛切的反省。而且，1936 年的中国，战火早已经开始点燃，国难当头。无论文艺青年们如何向往自由，如何追慕大时代的风云激荡，那个年代的中国历史都不能被抽象为牧歌。

大时代裂变的时候，思想和行动的自由确实曾如火如荼，但总归是脱不去苦难和愁闷的底子。对萧红而言，更是如此。贫病、饥寒、爱情受挫都只是事情的一个方面，失去鲁迅庇佑之后的写作困境，和萧军分手后远离文化圈子的孤独、远离政治的个人性创作立场，对她的压力更为直接。

实际上，在《呼兰河传》出版之后，文坛主将茅盾曾发表过著名的评论，批评该书的“病态”美“思想上的弱点”，认为作者是被“狭小的私生活的圈子”所局限，把自己同“广阔的进行着生死搏斗的大天地”完全隔离开来。他批评萧红“一方面陈义太高，不满于她这阶层的知识分子们的各种活动，觉得那全是扯淡，是无聊，另一方面却又不能投身到工农劳苦的群中。”

而就在五六年前，鲁迅在为萧红的《生死场》写的序中，这样写道：“北方人民的对于生的坚强，对于死的挣扎，却往往已经力透纸背。女性作者的细致的观察和越轨的笔致，又增加了不少的明丽和新鲜。精神是健全的……” 而胡风在后记中，尽管挑剔了作品的不够集中的风格，但还是充分肯定了萧红的人本主义立场，“在这里，我们看到了女性的纤细的感觉，也看到了非女性的雄迈的胸境”。可惜，被萧红称“带走了正义”的鲁迅死了，胡风所代表的“七月派”在文艺界的遭遇也人尽皆知。

在政治遮盖文学、集体淹没个人的时代，萧红，选择坚持自己，做一个孤零零的、纯粹的写作者，何等勇气！

电影里，特意点到了丁玲和萧红的相逢，也涉及在得知萧红去世后，丁玲写的《风雨中忆萧红》。但，丁玲的经历被隐去了：1938 年初春和萧红相识的丁玲，已经经历了在南京的被捕和被关押，第一个丈夫胡也频已经死了，她与冯达生的孩子也已经不在身边。后来，因为南京三年监狱生涯，丁玲不断被质疑、被打击。同为“五四”的女儿，在各种苦难中活下来的丁玲，经历的是一波又一波凶猛的政治运动……

萧红说：我无论身在哪里，都看不到苦难的边际。而在《呼兰河传》里她写道：

> 春夏秋冬，一年四季来回循环地走，那是自古也就这样的了。风霜雨雪，受得住的就过去了，受不住的，就寻求着自然的结果。那自然的结果不大好，把一个人默默地一声不响地就拉着离开了这人间的世界了。至于那还没有被拉去的，就风霜雨雪，仍旧在人间被吹打着。

后 记

关于文学，最为人熟知的是那句“源于生活，高于生活”，怎么“高于”，“高”到什么程度，似乎成了衡量文学水准高下的尺度。但是，谁来评价这个“高”呢？如果评价者的阅历、见识、境界都不如写作者，那他眼里的“高”又如何令人信服呢？

因为写书评的时候总是忍不住这样提醒自己，所以，我几乎从来没有把自己当成评论者。我想更多地交流，更多地对话，更多地揣摩写作者眼里的世界如何悲欣交集，命运如何变幻莫测；更重要的是作为“人”，他们体验幸福、扛住恐惧、面对虚无的方式是什么。

我很安于过这样的“二手生活”，靠别人提供的小说、电影获得自己的点滴智慧。相比于现实中的不公、苦难和生活中的不确定，我或许对文学中的悲苦和未来更敏感，更有发言的胆气。这是知行并不合一的表现，也是我从来都把自己定位为读者的原因。只是，我希望自己成为健全的读者，我努力用自己的声音激活创作者的，努力让诚恳、中正、宽和不陷入沉默。

从 2014 年开始，在《经济观察报·观察家》编辑殷炼、林密的温柔鼓励下，我一篇篇写下去，有时候甚至会扯着喉咙在纸上呐喊；然而，即使偶尔上了头条，我依然知道，与世界的嘈杂和更多的铿锵确凿相比，这声音何其微不足道。所以，尽管我一直都在积极交流，想让世界和自己有关，想让一个人和另一个人产生关联，但同时，我也深深敬畏和热爱沉默，享受它适时出现的美妙时刻。对我而言，“大声沉默”不只是表达的分寸，更是我面对世界和自我的状态。

我很庆幸，世界是通过书一点点在我面前打开的；也很庆幸，我总是能在书中找到热爱生活的另一种方式。

谢谢你阅读。